Aus Freude am Lesen

btb

Hingebungsvoll pflegt Eva ihren Rosengarten. Idylle pur scheint sie zu umgeben: der Duft von Blumen, die Liebe ihrer Familie, ein wohl geordnetes Leben. Wobei ihr die Pflanzen insgeheim oft mehr am Herzen liegen als die Menschen in ihrer näheren Umgebung. Aber das weiß sie gut zu verbergen. Als sie jedoch von ihrer Enkelin zum 56. Geburtstag ein Tagebuch geschenkt bekommt, beginnt die Reise in eine Welt, die sie längst vergessen glaubte …

MARIA ERNESTAM, geboren 1959, begann ihre Laufbahn als Journalistin. Sie hat lange Jahre als Auslandskorrespondentin für verschiedene schwedische Zeitungen in Deutschland gelebt, daneben eine Ausbildung als Tänzerin, Sängerin und Schauspielerin absolviert. Mittlerweile sind fünf hochgelobte Romane von ihr erschienen. Für »Die Röte der Jungfrau« erhielt sie den Französischen Buchhändlerpreis. »Der geheime Brief« und »Das verborgene Haus« waren in Skandinavien Bestseller und standen auch in Deutschland wochenlang auf der Spiegel-Bestsellerliste. Maria Ernestam lebt mit ihrem Mann und zwei Kindern in Stockholm.

MARIA ERNESTAM

Die Röte der Jungfrau

Roman

Aus dem Schwedischen
von Christel Hildebrandt

btb

*»There's a divinity that shapes our ends,
Rough-hew them how we will.«*

*»Dass eine Gottheit unsre Zwecke formt,
Wie wir sie auch entwerfen.«*

William Shakespeare, Hamlet

»Habe ich dir von den Walen erzählt? Nein? Dann will ich dir jetzt von den Walen im Eismeer erzählen. Wie sie sich lieben.

Wir Menschen gehen aufrecht. Wir strecken unseren Rücken so gut wir können und heben unseren Blick zu dem blauen Himmel, der über uns ist. Dann setzen wir einen Fuß vor den anderen, immer und immer wieder. Das ist unsere Art, uns auf das Ziel zuzubewegen, das wir uns ausgedacht haben, wenn wir uns ein Ziel ausgedacht haben und nicht einfach nur ziellos umherlaufen. Eigentlich spielt das keine Rolle, denn die Bewegung ist die gleiche. Ein Fuß vor den anderen und in aufrechter Haltung. Vergiss das nicht.

Die großen Wale im Eismeer dagegen, die kämpfen mit ihren Flossen in den Wellen und tummeln sich in den großen Wassermassen herum und lassen sich von allen Seiten umspülen. Sie brauchen keinen Fuß vor den anderen zu setzen, sie können mit eleganten

Bewegungen die Schwanzflosse den Körper dorthin lenken lassen, wohin sie wollen. Wenn Wale sich bewegen, um vorwärtszukommen, sind es also keine erbärmlichen Füße, die als Erstes kommen, sondern es ist der große Kopf. Die Wale liegen, wenn sie sich vorwärtsbewegen. Auch das darfst du nicht vergessen.

Wenn die Menschen einander lieben, liegen sie auch dabei. Dann können sie ihren Liebsten ansehen, dessen innerste Gedanken erforschen, das Unausgesprochene entdecken und es in Reales verwandeln. Die Menschen berühren sich mit den Händen, wenn sie einander lieben. Wenn alles gut und schön ist, können sich zwei Menschen zu etwas vereinen, das größer ist als sie selbst. Auch das ist wichtig, dass du das nicht vergisst.

Wenn zwei Wale sich in Liebe vereinen, legen sie sich nicht hin. Wir Menschen können das auf viele Kilometer Entfernung sehen. Zwei gewaltige Wesen, die sich aus dem Wasser erheben, die feuchte Atemluft, die in einem prustenden Jubel der Lust herausspritzt, die Körper, die dicht aneinandergepresst sind. Die Wale im Eismeer lieben sich stehend und können sich deshalb während des Liebesakts nicht in die Augen sehen, da die Augen an den Seiten des tropfenden, riesigen Kopfes platziert und nach hinten gerichtet sind. Sie können also nicht hinauf zu den Sternen sehen, die den Himmel betupfen, oder die Geheimnisse des anderen mit dem Blick erforschen. Die Wale können einander auch nicht mit ihren Flossen umarmen, doch ihre Leidenschaft ist groß genug, um Hunderte von Tonnen vibrieren zu lassen. Wie sollen wir Menschen, die nicht einmal eine erbärmliche Tonne wiegen, mit unseren begrenzten Möglichkeiten uns vorstellen, wie groß, wie umfassend diese Liebesvereinigung ist?

Und wenn die Wale schließlich voneinander weggleiten, dann sinken sie zurück ins Eismeer, erfüllt und unterworfen, umringt von Wasser. Die Wale erwachen zu einem neuen Leben, indem sie untergehen.«

JUNI

13. Juni

Ich war sieben Jahre alt, als ich beschloss, meine Mutter zu töten. Doch ich musste siebzehn werden, bevor der Beschluss in die Tat umgesetzt werden konnte.

Und allein der Gedanke daran lässt mich schon ehrlicher schreiben, als ich es seit langem getan habe, faktisch ehrlicher als jemals zuvor. Es ist eine Weile her, seit ich Ansichtskarten geschrieben habe, und noch länger, seit ich Briefe schrieb, die etwas bedeuteten, und ein Tagebuch habe ich nie geführt. Sie haben mich immer getäuscht, all diese Worte, die mir im Kopf herumschwirren, und die Gedanken, die so groß und originell erschienen, solange ich sie eingesperrt hielt, und die dann *herauskullerten* und starben, sobald sie auf dem Papier landeten. Als hätten sie schon auf der kurzen Reise von innen nach außen verdorren können.

Wenn ich doch ausnahmsweise einmal versuchte, meine Gedanken in Druckbuchstaben zu fassen, ließ mich der Unterschied zwischen dem Großen und dem Kleinlichen den Stift schließlich wieder fallen lassen wegen all der Dinge, die nichts mit den Tatsachen zu tun hatten. Butter und Eier, Tomaten und Radieschen. Der Zahnarzt, vergiss nicht, ihn anzurufen. Deshalb mag es vielleicht pathetisch sein, im Alter von sechsundfünfzig Jahren anzufangen, ein Tagebuch zu schreiben, aber das Recht nehme ich mir. Es muss doch einen Sinn gehabt haben, dass ich es bekam. Und außerdem war es Anna-Clara, die es mir geschenkt hat. Das verpflichtet, auch wenn es schon lange her ist, dass ich mich zu irgendetwas verpflichtet fühlte. Das hörte lange vor der Zeit auf, als ich das Briefeschreiben aufgab. Aber ich schweife vom Thema ab.

Wie gesagt, ich bekam das Tagebuch als Geburtstagsgeschenk von Anna-Clara. Mein jüngstes Enkelkind, und das schwierigste außerdem. Deshalb schätze ich sie so. Weil sie als schwierig angesehen wird. Während ihr älterer Bruder und ihre ältere Schwester, Per und Mari, offene, fröhliche Kinder mit unschuldigen Seelen und voller Güte im Blick sind, ist Anna-Clara introvertiert, dunkel und hat schwankende Stimmungen. Es ist selten, dass sie den Mund öffnet, und wenn sie es doch tut, dann, weil sie um etwas bittet. Kann ich Brot haben? Gibst du mir den Saft? Kann ich ins Zimmer gehen und lesen?

Solange ich mich erinnern kann, hat Anna-Clara mich immer gefragt, ob sie ins Zimmer gehen und lesen kann. Und wenn ich zustimmend nicke, wie ich es immer getan habe, dann geht sie in mein Schlafzimmer, wo auf dem Nachttisch Bücher und alte Zeitschriften liegen. Während wir anderen mit Tee und Schnittchen oder dem Mittagessen und Wein fortfahren, sitzt sie da drinnen und liest mit einer Konsequenz und einer Intensität, die ich bewundere. Ich sage ihr nicht, dass ich ihr Lesen bewundere, weil ich finde, das klingt herablassend. Aber sie weiß, dass mein Ja im Grunde genommen auch eine Zustimmung beinhaltet. Und deshalb mag ich Anna-Clara so gern. Sie hat nie Worte gebraucht, um die zu sein, die sie ist.

Auch während der letzten Feier saß sie die ganze Zeit im Schlafzimmer und las. Sie kletterte in mein Bett, schob sich ein Kissen als Stütze hinter den Rücken, schlug sich meine gelbe Decke um die Beine und stellte Tortenstück und Saft auf den Nachttisch, während sie methodisch eine Zeitung nach der anderen durchsah, sowohl die aufgeblasenen Kriegsrunen der Boulevardpresse studierte wie auch die Mordermittlungen und Prominachrichten der Abendblätter. Wie alt ist sie jetzt? Acht, fast neun?

Sicher ist ihr vieles Lesen ein Lob wert, und es wird auch jedes Mal betont, wenn es nichts anderes zu sagen gibt. »Per hat beim Fußballspiel am Freitag drei Tore geschossen, Mari hat beim Schulabschluss Flöte gespielt, draußen wird es langsam grün, und Anna-Clara … es ist einfach phantastisch, wie viel sie liest. Es dauert nicht mehr lange, dann hat sie alle Bücher zu Hause durch und fängt an, die Bibliothek zu erforschen, Regal für Regal. So macht sie es bestimmt. Ein Regal nach dem anderen, ein Buch nach dem anderen, eine Welt nach der anderen, Wort für Wort. Ja, sie liest ja so viel, Anna-Clara.« Und danach – Schweigen.

Mein sechsundfünfzigster Geburtstag wurde ohne Überraschungen gefeiert. Gegen zwei Uhr trudelten sie alle ein, Verwandte, Nachbarn und entfernte Bekannte. Sie sangen »Hoch soll sie leben«, während sie sich schnell hereindrängten, um dem herabprasselnden Regen zu entgehen, der sie zu uns hetzen ließ und bereits ihre Schuhe und Frisuren ruiniert hatte. Sven empfing sie mit polternder Herzlichkeit und hatte schon bald die Arme voll mit Regenmänteln und Regenschirmen, und ich fürchte, dass er sie einfach in einem unsortierten Haufen in einen Schrank geworfen hat, als niemand hinschaute. Mit seiner professionellen und wohldosierten Gastfreundschaft hatte er bald alle ins Wohnzimmer gebracht, wo er zusammengetragen hatte, was das Haus an Tischen und Stühlen barg, so dass einzelne Sitzgruppen kleine

Inseln bildeten, an denen die Gäste stranden konnten. Susanne, meine Älteste, begann emsig damit, die Gäste zu platzieren, die sofort die Plätze tauschten, sobald sie ihnen den Rücken zuwandte, da es gefährlich ist, sich locker mit Leuten zu unterhalten, die nicht die gleichen Interessen oder Ansichten haben wie man selbst.

Eric dagegen, mein Jüngster, schlich vorsichtig zwischen den Tischen herum, bis er sich schließlich in einem braunen, abgenutzten Ledersessel niederließ, von dem aus er alle und alles im Blick hatte. Seine Miene war unergründlich, an der Grenze zum Überheblichen, auch als er genau wie ich sah, dass Isa, seine Freundin, in der Küche verschwand, um sich schon vorher einen Happen zu sichern. Alles war mit anderen Worten wie immer, und etwas anderes hatte ich auch gar nicht erwartet. Im Alter von sechsundfünfzig Jahren braucht es schon eine ganze Menge, um verwundert zu sein, und ich kann mich nicht erinnern, wann ich es das letzte Mal war. Mit den Jahren wird das meiste vorhersehbar. Der Geschmack wird flacher und die Sinneseindrücke trüber. Es sind nur noch die Düfte, die bleiben.

Sven hatte Kekse und Törtchen gekauft und eine Marzipantorte, die ich eigentlich nicht so besonders mag, die aber in Ordnung ist, wenn sie wirklich frisch ist. Und das war sie, und meine Gäste schienen sich davon ohne Hemmungen zu bedienen. Gudrun und Sixten hatten sicher wie üblich das Mittagessen übersprungen, um ordentlich von den Angeboten profitieren zu können, und ich registrierte, dass Gudrun sich mindestens drei Portionen von der Torte nahm, während sie erzählte, dass das Kleid, das sie trug, selbstgenäht war aus Stoff, der früher als Tagesdecke in dem Altenheim gedient hatte, in dem sie ab und zu arbeitet.

»Nun ja, da war schon ziemlich viel Rentnerpisse drin«, hörte ich sie begeistert Sven berichten, wobei sie an dem Stoff zupfte. Mir blieb die Sahne im Hals stecken, aber es gelang mir, meinen Bissen hinunterzuschlucken und mit Tee nachzuspülen, ohne dass etwas wieder hochkam. Gudrun ist von Kindesbeinen an meine Freundin, und sie ist loyal, was mir dabei hilft, nicht nur über ihre Kleidung hinwegzusehen, sondern auch über den Appetit, der sie im Laufe der Jahre zur Geschmacklosigkeit hat anschwellen lassen, nicht unähnlich den Muffins in modernen Cafés.

Sven sprang unermüdlich herum und schenkte Getränke nach, servierte Kuchen und trug schmutziges Geschirr in die Küche. Susanne half auch mit, während sie gleichzeitig den Gästen erklärte, dass Mama vor ein paar Jahren an so einem Tag noch alles selbst vorbereitet hätte, sie aber inzwischen ganz aufgehört habe zu backen. Ich widerstand der

Versuchung, etwas Scharfes zu erwidern, und wies stattdessen darauf hin, dass es heutzutage so viele leckere Dinge zu kaufen gebe und es doch vollkommen unnötig sei, sich hinzustellen und die Küche schmutzig zu machen. Dass die Schulkinder an die Tür kommen und Kuchen für die Finanzierung ihrer Klassenreisen verkaufen, sei doch eine schöne Sache, die meine persönliche Unterstützung verdiene, und außerdem hält ja nichts für ewig.

Ich sagte nicht, dass Butter, die an den Fingern klebt, und Eier, die das Handgelenk hinunterrinnen, mich mittlerweile mit so einem Ekel erfüllen, dass ich oft erst einmal tief Luft holen muss, bevor ich die Küche betrete. Es scheint, als hätte sich all das Essen, das ich im Laufe der Jahre gekocht und gegessen habe, in meinem Körper abgelagert, so dass alle Depots inzwischen gefüllt sind. »Du musst mehr essen, Mama«, sagt Susanne immer und schüttelt den Kopf, wenn sie sieht, wie mager ich mit der Zeit geworden bin. »Kümmere dich um deine Dinge«, ist das Einzige, was sie als Antwort erhält. Solange ich gesund bin, esse ich das, von dem ich annehme, dass ich es brauche.

Unser Haus ist in einem »Alles-Mögliche«-Stil möbliert, der sich mit der Zeit so ergeben hat und jetzt als richtig modern gilt. Auf dem hellen Holzfußboden liegen fröhliche Teppiche, die Möbel sind entweder restauriert und gestrichen oder abgenutzt bis zur Schäbigkeit, und auf dem Schlafsofa liegen weiche Decken und Kissen, die nicht zum Angucken gedacht sind, sondern benutzt werden sollen. Richtig verliebt bin ich in unseren mit viel Glück geretteten Sekretär in goldbraunem Holz mit Reihen kleiner Schubladen und einem Schreibbrett, das man nach Bedarf aufklappen kann. Auf dieses Brett hat Sven alle Geschenke und Blumensträuße gestellt, die meisten in aller Eile im eigenen Garten gepflückt und mit blaugelbem Band zusammengebunden, um ihnen ein festliches Gesicht zu verleihen. Die eine oder andere Weinflasche konnte ich auch entdecken, und ich kann nur hoffen, dass der Inhalt von akzeptabler Qualität ist.

Es ist kein Geheimnis, dass ich mir etwas zu oft und etwas zu gern ein Glas gönne, statt eine Kleinigkeit zu essen. Doch auch hier nimmt das Alter sich sein Recht. Ich bin sechsundfünfzig geworden mit meiner Art zu leben, und das ist älter, als viele Schreihälse von Gesundheitsfanatikern geworden sind. Wenn ich nun mein Leben um ein oder zwei Jahre verkürze, weil ich mir ein Glas Wein gönne, statt etwas zu essen, das mich zum Würgen reizt, so ist das einzig und allein meine Angelegenheit und nichts, was irgendjemanden etwas angeht. Ich merke, als ich es jetzt beim Schreiben lese, dass es klingt, als müsste ich mich verteidigen, was natürlich nur besagt, dass das Thema heikel ist. Natürlich weiß ich, was ich tun sollte und was nicht. Aber in meinem Alter darf die Vernunft etwas häufiger dem Gefühl Platz machen als bei den Jungen. Und über den Sinn der Vernunft kann man manchmal auch diskutieren.

Die Geschenke waren weder besonders originell noch besonders durchdacht, was ich aber auch gar nicht erwartet hatte. Was soll man einer sechsundfünfzigjährigen Frau schenken, was sie wirklich gebrauchen kann und sich nicht selbst kauft? Per und Mari hatten Bilder gemalt, sogar richtig schöne, und Mari hatte dazu noch eine Seife gekauft, die ich sicher nie zum Waschen benutzen, aber an der ich vielleicht ab und zu schnuppern werde. Anna-Clara dagegen kam mit einem Päckchen, eingewickelt in rosa Papier. Als ich das Tagebuch herauszog, darauf eine Katze, die in einem Rosenbusch sitzt und an einer Blume riecht, tat ich das mit leicht zitternden Fingern. *Sie weiß es.* Ich schaute auf und sah, dass sie mich mit ihren grünen Augen anblickte, die meinen so ähnlich sind.

»Danke, Anna-Clara. Ein Tagebuch. Das ist richtig schön. Wie bist du auf die Idee gekommen?«

Ich erwartete gar keine Antwort, bekam aber doch eine.

»Das hast du dir doch schon lange gewünscht. Kann ich ins Zimmer gehen und lesen?«

Ich nickte, und sie verschwand und ließ mich zurück, in dem Buch blätternd, an dem das einzig Bemerkenswerte die Leere der Seiten war. Sie würden Zeugenaussagen und Opfer fordern, das war mir sofort klar. Im Hintergrund hörte ich Susanne quer durch das Zimmer rufen, dass es Anna-Claras eigene Idee gewesen sei und dass sie ziemlich lange hatten herumlaufen müssen, bis sie ein Buch gefunden hatten, auf dem Rosen abgebildet waren, und dass ich damit machen könne, was ich wolle, es als Notizbuch benutzen oder was auch immer. Den Kommentar ließ ich im Raum stehen, während ich das Buch vorsichtig zwischen die anderen Geschenke legte. Das war eine ehrliche Gabe und sollte auch als solche behandelt werden.

Für den Höhepunkt der Feier sorgte zweifellos Iréne Sörenson. Sie war von den Fredrikssons mitgenommen worden und sah für ihre knapp achtzig Jahre viel jünger aus, das tut sie immer bei Festen, zu denen sie kommen kann, ohne etwas zu bezahlen. An diesem Tag trug sie einen Pullover in glitzerndem Türkis, von dem sie weiß, wie gut er ihr steht, dazu einen dunkelblauen Rock, eine Kette aus Gold, und Ohrringe, die das Blaugrün wieder aufnahmen. Sie war deutlich eleganter gekleidet als viele der jüngeren weiblichen Gäste, und während des Torteessens begann sie plötzlich zu erzählen, dass ihr Mann Nummer zwei ihr immer an die

Brust gegrapscht hatte, wenn sie ihm Kaffee einschenkte.

Die meisten lachten frei von der Leber weg über diese schlüpfrige Geschichte, auch wenn ein Teil der Frauen das Lachen mit einem gewissen Schnauben kombinierte. Jemand meinte, es sei doch lustig, dass manche Menschen Geschichten erzählen, die die meisten für sich behalten würden, weil sie sie als zu »privat« ansähen. Iréne Sörenson glukste nur über diesen Einwand und stellte fest: »Ist doch schön, so hat man heute auch etwas zu lachen gehabt.«

Die ersten Gäste begannen ungefähr nach zwei Stunden aufzubrechen, einige mit leicht geröteten Wangen, da Sven großzügig Cognac und Portwein nachgeschenkt hatte. Zum Schluss saß nur noch die Familie da und betrachtete die Reste, trank noch eine Tasse in aller Ruhe und nahm sich von dem Kuchen, der jetzt ganz besonders gut schmeckte. Ich lockte Eric und Isa in die Küche, sie folgten mir und verschlangen die besten Reste, bevor sie sich auf das Sofa setzten und miteinander zu schmusen begannen, ohne sich auch nur die Bohne um uns zu kümmern. Per und Mari hatten unser altes Monopoly herausgeholt und waren bald vollauf mit dem Kaufen und Verkaufen von Straßen beschäftigt. Per hatte schon zu einem frühen Stadium mehrere Hotels und prahlte damit, dass er seine Schwester in Rekordzeit in den Bankrott treiben werde.

Susanne erzählte, dass in der Arbeit wie üblich ungemein viel zu tun war und dass das Anwaltsbüro, dem sie den größeren Teil ihres Lebens widmete, sie auf Dienstreise nach Rio de Janeiro schicken wollte. Leider könnte sie keine Tage anhängen, um etwas von der Stadt oder dem Land zu sehen, da Jens, der Vater ihrer Kinder, nicht bereit war, die Kinder länger als absolut nötig zu sich zu nehmen.

Letzteres sagte sie mit einer Stimme so voller Empörung, dass sie bis zu Mari durchdrang, die unter dem Tisch hockte. Ich fragte sofort Sven, ob er nicht noch etwas zu trinken haben wollte, um die Kinder zu schonen, die deutlich genug von der Scheidung gezeichnet sind, die sich seit einer Ewigkeit hinzuziehen scheint.

Schließlich gingen auch sie, nachdem Susanne Anna-Clara eine Viertelstunde lang überreden musste, die Zeitung wegzulegen, die sie gerade las. Ein Konflikt, den ich löste, indem ich ihr erlaubte, sie mitzunehmen. Tief versunken in ihre Lektüre, verschwand sie in der kühlen Abendluft als Letzte der Familienschar, bevor Sven die Tür schließen konnte, sich zu mir umdrehte und seine obligatorische Frage stellte: »Na, das war doch gelungen, oder?«

Jetzt liegt er im Bett und schläft, müde und zufrieden mit seinem Werk. Wir haben jedenfalls Familie und Freunde um uns versammelt, wir haben gefeiert, und ich war diejenige, die das vollbracht hat. Jetzt sitze ich am Sekretär und schreibe. Es ist zwei Uhr nachts, oder sagt man schon morgens, ich habe die Geschenke zur Seite geschoben und einige Blumensträuße woanders hingestellt, damit ich genügend Platz habe für das Tagebuch und meine ungeordneten Gedanken. Draußen heult der Wind, wie er es an so einem Junitag tun kann, wenn der Sommer noch nicht so recht Fuß gefasst hat und das Dunkel draußen keine richtige Dunkelheit ist, nur eine Ahnung. Ich habe am 13. Juni Geburtstag, aber nie habe ich damit rechnen können, schönes Wetter an meinem Geburtstag zu haben. Auch dieses Jahr hat es geregnet.

14. Juni

Ich sitze wieder am Sekretär. Es geht auf halb drei nachts oder morgens zu, doch der Schlaf hat mich vergessen, und die Müdigkeit auch. Es scheint, als wäre mir die Möglichkeit, mich endlich öffnen zu können und alles niederzuschreiben, bereits nach einem Tag zu einem Bedürfnis geworden. Das Geschenk eines Kindes, Rosen auf einem Tagebuch, das also war nötig, um die Schleusen zu öffnen. Das Leben kann wirklich nicht noch merkwürdiger werden, als es bereits ist.

Svens Schnarchen ist bis hierher zu hören, und ich muss unwillkürlich lächeln. Da drinnen im Schlafzimmer, nur wenige Meter entfernt, liegt ein Mann, mit dem ich seit einer Ewigkeit zusammenlebe, das Gefühl habe ich zumindest, und dennoch weckt seine Anwesenheit in meinem Schlafzimmer keine Gedanken an sich begegnende Körper, an heiße Lust oder völligen Kontrollverlust. Er umarmt mich, gibt mir einen Kuss vor dem Einschlafen und streichelt ab und zu meinen Arm, doch das ist nicht anders, als wenn der Wind meinen Rücken wärmt oder das Meer den Körper kühlt, wenn er verschwitzt und gerötet ist. Was ist von den physischen Erinnerungen noch übrig? Ich muss doch noch wissen, wie es ist, zu lieben? Natürlich tue ich das, aber ich habe mich gezwungen, mich nicht daran zu erinnern, wie die Hand eines anderen über meinen Körper gewandert ist und wie ich auf diese Berührungen geantwortet habe. Ich weiß, was ich empfand, und ich erinnere mich an die Intensität der Gefühle, aber ich beherrsche mich, die Erinnerungen in Schach zu halten, so wie ich mich beherrsche, die hartnäckigsten Mückenstiche nicht blutig zu kratzen.

Wir wachten spät am nächsten Morgen auf und unterhielten uns eine Weile, bevor Sven aufstand und Teewasser aufsetzte. Ich blieb liegen und wurde buchstäblich im Bett erwischt, als er mit einem Tablett mit Tee und Broten kam. Auf dem Tablett stand außerdem einer der Sträuße von gestern, der bereits leicht zu welken begann. Auch ein Stück von der Marzipantorte bekam ich serviert, doch ich konnte sehen, dass ihre Leichtigkeit bereits einer kompakten, schmierigen Konsistenz gewichen war. Der Prozess der Verrottung setzt schnell ein, kam mir in den Sinn, und wer wüsste das besser als ich? Sven kam zurück mit einem eigenen Tablett für sich, und so saßen wir da in unseren Betten, frühstückten und unterhielten uns.

Ich schaute ihn ab und zu an und sah einen Mann, der in Würde gealtert ist, mit dichtem weißem Haar auf dem Kopf, noch ziemlich vielen Muskeln und einem schelmischen Blick, der alles überlebt hat. Er kommentierte etwas, ich lachte dazu und dachte, dass genau diese Stunden der Kitt für ein langes gemeinsames Leben sind. Nicht die großen Feste, nicht die verschwitzten Nächte, nicht einmal der klärende Streit, sondern die lockere Unterhaltung bei einer Tasse Tee, die gemeinsame Lösung eines gemeinsamen Problems, ein ruhiger Meinungsaustausch über etwas, das gewesen ist, die Zeit des Schweigens um eine brennende Kerze. Dieses Mal unterhielten wir uns über den gestrigen Tag, die Gäste und die Kinder, natürlich über Anna-Clara und ihr Schweigen und über Susanne, wie angespannt sie wirkte, wie unzugänglich, obwohl sie doch früher einmal die Spontanste von uns allen gewesen war.

»Weißt du noch, wie ich vor dem Krankenhaus auf und ab gefahren bin, damit der Wagen schön warm bleibt, als wir sie holten?«, fragte Sven. Natürlich erinnerte ich mich.

Susanne. Fröhlich, schon als ich sie gebar. Eine Geburt, bei der die Engel gesungen haben müssen, denn der gesamte Kreißsaal war erfüllt von Gelächter, das sogar meine Schmerzensschreie übertönte. Zwei Hebammen waren anwesend – ein himmlischer Irrtum auf dem Dienstplan schenkte uns eine doppelte Besetzung –, und sie standen auf beiden Seiten des Bettes und hielten mich in den Armen, während Sven die Tränen über die Wangen liefen, bis es kam, dieses wuschelige, lockige Kind mit dunklem Haar und Augen wie helle Schokolade, das mit einer Urkraft schrie, die das gesamte Universum hätte beherrschen können. Die fröhliche Susanne, die singende Susanne, die durch das Leben glitt, als ritte sie auf den Winden, die alles auf den Kopf stellte und das Schwarze zwang, weiß zu werden. Die, gerade eine Woche alt, zwitschernd in unserem alten, klapprigen Volkswagen lag, als wir im Triumph mit ihr an einem ungewöhnlich kalten und regnerischen Julitag aus dem Krankenhaus nach Hause fuhren.

Wo ist sie, und woher kommt das Harte, wieso scheint sie Galoschen um die Gefühle zu tragen und antwortet höflich auf alle Fragen, ohne jemals offen zu sagen, wie es ihr wirklich geht? Antwortet mit Phrasen, wenn wir wissen wollen, wie es den Kindern geht. Den Kindern, die nicht begreifen können, dass eine neue Frau ein Ersatz für eine ganze Familie sein kann.

Die Stürme zerren immer noch an den Bäumen, und die Sommerwärme lässt auf sich warten. Wäre da nicht das Licht, es könnte genauso gut Oktober oder November sein. Der Regen ist den ganzen Tag niedergeprasselt und hat den Rasen in eine matschige, grüne Masse verwandelt. Doch meine Rosenbüsche stehen aufrecht, ihre Wurzeln sind so kräftig und der Humus so nahrhaft, dass nichts sie dazu bringen kann, aufzugeben. Heute fallen zwar einige Blütenblätter ab, vielleicht morgen auch, aber es kommen neue nach. Das weiß ich.

Ich zog mir Regenzeug und Gummistiefel an, um nach dem Frühstück meine übliche Runde zu drehen, und ging wie immer zu den Büschen, begrüßte sie und sog den Honigduft der Heckenrosen ein, die bereits in voller Blüte stehen. Das ist meine Morgenandacht, und nichts kann mich daran hindern, nachzusehen, ob es den Pflanzen gut geht. Mein ganzes Gesicht wurde feucht, als ich eine Wange an eine Peace-Rosenknospe legte, die gelb und rosa leuchtete und voller Wassertropfen war. Ich spürte, wie meine Wange von einem kräftigen Dorn aufgeritzt wurde, doch das störte mich nicht. Meine Haut ist ziemlich gezeichnet, und ein Kratzer mehr oder weniger tut der Schönheit, von der ich nicht überzeugt bin, dass ich sie noch besitze, keinen Abbruch. Das Blut auf der Wange wurde vom Regenwasser weggewaschen, und der brennende Schmerz begleitete mich bei meiner Runde wie eine Erinnerung daran, was gewesen ist und was immer sein wird. Meine Rosen kratzen, doch das Risiko, gekratzt zu werden, ist vorhersehbar, und deshalb gehe ich es gerne ein.

Einsam kämpfte ich mich zum Meer hinunter, ohne einer Menschenseele zu begegnen. Kein anderer würde auf die Idee kommen, bei diesem scheußlichen Wetter hinauszugehen. Unten an der Küste peitschte das Wasser die Wellenberge zu weißem Schaum, während ab und zu ein bläuliches Licht durchbrach und den Klippen die Möglichkeit bot, Luft zu holen. Der Gedenkstein zeichnete sich gegen den graugesprenkelten Himmel ab, als ein Tribut an die ersten Baptisten Schwedens, die sich hier in Frillesås hatten taufen lassen, vielleicht bei einem Wetter wie diesem. Am Horizont ragten die Inseln auf, auf die ich mittlerweile nur noch selten komme, da Sven keine große Lust mehr hat, mit dem Boot dorthin zu fahren. Ich könnte zwar auch alleine fahren, aber ich fühle mich immer unsicherer, was das Anlandgehen betrifft. Mein schmerzender Rücken führt dazu, dass die Beine nicht mehr so geschmeidig über den Bootsrand schwingen und auf den glatten Klippen nur schwer Halt finden, aber gleichzeitig verachte ich die wenigen Sandstrände aufgrund ihrer leichten Zugänglichkeit und einschmeichelnden Feinkörnigkeit.

Es sind die Felsen, die locken, die Klippen, die die Haut streicheln, wenn sie warm sind, und den

Fuß stützen mit jedem Winkel. Der Felsblock mit seinen Spalten und Rissen, die runden und die eckigen, die Buchten dazwischen. Eric hat nie die gleiche Sehnsucht nach dem Meer verspürt und vermeidet Bootsfahrten, wenn es nur möglich ist, aber Susanne ist barmherzig und fährt mit mir hinaus. Diese Stunden sind Höhepunkte, von denen ich lange zehre. Eine Thermoskanne, Tassen, das Schreien der Möwen, vielleicht ein Sonnenuntergang. Wenn ich irgendwo die ursprüngliche Susanne finden kann, dann hier. Auf jeden Fall aber finde ich mich selbst.

Jetzt gehe ich stattdessen an den Strand, schaue mir die Silhouetten an und sehne mich. Früher kam es nicht selten vor, dass wir bis nach Nidingarna fuhren, Sven und ich, um zu fischen. Meistens fingen wir reichlich Krebse, und wenn es sich ergab, konnten wir die Nachbarn zum frischen Fang einladen und ein gemütliches Fest ausrichten. Im Hafen liegt noch unser altes Fischerboot, das auch starkem Wind widersteht, wenn man weiter raus will. Wir haben es im Mai zu Wasser gelassen und dafür gesorgt, dass es ordentlich gestrichen wurde, aber jetzt sieht es verlassen und unbenutzt aus.

Obwohl es vollkommen unnötig war, kletterte ich hinein und machte mich dran zu lenzen, bis der Wasserspiegel zumindest ein wenig gesunken war. Ich wusste, dass es nur ein paar Stunden halten würde, hatte jedoch das Gefühl, das Boot sollte wissen, dass es mich immer noch gibt. Das, was wir zusammen erlebt haben, ist ein Geheimnis zwischen uns, und diese Art von Ausflügen in der Dunkelheit und in verbotenen Missionen schweißt zusammen.

Immer noch ganz allein machte ich mich auf den Rückweg zum Haus, vorbei an dem Campingplatz, auf dem die ersten Sommergäste vermutlich den Tag verfluchten, an dem sie sich dazu entschieden hatten, ausgerechnet hier und jetzt Urlaub zu machen. Die Gedächtniskirche ein Stück weiter oben wirkte verlassen, wie es mit Erinnerungen oft passiert. Niemand suchte den Segen oder die Vergebung seiner Sünden mitten in der Woche, und das kann man vielleicht auch gar nicht anders erwarten. Es sieht sonntags schon schlecht genug aus mit dem Willen, sich zu erinnern oder zu überlegen, warum man zu kurz gekommen ist. Vielleicht sind die Bänke zu bequem. Sie hätten sich an die neunzig Grad halten sollen, den rechten Winkel, durch den die Sünden am einfachsten über den Rücken ins Gedächtnis gerufen werden. Ich selbst suche weder den Segen noch die Vergebung, da die Frage ist, wer mir vergeben sollte oder ob mir überhaupt Vergebung zuteil werden konnte.

Die Seniorenpension neben der Kirche ist jetzt eine Kindertagesstätte. Es ist lange her, dass die alten ehrbaren Leute hier das geruhsame Leben genossen, mit geregelten Mahlzeiten, Sonnenschirmen gegen die Sonne und gemütlichen Spaziergängen, die sich mit Kirchenbesuchen abwechselten. Die Rentner, die noch können, fahren jetzt in den Süden, um Golf zu spielen, bis der Körper sie im Stich lässt, und wenn der Zeitpunkt gekommen ist, dann heißt es, den Müllschlucker anzuwerfen, denn irgendeine Form von verantwortbarer Altersfürsorge haben wir schon lange nicht mehr in diesem Land. Das ist mir klar geworden, als es Freunde traf, und ich habe darüber in unzähligen Leserbriefen in der Zeitung gelesen.

Ich hoffe nur, dass ich noch genügend Kraft haben werde, wenn es so weit ist, damit ich auf die Inseln hinausfahren und dort von den Felsen ins Meer springen kann, um nie wieder aufzutauchen. Am liebsten würde ich mich von den steilsten Klippen Nordstens werfen, das wäre der schönste Ort, um zu sterben. Aber dann muss ich an all jene denken, die im Sommer dorthin zum Baden kommen, und ihr Sprung ins Wasser wäre von dem Wissen getrübt, dass sich hier diese Alte das Leben genommen hat. Hätte sie nicht zumindest so rücksichtsvoll sein können, sich stattdessen vor den Zug zu werfen, wo die doch so schnell vorbeirauschen? Aber ich werde nie die Frau vergessen, die sich vor einen vorbeifahrenden Zug geworfen hat, und ich will das nicht wiederholen. Lieber soll mich das Meer schlucken, und ich werde nicht die Einzige sein.

Meine Gedanken sind heute schwarz. Vielleicht sind sie ja immer so schwarz, nur dass ich jetzt die Dunkelheit deutlicher wahrnehme, da ich sie niedergeschrieben in der Handschrift meiner Mutter sehe, die auch meine Handschrift ist. Vielleicht liegt es auch daran, dass es immer noch genauso heftig regnet wie vorhin, als ich von meinem Spaziergang zurückkam, durchnässt bis auf die Unterwäsche. Sven war so lieb, ein Feuer zu machen, was eigentlich einfach zu bewerkstelligen ist, da es immer genügend Holz gibt. Das Holzhacken ist meine Aufgabe, schon seit ich ein kleines Mädchen war, und ich tue das gern. Lege die Holzstücke auf den Hackblock, schwinge die Axt und treffe genau in der Mitte, so dass der Duft nach frischem Holz die Luft erfüllt. Es ist eine Art Meditation, die Axt zu schwingen, zu spüren, wie sich die Klinge durch das Holz kämpft, wie die Splitter fliegen und das Holzstück sich in zwei perfekte Hälften teilt. Eine gute und eine schlechte, wie ich immer denke, da doch eine Hälfte meistens ein klein wenig besser wird als die andere, doch auch die schlechtere Hälfte ist nötig, um eine Einheit zu schaffen.

Wir verbrachten den Rest des Tages und den Abend im Schein des Kaminfeuers, und das Haus und ich wurden langsam warm und trocken. Auf dem Kaminsims stand wie immer die Marmorstatue der Jungfrau Maria und wachte über uns, und im Schein der Flammen erwachte sie zu scheinbarem Leben. Das Feuer verlieh ihr zuckende Bewegungen und lockte sie zu einem Tanz, bei dem sie mich segnete, wie sie es immer tut. Sie ist einen halben Meter hoch, und als ich sie im Alter von dreizehn von meinen Großeltern, den Eltern meines Vaters, bekam, war sie für mich die Inkarnation der Schönheit. Immer noch fühle ich mich sicher bei ihr, doch nicht einmal sie kann das Gefühl vertreiben, dass es ein dunkler Sommer werden würde. Pik König steht hinter mir und schaut mir aufdringlich über die Schulter, wie er es vor vielen Jahren getan hat, und ich spüre seinen Atem im Nacken und an den Ohren. Ich muss schreiben. Die Entscheidung ist schon vor langer Zeit gefallen, und ich habe nie vergessen, dass Entscheidungen zu neuem Leben erwachen, sobald man sie begraben hat.

15. Juni

Der Regen hat den ganzen Abend angehalten, und als ich vor kurzem aus dem Fenster schaute, sah ich einen Blitz, der den Himmel in zwei Teile zerschnitt. Ihm folgte nur wenige Sekunden später ein kräftiger Knall. Doch ein bisschen Unwetter stört mich ganz und gar nicht. Ich mochte Gewitter immer gern, besonders als ich klein war und nachts wach im Bett das Holzmuster an der Decke betrachtete und mir vorstellte, welche Figuren es darstellen könnte. Hunde traten hervor, manchmal auch Engel, und dazwischen Pik König, der Mann, der immer noch über mich wacht. Pik König, eine mystische Oberhoheit. Der in meinen Träumen auftauchte und Phantasien weckte, solange ich mich erinnern kann, und der mir manchmal Kraft schenkt oder mich vor Panik erstarren lässt.

Oft hat er mich an die Wale im Eismeer erinnert, mir erzählt, wie sie leben, denken und lieben, und dass sie jeden verschlucken können, der gesündigt hat, um ihn dann ganz woanders wieder auszuspucken. Dann bitte ich ihn jedes Mal, mich in den Arm zu nehmen und zu beruhigen, und es kommt vor, dass er meinen Wunsch erfüllt. Manchmal habe ich mich nach ihm gesehnt und ihn um Rat gebeten, andere Male habe ich mir gewünscht, dass er für immer verschwände und mich in Frieden ließe, da er mir nie sein wahres Gesicht gezeigt hat. Doch er ist immer zurückgekehrt, um auf meiner Bettkante zu sitzen, es war ebenso unmöglich, vor ihm zu fliehen, wie vor meinem eigenen dunklen Schatten.

Sven und ich haben trotz des unwirtlichen Wetters einen richtig schönen Tag zusammen verbracht, wir lasen, haben uns unterhalten und einige Papiere geordnet. Jetzt schläft er, es ist wohl zwölf oder eins, er schnarcht wie immer und hat nicht bemerkt, dass ich aufgestanden bin, um zu schreiben. Ich zünde eine Kerze an wie im Winter und öffne eine meiner Geburtstagsflaschen, einen ziemlich ordinären Bourgogne, aber nicht so schlecht, als dass man ihn nicht trinken könnte. Es könnte jeder beliebige Tag im Jahr, jede beliebige Stunde sein, die Zeit steht still oder ist nicht vorhanden oder einfach nur unwichtig, obwohl sie doch für einen Menschen meines Alters nicht unwichtig sein sollte, zählt doch jede Stunde, jede Minute.

Ein heftiger Stoß gegen das Fenster hat mich eben aufschauen lassen. Ein Vogel ist gegen die Scheibe geflogen, eine Fehlnavigation der Natur. Er liegt auf der Terrasse, und ich hoffe, dass er überlebt, aber ich kann jetzt nicht in den Sturm hinausgehen und ihm helfen. Ich weiß, dass sich die Natur am besten selbst hilft, solange es zu verantworten ist.

Die Natur kann brutal sein, doch wenn sie jemanden im Stich lässt, dann nicht mit Absicht. Niemand entscheidet über die Bewegungen des Windes, keine lenkenden Hände verbergen die Sonne hinter den Wolken. Da ist es mit den Menschen etwas anderes. Ich selbst war erst sieben Jahre alt, als der Gestank von Heimtücke so unerträglich wurde, dass ich den Mord an meiner Mutter plante. Was damals geschah, ist heute für mich nur noch eine Mischung aus Erinnerungen und Erzählungen, die ich nur zum Teil auf diesen Seiten rekapitulieren kann. Auf jeden Fall hieß es, dass meine Geburt nicht ganz unkompliziert gewesen sein soll, dass es nicht so einfach war, mich auf die Welt zu bringen.

»Es schien, als wollte sie nicht herauskommen«, versuchte die Hebamme zu erklären, das wurde mir immer wieder erzählt. An meine Geburt kann ich mich nicht erinnern, nur an merkwürdige Gedanken, als hätte ich mich im Dunkel und in der

Wärme festgeklammert, weil ich schon ahnte, dass das Licht gefährlicher sein kann als die Dunkelheit.

Meine Mutter sagte mir immer wieder, dass es nichts Schlimmeres auf der Welt gibt, als ein Kind zu gebären. Meine Geburt schreckte sie von allem, was mit Entbindung zu tun hatte, ab, und als logische Folge bekam ich nie Geschwister. Vielleicht wäre es anders gekommen, wäre ich ein pflegeleichtes Baby gewesen, doch auch das war ich nicht. Offenbar weigerte ich mich fast konsequent, die Brust zu nehmen, bis auf die wenigen Male, in denen ich hektisch einige Schlucke nahm, bevor ich den Mund wieder wegdrehte, so dass die Brustwarzen meiner Mutter schließlich wund wurden. Das erzählte sie mir, und sie fügte hinzu, dass es morgens am schlimmsten war, wenn sie, keuchend vor Schmerzen, aus der zum Platzen gefüllten Brust schließlich die Milch ins Waschbecken streichen musste. Erst als Papa begann, mir die Nahrung mit der Flasche zu geben, kehrte schließlich Ruhe ein. Die trank ich zufrieden, machte mein Bäuerchen und schlief.

Das Ergebnis war, dass Mama schließlich einen Milchstau bekam und daraufhin beschloss, das Stillen aufzugeben, was zum Vorteil hatte, dass sie wieder essen und trinken konnte, was sie wollte, ohne Rücksicht auf mich nehmen zu müssen. Als ich älter war, erzählte sie mir, dass sie bis zuletzt versucht hatte, mich zu stillen, ehrgeizig wie sie war, aber dass man in Krisensituationen in erster Linie an sich selbst denken muss. Wie im Flugzeug. Wenn die Sauerstoffmasken herunterfallen, dann leg dir zuerst deine eigene an und hilf anschließend deinem Kind.

Sie hörte rechtzeitig genug auf, damit die Brust keinen Schaden nahm. Mir sagte sie zwar, sie habe ihre Brust ihrer Tochter geopfert, aber nach allem, was ich sehen konnte, hatte sie einen schöneren Busen als die meisten, und wenn man bedenkt, wie die Brüste nach oben zeigten, so war es nur schwer zu glauben, dass sie wirklich viel Milch gegeben haben.

Meine Kleinkindjahre waren nicht viel besser als das Babystadium. Als ich ein kleines Mädchen war, muss es eine Plage gewesen sein, mich zu füttern, weil ich so langsam aß. Ich konnte mich nie allein beschäftigen, weder mit bunten Spielsachen noch mit einem Ball, und abends fiel es mir schwer, einzuschlafen, weil ich im Traum oft von einer schwarzen Figur heimgesucht wurde, die von Fischen redete, einer Figur, die ich später Pik König nennen und an die ich mich gewöhnen würde. Mama kam nicht klar mit mir. Papa übernahm, und irgendwie muss er es anders gemacht haben als sie, denn er hat immer behauptet, dass ich nicht besonders schwierig war, sondern, im Gegenteil, ruhig und leicht zu erziehen.

Sie verzieh mir nie die Zeit, in der ich, wie sie es bezeichnete, aufmüpfig gegen sie war. Während meiner ganzen Kindheit bekam ich immer wieder zu hören, dass ich als Kleinkind noch schlimmer gewesen sei als zur Babyzeit. Es waren die frühen Fünfziger, und um uns herum gingen adrett gekleidete Mütter im Kostüm spazieren, in Kleidern mit Gürtel und Friseurlocken, zusammen mit ebenso ordentlich gekleideten Kindern in Mänteln mit Matrosenkragen. Ich hatte auch einen Matrosenmantel, war aber nicht niedlich, sondern ernst und schweigsam. Das war unverzeihlich, sollte doch das Kind meiner Mutter ein ebenso schickes Accessoire sein wie eine Kelly-Tasche.

Noch heute weiß ich nicht, ob ich als Kind nun einfach war oder nicht. Ich habe nur undeutliche Erinnerungen. Papa beteuerte, dass ich ein Mädchen war wie alle anderen, und in Mamas sich stets wiederholenden Schilderungen war ich eigensinnig und mürrisch, Erzählungen, die sie mit Fotos untermauerte, darauf eine stets lachende Mama und ein finster dreinblickendes Mädchen mit rotblondem Haar und grünen Augen, diesen grünen Augen, die Anna-Clara geerbt hat. Was ich mit Sicherheit weiß: Mit der Zeit begriff ich, dass meine Mutter sich nie wirklich für mich interessieren würde, dass sie mich nie lieben könnte und dass nur eine von uns unbeschadet das andere Ende des Tunnels erreichen würde. Im Alter von sieben Jahren beschloss ich, dass ich diejenige sein würde.

Ein paar Monate zuvor war Britta in mein Leben getreten. Mama hatte schon früh ihre Arbeit wieder aufgenommen unter dem Vorwand, dass sie das Einkommen benötige, aber ich wusste, dass sie aus der Tristesse floh, um interessantere Erlebnisse zu suchen. Wodurch sie sich von der Mehrzahl der Mütter in der Umgebung unterschied. In der Nachbarschaft gab es gepflegte Häuser, vor denen hübsch geschminkte Mütter, die Schürze fest um die Taille gebunden, ihrem Mann morgens zum Abschied winkten, um dann die große Aufgabe in Angriff zu nehmen, ein perfektes Heim zu schaffen, und das mit allen modernen Hilfsmitteln, durch die die Hausarbeit so angenehm wird. Meine Mutter fuhr stattdessen in ein Modegeschäft, in dem sie verantwortlich war für den Einkauf der Kollektionen. Andere Mütter putzten und machten die Wäsche selbst. Wir hatten eine Putzfrau, die Frau Lundström hieß, und genau so sollte sie genannt werden und nicht anders.

Doch trotz Frau Lundströms kompetenten Einsatzes hatten wir nie ein richtig hübsches Heim. Ich kann mich zwar daran erinnern, dass wir ein paar Mal neue Möbel bekamen, dass Sofas hereingetragen und Bilder aufgehängt wurden und das Wohnzimmer abgeteilt wurde, um eine Art »gute Stube« einzurichten. Für diese gute Stube wurde sogar ein Klavier angeschafft, auch wenn niemand darauf spielte. Weder Mama noch Papa konnten Klavier spielen, und als meine eigenen Versuche ausgelacht wurden, beschloss ich, augenblicklich damit aufzuhören. Sobald die Dinge an Ort und Stelle standen, schien es, als legte sich eine Art Spinngewebe der Gewohnheit über alles, als wären sie nur durch Zufall an ihren Platz gekommen und nicht, weil sie einen schönen Gesamteindruck schaffen sollten. Wichtig war nur, dass der Kühlschrank voll mit gutem Essen und der Barschrank voll mit diversen Schnapsflaschen waren. Alles andere war nicht so wichtig.

Da außerdem oft fremde Menschen bei uns wohnten, verhinderten deren ungemachte Betten, Kulturtaschen und Kleider, wirklich Ordnung zu halten. Mamas Familie kam aus Norrland, und der Strom von Norrland-Besuchern schien nie zu versiegen. Sie kamen in der Absicht, eine Wohnung in der großen Stadt zu suchen, und quartierten sich so lange bei uns ein. Außerdem übernachteten Leute nach Festen, die bis spät in die Morgenstunden dauerten, bei uns, und es war selten, dass Mama, Papa und ich für uns allein waren. Insgesamt war es äußerst selten, dass das Haus still war.

Mir fällt ein, dass ich mich, als ich noch klein war, wunderte, warum meine Mutter das Haus nicht so bestellte wie die Nachbarinnen. Andererseits sah ich schon früh ein, dass das, was sie tat, ziemlich mutig war. Das Schlimmste war nicht, ohne sie zu sein, sondern dass ich genauso sehr ohne sie war, wenn sie daheim war. Nach meinen Erinnerungen hat sie in diesen ersten Jahren nie etwas mit mir zusammen unternommen. Ein Stoß in den Rücken, damit die Schaukel Schwung bekommt, Köpfe, die sich über einer Zeichnung treffen, Hände, die gemeinsam einen Schneemann bauen, Umarmungen oder Küsse ... statt solcher Erinnerungen ist da nur ein großes Vakuum.

Ich erinnere mich nur noch daran, dass ihre Stimme selten warm oder fröhlich klang, wenn ich in ihrer Nähe war, sondern in einem aggressiven Unterton durchhören ließ, dass ich nichts taugte. Im Schein der Blitze kann ich jetzt plötzlich sekundenkurze Augenblicke herbeirufen, von denen ich nicht wusste, dass ich sie abgespeichert hatte. Ich sehe, wie ich mit ausgestreckten Armen auf Mama zulaufe und sie zurückweicht und zischt: »Pass auf mein Kleid auf.« Ich höre meine Frage: »Kannst du mir vorlesen?«, mit einem Buch in der ausgestreckten Hand, und erhalte ein »vielleicht später«, dieses »später«, das nie zu einem »jetzt« wird. Ich sehe, dass ich will und doch nicht will, und nähere mich und schleiche davon und liebe und hasse. Ich sehe sogar, wie ich mich von hinten an sie heranschleiche und ihre Beine umarme und wie sie mich wegtritt, dass ich auf den Rücken falle. Doch der Schrei, den ich in der Nacht höre, ist von einem so kleinen Kind, dass ich nicht glauben mag, dass es jemals existierte.

Mama gab es also nicht für mich. Papa gab es, doch nur, wenn er Zeit hatte, was bedeutete, die eine oder andere freie Stunde am Abend oder am Wochenende, wenn er gerade nicht arbeitete oder, noch wichtiger, wenn Mama ihn nicht für sich beanspruchte. Stattdessen gab es eine Reihe privater Kindermädchen, die sich um mich und alles, was für ein Kind zu erledigen ist, kümmerten. Es waren junge Mädchen, die bei uns arbeiteten, um Erfahrungen zu sammeln, bevor sie Lehrerin oder Krankenschwester oder sonst etwas wurden, und meistens blieben sie ein Jahr, bevor sie wieder verschwanden. Manchmal kamen Mädchen aus Norrland, die Oma besorgt hatte, und es hieß, dass ich von allen etwas Nützliches lernen konnte. Da gab es Tilda, die gerne nähte und meine Puppen und Stofftiere einkleidete, da gab es Greta, die so emsig wusch, dass ich im Laufe ihres Jahres sauberer war als je zuvor, und es gab Maud, die besser backen konnte als alle anderen zusammen. Heute frage ich mich, wie diese jungen Mädchen es schafften, sich um ein ganzes Haus zu kümmern, in dem geputzt, gebügelt und gebacken werden musste, sich mit mir zu beschäftigen, doch damals war ihr Einsatz selbstverständlich und natürlich.

Ich akzeptierte sie gnädig, ohne zu viel von mir selbst zu offenbaren. Sie waren meistens nett, aber nicht zuverlässig, und ich traute mich nicht, mich allzu sehr zu öffnen, um nicht Gefahr zu laufen, auch von ihnen abgewiesen zu werden. Meine Gefühle für mich zu behalten wurde sehr schnell ein Instinkt und meine natürliche Art zu reagieren. Deshalb hieß es, ich sei »aufsässig« oder »schwierig«, wenn ein Außenstehender kommentierte, dass ich mich gern zurückzog und lieber allein spielte.

Abends kam ich oft Nähe suchend auf Papas Seite des Bettes, wo ich seinen ganz besonderen, speziellen Duft wahrnehmen konnte, der für mich damals ein Konzentrat von Sicherheit war. Ich rollte mich in seinen Armen zusammen und schlief schnell ein in der Hoffnung, dass Mama auf der anderen Seite des Bettes wütend darüber sein würde, dass ich nie zu ihr kam. Ich versuchte niemals, unter ihre Decke zu schlüpfen. Vielleicht, um der Enttäuschung zuvorzukommen, denn sie schlief, ohne mir auch nur die Andeutung eines Traums zu widmen, und weil ich wusste, dass sie mich doch nur weggestoßen hätte, wenn ich gekommen wäre.

Heute kümmere ich mich selbst um meine Probleme. Es gibt so viel, was Sven nicht weiß. Und wobei soll er mir denn helfen? Älter zu werden, damit muss jeder allein zurechtkommen. In gewisser Weise sind wir immer zusammen, heißt es, doch je mehr Zeit vergeht, umso stärker spüre ich, dass es umgekehrt ist, dass wir allein sind. Wir kommen allein, und wir gehen allein, auch wenn wir von Liebe, Hingabe oder Hilfsbereitschaft umgeben sind. Wenn es darauf ankommt, in den entscheidenden Momenten, wenn der Weg sich teilt, dann sind wir jedenfalls einsam wie die Insekten im Sand. Je emsiger sie krabbeln, umso tiefer wird die Grube, und der Rand des Kraters schiebt sich immer weiter in die Ferne. Die Axt schwingen, das habe ich immer selbst machen müssen, wenn etwas Entscheidendes kaputt geschlagen werden musste.

Die Flasche ist zur Hälfte geleert, und ich will der Versuchung widerstehen, das Glas noch einmal zu füllen. Da draußen liegt immer noch der Vogel, ich fürchte, dass er sich ernsthaft verletzt hat. Ich frage mich, ob er wohl älter als sieben Jahre war, als er gegen das Fenster flog und zerschmettert wurde.

17. Juni

Sven hat mitbekommen, dass ich nachts emsig in meinem Tagebuch schreibe, und lacht über mich, diese verrückte Frau, die wie ein kleines Mädchen dahockt und ihre Gedanken niederkritzelt.

»Sind das deine Memoiren, die du da schreibst, dann möchte ich gerne Korrektur lesen, damit du auch nichts Unanständiges ausplauderst«, hat er im Vorbeigehen gesagt, während er mir leicht den Arm tätschelte. Im Inneren ist er beunruhigt. Er fürchtet, er könnte darin vorkommen und auf unvorteilhafte Art und Weise beschrieben werden. Armer Sven. Er wäre noch verletzter, wenn er wüsste, dass ich ihn bisher kaum erwähnt habe, nur als schnarchendes Requisit im Bett nebenan oder als polternden, aber wohlmeinenden Gastgeber.

Sven. Wie ist es dazu gekommen? Wahrscheinlich, weil ich mich in seiner Nähe sicher fühle und weil er mich akzeptiert, wie ich bin, mit einer Wärme, die mir geholfen hat, mich im Laufe der Jahre auch selbst zu akzeptieren. Früher glaubte ich, dass er Geheimnisse und ungehobene Schätze in sich berge. Dass er einen tiefen See in sich hätte, den man nur erahnen konnte und in dem ich die schönsten Steine fände, wenn ich mich nur anstrengte. Heute weiß ich, dass er zwar eine sehr nachdenkliche Person ist, doch dass diese Tiefe keinen festen Grund hat. Was hineingeworfen wird, kann niedersinken und dort unten liegen bleiben, ohne jemals wieder aufzusteigen, wenn es nicht passt.

Somit sind unsere Gemeinsamkeiten auf das begrenzt, was Sven trotz allem bereit war zurückzuwerfen, ungefähr wie ein Wal, der seine weiche Atemluft wie eine Fontäne aussprüht. Aber uns ging oder geht es nicht schlechter als anderen. Genau betrachtet haben wir es ziemlich schön in unserer Gemeinschaft voller unbedeutender Dinge und Trivialitäten. Und wir schützen unsere Geheimnisse.

Heute sitze ich ganz gegen meine Gewohnheiten schon nachmittags am Sekretär. Er ist wieder freigeräumt, die Flaschen stehen im Keller, und die Blumen sind entsorgt, bis auf einen Strauß meiner eigenen Maiden's Blush. Die aufgeblühten Rosen sind hellrosa und üppig, die Knospen haben den Regen gut überstanden, ohne zusammenzukleben oder zu verwelken. Maiden's Blush, »Die Röte der Jungfrau«, war eine der ersten Rosensorten, die ich gepflanzt habe, und ich bin dankbar für ihre Geduld und den wunderbaren, fast frechen Duft, der mich daran erinnert, dass sie in Frankreich »Schenkel der Nymphe« heißt oder so ähnlich. Ein passender Name, damals im viktorianischen England natürlich nicht so passend. So wurde daraus »Die Röte der Jungfrau«, und wir kühlen Nordlichter folgten brav, was ich jedes Mal, wenn ich diese üppigen, feuchten Blumen sehe, schade finde.

Die Perfektion der Rosen erinnert mich daran, wie ich als Kind immer an meine eigenen Mängel erinnert wurde. Als ich sieben Jahre alt war, beschloss Mama, dass etwas mit mir nicht stimmte. Oder, wie sie es ausdrückte, »meine Tochter ist ein wenig komisch«. Das war ihre Art, die Tatsache beiseitezuschieben, dass ich bereits zu der Zeit gelernt hatte, was Heimtücke bedeutete, und dass sie meine Persönlichkeit auf grundlegende Art verändert hatte.

Das war die Zeit, als unser letztes Kindermädchen ging. Ich weiß nicht mehr, warum, nur, dass sie eines Tages fort war und dass damit eine chaotische Zeit begann, weil wir kein neues fanden. Papa arbeitete als Ingenieur, und Mama war auf volle Stelle gegangen. Ihr Geschäft lief gut, und ihre Aufgaben wurden eher mehr als weniger. Es war die Rede davon, dass ihre Mutter zu uns kommen und eine Weile bei uns wohnen sollte, doch in letzter Sekunde rief diese an und erzählte Mama, dass sie stattdessen jemanden gefunden habe.

Dieser Jemand hieß Britta, war nicht älter als fünfzehn, brauchte aber eine Arbeitsstelle, da ihre Mutter knapp bei Kasse war und viele Geschwister zu versorgen hatte. Ihr Vater war gestorben, als sie neun Jahre alt war, und deshalb war sie es gewohnt zu helfen und scheute sich nicht davor, zuzupacken, wie Oma sich ausdrückte. Mama und Papa willigten ein. Das Zimmer zur Untermiete für das letzte Mädchen war immer noch frei, und da hieß es nur die Bettwäsche wechseln und einziehen. Eine Woche später stand Britta vor unserer Tür.

Nervös hatte ich den neuen Aufpasser erwartet. Ich war schon ausgeschimpft worden, weil ich die falsche Kleidung angezogen hatte. Meine Eltern hatten gemeinsam tapfer versucht, Ordnung zu schaffen und den Zigarettenqualm der Gäste vom Vorabend zu vertreiben, und jetzt saßen wir da und warteten mit dem Essen. Als es an der Tür klingelte und Papa aufstand, um zu öffnen, wurde ich plötzlich so schüchtern, dass ich in mein Zimmer lief. Von dort konnte ich Papas Stimme hören und eine dunkle, melodische Mädchenstimme, die antwortete. Ich hörte, wie sie sich unterhielten und Papa mit dieser Britta in die Küche ging und dass

Mama sie begrüßte. Dann hörte ich das Scharren von Stühlen und dass Papa fragte, ob sie etwas zu trinken haben wolle. Ich schlich mich so weit auf den Flur, dass ich Mama hören konnte, wie sie den Gast bat, sich zu setzen.

»Eva isst mit uns, aber ich warne dich: Sie isst schrecklich langsam«, sagte sie lachend.

»Dann kaut sie ihr Essen wohl gründlich«, antwortete die Unbekannte ruhig, und da entdeckten sie, dass ich in der Tür stand.

»Komm rein und begrüße Britta«, sagte Papa, und ich ging zu dem Mädchen, das mich soeben verteidigt hatte.

Ich schaute vorsichtig auf und sah ein breites, glattes Gesicht. Das Mädchen vor mir wirkte eher wie eine große Schwester und nicht wie ein Kindermädchen. Sie hatte dichtes, braunes Haar, das in einem langen Zopf den Rücken hinunterhing, fröhliche blaue Augen und einen breiten Mund. Ihre Nase war rund und an der Spitze leicht gerötet, und sie war kräftig, ohne dass man sie als dick bezeichnen konnte, eher muskulös, als hätte sie körperlich gearbeitet. Sie sah aus wie die Inkarnation eines Mädchens vom Lande, was sie ja auch war, und ich liebte sie vom ersten Moment an.

Warum? Weil sie mich anlächelte und auf eine Art Güte, Wärme und Mitgefühl ausstrahlte, die für mich gleichzeitig unbegreiflich und lang ersehnt war. Weil sie mich nicht nur ansah, sondern mich sah. Als wäre ich etwas Wertvolles, nicht etwas, das nur störte.

»Hallo. Ich heiße Britta. Und du bist Eva, wie ich gehört habe. Was für ein schöner Name. Ich fand es nie gut, dass ich Britta heiße. Das klingt so bäurisch«, sagte sie lachend. Ihr norrländischer Akzent war nicht so ausgeprägt wie bei einigen unserer Verwandten.

»Ich finde Britta schön«, erwiderte ich. Da umarmte sie mich, und ich ließ es geschehen. Sie duftete nach warmer Haut, ein bisschen Schweiß und irgendwie frischgebacken, was seine Erklärung fand, als sie sich hinhockte und etwas aus ihrer Handtasche holte.

»Sieh mal, was ich dir mitgebracht habe«, sagte sie und holte ein süßes Hefebrötchen in Form eines Hasen hervor. Es war groß, goldbraun, und ich dachte, dass ich das niemals würde aufessen können. Mama lächelte und schaute Britta an, holte dann ein Zigarettenetui aus Silber hervor und fragte Britta, ob sie auch eine möchte. Britta lehnte dankend ab, und Mama zündete sich eine Zigarette an, warf ihr blondes Haar aus der Stirn und lehnte sich zurück. Ich konnte ihren Gesichtsausdruck nicht deuten, obwohl ich bereits mit sieben Jahren ziemlich gut darin war, da ich wusste, wie wichtig es war, zu erkennen, in welcher Gemütsverfassung sie sich befand. Man musste sein Verhalten danach ausrichten.

Aber es kam kein Ausbruch oder hämischer Kommentar. Stattdessen aßen wir gemütlich, während Mama erklärte, was zu tun war und wie sie es haben wollte. Ab und zu musste saubergemacht werden, das, was Frau Lundström nicht schaffte, und es musste gebacken, gewaschen und genäht werden. Und dann gab es da noch mich, auf die aufgepasst werden musste.

»Eva musst du nehmen, wie sie ist. Sie ist ziemlich tollpatschig, deshalb wäre es gut, wenn du jeden Tag mit ihr eine Weile rausgehst, damit sie sich bewegt.«

Dass ich tollpatschig war, wusste ich, seit wir vor einigen Wochen Twist getanzt hatten. Mama hatte mir gezeigt, wie es ging, ich hatte es versucht, und Mama hatte herzlich gelacht. Es hatte mich gefreut, dass sie lachte, bis mir klar wurde, dass sie nicht mit mir lachte, sondern über mich, und jetzt bereitete mir allein schon der Name dieses Tanzes Übelkeit. Ich schaute auf meinen Teller, und als ich fertig gegessen hatte, fragte ich, ob ich in mein Zimmer gehen dürfe. Von dort konnte ich hören, wie Mama und Papa sich weiter mit Britta unterhielten, das Leben in Stockholm mit dem in Norrland verglichen. Britta erzählte, dass sie Marilyn Monroe über alles bewundere und dass sie sich von ihrem ersten Lohn dünne Nylonstrümpfe kaufen wolle.

Als ich ins Bett gegangen war, überlegte ich lange, wer wohl Marilyn Monroe sein könnte. Aus der Küche hörte ich Mamas Stimme.

»Sie wirkt ein bisschen einfältig, aber wenn sie gut arbeitet …«

Ich hörte nicht, was Papa darauf erwiderte, und es interessierte mich auch nicht. Ich schlief ein und dachte, dass ich die nächste Zeit richtig glücklich werden könnte, da ich jemanden um mich hatte, der fast wie eine Schwester war.

Glücklich wurde ich auch, zwar nur sechs Monate lang, doch das waren sechs Monate, die immer noch strahlen. Britta und ich verstanden uns auf eine Art, von der ich weiß, dass sie einzigartig ist, denn nicht nur ich war gern mit ihr zusammen, sondern sie auch mit mir. Bereits am ersten Tag, als Mama und Papa zur Arbeit gegangen waren, begann sie meine Gefühle zu erziehen. Ich hatte mich hinter der Gardine versteckt, als sie hereinkam, und weigerte mich zunächst, herauszukommen.

»Komm her, damit ich dich in den Arm nehmen kann. Denn genau das brauchst du! Komm her, sage ich. Ich will dich ganz, ganz fest in den Arm nehmen!«

Das sagte sie, während sie sich die Schürze umband, und als ich herausgekommen war, warf sie sich über mich, trug mich zum Bett, warf mich darauf und legte sich daneben. Es dauerte eine Stunde, bis ich in der Lage war, ihre Umarmung ohne Vorbehalt zu erwidern, doch anschließend lagen wir den ganzen Tag da, kämpften zum Spaß und lachten, jedenfalls erschien es mir so. Britta fragte mich nur wenig, und wenn ich nicht erzählen wollte, begann sie von dem Leben oben in Norrland zu erzählen, von ihren Geschwistern, ihrer Mutter, dem Haus und wie kalt es im Winter werden konnte und dass man nirgends feine Nylonstrümpfe bekommen konnte.

»Es gibt Strümpfe, die sind so dünn, dass man sie kaum sieht. Solche will ich haben. Glaubst du nicht auch, dass ich dann eine Dame bin?«

Sie sprang plötzlich aus dem Bett hoch und begann elegant herumzuspazieren, tat so, als rauchte sie eine Zigarette, und stieß imaginäre Rauchwolken aus. Ich lachte, dass mir die Tränen kamen, und Britta warf mit einem Kissen nach mir.

»Lach nicht. Irgendwann werde ich ein Filmstar. Genau wie Greta Garbo. Die war nur eine normale Verkäuferin, bevor sie entdeckt wurde.«

»Was ist ein Filmstar?«

Britta setzte sich bei mir auf die Bettkante und schaute mich mit großen Augen an.

»Ein Filmstar, das ist jemand, der nur schöne

Kleider anzieht und morgens nicht aufstehen und nicht frieren muss.«

»Frieren Filmstars nicht im Winter?«

»Du Dummerchen!«

Ich liebte sie. Liebte sie, weil sie mir von ihren Träumen erzählte, als wäre ich wichtig. Liebte sie, weil sie mich so gern in den Arm nahm, dass ich mich darüber freuen konnte, dass sie es tat, und mich nicht mehr dadurch schützen musste, abweisend zu erscheinen.

Britta widmete mir die meiste Zeit und wenig der übrigen Arbeit. Wir malten Bilder und tapezierten mein Zimmer damit, wir buken und schmierten die ganze Küche ein, wir gingen in den Garten, wälzten uns im Schnee und machten Engel, und wir unternahmen lange Spaziergänge und huschten dann in eine warme Konditorei hinein, wo wir jeder eine Tasse Kakao tranken. Es war Winter, aber Britta fand es »pipiwarm«, wie sie sich ausdrückte. Sie war es gewohnt, dass es ordentlich knackte und bis minus vierzig Grad kalt wurde, und im Vergleich dazu war der Winter in Stockholm nicht der Rede wert. Also zog sie sich so wenig Kleidung an wie möglich, um elegant auszusehen, und manchmal löste sie ihren Zopf, wenn wir in der Konditorei saßen, so dass ihr dichtes Haar offen über den Rücken hing. Sie hoffte, dadurch »entdeckt« zu werden, während ich neben ihr saß und nur dachte, wie phantastisch es doch war, in einer Konditorei zu sitzen, Kakao zu trinken und dabei den kleinen Finger abzuspreizen, fast als wäre ich jemand, auf den man achtete.

Eines Nachmittags wanderten wir im Wald. Wir versteckten uns, sprangen hervor und erschreckten uns gegenseitig, bis ich Britta aus Versehen ein Bein stellte, so dass sie stolperte und hinfiel. Als sie sich aufrappelte, sah ich, dass sie sich die Nase ein wenig an einem Eisstück geschrammt hatte. Ich bekam Angst und dachte, dass sie mich jetzt zum ersten Mal ausschimpfen würde, doch sie fing nur laut an zu lachen.

»Also, diese Nase ist auf jeden Fall zu groß. Wenn ich ein Filmstar werden will, dann kann es nicht schaden, jetzt schon mal anzufangen, daran herumzufeilen. Danke, du Goldstück«, brachte sie heraus. Ich war so erleichtert darüber, dass es ihr gelang, ein Missgeschick in etwas Schönes zu verwandeln, dass ich zu ihr rannte und sie um die Taille fasste. Sie erwiderte meine Umarmung, und eine Weile blieben wir so stehen, miteinander verflochten im Schnee, während die Tannen um uns herum wogten. Ich konnte ihr Herz unter dem Mantel klopfen hören, als sie mich hochhob, damit wir auf Augenhöhe waren, und als ich in ihre lieben, blauen Augen schaute, sah sie mich mit ungewöhnlichem Ernst an.

»Du bist das Beste, was es gibt. Vergiss das nicht«, sagte sie und gab mir einen Nasenstüber.

Für kurze Zeit glaubte ich ihr das fast.

Wenn ich auf Britta zulief, breitete sie die Arme aus und nahm mich in Empfang, und deshalb begann ich nach einigen Wochen zu glauben, dass ich vielleicht tatsächlich so liebenswert war, wie sie es mir immer sagte. Ich brauchte mit meinen Fragen nicht mehr zu Mama zu gehen, nur um ihre wütende Stimme hören zu müssen, wenn sie mir sagte, dass sie keine Zeit habe. Es gab Britta, und sie hatte für mich alle Zeit der Welt. Mit der Zeit lernte ich, was für ein Gefühl es ist, ohne jeden Vorbehalt geliebt zu werden, denn das wurde ich, und nicht für das, was ich tat, auch wenn ich es damals nicht so hätte beschreiben können. Ich wusste nicht, wie Liebe ohne Vorbehalt zu beschreiben ist. Ich wusste nur, wie sie schmeckt. Ungefähr wie heißer Kakao mit Schlagsahne in der Konditorei. Süß, heiß, weich und nach mehr. Sicher, so etwas gab es auch mit Papa. Doch seine Zeit war begrenzt, eingezwängt zwischen der Arbeit einerseits und Mama andererseits. Brittas Zeit war endlos. Ihre Zeitachse verschwand am Horizont.

Mein Vater und meine Mutter merkten, dass ich mich veränderte und mehr lachte, schneller aß und besser schlief, aber sie reagierten auf unterschiedliche Art und Weise. Während Papa Britta beim

Abendessen lobte und fand, sie sei phantastisch, fand Mama immer mehr Fehler an ihr. Etwas war nicht weggeräumt, etwas nicht ordentlich genäht, und etwas war nicht so gebacken, wie es sein sollte. Papa verteidigte Britta und sagte, es wäre bestimmt nicht einfach gewesen, den Vater so jung zu verlieren und dass sie es sicher sehr hart gehabt habe. Mama schnaubte nur.

»Ja, als Kind glaubt man oft, dass man ganz viel tut, aber es ist nicht so viel, wie man denkt. Außerdem war sie immerhin schon neun Jahre alt, als ihr Vater gestorben ist. Dann hat sie es doch immerhin ein paar Jahre schön gehabt.«

Es war diese Art von Kommentar, an die ich mich noch gewöhnen sollte, doch damals ahnte ich nur, wie entsetzlich er war, vielleicht deshalb, weil Papas Gesicht in überraschtem Ekel erstarrte. Gleichzeitig hatte Mama einen Ausdruck im Blick, der warnte, dass jeden Moment ein Anfall einsetzen konnte, einer dieser wahnsinnigen Ausbrüche ohne Sinn, Logik oder Rücksicht. Papa wandte sich stattdessen lieber mir zu.

»Aber du magst Britta gern, nicht wahr?«

»Wir waren einmal im Wald und haben gespielt. Und da hat sie gesagt, dass ich das Beste bin, was es gibt.« Und dann erzählte ich von unserem Versteckspiel im Wald.

Bereits als ich klein war, hatte ich mir angewöhnt, in das Schlafzimmer meiner Eltern zu gehen«, um Mama beim An- und Ausziehen zuzusehen. Am besten gefiel mir, wie sie ihre Unterwäsche aussuchte, alles teuer, exklusiv und mit viel Spitze. Ihr Bauch war straff, trotz der Schwangerschaft, und ich konnte erahnen, dass sie mit ihren langen Beinen und ihrem blonden Haar, das nicht wie bei vielen anderen Frauen wie zu unbeweglichem Draht gesprayt war, sondern dem erlaubt wurde, glänzend auf die Schultern zu fallen, sehr schön anzusehen sein musste. Sie machte sich gewissenhaft zurecht, nahm sich Zeit für die Finger- und Fußnägel und das Haar, ging zur Gymnastik und schwimmen und cremte sich ein und rasierte sich mit fast verzweifelter Wut, und da sie erst einundzwanzig Jahre alt gewesen war, als sie mich bekam, konnte sie sich selbst jetzt immer noch als junge Frau betrachten.

Anfangs tolerierte sie meine Anwesenheit und ließ sich manchmal sogar dazu herab, mich einzubeziehen.

»Was meinst du, was soll ich heute anziehen, Eva?«, fragte sie mich und zeigte mir die Alternativen. Doch da ich immer wieder die falsche Kleidung für das herrschende Wetter wählte, begann sie nach einer Weile mit Verärgerung zu reagieren, besonders, wenn ich dicht an sie herankroch, um im Detail zu studieren, wie sie sich die Wimpern tuschte. Es kam vor, dass meine Nähe sie dazu brachte, mit der Hand zu zittern, so dass Mascara auf die Wange kam, was sie ungemein ärgerte. Ich sah, wie sie sich beherrschen musste, um mich nicht zum Teufel zu wünschen.

Eines Freitagnachmittags saß ich wieder dort und schaute zu, wie sie sich für einen Restaurantbesuch mit Papa und einigen Freunden zurechtmachte. Kleider und Röcke lagen auf dem Bett, und ich zupfte verträumt an den Stoffen, während ich überlegte, ob ich traurig sein sollte, dass wir den Freitagabend nicht zusammen verbrachten. Einerseits ließen mich meine Eltern allein. Andererseits würde Britta kommen und auf mich aufpassen, was mehr Süßigkeiten bedeutete und dass ich länger aufbleiben durfte. Ein Abend mit Britta würde nicht langweilig werden, aber gleichzeitig spürte ich eine gewisse Verlassenheit, vielleicht weil Mama so fröhlich aussah, als sie in den Spiegel schaute und sich auf den Abend vorbereitete. Ich dachte an die Ereignisse des Tages, dass es geschneit hatte und dass Britta und ich in der Badewanne gesessen und uns mit Farben vollgeschmiert hatten. Wir hatten einander angemalt und dann alles wieder abgewaschen, uns abgetrocknet, Bademäntel angezogen und uns auf dem Sofa eingekuschelt, wo wir eine Zeitschrift über Filmstars anguckten, die Britta gekauft hatte. Britta hatte ihren Arm um mich gelegt, und ich schmiegte mich an ihre Brust und spürte, wie weich sie war und wie gern sie mich mochte.

Mama probierte eine Kette aus. Ich schaute auf, und es rutschte mir so heraus.

»Ich finde Britta einfach richtig lieb.«

Mamas Gesicht im Spiegel. Gefrorenes Sorbet. Ein Blick. Es braute sich etwas zusammen. Aha.

»Wie schön, dass du das findest. Und du darfst ja finden, was du willst. Warum ist sie denn so lieb? Weil sie immer frisch gebackene Brötchen für dich hat?«

»Nein, aber …«

»Warum ist sie besser als ich? Weil ich nicht so ein Bauerntrampel bin? Findest du mich deshalb nicht richtig lieb? Welche Mutter ist denn besser als ich? Eine dieser normalen, langweiligen Hausfrauen? Liegt es vielleicht daran, dass ich so viel Geld verdiene, dass ich nicht lieb bin? Willst du etwa, dass Britta deine Mama sein soll?«

»Aber Mama …«

»Liegt es daran, dass du mich nicht anspucken kannst, findest du mich deshalb nicht lieb?«

Die Tränen kamen, obwohl ich es nicht wollte. Dass die eine lieb war, bedeutete also, dass die andere nicht gewürdigt wurde. Lob wurde zur Anklage. Du sollst keine anderen Götter haben neben mir. Ich zog mich zurück in mein Zimmer und kam nicht einmal heraus, als sie gehen wollten. Papa musste in mein Zimmer kommen, um mich in den Arm zu nehmen, während Mama direkt ins wartende Taxi verschwand.

An dem Abend taten Britta und ich etwas Verbotenes. Sie fing wieder an, von den Nylonstrümpfen zu reden, und ich, die zugeschaut hatte, wie Mama sich anzog, wusste, wo sie lagen. Ich schlug vor, Mamas Kleider anzugucken, und nach einigem Zögern nickte Britta und folgte mir. Wir gingen ins Schlafzimmer und öffneten Schranktüren und zogen Schubladen heraus, und Brittas Zögern war bald verschwunden, als sie sich die dünnen Nylonstrümpfe über die Beine zog. Wir holten jede Menge Kleider heraus und legten sie auf das Bett, und Britta schaute mit großen Augen auf das trägerlose Ballkleid mit dem Korsett und dem weißen Rock, die gestrickten Kostüme mit hautengen Röcken, halblangen, maßgeschneiderten Jacken und Pumps mit hohen, dünnen Absätzen.

Ohne sagen zu können, wer anfing, zogen wir uns unsere eigene Kleidung aus und begannen Mamas Sachen anzuprobieren, etwas, was ich mich nie zuvor getraut hatte. Britta zog sich ein schwarzes Kleid an und einen dosenähnlichen Hut mit Schleier, versuchte dann die Füße in ein Paar goldfarbene Schuhe zu pressen. Ich selbst wählte ein langes Kleid in Violett und drapierte es mir um den Körper. Wir lachten, kicherten und drehten uns vor dem Spiegel, bis Britta auf die Idee kam, dass wir tanzen sollten.

»Komm«, sagte sie und zog mich mit in die gute Stube, wo das Grammophon stand. Wir legten eine Platte mit Swingmusik auf und tanzten miteinander, wobei wir so lachten, dass wir uns krümmten. Britta war ganz rot im Gesicht.

»Ich bin Brigitte Bardot«, rief sie und drehte sich im Kreis, immer weiter, bis wir schließlich zu Boden kullerten und anfingen, miteinander zu ringen. Es wurde spät, bis wir alles wieder in Ordnung gebracht hatten und ins Bett gehen konnten. Britta legte sich in mein Bett, und wir schliefen Arm in Arm ein.

»Britta, du bleibst doch bei mir?«, fragte ich, bevor mich der Schlaf mit sich zog.

»Ist ja wohl klar, dass ich bei dir bleibe«, antwortete sie ein wenig träge.

Am nächsten Tag war sie fort. Als ich am Morgen vom Wecker aufwachte, war es nicht Britta, die in der Tür stand, sondern ein Nachbarsmädchen. Ich schaute Mama fragend an, sie wollte gerade zur Arbeit gehen. Papa war bereits weg.

»Britta kommt nicht«, sagte Mama.

»Ist sie krank?«

»Nein. Sie kommt nur nicht. Heute nicht. Und überhaupt nicht. Nie wieder.«

Ich versuchte zu verstehen, was sie da sagte. Britta war doch gestern hier gewesen, dann musste sie ja wohl auch heute kommen. Ich sah, wie Mama einen schön geschwungenen Mantel anzog und sich bereit machte loszugehen, und ich schrie voller Panik: »Wo ist Britta? Warum kommt sie nicht?«

Mama drehte sich zu mir um.

»Sie kommt nie wieder zurück. Das ist deine Schuld. Und du weißt ja wohl am besten, warum.«

Dann drehte sie sich um und verschwand.

Ich konnte es damals nicht wissen, und vielleicht weiß ich es nicht einmal heute, welche dunklen Kräfte sie dazu brachten, das zu sagen. Ich weiß nur, dass die Worte etwas in mir zerbrachen, das zwar zu dem Zeitpunkt schon angenagt war, aber zumindest den äußeren Belastungen noch standgehalten hatte. Den ganzen Tag lag ich in meinem Bett, umklammerte die Schürze, die Britta an ihrem letzten Tag umgebunden hatte und die immer noch ihren Duft in sich trug, während das Nachbarsmädchen mich bekniete, doch aufzustehen. Etwas in mir sagte mir, dass das, was Mama gesagt hatte, nicht wahr war. Dass ich nichts getan hatte. Dass Britta am Abend vorher nicht mit mir so vergnügt hätte sein können, wenn sie geplant hätte, mich zu verlassen. Gleichzeitig dachte ich an die Momente, in denen Mama innerhalb von Sekunden von Frohsinn zu rasender Wut umschlug, und mir wurde klar, dass ich es gewagt hatte, jemandem zu vertrauen und dass das vermutlich gefährlich war. Ich hatte etwas getan, das falsch gewesen war, und Britta hatte wohl doch nie die Absicht gehabt, bei mir zu bleiben. Sie hatte nur den richtigen Moment abgewartet.

Mehrere Wochen lang trug ich Britta wie eine Kugel verklumpter Trauer in mir herum. Den Teighasen, den ich von ihr geschenkt bekommen hatte, hatte ich ganz hinten im Schrank versteckt, und manchmal holte ich ihn heraus und streichelte ihn, ohne weinen zu können. Papa hatte mich an dem Abend, an dem sie verschwunden war, gefragt, ob ich wisse, was passiert sei, und ich hatte nur genickt, ohne etwas zu sagen. Hätte ich mich getraut, mit ihm zu reden, wäre mir vieles erspart geblieben, aber ich hatte den Glauben an die Menschen und an mich selbst verloren und sah ein, dass ich, ich ganz allein, diejenige war, die bestraft werden sollte. In den nächsten Wochen wurde ich nur noch stiller, noch verschlossener, und Mama entschied, dass etwas mit mir nicht stimmte.

Es war Papas Verdienst, dass ich überhaupt die Wahrheit erfuhr. Eines Abends kam er zu mir herein und setzte sich so vorsichtig auf meine Bettkante, dass ich es erst gar nicht merkte.

»Eva, kannst du mir nicht erzählen, warum du

so traurig bist?«, fragte er und strich mir über die Wange.

Bis zu diesem Zeitpunkt hatte ich es nicht gekonnt. Jetzt kam alles heraus, zusammen mit den Tränen.

»Ich bin schuld daran, dass Britta verschwunden ist«, schluchzte ich.

»Aber wie kannst du nur so etwas glauben?« Papa sah überrascht aus.

»Mama hat das gesagt. Sie hat gesagt, dass ich schuld bin, dass sie verschwunden ist.«

Papa verstummte. Sein Gesicht lag im Dunkeln, ich konnte nicht erkennen, was er dachte.

»Wir haben Britta erwischt, wie sie Mamas Kleider anprobiert hat«, sagte er schließlich.

Und dann erzählte er mir, dass sie Britta an dem Abend, bevor sie verschwand, in einem von Mamas Abendkleidern angetroffen hatten. Sie hatte ihren Schlüssel nicht gehört, stand im Schlafzimmer und schaute sich im Spiegel an, als sie hereinkamen. Offenbar hatte sie unser Spiel fortgesetzt, nachdem ich eingeschlafen war. Sie hatte verzweifelt um Verzeihung gebeten, doch Mama war wütend geworden und hatte ihr gesagt, sie solle auf der Stelle zusehen, dass sie verschwinde, und sich nie wieder in unserem Haus blicken lassen, sonst werde sie sie noch wegen Diebstahl anzeigen. Papa hatte nach seinen Worten versucht zu vermitteln, doch das hatte nichts genützt. Britta war in ihr Zimmer zur Untermiete gegangen und am nächsten Tag zurück nach Norrland getrampt. Jetzt arbeitete sie in einem Restaurant in Umeå.

Viel später sollte mir meine Großmutter den Rest der Geschichte erzählen. Bevor Britta nach Hause fuhr, hat sie sich zumindest einen Traum verwirklicht, sie hat sich nämlich ein Paar dünne Nylonstrümpfe gekauft. Und diese Strümpfe trug sie während der ganzen langen Reise in den Norden an den Beinen, um zu zeigen, dass sie etwas in der Großstadt erreicht hatte. Doch das Trampen dauerte mehr als einen Tag, und sie musste in der Kälte warten, die zwar keine vierzig Grad minus erreichte, aber gut und gern minus dreißig. Als sie schließlich vollkommen erschöpft bei ihrer Familie ankam, waren die Strümpfe an ihren Beinen festgefroren. Mehr wusste meine Großmutter nicht, nur dass diese Geschichte nicht nur sie, sondern viele andere im Ort empört hatte. Ich frage mich heute noch, wie schmerzhaft es ist, ein Paar festgefrorene Strümpfe von den Beinen zu lösen, und ob wohl bleibende Schäden entstehen. Ich habe darauf nie eine Antwort bekommen, da die direkten Beteiligten es mir nie erzählen wollten und die Ärzte, die ich fragte, sich so etwas nicht vorstellen konnten.

Aber ich weiß, wie der Gestank von Heimtücke riecht. Es ist ein Geruch, der irgendwo in mir in einem fest verschlossenen Glas konserviert wurde und den ich mit einer Pinzette hervorholen kann. Und von dem Tag an, als Papa mir die Wahrheit erzählt hatte, sah ich ein, dass der Kampf zwischen Mama und mir ein Kampf war, den nur eine von uns überleben konnte. Denn wie sehr ich mich auch anstrengte und was immer ich auch tat, es würde nie für mehr reichen als die kurzen Momente, die sie mir gönnte. Und ich konnte Britta nicht vergessen. »Meine Tochter ist ein bisschen merkwürdig.« Ja, genau so war es. An dem Abend, als Papa mir die Wahrheit sagte, tötete ich den Teighasen, indem ich ihn aufaß.

Und da beschloss ich, meine Mutter umzubringen. Das war ein Beschluss auf lange Sicht, und ich sollte gezwungen sein, zu planen und zu üben, aber mir blieb keine andere Wahl, als sie zu eliminieren. Denn ich begriff, dass ich gezwungen war, mich zu entscheiden. Solange sie lebte, würde sie mich daran hindern zu leben. Sie würde mir das Leben aussaugen und nur eine Haut zurücklassen, die schließlich austrocknete und zerbröselte. Ich war erst sieben Jahre alt, doch ich wusste, was sie mir angetan hatte und was sie noch fähig sein würde zu tun. Ich beschloss, um mein eigenes Leben zu kämpfen.

Es duftet gut aus der Küche. Vielleicht hat Sven eines seiner Omeletts gemacht, das hat er auf seine alten Tage gelernt, und zwar ziemlich gut, und wir essen das lieber, statt etwas Großes zu kochen. Jetzt können wir es außerdem mit unserer eigenen Petersilie würzen, die ich neben den Rosen gepflanzt habe, weil sie Blattläuse verjagt. Ich werde nie aufhören, mich zu wundern, wie ursprünglich es sich anfühlt, die Gartenschere zu nehmen und seine eigenen Pflanzen zu schneiden. Wenn der Salat reif sein wird, die Kartoffeln und die Roten Beete, dann kann man mehrere Tage von dem leben, was der Garten bietet. Sven kümmert sich um das Gemüse, ich um die Rosen. Das ist eine so einfache Wahrheit.

19. Juni

Zwei Tage ist es her, seit ich hier saß. Aber als ich das letzte Mal einen Punkt machte, schien es, als hätte sich der Deckel über den verdrängten Gefühlen geöffnet. Ich lief herum, sah Gespenster und nahm Gerüche aus der Kindheit wahr, als wäre ich über Nacht in ein Museum eingesperrt gewesen. Doch wenn ich an das denke, was ich geschrieben habe, sehe ich ein, dass meine Erinnerung verräterisch ist. Ehrlich gesagt weiß ich nicht mehr, was Britta sagte oder was ich antwortete. Meine aufgeschriebenen Dialoge sind vielleicht ebenso unwahr wie jedes beliebige Märchen. Aber was mir hilft, an ihren Wahrheitsgehalt zu glauben, das sind gerade die Düfte und Sinneseindrücke. Ich erinnere mich an ihren Geruch und damit auch an das, was sie gesagt hat. Ich sehe den roten Samt und die Kronleuchter in der Konditorei vor mir und die cremige weiße Sahne auf dem Kakao und kann dadurch hören, worüber wir geredet haben. Ich rie che den Duft von Schnee, vernehme die Stille des Waldes, in dem wir gespielt haben, und plötzlich rauschen unsere Stimmen in meinem Kopf wie herumflatternde Vögel. Deshalb glaube ich, dass ich die Wahrheit aufgeschrieben habe. Zumindest ist die Erinnerung wahr genug, dass ich an sie glauben kann.

Doch in der Gegenwart, da laufe ich herum und kann nichts spüren, mich nicht über die Sommerwärme freuen, die trotz allem zu kommen scheint, keine Überraschung darüber, dass Eric und Isa offenbar Nachwuchs erwarten, keine Wut darüber, dass Sven mir in den Ohren damit liegt, dass unsere Wasserleitung im Garten umgelegt werden muss. Er will sie so verändern, dass sie sicher vor der Kälte ist. Damit wir keinen Wasserschaden zu befürchten haben.

»Aber wir haben noch nie einen Wasserschaden gehabt«, sage ich.

»Den werden wir aber kriegen, wenn wir lange genug warten«, erwidert Sven.

»Ja, sicher, aber wenn wir lange genug warten, dann sind wir tot und brauchen kein Wasser mehr«, kontere ich und bekomme darauf nicht einmal irgendeine Reaktion. Sven spricht nicht gern über den Tod, und jetzt beharre ich nicht länger auf meinem Standpunkt. Das ist eines der Themen, die so tief sinken, dass sie nie wieder an die Oberfläche kommen, nicht einmal mit Hilfe eines Schleppnetzes.

Die hochkommenden Gefühle habe ich kompensiert, indem ich mich mehrere Stunden lang um meine Rosenbüsche gekümmert habe. Jedes Mal, wenn ich zu ihnen gehe, bin ich aufs Neue verwundert darüber, dass mir die Gartenarbeit so viel Spaß macht. Nun handelt es sich vielleicht nicht um echte Gartenarbeit, weil ich ja nur meine Rosen pflege, keine Kartoffeln oder Tomaten ziehe, für die Sven die bessere Hand hat, aber dennoch. Ich habe in meiner Jugend von alten britischen Offizieren gelesen, die anfingen, Rosen zu züchten, als sie in den Ruhestand gingen, und ich habe immer gedacht, dass es doch eine sonderbare menschliche Entwicklung ist, die vom Krieg zu den Rosen führt, und jetzt bin ich selbst den gleichen Weg gegangen.

Mein Rosenbestand ist mittlerweile alt. Es ist fast vierzig Jahre her, seit ich meine erste Rose gepflanzt habe, die neuen, die hinzukommen, passen sich den älteren an, und alles zusammen bildet ein Gebüsch, das fast undurchdringlich geworden ist. Ich weiß zwar, dass man Rosen nicht zu eng zusammenpflanzen soll, aber darum habe ich mich nie gekümmert, und ich kann mich damit rechtfertigen, dass eine dichte Buschbepflanzung die Erde an heißen und trockenen Tagen gut schützt.

Und dem ist wirklich so, auch wenn das Problem der Westküste eher der Regen als die Trockenheit ist. Die Heckenrosen haben sich mit anderen wilden Sorten gemischt, mit Teerosen und alten englischen Parkrosen, doch es ist meine erste Peace, die den Kern des Bestandes bildet, diese wunderbare gelbe Rose mit rosa Nuancen und einem leichten Duft, der an Gartenkresse erinnert. Die Dornen sind nicht so spitz, ich kann die Blumen ohne Handschuhe pflegen, wenn ich sie fühlen möchte, und der Duft ist so verlockend, dass die Hummeln den ganzen Sommer damit beschäftigt sind, zwischen den geöffneten Blüten hin und her zu fliegen.

Was hat mich dazu gebracht, ausgerechnet Rosen zu pflanzen? War ich so fasziniert von der Geschichte der Rosen, dass ihre Wurzeln sich Tausende Jahre in die Vergangenheit erstrecken und dass sie bereits die gleiche Verlockung auf Griechen und Römer wie auch auf die Menschen in Persien und China ausgeübt haben? Dachte ich an Cleopatras Rosenorgien oder daran, dass es »sub rosa« heißt, unter der Rose, wenn etwas vertraulich ist, dass die Rose eine Schweigepflicht hat und damit die beste Verbündete ist, die es gibt? Vermutlich, denn meine Rosen wissen alles, und gleichzeitig sind sie schön und unnahbar. Sie stechen, und trotzdem darf ich sie berühren, und ich weiß, dass die Rosen mich nie im Stich lassen, solange ich sie nicht im Stich lasse. Sie ertragen es, gequält zu werden, und können sich verteidigen. Vielleicht haben sie deshalb überlebt. Sie tragen schöne Blüten und böse Dornen, doch die Dornen sind sichtbar und berechenbar.

Oder begründet sich meine Liebe zu den Rosen in einer Frage, die mir vor langer Zeit hinsichtlich meiner Schönheit gestellt wurde – ob sie möglicherweise schon erblüht und zur Vollendung gelangt sei? Sicher, das Echo habe ich zwischen meinen Rosen gehört, die so schönen englischen Worte, die ich für mich nie ins Schwedische übersetzen mochte. Vielleicht ist es diese Frage, die dazu geführt hat, dass ich in den letzten Tagen voller Wollust die Sturmschäden und verblühten Blüten weggeräumt und Zweige geschnitten habe, die im Weg waren. Ein paar Zweige habe ich mitgenommen und sie auf den Nachttisch und ins Fenster gestellt, wie ich es immer tue, damit der Rosenduft sich im Haus ausbreiten kann. Vermutlich ist das der Grund, warum ich überhaupt schlafen kann und dass meine unkontrollierten Träume trotz allem zu ertragen sind.

Seit fast vierzig Jahren wohne ich jetzt in diesem Haus an der Westküste, nur einen Steinwurf vom Meer entfernt. Das ist schon sonderbar, will ich doch eigentlich alles, nur keinen Stillstand.

Mein ganzes Berufsleben habe ich in einem Reisebüro verbracht, was mir die Möglichkeit gab, möglichst viel von anderen Ländern zu sehen. Aber ich bin hier gelandet, in dem Haus, das früher einmal unser Ferienhaus war. Ich habe es immer geliebt, weil Papa es liebte und weil Mama es nicht mochte, und somit war meine Liebe eine Bestätigung und eine Ablehnung zugleich. Weder Mama noch Papa hatten irgendeine Beziehung zur Westküste, und da wir etwas außerhalb von Stockholm wohnten, konnten wir ans Wasser, wann immer wir wollten. Aber mein Vater verspürte eine Sehnsucht nach hierher, und das war die treibende Kraft. Er sprach immer von der wilden Natur und davon, dass er auf Felsen leben wollte, auf denen die Pflanzen vor dem Wasser flohen und nicht davon angezogen wurden.

Mama verabscheute den Ort vom ersten Moment an. Sie verabscheute bereits die Idee, ein Sommerhaus zu haben, und erklärte, sie verknüpfe mit Urlaub ausreichend Sonne, elegante Restaurants und Nachtclubs, nicht drinnen sitzen zu müssen und einen Sturm nach dem anderen abzuwarten. Sie hasste das Klima, den Regen, der sie dazu zwang, Gummistiefel anzuziehen, die Untätigkeit, den Garten und die Tatsache, dass die Gottesdienste am Sonntag als Unterbrechung der Tristesse anzusehen waren. Sie mochte den Geruch nach Algen und Tang nicht, Segeln verabscheute sie, und sie weigerte sich, sich unter die Ansässigen zu mischen.

Doch als Papa das Haus gesehen und sich in es verliebt hatte, konnte sie nicht viel dagegen tun. Das war eines der wenigen Male, wo sogar ihre ständig wiederkehrenden aggressiven Anfälle nichts nützten. Das Haus war zu der Zeit ziemlich baufällig, aber es besaß einen Garten, den Papa und ich nie mehr als nötig zähmten. Wacholder und Heide durften ihre Wurzeln dort schlagen, wo sie wollten, die nackten Felsen wurden nicht mit Blumen im Überfluss tapeziert, sondern durften ihre rohe Schönheit behalten. Die Rosen pflanzte ich, doch da war ich es schon nicht mehr, die das Schicksal lenkte, sondern das Schicksal lenkte mich.

Als ich heute an meinen Rosen arbeitete, schien die Sonne so stark, dass es mir richtig heiß wurde. Ich setzte mich ins Gras, lehnte mich gegen den Felsen und schloss die Augen. Der Rosenduft war ganz intensiv, und plötzlich waren die Erinnerungen wieder da, wie ich auf dem Rasen herumlief und mit dem Nachbarjungen Fußball spielte, Papa, der in Badehose und mit braungebranntem Rücken und sommerblondem Haar den Rasen mähte, Mama im Sommerkleid, im Liegestuhl sitzend, einen Saft oder vielleicht noch etwas anderes im

Glas, eine Modezeitschrift lesend. Mama, die lachend zu mir hochblickte.

»Eva. Du siehst so munter aus. Richtig sommerlich. Nur komisch, dass du immer noch so einen Kugelbauch hast, es sieht aus, als wäre er mit der Luftpumpe aufgeblasen worden, die wir immer für die Luftmatratzen benutzen.«

Die plötzliche Scham und die Wut, die mich dazu brachten, hineinzulaufen und mir irgendeinen Pulli überzuziehen, damit mein Freund nicht meinen Kugelbauch sähe. Verborgene Dornen, die stechen und die Haut zum Bluten bringen. Gleichzeitig diese betörend schönen Blütenblätter.

Mit der Zeit setzten wir das Haus instand und ließen Toilette und Dusche einbauen, so dass ich nicht mehr auf das Plumpsklo gehen musste, was nur erträglich war, weil ich dort in Ruhe sitzen und alte Zeitungen lesen konnte. Ich bekam ein eigenes Zimmer mit dieser Decke, die wir immer noch haben, diesem Holzmuster, das immer zu Träumen und Phantasien verlockt. Mamas Wunsch nach eleganten Ferien in der Sonne verblasste mit jedem Urlaub, während Papas und meine Liebe zu unserem Sommerhaus wuchs. So waren wir es, die das Meer und die Inseln gemeinsam erforschten, Krebse mit eigenhändig gefangenen Muscheln fischten, nackt von den Klippen ins Wasser sprangen und einander mit Quallen bewarfen. Es waren unsere Füße, die von den Felskanten abgehärtet waren, und unsere Hände, die von Seepocken blutig gerissen wurden. Mamas gepflegte Hände wurden höchstens abgehärtet, wenn sie sich die Nägel feilte oder Zitronenschale für irgendein elegantes Gericht raspelte.

Zitronentorte als Dessert, Hähnchen als Hauptgericht, die Vorspeise habe ich verdrängt. Wir sollten Besuch zum Essen bekommen, Freunde auf der Durchreise, die vorbeischauen wollten, und ich hatte mich schon den ganzen Tag darüber beschwert. Beschwert, weil die Kinder, die kommen sollten, zwei Mädchen waren, mit denen ich nicht das Geringste gemeinsam hatte, zwei Mädchen, die ein wenig älter waren und nie draußen spielen wollten, sondern sich die ganze Zeit in meinem Zimmer aufhielten, in meinen Kleidern und meinem Schmuck herumwühlten und alles anprobieren wollten. Kann ich damals acht Jahre alt gewesen sein? Auf jeden Fall erinnere ich mich an den Namen der Familie, Sundelin, und dass Mama den Staub unter den Teppich gefegt und all das Essen gekocht hatte, wobei sie die ganze Zeit mit mir schimpfte, weil ich störte. Ihre Wangen waren gerötet, und sie sah ganz munter aus, als sie sich die Haare bürstete, und ich verstand überhaupt nicht, was so schön daran sein sollte, Besuch von irgendwelchen Freunden aus Stockholm zu bekommen, wenn man sie zu Hause doch sowieso jederzeit treffen konnte. Aber der Vater der Familie war wohl jemand, mit dem Mama zusammenarbeitete, und sie schien viel von ihm zu halten. Sie lachte immer viel und laut, wenn er zu Besuch war, so laut, dass sie ganz rot im Gesicht wurde.

Ich wurde gezwungen, meine Sommerkleidung gegen irgendwas Stadtfeines auszutauschen, und dann stand ich mit meinen salzigen, zerzausten Locken da, während Mama mit der Bürste versuchte, sich durchzukämpfen. Zwar hatte ich gegen den Kleiderwechsel protestiert, war aber dennoch froh, dass es sie interessierte, was ich trug, und dieses Glück versöhnte mich fast mit dem Kämmen, so dass ich den Schmerz an den Haarwurzeln ertrug. Mama trug ein ärmelloses Kleid und Sandalen. Sie war sorgfältig geschminkt, verlor aber fast die Beherrschung, weil mein Haar nicht so wollte wie sie. Mitten im Kämmen, gerade als ich mir selbst versprochen hatte, fröhlich zu sein, während der Besuch hier war, klingelte es an der Tür. Mama fluchte und zwang meine Haare zu einem Pferdeschwanz zusammen, befahl mir, mitzukommen und die Gäste zu begrüßen. Und es war tatsächlich das Paar Sundelin, das draußen mit Blumen und Kindern stand, und Mama ließ ein nur ein klein wenig zu schrilles Lachen erklingen, als sie sie willkommen hieß.

»Eva hat sich den ganzen Tag nicht waschen

oder anziehen wollen, und kämmen durfte ich sie auch nicht, weil sie es nicht wichtig findet, hübsch auszusehen, wenn Gäste kommen. Ja, ja, sie ist schon etwas sonderbar. Nicht wahr, Eva?«

Ich kann sie vor mir sehen. Schön, leicht verschwitzt, gefährlich. Sie brauchte ein Opfer auf dem Altar und etwas Lustiges, womit sie die Tatsache überdecken konnte, dass sie aufgedreht war. Vage erinnere ich mich noch, wie Herr oder Frau Sundelin etwas Unverfängliches sagte, während sie ihre Kleider aufhängten. Aber die hellen Gedanken gab es nicht mehr, nur das Dunkle pochte nun in meinem Kopf. Eines Tages werde ich. Eines Tages werde ich. Meine Zeit wird kommen. Meine Zeit wird kommen.

Als ich die Augen öffnete, hatte Sven Saft, Brote und Kaffee auf dem Rasen angerichtet, da er weiß, dass ich immer noch so gern auf dem Boden sitze und esse. Wir saßen harmonisch schweigend beieinander, bis Sven mich plötzlich fragte, woher ich denn diesen unerhörten Drang zum Schreiben mit einem Mal habe.

»Ist was passiert? Fühlst du dich unruhig? Denkst du an Susanne, dass sie so angespannt ist? Ich glaube, das wird sich regeln, weißt du. Sie ist doch immer so gewesen. Tough nach außen, aber innen viel weicher, als man glaubt. Die reinste Schokoladenpraline.«

Ich sagte, wie es war, dass es mir schien, als würden sich die verdrängten Ecken in Erinnerung rufen, dass ich über das schreibe, was gewesen ist, und dass mir plötzlich Dinge einfallen, die ich dann zu Papier bringe, ohne es steuern zu können. Dass ich nichts dagegen tun kann, dass Mama einfach auftaucht. Der Stein fällt ins Wasser, und der Wal stößt seine Fontäne aus.

»Na, unter ihr hast du ja wohl genug leiden müssen«, meinte Sven.

Und dann sagte er das, was er immer schon gesagt hat. Dass Kinder nicht dazu da sind, um ihre Eltern glücklich zu machen, und dass es am besten ist, wenn man gewisse Personen als krank bezeichnet, sonst könnten die gesunden Menschen nicht in ihrer Nähe leben. Dass ich dafür sorgen sollte, zumindest in meinen letzten Lebensjahren glücklich zu sein, denn so verdammt viele Jahre würden es ja wahrscheinlich nicht mehr werden.

Und ich sah uns beide da im Gras sitzen, beide mit verlorenen Träumen und geschrumpften Hoffnungen. Ich sah unser grau gestrichenes Haus mit den blauen Farbtupfen und Svens Hose, die unten schon abgewetzt ist, und seine Augenbrauen, die sich nicht zähmen lassen. Ich sah seine Augen, die wie eine Scherbe vom Himmel aussahen, und konnte den Duft der Rosenbüsche erahnen, und ich wusste, dass ich alles tat, was in meiner Macht stand, und dass mehr nicht möglich war. Aber weniger auch nicht. Ich habe meine Mutter getötet, und ich habe überlebt.

20. Juni

Es ist drei Uhr, und das Mondlicht scheint durch das Fenster herein und erleuchtet das Zimmer mit einem schizophrenen Licht, als wollte es gleichzeitig vergolden und verdunkeln. Früher glaubte ich nie an dieses ganze Gerede vom Mond und seinem möglichen Einfluss auf uns Menschen. Jetzt bin ich mir da nicht mehr so sicher. Es ist meine Vernunftseite, die mich überzeugte, und nicht so sehr die Gefühlsseite, und die Vernunft sagt mir, wenn der Mond so gewaltige Wassermassen hin und her bewegen kann, dann müsste er doch auch einen Einfluss auf die Menschen haben, da wir faktisch zum größten Teil aus Wasser bestehen. Als Kind stellte ich mir vor, wie der Mond sog und sog, so dass kleine Babys und Katzen durch das All flogen und auf dem Mond landeten, wo sie dann wie von einem großen Magneten festgehalten saßen, bis die Kraft nachließ und sie für alle Zeiten verschwanden. Das war meine Erklärung für mysteriöses Verschwinden, und deshalb bestand ich darauf, dass mein Zimmer in diesem Sommerhaus an der Westküste, das zu meinem ständigen Wohnsitz wurde, ein Fenster haben musste, das es mir erlaubte, den Mond anzusehen. Damit ich ihn im Auge behalten konnte, falls er die Absicht hatte, mich als sein nächstes Opfer auszusuchen.

Merkwürdigerweise hatte ich nie Angst, wenn ich im Bett lag und auf den ständig sich verändernden Mond blickte, der, wenn er voll war, mein Zimmer erleuchtete. Aber ich bewahrte mir ein gesundes Misstrauen. Ich hatte das Gefühl, als hätten der Mond und ich einen Vertrag miteinander geschlossen, der beinhaltete, dass ich seine Schönheit und seine wechselnden Formen schätzte, dafür aber in Ruhe gelassen und nicht ins Weltall gerissen würde.

Auch von meinem Sekretär aus kann ich den Mond sehen, und jetzt kann ich nicht anders, ich muss mich einfach darüber wundern, wie sehr dieser Himmelskörper durch alle Zeiten hindurch die Menschen inspiriert hat. Ich denke an die armen Chinesen, die vom Mond träumten, bis die Amerikaner einfach eine Rakete bauten, hochfuhren und auf ihm herumspazierten. Wie erbärmlich fand ich es doch, vor dem Fernseher Neil Armstrongs Wanderung auf einer Mondoberfläche zu verfolgen, die sich bei näherem Hinsehen als rau und uneben erwies, während ununterbrochen von einem anonymen Kontrollraum aus betont wurde, wie bahnbrechend das, was wir dort sahen, doch war. Und wie sehr dieses Bahnbrechende die Illusionen der Chinesen zerstörte, da die Photonen auf dem Mond sich als etwas herausstellten, was nicht mehr schön und wert war, angebetet zu werden, sondern hässlich und wissenschaftlich verrucht. So ist es mit den meisten Dingen, die auf den ersten Blick eine glatte und schöne Oberfläche haben. Schaut man genauer hin, sieht man die Krater.

Von außen betrachtet war meine Kindheit vielleicht auch schön und beneidenswert. Meine Eltern galten als fröhlich und nett im Umgang, und auch wenn es daheim nicht immer wirklich ordentlich war, so waren wir auf jeden Fall eine »moderne«, »lebendige« und »offene« Familie, ein Symbol für den Fortschritt, der es den Frauen erlaubte, zu arbeiten. Wenn wir Übernachtungsgäste oder Essensbesuch hatten, dann wurde das immer wieder am Küchentisch diskutiert, manchmal fröhlich und manchmal ziemlich hitzig und aggressiv. Oft war hysterisches Lachen zu hören, aber erst, nachdem eine oder mehrere Flaschen herausgeholt und geleert worden waren, doch das geschah abends, wenn ich nicht dabei war.

Richtig laut konnte es werden, wenn Mama sich langweilte oder ihr etwas gegen den Strich ging.

Es genügte, ihr in die Augen zu sehen, um zu wissen, ob es gefährlich werden könnte. Dann kam die Schelte, sobald man sich zeigte, die hitzigen Diskussionen darüber, was falsch war, oder die langen Monologe dahingehend, wie schwer sie es hatte. Wir zuckten oft zusammen, Papa und ich, unter dieser Flut von Vorwürfen hinsichtlich unserer Erbärmlichkeit, die auf uns einprasseln konnte. Papa verteidigte sich ein von zehn Mal, während meine Racheaktionen heimlich verliefen. Bis alles ein Ende nahm, als ich siebzehn war.

Wenn ich in diesem Mondlicht daran zurückdenke, was diese Katastrophen auslöste, ist mir klar, dass sie jedes Mal nahe am Abgrund balancierte. Nach einem Streit konnte sie davonrauschen, die Drohung in der Luft, nie wieder zurückzukehren, und manchmal war sie für Stunden fort, manchmal für einige Tage. Die Angst, die ich spürte, dass sie nicht wieder zurückkommen könnte, war schrecklich, genauso wie die Wut darüber, dass sie mir so etwas zumutete, immer und immer wieder. Doch da eine derartige Szene nie wieder zur Sprache kam, wenn sie erst einmal vorbei war, und da nie im Leben an eine Entschuldigung zu denken war, blieb immer nur die Anklage als bleibende Wahrheit zurück, dass »die anderen« die Schuld daran trugen.

Nach dem Vorfall mit Britta geschah etwas. Die

Krater wurden deutlicher, Mama schwankte auf dem Rand, und ich hatte eine weiße Hälfte in mir, die alles so gut wie möglich machen wollte, und eine schwarze, die bereits beschlossen hatte, sich zu rächen. Die weiße Seite strengte sich an, ihr alles recht zu machen, lobte, verstand und half beim Abwaschen, Saubermachen und Einkaufen, ohne etwas für sich selbst zu fordern. Die schwarze Seite weigerte sich, das Haar ordentlich zu kämmen, lachte über die weiße, reiste in der Phantasie nach Afrika und schmiedete Mordpläne.

Meine weiße Seite konnte über Mamas Gemeinheiten und ihre Unfähigkeit zu lieben in die Kissen weinen. Das Licht in mir hoffte, dass Mama hereinkommen, verstehen, die Tränen sehen und sie wegwischen würde, damit alles anders und gut werde. Meine schwarze Seite dagegen hatte bereits mit der Rache begonnen. Pik König besuchte mich immer häufiger und sprach mit mir darüber, dass der Mord, den zu begehen ich beschlossen hatte, mich befreien werde und dass er mir bei den Vorbereitungen helfen wolle. Ab und zu warf er ein, dass ja vielleicht meine Mutter gar nicht meine richtige Mutter war und dass ich überhaupt kein schlechtes Gewissen zu haben brauchte wegen der Dinge, die ich tun wollte. Mein Handeln würde das Leiden vermindern. Meines, aber vielleicht auch das anderer in ihrer Umgebung.

Er unterstützte mich und gab mir zu verstehen, dass ich es schaffen würde, Schritt für Schritt das auszuführen, was mir ein richtiges Leben schenken würde. Ich begann mit den Buchstaben. Von Anfang an ahnte ich, dass es von großem Nutzen sein könnte, wenn meine Schrift genauso aussähe wie die von Mama. Ich zwang meine Finger, nicht den standardisierten Buchstaben zu folgen, die mir mein Lehrer als Vorbild gab, sondern ahmte stattdessen Mamas schöne Handschrift nach, den eleganten Haken um das t, ein freches s, ein l, das sich ausbreiten durfte. Muss ich noch sagen, dass es mir gelang? Es gelang mir so gut, dass Mama voller Verblüffung alles korrigierte, was ich schrieb, da unsere Handschriften so zum Verwechseln ähnlich waren, dass man sie fast als identisch bezeichnen konnte. So identisch, dass es später ausgezeichnet funktionieren sollte, als ich gezwungen war, meine Taten zu vertuschen.

»Daran kann ich sehen, dass du wirklich meine Tochter bist«, ich erinnere mich, dass sie das einmal behauptete. Ich dachte nur, dass sie eigentlich überhaupt nichts wusste. Der Wille, Ähnlichkeiten zu schaffen, wo es keine Ähnlichkeiten gab.

Heute bekam ich einen Telefonanruf von Iréne Sörenson, die wütend darauf hinwies, dass sie sich vollkommen ratlos fühlte, weil sie so einsam war.

»Nicht ein einziges Aas kommt vorbei«, erklärte

sie anklagend, und ich konnte nicht umhin, musste ihren Vergleich als treffend bestätigen, sah sie vor mir, wie sie mit ihrer Raubvogelnase zu Hause saß und auf ein Opfer wartete, und wenn sie mit ihm fertig war, wäre es dem Tode so nah, dass sie das Wenige, das noch übrig war, fröhlich aufessen konnte, auch wenn es noch ein wenig zappelte. Sie erinnert mich manchmal auch an Spinnen, die ihre Opfer einwickeln, ihnen dann ihr Gift einspritzen, so dass die Eingeweide sich auflösen, sie anschließend aussaugen und nur eine fast vertrocknete Schale zurücklassen. Iréne Sörenson weiß, wie man sich eine nahrhafte Mahlzeit verschafft, und dabei geht es nicht die Bohne darum, dem Rat von Essenszirkeln oder frischgebackenen Gesundheitsgurus zu folgen, sondern es geht darum, von Energie zu leben. Vielleicht könnte man sagen, dass sie eine Art geistige Philosophie praktiziert. Nur dass die Energie, von der sie lebt, immer die anderer Menschen ist und nicht nur eine kosmische.

Wie es dazu kam, dass ich eine so wichtige Person in ihrem Leben geworden bin und wie ich es so weit habe kommen lassen? Es ging um Schuld, um den Wunsch, ein Verbrechen zu sühnen. Als der Rücken bei meiner geliebten, aber anstrengenden Arbeit in Jacobis Reisebüro nicht mehr mitmachte, war ich gezwungen, eine vorzeitige Pensionierung zu akzeptieren. Allein das Wort konnte bei mir Übelkeit hervorrufen. Es hätte ebenso gut vorzeitige Aussortierung heißen können oder vorzeitiges Ende. Nichts, nicht einmal Svens Beteuerung, dass er seine Pensionierung ja auch überlebt hatte und wir jetzt endlich Zeit hätten, alles ein wenig ruhiger angehen zu lassen, konnte mich von meiner Überzeugung abbringen, dass ich zu nichts mehr zu gebrauchen war. Diese Vibrationen müssen sich ausgebreitet haben, denn nur wenige Wochen nach dem Beginn meiner unfreiwilligen Freiheit rief mich eine Dame vom örtlichen Roten Kreuz an und fragte, ob ich nicht Mitglied in ihrer Hilfsgruppe für ältere Mitbürger werden wolle.

Diese Tätigkeit sollte kein Ersatz für die häusliche Pflege sein, auch wenn es in der Praxis genau das wurde, weil es dem Pflegepersonal verboten war, sich auf einen Stuhl zu stellen, um etwas von oben herunterzuholen, während die Frauen vom Roten Kreuz einfach einen Stuhl heranzogen und das taten, was notwendig war, ohne weiter an die Folgen zu denken. Offiziell sollte es nur darum gehen, eine Reihe von alten Leuten anzurufen, um zu hören, ob sie noch lebten und zumindest für diesen Tag genug Essen im Haus hatten. Diese Anfrage erschien harmlos, und ich konnte nur schwer den einen oder anderen Telefonanruf pro Tag ablehnen. Sven brummte und meinte, die Kinder der Alten könnten doch genauso gut anrufen. Ich erwiderte, dass die Kinder der Alten vermutlich noch unzuverlässiger waren als der Pflegedienst.

Von den vier, fünf Personen, die ich kontrollieren sollte, war es bald Iréne Sörenson, die mich am meisten in Anspruch nahm. Während die anderen artig antworteten, dass sie natürlich aufgestanden waren und sich angezogen hätten und für den Anruf dankten, pflegte Iréne Sörenson sich bitter über ihre Einsamkeit zu beklagen.

»Es sind doch immer Menschen um einen gewesen«, konnte sie sagen und mir so auf äußerst effektive Art und Weise zu verstehen geben, dass ich diejenige war, die sie verjagt hatte. Es dauerte nicht lange, bis es ihr gelungen war, ihr Netz so fest um mich zu wickeln, dass ich mich plötzlich an ihrem Küchentisch sitzend wiederfand, mit Kaffee und frischgebackenen Weizenbrötchen vor mir. Im Gegenzug dazu lädt sie mich zum Essen ein, was, abgesehen von der Gesellschaft, keinen Grund zur Klage bietet. Denn Iréne Sörenson kocht gut, wenn sie sich anstrengt und den Wein sorgfältig auswählt – und sie strengt sich immer an, wenn sie weiß, dass sie selbst mitessen wird und das Ergebnis genießen kann.

Um die Mittagszeit rief sie mich also an und war verängstigt, was sie mit Aggressivität zu vertuschen versuchte.

»Du kannst gern bei mir vorbeikommen. Ich

habe einen Rhabarberkuchen gebacken, und auf dem Weg hierher kannst du ja Schlagsahne kaufen, die können wir dann dazu essen, mir fällt es ja so schwer, rauszugehen.«

Es war wohl eher das Portemonnaie, das zu öffnen ihr so schwerfiel. Doch bevor ich eine überzeugende Entschuldigung formulieren konnte, hatte sie bereits den Hörer aufgelegt, und da ich meine Rosen versorgt hatte und eine Schwäche für Rhabarberkuchen habe, ließ ich Sven im Karottenfeld zurück und machte mich auf den Weg.

Die Sonne der letzten Tage hatte fröhliche Sommercamper herbeigerufen, die Wege wirkten nicht mehr so ausgestorben. Es wäre übertrieben, das als lebendig oder auch nur belebt zu bezeichnen, doch die Leere und das Herbstgefühl sind auf jeden Fall vertrieben. Iréne Sörensons Haus liegt fast direkt am Wasser in einer der äußeren Buchten, so nah am Meer, dass heutzutage eine Baugenehmigung ausgeschlossen wäre. Aber alte Bestimmungen zu ändern ist eine Sache, alte Häuser abzureißen eine andere, und deshalb sitzt sie sicher in ihrem Möwennest und kann über das Meer blicken und der wechselnden Natur zuschauen, ohne sich sonderlich zu beunruhigen.

Ich nahm das Risiko in Kauf, mir sämtliche Knochen zu brechen, indem ich den Strand entlangging, über die Felsen kletterte und Halt an Grasbüscheln zwischen ihnen suchte. Der Algengeruch war intensiv, und ich konnte sehen, dass das Wetter einen ganzen Pulk an roten Quallen hervorgerufen hatte, die normalerweise bis Juli warten oder sogar bis August, um die Badenden zu ärgern. Jetzt lagen geleeartige Haufen am Strand, und die wenigen Menschen, die sich in das ziemlich kühle Wasser trauten, manövrierten vorsichtig zwischen den Anhäufungen hindurch. Schon die kleinste Berührung verursacht ein heftiges Brennen, ich weiß das, da mich die Fäden gestreichelt haben, die sie hinter sich herschleppen wie eine Braut ihren Schleier, in dem aber Giftampullen versteckt sind. Weiter oben konnte ich sehen, wie ein weiteres Haus zum festen Wohnsitz umgebaut wurde, und dachte, dass Frillesås' Verwandlung vom Ferienort zu einer Gemeinde mit Einwohnern wahrlich nicht dazu beigetragen hatte, den Ort zu verschönern.

Iréne Sörenson öffnete, sobald ich angeklopft hatte, und empfing mich im Morgenmantel. Das war ungewöhnlich. Sonst war sie immer sehr auf ihre Kleidung und ihre Frisur bedacht, vielleicht eine Berufskrankheit, da sie einen eigenen Schönheitssalon besessen hatte. Heute aber sah sie ungepflegt aus. Die Haare standen ihr zu Berge, auf ihrem Kinn wuchs ein Haar, und ihr Gesicht sah ausnahmsweise einmal so aus wie das einer achtzigjährigen Frau.

»Du hast mich aber lange warten lassen. Der Kaffee ist fast kalt, und ich hatte so eine Lust auf Kuchen, dass ich einfach schon probieren musste«, informierte sie mich, bevor ich noch eintreten konnte. Ein »Herzlich willkommen, wie schön, dass du kommen konntest« hat sie sich schon lange abgewöhnt, da laut Iréne Sörensons Definition ein Besuch bei ihr eher eine Gunst als eine Pflicht ist. So begann mein Besuch bei ihr wie üblich damit, dass ich wütend wurde.

Das Haus sah ziemlich verstaubt aus. Wann Iréne das letzte Mal den Staubsauger in die Hand genommen hat, weiß ich nicht, und vermutlich war sie es gar nicht selbst, die putzte. Jedes Mal, wenn ich ihr vorschlage, doch mal ein wenig aufzuräumen, antwortet sie mir, dass sie gerade erst saubergemacht habe, es aber so schnell wieder schmutzig werde. Nun bekommt sie zwar Hilfe von der Gemeinde, die einige Male im Monat das Haus durchgeht, aber dabei handelt es sich definitiv um ein »Es-wird-ja-so-schnell-wieder-schmutzig-Putzen« und reicht gerade einmal, um die Mäuse fernzuhalten. Es kommt vor, dass ich zumindest in der Küche mit dem Lappen drübergehe, obwohl ich der Meinung bin, dass das ja nun wahrlich nicht meine Aufgabe ist. Sie hat sogar eine Tochter, die mal die Mistgabel in die Hand nehmen könnte. Doch das tut sie nicht, da sie ein Verhältnis zu ihrer Mutter hat, das noch schlechter zu sein scheint als meines zu meiner eigenen.

Ich habe sie sogar einmal angerufen und darauf hingewiesen, wie schlimm es bei Iréne aussieht.

»Sie müssen herkommen und sich drum kümmern«, sagte ich.

»Haben Sie eine Ahnung, wie oft meine Mutter etwas für mich getan hat?«, kam ihre Gegenfrage mit frostiger Stimme.

»Das mag ja sein, aber jetzt kann man aus guten Gründen davon ausgehen, dass Ihre Mutter nicht mehr lange leben wird, und deshalb müssen Sie über das eine oder andere hinwegsehen, was mal gewesen ist, und die Dinge so nehmen, wie sie jetzt sind«, erwiderte ich.

»An dem Tag, an dem sie abtritt, wird es eine einfache Fahrkarte nach unten und nicht nach oben geben, und wenn ich bei ihr putzen soll, dann will ich dafür bezahlt kriegen, denn ich weiß, dass sie sich eine Putzfrau leisten kann«, entgegnete sie, kam aber schließlich doch und blieb nach allem, was ich mitbekam, für einige Stunden dort. Aber von Staubsaugen war dabei nicht die Rede.

Wie dem auch sei, so wird man kaum Iréne Sörenson für ihre Taten zur Rechenschaft ziehen, jetzt, wo sie siebenundsiebzig Jahre alt ist. Außerdem ist das etwas, was mich nichts angeht.

Ich ging mit ihr in die Küche, wo bereits hübsch

gedeckt war, und dann schlug ich die Sahne steif, die wir zu einem richtig leckeren Kuchen verspeisten. Sie hat ihre Vorzüge, auch wenn es nur wenige sind. Anschließend holten wir ein Kartenspiel heraus und spielten eine Partie. Irénes Haar war immer noch zerzaust, der Morgenmantel roch nicht gerade frisch gewaschen, und ich fragte mich, wie lange sie es wohl noch ohne fremde Hilfe schaffen würde. Verbissen knöpfte sie mir zehn Kronen ab, da wir immer um ein paar Münzen spielen. So ist es laut Iréne lustiger, und noch lustiger ist es, wenn sie gewinnt. Sie gackerte zufrieden und schob das Geld in ihr Portemonnaie, das sich problemlos öffnen ließ. Ich widerstand dem Impuls, sie um Geld für die Sahne zu bitten, da sich sonst ihre Laune verschlechtert hätte und ich das Risiko eines baldigen Anrufs vermeiden wollte. Auf dem Heimweg fühlte ich mich in mehrfacher Hinsicht hereingelegt und überlegte, dass Iréne Sörenson eine der wenigen Personen ist, die mir immer das Gefühl geben, dass ich ein Verlierer bin. Vielleicht hat ihre Tochter doch den richtigen Weg gewählt, auch wenn es auf meine, wenn auch freiwillig übernommenen, Kosten geht. Aber das ist ja die Strafe, die ich mir selbst auferlegt habe. Man muss seine Schulden bezahlen, und das tue ich, indem ich mich um Iréne kümmere. Ein Leben für ein Leben. Eine Frau für eine andere.

Am Abend war Sven zu einem Herrenessen eingeladen, und als er zurückkam, konnte er lebhaft berichten, wie alte Nachbarn und Freunde einander in Stücke gerissen hatten, weil sie unterschiedlicher Meinung hinsichtlich des Konflikts im Nahen Osten waren.

»Die sind doch nicht ganz gescheit. Einige meinen, die Welt hätte ihr Recht verwirkt, Israel zu kritisieren, wenn man bedenkt, was im Zweiten Weltkrieg geschehen ist. Andere meinten, dass Unterdrückung niemals weitere Unterdrückung rechtfertigen kann. Es endete in einem Riesenstreit, und beim Dessert wäre es fast zur Prügelei gekommen. Ich habe mich nach dir gesehnt und bin nach Hause gegangen.«

Wir tranken zusammen ein Glas Wein und bestärkten uns in unserer Verwunderung darüber, wie alte Freundschaft in Aggressivität oder blanken Hass umschlagen kann. Sven behauptete, er hätte für jeden Freund eine Art inneres Konto eingerichtet, auf dem er gute Taten respektive Dummheiten verbuchte. Er meinte, solange das Gute überwog, sei es wert, den Freund zu behalten, und es gab Freunde, die ihm einmal so große Dienste geleistet hatten, dass es für den Rest ihres Lebens reichte, ganz gleich, wie viel Unsinn sie noch von sich geben würden. Ich fand, diese Einstellung klang ziemlich großmütig, und sagte das auch. Sven sah richtig fröhlich aus und feierte das damit, dass er sich mit einem weiteren Glas Wein und einem Happen Käse ins Bett legte, und ich leistete ihm in meinem Bett Gesellschaft, bis er einschlief und ich wieder aufstehen konnte.

Der Schlaf lässt mich im Stich, aber jetzt habe ich zumindest etwas, womit ich die Nacht ausfüllen kann. Der Mond scheint so hell, dass meine alten Wahnvorstellungen von einem Magneten nicht mehr als kindliche Phantasien abgetan werden können. Ich spüre die Kraft, die hineinfließt und dann wieder heraus, und ich weiß, dass ich, wenn ich den Stift hinlege und mich stattdessen in den Schein stelle und die Arme ausstrecke, von etwas erfüllt würde, das sich nicht länger beherrschen ließe.

23. Juni

Die letzten Tage waren erfüllt mit angeregten Frühstücken im Garten, den üblichen Alltagspflichten und langen Spaziergängen am Meer. Im Garten hatte ich die Rosen gepflegt, die sich nach den Stürmen erholt zu haben schienen. Ich hatte Bananenschalen für eine reichere Blüte untergegraben, einige Blattläuse, die sich verirrt hatten, mit den Fingern zerdrückt und Zweige von meiner York und Lancaster abgeschnitten und auf den Sekretär gestellt. Die Blüten, die weiß und rot sind, dufteten herrlich nach Kampf und Vergebung, und ich hoffe, dass mein Geruchssinn bis zum Ende intakt bleiben wird. Wenn ich die Augen schließe, kann ich den Duft von frischen französischen Croissants riechen, von reiner Bergluft in Österreich und die Süße der Weinberge entlang der Mosel. Dass ich in David Jacobis Reisebüro anfangen durfte zu arbeiten, hat nicht nur mein Leben, sondern sicher auch meinen Geruchssinn verändert. Außerdem gab es mir die Möglichkeit, den Mord an meiner Mutter zu vertuschen, der bis heute nicht aufgedeckt werden konnte.

Als ich endlich in die Schule kam, wusste ich bereits, dass ich nicht wie die anderen war, und hielt mich folglich schweigend zurück, um nicht entlarvt zu werden. Ein Blick in den Flurspiegel am Morgen, bevor ich losging, zeigte mir ein Mädchen mit lockigem, schwer zu bändigendem rotblondem Haar, grünen Augen, die viel zu groß für das Gesicht zu sein schienen, bleicher Haut und hervorstehenden Wangenknochen. Ich war und blieb mager, egal wie viel ich auch aß, und keine Bonbontüte oder Eisportion auf der Welt konnte etwas daran ändern.

Die Schule nahm mich sieben Tage die Woche in Anspruch, da ich auf so etwas Altmodisches wie die Sonntagsschule ging. Wie es dazu kommen konnte, weiß ich bis heute nicht. Mama war definitiv nicht religiös und schloss sich eher einer Meinung an, die ich häufig auch von Iréne Sörenson gehört habe, nämlich, dass »dieses Gelaber über diesen Jesus mich nichts angeht«. Mein Papa wollte gern ab und zu in die Kirche gehen, »um zu meditieren«, wie er sich ausdrückte, und Mama folgte ihm hin und wieder murrend. Unabhängig davon, was sie tat oder ließ, war es jedenfalls sonnenklar, dass ich an meiner Seelenrettung arbeiten musste oder mir zumindest ein bisschen nützliches Religionswissen aneignen sollte, um damit in der Schule zu glänzen. Tatsache ist, dass ich gern in der Bibel gelesen habe, weil die Geschichten genauso spannend waren wie die der Brüder Grimm und außerdem genauso grausam.

Ich erschauderte, als Jonas versuchte, in einem Schiff vor der Aufgabe zu fliehen, die Gott ihm auferlegt hatte, nur um dann von einem Sturm überrascht, über Bord geworfen und von einem Wal geschluckt zu werden, der ihn später an einem fremden Ufer wieder ausspuckte. Das war eine Geschichte, von der ich immer wieder träumte, da Pik König mir Ähnliches erzählte, und ich fragte mich oft, ob es Lampen in den Walen gab oder ob es da drinnen schwarz wie die Nacht war. Ich litt mit Josef, der nach Ägypten aufbrechen musste, und versuchte, an Kühe zu denken, bevor ich einschlief, damit ich von sieben mageren Kühen träumte, die sieben fette auffraßen. Und eine Zeitlang glaubte ich, dass alle Kinder aus dem Schilf herausgeschwemmt wurden, bis ich auf ein Loch im Unterleib aufmerksam wurde, das meine Theorie infrage stellte.

In dem Saal, in dem wir die Sonntagsschule hatten, hing außerdem das suggestivste Bild, das ich jemals gesehen habe, und das behaupte ich heute noch, trotz meines Besuchs in angesehenen

Kunstmuseen überall in Europa. Es war in vier Abschnitte unterteilt, und das erste Bild zeigte einen erschrockenen blonden Jungen, der durch den Dschungel lief, verfolgt von einem Löwen. Auf dem zweiten Bild hing der Junge über einem Felsabhang und klammerte sich an ein Seil, das an einem Baum befestigt war. Er baumelte über dem Abgrund, während der Löwe oben stand und mit gierigen Augen zu ihm hinabschaute, und ich fragte mich immer, ob der Junge selbst das Seil festgebunden hatte, aber das wäre ja merkwürdig, da man auf dem ersten Bild kein Seil sehen konnte. Andererseits erschien es mir unlogisch, dass jemand anders ein Seil in der passenden Länge gebunden haben könnte, aber vielleicht hatte sich der Künstler ja diesen Mangel an Logik gestattet.

Auf dem dritten Bild war die Situation noch zugespitzter. Unter dem Jungen, am Fuße des Felsens, stand plötzlich ein hungriges Krokodil und riss sein Maul mit den spitzen Zähnen weit auf. Oben stand immer noch der Löwe, aber was viel schlimmer war, eine Ratte nagte jetzt an dem Seil, das schon halb durchgebissen war. Ich kann mich noch daran erinnern, dass ich mich fragte, von welchem Tier gefressen zu werden wohl weniger schrecklich war. Ich kam auf den Löwen, da er zumindest ein weiches Fell hatte. Aber der blonde Junge musste gar keine Entscheidung treffen.

Auf dem vierten Bild zeigte sich am Himmel ein strahlendes Kreuz, und während der Junge ihm die Arme entgegenstreckte, wichen der Löwe, das Krokodil und die Ratte mit besiegtem und wütendem Blick zurück.

Nichts, was unsere Lehrer an der Sonntagsschule uns erzählten, konnte sich mit der suggestiven Dramatik dieses Bildes messen, aber was ich davon mitnahm, war nicht, dass sich das Kreuz als Rettung demjenigen offenbart, der in Not ist, sondern dass der Junge seine Arme einer Lösung entgegenstreckt. Wer Hilfe haben wollte, musste mit anderen Worten sich selbst vertrauen und entweder ein Seil in der Tasche haben oder sich weit genug strecken. Vermutlich beeinflusste mich dieses Bild stärker, als mir bewusst war, an dem Tag, als ich beschloss, mich zu rächen.

Mein Schulweg war vom ersten Tag an die Hölle, da ich gezwungen war, bei einem Nachbarn vorbeizugehen, der einen aggressiven, nicht erzogenen und hässlichen Boxer mit Namen Buster hatte. Der Hundebesitzer war bar jeden Gefühls und ließ den Hund frei im Garten und auch außerhalb herumlaufen, denn »man kann doch ein Tier nicht anbinden, oh nein, und wenn die Leute Angst haben, ja, dann ist das deren Problem«. Jedes Mal, wenn ich vorbeiging, spürte der hässliche Köter meine Angst, stürmte zur Hecke hin, stellte sich auf die Hinterbeine und kläffte, wobei ihm der Speichel aus dem offenen Maul herauslief. Ich konnte mir nie sicher sein, ob er nicht eines Tages über den Zaun springen und mich zerreißen würde mit seinem furchterregenden Maul, das genauso viele Zähne zu beinhalten schien wie das des Krokodils auf dem Bild, und ich war immer vollkommen verschwitzt, wenn ich in der Schule ankam, egal wie kalt es auch draußen sein mochte. Papa hatte mit dem Nachbarn geredet und sich beschwert, konnte aber gegen so viel Dummheit nichts ausrichten.

Meine Angst vor Buster war mehr als berechtigt, das hätten die anderen Nachbarn im Viertel bestätigen können. Buster hatte schon mehrmals andere Hunde angegriffen und sie ernsthaft verletzt. Da er nie angebunden war, rannte er, wenn er ausgeführt wurde, einfach los und kam mit Blut am Maul zurück, nachdem er versucht hatte, die Haustiere anderer Leute in mundgerechte Stücke zu zerreißen. Nichts konnte bewiesen werden, aber alle wussten, dass Buster derjenige war, der vor einigen Jahren einen Welpen in unserem Viertel totgebissen hatte.

Das Mädchen, dem der Hund gehörte, war so schockiert gewesen, dass es ins Krankenhaus eingeliefert werden musste. Doch obwohl ihre Eltern eine lange Liste von Unterschriften von Leuten sammelten, die forderten, dass Buster eingeschläfert werden sollte, wurde nie etwas daraus. Schließlich stand Wort gegen Wort, und die Polizei schien nicht daran interessiert zu sein, die Sache zu forcieren. Nach diesem Vorfall hasste ich Buster. Ich hasste ihn für seine Grausamkeit gegenüber anderen Hunden, für den Mord an einem unschuldigen Welpen und für das Leid, das er dem kleinen Mädchen zugefügt hatte. Ich verabscheute ihn, nicht nur für das, was er getan hatte, sondern auch dafür, dass er es mit einer Art morbider Intelligenz genossen zu haben schien, seinesgleichen so etwas anzutun.

An diesem Tag, es muss ein Samstag gewesen sein, waren Papa und ich draußen, wir gingen in den Park, der nicht weit von unserem Haus entfernt war. Mama lag seit dem Morgen im Bett und weigerte sich aufzustehen. Der Freitagabend war von ihrem beißenden Bericht über einen ihrer Kollegen vergiftet worden, der sie mit einer Spindel verglichen hatte, weil sie so gut darin war, »die Leute um den Finger zu wickeln und sie dazu zu bringen, die Drecksarbeit zu machen«. Vermutlich hatte der Kollege es nicht einmal so negativ gemeint, wie sie jetzt behauptete, es hätte fast ein Kompliment sein können, und ich selbst fand, dass der Vergleich mit dem Finger eigentlich ganz pfiffig war.

Auf jeden Fall hatte Mama sich zur vollkommenen Hysterie hochgeschaukelt und zum Schluss nur noch geschimpft, dass sie nicht perfekt sein könne und dass es ja wohl klar sei, dass sie sich auf der Arbeit kaputtschufte, wenn daheim niemand etwas Nettes für sie mache oder sie zum Lachen brachte. Sie hatte mir einen hasserfüllten Blick zugeworfen und gefragt, warum ich diesen labbrigen Pullover schon wieder anhatte. »Aber es ist ja klar«, hatte sie dann erklärt, »dich guckt ja sowieso niemand an. In deinem Alter habe ich mir meine Kleidung selbst ausgesucht und gekauft, und im Unterschied zu dir war ich flott angezogen, und ich kann dir sagen, alle Leute haben geguckt.« Dann war sie hinausgestürmt und hatte dabei geschrien: »Ist euch ja sowieso egal, ob ich für immer verschwinde!«, und bevor Papa sie einholen konnte, war sie weg. Sie kam um vier Uhr morgens zurück, was ich auf die Sekunde genau sagen konnte, da ich bis zu diesem Zeitpunkt wach lag und mir Sorgen machte. Am nächsten Morgen weigerte sie sich das Bett zu verlassen, und Papa und ich hatten beschlossen, dass es das Beste sei, sie in Ruhe zu lassen und einen Spaziergang zu machen.

Ich war wohl zwölf Jahre alt. Ich weiß jedenfalls, dass es angefangen hatte, im Körper zu kribbeln, und dass Papa eines Abends, als ich in der Badewanne saß und mich nicht verstecken konnte, ganz taktlos festgestellt hatte, dass ich langsam einen Busen bekäme. Während wir nebeneinanderher gingen, sprachen wir über den Hamster, von dem ich hoffte, dass wir ihn nächste Woche kaufen würden. Seit mehreren Jahren versuchte ich Papa davon zu überzeugen, dass ich mich um ihn kümmern würde. Mama war dagegen gewesen, sie meinte, das ganze Haus würde dann nach Pisse stinken, und Papa und sie hatten sich mehrfach deshalb gestritten, bis sie schließlich klein beigab, vermutlich, weil er ihr etwas Attraktives im Gegenzug versprochen hatte.

Ich konnte bereits jetzt die Freude über den Hamster spüren, die Berührung des weichen Fells, die Augen, die mich anschauten, die kleinen, klauenartigen Füße, die sich in meine Handflächen bohrten. Ich dachte auch, dass der Hamster Pik König, meinen Traum- und Phantasiefreund, dazu bringen würde, mich nicht mehr so oft zu erschrecken, sondern stattdessen seine beschützende Seite zu zeigen, wenn es so etwas Weiches und Unverdorbenes in meiner Nähe gab. Draußen, auf dem freien Gelände, entdeckte ich ein paar Blumen und lief dorthin, um sie zu pflücken und Mama mitzubringen, da sie Blumen so gern mochte, besonders, wenn sie sie geschenkt bekam, und weil meine helle Seite wünschte, dass sie wieder froh würde. Ich war so beschäftigt mit dem Pflücken, dass ich vollkommen überrascht aufschaute, als ich plötzlich ein Bellen hörte und den Boxer der

Nachbarn sah, der mich mit funkelnden Augen anstarrte.

Ich erinnere mich, wie ich schrie, während Buster hochsprang und mir seine Vorderpfoten auf die Schultern legte. Er biss mich nicht, schnappte nur und beschmierte mich mit Erde, und ich sah die hinterhältigen, widerlichen Augen, fühlte, wie der Hass zwischen uns vibrierte, und schrie, bis Papa mich hörte und herbeigelaufen kam, um mir zu helfen. In weiter Ferne sah ich, wie die Nachbarsfrau etwas rief, damit Buster zurückkam, was der Hund hochnäsig ignorierte, jetzt, wo er mich endlich hatte. Ich war der Junge mit dem blonden Haar, und er war sowohl Löwe als auch Krokodil und Ratte. Es schien eine Ewigkeit zu dauern, bis die Nachbarin und Papa ungefähr gleichzeitig bei mir ankamen. Die Nachbarin trug ein Kopftuch, das nur notdürftig eine unendliche Zahl von Lockenwicklern verdeckte, einen Mantel, der vorn ganz schmutzig war, und Gummistiefel, aus denen zwei magere, knorrige Beine ragten. Sie packte Buster beim Halsband, spuckte eine Kippe aus und trat sie lachend mit dem Stiefel im Gras aus.

»Er ist so verspielt«, sagte sie mit heiserer Stimme.

»Man kann ja wohl mindestens erwarten, dass der Besitzer eine so unberechenbare Kreatur an der

Leine hält«, entgegnete Papa, der so wütend war, dass seine Stimme zitterte.

»Wir können das Tier doch nicht so quälen, oh nein. Nicht die Tiere zerstören die Welt, es sind die Menschen, und es schadet nichts, wenn wir anderen Lebewesen mehr Respekt entgegenbringen«, erwiderte die Nachbarin wie so oft schon.

Sie ratterte irgendwelchen ideologischen Mist herunter, die alten banalen Klischees, und ich merkte, wie Papa immer mehr die Fassung verlor, je roter ihre Nase wurde. Schließlich zog ich ihn mit Gewalt fort, da Buster mich die ganze Zeit angestarrt hatte und ich nicht sicher sein konnte, dass die Nachbarsfrau ihn nicht aus reiner Gemeinheit wieder losließ. Meine Beine zitterten, und ich dachte an den Welpen und das kleine Mädchen und daran, wie verzweifelt es gewesen sein musste. Während wir nach Hause gingen, schaute ich auf die Blumen, die ich immer noch in der Hand hielt, und dachte, dass ich zumindest einen Kampf gewonnen hatte. Ich hatte sie nicht fallen lassen. Ich würde sie Mama geben können, und sie würde sich darüber freuen.

Als wir nach Hause kamen, saß Mama im Sessel, mit einem vollen Glas neben sich, und lackierte sich die Zehennägel. Sie hatte geduscht, sich die Haare gewaschen und duftete gut, und sie rümpfte die Nase, als sie sah, in welcher Verfassung ich war.

Ich erzählte ihr gleich, was passiert war, aber sie unterbrach mich und befahl mir, sofort unter die Dusche zu gehen. Trotzdem lief ich zuerst in die Küche und holte eine Vase für die Blumen, die ich immer noch in der Hand hielt. Ich ging hinein und stellte sie auf den Tisch neben Mama.

»Huflattich sind die hässlichsten Blumen, die ich kenne. So was wächst auf dem Misthaufen, das kann man am Geruch erkennen. Die riechen nach Scheiße«, sagte Mama.

Seitdem mag ich keinen Huflattich, und am nächsten Tag ging ich mit einem staubigen Gefühl im Mund zur Schule und mit geballten Fäusten an dem Boxer im Nachbarhaus vorbei. Es war mir gelungen, mein Haar zu einem Pferdeschwanz zu bändigen, aber der Geruch von Huflattich war so tief in mich eingedrungen, dass niemand in der Schule es wagte, mir näher zu kommen. Im Musikunterricht glaubte ich eine Möglichkeit gefunden zu haben, mich beim Singen abreagieren zu können, doch meine Stimme setzte sich im Hals fest. Schließlich hielt ich demonstrativ den Mund geschlossen. Die Musiklehrerin, eine in die Jahre gekommene Jungfer ohne den geringsten Charme, hatte große Probleme dabei, die Disziplin im Musiksaal aufrechtzuerhalten, und wurde wahnsinnig, wenn die Jungen skandierten: »vorführen, vorführen«, sobald es da rum ging, ein Instrument vorzustellen, das sie selbst nicht spielen konnte. Jetzt kam sie zu mir und ermahnte mich weiterzusingen, war aber bald gezwungen, sich von mir abzuwenden, um resigniert ein paar Jungs anzuschreien, die auf die Fensterbänke geklettert waren und über etwas lachten, das sich auf dem Schulhof abspielte und das definitiv nichts mit Musik zu tun hatte.

Als ich nach Hause gekommen war und mich in meinem Bett verstecken und nachdenken wollte, hörte ich eine Stimme aus der Küche.

»Eva. Komm sofort her. Wir müssen mit dir reden.«

Ich ging in die Küche und war überrascht, meine beiden Eltern am Küchentisch sitzen zu sehen, Mama mit einem schwer zu deutenden Ausdruck in den Augen, Papa offensichtlich nervös. Es war Mama, die das Wort führte. Sie machte auf mich einen sonderbaren Eindruck, als wäre sie eigentlich ganz fröhlich, müsste sich aber alle Mühe geben, aggressiv und aufgebracht zu wirken.

»Jetzt möchte ich ganz genau hören, was heute in der Schule passiert ist und wie du dich benommen hast. Genau wie es war, ohne dass du versuchst, etwas zu beschönigen oder gar zu verheimlichen.«

Ich versuchte mich an den Tag zu erinnern. Hausaufgabenabfrage, bei der ich nicht ein einziges Mal gefragt worden war. Ein paar Spiele in der Pause. Musik, wo ich die Stimme verloren hatte.

»Karin Thulin hat mich vor einer Weile bei der Arbeit angerufen und mir berichtet, wie schlecht du dich in Musik benommen hast. Ich habe Papa angerufen, damit wir das so schnell wie möglich aus der Welt schaffen. Wie kannst du dich nur einer Lehrerin gegenüber so verhalten?«

Karin Thulin, so hieß unsere Musiklehrerin. Und sie hatte angerufen? Ich musste mehrere Male nachfragen, um zu verstehen, und meine unschuldigen Fragen ließen Mamas Wut nur noch mehr anschwellen, während Papa sich auf seinem Stuhl wand. Schließlich war mir der Zusammenhang klar. Karin Thulin hatte angerufen und erzählt, dass ich halsstarrig sei und mich weigere, trotz wiederholter Ermahnung am Singen teilzunehmen. Sie hatte die Chance genutzt, ihrer Frustration über die eigene Unfähigkeit, für Ordnung zu sorgen, Luft zu machen, indem sie mein Verhalten aufblies und es den, wie sie sie bezeichnete, »ordentlichen Eltern« so darstellte, dass sie mir womöglich eine Abreibung verpassen würden. So gut war es uns gelungen, die Fassade aufrechtzuerhalten.

Ich versuchte meine Version des Geschehenen zu schildern, doch das interessierte Mama gar nicht, und plötzlich wusste ich, worum es eigentlich ging. Es ging darum, dass ich ihr eine Waffe in die Hand gegeben hatte, die sie jetzt benutzen konnte. Außerdem hatte sie Papa als Geisel, denn ein schlechtes Benehmen in der Schule, das war eine »wichtige« Frage, die die Verantwortung der Eltern forderte, auch wenn Karin Thulin als Person ihr vollkommen gleichgültig war und sie keinerlei Interesse dafür hegte, ob ich im Unterricht zurechtkam. Ich wusste nicht, wo sie zuzuschlagen gedachte, und wartete voller Unruhe.

Papa saß schweigend da, auf diese Art, die mich immer glauben ließ, dass er ein ganzes Meer an Gefühlen und Gedanken in sich berge für den, der danach fragte, doch plötzlich verachtete ich ihn, weil er sich nicht traute, sich gegen meine Mutter zu stellen, um mich zu verteidigen, was immer auch geschehen sein mochte. Mama trug eine enge schwarze Hose und eine Hemdbluse in Rosa. Sie war ein wenig rot im Gesicht, und ihr Armband klirrte, als sie mit schlecht verborgener Schadenfreude schrie, dass ich mich aufführen könne, wie ich wolle, solange sie nicht die Konsequenzen tragen und ihre Zeit mit Beschwerden von unfähigen Lehrern vergeuden müsse. Und dann kam es.

»Deshalb haben Papa und ich beschlossen, dass es nichts mit deinem Hamster wird. Du bist offensichtlich nicht in der Lage, dich um dich selbst zu kümmern, wie sollst du dich dann um ein Tier kümmern können?«

Weinen wäre einem Geständnis gleichgekommen, und den Triumph gönnte ich ihr nicht. Als es nichts mehr zu sagen gab, bat ich, in mein Zimmer gehen zu dürfen. Dort vergrub ich meinen Kopf unter der Bettdecke, während ich Mama weiterschreien hörte.

»Ich habe ein Kind, das sich nicht lenken lässt«, schimpfte sie. »Warum muss das mir passieren?«

Papas Antwort war als leises, verwaschenes Gemurmel zu vernehmen. Ich hörte ihre Stimmen, die schrille und die murmelnde, spürte die Wärme unter der Decke, schlief ein und träumte von Pik König. Ich sah ihn auf einer Klippe stehen, die Wellen schlugen unter ihm zusammen, und ich hörte ihn rufen: »Du musst auch springen, Eva. Du musst springen, um zu überleben.« Anschließend verschwand er mit dem Kopf zuerst in den Wellen, und als ich aufwachte, waren meine Gedanken klar. Plötzlich wusste ich ganz genau, was ich tun musste und wie ich es tun sollte. Es schien, als wäre ich aus mir selbst herausgeschlüpft und könnte jetzt zuschauen, wie eine ausgelutschte Schale ohne Gefühle agierte.

Mama musste bestraft werden. Doch jetzt noch nicht. Erst wenn ich sicher sein konnte, dass es mir gelingen würde. Um mir diese Sicherheit zu verschaffen, musste ich an anderen üben. Anderen, die sich auch schlecht benommen hatten, indem sie ihre Umgebung quälten. Auf diese Art und

Weise würde mein Training gleich mehreren guten Zwecken dienen. Ich würde mich verbessern. Gleichzeitig befreite ich die Welt von Unterdrückern, zur Freude und zum Segen vieler.

Ich begann eines Abends mit den Spinnen, weil sie zu dieser Tageszeit herauskamen und ihre Netze flickten, und ich fing eine nach der anderen ein, zuerst die kleinen, dann die größeren. Wir hatten reichlich davon im Garten, und ich ließ die kleineren Exemplare über meine Finger und die ausgestreckte Handfläche laufen, bevor sie den Arm hochklettern durften, so lange, bis schließlich ein Kitzeln und nicht mehr die Angst das beherrschende Gefühl war. Es dauerte vierzehn Tage, doch dann konnte ich auch die größte Spinne im Garten nehmen, die mit dem fettesten Hinterteil, und sie durfte überall auf mir herumkrabbeln. In einer letzten Kraftdemonstration legte ich mich ins Abendgras und setzte eine Spinne auf meine Wange, ließ sie mir übers Gesicht krabbeln und in meinem Haar verschwinden, und ich zwang mich, mehrere Minuten liegen zu bleiben, bevor ich aufstand und den Kopf heftig schüttelte. Es dauerte eine Weile, bis sie herauskullerte, an einem frisch gesponnenen Faden hängend wie ein eleganter Hochseilkünstler, und ich sah schon vor mir, wie sie begonnen hatte, zwischen meinen Locken ein Netz zu spinnen, unterdrückte die Panik aber, indem ich murmelte: »Das ist nicht gefährlich, das ist nicht gefährlich.« Das Glück darüber, die Gesichtsprüfung bestanden zu haben, erfüllte mich mit einem Siegesrausch, aber gleichzeitig ließ ich keinen Moment das Endziel aus den Augen. Manchmal konnte ich mich selbst damit belohnen, dass Elitesportler vielleicht mithilfe ähnlicher Zielvorstellungen ihre jahrelangen folterartigen Trainingseinheiten ertrugen. Im Vergleich zu ihnen waren meine Fortschritte überraschend schnell zu sehen.

Nachdem ich es mit den Spinnen geschafft hatte, machte ich mit Schnecken weiter, die sich leider auch auf unserem Grundstück tummelten, die ich jedoch wahrscheinlich als noch ekliger ansah. Ich hatte von einem der größeren Jungen an unserer Schule gehört, dass ein jüngerer Mitschüler gezwungen worden war, eine Schnecke zu essen, um in die Bande aufgenommen zu werden. Der Junge hatte es nur geschafft, den schleimigen Kloß in den Mund zu schieben, dann musste er sich schon übergeben. Seitdem verfolgte mich der Gedanke daran. Jetzt befahl ich mir selbst, Schnecken hochzunehmen und über meine Handfläche laufen zu lassen, den Unterarm hoch, wobei sie ihre schleimige Spur auf meiner Haut hinterließen. Ich war oft den Tränen nahe, hatte aber bei meinem Training mit den Spinnen gelernt, die Panik zu unterdrücken, und somit brauchte ich nicht mehr als eine Woche, bis auch die Schnecken besiegt waren. Kurzzeitig überlegte ich, ob ich mir auch eine in den Mund stecken sollte, ließ es dann aber doch. Irgendwo gab es auch für meinen Willen und meine Selbstbeherrschung eine Grenze.

Mein nächster Sparringspartner war der Dackel der Olssons. Das Ehepaar Olsson wohnte einige Häuser weiter und hatte einen Dackel, der genauso bösartig war wie die Olssons, aber alt genug, dass ich mich ihm ebenbürtig fühlen konnte. Ich riss mich zusammen und fühlte mich ein wenig steif, als ich zum Ehepaar Olsson ging und fragte, ob ich Jocke manchmal ausführen dürfe. Ich lächelte scheinheilig, während ich ihnen erzählte, dass ich vielleicht, möglicherweise, eventuell auch ein Tier bekommen sollte, Mama und Papa aber vorher wissen wollten, ob ich auch die Verantwortung tragen könne, und eine Möglichkeit, das zu beweisen, war, wenn ich mich regelmäßig um ein Tier kümmerte.

»Und ich habe mir Jocke ausgesucht, weil er so gut erzogen ist und eine so nette Persönlichkeit zu haben scheint.«

Ich erinnere mich heute noch, was für ein Gefühl das war, das zu sagen, ungefähr, als erbräche man Schnecken, doch die alte Olsson schluckte den ganzen Zauber, gab mir die Leine und sagte, dass ich gern das Wauwauchen ein bisschen ausführen könne. Gleich jetzt.

»Aber denk dran, nachzugucken, ob er auch ordentlich Kacka macht, das gehört mit zu der Verantwortung«, sagte sie zufrieden, bevor sie die Tür schloss.

Die Spaziergänge mit Jocke gaben mir einen Einblick in die Psyche eines Hundes. Ich rüstete mich von Anfang an mit Würstchen und Schinken aus und konnte bald feststellen, dass derjenige, der das Essen in der Hand hat, auch die Macht besitzt. Stück für Stück gelang es mir, meine Ängste und meinen Widerwillen zu einer kleinen Kugel zusammenzupressen, ungefähr so, wie ich es mit meiner Trauer um Britta getan hatte, und ich rollte die Kugel mental in der Handfläche, bis sie nur noch ein Werkzeug war, das ich nach meinem Willen benutzen konnte. Schließlich war ich so weit gekommen, dass Jocke animalische Zeichen der Freude zeigte, wenn ich kam, um ihn abzuholen, und mit dem Schwanz wedelte, wenn ich an die Grundstücksgrenze kam. Am schlimmsten war es, zuzulassen, dass er mir die Finger ableckte, so dass ich die Zähne spürte, doch letztendlich schaffte ich auch das. Der alte Olsson grinste und sagte, ich sei ein nettes Mädchen, das sicher bald einen eigenen Dackel bekommen würde, auch wenn ich nicht davon ausgehen durfte, dass es ein so tolles Exemplar wie Jocke sein werde, der vorbildlich erzogen worden sei.

Sechs Wochen später, eines Abends, als Mama und Papa beide dasaßen und arbeiteten und nicht reagierten, als ich sagte, ich gehe noch mal zu einer Freundin, stand ich am Grundstück der Nachbarn. Buster war wie üblich draußen im Garten und scharrte in der Erde, und als er zu mir gerannt kam, wartete ich auf den richtigen Moment, um eine Schinkenscheibe herauszuholen und auf den Bürgersteig zu werfen. Genau wie ich gehofft hatte, war es dieses frische Fleisch und nicht meins, das ihn schließlich dazu brachte, über die Hecke zu springen. Während er den Schinken verschlang, was lange genug dauerte, um ihm eine Schnur an sein Halsband zu binden, dachte ich die ganze Zeit an Schnecken. Ein blonder Junge hatte mich gelehrt, dass ein Seil einen vor dem Löwen retten kann, und jetzt war ich auf dem richtigen Weg. Ich ließ noch eine Scheibe Schinken auf den Bürgersteig fallen und zog gleichzeitig Buster mit mir, weg von seinem Zuhause. Es war lachhaft einfach, aber schließlich war die boshafte Intelligenz des Boxers offensichtlich nicht so weit ausgestattet, dass sie Gefahr witterte, wenn ein leckerer Happen lockte, während es gleichzeitig eigentlich nicht ich war, die da mit einem Plagegeist an der Leine lief, sondern ein schwarzer Teil meiner selbst, der die Angst wie eine kleine Kugel in der Hand rollte.

Wir brauchten zwanzig Minuten und ein Pfund Schinken bis zu der alten Baustelle, wo meine Freunde und ich noch vor wenigen Jahren Verstecken und Indianer und Cowboy gespielt hatten. Ich erinnerte mich immer noch an die Steine, die besten Verstecke und das dichteste Gestrüpp. Aber in erster Linie erinnerte ich mich an das kleine, bunkerartige Steinhaus, in das wir uns gegenseitig zum Verhör mit Kitzeln oder Süßigkeitenessen direkt vor der Nase des anderen als erlaubte Foltermethoden eingesperrt hatten. Es war damals wie heute verlassen, und der Riegel vor der Tür war noch der gleiche, wenn auch noch rostiger, da die Verbotsschilder, aus denen hervorging, dass das Gelände ein gefährlicher Spielplatz war, dazu geführt hatten, dass nur noch wenige Kinder den Weg hierher fanden.

Ich löste vorsichtig das Seil von Busters Halsband, und genau in dem Moment, als ich es abnahm, warf ich den letzten Leckerbissen so, dass er auf dem Boden mitten im Haus landete. Das war ein großes Stück Leberwurst, in dem ich zerdrückte Tabletten versteckt hatte; eine Mischung verschiedener Arten von Schlaf- und Schmerztabletten, die ich in unserem Arzneischrank gefunden hatte. Bei den vielen Päckchen, die wir hatten, würden ein paar Tabletten nicht vermisst werden, und sollten Mama oder Papa doch fragen, würde ich schreckliche Kopfschmerzen vorgeben. Der dumme Köter rannte wie geplant direkt auf die Leberwurst zu, und dann musste ich nur noch die Tür schließen und verriegeln. Sein wütendes Bellen erschien mir bereits unmittelbar danach gedämpft zu klingen. Ich ging davon aus, dass im Laufe der Nacht niemand vorbeikommen würde, und vermutlich auch nicht in den nächsten Tagen, und dass die Tabletten bis dahin Buster so sehr geschwächt haben müssten, dass er zumindest keine lauten Töne mehr von sich geben konnte.

Abends stand die Nachbarsfrau in ihrem üblichen Aufzug, mit einer Zigarette im Mundwinkel, bei uns vor der Tür. Das Haar hing ihr in gefärbten Strähnen herab, und der Puder, mit dem sie ihre Falten überdecken wollte, war so verklumpt, dass ihr Gesicht wie gestreift aussah. Papa öffnete ihr, während ich hinter der Tür stand und lauschte. Ich hörte, wie sie mit erzwungen freundlicher Stimme fragte, ob wir Buster gesehen hätten, da er irgendwann im Laufe des Tages aus dem Garten verschwunden und nicht zurückgekommen sei.

»Vielleicht hat das Mädchen ihn ja gesehen. Sie geht da doch manchmal vorbei«, hörte ich sie sagen, während Papa offensichtlich der Versuchung widerstand, darauf hinzuweisen, dass so etwas nicht passiert wäre, wenn sie, wie wir schon mehrere Male gebeten hatten, Buster an der Leine gehalten hätte.

Am nächsten Tag hingen überall in der Nachbarschaft Zettel mit der Bitte, sich umgehend zu melden, falls man »einen gut gebauten und freundlichen Boxerrüden« gesehen hätte. Niemand tat das, was ich auch nicht erwartet hatte. Aber die Besitzer des Boxers grüßten mich plötzlich, wenn ich am Haus vorbeiging, was eigentlich ganz lustig war.

Nach einer Woche machte ich mich wieder auf den Weg zu der verlassenen Baustelle, in Regenkleidung und Gummistiefeln, an denen keine Haarsträhne haften bleiben würde. Der Abend war bewusst gewählt. Mama und Papa waren mit irgendwelchen Freunden im Restaurant und würden erst spät nach Hause kommen. Ich hatte ihnen versichert, dass ich keinen Babysitter bräuchte, die Nachbarn waren ja zu Hause, wenn etwas sein sollte, und außerdem hatte ich die Telefonnummer des Lokals, in das sie gehen wollten. In einer Tasche hatte ich einen alten Sack, einen Spaten, eine Gartenschere und die Axt, mit der wir das Holz hackten und die ich oft genau für diese Zwecke benutzt hatte. In dem Steinhaus lag Buster in einer Stellung, die zeigte, dass er vollkommen ungefährlich war, und der Geruch nach Tod, gemischt mit einer leichten Brise verfaulten Hundes, füllte meine Nasenflügel, ohne dass es mich störte.

Ich mühte mich ab, Buster in den Sack zu bekommen, und schaffte es schließlich. Dann schleppte ich den Sack hinaus in den Wald und grub dort eine Kuhle. Das dauerte ziemlich lange, und der Schweiß lief mir während der Arbeit den Rücken hinunter, doch das störte mich nicht. Schließlich war das Loch groß genug, dass ich den Sack mit seinem Inhalt hineinrollen und dann mit Erde bedecken konnte. Buster würde meinen Weg zur Schule nie wieder stören. Er würde nie wieder seine Artgenossen oder andere Tiere terrorisieren, nie mehr Welpen zerreißen und damit die Gefühle kleiner Mädchen verletzen, nie wieder den Geschmack von Blut im Maul spüren. Vielleicht würde eines Tages sogar Huflattich auf seinem Grab wachsen. Dann bekäme Mama recht mit ihrer Behauptung, dass Huflattich seine Nährstoffe gern aus Scheiße holt.

Ich hatte gelesen, dass die Indianer kleine Stoffpüppchen in einem Beutel haben. Jeden Abend holen sie die Püppchen heraus, um ihnen ihre Sorgen und Qualen anzuvertrauen. Dann stopfen sie sie wieder in den Beutel und legen ihn sich unters Kopfkissen. Am nächsten Morgen ist dann alle Unruhe verschwunden, da der Schlaf einen Weg aufgezeigt hat, wie das Problem gelöst werden kann.

Inspiriert von den Indianern, schnitt ich deshalb mit der Gartenschere Busters Ohren ab, bevor der Rest des Körpers für alle Zeit im Sack verschwand. Die Ohren legte ich in einen alten Stoffbeutel, in dem ich früher Murmeln aufbewahrt hatte. Nachdem ich nach Hause gekommen war, ohne dass mich jemand gesehen hatte, und nachdem ich Axt, Spaten, Gartenschere und Regenkleider gesäubert hatte, holte ich den Beutel heraus und legte ihn neben mein Bett.

Ich weiß nicht, wie viel Hilfe die Indianer von ihren Püppchen bekommen. Aber ich weiß, dass ich an diesem Abend Busters Ohren von meinen Sorgen und Qualen erzählte. Dann schob ich den Beutel unter das Kopfkissen und schlief so tief und traumlos, wie es nur ein blonder Junge in der Nähe des Kreuzes konnte. Als ich aufwachte, waren mein Blick klarer und meine Wangen rosiger als die Tage zuvor.

Mama hatte mir übel mitgespielt, und ein anderes Geschöpf hatte stellvertretend dafür leiden müssen. Ungerecht? Als meine helle Seite dieses Wort murmelte, antwortete meine schwarze Seite, dass dieses Wesen selbst Freude daran empfunden hatte, andere zu quälen. Jetzt hatte es seine Strafe bekommen, und diese Strafe enthielt außerdem eine Metamorphose von Böse zu Gut. Denn mit Busters Ohren hatte ich mir etwas Lebensnotwendiges verschafft. Von jetzt an hatte ich ein Paar Ohren, die mir immer zuhörten. Mit Busters Ohren hatte ich eine Strategie gefunden, um zu überleben. Ich konnte anfangen, einen inneren Dialog zu führen, der mich am Leben halten würde, auch wenn der Weg durch den Tod ging. Buster, den ich so gehasst hatte, wurde mein Verbündeter. Ich konnte ihm verzeihen, denn seine Ohren lehrten mich, dass es möglich war, eine Lösung für alle Probleme zu finden.

26. Juni

Gestern bin ich im Haus herumgelaufen, im Garten und am Strand, ohne irgendwo Frieden zu finden, nicht einmal bei den Rosen, obwohl sie gerade jetzt mit göttlicher Intensität duften. Ich stelle mir eine Flasche vor, die Öl und Essig enthält, beide Flüssigkeiten sind aufgrund ihrer physikalischen Eigenschaften strikt getrennt. Jemand muss die Flasche schütteln, damit die Flüssigkeiten sich vermischen und somit eine Farbe bekommen, die keine von beiden vorher hatte. So kann es auch mit guten und schlechten Erlebnissen sein. Ganz unten liegt das Schlechte, und wenn niemand die Flasche schüttelt, dann bleibt es da auf dem Grund liegen und lässt das Gute an die Oberfläche steigen. Das eine verstärkt oder schwächt die Farbe des anderen nicht, beide leben Seite an Seite.

Sven hat seit jeher eine absolute Aversion gegen alles, was mit Psychoanalyse zu tun hat, überhaupt gegen alles, was mit Psych- oder Soz- anfängt, da er meint, dass Analyse oder Therapie oder was immer es auch sein mag, nichts anderes bedeutet, als eine Flasche zu schütteln und den bösen Mist aufzuwirbeln, so dass er auf das Gute abfärbt. In gewisser Weise muss ich ihm recht geben, auch wenn ich in meiner Auffassung nicht ganz so dogmatisch bin. Die dritte Farbe, die entsteht, wenn das Böse Teil des Guten sein darf, kann schließlich auch ihre Vorteile haben, die die Ursprungsfarben nicht hatten.

Jetzt scheine ich jedenfalls meine eigene Flasche so sehr geschüttelt zu haben, dass es da drinnen stürmt, und die gemischte Mixtur heißt Unruhe. Außerdem weiß ich, dass das Vergangene nicht vertrauenswürdig ist. An gewisse Gespräche kann ich mich noch so gut erinnern, dass ich sie Wort für Wort rekapitulieren kann, andere Ereignisse entziehen sich mir, und somit bekommen bestimmte Stunden mehr Bedeutung als andere. Aber so ist das, wenn ein erwachsener Verstand aufschreibt, was ein Kind erlebt hat. Eigentlich mit vollem Recht. Gewisse Stunden sind oft wichtiger als ein Jahr.

In einem ziemlich verzweifelten Versuch, mich zu beruhigen, nahm ich Sven mit in die Gedächtniskirche, wobei ich nicht einmal sicher bin, wie wir es miteinander haben, Gott da oben und ich hier unten. Auf jeden Fall saßen Sven und ich in der Kirche und hörten brav der Predigt des Pfarrers zu. Er sprach darüber, dass wir alle Tonklumpen sind, die wir kneten können, wie wir wollen, und dass es unsere Aufgabe hier auf Erden ist, dafür zu sorgen, dass unsere Tonfigur so schön wie möglich wird. Möglicherweise wollte er damit andeuten, dass wir einen freien Willen besitzen und somit unser Schicksal selbst bestimmen können, wenn wir nur genug Ausdauer haben, etwas Originelles zu schaffen. Wobei ich ihm sogar zustimmen konnte. Im Sommer versuchen die Pfarrer etwas phantasievoller zu sein als sonst, ein Jugendchor sang ganz akzeptabel, und am Ende bekamen alle Gottesdienstbesucher eine Plastiktüte mit einem Klumpen Modelliermasse, die wir mit nach Hause nehmen und nach Belieben formen konnten.

Da standen wir mit unseren Tüten und unterhielten uns mit ein paar Bekannten, unter anderem mit meiner lieben, aber immer runder werdenden Freundin Gudrun und ihrem Sixten, der es sich auf seine alten Tage zur Gewohnheit gemacht hatte, seine weiblichen Bekannten zu begrapschen, sobald er in ihre Nähe kam. Es erscheint schon ein wenig pathetisch, wenn ein Mann, der weit über fünfzig ist, versucht, die Brust einer ebenso alten Freundin zu berühren, und es ist schwer, wirklich sauer auf ihn zu sein. Und ich kann ja verstehen, dass es nicht besonders lustig ist, eine Frau zu umarmen, die so rund ist, dass der Umarmende Gefahr läuft zu ersticken, wenn sein Kopf in den fettigen Hautfalten festsitzt. Aber früher einmal, da hielten Gudrun, Petra Fredriksson und ich zusammen, was immer auch geschah, und alte Loyalität gilt es zu pflegen.

Sixten umarmte mich plötzlich und pustete mir ins linke Ohr, während er versuchte, ein Bein zwischen meine zu schieben. Ich antwortete, indem ich ihm vorschlug, seinen Tonklumpen doch dazu zu benutzen, seinen besten Freund zu modellieren.

»Du hast zwar nicht so viel Ton gekriegt, aber im Hinblick auf dein Alter, Sixten, müsste es doch reichen. Und wenn du fertig bist, lässt du ihn trocknen, bis er rissig und spröde wird. Dann wird er so richtig naturgetreu aussehen.«

Das war als spitze Anmerkung gedacht, ging aber vollkommen daneben, denn Sixten schaute mich daraufhin richtig munter an. Und am Nachmittag kam er bei uns vorbei und lud sich selbst zum Tee ein, und als Sven draußen in der Küche war, zog Sixten plötzlich eine Schachtel aus der Innentasche seiner Jacke hervor.

»Hier, guck mal«, sagte er. Als ich mich rüberbeugte, sah ich, dass er doch tatsächlich einen richtig hübschen Tonpenis geformt hatte. Um die Hoden hatte er ein paar Tannennadeln hineingestochen, um die Behaarung zu markieren. Ich sagte, dass ich das ziemlich lächerlich fand, »in deinem Alter«, dachte dann aber, dass sein Alter meines war und dass es eigentlich nicht so viel mit dem Alter zu tun hatte, sondern eher damit, zu wollen, aber nicht zu können. Auf jeden Fall riet ich ihm, die Schachtel wegzupacken, bevor Sven zurückkam, da ich nicht annahm, dass dieser den Spaß zu würdigen wüsste.

Sixten gehorchte und sah dabei etwas beschämt aus, sein rattenfarbenes Haar klebte an den Schläfen, und der graue Pullover hing ausgeleiert bis über die Hände. Während wir Tee tranken, erzählte er jedenfalls lang und breit, wie inspirierend es doch sein konnte, einem Prediger zuzuhören, der einem wirklich Denkanstöße gab. Als er ging, streckte ich ihm den Arm entgegen, damit er gar nicht erst auf die Idee kam, sich mir zu nähern, und bat ihn mit Nachdruck, seine Frau Gudrun zu grüßen.

»Wenn du mal Probleme hast, kannst du dich jederzeit an mich wenden, das weißt du«, gab er noch von sich, und ich erwiderte nur, er solle mit dem Blödsinn aufhören.

»Ich habe die Frau geheiratet, die sie einmal war, und nicht die, die sie jetzt ist«, seufzte er und ging dann endgültig.

Kaum war Sixten aus der Tür, da rief Iréne Sörenson an und wollte, dass ich zu ihr komme und etwas abhole. Ich fragte, was das denn sei, und sie klang plötzlich ganz bissig.

»Die Schachtel für die Granatkette, die du mir gestohlen hast, die kannst du gleich dazu haben«, zischte sie in den Hörer.

Ich entgegnete, dass wir das doch schon so oft durchgesprochen hätten und dass sie genau wie ich wusste, dass sie die Kette bei einem Spaziergang vor vielen Jahren verloren hatte. Doch sie ließ nicht mit sich reden.

»Ich weiß, dass du diejenige bist, die die Kette gestohlen hat. Du hast es doch selbst zugegeben. Du hast gesagt, dass du sie gefunden hast und sie jetzt trägst. Man sollte die Polizei anrufen, das ist nicht rechtens, das ist es wirklich nicht.«

Sie knallte den Hörer auf die Gabel, und ich wandte mich Sven zu und wiederholte das Gespräch. Er wurde wütend, seine Stimme wurde laut, und er meinte, dass Iréne mich nicht so behandeln dürfte. Den ganzen Abend über meinte er immer wieder, ich solle mich nicht so viel um eine alte Frau kümmern, die es gar nicht verdiente.

»Alles, was du tust und machst, resultiert doch nur in Scheindankbarkeit. Einem kurzen Aufflackern, das ebenso schnell wieder verschwindet, und dann kommt sie wieder auf etwas Neues. Glaube mir, ich kenne sie«, sagte er, wobei er aus dem Fenster schaute und den Himmel bewunderte.

Ich erwiderte, dass ich ruhig ein wenig von meiner Kraft in einen alten Menschen investieren könnte. Das habe ich aus freien Stücken auf mich genommen, da ich niemanden sonst habe. Außerdem, sagte ich, deuten diese Anschuldigungen, etwas gestohlen zu haben, vermutlich darauf hin, dass sie dement wird und daher in gewisser Weise nicht länger verantwortlich für ihre Handlungen und Worte ist. Sven verglich mein Engagement mit dem außerordentlich schlechten Repertoire eines phantasielosen Theaters.

»Mit jedem Stück, das du dir ansiehst, wirst du nur deprimierter. Ich merke doch, wie diese Besuche dich bis aufs Mark erschöpfen, weil gar nicht die Rede davon ist, dass du irgendetwas dafür zurückbekommst. Die Alte ist ja auch noch so geizig. Wann hast du zum Beispiel ein Weihnachtsgeschenk gekriegt, das diesen Namen wert ist?«

Ich antwortete, dass diese Sache mit den Weihnachtsgeschenken vollkommen unwichtig sei, wir hatten doch alles, was wir brauchten. Sven erwiderte zunächst nichts, doch dann schob er seinen Arm unter meinen, zeigte zu den Wolken hoch und sagte, dass wir mit so einem Himmel über uns lieber über nettere Dinge als Iréne Sörenson reden sollten. Dem konnte ich nur zustimmen, »obwohl du derjenige warst, der angefangen hat«.

Aber der Abend hat diese Unruhe wieder in mir

geweckt, die ich schon während der letzten Tage spürte, und ich konnte es kaum erwarten, dass Sven einschlief, damit ich aufstehen und mich an den Sekretär setzen konnte. Wir tranken zwar Wein zum Essen, doch der putschte diesen Sog in mir eher auf, als dass er ihn dämpfte, und jetzt habe ich mir noch ein weiteres Glas genehmigt und ein Stück Käse dazu, um meinem Fabulieren den Anstrich eines Festes zu geben.

Die Gedanken an Weihnachten lassen mich nicht los, Gedanken, die mir kamen, als Sven anfing, von Weihnachtsgeschenken zu sprechen. Zu Weihnachten erschien unsere Familie am heilsten. Mama, Papa und ich. Papas Eltern lebten im Ausland und konnten deshalb nur selten mit uns feiern, aber Mamas Eltern kamen üblicherweise zu den Feiertagen und verstärkten noch das Bild einer intakten Familie. Mama war ganz begeistert von Weihnachten und bereitete gern das Weihnachtsessen vor, schmückte das Haus mit Kerzen und Wichteln. Rot gefiel ihr gut. Es schien, als gäbe es ihr ein Gefühl der Sicherheit, überall rote Figuren hinzustellen, und die Krippe schien ein Ersatz für den Glauben zu sein, den sie eigentlich nicht besaß.

Den Rest des Jahres zeigte sie sich nie als Hausfrau, doch im Advent buken wir zusammen Pfefferkuchen und Luciakrapfen. Es kam sogar vor, dass wir Kerzenständer aus Salzteig formten oder

Lavendelbeutel nähten, die wir später an Freunde und Verwandte verschenkten. Wir machten so selten etwas zusammen, dass ich mich an jedes einzelne Mal erinnern kann, an jedes fertige Werk. Es schien, als würde mit abnehmendem Licht draußen das Gefühl der Gemeinsamkeit zunehmen, eine Gemeinsamkeit, wie wir sie nur in der dunkelsten Zeit des Jahres finden konnten. Das war auch die einzige Zeit im Jahr, in der Mama mit mir sprach, ohne gleichzeitig in verschiedenen Modezeitschriften zu blättern oder Bücher von der Arbeit durchzusehen. Wenn sie die Hände voll mit Backteig hatte, konnte sie nicht lesen, und deshalb traute ich mich während der Adventswochen, ihr einen kleinen Einblick in das zu gewähren, was mich bewegte, ohne riskieren zu müssen, dass sie mit einem abwesenden »Mmm, aha, soso, nein, wirklich« antwortete, während sie gleichzeitig einen Bericht über die letzten Trends aus London las, der für sie bedeutend interessanter war als mein Seelenleben.

An die Weihnachten, an die ich mich am besten erinnere, war ich dreizehn Jahre alt, laut allen Definitionen auf dem Weg, eine Jugendliche oder vielleicht sogar schon erwachsen zu werden. Während meine Kameraden zumindest ab und zu ausgingen und in Gruppen zusammenklebten, suchte ich Zuflucht in Büchern, ich verschlang sowohl Schulbücher als auch Sachbücher und Romane. In der Schule war Mathematik mein Lieblingsfach, weil sie mir als eine reine, unbefleckte Wissenschaft erschien, in der richtig und falsch klar definiert war. Bis auf die absoluten Ausnahmefälle gab es immer nur eine Antwort, was mir sehr zusagte. Begriffe wie Derivat, Integral oder Koordinatensystem klangen wie Poesie für mich und erschienen mir unendlich viel schöner als das Geplapper über unglückliche Liebe oder die Schönheit der Natur, wie sie die Gedichte im Schwedischunterricht boten. Liebe beinhaltet Verlust, das hatte ich von Britta gelernt, und Liebe war deshalb nichts, wonach ich strebte, noch weniger etwas, auf das ich vertraute.

Meine Kenntnisse in der Mathematik verschafften mir Respekt und eine gewisse Bewunderung bei den Jungen in meiner Klasse, und vielleicht war ich gar nicht so unpopulär, wie ich mir einbildete. Meine deutliche Verweigerung und mein Desinteresse mussten die anderen natürlich reizen, aber davon merkte ich nichts oder wollte zumindest nichts merken. Trotz allem war die Einsamkeit besser einzuschätzen, während zwischenmenschliche Beziehungen zu allem Möglichen führen konnten. Die einzigen Männer, die überhaupt für mich interessant waren, waren Papa und Pik König, und beide befanden sich bereits in meiner Nähe, auch wenn ich mich nicht immer auf sie verlassen konnte.

Pik König konzentrierte sich zu der Zeit darauf, mir zu erklären, dass ich die Möglichkeit hatte, Böses in Gutes zu verkehren, wenn ich nur zuhören wollte, dass ich aber von einer großen Dunkelheit geschluckt werden konnte, wenn ich nicht handelte. Seine Nähe war greifbar, eine dunkle Gestalt neben mir im Bett, und er konnte die Finger durch mein Haar gleiten lassen und es auf dem Kopfkissen ausbreiten, während er mir zuflüsterte, dass er mich schon finden werde, wenn ich fliehen wollte. In den Nächten, in denen er mich besucht hatte, wachte ich genauso einsam auf, wie ich eingeschlafen war, aber das zum Schlafen geflochtene Haar war danach offen und fast nicht zu kämmen.

Mama und Papa schienen in ihre Arbeit zu fliehen, was bei Papa in immer häufigeren Reisen resultierte, bei denen er über Nacht fort war, erst eine Nacht, dann zwei und zum Schluss sogar drei. Er hatte ein schlechtes Gewissen, weil er so oft fort war, aber wenn er zu Hause war, konnten wir über fast alles miteinander sprechen. Er fragte nach meinen Schulaufgaben, was mich interessierte, nach meinen Gedanken über die Welt und was ich am liebsten las. Da gab es eine Gemeinschaft, ich konnte Papa umarmen und spüren, dass kein Mann jemals seinen Platz einnehmen könnte, obwohl er nicht besonders viel von seinen eigenen Gefühlen preisgab.

Wir diskutierten über den Kalten Krieg. Die Berliner Mauer war gebaut worden, um die Menschen im Osten gefangen zu halten, und im Westen hatten die USA Probleme mit Fidel Castro. Papa war beunruhigt, dass die Entwicklung neuer Waffen, besonders immer gewaltigerer Atombomben, den Weltfrieden beeinflussen könnte. Was mir logisch erschien. Große Länder stürzten sich auf kleine Länder, genau wie große Menschen sich auf kleine stürzten. Ich solidarisierte mich mit den kleinen.

Doch da es fast ein Tabu war, über Mama zu sprechen, abgesehen von den konkreten Fällen, wenn Papa mich hinter ihrem Rücken versöhnen musste, lag trotz allem eine Art Falschheit über unserer Gemeinschaft. Ab und zu versuchte ich zu fragen, wieso es gerade Mama geworden war, ob es vorher eine andere für ihn gegeben habe, ob sie sich scheiden lassen wollten und warum er nicht widersprach. Er verteidigte sich, statt mir zu antworten. »Sicher, sie ist ein schwieriger Mensch, aber sie meint es nicht so, oft rutschen ihr Dinge heraus, und das kann sie nicht ungeschehen machen«, pflegte er zu sagen. Das klang genauso einleuchtend wie eine mathematische Formel, erklärte aber nicht im Geringsten die wirklichen Zustände.

Während Papas Reisen immer länger wurden, blieb auch Mama immer häufiger abends fort. Sie widmete ihren Haaren und ihrer Kleidung dann besonders viel Zeit und kam erst im Morgengrauen wieder nach Hause. Ich hatte keine Angst davor, allein zu sein, sondern davor, dass sie nicht wieder zurückkommen würde, vor allem dann, wenn sie schlechtgelaunt von mir wegging. Deshalb schlief ich in diesen Nächten nicht gut und wachte jede Stunde auf. Ich träumte oft, dass Pik König mich zwischen zwei Klippen einem tiefen Abgrund entgegenschob, so dass ich schließlich springen musste.

»Pass auf, dass der Wal dich nicht schluckt«, sagte er einmal, und als ich hinunterschaute, sah ich ein brausendes Meer unter mir und einen riesigen Wal, der dalag und mit aufgerissenem Maul auf mich wartete. Andere Male umarmte er mich, wiegte mich in seinen Armen, flüsterte mir zu, dass alles gut werde, und streichelte mich, so dass ich mit einer Art beschämtem, zufriedenem Gefühl im Körper aufwachte, von dem ich nicht wusste, was ich damit anfangen sollte.

Eines Abends im Dezember hatte ich besonders unruhig geschlafen. Papa war eine ganze Woche von zu Hause fort, und Mama wollte ausgehen, obwohl meine weiße Seite sich getraut hatte ihr vorzuschlagen, stattdessen etwas gemeinsam zu unternehmen. Wir hatten drei entfernte männliche Verwandte zwei Wochen lang zu Besuch gehabt, und alles war ein einziges Durcheinander. Mama hatte für das Essen gesorgt, und jedes Mal war Lachen, Schreien, Feiern und Gegröle bis weit in die Nacht hinein zu hören. Ich hatte mich die meiste Zeit über in meinem Zimmer aufgehalten, außer wenn meine weiße Seite das Schlimmste wegräumte, abwusch oder saubermachte. Mit Mama hatte ich schon lang nicht mehr unter vier Augen sprechen können.

»Das würde ich auch viel lieber tun, aber das ist ein Fortbildungskurs, zu dem muss ich gehen. Und das wird auch noch schrecklich langweilig«, antwortete sie mir, bevor sie verschwand, eine Wolke von Parfüm hinter sich lassend. Zum Schluss schlief ich ein und wachte von unterdrücktem Lachen auf, das ich zunächst nicht einordnen konnte. Mein Wecker zeigte drei Uhr, und ich wollte gerade aufstehen und mir ein Glas Wasser holen, als ich das Lachen wieder hörte, Mamas leicht schrilles, gemischt mit einem deutlich dunkleren. Nach einer Weile konnte ich nicht an mich halten, musste hinausschleichen, um nachzusehen, wer zu Besuch war. Mein Instinkt hätte mich daran hindern sollen, aber die Erleichterung darüber, dass Mama nach Hause gekommen war, verzerrte meinen Blick auf die Realität, und vielleicht wollte ich genau das haben. Das Wissen, wie die Wirklichkeit aussah.

Zuerst konnte ich nichts erkennen. Dann hörte ich Geräusche aus dem Schlafzimmer und schlich zur Tür. Sie war angelehnt, und ich öffnete sie einen Spalt und schaute hinein. Es gab nicht viel zu sehen, nur eine kompakte Dunkelheit und eine kompakte Masse, die sich im Bett bewegte. Nicht ein Körper, nicht zwei, sondern eine Flasche mit Öl und Essig, die geschüttelt wurde, immer wieder geschüttelt, bis die beiden Substanzen sich vermischten und zu einer wurden.

Ich weiß nicht, ob ich in dem Moment erwachsen wurde oder ob ich starb. Ich kann auch nicht sagen, ob ich alles verstanden habe, was da vor sich ging, oder das Ausmaß der Konsequenzen, die sich daraus ergeben könnten. Ich weiß nur, dass die Resignation, die ich spürte, schlimmer war als alles, was ich zuvor erlebt hatte, und ich begann so an Händen und Füßen zu frieren, dass sie eiskalt wurden. Im Bett holte ich den Beutel mit Busters Ohren hervor, den ich immer unter dem Kopfkissen liegen hatte, und ich hielt ihn wie ein Kreuz vor mich und flüsterte immer und immer wieder: »Tu etwas, jetzt muss es passieren, jetzt musst du das ausführen, was du einmal beschlossen hast.« Gleichzeitig schmolz meine mentale Unschuld dahin, und der Verlust ging einher mit dem Wissen, dass ich dem Einzigen, mit dem ich reden konnte, niemals erzählen könnte, was ich gesehen hatte:

Papa. Es ihm zu verraten hätte den Tod für das bedeutet, was sich eine normale Familie nannte.

Normal. Was ist normal? Normal war es vielleicht, nach so einer Nacht morgens aufzustehen und zu frühstücken, während Mama noch schlief. Allein, das hatte ich festgestellt, als ich ins Schlafzimmer hineingespäht hatte. Keine Spur von irgendeinem Besucher, keine fremden Gerüche, nichts. Die Dunkelheit in der Dunkelheit hätte ebenso gut ein Traum gewesen sein können, produziert von einem spöttischen Pik König. Normal war es vielleicht auch, Advent zu feiern, als wäre nichts passiert, Papa mit einer Umarmung zu begrüßen, wenn er zurückkam, und Weihnachtsgeschenke für die Eltern zu kaufen, eine Halskette für Mama und ein Zigarrenetui aus Holz für Papa, da er bei festlichen Gelegenheiten gern eine Zigarre rauchte, und Weihnachten ist ja ein Fest. Weihnachten ist außerdem die Zeit des Friedens.

Als es schließlich so weit war, als Weihnachten kam, hatte ich das, was geschehen war, in eine kleine, mentale Schublade gestopft und verschlossen. Unbewusst hatte ich für mich beschlossen, dass diese Schublade, wenn überhaupt, erst nach Neujahr geöffnet werden sollte. Nichts durfte mir die schönste Zeit im Jahr nehmen, die mir eine Art von Illusion schenkte, für die ich lebte. Mama hatte mit mir wie üblich im Advent gebastelt und gebacken, wenn auch noch hektischer als sonst. Wenn sie von der Arbeit nach Hause kam, hatte sie zwar rotangemalte Wangen und redete vollkommen unbeherrscht, aber sie hatte daran gedacht, die Zutaten für die Luciakrapfen und Moos für den Adventskerzenleuchter zu kaufen, Dinge, an die ich mich klammerte, als wären sie entscheidend.

Am Tag vor Heiligabend waren Papa und ich aufgebrochen und hatten eines von Mamas Weihnachtsgeschenken mit dem Auto abgeholt. Immer mehr moderne Haushaltsgeräte zogen in die schwedischen Familienheime ein. Sie symbolisierten Freiheit und Fortschritt, und Mama hatte Papa schon seit langem damit in den Ohren gelegen, unser Haus sei das einzige, das noch nicht ausreichend ausgerüstet war und dass man sich ja schämen müsste, wenn Besuch kam. Also waren Papa und ich in die Stadt gefahren und hatten eine Waschmaschine gefunden, die als ein technisches Wunderwerk bezeichnet wurde. Die Elux-Miele 505 war nicht umsonst in der Zeitschrift »Allt i Hemmet« trotz ihres stolzen Preises von dreitausendfünfhundert Kronen angepriesen worden. Sie war vollautomatisch, was zu der Zeit eine Sensation war, und es war sogar möglich, einen höheren Wasserstand für Wollwäsche einzustellen.

»Die Hausfrau kann also beruhigt weggehen, die Tür hinter sich schließen und erst dann zurückkommen, wenn alles fertig ist«, versicherte der Verkäufer mit einem Lächeln, als er das Geld in Empfang nahm.

Wir wussten, dass Mama nicht irgendeine »Hausfrau« war und die Maschine folglich nicht so oft benutzen würde, da sie so wenig Zeit wie möglich den Arbeiten im Haushalt widmete, sondern sie mit Vorliebe an Papa, mich oder Frau Lundström delegierte. Aber es würde sie freuen, diese Maschine zu haben und vorzeigen zu können, das war uns in den letzten Monaten klar geworden. Wir deponierten sie erst einmal in der Garage, und als wir ins Haus kamen, stand der Weihnachtspunsch auf dem Herd, und im ganzen Haus duftete es nach Weihnachtsschinken. Oma und Opa waren während unserer Abwesenheit gekommen und hatten schon den Punsch aufgesetzt, während sie dem Schinken die erforderliche Endbehandlung zukommen ließen.

Opa war Koch in einem Wirtshaus in Umeå. Er war dick und polternd und sehr darauf bedacht, die richtigen Zutaten zu bekommen, während Oma von einer herrlich bohemehaften Art war und eine genauso schlechte Hausfrau wie ihre Tochter. Sie waren ehrlich, direkt, unkonventionell und vollkommen uninteressiert daran, was die Umgebung von ihnen hielt. Sie wohnten in einem chronisch unaufgeräumten Haus, das sauberzumachen weder

Oma noch Opa als notwendig erachteten. Als Kind war es ein Segen gewesen, sie zu besuchen und dort herumzutollen und nach allem möglichen Kram zu suchen, den beide irgendwo versteckt hatten.

Wir saßen also alle, Mama, Papa, ich, Oma und Opa, in wunderbarer Harmonie in dieser Zeit des Friedens in der Küche, tranken Punsch und aßen Knäckebrot mit den ersten Bissen des noch heißen Schinkens, diese Happen, die immer die besten sind. Ich fühlte mich warm, satt und sicher, die mentale Schublade war verschlossen, und ich konnte allen in die Augen schauen und denken, dass dieses Weihnachten wie ein Pflaster funktionierte, das wir auf die Wunde kleben konnten, und wenn man es nach Neujahr abriss, dann war das Blut verschwunden und die Haut wieder weiß und makellos, ohne jede Narbe.

Doch bereits am Morgen des Heiligabends lief es schief. Das war der einzige Morgen im Jahr, an dem Mama nicht ausschlief, während wir frühstückten, sondern mit uns am Tisch saß, doch als ich diesmal zu dem gedeckten Frühstückstisch in der Küche hinunterkam, war Mama nicht da. Papa saß am Tisch und las seine Zeitung, Oma und Opa schlürften ihren Kaffee, beide hübsch zurechtgemacht, Opa im Anzug, Oma in einem zarten Kleid, das lange, graumelierte Haar in einem dünnen Pferdeschwanz. Aber keine Mama saß an ihrem Platz, um

»Fröhliche Weihnachten, Eva« zu sagen. Ich ging ins Schlafzimmer und sah, dass sie noch im Bett lag und dass eine unberührte Kaffeetasse auf dem Nachttisch stand. Als ich rief: »Komm, du musst mit uns frühstücken, es ist Weihnachten«, schaute sie nur kurz auf.

»Ja, ja, ich komme, frohe Weihnachten, ich komme gleich.«

Natürlich kam sie nicht, wir anderen frühstückten, und die Pfefferkuchen schmeckten wie Pappe im Mund. Als es Zeit für den Gottesdienst am Vormittag war, kam sie im Morgenmantel heraus und sagte, sie habe ein bisschen Kopfschmerzen. »Aber geht ihr nur, es wird mir bestimmt besser gehen, bis ihr zurückkommt.«

Während des Gottesdienstes tat mir der Bauch weh, und ich hörte nicht, was der Pfarrer sagte, schaute nur auf das Kreuz da vorn und versuchte die Arme dorthin auszustrecken, wenn es niemand sah. Ich dachte, dass Josef gar nicht Jesus' richtiger Vater war, und dass Mama sicher nicht meine richtige Mutter war, und dass Busters Ohren die einzigen waren, die mir zuhörten. Im Chor waren alle Kinder als Engel zurechtgemacht, mit Flügeln am Rücken, und das einzig Lustige war, dass ein Mädchen rote Strümpfe trug, die unter dem weißen Überwurf hervorlugten und sie wie einen Storch aussehen ließen. Ich konnte mir vorstellen, wie ihre Mutter in der Kirchenbank saß und die Hektik am Morgen verfluchte, und dass sie nicht dazu gekommen war, zu kontrollieren, welche Strümpfe ihre Tochter ausgesucht hatte, bevor sie zu Hause aufbrachen, und ich spürte eine fehlgerichtete Zufriedenheit bei dem Gedanken an die Qualen der Mutter und die Strafpredigt, die die Tochter wohl hinterher zu hören bekommen würde.

Vermutlich war es nur Neid in destillierter Form, der hinter diesen Gedanken steckte. Ihre Mutter war jedenfalls hier, während meine daheim im Bett lag und schlief. Als meinem Großvater dann noch die guten Winterhandschuhe aus Leder während des Chorgesangs gestohlen wurden, musste ich einsehen, dass Weihnachten dazu verdammt war, an einem Seil über dem Abgrund zu schweben.

Schließlich kamen wir heim und trampelten den Schnee von den Stiefeln, während Opa sich die Hände rieb, die eiskalt geworden waren. Mama war zwar aufgestanden und hatte sich angezogen, aber ansonsten nichts vorbereitet. Oma und Opa kümmerten sich mit nordischer Einstellung, »nicht reden, handeln«, um die Küche, und eine Stunde später saßen wir dann doch um etwas, das so aussah wie eine Weihnachtstafel, auf der sogar die selbst gemachte Wurst von irgendeinem Bauernhof aus dem Norden nicht fehlte. Unsere weiße Küche war rot dekoriert, im Fenster hing ein Weihnachtsstern, und der Holztisch war mit einer gestickten Weihnachtsdecke bedeckt. Papa lud zum Schnaps ein, und Mama trank einen, dann noch einen und erwachte so langsam zum Leben. Wir sangen »Lieber guter Weihnachtsmann«, und Mama lachte schrill und verkündete, wie schön es doch sei, sich endlich mal entspannen zu können.

»Es ist ja kein Wunder, wenn man manchmal einfach müde ist. Die letzten Wochen war ich vollkommen erledigt, aber das war einfach zu viel. Abschlussarbeiten im Betrieb und dann alles, was vor Weihnachten zu erledigen ist. Erst jetzt merke ich, wie anstrengend das alles war. Aber das kann keiner verstehen, der das nicht selbst durchgemacht hat. Alle anderen haben es offenbar geschafft, sich neue Kleider zu Weihnachten zu kaufen, nur ich sitze hier noch in meinen alten Lumpen.«

Papa sagte darauf nichts, sondern stimmte ein neues Lied an, und Oma brachte nur hervor: »So, jetzt vergessen wir mal die Arbeit, jetzt ist Weihnachten!« Schinken und Wein, Torte so fein. Weihnachtsgrün und Weihnachtsfrieden, Glück ist uns heut allen beschieden. Wenn keiner will noch mehr.

Es waren die Weihnachtsgeschenke, auf die ich meine ganze Hoffnung setzte. Dann würde alles wieder wie immer werden. Wir öffneten sie immer nachmittags, und bis dahin lagen sie unter dem Tannenbaum und lockten, wenn man vorbeiging. Natürlich hatten wir Mamas Waschmaschine nicht hineinschaffen können, aber Papa und ich hatten uns überlegt, dass wir ihr die Augen verbinden und sie dann durchs Haus wandern lassen wollten, bevor wir sie in die Garage führten. Auf diese Art würde die Spannung gesteigert, Mama würde es lustig finden, und die Überraschung wäre größer, als wenn sie das Paket bereits am Morgen gesehen und den Inhalt erraten hätte.

Papa hatte die Rolle des Weihnachtsmanns übernommen und sich eine alte Mütze aufgesetzt, und als wir um den Tannenbaum herumsaßen, nahm er ein Paket nach dem anderen hoch, las den obligatorischen Vers und überreichte das Geschenk. Oma und Opa waren großzügig wie immer. Es gab einen Pullover für mich und einen Seidenschal für Mama und Bücher für alle, gute Schokolade und Parfüms und etwas Praktisches, von dem ich nicht mehr weiß, was es war. Papas Eltern hatte auch mehrere Pakete geschickt, und meins war das größte und schwerste, schön eingewickelt in blaues Papier mit Sternen darauf. Ich öffnete es, wickelte mehrere Lagen Seidenpapier ab und holte schließlich eine Jungfrau Maria heraus. Sie war aus Marmor, vielleicht einen halben Meter hoch, und sie zeigte eine Frau in bodenlangem Kleid, mit Schleier und Sandalen, die ihre Handflächen zu einem Gruß oder Gebet aneinanderpresste. Ich liebte sie vom ersten Moment an, genau wie ich Britta sofort geliebt hatte. Mama schaute sie an und schnaubte.

»Mein Gott. Was für ein Götzenbild. Aber das sieht ihnen ähnlich, so etwas Hässliches zu schicken. Sie haben wirklich absolut keinen Geschmack.«

Ich spürte einen Stich im Magen, aber die Jungfrau Maria störte es nicht. Sie schaute mich weiterhin mit kühlem, unergründlichem Blick an, und ich beneidete sie und dachte, dass ich noch viel zu lernen hatte. Dann saß ich gespannt da und wartete, dass Papa endlich mein Päckchen für Mama hervorzog. Sie hatte bereits einen Haufen schöner Dinge von Papa, Oma und Opa bekommen, unter anderem eine wunderschöne Pelzjacke von Papa in der perfekten Größe, und jetzt saß sie auf dem Sofa und starrte gierig auf den schrumpfenden Haufen unter dem Baum. Jedes Mal, wenn sie etwas bekam, riss sie das Paket auf, ohne Rücksicht darauf, ob das Papier besonders schön oder der Vers besonders witzig war, dass sie die Dinge vielleicht hätte aufbewahren können. Papa las: »Mama ist die Elegante, nicht wie eine übliche Tante, legt sich um den Hals hier diesen Glanz, schwebt dann fort zum nächsten Tanz.«

»Oh, was kann das sein? Na, wollen wir mal sehen, nun wollen wir mal sehen ... nein, seht nur, wie schön. Eine Halskette. Sehr schön. Wo hast du die gekauft, Eva? Die ist schön, vielen Dank ...«

Die Worte kullerten automatisch heraus, während sie die Kette auspackte, eine gebrauchte Silberkette mit gefärbten Steinen in einer Farbe, von der ich wusste, dass sie Mama gefiel, was den für mich viel zu hohen Preis von fünfzig Kronen rechtfertigte. Mama kämpfte mit dem Schloss und bat schließlich Oma um Hilfe, wobei sie murmelte: »Ich mag solche fummeligen Schlösser nicht, man kriegt ja fast Panik, und man klemmt sich die Fingernägel ein ...«

Schließlich nahm Oma die Kette und untersuchte sie, während Mama zuschaute. Sie entdeckten es gleichzeitig, aber es war Mama, die es verkündete:

»Eva, die Kette will ich nicht haben. Die ist kaputt.«

Sie reichte sie mir, und ich sah, was ich vorher nicht entdeckt hatte, nämlich, dass das Schloss nicht einschnappte, weil es kaputt war. Ich schaute auf und wollte gerade erklären, dass ich sie sicher umtauschen könne oder etwas anderes fände, aber Mama hatte sich bereits Papa zugewandt, der dabei war, ihr das nächste Weihnachtsgeschenk zu überreichen. Ihre schönen Lippen waren leicht geöffnet, die Augen leuchteten türkis, die Augenbrauen waren hochgezogen vor Erwartung, die Zähne glänzten im Schein der Kerzen, und ihre Wangen waren wieder gerötet. Weihnachtsmannrot. Sie war endlich in der richtigen Weihnachtsstimmung.

Ich umklammerte die Kette so fest, dass die Steine mir in die Handfläche schnitten, genauso, wie es jetzt meine Rosen tun. Papa hatte weitergemacht, als wenn nichts wäre, und vielleicht war ja auch gar nichts vorgefallen, das Ganze musste ja nur umgetauscht werden, und als es leer unter dem Baum war, bat er Mama aufzustehen.

»Ja, gut. Und jetzt komm her. Komm her, habe ich gesagt. Nein, ich werde dich nicht in den Arm nehmen, keine Angst. Aber du sollst noch eine Überraschung kriegen. Wir haben noch etwas für dich. Nun komm schon!«

Mama stand vom Sofa auf und stellte sich erwartungsvoll vor ihn, wie ein Kind, kann ich heute denken, doch damals nicht, damals war ich ja selbst noch ein Kind. Papa nahm den schönen Wollschal, den er von Opa bekommen hatte, und verband ihr damit die Augen, drehte sie dann herum, immer und immer wieder, bis sie fast das Gleichgewicht verlor. Sie lachte laut, und das schwarze Kleid, das sie trug, bauschte sich auf und zeigte ihre schönen Beine, die in dünnen Strümpfen steckten. Oma und Opa standen auch auf, und Opa nahm Mama an der einen Hand, Papa nahm sie an der anderen. Dann gingen wir im Haus herum, die Treppe hinauf und wieder hinunter, ins Schlafzimmer und auf den Balkon, in die Küche und zurück ins Wohnzimmer.

Die ganze Zeit lachte Mama, und sie lachte noch lauter, als Papa die Haustür öffnete und sie spürte, wie die kalte Dezemberluft ihre Beine leckte. Sie schwankte ein wenig auf der Türschwelle, ein bisschen zu stark, als dass es nur an den verbundenen Augen liegen konnte, doch Papas Griff wurde nur noch fester und lenkte sie zur Garage. Keiner von uns hatte sich Stiefel oder Jacke angezogen, und ich fing in der Kälte an zu zittern, aber der Schnee war so hart, dass wir in unseren Hausschuhen gehen konnten, ohne schmutzig zu werden. Papa öffnete die Garagentür, und Opa knipste das Licht an, und alle, die sehen konnten, schauten hinein.

Da stand die Waschmaschine. Wir hatten alles Papier, das wir noch hatten, drumherumgewickelt, so dass es wie eine Patchworkdecke aussah, und gekrönt hatten wir unser Werk mit einer großen, roten Riesenrosette. Ich stampfte auf den Boden, um warm zu werden, und spürte, wie es in der Hand stach, mit der ich immer noch die Kette umklammerte, während ich dachte, wenn Weihnachten jetzt nicht schön wird, dann wird es das nie mehr, und man kann nur noch zwischen Löwe und Krokodil wählen. Mama stand vor dem Paket, und Papa nahm ihr die Augenbinde ab, während er gleichzeitig unseren Vers vorlas, über eine Maschine, die ihr immer diene.

Zuerst sagte sie gar nichts, erstarrte nur für einen Moment, dann fing sie an zu lachen. Mit einem »Was kann das wohl sein?« begann sie am Papier zu reißen und zu zerren, bis alles auf dem Boden verstreut war. Kleine und große Papierschnipsel wirbelten in der Luft herum und landeten auf Fahrrädern, Sommerreifen und Skiern, bis sie an den Karton gelangte und die Aufschrift lesen konnte. Sie sagte nichts, stand schweigend da, bis Papa ein Klappmesser herauszog und ihr vorschlug, sie sollte ihn doch öffnen, damit sie hineinschauen und sehen konnte, was sich unter der Pappe verbarg.

Ich weiß bis heute nicht, warum der Ausbruch so lange auf sich warten ließ. Eigentlich war es für uns alle klar, sobald wir Licht in der Garage gemacht, und für Mama, sobald wir ihr den Schal von den Augen genommen hatten, dass dieses Paket ein Haushaltsgerät enthielt und keine echten Diamanten. Aber ihre vollkommene Überzeugung, dass zu einer Pelzjacke Edelsteine gehören, muss ihre Vernunft betäubt haben, vielleicht hatte auch der letzte Schnaps ihre Urteilsfähigkeit lahmgelegt. So kann ich heute argumentieren. Damals hörte ich nur ihre Stimme, die Worte, die ich heute noch rekapitulieren kann.

»Eine Waschmaschine. Das ist es ja wohl, oder?

Eine Waschmaschine und nichts anderes, oder? Ich sehe, was ich sehe, denke ich, da bilde ich mir doch nichts ein, ich träume nicht, oder?« Scharfe Stimme, mit einer sich deutlich steigernden Wut.

»Natürlich ist das eine Waschmaschine. Genau wie du es dir gewünscht hast. Die schönste von allen, und die bist du ja auch wert. Ja, ich meine, dass wir alle zusammen sie wert sind, denn das ist natürlich ein Geschenk für das ganze Haus, du weißt, dass wir unseren Teil dazu beitragen, aber so ist es ein bisschen luxuriöser für uns alle, wenn wir ...« Papa, der niemals seinen Satz beenden konnte.

»Luxuriöser? Luxuriös – zu waschen? Ja, natürlich, es ist verdammt luxuriös zu waschen, besonders, wenn ich es tue, oder wie? Es ist ja so verdammt luxuriös, eine Hausfrau zu haben, die mit einer luxuriösen Waschmaschine wäscht und dann die luxuriöse Wäsche zusammenlegt auf dem luxuriösen Bett. Hast du dir das so gedacht? Dass ich denken soll, es sei ja so luxuriös zu waschen, und damit du es nicht mehr machen musst? Ich kann ja gleich anfangen, wenn du willst. Ich kann gleich loslegen und unsere luxuriöse Wäsche waschen, damit das erledigt ist. Soll ich? Ist es das, was du willst. Soll ich am Heiligabend waschen?«

Mamas Stimme kletterte die Skala hoch, nahm an Volumen und Umfang zu, erreichte ungeahnte Höhen. Papa versuchte sie die ganze Zeit zu unterbrechen mit »bitte, hör doch jetzt auf damit, nein, aber, mach nicht so weiter, das ist doch für uns alle, du hast gesagt, du wünschst dir so eine, das verstehst du doch wohl, wir haben doch nicht gedacht …«, doch die Worte flatterten nur in den Raum und mischten sich mit den Papierschnipseln. Weihnachten war die Zeit des Streits.

»Man denkt, dass man zumindest seine Familie hat. Dass man zu Weihnachten abschalten kann und endlich ein bisschen Unterstützung bekommt. Dass zumindest mal jemand fragt, ob man bei etwas Hilfe braucht, und dass man eine Kleinigkeit bekommt, die aufmunternd und elegant ist. Glaubst du, Björn schenkt seiner Madelene eine Waschmaschine zu Weihnachten? Oder eine Nähmaschine oder ein Bügeleisen? Ich habe erst vor ein paar Tagen mit ihm gesprochen, und da hat er mir erzählt, dass er einen Diamantring für sie gekauft hat, weil sie es etwas schwer in ihrem Job hatte und eine kleine Aufmunterung braucht. Ich habe wirklich gehofft, jemand würde mich nur ein einziges Mal fragen, wie es mir geht, und mich nicht nur als Luxusweibchen ansehen. Ich bin doch auch nur ein Mensch.«

Die Worte tanzten jetzt hintereinander. Es gab keinen Anfang und kein Ende mehr, nur eine unzusammenhängende Litanei, die aus dem Mund floss wie Papier aus einem alten Endlosdrucker, ohne dass jemand die Möglichkeit hatte zu antworten oder darauf hinzuweisen, wie unlogisch ihre Vorwürfe waren. Gleichzeitig hatten Papa und ich verstanden, wo das Problem lag, sobald wir das Wort »Diamantring« hörten. Es hatte genügt, dass Björn davon erzählt hatte, damit unser Schicksal bis Weihnachten besiegelt war. Nicht weniger als ein Diamantring wäre nötig gewesen, und vermutlich hatte sie den ganzen Vormittag Karat gezählt und Platz in ihrem Schmuckkasten gemacht und sich vielleicht sogar die Hände eingecremt. Pelzjacke, Parfüm, Schal, die kaputte Kette und alle anderen Geschenke waren schon lange vergessen.

»Jetzt reiß dich aber mal zusammen. Das war bestimmt nur gut gemeint. Dir ist doch wohl klar, dass dein Mann und deine Tochter dir nur Gutes tun wollen, und außerdem weißt du genau, dass niemand glaubt, du wärst nur irgendeine Hausfrau. Ich finde, wir vergessen jetzt das Ganze, gehen rein und gönnen uns noch ein Glas Punsch. Vielleicht habe ich ja auch noch etwas, was noch gar nicht auf den Tisch gekommen ist ...«

Omas Versuch, ihre Tochter zu beruhigen, erzielte den gegenteiligen Effekt. Mama wandte sich ihrer Mutter zu und schrie, dass der Speichel ihr aus dem Mund spritzte.

»Ja, natürlich, sehr schön, ergreif nur ihre Partei, das wäre ja auch das erste Mal, dass du Verständnis für mich und meine Gefühle hättest, du kannst ja dieses Ding hier nehmen, wenn du es so toll findest, eine Waschmaschine zu Weihnachten zu kriegen, wobei ich nicht weiß, ob du überhaupt jemals wäschst, aber vielleicht könnte deine Bettwäsche es ja vertragen, zumindest einmal im Jahr gewechselt zu werden, und dann könnt ihr sie ja einfach mit ins Zugabteil nehmen, wenn ihr nach Hause fahrt …!«

»Jetzt beruhige dich aber. Beruhige dich, sage ich. Das war als ein Geschenk für uns alle gedacht. Ich dachte, es würde dir zusammen mit den anderen Geschenken gefallen, und du hast schließlich selbst gesagt, dass du dir eine Waschmaschine wünschst. Aber wir können ja zwischen den Jahren noch einmal losgehen und sehen, ob wir etwas Schönes finden. Du weißt ja wohl, dass wir dich schätzen und bewundern, was du alles machst. Und jetzt hör mal …« Papa wieder, müde, wütend, aber sichtlich bemüht, das nicht zu zeigen, darauf bedacht, Frieden zu schaffen.

Endlich hatten die Steine es geschafft, ein Loch in die Handfläche zu schneiden, und ich spürte plötzlich, wie sich eine der Kanten ins nackte Fleisch bohrte. Ich öffnete die Hand und sah, dass die Kette die Haut aufgescheuert hatte und dass Blut hervortrat. Das war gut, das war richtig, denn dann saß der Schmerz in der Hand und nirgendwo sonst. Die Waschmaschine war für die Familie bestimmt, und Mama würde noch etwas anderes zwischen den Tagen bekommen. Ja, dann war ja alles gut, dann war die Ordnung wiederhergestellt. Wir konnten reingehen und Punsch trinken. Der Stern von Bethlehem zeigt nicht hinaus, sondern heim.

»Ich gehe rein und wärme den Punsch auf, dann könnt ihr ja nachkommen. Liebes Mädchen, es gibt doch wohl Schlimmeres, worüber man sich aufregen kann, du hast so eine nette Familie, ihr habt einander. Da hat man schon ganz andere Weihnachtsfeste erlebt, an denen man froh war, etwas zu essen zu haben.« Opa, der bis dahin geschwiegen hatte, mischte sich jetzt ins Gespräch ein und versuchte seiner Tochter die Wange zu tätscheln. Er war ganz plötzlich älter geworden. Das helle Haar stand in alle Richtungen ab, die Raubvogelnase sah scharf aus, und das Fett um den Bauch hing lose über den Gürtel. Die Haut erschien fleckig im Licht der Garage, und als er die Hand ausstreckte, murmelte er: »So etwas halte ich nicht mehr aus.«

Doch diese, wie Mama sie empfand, einige Front war zu viel für sie. Sie rannte aus der Garage heraus, zurück ins Haus, und als wir hinterherkamen, hatte sie sich bereits ihre neue Pelzjacke und Stiefel angezogen und war auf dem Weg nach draußen. Meine weiße Seite jammerte voller Panik: »Bitte, Mama, komm zurück, bitte, Mama, bleib doch, warte.«

Aber sie fauchte nur, dass sie ebenso gut gleich für immer gehen oder von einer Brücke springen könne, damit wir sie los seien, denn genau das wollten wir doch. Sie war verschwunden, bevor einer von uns auch nur die Chance gehabt hätte, etwas zu erwidern, und stattdessen machten wir also den ganzen Durchgang durch Punsch, Sahnebrei, Süßigkeiten und zum Schluss ... ja, dann gute Nacht. Und ... fröhliche Weihnachten.

Mein Bett erschien mir wie ein Totenlager, vielleicht weil einer nach dem anderen hereinkam, Papa, Oma und Opa, und alle versuchten, einen Schein von Normalität aufrechtzuerhalten. »Das war dumm, aber das kommt schon wieder in Ordnung, du wirst sehen, sie ist ein bisschen überarbeitet, du weißt doch, dass sie es nicht so meint, und Weihnachten ist ja noch nicht vorbei, sie kommt bestimmt bald wieder. Morgen kocht Opa Lutefisch, und du weißt doch, wenn er weiße Soße mit schwarzem Pfeffer macht und dazu grüne Erbsen und Kartoffeln, dann gibt es nichts Bekömmlicheres für den Magen.« Sie hätten genauso gut ihre Meinung sagen können, Wort für Wort und Punkt und Komma, und in meinem Kopf hämmerten die Worte des Pfarrers über Vater, Sohn und den Heiligen Geist, und etwas erwiderte darauf, Mutter, Mühsal, Mord. Die Dunkelheit war kompakt, sie reichte bis zu der cremeweißen Marienfigur, die ich auf ein Regal in meinem Zimmer gestellt hatte, damit sie mich anschauen und darüber nachsinnen konnte, was in Mutters Herzen geschehen war.

Das Schlimmste war jedoch nicht, dass das ganze Weihnachtsfest kaputtgemacht worden war. Das Schlimmste war, dass dem nicht so war. Als ich am Morgen des ersten Weihnachtstages aufgestanden war, saßen alle am Frühstückstisch, inklusive Mama. Sie trank Kaffee und aß Pfefferkuchen und hatte sich nicht wie die anderen schon angezogen, aber um den Hals trug sie die schöne Kette in Filigranarbeit mit eingeflochtenen Steinen, die Oma von Opa zur Hochzeit bekommen und nur an Festtagen getragen hatte.

»Hallo, Eva, weiterhin schöne Weihnachten, hast du gut geschlafen?«

Ich nickte, während ich mich hinsetzte. Natürlich, hier wird nicht ohne Grund geträumt. Mama sah, dass ich auf die Kette schaute, und berührte sie mit zufriedenen Fingern.

»Hast du gesehen, was ich bekommen habe? Oma hat sie mir zu Weihnachten geschenkt. Sie meinte, ich sollte sie ja sowieso irgendwann kriegen, und sie sagt, ihr Hals ist so alt und faltig, dass er langsam schon selbst ein Schmuckstück wird, deshalb soll sie jetzt mir gehören. Schön, nicht wahr?«

Sie streichelte die Steine, stand auf und schaute

sich im Flurspiegel an, kam dann zurück. Oma bestrich für mich eine Scheibe Brot, setzte sich neben mich und umarmte mich.

»Geben ist seliger als nehmen, oder was meinst du, Eva?«

Niemand erwähnte, dass Mama fort gewesen oder wann sie nach Hause gekommen war. Stattdessen konzentrierten wir uns auf Cheddarkäse, Gewürzbrot und die Tatsache, dass Papa sein neues Weihnachtshalstuch trug. Dass der Weihnachtstag gerettet war, war plötzlich selbstverständlich, doch das Wort gerettet hatte bereits seine ursprüngliche Bedeutung verloren. Denn wie konnte es möglich sein, dass jemand den Heiligabend kaputtmachen durfte und dafür am Weihnachtstag auch noch belohnt wurde?

Meine Weihnachtsferien vergingen damit, dass ich den Beutel mit Busters Ohren drückte und nachdachte. Mama war wieder böse gewesen, aber ich war noch nicht bereit, sie zu bestrafen. Der Beschluss war zwar gefasst worden, doch ich musste mich noch weiter vorbereiten und trainieren, um die perfekte Tat ausüben zu können. Vielleicht hoffte meine weiße Seite weiterhin, dass die Wunde in den Handflächen heilen könnte, und deshalb sollte jemand anders für das Verbrechen büßen, das begangen worden war. Das, was Buster mich gelehrt hatte, saß tief. Es war durchaus möglich, das Böse durch stellvertretendes Leiden zu betäuben, das wohlgemerkt an jemanden ausgeteilt werden musste, der es »verdiente«. Buster war damals das logische Opfer gewesen. Jetzt musste ich schon etwas mehr nachdenken.

Gleichzeitig sah ich, dass die Ereignisse um Weihnachten mir wichtige Informationen geliefert hatten. Es war möglich, Menschen zu manipulieren, um das zu bekommen, was man haben wollte, sowohl mit echten als auch mit fabrikproduzierten Gefühlen. Wut konnte gespielt werden, Trauer imitiert, Freude ein- oder ausgeschaltet werden. All das waren wichtige Erfahrungen, die ich brauchte, um mein endgültiges Ziel zu erreichen, diejenige zu werden, die tötete, und nicht die, die getötet wurde, und das Training konnte nicht früh genug beginnen. In meinen Träumen lag ich wie ein kleines Baby auf Pik Königs Knien, und während er mich wiegte, flüsterte er mir aufmunternde Worte zu. Handle, Eva. Du gehörst mir. Du bist stark. Du kannst aus Bösem Gutes machen. Es liegt in deinen Händen, in deinen Händen, in deinen Händen ...

Die Gedanken darüber ließen mich über Weihnachten und Neujahr verstummen, so sehr, dass mein Schweigen schließlich Mama störte.

»Eure Kinder sehen immer so gepflegt aus, während meine Tochter nicht die Bohne daran interessiert ist, wie sie aussieht«, erklärte sie etwas aufgekratzt einigen Freunden, die vorbeigekommen waren, um ein frohes neues Jahr zu wünschen. Etwas später hörte ich sie sagen, man könne ja seine Kinder doch nicht voll und ganz lenken, »deshalb ist es wohl besser, sich nicht zu viele Gedanken um sie zu machen, denn Kinder sind ja nun auch nicht alles im Leben«.

Ganz anders als sonst erschien es mir wie eine Befreiung, den Weg zur Schule wieder antreten zu dürfen und in die Normalität einzutauchen. Ich wusste immer noch nicht, auf was ich meine schwarze Kraft richten sollte, vertraute aber auf eine Art Vorsehung, und diese Vorsehung zeigte sich auch bald. Seitdem Karin Thulin, meine Musiklehrerin, bei mir zu Hause angerufen und erklärt hatte, ich benähme mich schlecht, und mich damit meines rechtmäßigen Hamsters beraubte, hatten sie und ich eine Beziehung wie zwei parallel laufende Linien, die sich niemals trafen. Sie wusste sicher, dass sie mir unrecht getan hatte, aber wir kamen nie auf die Ereignisse zu sprechen, und sie beschwerte sich auch nicht mehr, wenn ich während ihrer Gesangsstunden schweigend dabeisaß. Dagegen war ihr Durchsetzungsproblem gewachsen, und wie ein ängstliches Kaninchen hatte sie begonnen, sich einigen Mädchen meiner Klasse zu nähern und sie zu ihren Vertrauten zu machen.

Wir waren um die dreizehn Jahre alt und damit alt genug, als Sparringspartnerinnen für eine geschwächte Alte zu dienen, und jung genug, um uns deshalb stolz zu fühlen. Ich war nicht auserwählt, aber dafür einige der Reiferen und Machthungrigeren, und es kam immer häufiger vor, dass sie noch mit Karin im Musikraum blieben und mit ihr sangen. Manchmal sah ich sie sogar mit den Mädchen zur Konditorei gehen, die an den Schulhof anschloss. Die offizielle Erklärung lautete, dass diese Mädchen »ein bisschen extra üben« sollten, um in irgendeinem neuen Chor mitzusingen, der vielleicht irgendwann auftreten sollte, doch auch ohne es gehört zu haben, wusste ich, dass Karin diejenige war, die die Rechnungen bezahlte, und dass sie sich damit Solidarität erkaufte, eine Schwimmweste für den Tag, an dem der Wind so stark wehte, dass er das Boot zum Kentern bringen würde.

Karin Thulin tauchte außerdem immer häufiger dort auf, wo wir Mädchen uns trafen, ob nun auf dem Schulhof oder im Umkleideraum nach dem Sport. Dort saß sie dann in ihren traurigen Kleidern mit müdem, hochtoupiertem Haar, in steifem Kostüm, mit verwaschener Keckheit, die Handtasche über dem Arm, und redete über die um sich greifenden Probleme an der Schule, wie die Schulleitung die Verwaltung vernachlässigte und wie unglücklich die Unterrichtsstunden dieses Jahr wieder lagen, so dass es »für euch Mädchen« so beschwerlich war. Ab und zu gab es einen kleinen Leckerbissen in Form einer Erwachseneninformation über einen unserer Lehrer, Informationen, die teilweise gierig aufgesogen wurden, um sie in bedrängter Lage benutzen zu können. Ich verachtete sie wegen ihrer einschmeichelnden Haltung und ihrer Schwäche und hatte immer häufiger Lust, ihr vorzuschlagen, es mit Schnecken zu versuchen. Manchmal dachte ich, sie sähe sicher besser aus ohne Ohren.

Aber ihr Verhalten gab mir das, was ich brauchte. Es genügte, dass Ulla, eine meiner Klassenkameradinnen, eines Tages behauptete, sie fühle sich unwohl dabei, wenn Karin Thulin da auf der Bank saß und ihr beim Duschen zuguckte. Ich wusste nicht viel von praktischer Sexualität, noch weniger von Homosexualität, hatte aber genügend theoretisches Wissen, um zu begreifen, dass Ullas unschuldige Äußerung genügend Sprengstoff enthielt, um eine ganze Existenz zu zerstören. Ich antwortete schnell, dass es mir genauso gehe, dass ich mich beobachtet und seziert fühle und dass ich mich fragte, ob Karin Thulins Verhalten wohl normal sei. Normal, das war das wichtigste Gebot für Dreizehnjährige zu der Zeit. Dann hieß es nur weitermachen und jedes auffindbare Wollgarn zu benutzen, um den Lügenteppich zu weben. Ich entschied mich für Sissi, ein selbstbewusstes Mädchen, das nicht Mitglied in Karin Thulins Clique war, aber gern bedeutender sein wollte als bisher. Sie war die perfekte Person, um die Lunte anzuzünden.

»Sissi, findest du nicht auch, dass Karin Thulin uns ein bisschen zu viel anstarrt? Was hat sie überhaupt in unserem Umkleideraum zu suchen? Sie sollte lieber im Musikraum bleiben und mit ihren Instrumenten üben, nicht wahr?« Ich hatte mich mehrere Wochen lang in Sissis Nähe aufgehalten, und schließlich ergab sich eine wunderbare Gelegenheit, als nach dem Sport nur noch wir beide übrig waren. Die Antwort kam nach kurzem Zögern, was zeigte, dass Sissis Gehirn hart arbeitete, um die Information zu verstehen.

»Ja, das habe ich mir auch schon überlegt. Die sitzt da und glotzt, als ob sie nichts anderes zu tun hätte. Ich meine, was hat sie eigentlich bei uns zu suchen? Man kann ja nicht einmal in Ruhe miteinander reden, ohne dass sie dazwischenfährt.«

»Weißt du, ob sie verheiratet ist oder einen Freund hat?«

Schweigen. Zähe Gedanken.

»Ich glaube nicht. Sie hat jedenfalls keinen Ring am Finger. Aber vielleicht darf man das nicht, wenn man Musiklehrerin ist und Instrumente spielt.«

»Weißt du, ob es anderen so geht wie uns? Man muss ja jedenfalls in Ruhe duschen dürfen. Alle finden es vielleicht nicht so cool, wenn eine Lehrerin dasteht und glotzt und meint: ›Vor mir braucht ihr euch nicht zu schämen, wir sind ja alle Mädchen.‹«

»Hat sie das gesagt?«

»Das hat sie mal gesagt, nicht zu mir, aber ich habe es gehört.«

Weitere zähe Gedanken. Eine Möglichkeit zu wachsen.

»Wir fragen mal die anderen.«

Viel mehr war nicht nötig gewesen. Sissi war bald herumgelaufen und hatte alle Mädchen auf unsere Seite gebracht, die nicht zu Karin Thulins Clique gehörten, und zwei oder drei aus der Gruppe, die sich in ihrer Rolle dort nicht mehr so recht wohl fühlten. Die meisten von uns begannen demonstrativ ein Handtuch umzuwickeln, bevor sie in die Dusche gingen, aber unsere abgekämpfte Lehrerin hatte zu dieser Zeit bereits einen großen Teil ihrer Urteilsfähigkeit verloren, und der geringe Quasikontakt, den sie mit einer Gruppe von Schülerinnen aufgebaut zu haben meinte, war ihr so wichtig, dass sie es sich nicht erlaubte, zu sehen, was da vor sich ging. Sie besuchte uns weiterhin im Umkleideraum und versuchte das Schweigen nicht zu bemerken, das sie umgab und nur von durch die Kacheln der Duschkabinen geschütztem Getuschel unterbrochen wurde.

Der nächste Schritt bestand darin, die Jungen miteinzubeziehen, Dreizehnjährige, die langsam mit Testosteron gefüllt wurden und nicht wussten, wohin mit der Unruhe, die sie nicht einmal mit Namen benennen konnten. Es genügte, einen Zettel zu schreiben, dabei die Handschrift zu verändern, was ich schon früh gelernt hatte, so dass sie aussah wie die der ungezähmten Jungen, und die richtigen Worte zu benutzen. Was stand darauf? Etwa Folgendes: »Karin, du Mädchenliebchen, komm nicht rein zu uns, denn hier gibt es garantiert nichts, was du sehen willst, das gibt es nur bei den Mädchen.« Ich klebte ihn an die Tür ihres Umkleideraums, hörte die Jubelschreie, als er entdeckt wurde, die eifrigen Fragen und die grölenden Kommentare, und wusste, dass es jetzt nur noch darum ging, abzuwarten.

Eine Woche genügte. Dann hatte Karin Thulin jegliche Kontrolle verloren. Worum sie die Jungen auch bat, immer gab es jemanden der Größeren, der grölte: »Mach's doch selbst, du Mädchenliebchen«, während die anderen einen schweigenden Gefangenenchor im Hintergrund bildeten. Sie ging nicht mehr in den Umkleideraum und hoffte auf die Solidarität ihrer eigenen Clique, doch die »Gemeinschaft«, die sie aufgebaut hatte, war ebenso wenig von Dauer wie eine Kaugummiblase, und als sie versuchte, sie weiter aufzublasen, platzte sie mit einem jämmerlichen Plopp und verschmierte ihr das Gesicht.

Im Laufe der folgenden Wochen tauchten überall im Musikraum weitere Mädchenliebchenzettel auf. Das Gerücht verbreitete sich mit einer Unbarmherzigkeit auf der ganzen Schule, und es war nur eine Frage von Tagen, bis auch andere Klassen anfingen, »Mädchenliebchen!« zu schreien, sobald Karin Thulin auftauchte. Bald sah sie aus wie ein erschrockenes Tier, wenn sie aus ihrer Lehrerhöhle hervorkroch, was ihren Verleumdern wie ein Schuldeingeständnis vorkommen musste. Ich selbst stand schweigend hinter dem Vorhang und war fasziniert davon, wie schnell ich Erfolg gehabt hatte. Als es um Buster ging, war ich einsam gewesen, aber hier hatte ich eine ganze Armee, die hinter mir stand, bereit, welchem Befehl auch immer zu folgen, wobei doch der Gegner bereits im Voraus außer Gefecht gesetzt war.

Der Rektor brauchte einen Monat, um zu reagieren, aber dann hatte er innerhalb einer Woche genügend Argumente gesammelt, damit Karin Thulin für den Rest des Schuljahres »vom Dienst befreit« wurde. Die Schüler berichteten plötzlich ausführlich, wie Karin einzelne vorgezogen hatte, mit schlechten Noten drohte, wenn jemand nicht parierte, in den Umkleideraum geglotzt hatte und nicht vorführen konnte, wie man ein Instrument spielt, abgesehen von ein wenig Klimpern auf dem Klavier. All das war Dreck, der im Boden vergraben war und den ich mit meiner Atombombe freigesprengt hatte. Jetzt sollte plötzlich eingegriffen werden, und das konnte nicht schnell genug gehen. Die Berichte von ihrer Vorliebe für Mädchen wurden im weiteren Verlauf zum Zucker auf dem Kuchen, außerdem zirkulierte ein unbestätigtes Gerücht, nach dem ein Mädchen gesehen haben wollte, wie Karin versuchte, ein anderes, nacktes Mädchen zu umarmen. Aber kein Schüler wusste, wer das gesagt hatte oder um welches Mädchen es ging, es hieß nur, »jemand habe das über jemanden erzählt«.

Karin Thulin kam nie wieder zurück in die Schule. Die Ratte biss das Seil durch, bevor sie sich nach einem Kreuz ausstrecken konnte, aber vielleicht hatte sie auch nie hochgeschaut. Eines Abends spürte ich eine gewisse Reue, holte den Beutel mit Busters Ohren hervor und erzählte ihnen, dass ich vielleicht ein Gefühl verspürte wie das, was man schlechtes Gewissen nannte, obwohl ich nicht wusste, wo das Gewissen eigentlich zu lokalisieren war. Meine weiße Seite flüsterte, dass Karin Thulin zwar schon ungerecht gewesen war, dass sie aber im Grunde ein so einsamer und unglücklicher Menschenwurm war, dass ich sie vielleicht zu hart für das bestraft hatte, was meine Mutter getan hatte.

Buster reagierte sofort. Am nächsten Tag erzählte Mama einer meiner Schulkameradinnen, dass ich in der gestreiften Bluse, die ich mir vor einigen Tagen selbst gekauft hatte, aussähe wie eine aus dem Knast. Die Schulkameradin kicherte begeistert, Mama stimmte ein, und in einer schnell gefundenen Gemeinsamkeit stellten sie fest, dass ich nun mal nicht so interessiert war an Dingen, die schön waren. Später schwärmte Mama mir vor, wie hübsch, niedlich und geschmackvoll sie doch angezogen gewesen war, meine Schulkameradin. Wie tüchtig sie zu sein schien, mit ihren Hobbys Reiten und Tanzen.

»Du könntest dich auch manchmal ein wenig bunter anziehen. Aber es ist ja klar, dich guckt sowieso niemand an. Und wenn ich es recht bedenke, dann gibt es sicher niemanden, der dir etwas Besseres geben will.«

Darauf überzeugte mich meine schwarze Seite, dass mein Gewissen rein war. Mama tat mir weh, und jemand musste bestraft werden, bis ich so weit war, sie zu bestrafen. Als Karin Thulin in den Fluten versank, rührte ich keinen Finger, um sie zu retten, nicht einmal einen symbolischen Blumenkranz warf ich auf die Wellen. Sie verschwand, und ich dachte, dass sie vielleicht irgendwann irgendwo als Strandgut wieder auftauchte. Doch das interessierte mich nicht länger. Es hatte bereits begonnen, über dem Wasser heller zu werden.

Wenn ich jetzt aufschaue, sehe ich, dass es auch vor meinem Fenster heller wird. Jetzt werde ich den Stift hinlegen, mir die Holzschuhe anziehen und im Nachthemd hinausgehen und an meinen Rosen schnuppern. Vielleicht werde ich dabei Frieden finden oder eine Art Gefühl von alles-ist-wie-es-sein-soll, und wenn nicht, kann ich zumindest diese göttliche Einsamkeit genießen.

29. Juni

Sven hat angefangen, sich an mich heranzupirschen, sobald ich mich dem Sekretär nähere. Und wenn ich mich hinsetze, um zu schreiben, stellt er sich hinter mich und schaut mir über die Schulter.

»Du sollst das Leben leben und nicht buchstabieren, Eva«, sagte er scherzend und versuchte dann, mich mit diesem und jenem zu locken. Da gibt es eine Ausstellung im Kulturhuset, das soll ein ziemlich guter Maler auf Horred sein, willst du mitkommen? Wollen wir uns das Haus vornehmen, du wischst Staub und ich sauge? Lass uns doch spazieren gehen, und soll ich nicht mal anrufen und fragen, ob wir Karten für dieses Jazzkonzert in Varberg kriegen können? Es sieht aus, als ob es ein schöner Abend wird, wollen wir nicht zum Griechen gehen und Lammkoteletts essen?

Ich kannte ihn kaum wieder, als er all das vorschlug, musste aber feststellen, dass das Gewünschte manchmal erst dann kommt, wenn man für sich beschlossen hat, dass das Leben gut ist, wie es ist, auch ohne das Gewünschte. Also machten Sven und ich uns auf zum Kulturhuset, die Antwort der Westküste auf den Louvre und das British Museum, wo der regionale Maler, der tatsächlich gute Qualität zeigte, seine Werke ausstellte. Viele unserer Bekannten trotteten zwischen den Bildern herum, und es war unvermeidlich, zu grüßen und dem neuesten Klatsch zu lauschen. Wenn Großstadtbewohner über Verkehrsstaus klagen, dann ist dagegen für ländliche Siedlungen der Menschenstau das größte Problem. Petra und Hans Fredriksson waren da und stürzten sich überglücklich auf uns, während alle anderen ihnen auswichen oder so taten, als wären sie tief versunken in die Motive.

Für die Müden und Durstigen ist Petra eine Geißel. Sicher, sie ist nett, aber sie redet wie ein Wasserfall, was ihren Mann zu einer Salzsäule erstarren lässt und Sven einmal zu der Bemerkung veranlasste, dass sie vermutlich mit dem Hintern atmet, da es praktisch keine andere Möglichkeit gibt, denn am anderen Ende fließen die Worte aus allen Öffnungen heraus. Aber ich verteidige sie immer, da ich sie seit meiner Kindheit kenne. Sie und ich und Gudrun haben viele Sommer zusammen verbracht, wir badeten, spielten, tranken Kaffee und redeten. In erster Linie ist sie eine der wenigen Personen, die wesentliche Dinge von mir wissen, und ohne ihre Hilfe hätte ich nie in Jacobis Reisebüro arbeiten können. Jetzt kam sie auf uns zugeflattert, das Haar stand ihr zu Berge, und sie kratzte sich an der Stelle am Mund, die nie zu heilen scheint. Der Mantel flatterte hinter ihr, und der Schal rutschte zu Boden. Wie immer sah sie wie ein eingesperrter Vogel aus, und ich fragte mich manchmal, ob Hans nicht der Käfig ist.

»Hallo, wie geht es euch? Wie schön, euch zu sehen, und vielen Dank noch einmal für die nette Feier, es war ja so gemütlich bei euch, und wo hat Sven nur die leckere Torte aufgetrieben, du bist so tüchtig, Sven, du weißt wirklich, was einem guttut, und ich muss euch unbedingt etwas Lustiges erzählen, es war nämlich so, dass Hans zum Zahnarzt musste, er hatte Zahnschmerzen, und ich habe ihm gesagt, er solle doch zu Holmlund um die Ecke gehen, und das hat er dann auch gestern gemacht, und Holmlund weiß ja genau, wie Hans es haben möchte, also hat er Hans ein Tuch umgehängt, es im Nacken verknotet und dann gesagt, er solle den Mund aufmachen, Hans natürlich, nicht Holmlund, habe ich Holmlund gesagt, wie blöd, hahaha, ich meine natürlich Hans, also Hans machte den Mund auf, und Holmlund entdeckte wohl eine Entzündung in einer Zahnwurzel, und dann hat Holmlund gefragt, ob sein Praktikant auch mal gucken dürfe, und Hans hat gesagt, natürlich, das mache ihm gar nichts, also wartete er und hatte den Mund weit offen, und schließlich kam Holmlund mit dem Praktikanten, und die beiden guckten und guckten, und Hans hatte den Mund noch immer weit offen, und dann, als sie fertig waren, sollte Hans seinen Mund zumachen, und da ging es nicht, der Kiefer hatte sich verhakt, und Holmlund versuchte ihn mit aller Kraft wieder zuzudrücken, und schließlich musste der Praktikant es versuchen, und gemeinsam kriegten sie mit einem Ruck die Kiefer zusammen, aber das tat reichlich weh, nicht wahr, Hans, hallo, Hans, ihr habt es wohl eilig, habt ihr es eilig, nun ja, auf jeden Fall musste ich unwillkürlich an das Lied denken, in dem die Krokodile, die gähnen, sich den Kiefer ausrenken und zu Doktor Pillermann gehen müssen ...«

Sie holte Luft, und Sven, der vollkommen erschöpft aussah, nutzte den kurzen Atemzug, wo immer er auch herkam, als Möglichkeit, um auf die Toilette zu gehen. Ich selbst musste lachen bei dem Gedanken an Hans bei Holmlund. Hans Fredriksson, der brave Bankmensch, der inzwischen kaum noch den Mund öffnete, um etwas zu sagen, und ihn plötzlich nicht mehr schließen konnte. Mein Lachen ermutigte Petra, noch weitere lustige Begebenheiten zu erzählen. Sven kehrte nach einer Weile zurück, Gudrun und Sixten kamen vorbei, und Petra umarmte Sixten, ohne zu merken, wie froh er wurde, und begann von Neuem mit ihrer Zahnarztgeschichte, was Sven und mir die Gelegenheit bot, davonzueilen.

»Der arme Hans«, sagte Sven und holte tief Luft, als wir aus dem Gebäude gekommen waren. Ich erwiderte, dass Petra vielleicht nur das Bedürfnis hat, so viel zu reden, da sie mit einem Mann zusammenlebt, der pathologisch schweigsam ist. Sven war nicht dieser Meinung.

»Nein, du. Es ist nur so, dass Frauen viertausend Worte haben, die sie jeden Tag loswerden müssen, viertausend Worte, und wir Männer haben nur zweitausend. Manchmal gehen uns unsere Worte im Laufe des Tages einfach aus, während ihr noch die Hälfte übrig habt, und dann kommt es halt so. Kein Wunder, dass es so viele müde Männer gibt.«

Ich erwiderte, dass er mich ja wohl nicht mit Petra vergleichen wolle, schließlich gibt es immer noch graduelle Unterschiede in der Hölle, und Sven versicherte, dass er von einem Durchschnittswert gesprochen habe, eine Sprache, die ich verstehe. In harmonischem Einklang gingen wir in das griechische Restaurant, den Sommer unter den Füßen und mit einer leichten Hoffnung auf einen amerikanischen Filmschluss unseres Lebens. Polykarpus, der Besitzer mit dem schönen Namen und den so gar nicht schwedischen Augen, lud uns zum Ouzo ein, gemischt mit etwas, was die ansonsten durchscheinende Flüssigkeit ganz blau machte. Sven und ich berührten Griechenland.

»Erinnerst du dich, als wir die Vespa gemietet haben, uns Tomaten, Feta und Oliven kauften und dann in die Berge gefahren sind und dort unseren eigenen griechischen Salat gemacht haben?«, fragte Sven. Ich antwortete, dass ich mich natürlich erinnerte. An den Geschmack der Tomaten kann ich mich immer noch erinnern, wenn ich in so ein Surrogat beiße, das rund, rot, groß und vollkommen geschmacklos ist.

»In erster Linie erinnere ich mich daran, dass Eric krank war, als wir nach Hause kamen, und dass du wie immer alle Ansichtskarten schon vorher geschrieben hast.« Sven schüttelte sich und erklärte, dass das Wichtigste ja wohl war, dass die Karten überhaupt geschrieben wurden, und im Urlaub hatte man nun einmal weder Zeit noch Lust, das zu tun. Dann schaute er mich mit richtig frohen Augen an.

»Was meinst du, sollten wir nicht noch einmal nach Rhodos fahren? Kannst du dich nicht bei deinen alten Kollegen bei Jacobi umhören, die kennen doch die Geheimtipps. Ich möchte wissen, ob es das kleine Hotel noch gibt, in dem wir gewohnt haben, weißt du noch, in dem die ganze Familie arbeitete. Wir könnten doch dort übernachten.«

Rhodos, wo zweitausend Jahre vor Christus

Münzen mit Rosen darauf geprägt wurden. Rhodos, wo sich Jacobis Reisebüro als eines der ersten befand, als die Insel noch unbesudelt und unschuldig war. Wo ich kleine Hotels für unsere Kunden aufspürte und die Schönheit des Landes und den griechischen Wein genoss. Wo ich ohne Rücksicht auf Konsequenzen und ohne Gedanken an eine bestehende Beziehung liebte. Wo ich die Illusion von Mamas Verschwinden verstärkte. Die Rosen müssen Jahrtausende überlebt haben, aber während der Jahre, in denen ich nicht dort gewesen bin, hat sich sicher vieles verändert. Ich öffnete den Mund, um darauf hinzuweisen, dass das Hotel jetzt wahrscheinlich vergrößert oder abgerissen worden war, hatte dann aber doch nicht das Herz, Sven wieder auf den Boden der Tatsachen zu holen, da er so begeistert wirkte. Es freute mich zu spüren, dass mein Herz noch da war. Dass er mit irgendwelchen Griechenlandplänen Ernst machen würde, konnte ich sowieso nur schwer glauben. Wir sind nur wenige Male zusammen verreist, und seit sein Herz vor zehn Jahren bei einem Infarkt eine Pause machte, sind wir gar nicht mehr weggefahren.

Jetzt war es schön, ihn so munter zu sehen. Außerdem machte Sven mir Komplimente und fand es phantastisch, wie jung ich immer noch aussah.

»Du hast ja nicht einmal graue Haare bekommen. Sie sind noch genauso rot wie immer, und dein Gewicht hast du auch gehalten. Wenn man dich mit anderen vergleicht, musst du ja wohl zustimmen, dass du gut aussiehst?«

Ich prostete ihm zu und sagte, dass er immer schon so lieb gewesen sei, und als wir nach Hause kamen, glaubte ich fast, ich könnte diese Nacht traumlos schlafen.

Doch da irrte ich mich. Kaum waren wir in der Tür, da klingelte das Telefon, und als ich den Hörer abnahm, war Iréne Sörenson dran, so wütend und so betrunken, dass sie kaum richtig sprechen konnte.

»Ihr habt mein Silberbesteck gestohlen! Ihr habt mein Silber gestohlen, das Besteck, das ich von Alexander bekommen habe, und ich weiß, dass ihr es wart, die hier im Haus waren. Du bist die Einzige, die einen Schlüssel hat.«

»Aber liebe Iréne ... aber Iréne ... nun hör doch, Iréne. Hör mir zu! Das Besteck hast du vor vielen Jahren Susanne geschenkt. Warum sollten wir es denn nehmen, wir haben doch unser eigenes Silber. Außerdem weißt du, dass der Pflegedienst auch einen Schlüssel für dein Haus hat, aber dass die etwas mitnehmen, das wirst du ja wohl nicht behaupten wollen.«

»Man kann doch ein Haus nicht so plündern! Aber genau das versucht ihr, ja, das tut ihr. Ich gönne Susanne ja das Silber, ich wollte es ihr geben, aber ich will es ihr selbst geben, ihr dürft nicht herkommen und hier herumwühlen … ihr seid böse Menschen. Böse.«

Sven, der neben mir stand, konnte fast alles mithören, da er im Unterschied zu vielen anderen alten Männern nicht in der Taubheit Zuflucht gesucht hatte, um die täglich übriggebliebenen zweitausend Frauenwörter nicht hören zu müssen. Jetzt nahm er mir den Hörer aus der Hand, nachdem er gemerkt hatte, wie ich zitterte. Normalerweise bleibe ich ziemlich ruhig, doch dieses Mal wurde es mir zu viel, es schien, als zerreiße jemand mit scharfen Nägeln den bis jetzt so schönen Tag in Fetzen. Warum ruft sie immer mich an, eine Person, die ihr sowieso schon so viel hilft? Warum ruft sie nicht den Pflegedienst an oder beispielsweise ihre Tochter? Genau das führte übrigens auch Sven an, wenn auch in schärferer Form.

»Du hast einen Menschen um dich, den du gar nicht verdienst«, sagte er, wie er es schon so oft zuvor gesagt hatte, und nach einer Weile legte er auf. Dennoch hatte ich das Gefühl, als käme Iréne wie Rauch aus dem Telefon, und ich bekam fast Atemnot.

In einem Versuch, mein Gleichgewicht wiederzufinden, holte ich das Staubtuch heraus und wischte fast das ganze Haus. Ich entstaubte die Jungfrau Maria auf dem Kaminsims, wischte den

Boden und dachte an meine erste Begegnung mit David Jacobi, während Sven im Hintergrund murmelte: »Ich bitte dich, Eva, komm, das kannst du ja wohl auch noch morgen machen.« Schließlich begann er für uns Abendbrot zu richten. Verschwitzt vom Ouzo und meiner Wut sagte ich: »Dein Mitleid reicht nur bis zu deinen Geschmacksnerven.« Armer Sven, gepeitscht als Stellvertreter anderer, womit er nicht allein dasteht, aber ebenso falsch behandelt wird wie alle anderen. Ein Unrecht wird kaum besser dadurch, dass es wiederholt wird oder andere davon bereits getroffen wurden.

Als wäre es von einem bösartigen Marionettenspieler geplant, versank ich auch noch ins Grübeln, als ich die Fotos abwischte und das Hochzeitsfoto meiner Eltern in die Hand bekam. Es zeigt eine schöne Frau, deren blondes Haar in einem Knoten hochgesteckt ist, mit Blumen umgeben, was sie gleichzeitig adrett und frivol aussehen lässt. Man erkennt nicht, dass sie nur wenige Wochen vorher ein Kind geboren hat. Ihre Taille ist schmal, das Kleid sahneweiß und am Busen gerafft, Schultern und Arme sind frei, der Blumenstrauß ist groß und ihr Lachen so feucht, dass das Glas beschlägt. Neben ihr steht ein blonder Mann, der im Gegensatz zu ihr nicht in die Kamera, sondern in ihren Ausschnitt schaut. So sieht es zumindest aus, doch nach dem, was meine Großmutter väterlicherseits mir erzählt hat, weiß ich, dass es daran liegt, dass er am Hochzeitstag eine Grippe mit neununddreißig Grad Fieber hatte und sich kaum aufrechthalten konnte. Dennoch gelang es ihm, die Trauung und das anschließende Essen zu überstehen, er musste aber nach dem obligatorischen Walzer aufgeben und nach Hause gehen. Während ihr Mann krank daheim im Bett lag, blieb Mama bis in die Morgenstunden auf und tanzte und feierte auf ihrer eigenen Hochzeit.

Meine Großmutter verzieh ihr das nie. Jedes Mal, wenn sie gezwungen war, meine Mutter zu treffen, versuchte sie ihre Abscheu zu verbergen in der Hoffnung, sie würde irgendwann abstumpfen, doch vergeblich. Sie war so offensichtlich, dass es sogar mir auffiel, sie hatte keinen Anfang und kein Ende, so war es damals, und so sollte es immer sein. Mama kümmerte sich nicht darum oder erwiderte die Abneigung, und damit hatte ihre Feindschaft fast etwas Vertrautes, Familiäres an sich. Wenn meine Großeltern väterlicherseits mal zu Weihnachten bei uns waren, wurde Verachtung zum Schinken wie zum Schnaps serviert.

»Großmama ist so fein«, sagte ich einmal, als sie zu Besuch waren und ich ihre bunten Kleider bewundern konnte.

»Was nützt das, wenn sie so aus dem Mund riecht«, zischte meine Mutter nur.

Jetzt rieb ich Mamas Lippen und dachte an sie und an Iréne und fragte mich, warum ich gezwungen war, mit Letzterer zu verkehren, während es mir so erfolgreich gelungen war, Erstere zu töten. Bald müsste ich ja wohl genug gebüßt haben, und dann könnte ich das Vergangene endlich als Vergangenheit betrachten. Dann nahm ich das Foto hoch, fragte mich, warum zum Teufel ich es eigentlich behalten hatte, und ging zur Mülltonne. Sven hatte eine Bierflasche auf den Deckel gestellt, die der Müllmann bekommen sollte als Dank, weil er beim letzten Mal eine Extratüte mitgenommen hatte. Ich nahm die Flasche, öffnete die Mülltonne und warf das Foto hinein, hörte, wie das Glas zersplitterte, und spürte eine tiefe Befriedigung, als ich den Deckel wieder zuwerfen und das Bier draufstellen konnte. Anschließend ging ich zurück ins Haus, legte mich neben Sven und tat so, als würde ich lesen, stand aber wieder auf, sobald ich sein Schnarchen vernahm, ging hinunter in den Keller und holte eine gute Flasche, nicht von meinem Geburtstag, sondern eine, die ich selbst gekauft hatte. Ouzo und griechischer Wein und wenn auch selbst gekaufter, mögen mir alle nüchternen Götter verzeihen, aber ich brauche das, denn ich habe das Gefühl, dass es nicht besser wird.

30. Juni

Und ich hatte recht. Tage wie diesen kann der Teufel für sich behalten. Für mich begann die Strafe bereits am Morgen, als Sven mit Tee, leckeren Broten und einem kleinen Glas Portwein zu mir ans Bett kam. Was er dafür haben wollte, konnte ich nicht wissen, aber ich erfuhr es bald, fast unmittelbar, nachdem er seinen letzten Schluck getrunken und seinen letzten Bissen runtergeschluckt hatte.

»Eva. Ich habe mit dem Adler geredet. Er wird in den nächsten Tagen mal herkommen und sich die Wasserleitungen anschauen.«

»Ja, und?«, erwiderte ich, während ich mich wunderte, was Sven mit dem Baumeister des Ortes in aller Heimlichkeit ausgeheckt haben könnte.

»Und nichts. Es ist nur so, dass ich weiß, dass unsere Wasserleitungen möglicherweise den nächsten Winter oder den übernächsten nicht überstehen werden, und ich möchte nicht mit so einer Unsicherheit leben.«

»Und das bedeutet?«

»Das bedeutet, dass der Adler sie sich einmal anguckt und dass wir damit rechnen müssen, dass sie ausgetauscht und verstärkt werden müssen. Und … guck mich nicht so an, Eva. Es ist nicht meine Schuld, dass die Leitungen genau unter deinen Rosen liegen. Aber für Rosen gelten doch wohl die gleichen Regeln wie für Gemüse? Wenn es sein muss, kann man sie umpflanzen. Das heißt ja nicht, dass die Rosen für alle Zeiten weg sollen, nur, dass sie zwischenzeitlich Platz machen müssen …«

Ich nahm einen Schluck von dem Portwein, aber die Panik überfiel mich von allen Seiten, mich, das Glas, die Decke, den Fußboden.

»Du rührst meine Rosen nicht an, hörst du, Sven! Grabe hinter ihnen oder vor ihnen oder meinetwegen auch im Haus, reiß den Fußboden auf, wenn es dir gefällt, aber die Rosen rührst du nicht an, hörst du?«

»Eva, warum bist du in dieser Frage so stur? Du denkst doch sonst so logisch, bist nie so empfindlich oder wunderlich. Natürlich sind es schöne Rosen, aber die sind doch ziemlich robust, und du kannst sie sicher wieder einpflanzen. Ein Stück weiter. Aber du kannst nicht in den Rosen duschen, wenn die Leitungen einfrieren und wir kein Wasser haben, und du kannst nicht nur Wein trinken, wenn das Teewasser fehlt …«

Ich hörte gar nicht auf ihn, stand auf und machte mich zurecht, ging hinaus und liebkoste eine Heckenrose, schnupperte an einer Peace und schob mir eine Handvoll Blätter in die Tasche. Dann ging ich wieder hinein, rief Iréne Sörensons Tochter an und erreichte sie sogar. Endlich konnte ich ihr von Irénes Ausraster gestern erzählen, dass sie immer tiefer in ihre eigene Welt hineinrutsche und dass sie vermutlich nicht mehr lange allein wohnen könne. Ich erzählte von schmutzigen Laken und mangelnder Hygiene und dass die Medizin, die sie nun bekommen hatte, weil sie möglicherweise an Alzheimer litt, so stark war, dass sie ihr nicht bekam. Dann fragte ich, ob sie etwas zu tun gedenke, als Tochter sozusagen, nicht als Mitmensch.

»Du kannst sie fragen, wie oft sie mich besucht hat, als ich im Krankenhaus lag«, erwiderte sie.

Ich wusste, dass die Tochter mehrere Wochen im Krankenhaus gelegen und tatsächlich zwischen den berühmten Extremen Leben und Tod geschwebt hatte, und dass die Rekonvaleszenz lange gedauert hatte, und ich wusste auch, dass Iréne nicht ein einziges Mal ihren Fuß ins Krankenhaus gesetzt hatte, um sie zu besuchen. Dass Iréne alles verabscheute, was mit Tod und Krankheit zu tun hat, habe ich schon vor langer Zeit begriffen. Manchmal erzählt sie von alten Freunden oder Verwandten, die krank sind oder in irgendein

Heim gekommen sind, aber sie würde nie auf die Idee kommen, hinzufahren und sie zu besuchen, und erst recht nicht, ihnen zu schreiben oder Blumen zu schicken. Sicher hat das mit Angst zu tun, einer Angst, die sie bekämpft, indem sie Krankheit und Alter aus ihrem Leben ausgrenzt. »Warum soll ich in irgend so ein Heim ziehen, in dem nur alte Menschen leben?«, hat sie mal gesagt und damit ihr eigenes Älterwerden wegdefiniert.

Trotz des Mangels an Engagement von Seiten der Tochter konnte ich sie deshalb verstehen. Plötzlich fiel mir ein, wie ich selbst als Vierzehnjährige mit schrecklichen Kopfschmerzen ins Krankenhaus gebracht werden musste, nachdem ich über eine Bürgersteigkante gestolpert und hingefallen war. Das Personal in der Notaufnahme tat alles, um meine Schmerzen zu lindern, konnte aber nur feststellen, dass es sich vermutlich um eine schwere Gehirnerschütterung handelte. Dieser folgte dann auch noch eine Infektion, durch die ich hohes Fieber bekam. Mehrere Tage lag ich wie im Winterschlaf da, in dem eine geheimnisvolle Frau, die sich später als meine Bettnachbarin entpuppte, immer wieder auftrat und zischte: »Jetzt wacht sie auf, jetzt wacht sie auf, ihr werdet sehen, jetzt wacht sie auf.«

Ich wachte schließlich tatsächlich auf, musste aber noch mehrere Wochen lang das Bett hüten. Papa war mit mir nachts in die Notaufnahme gefahren, und ich erinnere mich, dass ich seine Hand hielt und seinen Duft mit mir in die Bewusstlosigkeit nahm, während ich dachte, dass Mama gezwungen sein würde, da zu sein, wenn ich aufwachte. Doch das war sie nicht, stattdessen war es Papa, der jeden Tag kam und fragte, wie es mir ging und was ich brauchte. Es war Papa, dem ich zuflüsterte, was ich an Unterwäsche oder Schulbüchern benötigte, und es waren seine ungeschickten Hände, die mein Haar kämmten. Es war auch Papa, der den Bescheid entgegennahm, dass mein Kopf vollkommen in Ordnung war und dass niemand verstehen konnte, wieso ich eine so heftige Folgeinfektion bekommen hatte.

»Dein Papa wird sich aber freuen, wenn du wieder nach Hause kommst«, sagte meine Bettnachbarin bedeutungsvoll, als ich endlich gesundgeschrieben wurde. Mama zeigte ihre Freude, indem sie mich mit einem leckeren Essen empfing, Cevapcici, eingelegtes Obst mit Sahne und dazu Wein, von dem sie am meisten trank, da man »jede Gelegenheit zum Feiern nutzen sollte«.

Buster hatte seine Strafe verdient, doch er hatte stellvertretend gelitten. Mit Karin Thulin war es das Gleiche. Was meinen schmerzenden Kopf betrifft, bei dem niemand eine Erklärung für die heftige Reaktion meines Körpers finden konnte, frage ich mich manchmal, ob ich mich damals selbst bestrafen wollte. Das Einzige, was ich weiß: Die Schmerzen traten eine Woche, nachdem Mama und ich einen Krach hatten, auf, einen Krach, der mich heftig erschüttert hatte. Die Feiern meiner Eltern hatten sich gesteigert, und sie waren oft sowohl freitags als auch samstagabends fort, wenn sie nicht Freunde zu uns nach Hause eingeladen hatten. Eher ahnte ich, dass mein Vater diese Veranstaltungen mit viel Wein, Tanz und ziemlich niedrigem Konversationsniveau verabscheute, als dass ich es wusste. Vielleicht machte er mit, um die Illusion aufrechtzuerhalten, dass er in einer gut funktionierenden Ehe lebte. Aber wahrscheinlicher ist, dass er es tat, um Mama zu kontrollieren, da sie sonst ohne zu zögern allein gegangen und ebenso ohne das geringste Zögern irgendwo anders geschlafen hätte.

Es war ein Freitagabend, an dem ein paar Freunde kommen sollten, eigentlich nur Mamas Freunde, und Mama hatte früher Schluss gemacht, um alles vorbereiten zu können. Aus irgendeinem Grund hatte Papa nicht das eingekauft, was sie ihm aufgetragen hatte, und im Laufe des Nachmittags wurde sie immer gehetzter und wütender, weil sie wahrscheinlich nicht genügend Zeit haben würde, um sich so hübsch zu machen, wie sie es geplant hatte. Mit wildem Blick kam sie zu mir und schrie, ich solle sofort mit dem aufhören, was ich gerade tat, nämlich den Tisch für die Gäste decken, sondern loslaufen und die fehlenden Zutaten für das Dessert kaufen, und dazu ein wenig Knabberzeug zu den Getränken.

»Und noch einen Blumenstrauß«, rief sie mir hinterher, als ich bereits aus der Tür war. Ich bekam alles, was ich holen sollte, und erst als ich fast zu Hause war, fiel mir ein, dass ich die Blumen vergessen hatte. Zunächst bemerkte Mama es gar nicht. Papa war inzwischen auch nach Hause gekommen und hatte Order bekommen, »den Rest« zu erledigen, damit sie sich fertig machen konnte, und ihm und mir gelang das auch mit vereinten Kräften.

»Eva, welche Kette soll ich nehmen?«, schrie sie plötzlich, und ich musste laufen und suchte eine mit Perlen aus, die ich ihr umband, da ihre Fingernägel gerade frisch lackiert waren. Sie war schön in einem schwarzen, ärmellosen Kleid, mit einem glänzenden Band im Haar, aber verärgert über einen Pickel im Gesicht, den sie nicht hatte überschminken können, und darüber, dass in den Strümpfen, die sie hatte anziehen wollen, eine Laufmasche war.

»Nun geh und hilf deinem Vater. Und zieh dir was Vernünftiges an«, brachte sie noch heraus. Ich konnte mir gerade noch etwas Akzeptables überwerfen, da klingelte es schon an der Tür, und die Gäste trampelten in den Flur.

Ich war mit meinen vierzehn Jahren groß genug, um vorgeführt zu werden, aber noch nicht groß genug, um mit am Tisch zu sitzen, wofür ich ziemlich dankbar war. Stattdessen nahm ich mir etwas von den leckeren Dingen und aß sie auf meinem Bett sitzend, während ich irgendeine Scheibe hörte, die sich auf einem billigen, aber funktionierenden Plattenspieler drehte. Natürlich hörte ich wie alle meine Kameraden Elvis Presley und die immer populärer werdenden Beatles, aber die Musik, die mich am meisten berührte, das war der Jazz. Mama war es in London gelungen, eine Aufnahme mit einer amerikanischen Künstlerin namens Nancy Wilson zu bekommen, und ihre Stimme, begleitet von einem traurigen Saxophon, konnte in mir eine ruhelose Sehnsucht nach etwas Undefinierbarem wecken.

Jetzt saß ich also auf dem Bett und hatte gerade fertig gegessen, als ich hörte, wie Mama rief, ich solle runterkommen, die Gäste begrüßen und ein Dessert essen. Ich ging in die Küche und registrierte zunächst nur ein Meer von angemalten Gesichtern, die wie Ostereier unseren großen Küchentisch aus Holz umrundeten. Mama glänzte um den Mund und winkte mit dem Glas, als ich hereinkam, und es gelang ihr, so laut zu schreien, dass sie das berauschte Gemurmel übertönte.

»Und hier kommt Eva. Ein prächtiges Mädchen, ganz im Gegensatz zu mir. Wie man sieht. Aber auch sie hat ihre dunklen Flecken und ist nicht immer so perfekt, wie ihr Vater meint, nicht wahr? Heute sollte sie beispielsweise Blumen für den Tisch hier kaufen, und das hat sie vergessen. Aber so ist es, wenn man sich auf seine Kinder verlässt …«

Sie hob das Glas für einen Toast und sagte mir, ich solle mich zwischen zwei Männer setzen, die mich beide mit frisch erwachtem Interesse anguckten. Ich war ja gerade erst vierzehn Jahre alt und außerdem nüchtern, und ich hatte keine Falten und schönes, rotblondes Haar, und das meiste drehte sich nun einmal um Angebot und Nachfrage.

Der Mann, der rechts von mir saß, war etwas weniger berauscht als die übrige Gesellschaft, ausgenommen Papa. Er hieß Björn und arbeitete mit Mama in ihrer Firma. Er wird in den Fünfzigern gewesen sein und damit bedeutend älter als Mama und Papa, aber er war dennoch ziemlich attraktiv, mit graumeliertem Haar und durchtrainierten Muskeln. Sympathisch war außerdem, dass er einen akzeptablen Versuch machte herauszufinden, wer ich war, und er fragte interessiert genug nach Schule und Freizeit, so dass wir etwas, was fast wie ein Gespräch anmutete, in Gang setzten. Erwähnte, dass er früher viel gereist war, und erzählte von Rucksackreisen nach Kanada und Wanderungen in den Alpen, und je mehr er erzählte, umso nostalgischer wurde sein Blick, während die Füße ungeduldig unter dem Tisch zu wippen begannen.

»Oh Scheiße, was ist nur aus alldem geworden«, sagte er und nahm einen Schluck von dem Cognac, den er zur Schokoladenmousse serviert bekommen hatte.

»Ja, ja, damals, da war man wie ein Fels in der Brandung. Stand mit geradem Rücken da, und all der Mist, der von allen Seiten auf einen eindrang, den beachtete man gar nicht. Man stand über den Dingen und kümmerte sich nicht um diese Pingeligkeiten, die in der großen und kleinen Welt vor sich gingen, man war stark, hatte nicht eine Öre in der Tasche, aber was machte das schon, man hatte ja sich selbst ... also, ein Prosit auf dich, mein junges Mädchen, du hast deine beste Zeit noch vor dir, also nutze sie, hörst du, mein Rotkäppchen ...«

Er legte den Arm um mich und schaute mir etwas unscharf in die Augen, bekam dabei fast einen feuchten Blick. Vielleicht wäre ich sogar gerührt gewesen, wenn nicht Mamas Stimme unser Gespräch zerschnitten hätte.

»Björn, Björn! Hallo! Es hat gar keinen Sinn, Eva etwas von Reisen oder Liebe zu erzählen, was das betrifft, ist sie vollkommen unwissend. Sie weiß nichts, gar nichts. Im Grunde genommen.«

Björn hörte die Worte gar nicht, nur mich haben sie getroffen, und ich stand sofort auf, ging ins Badezimmer und schaute in den Medizinschrank. Schmerztabletten, Schlaftabletten, es gab genügend, um wen auch immer zu betäuben, vielleicht für alle Zeiten. Ich nahm ein Glas nach dem anderen in die Hand, genoss die Namen, streichelte die Etiketten und spürte, wie sie ein ewiges Schweigen versprachen. Ich war damit so beschäftigt, dass ich gar nicht hörte, wie Mama hereinkam und sich hinter mich stellte. Ihr Spiegelbild erschien plötzlich neben meinem, blond neben rotblond, und ich drehte mich um und schlug zurück.

»So, so, du meinst also, ich sei unwissend?«

»Sei nur beleidigt, wenn du Lust hast.« Mamas Antwort kam scharf und präzise, der Alkohol bremste ihre Stimme nicht, und ihre Bewegungen waren voller Kraft, als sie mich zur Seite schob, um den Lippenstift herauszuholen und ihr Raubtiergrinsen auszubessern. Ich drängte an ihr vorbei, kehrte jedoch nicht zu Björn und seinem Freiheitsdrang zurück, sondern ging direkt in mein Zimmer und legte mich ins Bett. Dort schlief ich ziemlich schnell ein, obwohl Mamas Urteil, »unwissend, unwissend, unwissend«, mir noch in den Ohren hallte, so dass es zum Schluss klang, als hätte ich einen Schwarm Möwen im Kopf.

Als ich aufwachte, meinte ich zunächst, es wäre Pik König, der mich besuchte. Die Träume hatten mich gejagt, und Pik König hatte mich in seinen Armen gehalten und an den Strand getragen, wo er mir von Löwen, Krokodilen und Ratten erzählte, während er mich die ganze Zeit näher ans Wasser schob. Gerade als ich so nah war, dass ich dachte, jetzt falle ich hinein, jetzt ertrinke ich, jetzt kann ich nicht mehr atmen, schlang er stattdessen seine Arme um mich und küsste mich, zuerst leicht und vorsichtig auf die Wange und den Hals, dann weich auf den Mund.

Ich nahm den Geschmack von Schokolade und Rauch wahr und dachte, dass ich das Seil und das Kreuz rechtzeitig gepackt hatte, merkte aber dann, wie der Kuss sich auf halbem Weg veränderte und hart und schmierig wurde. Ich wehrte mich im Traum und plötzlich auch in der Wirklichkeit, schaute in ein Paar Augen und musste erkennen, dass ich einen Mann in meinem Bett hatte. Er war groß und lallte, und ich schob ihn voller Panik von mir, während ich mich im Bett aufsetzte und die Decke als Schutz um mich hüllte. Ich wollte schreien, ließ es aber, als ich entdeckte, dass es Björn war, der sich neben mich gelegt hatte und jetzt versuchte, die Reste seines Egos zusammenzukramen, während er unverständliche Tiraden nuschelte. Vor der Tür hämmerte die Musik, und ich hörte Lachen und fröhliches Rufen im Hintergrund und schloss daraus, dass der Tanz in vollem Gange war, der Tanz und damit die Jagd nach einer verstohlenen Berührung, einer unerlaubten Brust, der Haut, die jemand anderem rechtmäßig zustand.

»Mein kleines Mädchen, kleine Eva, du bist immer noch so jung, weißt du, wie weh es tut, alt zu sein, alles hinter sich zu haben, was … gibt es nicht jedenfalls ein kleines Küsschen auf den Mund, was, darf ich dich ein wenig anfassen? Eva. Ein junges Mädchen anfassen … manchmal sehnt man sich einfach nach einem jungen Mädchen …«

Er kroch wieder in mein Bett, drückte mich auf den Rücken und legte sich halb auf mich. Ich versuchte ihn wegzuschieben, aber er war schwer und unförmig, und ohne dass ich es verhindern konnte, spürte ich, wie er mit der einen Hand mein nacktes Bein unter der Decke streichelte, während seine Finger schließlich bis zur Brust unter dem Nachthemd vordrangen und sie zu kneten begannen. Die ganze Zeit bedeckte er mein Gesicht mit schlaffen, feuchten Küssen, und ich nahm den Gestank von Alkohol wahr, während ich versuchte, mein Gesicht wegzudrehen.

Warum ich nicht schrie? Vielleicht weil ich trotz meines Ekels unbewusst ahnte, dass er nicht gefährlich war. Er war ein von dem Wunsch nach Zärtlichkeit gequälter Mensch, ich hatte ihn an das erinnert, was er einmal gewesen war, und jetzt wollte er ein weiteres Stück seines alten Ichs wiederfinden. Meine vierzehnjährigen Einsichten genügten, ihn zu bitten, mich in Ruhe zu lassen, wegzugehen, mich in Ruhe schlafen zu lassen, und er fing an zu weinen, kam aber schließlich auf unsichere Füße und ging. Erst da kam die Angst, und ich lief hinter ihm her, schloss die Tür, verschloss sie und kroch zurück ins Bett, wo ich mich unter der Decke versteckte. Meine Füße waren die ganze Nacht über eiskalt, und ich lag schlaflos da, weil ich mich nicht in einen Zustand versetzen wollte, in dem ich wehrlos war. Hin und wieder holte ich Busters Ohren hervor und bat sie um Rat, und nach dem dritten Gespräch mit dem Beutel konnte ich mich ein wenig entspannen und schlummerte schließlich ein.

Am nächsten Morgen waren wir alle müde. Die Musik war in jeder Hinsicht vorbei, und Wohnzimmer und Küche waren mit schmutzigen Tellern und benutzten Gläsern übersät, während ein verrauchter, saurer Geruch das Haus erfüllte. Einer der Teppiche im Wohnzimmer hatte einen schwarzen Fleck, wo vermutlich jemand seine Zigarette ausgedrückt hatte, und auch das graue Sofa wies an einer Ecke Kaffee- oder Rotweinflecken auf. Außerdem hatte sich jemand im Badezimmer übergeben, und auch wenn das notdürftig weggewischt worden war, so waren doch der Geruch und braune Ränder zurückgeblieben. Meine weiße Seite würde gezwungen werden zu putzen, und das steigerte nur noch mein Unbehagen dem gegenüber, was kommen musste. Papa saß im Bademantel in der Küche, trank Kaffee und aß ein Butterbrot. Ich entschied mich für das gleiche Menü, bevor ich das Thema aufgriff, das mir auf den Nägeln brannte.

»Papa. Dieser Björn …«

Papa schaute von seiner Zeitung auf.

»Ja, was ist mit ihm?«

»Wer ist er?«

»Du, ich kenne ihn nicht so gut. Das ist ein Kollege von Mama. Er und seine Familie haben uns einmal auf dem Land besucht, erinnerst du dich nicht mehr? Wieso, warum fragst du?«

»Weil er …« Ich wusste nicht, wie ich fortfahren sollte, ich wusste nur, das die Geschehnisse der letzten Nacht jetzt viel schmutziger wirkten als in dem Moment, als sie passiert waren.

»Ja, weißt du, er hat doch neben mir gesessen und mit mir über seine Reisen geredet und darüber, wie es war, als er noch jung war, und … und dann ist er nachts zu mir hereingekommen, als ich geschlafen habe …«

Papa schaute mich an. Er sah entsetzt aus.

»Er ist … ist zu dir gekommen? In dein Zimmer?«

»Ich bin davon aufgewacht, dass … ich bin aufgewacht, als ich gemerkt habe, dass jemand neben mir im Bett lag, und er hat mich ... er lag plötzlich da und hat mich umarmt.«

Die Küsse kamen nicht heraus, so sehr ich es auch versuchte. Sie saßen auf meinen Lippen und versperrten den Worten den Weg. Aber vielleicht war das auch gar nicht nötig, denn Papa sprang so heftig auf, dass die Kaffeetasse umkippte. Der Kaffee lief über den ganzen Tisch.

»Komm mit mir zu Mama«, sagte er mit einer Stimme, die ich nicht wiedererkannte, und ich folgte ihm ins Schlafzimmer, wo Mama mit geschlossenen Augen noch im Bett lag. Auf dem Nachttisch stand eine Kaffeetasse, die zur Hälfte ausgetrunken war, während das Brot daneben nicht angerührt worden war. Das Zimmer roch muffig, und als ich Mama ansah, konnte ich feststellen, dass sie auch nicht so frisch war. Das helle Haar lag verschwitzt im Nacken, und Reste ihrer Schminke klebten um die Augen und ließen sie dunkler erscheinen als sonst. Sie drehte sich auf den Rücken und murmelte, dass sie Kopfschmerzen habe, »zieh die Gardinen zu, ich vertrage das Licht nicht, ich glaube, ich schlafe noch ein bisschen«.

Aber Papa schaltete stattdessen die Lampe ein, so dass plötzlich ein ziemlich brutaler Lichtschein auf Mamas Gesicht traf, während er zu ihr ging und sich auf die Bettkante setzte.

»Setz dich auf. Trink ein bisschen Kaffee und

setz dich auf, ich muss mit dir reden. Wir beide müssen mit dir reden. So kann es nicht weitergehen. Wir können so nicht weitermachen! Jetzt musst du die Konsequenzen tragen, ich stehe für diese merkwürdigen Feiern nicht mehr zur Verfügung, es gibt da Grenzen …«

Mama schob sich langsam hoch, bis sie halb saß, halb lag. Sie nahm die Kaffeetasse, trank einen Schluck und verzog das Gesicht.

»Bitte, mein Lieber, ich habe solche Kopfschmerzen, worum geht es denn …«

Doch Papa unterbrach sie. Ich sah ihn von hinten, einen ziemlich kleinen, blonden Mann mit kräftigem Rücken im blaugrauen Bademantel, mit Locken im Nacken.

»Björn, dein feiner, lieber Kollege, dieser Kerl, den du beharrlich jedes Mal mitschleppst, wenn deine verfluchte Clique herkommt, du weißt, ich habe dir schon häufiger gesagt, dass ich ihn nicht mag, aber jetzt reicht es. Hörst du?« Papas Stimme kippte, und mir wurde plötzlich klar, dass er kurz vorm Weinen war.

Mama trank noch einen Schluck Kaffee. Papa packte sie plötzlich so heftig bei den Schultern, dass die Flüssigkeit auf die Bettdecke überschwappte, die zweite Tasse Kaffee, die an diesem Morgen ausgekippt wurde.

»Björn, dein Kollege und Freund, wie du immer

sagst, er war letzte Nacht bei Eva im Zimmer. Als wir uns amüsiert haben, ja, du natürlich ganz besonders, hat er die Gelegenheit genutzt, zu Eva zu gehen und zu ihr ins Bett zu kriechen. Deine Tochter ist davon aufgewacht, dass er neben ihr lag und sie umarmt hat! Wie zum Teufel, ich meine, wie zum Teufel ist das möglich, wer weiß, was noch alles hätte passieren können, wenn Eva nicht aufgewacht wäre. Was sind das für Freunde, die du da hast? Jetzt ist damit aber Schluss, sage ich! Und du hörst und siehst nichts und weigerst dich, irgendetwas einzusehen, aber jetzt sage ich, dass diese Feierei aufhören muss. Hörst du?«

Mama sagte zunächst gar nichts. Sie nahm ihre Tasse und trank den Rest, der noch übrig war. Dann schaute sie auf. Und dann lachte sie.

Das war kein schönes Lachen. Reste ihres Lippenstifts klebten im Mundwinkel, und die schwarz verschmierten Augen glänzten, als sie mich ansah.

»So, so, Björn ist also zu dir gekommen. Halleluja, wie niedlich. Er ist tatsächlich zu dir gekommen und hat sich zu dir ins Bett gelegt? Ja, er war vielleicht ein bisschen betrunken und brauchte einen Schlafplatz, und da gab es einen schönen, warmen. Und dass da auch noch ein Mädchen lag, daran hat er bestimmt gar nicht gedacht.«

Papa starrte sie nur an.

»Was sagst du da?«

Mama hörte auf zu lachen und wurde aggressiv.

»Ich will damit sagen, dass ich gesehen habe, wie Björn ein wenig zu viel getrunken hat, und ich habe sogar gehört, dass er davon redete, dass er ins Bett gehen wollte. Vielleicht ist er ja zu Eva gegangen und hat sich da hingelegt, aber ich weiß, dass er auf keinen Fall an ihr herumfummeln wollte. Er war ganz einfach müde, weil er es ein bisschen übertrieben hat. Er sagt nicht nein, wenn ihm etwas angeboten wird, und manchmal wird es dann zu viel. Das kann allen mal passieren, die aus sich rausgehen. Außer dir natürlich.«

Ich konnte Papas Gesicht nicht sehen, aber ich sah, wie sich sein Rücken in seinem Morgenmantel anspannte, als wollte er sich gleich auf Mama stürzen.

»Was sagst du da? Du liegst einfach da und behauptest, Eva hätte sich alles nur eingebildet? Dass sie träumt, Björn kommt zu ihr, legt sich neben sie und umarmt sie? Das kann doch nicht dein Ernst sein, ich glaube es einfach nicht ...«

Jetzt wurde auch Mamas Stimme lauter.

»Ich meine, dass Eva es nicht so wichtig nehmen soll, wenn sich jemand in ihr Bett gelegt hat, denn ich weiß, dass Björn sie nicht betatschen würde, so einer ist er nicht. Und außerdem ...«

Sie verstummte und benetzte sich die Lippen.

»... und außerdem war er auch bei mir. Wenn

er so wild auf Zärtlichkeit ist, kann er noch andere finden als Eva.«

Ich stand in der Türöffnung und schaute sie an, Papas Rücken und Mamas verschmiertes Gesicht, und ich fühlte, wie ein Teil von mir sich loslöste und sie von oben betrachtete, und dieser Teil dachte, das könne doch alles nicht wahr sein. Ich erzähle, dass ein fremder Mann, wie Mama es ausgedrückt hat, mich betatscht hat, und Mama glaubt mir nicht. Was wäre wohl passiert, wenn ich außerdem erzählt hätte, dass er mich mit einem Kuss geweckt hat und davon redete, dass er so gern »ein junges Mädchen berühren« wollte? In dem Moment wusste ich, dass ich sie nie wieder als meine Mutter würde ansehen können. Sie konnte nicht meine Mutter sein. Das war einfach nicht möglich. Und ich war gezwungen, diese Frau hier zu töten, laut dem Beschluss, den ich früher einmal gefasst hatte. Denn sonst hatte ich selbst keine Chance zu überleben.

Für eine kurze Weile waren wir alle drei still. Dann explodierte Papa. Er brüllte und schrie, und ich verließ die beiden, sobald mir klar war, wohin das führen würde, während in vollkommener Hysterie Worte fielen wie »vollkommen wahnsinnig«, »halte ich nicht aus«, »total verantwortungslos«, »unfähig zu jedem Urteil«. Mama, die für den Moment ihre Müdigkeit überwunden zu haben schien, fauchte, er sei ein »verdammter Langweiler«, dass er es ihr nie gönnte, ein bisschen Spaß zu haben, dass er immer meine Partei ergriff. »Jetzt hast du ihre und meine Version gehört, und du gehst einfach davon aus, dass ihre stimmt, obwohl ich mit Björn seit vielen Jahren zusammenarbeite.« Und dann nutzte sie eine plötzliche Ruhe mitten im Sturm, um Papa den vernichtenden Stoß zu versetzen.

»Und übrigens, hast du nicht etwas vergessen?«
Papa sah mitten in seiner Wut ganz verwirrt aus.
»Was denn?«
»Zu fragen, wie es mir geht. Wie es MIR geht.«
Ich ging in mein Zimmer, schloss die Tür, holte den Beutel mit Busters Ohren hervor und versuchte, die Situation zu analysieren. Die Ereignisse an sich hatten mich nicht erschreckt, das stimmte, auch wenn ich zugeben musste, dass es in vielerlei Hinsicht eklig gewesen war. Aber dass mir nicht geglaubt wurde, war viel schlimmer und verhieß nichts Gutes für die Zukunft. Wenn mein Wort nicht einmal zählte, wenn so etwas hier passierte, dann konnten zukünftige Situationen äußerst unangenehm werden.

Papa hatte mir geglaubt und es gewagt, meine Partei zu ergreifen. Aber Mama hatte mir nicht geglaubt, oder sich zumindest dafür entschieden, mir nicht zu glauben. Was für einen Grund hatte sie dafür? Mir fiel nur ein einziger ein, nämlich, dass sie gar nicht meine Mutter war und selbst an diesem Björn interessiert war, sie war ganz einfach eifersüchtig auf mich, weil er sich für mein Bett und nicht für ihres entschieden hatte. Eifersüchtig. Ich ließ das Wort auf der Zunge zergehen und spürte, wie es sich einätzte. War es möglich, dass Eifersucht auch der Grund für die anderen Konflikte war? Sie hatte gesagt, Papa würde immer meine Partei ergreifen. Fühlte sie sich enttäuscht von Papa, weil es zwei gegen einen verlief? Ich konnte das nicht so recht glauben, wo Papa sich doch stets bemühte, ihr das Leben so schön wie möglich zu machen. Frühstück im Bett war ja wohl ein Beweis unter vielen dafür.

Der Streit meiner Eltern zog sich hin, die Stimmen wurden lauter und wieder leiser, und mir schien, dass es klang, als würden Dinge auf den Boden geworfen. Schließlich legte ich Busters Ohren unter das Kopfkissen, zog mich an, ohne vorher unter die Dusche zu gehen, um nicht zu stören, und schlich mich hinaus.

Die Luft war frisch und klar, es herrschte nur wenig Verkehr, und ich atmete tief ein und dachte, dass dieses Mal etwas Besonderes nötig war. Zuerst musste die Schuldfrage geklärt werden, und hier fand ich, dass ich nicht alles Mama zuschieben konnte. Papa hatte zugestimmt zu dem Fest. Björn war eingeladen worden, obwohl Papa es nicht wollte, und Papa hatte Mama nicht dazu bringen können, sich bei mir zu entschuldigen. Ich schwitzte bei dem Gedanken, dass Mama mir nicht geglaubt hatte, als ich erzählte, was ein großer, starker Mann mir angetan hatte, aber trotz allem war nicht sie diejenige, die die Handlung ausgeführt hatte. Es war Björn, ein zwar liebenswerter, aber doch erwachsener Mann, der seine fleischlichen, ekligen Bedürfnisse über allen Anstand und alle Vernunft gesetzt hatte.

Als ich zurückkam, hatten sich mein Herz und meine Gedanken beruhigt. Schwarz hatte sich gegen Weiß gestellt und einen Plan ausgeheckt, der zunächst einmal nur vage war, aber sich durchführen lassen würde. Wenn alles klappte, bedeutete das, dass Björn sich nie wieder in Betten legte, in die er nicht eingeladen worden war. Jetzt ging es zunächst einmal darum, daheim zu überleben. Es genügte, die Haustür zu öffnen, um zu begreifen, dass in unseren vier Wänden eine Art Waffenstillstand herrschte. Als ich in die Küche trat, saßen Mama und Papa beide am Frühstückstisch und lasen. Größere Teile des schmutzigen Geschirrs waren ins Waschbecken gestellt worden.

»Hallo, warst du draußen? Das war schlau von dir, ich sollte eigentlich das Gleiche tun nach gestern Abend. Hast du Hunger? Wir haben uns ein paar Eier gebraten, und Schinken und warme Tomaten gibt es auch. Ich denke, wir sind heute Morgen alle etwas erschöpft …«

Papas Stimme versickerte, und er schaute mir dabei nicht einmal in die Augen. Mama machte sich auch nicht die Mühe aufzuschauen.

»Tüchtig, an so einem Morgen rauszugehen und Frühsport zu treiben. Nicht wie deine alte Mutter. Man kann mir ja vieles nachsagen, aber auf jeden Fall habe ich im Leben so einiges versucht. Nicht nur zu Hause gehockt und geschmollt.«

Vielleicht hatte ich Angst. Vielleicht bekam ich Angst. Aber ich glaube es nicht. Jedenfalls nicht mein Kopf. Vielleicht mein Körper. Eine gute Woche später stolperte ich auf dem Bürgersteig, fiel hin, schlug mir heftig den Kopf auf und wurde mit einer Gehirnerschütterung in die Notaufnahme gefahren. Ich war mehrere Wochen lang außer Gefecht gesetzt. Ich glaube, das war eine erholsame Pause für uns alle, eine kurze Unterbrechung des Theaterstücks, eine Verschnaufpause für die Schauspieler, und dann konnte der Vorhang für den nächsten Akt wieder aufgehen.

Warum schreibe ich das? Vielleicht weil ich ahne, dass sich alles um mich zusammenzieht und ich mich beeilen muss.

JULI

4. Juli

Die Ereignisse haben sich zugespitzt, deshalb hat das Tagebuch unberührt liegen bleiben müssen. Vorgestern rief Iréne voller Panik an und erzählte mir, sie habe einen fremden Mann in ihrem Schlafzimmer gesehen. Sie hatte geschlafen und deshalb keine Ahnung, wie er hatte hineinkommen können, da doch alle Türen verschlossen waren. Aber plötzlich hatte er dort im Dunkeln gestanden und sie angesehen, wie sie im Bett lag, nachdem sie das Licht für die Nacht ausgemacht hatte. Klugerweise hatte sie auf den Alarm gedrückt, den sie endlich vom Pflegedienst bekommen hatte, damit sie anrufen konnte, falls etwas passiert war. Und dann rief sie mich an, ganz verzweifelt, was ich auch verstand.

Ich bin dem natürlich nachgegangen, und es stellte sich heraus, dass es Leute vom Pflegedienst waren, die eine Kontrollrunde am Abend machten. Sie hatten geklingelt, aber da niemand öffnete, hatten sie mit ihren Schlüsseln die Tür aufgesperrt und waren ganz einfach hineinspaziert. Ich erklärte ihnen, dass sie vorsichtiger vorgehen müssen, da es möglich ist, dass ein alter Mensch schon ins Bett gegangen ist. Sie können dann nicht einfach so hineinplatzen, sich ans Bett stellen und glotzen. Das würde jeden Menschen zu Tode erschrecken.

Gleichzeitig ist mir klar geworden, dass die Situation langsam unerträglich wird. Alle Gespräche, die ich bereits mit dem Pflegedienst darüber geführt habe, dass Iréne mehr Hilfe braucht, münden in kleinen homöopathischen Dosen, wie ein Mal zusätzlich Putzen im Monat oder ein Mal zusätzlich Einkaufen in der Woche, statt in einer endgültigen Lösung. Dass Iréne ein Mensch ist, der inzwischen jeden Tag Betreuung braucht, das passt nicht in ihren Dienstplan.

Irénes Tochter hat versprochen, bei ihrer Mutter »mal vorbeizuschauen«, aber ein paar Stunden später rief sie direkt bei Iréne an und erklärte, sie würde es nicht schaffen, weil sie gezwungen sei, sich um ihre Katzen zu kümmern. Als Iréne mir das erzählte, wurde ich so deprimiert, dass ich Lust bekam, Susanne anzurufen und sie zu fragen, ob sie nicht mit mir und von mir aus auch mit Sven im Nachbarort essen gehen wolle.

Susannes Exmann Jens tauchte vor ein paar Tagen plötzlich bei ihr auf und bat sie, sich sozusagen augenblicklich um die Kinder kümmern zu dürfen. Seine Neue musste wohl für ein paar Tage nach Dänemark fahren, deshalb hatte er plötzlich Zeit für Vaterliebe. Susanne hatte sicher überlegt, ob sie ihm nicht die Tür vor seiner langen, mageren Nase zuschlagen sollte, aber der Bedarf an ein wenig Zeit für sich überwog dann wohl doch den Stolz. Nachdem sie Jens in irgendein Café in der Nähe geschickt hatte, hatte sie die Kinder zurechtgemacht, so dass sie ihr Zuhause gegen ein anderes eintauschen konnten. Zum Glück ist ja Sommer, so dass sie einfacher umzupflanzen sind. Der nie abreißende Strom von Schulbüchern und Zetteln für Ausflüge, von Schulbrot, Verabredungen und Trainingsterminen im Schuljahr hatte gestoppt, und einziges Muss sind Badekleidung, abgewetzte Kuscheltiere und, was Anna-Clara betrifft, ein Stapel Bücher.

Ich zögerte lange, bevor ich anrief. Das Leben, das ich gelebt habe, hat mich dazu gezwungen, allein zurechtzukommen, und die Konsequenz daraus ist, dass ich mich scheue, Kinder oder Freunde anzurufen und auf mein Umgangsrecht zu pochen, wenn es nicht unbedingt notwendig ist. Es wäre mir ein Graus, zu erfahren, dass sie mich nur aus Pflichtgefühl besuchten, während sie eigentlich viel lieber etwas anderes getan hätten. Aber jetzt konnte ich nicht an mich halten, wie ein Raucher, der zur Zigarette greift, auch wenn sie widerlich schmeckt. »Eine Mutter kann man nicht hereinlegen«, pflegte meine Oma manchmal zu sagen, wenn Mama fauchte, dass alles ganz prima sei, und ich weiß jetzt, was sie meint. Im Augenblick ist es Susannes Unruhe und ihr Unglück, was mich erschüttert. Es ist, als hätte sie eine Kopie ihres Gefühlslebens hinterlassen, als sie vor fast vierzig Jahren meinen Körper verließ, eine Kopie, die sich ständig erneuert.

Überglücklich klang sie nun nicht, als ich sie erreichte. Sie hat noch zwei Wochen, bis sie die Anwaltskanzlei in den Urlaub entlässt, und sie erzählte mir, dass sie einen tragischen Fall übernehmen muss, bei dem ein minderjähriger Junge ertrunken ist. Aber als ich ihr von Irénes Zustand berichtete, klang sie trotz allem interessiert.

Susanne hat Iréne häufig genug getroffen, um festzustellen, dass sie einander mögen. In Susanne hat Iréne eine Seelenverwandte gefunden, was das Interesse für schicke Boutiquen und witzige Hüte betrifft, und Susannes Würdigung der »Alten« scheint dazu zu führen, dass sie zu Susanne freundlicher und entgegenkommender ist als zu allen anderen. Was mich manchmal wieder in meine zwei Hälften fallen lässt, die weiße und die schwarze, eine gute, die sich für Susanne freut, und eine böse, die eifersüchtig auf sie ist.

Wir entschieden uns für ein spätes Glas Wein und einen Snack in Varberg. Sven freute sich, dass er mitkommen durfte, und so fuhren wir in das Restaurant und setzten uns an einen Tisch, von dem aus wir die Sommergäste beobachten konnten, während wir auf Susanne warteten.

Als sie schließlich kam, wurde es wie üblich ein wenig unruhig im Lokal. Ihr ungebändigtes schwarzes Haar, die braunen, entschlossenen Augen, der Zug um ihren schön geformten Mund und der entschlossene Gang ließen mehrere Lokalbesucher, die zuvor zusammengesunken dagesessen hatten, ihren Rücken strecken. Sie sah gut aus, wie ich fand, in einem geschmackvollen Sommerkleid und hübschen Sandalen, und sie war leicht sonnengebräunt, obwohl sie noch gar keinen Urlaub gehabt hatte.

»Hallo, wie hübsch du bist. Und wie geht es dir? Setz dich doch. Hast du einen anstrengenden Tag gehabt?«

Susanne ließ sich seufzend auf einen Stuhl fallen.

»Habt ihr schon bestellt?« Ihre Stimme war kurz und zusammengeschnürt und besagte, dass wir wohl die nächste halbe Stunde mit der Effektivitäts-Susanne zu tun haben würden, bevor mit ein wenig Glück die wirkliche Susanne ihren Schutz abschütteln und übernehmen würde.

»Nein, wir haben auf dich gewartet.« Bevor ich mehr sagen konnte, war der Kellner an unserer Seite. Susanne bestellte Salat und ein Glas Wein, ohne in die Karte zu schauen, Sven kam gerade aus der Toilette und konnte Rinderfilet und ein Bier rufen, und ich landete zwischen ihnen mit Fisch und Wein. Die Formalitäten waren erledigt, und Susanne lehnte sich zurück und schloss für eine Sekunde die Augen.

»Und – wie geht es den Kindern?« Sven gelang es mit seiner üblichen Sensibilität, geradewegs ins Fettnäpfchen zu treten.

»Den Kindern?« Susanne lachte schrill. »Doch, denen geht es wohl so gut, wie wir es verdienen, nehme ich an. Ich meine, mal leben sie bei einer verbitterten, resignierten Mutter und mal bei einem frisch verliebten Vater und seiner neuen Stute. Ja, ja. Um Per mache ich mir keine größeren Sorgen. Er kann auf jeden Fall zeigen, was er fühlt. Er schreit, tobt und wirft mit Sachen um sich, und in all dem Chaos bin ich froh darüber, kannst du dir das vorstellen, Mama? Auf jeden Fall kotzt er seine Wut raus. Während ich das bei Anna-Clara nicht beurteilen kann, sie hat nie geredet und redet auch jetzt nicht, wo ist also der Unterschied? Am schlimmsten ist es mit Mari. Sie schließt sich in ihr Zimmer ein, hört Musik und sitzt dabei auf dem Bett und starrt vor sich hin. Ich kann sagen, was ich will, es ist, als spräche ich in einem dieser schallisolierten Studios, wo die Wände mit Schaumstoff bedeckt sind. Alle Geräusche werden aufgesaugt und ersticken.«

Wir bekamen unsere Gläser, und Susanne ergriff ihres und nahm einen großen Schluck, bevor sie Prost sagte und das Glas wieder hinstellte. Sven trank auch gierig, so gierig, dass er einen weißen Schnurrbart bekam.

»Und weißt du, was das Schlimmste ist? Zumindest fast das Schlimmste. Dass ich den Leuten kaum leidtue. Wisst ihr, wieso? Weil die Neue von Jens älter und hässlicher ist als ich. Und weil sie ›nur‹ Lehrerin ist und ich doch Rechtsanwältin. Es scheint, als dächten sie, damit wäre das Problem gelöst. Es gibt nichts, worauf man eifersüchtig sein kann, wenn der eigene Mann einer älteren und hässlicheren Kollegin verfällt. Welch wunderbare Logik! Nach dieser Logik wäre es der Hauptgewinn, wenn plötzlich herauskäme, dass er schwul wäre! Das wäre natürlich tatsächlich ein Qualitätsstempel, wenn der eigene Kerl keine andere Frau fände, sondern dich gegen einen Mann austauschen müsste, um etwas Ebenbürtiges zu finden.«

Susanne klang verbitterter als sonst. Sven murmelte etwas in der Richtung, »meine Kleine, ich verstehe es überhaupt nicht, ihr habt immer so glücklich gewirkt, habt euch nie gestritten, er schien so abhängig von dir zu sein, ich hatte immer das Gefühl, dass er dich eher mehr liebte als du ihn, und außerdem war er ja ganz vernarrt in die Kinder, ich habe nie gedacht, dass er sie so einer Situation aussetzen würde«. Susanne antwortete nicht, und wir aßen schweigend unsere Gerichte, die nach Sommerrestaurant schmeckten, einfach und ungewürzt.

Ich versuchte mir nicht anmerken zu lassen, dass ich Jens immer als ziemlich unbeholfen und konturlos empfunden hatte, sagte stattdessen etwas in der Art, dass ich zumindest der Meinung sei, dass Susanne sich nichts vorzuwerfen habe. Ich redete davon, dass sie doch immer so tüchtig war, erfolgreich bei ihrer Arbeit und geschickt Haus und Kinder versorgte, es sei unglaublich, wie es ihr gelungen war, es allen recht zu machen und dabei selbst immer gepflegt und flott auszusehen. »Du weißt, dass ich dich liebe, dass wir dich lieben«, sagte ich, »und wir helfen dir gern, wenn wir können, und nehmen die Kinder, wenn du willst, oder … sonst irgendwie.« Susanne legte die Gabel mit Salat und Krabben hin und schluckte ein paar Mal. Dann schaute sie mich an.

»Lieben, lieben, lieben. Ja, Mama, ich weiß, dass du mich liebst, das hast du schon hundertmal gesagt, und ich weiß, dass du es auch so meinst. Aber ab und zu … ab und zu habe ich das Gefühl, als würdest du mich zu Tode lieben, und das macht mich wahnsinnig! Ich kann mich noch erinnern, als ich ein Kind oder auch Teenager war, ich konnte so ungerecht wie nur möglich sein, immer warst du diejenige, die mich um Verzeihung bat und sich entschuldigte. Das war so frustrierend. So unglaublich frustrierend! Du hast für den kleinsten Ausrutscher um Entschuldigung gebeten. Und du warst immer so kontrolliert und hast alles für mich getan. Und trotzdem … trotzdem schien es mir oft, als wärst du gar nicht da. Trotz dieser endlosen, fast erstickenden Litanei, ›ich liebe dich, entschuldige, ich bin immer für dich da‹, hatte ich manchmal das Gefühl, als wärst du zweimal vorhanden, eine Version von dir, die sprach, während die andere zusah. Es gab irgendwie ein Stück in dir, das ich nie erreichen konnte.«

Ich schluckte ein Stück Fisch, war aber kaum in der Lage aufzuschauen. Ich war nicht darauf gefasst gewesen, dass wir jetzt so existentielle Fragen abhandeln sollten, und ich wusste nicht, ob ich dazu überhaupt in der Lage war. Aber Susanne redete unbarmherzig weiter, während sie Salat in sich hineinstopfte, so dass sie mit vollem Mund redete und außerdem Dressing auf ihr Kleid tropfte.

»Einmal, ich weiß nicht mehr genau, wann, aber ich war richtig provokant und ungerecht gewesen. Ich glaube, ich sollte mein Zimmer putzen oder so, und ich habe es einfach nicht gemacht. Ich wollte ein einziges Mal eine Reaktion von dir haben, und nachdem du mich fünf oder sechs Mal gefragt hast und ich immer unverschämter antwortete, da kam sie. Du hast einfach losgebrüllt, mich geschüttelt und geschrien, ich solle jetzt endlich tun, was du mir sagst, ich solle dich respektieren, dir zuhören, ich solle diese überhebliche Miene ablegen, dir in die Augen sehen, und ich weiß nicht, was da noch alles kam. Und weißt du, was ich da gedacht habe, Mama? Ich habe gedacht, dass du jetzt wirklich du selbst bist. Endlich habe ich dich. Endlich werde ich ausgeschimpft wie alle anderen, endlich muss ich zurückweichen. – Aber …«

Susanne verstummte und trank einen großen Schluck Wein. Sven kaute unverdrossen sein Fleisch, sicher, dass er es zum Schluss besiegen würde, während der Fisch in meinem Mund immer größer wurde und plötzlich nur noch aus Gräten bestand. Ich tat so, als müsste ich in die Serviette husten, und spuckte das Halbdurchgekaute aus und trank auch einen Schluck Wein. Aber Susanne war noch nicht fertig mit mir.

»… denk dir nur, eine Stunde später bist du reingekommen und hast dich entschuldigt, und dann kam es wieder. ›Ich liebe dich, ich liebe dich‹, ungefähr, als würdest du das Radio auf volle Lautstärke drehen, und ich spürte, wie etwas in mir starb,

Mama. Danach traute ich mich kaum, jemals wieder aufmüpfig zu sein, denn du hast alle Ausbrüche mit Liebe zugeschüttet. Und manchmal frage ich mich, ob das nicht der Grund war, dass es mit Jens schiefgegangen ist. Denn jedes Mal, wenn ich toben, schreien und ihn ausschimpfen wollte, dann dachte ich, dass es ja gar keinen Sinn habe, wenn man doch nur die Liebe wie ein Kissen aufs Gesicht gedrückt bekommt, so dass man gar nicht mehr atmen kann. Ich habe stattdessen geschwiegen und alles runtergeschluckt. Und was ist das Ergebnis?«

Wir saßen schweigend da, Sven und ich. Ich fragte mich, wie viel Sven eigentlich von dem, was Susanne gesagt hatte, verstanden hatte, wie sehr es ihn interessierte und wie viele Worte von seinem Tagesvorrat noch übrig waren. Vielleicht reichte es nicht mehr für eine Antwort.

»Er ist zu einer älteren Frau gegangen.« Susanne stellte ihr Glas mit einem Knall auf den Tisch.

»Oh ja, er ist zu einer älteren Frau gegangen, und Jens sagt, dass sie sich zumindest traut, eine Meinung zu haben, sie traut sich zu streiten. Sie ist nicht perfekt und steht auch dazu, und das ist so entspannend. Mein Mann hat mich also verlassen, weil ich nicht streiten konnte, Mama, und du warst diejenige, die mir das abgewöhnt hat. Ich weiß es, denn ich habe es einmal gekonnt. Ich habe es gekonnt!«

Ich wusste nicht, was ich darauf sagen oder wie ich mich verteidigen sollte. In mir murmelte es unbarmherzig, dass es gut wäre, ab und zu seine Kinder sie selber sein zu lassen, man musste auch an sich selbst denken, lauwarme Liebe ist sicher am besten, und ich dachte, wenn es das war, was Susanne wollte, dann wurde ich von zwei Seiten angegriffen. Ich spürte, wie ich zu frieren begann, während ich einsah, dass ich gar keine andere Wahl gehabt hatte. Es war einfacher, die Schuld auf sich zu nehmen, dann bekam man zumindest kein schlechtes Gewissen. Susanne legte ihre Hand auf meinen Arm.

»Mama, ich wollte dich nicht traurig machen. Entschuldige – siehst du, jetzt fange ich auch damit an. Du warst eine phantastische Mutter, kein Zweifel. Es ist wohl einfach so, dass man anfängt, über alles Mögliche nachzudenken, wenn jemand seinen Spaten in das eigene Dasein sticht und zutritt, gräbt und herausreißt und wegwirft. Alte Freunde zeigen ganz neue Seiten, die, von denen man geglaubt hat, sie würden einen stützen, sind nicht mehr da, während entfernte Bekannte sich plötzlich als unglaublich geschickt im Zuhören und Trösten erweisen. Und dann fängt man an, über alles, was gewesen ist, zu reden, und dann rutscht man in die Familie und … ja, dann fängt man an, über so etwas nachzudenken, über das man sonst bestimmt nie nachgedacht hätte ... du weißt, wenn man nur tief genug gräbt, kriechen schließlich die Würmer hervor. Mama, du bist doch nicht traurig? Ich meine, das kann auch nicht einfach gewesen sein für dich, als ...«

Ich schaute zu ihr auf. Die Effektivitäts-Susanne war jetzt verschwunden und ersetzt worden von der fürsorglichen und vielleicht ein kleines bisschen fröhlicheren Susanne, und ich tat mein Bestes, um zu verbergen, dass ich tatsächlich getroffen worden war von dem, was sie gesagt hatte und von ihrer Anspielung bezüglich dessen, was am meisten wehtut. Ich wusste gar nicht, dass sie so viel über das nachgedacht hatte, von dem ich geglaubt hatte, es wäre vergessen oder zumindest tief genug vergraben.

»Es ist sicher nur gut, wenn du dich traust, mit mir darüber zu reden. Es wäre doch schrecklich, wenn du das nicht könntest. Aber ich habe mich doch wohl auch verändert, oder? Ich meine, du bist schließlich eine viel schärfere Person geworden, als du es als Kind warst, findest du nicht auch?«

Susanne konnte nicht antworten, weil Sven gerade von einem weiteren Toilettenbesuch zurückkam.

»Wie läuft das Gespräch?«, fragte er, worauf Susanne und ich mitten in unserem Elend laut loslachten, weil Sven das Gesagte so effektiv zu Boden hatte sinken lassen ohne Absicht oder Verständnis. In trautem Einklang machten wir dann auf der fröhlichen Schiene weiter. Wir sprachen zwar auch über ernste Dinge, rührten einigen Schlamm auf, aber es gelang uns, uns nicht zu sehr damit zu beschmutzen, und keiner von uns traute sich, noch einmal in die Ängste hineinzutauchen, um nicht wieder schmutzig zu werden.

Wir versprachen Susanne, dass sie jederzeit die Kinder bei uns abliefern könnte, und baten sie eindringlich, vielleicht sogar ein wenig zu eindringlich, bald mal vorbeizukommen, »du brauchst ja auch nicht lange zu bleiben«. Dann erzählte ich Susanne, wie schlecht es um Iréne stand, und sie sagte sofort zu, sobald wie möglich bei ihr vorbeizuschauen.

»Glaubst du, es geht dem Ende zu, Mama?«, fragte sie beunruhigt, und ich konnte nicht umhin, ihr zu erklären, wenn nicht dem definitiven Ende, dann war zumindest ein Ende des Lebens abzusehen, das Iréne während der letzten Jahre gelebt hatte. Gleichzeitig betonte ich, dass ihr Humor aber noch existierte. Iréne hatte mir selbst erzählt, dass eine Pflegerin sie gefragt hatte, ob sie sich denn nicht nach dem Himmel sehne, worauf Iréne ihr geantwortet hatte, dass sie keine besonders große Sehnsucht dorthin habe, weil es da so ordentlich und langweilig zu sein scheint. »Da unten, bei der anderen Adresse, da muss man jedenfalls nicht saubermachen«, hatte sie erklärt.

Susanne lachte und sagte, das klang ganz nach Iréne, und sie hatte sicher recht damit, dass das Paradies mehr Arbeitsaufwand bedeutete. Dann trennten wir uns. Susanne erklärte, sie wolle zu Fuß nach Hause gehen, und wir sahen sie verschwinden, während wir uns ins Auto setzten. Sven fuhr, ich saß so lange schweigend neben ihm, dass er sich zum Schluss veranlasst sah, etwas zu sagen.

»Sie überlebt, sie ist immer schon stark gewesen. Mach dir keine Sorgen«, sagte er und warf mir einen kurzen Blick zu.

»Ich mache mir keine Sorgen, aber ich bin dennoch beunruhigt«, erwiderte ich, und darauf ließen wir es beruhen. Sven begann sich schließlich über irgendeinen Schurken auszulassen, von dem Susanne erzählt hatte, dass er mit Hilfe eines bekannten Anwalts freigekommen war, obwohl alle wussten, dass er schuldig war.

»Früher hatten anständige Schurken eine Zyankalikapsel zwischen den Zähnen, die sie zerbeißen konnten, wenn es keinen anderen Ausweg mehr gab, heutzutage haben sie die Visitenkarte eines bekannten Promianwalts in der Tasche«, sagte er und meinte, das sei ein Beweis dafür, welch unglückselige Entwicklung man durchmachen konnte.

Der Satz ließ mich nicht los, und als Sven endlich ins Bett gegangen war, stand ich heimlich wieder auf. Zyankali oder irgendein anderes Gift war eine Alternative gewesen, die ich in Erwägung gezogen hatte, als ich meine Rache an Björn plante. Gleichzeitig musste ich feststellen, dass es nicht so leicht war, an Gift heranzukommen, und bei genauerer Überlegung wurde mir klar, dass ich Björn ja gar nicht töten wollte.

Er hatte sich unverzeihlich verhalten, sicher, aber schließlich war es Mama gewesen, die mich am meisten verletzt hatte, indem sie meinen Bericht von dem Überfall nicht geglaubt hatte. Stattdessen hatte sie mich für das, was passiert war, verhöhnt. Pik König hatte in den Nächten »ein Leben für ein anderes« geflüstert, und ich begriff, was er meinte. Björn sollte jetzt bestraft werden, als Vorbereitung auf die Abrechnung mit Mama. Seine Handlung rechtfertigte eine Strafe, aber die Strafe musste auch im Verhältnis zu seinem Vergehen stehen. Er war ein Schädling, aber ein Schädling mit ziemlich weichem Fell. Wenn ich ihn mit einem der Tiere auf dem Bild vergleichen müsste, dann mit der Ratte, die an dem Seil nagte.

Und es war auch die Ratte, die mich auf die Idee brachte, wie ich Björn bestrafen konnte. Eines Tages kam Mama mit kreidebleichem Gesicht aus dem Keller hoch und erzählte, dass sie eine Maus in einer Ecke hocken gesehen habe. Normalerweise fürchtete sie sich nicht vor Insekten und anderen Schädlingen, aber Ratten hatte sie schon immer als eklig empfunden, und Mäuse hatten eine gewisse Verwandtschaft mit Ratten. Papa bekam den Auftrag, Rattenfallen zu besorgen, und brachte gleich mehrere von der alten, klassischen Art mit, solche, in denen ein lockendes Käsestückchen die Maus dazu bringt, auf einen Mechanismus zu treten, der einen scharfen Draht auf ihren Körper sausen lässt. Wir testeten es zusammen, schoben ein Messer hinein, lösten die Sperre und zuckten alle zusammen, als der Knall kam. Ich fragte mich, ob die Maus sofort starb und ob man mit einer Rattenfalle auch einen Finger abhacken konnte, dachte aber gleichzeitig, dass das eigentlich irrelevante Überlegungen waren. Die Hauptsache war doch, dass es wehtat, weh genug, um es für alle Zeiten im Gedächtnis zu behalten.

Nach meinem Krankenhausaufenthalt herrschte ein merkwürdiger Waffenstillstand in unserer Familie. Kurz danach wurde Papa von seiner Firma nach Göteborg versetzt, was bedeutete, dass er gezwungen war, die Woche über dort zu bleiben. Das war keine Wunschlösung, aber die Auftragseingänge waren drastisch zurückgegangen, und das Büro in Göteborg brauchte nach allem, was ich verstand, eine gründliche Umstrukturierung, um überleben zu können. Das Wort »Arbeitslosigkeit« wurde nie an unserem Küchentisch erwähnt, aber im Nachhinein kann ich mir denken, dass das Risiko über den Köpfen schwebte und dass Papa sich deshalb nicht traute, nein zu sagen. Ironischerweise lief Mamas Geschäft besser als je zuvor. Sie hatte alle Hände voll zu tun, kletterte auf der Karriereleiter immer weiter nach oben und bekam immer mehr aufgebürdet. Ihr Einkommen kann durchaus größer als das von Papa gewesen sein, obwohl das etwas ist, was ich bis heute nicht weiß.

Papas Abwesenheit bedeutete auf jeden Fall, dass sich unser Familienleben erneut veränderte. Mama und ich waren gezwungen, mehrere Tage hintereinander zu zweit zu verbringen, was uns in erster Linie dadurch gelang, dass wir uns aus dem Weg gingen. Mama machte oft Überstunden, was mich aber nicht besonders störte, solange wir uns vertrugen. Auch die Feiern wurden immer häufiger. Manchmal rief sie an und teilte mir mit, dass sie mit irgendwelchen Kollegen noch zusammensitze, was sie oft als zusätzliche Überstunden definierte.

»Ich komme um zehn Uhr nach Hause, Eva«, sagte sie dann.

»Versprichst du mir das?«, fragte ich, und sie antwortete: »Aber natürlich, ich verspreche es dir, um zehn Uhr bin ich zu Hause, und dann können wir noch zusammen eine Tasse Tee trinken und uns ein bisschen unterhalten.«

Dann wartete ich also, bis es zehn Uhr war, und als es Viertel nach zehn oder vielleicht auch schon halb elf war und sie immer noch nicht gekommen war, rief ich bei Sigrid oder Lennart oder Jan an, die jeweils mit belegter Stimme antworteten, während im Hintergrund fröhliches Lachen und Rufen zu hören war. Schließlich riefen dann Sigrid oder Lennart oder Jan Mama, die ans Telefon kam und nuschelte: »Ich kooomme, alscho, ich muss nuuur nosch, du, Eva, hahahaha, ja, aufhören, dasch kitzelt, ich … ich kooomme.« Die Prozedur konnte sich drei, vier Mal pro Abend wiederholen, und bei jedem Gespräch klang sie betrunkener. Meistens schlief ich schon, wenn sie nach Hause kam, und am nächsten Morgen schien sie wieder vollkommen nüchtern zu sein. Nur Bade- und Schlafzimmer verrieten mit ihren Gerüchen, in welchem Zustand sie sich des Nachts befunden hatte.

Das Haus war unangenehm still an den Abenden. Obwohl mich die Feiern von Mama und ihren Freunden oder ihre ständigen Übernachtungsgäste immer gestört hatten, so war dieser Lärm doch etwas, das ich gewohnt war, der mir trotz allem als normal erschien. Das Schweigen dagegen war nicht normal und deshalb erschreckend, und an gewissen Abenden versuchte ich es mit Geräuschen zu füllen. Ich hörte mir Swing an, Nancy Wilson oder die Beatles, ließ das Radio im Hintergrund reden und versuchte extra laut aufzutreten, wenn ich aus meinem Zimmer in die Küche ging, zur Toilette oder wieder zurück. Ich niste mich in meinem Zimmer ein, dekorierte es mit Decken und Kerzen in roten und gelben Farbtönen, als wollte ich wieder zurück in eine fiktive Gebärmutter kriechen.

Manchmal sprach ich mit Busters Ohren oder der Marienstatue, und in seltenen Fällen hatte ich eine Freundin bei mir, jemand, der meinte, diese Stille sei etwas Exklusives, und es sei schön, von zu Hause fortzukommen und nicht das Gerede der Familie hören zu müssen. Wir konnten gemeinsam Hausaufgaben machen oder jeder in seiner Ecke sitzen und lesen. Eine Alternative war zuzuhören, was sie mir anvertrauten, da ich keine Lust hatte, meine eigenen Geheimnisse preiszugeben, und auf diese Art verschaffte ich mir so viele Freunde, wie ich noch nie zuvor gehabt hatte. Freundinnen, die mich als Filter benutzten, in den sie ihre Probleme kippen konnten, so dass der Dreck an mir kleben blieb, während ihr Leben nach dem Gespräch wieder klar und leicht wurde. Die stillen Stunden verschafften mir außerdem die Möglichkeit, mich in die Mathematik zu vertiefen, und ich bekam von meinem Lehrer Sonderaufgaben, die ich mit nach Hause nehmen sollte, da er glücklich war, dass zumindest eine Schülerin Prozentrechnungen und Gleichungen liebte.

Eines Abends schmückte ich das Haus zum Advent. Ich wartete auf eine Freundin, die vorbeikommen sollte, und um mir die Zeit zu vertreiben, ging ich hinunter in den Keller und holte unsere Adventssachen hoch. Ich stellte Wichtel und Luciafiguren auf, steckte vier Kerzen in den Kerzenhalter und hängte einen Stern im Fenster auf. Meine Freundin kam gerade, als ich fertig war, und wir hatten uns mit Grammatik und Kaffee an den Tisch gesetzt, als Mama überraschend nach Hause kam.

»Oh, hier ist ja reichlich geschmückt worden«, sagte sie und ließ ihre Tüten auf den Boden fallen. Ich kam mit meiner Freundin heraus, und Mama begrüßte sie.

»Hallo, wie schön. Ich bin Evas Mama, das hast du dir sicher schon gedacht. Und da Eva nicht besonders an der Wohnungseinrichtung interessiert ist, gehe ich davon aus, dass du das hier so hübsch dekoriert hast.«

Sie machte eine vage Geste zu den Wichteln hin, während der Kommentar verriet, dass sie mit gewissen Dingen in ihrem Leben unzufrieden war. Was mir zu der Einsicht verhalf, dass ich Wochen vergeudet hatte, mich mental auf Björns Bestrafung vorzubereiten, statt die Pläne in die Tat umzusetzen. Björn war seit diesem schicksalsschwangeren Fest nicht mehr bei uns im Haus gewesen, aber ich hatte ihn ein paar Mal am Hörer gehabt, wenn ich auf der Suche nach Mama war, und dann hatte er jedes Mal gefragt, wie es mir denn gehe. Ich hatte nur kurz geantwortet, aber jetzt war die Zeit des Friedens vorbei, die Schlacht hatte begonnen. Es ging auf Weihnachten zu.

Aber wie lockt man einen Mann an? Diese Frage bereitete mir einiges Kopfzerbrechen, da ich auf diesem Gebiet noch keinerlei Erfahrung hatte. Papa und Pik König waren bisher immer noch die einzigen Männer, die mir etwas bedeuteten, und sie kamen zu mir, ohne dass ich mich hätte verstellen müssen. Aber die Mädchen in meiner Klasse hatten angefangen, mit Schminke und aufreizender Kleidung zu experimentieren. Es wurde über die Mode in London geflüstert, von der Mama inspiriert war und mit der sie arbeitete, und eines der Mädchen aus meiner Klasse kam eines Tages mit verschmiertem blauen Lidschatten, einem Pony, der ihr über ein Auge hing, und rußschwarzen Wimpern in die Schule. Sie wurde zwar von der versammelten Jungenclique unbarmherzig ausgelacht, das hinderte sie jedoch nicht daran, zwei Wochen später zu behaupten, dass sie mit einem Jungen »zusammen« war, der auf eine andere Schule ging. Die Behauptung war schwer zu belegen, hing jedoch über der Klasse wie ein tief fliegendes Insekt, eine Ahnung davon, dass bald ein Unwetter hereinbrechen würde, das nur schwer unter Kontrolle zu halten, aber in seiner Macht auch wunderschön sein würde. Die Klassenkameradinnen um mich herum reiften langsam heran und sahen aus wie eine Sammlung an Pfirsichen, deren Farben reifes Gelb, Orange oder Rot waren, die aber immer noch den weichen Pelz an der Oberfläche hatten.

Ich selbst lag irgendwo in der Mitte. Brust hatte ich genug bekommen, und auch meine Menstruation, wenn auch so unregelmäßig, dass ich sie nie in den Griff kriegte. Ansonsten war ich weiterhin eckig, und dieser Kontrast war möglicherweise ganz interessant. Mein größter Pluspunkt war immer noch das rote, widerspenstige Haar, aber ich machte selten etwas, um es richtig zur Geltung zu bringen, band es meistens in einem Pferdeschwanz zusammen, der oft nicht richtig durchgekämmt war.

Eines Abends, als ich im Bett lag und mit Busters Ohren diskutierte, kam mir in den Sinn, dass Buster selbst die Antwort auf meine Fragen in sich barg. Denn welchen großen Unterschied sollte es machen, einen Mann oder einen Hund anzulocken? Beide sprachen auf leckeres Essen an, beide liefen gern ohne Leine herum, und beide konnte man leicht täuschen, wenn man sie nur richtig streichelte. Wenn ich bei Björn die gleiche Taktik anwandte wie bei Buster, sollte ich mit anderen

Worten ungefähr das gleiche Resultat erzielen. Die Prozedur mit den Spinnen und Schnecken brauchte ich nicht zu wiederholen, zum einen, weil sie mich bereits gelehrt hatte, meine Angst zu beherrschen, zum anderen, weil ich gar nicht daran dachte, mir zu erlauben, jemals einem Mann gegenüber so viel Angst zu entwickeln wie Buster gegenüber.

Aber genau wie Olssons Dackel mir als Übungsmodell diente, so brauchte ich auch diesmal einen Prototypen für eine Generalprobe. Nach gründlicher Abwägung wurde Kalle aus meiner eigenen Klasse zu meinem Probedackel. Ich entschied mich für ihn, weil ich merkte, dass er genauso unsicher war wie Björn und einen genauso großen Bedarf an Zärtlichkeit hatte, eine Unsicherheit, die sich unter einem ziemlich ruppigen Äußeren versteckte. Außerdem ahnte ich, dass sowohl Kalle als auch Björn eher auf eine gute Kameradschaft als auf eine Konfrontation aus waren, eine Kameradschaft, die jedoch nicht das süße Extra auf der Zunge ausschloss.

Ich hielt mich immer häufiger in Kalles Nähe auf und begann kurze Gespräche mit ihm, meistens über Mathematik oder andere Dinge, die die Schule betrafen. Glücklicherweise war er genauso fasziniert von Gleichungen wie ich, wenn auch nicht ganz so tüchtig, und es brauchte nicht viele sich annähernde Gespräche und ein paar zusätzliche Bürstenstriche für mein Haar, bis ich es zu einem Treffen mit Kaffeetrinken und gemeinsamer Lösung eines komplexen Problems als Vorwand brachte.

Dem Kaffeetrinken folgten mehrere Treffen, und wir begannen, das gegenseitige Vertrauen aufzubauen, sein ehrliches, wohlgemeintes, mein wohl dosiertes, berechnendes. Die alte Filtertaktik funktionierte auch hier, und ich nahm eine ganze Menge Dreck entgegen, was Kalles häusliche Verhältnisse betraf, wo ein dominanter Vater mit hohen Ansprüchen an das Leben die besten Zensuren bei allem forderte, was Kalle tat, sowohl in der Schule wie auch in der Freizeit. Zum Schluss dampfte der Kaffee schwarz und klar, und Kalle bekam diesen Glanz in den Augen, wenn wir uns trafen, genau wie Olssons Dackel, wenn ich ihn für einen Spaziergang abholte oder mit einem Stück Wurst überraschte.

»Du bist so anders«, sagte er eines Nachmittags bei einer Tasse Tee, und mit einer rührenden Geste hob er die Hand und strich mir eine Haarlocke aus der Stirn.

Es fühlte sich nicht schlecht an, sondern eigentlich genauso wie damals, als Jocke, der Dackel, zum ersten Mal meine Finger geleckt hatte. Wie ich bei Jocke die Zähne hinter der Zunge hatte spüren können, so ahnte ich bei Kalle etwas Scharfes hinter diesem scheinbar unschuldigen, sanften Streicheln. Das bedeutete, dass ich der Ziellinie nahe gekommen war, die zu überschreiten ich nicht vorhatte.

Es geschah eines Abends, als wir im Kino gewesen waren und eine ziemlich anspruchslose Komödie angeschaut hatten. Auf dem Heimweg durchquerten wir einen Park und stellten plötzlich fest, dass wir ganz allein waren. Die Bäume standen nackt da, denn es war Winter, der Schnee rieselte vereinzelt herab, und wir trugen beide dicke Jacken und Mützen, Schals und Handschuhe. Ich erinnere mich, dass ich plötzlich eine Eingebung hatte, ein wenig Schnee in die Hände nahm und ihn zu einem weichen Ball formte, den ich direkt auf Kalle warf. Der Schnee explodierte in seinem Gesicht, und Kalle schnaubte laut auf, fing dann aber an zu lachen und hob eine ganze Hand voll Schnee auf, die er über mir ausschüttete, ohne sich überhaupt erst die Mühe zu machen, ihn zusammenzudrücken. Ich verteidigte mich, und er verteidigte sich, und wir attackierten einander heftig mit Schnee und versuchten ihn unter den Schal und zwischen Hose und Haut zu stopfen. Schließlich knufften wir einander so heftig, dass wir in einer Schneewehe landeten. Dort blieben wir liegen, ich unten und Kalle auf mir, sein gerötetes Gesicht direkt über meinem.

Der Schnee erstickte plötzlich alle Geräusche, und wie mit dem scharfen Schnitt eines Skalpells wurde plötzlich eine Erinnerung in mir freigelegt, die Erinnerung an Britta und mich, wie wir nebeneinander lagen und Engel im Schnee formten. Meine Mütze war heruntergerutscht, ich fiel nach hinten in das Weiche, und Kalle war plötzlich ganz nah. Dann kam es, das Unvermeidliche, wenn Weiches gegen Weiches drückt und sich der Geschmack von etwas anderem mit dem eigenen Geschmack vermischt. Ich fühlte es und fühlte es gleichzeitig doch nicht, da ein Teil von mir bereits entglitten war, um meine Gefühle zu analysieren, während der andere Teil die Sinneseindrücke aufnahm. Der analysierende Teil sagte, dass es überhaupt nicht so unangenehm war wie erwartet. Gleichzeitig spürte meine schwarze Seite, wie Kalle plötzlich aufdringlich und fordernd wurde, wie seine Hände sich unter meine Jacke schoben und er selbst sich auf eine Art an mir rieb, die nichts mehr mit Weiches gegen Weiches zu tun hatte.

»Wenn Gott gewollt hätte, dass wir uns jetzt lieben, dann hätte er es Sommer sein lassen«, sagte er plötzlich, und heute kann ich zugeben, dass das schön gesagt war, richtig poetisch sogar, und auf jeden Fall ehrlich. Damals weckte der Satz in mir den Wunsch, das augenblicklich zu beenden, was wir gerade taten. Es erschien mir plötzlich so unsinnig, und ich entzog mich seiner Umarmung und begann, den Schnee von den Kleidern zu klopfen, während ich erklärte, dass ich nach Hause müsse. Ich hatte den Verdacht, er könnte das übel aufnehmen, und bemühte mich deshalb, ihn zu umarmen, während wir nach Hause gingen, und ihm einen aufmunternden Kuss zu geben, als sich unsere Wege trennten. Er fragte nicht, ob er mich nach Hause begleiten solle, hoffte vermutlich, dass sich noch eine bessere Gelegenheit bieten würde.

Er irrte sich. Am nächsten Tag ließ ich ihn fallen, er war für mich wie eine Trophäe, die ich nicht mehr brauchte, da ich sie ja schon gewonnen hatte und ins Regal stellen konnte. Er machte noch mehrere Versuche, unsere Beziehung wieder aufzufrischen, rief mich an, schrieb und suchte nach Erklärungen, doch ich antwortete ihm nur mit Schweigen. Zum Schluss gab er auf, aber seine Augen verfolgten mich noch viele Jahre, und manchmal, wenn ich durch einen verschneiten Park spaziere, kann ich ihn vor mir sehen, wenn ich die Augen schließe. Er hat mich einsehen lassen, dass das Gewissen wie ein feines Spinnengewebe über allen Organen im ganzen Körper sitzt, und er hat mich einsehen lassen, dass ich beschädigt bin, da Liebe bei mir Verachtung auslösen konnte, so gewöhnt war ich es, dass es andersherum war, dass ich diejenige war, die verachtet wurde. Doch während der Zeit, als Kalle und ich uns trafen, hatte Mama angefangen, auf ihrem Seil immer heftiger zu schwanken, und als sie fiel, zog sie mich mit sich hinunter, was so wehtat, dass es auch mein schlechtes Gewissen betäubte.

»Wenn es mir schlecht geht, kann ich nicht rumlaufen und allen anderen gegenüber rücksichtsvoll sein, das musst du ja wohl akzeptieren!«, schrie sie mich eines Tages an, als sie mich ausschimpfte, weil ich es gewagt hatte, sie um ein Medaillon zu bitten, das meine Oma mir zum Geburtstag geschenkt hatte. Es war schön ziseliert aus Gold, und Mama hatte es noch an meinem Geburtstag in ihre eigene Schmuckschatulle gelegt mit den Worten: »Du wirst es ja sowieso die nächsten Jahre nicht tragen.« Ihre Schimpftirade ließ mich meine Gedanken an Kalle beiseiteschieben, damit ich mich stattdessen auf wichtigere Aufgaben konzentrieren konnte.

Björn hatte von Reisen in fremde Länder gesprochen, von Rucksack, Strapazen und Mückenmittel und davon, nicht viel zu besitzen. Deshalb dachte ich nicht daran, mit Spitzen und Volants vorzugehen, es war meine Zukunft, die als Köder benutzt werden sollte, diese unendliche Jugend und das Unberührte, das Unbefleckte, sowohl mental als auch körperlich. Ich lieh mir Bücher über Asien und Lateinamerika aus, über berühmte Bergsteiger und wie sie den Mount Everest besiegt hatten. Ich verschlang alles, was ich über Abenteuerreisen und Ausrüstung in die Hände bekam, hörte mich in Geschäften um und vervollständigte meine eigene Ausrüstung mit einer Jeans, einem weißen Hemd und einem Tuch um den Hals, so dass ich hoffte, ich sähe aus wie die weibliche Antwort auf James Dean.

Als ich in Mamas Büro anrief und bat, mit Björn sprechen zu können, fiel mir auf, dass ich nicht einmal wusste, wie er mit Nachnamen hieß. Die hilfsbereite Telefonistin gehörte glücklicherweise zur gut informierten Sorte.

»Das muss Björn Sundelin sein, den du meinst. Aus der Vertriebsabteilung. Du kannst gleich mit ihm sprechen.«

Sundelin. Der Name kam mir bekannt vor, und dann kam alles wieder hoch, dieser Tag vor langer, langer Zeit, als eine Familie zu Besuch kam und den Sommerfrieden störte und alle zu hören bekamen, dass es mich nicht interessierte, mich zu kämmen. So lange gab es ihn also bereits auf der Bildfläche, diesen Björn. Plötzlich fiel mir ein, dass er es auch gewesen sein musste, der seiner Frau vor ein paar Jahren zu Weihnachten einen Diamantring geschenkt hatte. Wir hatten uns mit anderen Worten seit vielen Jahren jeweils im Leben des anderen befunden, ohne dass wir uns dessen wirklich bewusst waren. Es war also höchste Zeit, dass etwas passierte.

Meine Hand war etwas verschwitzt, aber die Gedanken an Schnecken ließen meine Stimme klar und fest klingen, als Björn sich mit »Sundelin« meldete und ich mit »hier ist Eva, du weißt doch, die Tochter von …« antwortete.

»Ja, ich weiß.« Björns Stimme klang gleichzeitig froh und überrumpelt. Ein direkter Anruf von mir, das war wohl das Letzte, was er erwartet hatte, und was mein Anliegen war, davon hatte er natürlich keinerlei Ahnung. Vielleicht fürchtete er sogar, dass ich in irgendeiner Art und Weise seinen Besuch in meinem Bett ansprechen würde. Ich ging sofort zum Angriff über.

»Ich will im Sommer verreisen. Genauer gesagt, ich plane eine Reise mit ein paar Freundinnen, und ich will mehr sehen als nur ein paar Kirchen in heißen Großstädten. Ich meine, ich möchte draußen in der Natur sein und wandern, vielleicht in den Alpen oder so … und da ist mir eingefallen, dass wir doch darüber geredet haben, als du bei uns zu Besuch warst. Du bist doch mit dem Rucksack in Nepal oder so gewandert … und da habe ich mir gedacht, dass ich ein paar Ratschläge von dir kriegen könnte, was man mitnehmen sollte und welche Schuhe gut sind.«

Ich dosierte meine Sicherheit, ließ die Angel

schnur vorsichtig ein bisschen lockerer und die Stimme ein wenig zwischen sachlicher Anfrage und Schulmädchenrespekt hin und her schwanken. Björn schnupperte bereits am Köder, wenn auch abwartend. So etwas hatte er noch nicht erlebt.

»Spannend. Man wird ja direkt neidisch, weißt du, sich einfach aufzumachen … aber natürlich habe ich eine ganze Menge altes Material, das ich dir schicken kann …«

»Hast du keine Zeit, mir ein bisschen mehr zu erzählen? Wenn ich zu dir ins Büro komme oder so? Denn wenn ich etwas lese, dann tauchen immer so viele Fragen auf, und dann möchte ich mehr wissen, aber das steht dann in keinem Buch.«

Ich gestattete es mir absichtlich, ein wenig naiv zu klingen, während gleichzeitig der Vorschlag, sich im Büro zu treffen, genauestens abgewogen war. Björn würde mich sicher auf keinen Fall irgendwo treffen wollen, wo meine Mutter das sehen konnte. Irgendwie musste auch er schon erfahren haben, wie sie unsolidarisches Verhalten bestrafte. Ein Treffen im Büro wäre außerdem zu offiziell. Telefone konnten klingeln und Kollegen hereinkommen, und ich würde nie die Gelegenheit haben, dieses Netz der Intimität, das nötig war, wenn ich Erfolg haben wollte, weiterzuspinnen. Gleichzeitig zeigte mein Vorschlag mit dem Büro, dass ich in keiner Weise solche verborgenen Absichten hegte, wie ich sie in Wirklichkeit hatte.

Björns Antwort kam zögernd, was mich hoffen ließ. Es stellte sich heraus, dass er mich wohl gern treffen wollte, aber nicht genau wusste, wo und auf welche Art und Weise.

»Du, das mit dem Büro ist nicht so gut«, sagte er schließlich, genau wie ich es erwartet hatte. »Da ist gerade im Augenblick so viel los, da finden wir keine Ecke, in der wir ruhig sitzen können. Bestimmt kommt dann irgendein Idiot, um mich was zu fragen, und ist der Meinung, dass ich Sinnvolleres zu tun habe, als in alte Bücher zu glotzen. Aber warte mal. Ich will nur schnell in meinen Terminkalender gucken.«

Es blieb eine Weile still, während er in seinem Kalender blätterte. Mein eigener war rein und weiß wie die Unschuld selbst, und ich war so anpassungsbereit, wie jemand, der sich sehnt, überhaupt sein kann. Schließlich hörte ich Björns Stimme wieder im Hörer.

»Wir haben ein ganz nettes Café hier um die Ecke, und nächsten Montag werde ich länger arbeiten, da muss ich sowieso etwas essen. Vielleicht kannst du ja dorthin kommen. Bring deine Unterlagen mit, und ich sehe, was ich noch finden kann. Sagen wir so gegen sieben Uhr? Du brauchst dir übrigens keine Sorgen zu machen, dass du das Essen zu Hause versäumst. Ich weiß, dass deine Mutter zu einem Arbeitsessen eingeladen ist, deshalb brauchst du dir keine Gedanken zu machen ... denke ich.«

Er hatte angebissen. Den ersten Happen hatte er bereits geschluckt, und auch wenn ich die Beute noch lange nicht an Bord ziehen konnte, so hätte der Auftakt nicht besser verlaufen können. Ich legte den Hörer auf und wandte mich wieder der Lektüre zu, die mein Bett bedeckte. Ich entschied mich für einen Ritt auf Kamelen durch die Wüste.

Am Wochenende kam Papa nach Hause, und wir hatten es richtig schön am Samstag, während es am Sonntag Streit gab, weil Mama mit ein paar Freunden zum Essen ausgehen wollte, während Papa einen weiteren Abend mit der Familie vorzog. Es endete damit, dass Papa für uns alle ein leckeres Essen kochte, Mama aber anschließend mit einem Kollegen ins Kino ging, während Papa und ich es uns vor einem Kaminfeuer gemütlich machten und lasen oder uns unterhielten, ganz wie es uns in den Sinn kam. Ich fragte ihn, wie es in Göteborg war, und er erzählte, dass die Dinge so langsam ins rechte Lot kamen, in erster Linie, weil er so viel arbeitete.

»Und das kann ich ja, weil niemand abends auf mich wartet«, sagte er und schaute mich dabei an.

»Das ist nicht so leicht«, sagte er schließlich.

Ich weiß nicht, ob er damit die ganze Situation meinte oder nur seine eigene oder die Sehnsucht nach etwas anderem. Aber ich sagte nichts dazu, und er redete weiter.

»Es gibt so viel, das ... ja, ich weiß, dass es viel gibt, was ich tun sollte, aber ich weiß nicht so recht, wie. Mama und ich ...«

Er verstummte, und ich wartete ab.

»Mama und ich ... ja, du hast sicher gemerkt, dass es Dinge gibt, die bei uns nicht zum Besten stehen. Sie ist nun einmal, wie sie ist und ... ja, wir sind verschieden, und sie hat sich Dinge von mir erhofft, die ich ihr nicht habe geben können, und ich habe vielleicht auch etwas anderes von ihr erwartet. Und in diesen Konflikt bist du hineingeraten, Eva. Ich weiß, ich meine, ich verstehe, dass es auch für dich nicht so einfach ist, jetzt, wo ich nicht mehr zu Hause bin.«

»Wollt ihr euch scheiden lassen?« Die Frage rutschte mir heraus, ohne dass ich über sie nachgedacht hätte. Eine Scheidung war zu der Zeit nichts, worüber man leichtfertig sprach, auch wenn so etwas vorkam. Papa sah zuerst auch erschrocken aus, als hätte die Tatsache, dass ich gefragt hatte, eine Scheidung wahrscheinlicher werden lassen.

»Ich will dich nicht beunruhigen, Eva«, sagte er schließlich »Wir haben noch nichts entschieden. Wir haben darüber geredet. Oder besser gesagt, ich habe versucht, mit ihr über Dinge zu reden, die geändert werden müssen, und sie hat geantwortet, indem sie geschrien hat: ›Dann lassen wir uns eben scheiden!‹ Sie hat mich einfach unterbrochen und herumgeschrien, als wäre eine Scheidung nicht schlimmer, als eine Feier abzusagen, die man zwar schrecklich gern gehabt hätte, ohne die man aber auch zurechtkommt. Aber für mich ist das nicht so einfach. Schließlich gibt es ja dich. Und ein vielleicht schon ziemlich eingetrocknetes Versprechen, das wir uns einmal gegeben haben, das besagt, dass wir zusammenhalten wollen. Aber ich weiß, dass du es nicht so gehabt hast, wie du es hättest haben sollen, und ich fühle, dass ich mehr für dich hätte tun sollen. Das ist aber gerade im Augenblick schwer.«

Er führte das Thema nicht weiter aus, und ich wusste deshalb nicht, ob er die Schuld auf unsere Familie schob, seine Arbeit oder etwas ganz anderes. Wieder einmal dachte ich, dass er viel mehr in sich verbarg, als ich erahnte, und dass er mir das alles jetzt gesagt hatte, bedeutete, dass wir zwei zusammengehörten und dass Mama nicht meine Mutter sein konnte. Was er über die Scheidung gesagt hatte, hätte in mir Gefühle wecken müssen, aber dem war nicht so. Eigentlich hatte Papa nur bestätigt, was ich bereits wusste, dass ihre Ehe nicht funktionierte und dass ich zwischen zwei Fronten saß. Plötzlich freute ich mich darüber, dass ich meine eigenen Methoden gefunden hatte, um die Situation zu meistern.

Unser Gespräch ließ mich Freude über zwei Dinge spüren. Zum einen über die Gemeinsamkeit, die mich trotz allem mit meinem schwachen Papa verband, zum anderen darüber, dass ich ein entscheidendes Treffen am Montagabend hatte, ein Montagabend, an dem Papa allein in Göteborg sitzen und Mama ein Arbeitsessen haben würde. Die Glut im Kamin erreichte schließlich die perfekte Hitze, und als ich noch ein Holzscheit nachlegte, begann es fast augenblicklich wieder zu brennen. Die Flammen leckten die Seiten und verwandelten das helle Holz bald in Asche und Ruß.

Als der Tag kam, hatte ich alle Kontrollmechanismen parat, mein Seil lag zusammengerollt in der Tasche, und das Kreuz befand sich in Reichweite. Ich trug meine neue Ausrüstung, die Jeans saß gut, das Halstuch sah ausreichend lässig aus, und außerdem hatte ich mir extra viel Zeit für mein Haar genommen, das ich offen über Schultern und Rücken fallen ließ. Unter dem Arm trug ich eine Mappe mit Material, das ich sorgfältig studiert hatte, um mich nicht in irgendeiner Weise bloßzustellen und zu verraten, dass Björn bald für die letzte Ölung bereit sein würde.

Björn wartete bereits auf mich, als ich eintrat.

Das Lokal war halbvoll, und niemand nahm sonderlich Notiz von uns, einem graumelierten Mann in den Fünfzigern, den Bauch für den Anlass optisch verkleinert mittels schwarzem Polohemd und Jacke, und einem Teenager mit lockigem Haar und Jeans. Wir begrüßten einander ohne Zweideutigkeiten, ich setzte mich, Björn bestellte, und wir begannen uns zu unterhalten.

Es lief einfacher als erwartet. Ich holte die Karte heraus und zeigte ihm verschiedene Wanderrouten, die ich mir angesehen hatte und die für eine Person meines Alters passend sein sollten, während Björn ergänzte, wo er gewesen war, seine Erfahrungen von verschiedenen Stellen einstreute oder Ausrüstungstipps und Vorschläge für die Übernachtung gab. So langsam arbeiteten wir uns über den Globus, und er erzählte wieder einmal von seinen Reisen rund um die Welt.

»Weißt du, die Person, die ich damals war, hätte nie gedacht, dass ich einmal so wie jetzt werden würde«, sagte er schließlich und zeigte auf sich selbst.

»Wie meinst du das?«

»Ich meine, dass ich geglaubt habe, dass ich mein ganzes Leben lang unabhängig bleiben würde. Ich konnte mir nicht vorstellen, dass jemand mir sagen könnte, was ich zu tun habe. Ich konnte von so verdammt wenig leben, und wenn ich Knete brauchte, dann musste ich halt dafür arbeiten. Mein Gott, Kellner in Griechenland oder Mädchen für alles auf irgendeinem Bauernhof oder Kleidung in Indien kaufen und in New York wieder verkaufen. Und dann bleibt man doch hängen. Und weißt du, man merkt gar nicht, dass man hängenbleibt. Das ist, als ginge man über eine Hängebrücke. Man macht einen Schritt, und es schaukelt ein bisschen, aber nicht bedrohlich, denn man kann ja immer zurückgehen, und man macht noch einen Schritt, und dann hat man plötzlich die Mitte erreicht, und es schaukelt fester, und man weiß nicht mehr, wo es nach vorn und wo nach hinten geht, und man steht nur da und schaukelt und hat Angst unterzugehen ...«

»Man?«

»Ja, ich natürlich. Aber ich bin nicht der Einzige. Man trifft andere. Plötzlich ist es wichtig, wie man, wie ich, meine ich, oder auch wir, wie wir wohnen, und dann trifft man, ach ist ja scheißegal, alle treffen alle und vergleichen sich mit den anderen, und dann ist ein anständiger Job nötig, damit jeden Monat das Geld hereinkommt, und anfangs ist das cool. Als spielte man Monopoly und kann plötzlich seinen Mitspielern die Scheine aus der Hand reißen, weil man selbst ein Haus auf einer Straße gebaut hat. Das ist wie ein Kick. Erst wenn man gewonnen hat und mit der ganzen Kohle dasitzt, erst dann sieht man ein, dass es ja nur ein Spiel gewesen ist, und ich hätte auch etwas anderes tun können als mitzuspielen.«

Er verstummte, und ich saß schweigend dabei. Schließlich zog er ein Foto hervor und legte es vor uns auf den Tisch.

»Der Typ hier. Hätte er dir gefallen? Was meinst du? Wenn er durch die Tür gekommen, sich neben dich gesetzt und dich angelächelt hätte, glaubst du, du hättest sein Lächeln erwidert? Hättest du kennen lernen wollen? Mit ihm vielleicht sogar verreisen?«

Er schob mir das Foto zu, ich nahm es und schaute es mir an. Das Bild zeigte einen schlanken, gut gebauten jungen Mann mit längerem braunem Haar und muskulösen Oberarmen. Er stand auf einem Bergplateau, trug Unterhemd und Shorts und hatte grobe Wanderschuhe an den Füßen. Neben ihm stand ein Rucksack, und er blinzelte in die Sonne mit einem Lächeln übers ganze Gesicht und streckte die Arme aus, als wollte er dem Fotografen zeigen: Das alles hier ist meins. Natürlich war das Björn, auch wenn es schwerfiel, sich vorzustellen, dass es der gleiche Mann war, der jetzt mit seinen auseinanderfließenden Konturen neben mir saß.

»Grand Canyon. Arizona. Wir sind einen Tag runtergestiegen und haben im Tal unten übernachtet und dann am nächsten Tag wieder hoch. Viele reiten auf Maultieren runter oder gehen nur ein kleines Stück und kehren dann wieder um. Aber wir sind gegangen. Diese Landschaft, das war … Freiheit. Und als wir da unten das Wasser erreicht haben … Die Navajoindianer haben geglaubt, dass die Sintflut durch den Grand Canyon geflossen ist. Sie erzählen auch von der Sintflut, genau wie wir. Eine Sintflut, vor der sich ihre Vorfahren gerettet haben, indem sie sich in Fische verwandelten. Deshalb essen gläubige Navajoindianer keinen Fisch, damit sie nicht riskierten , einen Verwandten zu verspeisen. Damals war ich wohl gut zwanzig Jahre alt.«

Björn nahm das Foto und schaute es erneut an. Es hatte Fingerspuren an den Kanten und steckte wahrscheinlich normalerweise in der Brieftasche. Ich nahm Anlauf, sah ihn direkt an.

»Ich würde gern was mit dem Jungen unternehmen und ihn besser kennen lernen. Und wer hat denn gesagt, dass er weg ist?«

Das klang zu erwachsen und klischeehaft, ich merkte das sofort, aber genau das wollte Björn hören. Er schaute mich an, hob dann die Hand und strich mir über das Haar, fast wie Kalle es getan hatte.

»Ich kann mich noch dran erinnern, als wir euch mal auf dem Lande besucht haben. Du warst damals noch ein kleines Mädchen, aber du standst im Flur, und deine Mutter schimpfte über dein widerborstiges Haar. Aber ich schaute nur auf deine Mähne und dachte, was spielt das denn für eine Rolle, ob sie sich kämmt oder nicht, es ist doch so oder so schön.«

Alles lief besser, als ich es jemals erwartet hatte. Und im Vergleich mit Olssons Dackel traten die Fortschritte bei Björn fast noch schneller ein. Wir trennten uns nach einer Weile, doch es war sonnenklar, dass wir uns wiedersehen würden. »Gleiche Zeit, gleicher Ort, was hältst du davon, dann bringe ich meine Bücher über Kanada mit.«

Wie oft haben wir uns im Café getroffen? Vielleicht drei oder vier Mal. Wie oft haben wir über Kanada geredet? Vielleicht ein Mal, und dann verlor sich Björn in alle Richtungen, fing an, von seiner Arbeit und seiner Frau zu sprechen. »Im Laufe der Zeit hat sie sich von einer Weintraube in eine Rosine verwandelt, man kann richtig sehen, wie sie Jahr für Jahr mehr eintrocknet, ich meine, es ist ja in Ordnung, dass auch ihr Körper älter wird, das wird man selbst ja auch, aber das Schlimmste ist, dass es auch mental ist, das sitzt im Kopf.«

Zurück blieb schließlich nur noch Björns Sehnsucht, seine schreckliche Trauer um das Verflossene, der Traum von Freiheit und Jugend, die er einst besessen hatte, und von der Sonne, in der er es sich einmal hatte gut gehen lassen. Ich sammelte seine

Träume in meinem Kaffeefilter, gab aber auch einige meiner Zukunftspläne preis, die ich sorgsam an Björns Idealbild angepasst hatte. Als Allererstes konnte ich nicht oft genug betonen, dass ich nie im Leben daran dachte, in irgendeiner Form von materiellem Spinnennetz hängen zu bleiben, und Björn sah mich an, als wäre ich ein Karamellbonbon, den in den Mund zu stecken er sich nur mühsam zurückhalten konnte.

Als er schließlich zu uns nach Hause kam, hatte ich im Vorfeld reichlich geübt. Die Rattenfalle hatte eine kleine Sperre, auf die man drücken musste, damit die Falle zuschlug, und im Normalfall war es natürlich die Ratte, die drauftrampeln sollte. Jetzt musste ich zusehen, dass sich etwas darunter festklemmte, ohne dass meine Finger in Mitleidenschaft gezogen wurden, und es brauchte eine ganze Menge Übung, da das schließlich unter der Bettdecke stattfinden sollte. Ich versuchte es zuerst mit einer Karotte, dann mit einer Wurst. Es stellte sich als ziemlich schwierig heraus, die Sperre mit der Wurst zu lösen, da sie weich war, und ich musste sie in der einen Hand halten und schräg gegen den Hebel führen und dann drücken, so gut ich konnte.

Schließlich gelang es mir, auch wenn die Falle mir einmal mit einer Wucht auf die Hand knallte, dass es mir im Kopf sauste und ich Sterne sah.

Aber ich hatte die Technik drauf, und ich rechnete damit, dass Björn so erregt sein würde, wenn es darauf ankam, dass er keine Kontrolle mehr darüber hätte, was ich da tat. Eher würde er es als eigenen Vorteil interpretieren. Und als die Falle über dem Würstchen zuschnappte, war der Effekt noch besser als bei der Karotte: Die Wurstpelle platzte sofort auf, das Fleisch quoll hervor, und es war so gut wie unmöglich, sie herauszuziehen, ohne dass sie in der Mitte durchriss. Um sie einigermaßen heil herauszulösen, war Hilfe nötig.

Was genau im Bett passieren sollte, das wusste ich nicht, obwohl ich unfreiwillig Zeugin der Eskapaden meiner Mutter geworden war. Mein Wissen war rein theoretisch, rührte von ein paar peinlichen Biologiestunden und den kichernden Aufklärungen der Schulfreundinnen her. Neben den Büchern über das Bergwandern hatte ich außerdem einige über praktisches Sexualwissen mit dazugehörigen Bildern ausgeliehen. Sie waren nüchtern und wissenschaftlich und informierten mich nur auf theoretischer Ebene. Ich musste darauf vertrauen, dass die Tipps auch in der Praxis funktionieren würden.

Björn schaute mich im Café immer hungriger an, und manchmal hatte er mich ein Stück auf meinem Heimweg begleitet, »denn ein junges Mädchen soll in der Dunkelheit nicht allein gehen«, wie er sagte. Immer wieder hatte er jede Gelegenheit genutzt, mir den Arm um die Schulter zu legen oder mir ein Küsschen auf die Wange zum Abschied zu geben. Das war ein ganz anderes Gefühl als bei Kalle, der einen viel weicheren Pelz gehabt hatte, und ich musste mich ganz fest auf Schnecken konzentrieren, wenn das passierte, um meinen Ekel nicht zu zeigen.

An diesem Abend war er ein ziemliches Stück mit mir gegangen, und erst als wir fast bei mir angekommen waren, erwähnte ich, dass niemand zu Hause war und wir einen Tee trinken könnten, wenn er wollte. Ich sagte, ich habe ein Buch ausgeliehen, das er doch einmal anschauen könne. Es handle von Indianern in Südamerika, und Björn hatte erzählt, dass er diverse alte und neue Reservate besucht hatte und sich für ihre Kultur interessiere.

Björn hatte angebissen und während unseres Treffens mit steigender Aggression mit dem Köder gekämpft, aber erst, als ich ihn einlud, da schlugen die Kiefer fest zu und ließen nicht mehr los. Er öffnete den Mund, sagte »ja, sicher«, und schloss ihn wieder mit einem Ruck. Ich konnte direkt sehen, wie der Haken sich durch die Wange bohrte, und fragte mich, wieso er nicht schrie.

Wir gingen ins Haus, ich schaltete einige Lampen ein, nicht zu viele, setzte den Tee auf und zündete viele Kerzen an, auch in meinem roten Zimmer. Die Rattenfalle lag unter der Decke bereit, genau dort, wo sie sein sollte, und das Bettlaken war erst einen Tag alt, sauber, aber bereits mit meinem Duft erfüllt. Zunächst stellte ich die Teekanne auf den Küchentisch, entschied mich dann aber anders, ging in mein Zimmer und stellte sie dort auf den Fußboden. Björn folgte mir, und wir setzten uns auf den Teppich, tranken schweigend und schauten zu, wie die Kerzenflammen flackerten. Schließlich holte ich das Buch, setzte mich neben Björn und zeigte ihm, was ich gelesen hatte. Ich sorgte dafür, dass mein Bein seines streifte, während er mein Haar direkt vor der Nase hatte, und ich spürte, dass sich etwas in der Luft änderte, sein Atem nur noch stoßweise kam, während sich sein Brustkorb immer heftiger hob und senkte.

Dann war er plötzlich über mir. Ohne dass ich hätte sagen können, wie es dazu gekommen war, presste sich sein Mund auf meinen, und seine Hände lagen auf meinen Schultern. Die instinktive Reaktion meines Körpers war, ihn von mir wegzustoßen, aber ich nutzte die Spinnen und meine Erfahrung mit Kalle aus, stieg auf an die Decke und lenkte mich von dort oben. Von dort musste ich nicht mehr spüren, wie seine Bartstoppeln meine Haut aufkratzten und wie sein Speichel mir über die Wange lief, und ich zog mich selbst an den Haaren hoch, so dass ich uns schließlich ins Bett bekam. In sitzender Haltung zerrte er mir die Bluse herunter, und was er darunter fand, stellte ihn so sehr zufrieden, dass ich mich auf seine Hose konzentrieren konnte, die nur schwer herunterzubekommen war, da sein bester Freund wie ein Widerhaken wirkte und dagegenhielt. Ich ließ ihn an meiner Brust fummeln, dachte an Spinnen und Ratten und bekam schließlich seine Unterhose herunter. Das, was da aufragte, war schlimmer, als ich es jemals in einem Buch gesehen hatte, und ich konnte noch denken, dass die Realität immer hässlicher ist als alles, was die Phantasie dazu beizutragen hat.

Wir rutschten in eine liegende Stellung, und es gelang mir, uns beide unter die Bettdecke zu manövrieren. Björn war damit beschäftigt, am Reißverschluss meiner Jeans zu zerren, während er murmelte, »Rotkäppchen, Rotkäppchen, darauf hast du doch nur gewartet, nicht wahr, es ist das, was du die ganze Zeit gewollt hast«, und er gab mir so die Gelegenheit, nach der Rattenfalle zu tasten. Einen kurzen Moment lang überfiel mich Panik, weil ich sie nicht sofort fand und dachte, wenn ich sie jetzt nicht fände, dann wäre ich Kräften ausgesetzt, denen ich mich in keiner Weise widersetzen konnte. Björn war groß und schwer und konnte mit mir machen, was er wollte. Niemand würde meine Hilferufe hören, wenn ich die Kontrolle über die Situation verlor.

Schließlich fand ich die Falle und zog sie mit der rechten Hand zu mir heran. Mit der linken ergriff ich seinen offensichtlichen Stolz, musste aufstoßen, als ich spürte, wie er in meiner Hand vibrierte, während ich leicht probehalber daran rieb und hörte, wie Björn an meiner Wange brummte. Es war leichter, als ich geglaubt hatte, ich rieb noch einmal. Björn ließ es willig geschehen, und ich überführte die ganze Herrlichkeit in meine rechte Hand. Dann führte ich das, was sich tatsächlich nicht anders anfühlte als meine Übungswurst, auf genau die gleiche Art und Weise, wie ich es geübt hatte, zur Falle. Es rutschte hinein wie geplant, ich drückte es runter, und der Riegel löste sich. Die Falle schnappte zu.

Björns Schrei hätte die ganze Nachbarschaft herbeiholen können. Es war ein tierisches Brüllen, das in Jammern überging, und zunächst fuhr er hoch, schaute auf das, was in der Falle hing, und fiel anschließend auf die Knie. Er schrie, während er versuchte, die Falle aufzuziehen, aber mitten in seinem Schrei sah ich, wie die Pupillen plötzlich verschwanden und die Augen nur noch ganz weiß zu sein schienen. Er wankte und sank schließlich auf dem Boden in Fötusstellung zusammen, die

Hände zwischen den Schenkeln. Ich sprang auf zittrigen Beinen auf, zog mir die Bluse an, beugte mich hinab und schaute alles an. Genau wie die Wurst war Björns Geschlechtsorgan in der Mitte kräftig zusammengedrückt, und um den Stahldraht hingen Hautlappen, von denen das Blut heraustroff. Ich überlegte eine Weile, ob er verbluten könnte, und war froh, dass er in Ohnmacht gefallen war, sonst hätte er sich womöglich noch über mich werfen und mich auf der Stelle erwürgen können.

Es gab nur noch eins zu tun, und zwar einen Krankenwagen zu rufen, was ich auch tat, nachdem ich mich vollständig angezogen hatte. Die Frau am anderen Ende schnappte zwar hörbar nach Luft, als ich sagte, dass ein Mann seinen Penis in einer Rattenfalle eingeklemmt hatte, aber mit selbstverständlicher Professionalität nahm sie kommentarlos meine Angaben auf und versprach, so schnell wie möglich einen Wagen zu schicken. Er kam nach einer Viertelstunde. Der Gedanke daran, was sie wohl erwartete, hatte sie extra schnell fahren lassen, und ich öffnete zwei kräftigen Männern die Tür, einer dunkelhaarig, der andere blond, die mit bewusster Ruhe ins Haus traten und zu dem immer noch regungslosen Häufchen auf dem Boden gingen.

Beide beugten sich über Björn und untersuchten

ihn zwischen den Beinen. Dann wandte sich der Dunkle mir zu und seufzte erleichtert.

»Ich dachte, ich hätte schon alles gesehen, was man bei meinem Job sehen kann. Und ich glaube, es war eine ganze Menge. Aber so etwas, das habe ich noch nicht erlebt. Was meinst du, willst du mir sagen, was passiert ist?«

Ich schluckte und spürte plötzlich, dass ich auch kurz vor einer Ohnmacht stand.

»Es war das zweite Mal, dass der Kerl sich an mich ranmachen wollte. Ich bin vierzehn Jahre alt, und ich war der Meinung, dass ich das Recht habe, ihm einen Denkzettel zu verpassen, den er nie vergessen wird.«

Jetzt sahen mich beide Sanitäter an. Eine Weile standen sie schweigend da.

»Hat er dir etwas getan?«, fragte der Blonde schließlich, derjenige, der bisher noch nichts gesagt hatte.

»Er hat nur meine Brust begrapscht, und das war schon schlimm genug«, antwortete ich.

Die beiden Männer gingen ohne ein Wort zu sagen und kamen mit einer Trage zurück. Björn hatte in der Zwischenzeit leise gejammert, und die Männer hoben ihn ziemlich brutal hoch und warfen ihn fast auf die Trage. Sie nahmen Hose und Unterhose, legten beides auf ihn und gingen mit ihm zur Tür. Dort drehten sie sich noch einmal um und fragten, ob er mein Vater sei. Als ich antwortete: »Nein, er ist ein Freund meiner Eltern und wollte nur etwas abholen«, nickten sie, offensichtlich erleichtert.

»Dann gehe ich davon aus, dass du nicht mit ins Krankenhaus kommen willst«, sagte der Dunkle. Sie schoben Björn hinten in den Krankenwagen und schlossen die Türen. Dann kam der Dunkle noch einmal zurück.

»Kommst du allein zurecht? Ich meine, willst du mit jemandem reden, oder sollen wir jemanden anrufen, oder sollen wir …«

Ich unterbrach ihn und erklärte, dass ich schon allein zurechtkäme. Er schaute mich lange an. Dann zeigte er ein kleines, schiefes Lächeln.

»Ich bin nur froh, dass dir nichts Schlimmeres passiert ist. Und ich möchte dir nur sagen, dass das, was du gemacht hast … das ist wohl das Beste, was ich seit langem gesehen habe. Das werde ich nie vergessen. Übrigens, ich heiße Roland. Du kannst anrufen, wenn du Hilfe brauchst. Ruf einfach im Krankenhaus an und frag nach Roland. Wenn du willst.«

Dann drehte er sich um und ging zum Krankenwagen.

7. Juli

In der vorletzten Nacht hat er mich wieder besucht. Ich drehte mich im Bett und konnte nicht schlafen, und schließlich ahnte ich eher als dass ich es wusste, dass sich jemand auf meine Bettkante gesetzt hatte. Pik König, genauso, wie er immer ausgesehen hatte. Ich bin älter geworden, aber er nicht, und bald habe ich ihn altersmäßig eingeholt, und wir sind auf der gleichen Stufe des Verfalls. Sven schnarchte im Bett nebenan, und in der Dunkelheit war Pik König nur ein Schatten, eine dunkle Gestalt mit etwas höherer Dichte als seine Umgebung.

»Du bist unruhig, Eva«, sagte er freundlich, so freundlich, dass ich Tränen in den Augen bekam.

»Ja, ich bin unruhig, aber ich weiß nicht, warum«, erwiderte ich.

»Du bist dabei, deine Rosen auszugraben, deshalb bist du unruhig«, antwortete er und strich mir übers Haar.

»Ich grabe meine Rosen nicht aus, ich schreibe nur über sie«, entgegnete ich.

»Rosen kann man auf so viele Arten ausgraben, Eva. Du schreibst sie heraus, und selbst ich kann spüren, wie die Wurzeln auf dem Weg ans Licht sind. Und es kann ja gut sein, das Licht zu suchen, aber für Wurzeln ist es die falsche Richtung. Das weißt du.«

»Ja, ich weiß. Ich weiß. Aber ich kann nicht aufhören. Nachdem es einmal angefangen hat. Es ist, als hätte ich die Kontrolle verloren, und das macht mir Angst.«

»Du verlierst die Kontrolle nicht, Eva. Eigentlich kann niemand die Kontrolle verlieren, denn niemand hat die Kontrolle. Die Kontrolle ist wie ein Spinnennetz, Eva. Es sieht stark aus und kann sicher Widerstand leisten, wird aber weggewischt, sobald es regnet oder weht. Kontrolle habe eigentlich nur ich, und selbst ich bin hereingelegt worden.«

»Aber ich habe trotzdem Angst.«

»Nein, Eva, du hast keine Angst. Sie hat dich einen ängstlichen Menschen genannt, aber du bist nicht ängstlich, und das bist du nie gewesen. Derjenige, der einen anderen Menschen ängstlich nennt, ist selbst so gefangen in seiner Angst, dass der Instinkt dafür, was eigentlich Angst ist, verloren gegangen ist.«

»Was ist dann also Angst?«

»Angst bedeutet, nichts zu tun, Eva.«

»Ich vermisse dich.«

»Ich vermisse dich auch. Ich habe dich immer vermisst und werde es immer tun. Aber du weißt, dass ich bei dir bin, sooft ich kann. Und dass wir einmal zusammen sein werden. Für alle Zeiten. Dann komme ich und schlucke dich wie ein Wal, und dann kannst du deine Sünden sühnen, bis ich dich wieder ausspucke, an einem Strand, weit, weit entfernt.«

Dann legte er sich neben mich ins Bett. Ich drehte mich auf die Seite, er lag hinter mir und umarmte mich, und ich nahm den Duft von warmen Felsen und Meer wahr. Dann muss ich eingeschlafen sein, denn ich wachte davon auf, dass Sven ins Bad schlurfte und rief, ich hätte nachts im Schlaf geredet, eine Menge sinnloser Worte, die er nicht verstanden hatte.

»Ich habe bei dir gesessen und versucht, dir zu sagen, dass du keine Angst haben musst, aber da hast du nur noch schlimmer aufgejault. Wovon hast du denn geträumt?«

»Ich habe geträumt, dass du meine Rosen ausgraben willst. Da siehst du, wohin das führt. Dass ich noch meines rechtmäßigen Schlafs beraubt werde und frühzeitig sterbe«, antwortete ich. Sven brummte etwas, dass es jetzt genug mit dem Gerede von den Rosen sein müsse. Er denke auf jeden Fall, mit dem Adler zu reden, und irgendwann würde ja wohl auch ich mich damit abfinden, überstimmt zu werden.

Aber ich hörte nicht mehr auf das, was er sagte, denn ich wusste plötzlich, was der nächtliche Besuch zu bedeuten hatte.

»Wir müssen zu Iréne. Es ist etwas passiert, ich weiß es«, flüsterte ich, während ich verwirrt anfing, mich mit der einen Hand zu kämmen und mir mit der anderen die Zähne zu putzen.

Sven starrte mich nur an.

»Zu Iréne? Gestern war sie noch nicht so krank, als sie hier angerufen und herumgemeckert hat, ich glaube nicht, dass …«

Aber ich hörte gar nicht auf ihn. Stattdessen lief ich mit wehendem Haar zurück ins Schlafzimmer, Zahnpastareste immer noch im Mund, und begann mir das Erstbeste, was ich in die Finger bekam, überzuziehen. Sven folgte mir beunruhigt.

»Eva, was ist mit dir los? Ich kann mir nicht vorstellen, dass etwas passiert ist. Du musst doch zumindest vorher etwas frühstücken. Es ist nicht gut, so davonzustürzen …«

»Sven!« Ich rannte auf ihn zu und packte ihn bei den Schultern. »Sven, vertrau mir, wie du es sonst immer tust, bitte, bitte, rede nicht mehr, sondern zieh dich an und komm. Und spare dir lieber deine Worte für heute Abend. Wenn ich mich irre, dann darfst du mich gern ausschimpfen, aber jetzt kannst du doch einfach tun, was ich sage, ja?«

Da er schlau genug war, zu wissen, wann ich es ernst meinte, zog er sich an und lief ohne ein Wort mit mir zum Auto, auch wenn wir normalerweise an einem so schönen Morgen niemals das Auto genommen hätten. Mir tat der Magen weh, meine Zunge war ganz trocken, und ich sprang aus dem Wagen, als er noch rollte, lief zu Irénes Tür und klingelte. Als niemand kam, versuchte ich es mit dem Schlüssel, aber die Tür ließ sich nicht öffnen. Sven versuchte es auch ohne Erfolg. Ich hämmerte gegen die Tür und schaute durch ein Fenster, ohne etwas zu sehen, musste aber feststellen, dass sie mit dem Sicherheitsschloss abgeschlossen hatte.

Sven ging zurück zum Auto, um den Adler zu holen, der in Notfällen auch der Schlosser im Dorf war, kam dann aber mit dem Werkzeugkasten aus dem Auto zurück und machte sich am Fenster zu schaffen. Er schob zwischen Scheibe und Wand einen Schraubendreher, drückte ihn unter Schwitzen hinein, und schließlich gelang es ihm, das Fenster aufzubrechen. Ein Stück der Scheibe zerbrach, und Holzsplitter regneten auf uns, aber das Fenster ließ sich aufhebeln, und mit einiger Mühe konnte ich hineinklettern. Ich schnitt mir in die Hand, kümmerte mich aber nicht weiter darum, lief zur

Haustür, drehte den Schlüssel um, der im Schloss steckte, und öffnete für Sven. Ich spürte, wie meine Hand warm wurde, und sah, dass sie rot vom Blut war.

Ich schrie: »Iréne!«, während ich von Zimmer zu Zimmer lief. In der Küche schnappte ich mir ein altes Geschirrtuch und wickelte es mir um die Hand, während mein Blick auf einen Topf mit alter Soße fiel, der von Fliegen besetzt worden war. Dann lief ich ins Schlafzimmer, wo ich aber nur feststellen konnte, dass das Bett nicht gemacht worden war.

Währenddessen hatte Sven das Badezimmer erreicht, und von dort rief er: »Eva.« Ich lief hin und schaute über seine Schulter, und dort sah ich sie.

Sie saß auf dem Boden, als ruhte sie sich aus, den Rücken an die Badewanne gelehnt. Die Augen waren halb geschlossen, der Mund hing offen herunter, und die Zunge lag wie eine unförmige Masse auf der einen Seite. Sie schien sich nicht verletzt zu haben, es gab kein Blut auf dem Boden, sie musste zu Boden gesunken sein, vielleicht gestern Abend, vielleicht in der Nacht, vielleicht am frühen Morgen. Vermutlich genau zu dem Zeitpunkt, als Pik König auf meiner Bettkante Platz genommen hatte.

Sven verschwand zum Telefon, und ich hörte, wie er einen Krankenwagen anforderte. Ich kniete mich vor Iréne, die mich nicht sah, und ergriff ihre

Hand, und dann legte ich meine Wange an ihre, die sich kalt und feucht anfühlte.

»Iréne. Ich bin's, Eva. Eva ist hier. Kannst du mich hören? Hörst du mich?«

Sie antwortete nicht und schien überhaupt nicht zu reagieren. Ich strich ihr über die Wange und spürte, wie weich sie trotz des Alters war. So blieb ich bei ihr sitzen, bis die Sanitäter kamen, und mit dieser unendlichen Sicherheit, die sie bei einer Unfallsituation an den Tag legen, hoben sie sie hoch und fuhren mit ihr ins Krankenhaus der Nachbarstadt. Einen flüchtigen Moment lang dachte ich an den Sanitäter, der Roland hieß und der mir gesagt hatte, ich könne ihn jederzeit anrufen, und ich überlegte, ob er wohl immer noch in der Krankenpflege arbeitete. Dann gingen Sven und ich hinaus zum Auto, nachdem ich vollkommen unsystematisch ein paar Dinge in eine Kulturtasche geworfen hatte, eine Haarbürste voll mit Haaren, ein Stück Seife, die Brille und eine schmutzige Zahnbürste. Iréne würde über Nacht dort bleiben, so viel war klar, und ich könnte sicher die Ausstattung in Ruhe vervollständigen.

Sie wurde sofort in die Notaufnahme gebracht, und schließlich kamen sie heraus und berichteten, dass sie vermutlich eine Gehirnblutung gehabt hatte, die ihre ganze linke Seite in Mitleidenschaft gezogen hatte. Nach ein paar Stunden wurde sie auf eine Station verlegt, auf der sie sogar ein Einzelzimmer bekam, und ich saß bei ihr und schaute auf ihr Gesicht, das so blass war, und auf die Schläuche, die von ihrem Arm herunterhingen. Ich sah das zerzauste Haar und dachte, dass die Frisur ihren Zustand entlarvte, nicht die Schläuche. So blieb ich sitzen, bis sie die Augen öffnete und mich direkt ansah.

»Wie geht es dir, Iréne? Erkennst du mich?«, fragte ich.

Sie sah mich mit trübem Blick an und öffnete dann den Mund.

»Aaaaaagh«, sagte sie, und es rasselte in ihrem Hals, als sie versuchte, die Zunge zu bewegen. Ich konnte sehen, wie sie darum kämpfte, etwas zu sagen, aber ihre Zunge, die doch immer so scharf gewesen war, war jetzt rund und unförmig, wehrlos und ohne Möglichkeit anzugreifen. Erst jetzt fiel mir ein, wer eigentlich hätte hier sein sollen, ihre Tochter, und ich bat darum, das Telefon benutzen zu dürfen, und rief sie an. Ich erreichte sie sogar und berichtete mit nüchternen Worten, was passiert war. An ihrer Stimme konnte ich nicht erkennen, ob sie nennenswert berührt war von dem, was ich sagte, aber das war vielleicht eine nicht gerechtfertigte Beschuldigung. Sie versprach, ins Krankenhaus zu kommen, konnte aber erst in ein paar Stunden losfahren.

»Dann hoffen wir, dass Iréne so rücksichtsvoll ist, bis dahin mit dem Sterben zu warten«, sagte ich und legte den Hörer auf. Anschließend rief ich Susanne an, die traurig, aber gefasst klang, und die versprach zu kommen, so schnell sie konnte.

Mehr war nicht zu tun, also fuhren Sven und ich nach Hause, zündeten ein Feuer an und genossen die Wärme und den Holzduft. Susanne rief an und berichtete, dass sie Iréne besucht hatte, mit deren Hand in ihrer am Bett gesessen hatte. Iréne hatte ängstlich ausgesehen, und das war ja kein Wunder. Für denjenigen, der kaum weiß, was Krankheit heißt, musste diese Situation albtraumhaft sein. Aber ich schob diese Gedanken beiseite. Meine Psyche war nicht auf andere bittere Wahrheiten, sondern auf Trauer eingestellt, und auch wenn dieses Gefühl nicht so fremd ist, so ist es doch jedes Mal überraschend, wenn es sich einstellt. Plötzlich fragte ich mich, ob Eric, mein Jüngster, Iréne vermissen würde. Er hat sie immer gemocht, vielleicht weil er ein Mann ist und weil Iréne ihm immer geschmeichelt hat.

Letzte Nacht schlief ich unruhig, und heute bin ich früh aufgestanden und habe nach den Rosen geschaut. Einige der Honigrosen waren passenderweise so weit aufgeblüht, dass sie eine Kaskade gelblich-cremefarbener Blüten bildeten, wie immer im Juli, und ich dachte daran, dass der Ursprung der gelben Rosenfarbe in Persien liegt. Der Morgen war lieblich, kühl, aber sonnig, der Tag würde heiß werden, und ich kochte Kaffee, schäumte Milch und setzte mich in das noch feuchte Gras und ließ mir von der Sonne die Falten wärmen. Iréne hatte sich ein schönes Wetter für ihre Pause im Leben ausgesucht, so wie sie immer den richtigen Rahmen gewählt hatte, um den besten Effekt zu erzielen. Nach einer Weile kam Sven heraus und sah, dass er am besten nichts sagte. Also holte er nur Kaffee und Brote und setzte sich neben mich. Wir tranken schweigend den Kaffee und genossen die fehlenden Worte, als das Telefon klingelte. Es war Gudrun, die wissen wollte, wie es so stand.

»Ist Iréne jetzt ein Engel geworden?«, wollte sie schließlich wissen.

»Noch nicht«, antwortete ich.

10. Juli

Und so haben wir sozusagen eine Zeit des umgekehrten Wartens durchgemacht, in der wir hofften, dass es passierte. Dass Iréne endlich loslassen könnte, am besten mit einer Hand in ihrer. »Ausruhen kann man sich noch lange genug, wenn man tot ist, das muss man nicht machen, solange man lebt«, das pflegte sie den Leuten immer zu sagen, die nicht aus sich herausgingen, wenn gefeiert wurde. Aber jetzt kämpft sie wohl gegen die ewige Ruhe. Sven, Susanne und ich waren abwechselnd bei ihr, bei Eric habe ich mich ausgesprochen, als kein anderer zuhören wollte, und er hat mich auf seine Art getröstet.

Es ist sonderbar, wie die Gefühle sich verändern können. Ich dachte, dass es fast Liebe war, als ich ihre Wange vor wenigen Tagen streichelte, während ich jetzt, je mehr sie wieder die Alte wird, wenn auch nur temporär, dabei bin, in meine alten, eingeübten Gefühle zurückzufallen. Ich hätte gedacht, dass ein umwälzendes Gefühlserlebnis das gesamte Register für lange Zeit veränderte, aber dem scheint nicht so zu sein. Dabei muss ich außerdem einsehen, dass ich mich nicht mehr dagegen wehren kann, ich muss das Unvermeidbare niederschreiben. Ein Mal, ein einziges Mal, war ich von einem Gefühl vollkommen vereinnahmt worden, so sehr davon verzehrt, dass das Gefühl und ich eins waren. Liebe und Eva waren nicht länger zwei Größen, und ich bin es mir selbst schuldig, zu bezeugen, wie das war. Schuldig, auch wenn ich selbst die Einzige bin, die das lesen wird.

Wie es Björn ergangen war, konnte ich nur aus indirekten Äußerungen entnehmen. Er verschwand im Krankenwagen, ich wischte das Blut auf, schlug »Erektion« im Wörterbuch nach und verstand plötzlich, warum er so sehr geblutet hatte. Da unten gab es offenbar ziemlich viele Schwellkörper, die sich mit Blut füllten, wenn es nötig war, und wer weiß, vielleicht hatte ihn deshalb seine Urteilskraft so sehr im Stich gelassen, vielleicht hatte er unter akuter Blutleere gelitten, genau dort, wo die Urteilskraft lag. Als Mama nach Hause kam, saß ich sittsam in meinem Bett, und ich glaube mich zu erinnern, dass wir an diesem Abend ein schönes Gespräch führten, über eines ihrer Projekte.

Mehrere Wochen lang wartete ich, dass das große Donnerwetter kommen und ich eine Vorladung bekommen würde, mich bei Gericht einzufinden und mich zu rechtfertigen, warum ich jemandem so großen körperlichen Schaden zugefügt hatte. Doch nichts geschah. Björn rief nicht an und schrieb auch nicht, und als Mama und Papa ein paar Wochen später wieder eines dieser Feste veranstalteten, auf dem Papa müder als üblich wirkte, war Björn nicht dabei. Mama amüsierte sich prächtig mit einigen neuen, jüngeren Kollegen, die gerade erst in der Firma begonnen hatten, und niemand erwähnte irgendwelche Wanderungen in Nepal. Ich begann langsam zu glauben, dass meine Rattenfalle Björn von der Bildfläche gewischt hatte.

Erst sehr viel später, wir saßen zu dritt zusammen und aßen, erwähnte Mama, dass Björn und seine Frau nach London ziehen wollten. Björns Frau hatte dort offensichtlich ein gutes Stellenangebot bekommen, und Björn würde mitgehen und von dort aus für die Firma arbeiten.

»Aber das ist nur ein Scheinmanöver, um ihn aus dem Büro rauszukriegen, denn nach dem, was passiert ist, ist er nur noch mürrisch, so dass niemand mehr Freude an ihm hat«, erklärte Mama.

Ich schluckte einen Fleischhappen, merkte, wie er wuchs, dachte aber, dass das jetzt die letzte Gelegenheit war, überhaupt etwas zu erfahren.

»Ist denn was passiert?«, fragte ich mit aller

Nonchalance, die ich aufbringen konnte, während ich an dem kleinen Stück Fleisch herumschnitt, das sich noch auf meinem Teller befand.

Mama tauschte einen schnellen Blick mit Papa und sah dann mich an, als hätte sie abgewogen, was sie erzählen sollte.

»Er ist überfallen worden«, sagte sie schließlich.

»Überfallen?« Jetzt schaute ich auf, ohne meine Neugier verbergen zu können, die ja auch echt war. Mama ging einen Moment lang mit sich selbst zu Rate, und ich konnte geradezu sehen, wie die Lust, etwas Dreckiges zu erzählen, schließlich über die Diskretion siegte.

»Es ist vor ein paar Monaten passiert. Er war nach einem Termin auf dem Weg nach Hause, und da kam ein Mann heran und hat von ihm gefordert, er solle seine Brieftasche herausgeben. Björn weigerte sich, und da holte der Mann ein Messer heraus und stach zu, ohne dass Björn sich hätte wehren können. Anschließend lag er ziemlich lange im Krankenhaus und ist seitdem nicht wieder der Alte geworden. Aber das ist ja klar, das muss ein Schock gewesen sein.«

»Wo ist er denn verletzt worden?« Papa gelang es unbewusst, genau die relevante Frage zu stellen.

»Das weiß ich nicht.« Mama klang etwas missmutig, als sie das sagte.

»Auf jeden Fall ist nichts im Gesicht oder an den

Armen zu sehen, und er wollte nicht darüber sprechen. Ich habe ihn einmal direkt darauf angesprochen, und da hat er nur gezischt, ich solle zur Hölle fahren. Worauf ich natürlich geantwortet habe: ›Von mir aus gern, da ist es bestimmt netter als in deinem Büro‹, und dann bin ich gegangen. Seitdem hatten wir nicht mehr viel miteinander zu tun, und jedes Mal, wenn wir uns begegnen, starrt er mich an, als wollte er mich ermorden. Und ich weiß überhaupt nicht, warum, ich bin ja wohl die Letzte, die ihm etwas getan hat, aber so ist es nun einmal. Jetzt ist er ja bald weg, und das ist auch gut so.«

Mama widmete sich wieder ihrem Stück Fleisch und fuhr mit der Zunge zufrieden um den Mund. Ich selbst hatte eine Erklärung dafür bekommen, in welcher Wirklichkeit Björn entschieden hatte zu leben, und meine helle Seite spürte ein plötzliches Mitleid mit einem Mann, der zwar etwas Falsches getan hatte, aber eigentlich kein durchtriebener Mensch war, eher ein Suchender nach Schutz und Trost, der sich auf seinem Weg verlaufen hatte. Meine schwarze Seite reagierte, indem sie überheblich lachte und flüsterte, dass doch sogar die Sanitäter auf meiner Seite gewesen waren. Außerdem brauchte mir ja wohl der Freund und vielleicht sogar Liebhaber meiner Mutter nicht leidzutun, wenn er nicht einmal ihr leidtat. Dass sie alte Liebhaber fallen ließ, wenn sie anfingen, schimmlig zu werden, war ja nun auch nicht gerade eine Überraschung für mich. Dabei kam ihr ihre Fähigkeit, das zu vergessen, was unangenehm war, wieder einmal zugute.

Die darauffolgende Zeit war, wenn auch nicht harmonisch, so doch eine Art Waffenstillstand, währenddessen wir einander aus unseren Schützengräben heraus beobachteten, ohne dass die Front sich auch nur einen Millimeter verschob. Papas Abwesenheit war so markant, dass ich mich immer wieder selbst daran erinnern musste, dass ich nicht vaterlos war, erzogen von einer alleinstehenden Frau, und schließlich rechnete ich gar nicht mehr mit ihm, was möglicherweise bedeutete, dass ich uns beide aufgab. Mama empfing ihn mit immer größerer Gleichgültigkeit, wenn er am Wochenende nach Hause kam. Sie war äußerst beschäftigt mit ihrer Arbeit, die sie weiterhin sehr erfolgreich durchführte, und dazwischen feierte sie ganz heftig. Es kam vor, dass ich mit meinen Freunden in der Stadt war und irgendwo einkehrte, in einem Tanzlokal oder einem Restaurant, und mir dort als Erstes meine Mutter ins Auge fiel, die lachend an der Bar saß, immer von mehreren Männern umgeben.

»Natürlich muss man tanzen, wenn man aufgefordert wird!«, hörte ich sie einmal schreien, gerade als ich meinen Mantel in der Garderobe ausziehen wollte. Ihre Stimme war belegt, aber dennoch wohlvertraut, ich spürte den üblichen Krampf von »Bitte, nicht schon wieder« in mir, und als ich hineinging, tanzte sie ausgelassen auf der Tanzfläche mit einem Mann, der nicht viel älter war als ich.

»Guck mal, da ist ja deine Mutter«, sagte einer meiner Freunde und zeigte auf sie, bevor ich vorschlagen konnte, dass wir doch woanders hingehen sollten. Viel zu viele der Personen in meinem Bekanntenkreis fanden es einfach toll, eine Mutter wie meine zu haben, eine Mutter, die jung aussah und sich mit ihnen auf einer Ebene unterhielt. Und da sie ihnen gegenüber besonders freundlich war und sie für alles Mögliche lobte, oft mit einem Verweis auf meine Unfähigkeit auf diesem Gebiet, fühlten sie sich außerdem in ihrer Gesellschaft herausgehoben. Meine männlichen Freunde spürten sicher außerdem einen gewissen Sog in ihrer Nähe, einen Sog, den sie selbst nicht hätten benennen können, der aber in Kommentaren wie »Sie sieht ja verdammt jung aus« zum Ausdruck kam. Einigen wenigen hatte ich von einzelnen Episoden aus der Wirklichkeit, in der ich lebte, erzählt, aber niemand kannte das ganze Bild, und niemand hätte es überhaupt verstanden. Die Einzigen, die Geduld genug hatten, der ganzen Geschichte zuzuhören, waren Busters Ohren.

Besonders schwierig wurde es, wenn Mama

eine freundliche Gangart einlegte und mich in der Hoffnung wiegte, dass sich das Blatt gewendet hätte. Wenn ich auf diese Wunschträume zurückblicke, frage ich mich, wie es möglich sein konnte, ihnen immer und immer wieder zu glauben, aber obwohl meine schwarze Seite schon vor langer Zeit beschlossen hatte, sie zu eliminieren, so schien meine weiße Seite nie wirklich die Hoffnung verloren zu haben, dass ein rettendes Kreuz letztendlich doch noch auftauchte. Zwei Ereignisse führten jedoch dazu, dass sich alles änderte, obwohl sich die Narben von dem, was geschah, erst sehr viel später zeigten.

Das eine Ereignis trat ein, als ich fünfzehn Jahre alt war, Bücher von Freud las und das Gefühl hatte, ich müsste einen Versuch unternehmen, Mama zu erklären, wie ich mich so oft gefühlt hatte, wie ungerecht so vieles gewesen war, wie schief es gelaufen war. Wir hatten ungewöhnlich lange Zeit relativ friedlich nebeneinandergelebt, und das gab mir das Gefühl, dass ein Gespräch jetzt tatsächlich etwas bewirken könnte, dass eine dauerhafte Veränderung möglich wäre. Ich verkündete ihr, dass ich mit ihr über etwas Wichtiges sprechen wolle, und sie schien mir zuzuhören. »Gut«, sagte sie, »dann lass uns doch in die Stadt fahren. Ich brauche eine Bluse, die können wir gemeinsam aussuchen, und danach können wir miteinander reden.«

Mehrere Stunden lang liefen wir herum und suchten eine Bluse für sie, sie probierte verschiedene an, ich holte sie, hängte sie wieder weg, beurteilte sie und gab Ratschläge. Schließlich kaufte sie eine, und wir gingen, um eine Tasse Kaffee zu trinken. Ich dachte, so, jetzt bin ich dran, aber Mama schien vergessen zu haben, dass ich mit ihr reden wollte, denn sie plapperte drauflos, erzählte von einem Bekannten, der, wie sie fand, in letzter Zeit nur noch mit seinen eigenen Dingen beschäftigt war. Schließlich nahm ich all meinen Mut zusammen und begann etwas zögernd und mit roten Wangen zu erklären, wie ich mir eine Beziehung vorstellte und dass es schwer sei, miteinander zu reden, wir aber unbedingt miteinander reden müssten. Meine Einleitung brauchte so viel Zeit, dass Mama schließlich um die Rechnung bat und bezahlte. Wir standen auf und gingen hinaus, und ich versuchte ihr zu verdeutlichen, was für ein Gefühl das war, immer verleugnet, im Stich gelassen und mit anderen zu deren Gunsten verglichen zu werden, als sie mich mitten im Satz unterbrach und auf ein Schaufenster zeigte.

»Guck mal, die Bluse da. Wäre die nicht besser gewesen?«

Ich wusste nicht, ob ich laut oder lautlos schreien sollte. Es kam nur zum lautlosen Schrei. Schließlich brachte ich etwas stotternd eine Frage heraus, warum alles, was ich tue, immer falsch ist und ...

»Aber du weißt doch, wir sind nun einmal schrecklich unterschiedlich, du und ich«, sagte Mama, während sie schon auf dem Weg ins Geschäft war. Ich packte sie am Jackenärmel und zog sie zurück.

»Aber du hast mich doch geboren! Mich hast du geboren und niemand anderen! Warum, warum ist es dann so schwer, mich so zu mögen, wie ich bin?«

Einige Passanten in der Nähe blieben stehen und schauten uns verstohlen an, sie hofften auf einen lautstarken Streit zweier äußerlich so ehrbarer Frauen. Mama warf ihnen einen Blick zu, riss sich dann los und schaute mich an. Für einen kurzen Moment konnte ich den reinen Ekel in ihrem Blick sehen, fast als wäre ich ein lästiges Insekt, das auf ihrem Arm krabbelte, aber das mag auch Einbildung gewesen sein. Oder absolutes Desinteresse.

»Weißt du«, sagte sie, »ich bin auch nie von meiner Mutter geschätzt worden. Ich musste lernen, mich selbst zu schätzen. Und das musst du eben auch.« Dann ging sie in das Geschäft, um die Bluse anzuprobieren.

Das zweite Ereignis, das Narben hinterließ, traf ein, als ich siebzehn wurde und John begegnete.

11. Juli

Eigentlich hatte ich gestern mehr schreiben wollen. Alles war vorbereitet, Wein, Kerzen, die Nacht für mich, Sven im Bett, und Pik König schlief in mir wie in einem Sarg. Aber es genügte, den Namen aufzuschreiben, dass ich anfing zu frieren. Ich zog mir Hausschuhe und noch einen Pullover an und entzündete schließlich das Kaminfeuer, doch alles nützte nichts. Dann legte ich mich mit einer zusätzlichen Decke ins Bett und versuchte einzuschlafen, spürte jedoch, dass ich fast zitterte vor Kälte. Schließlich schlummerte ich doch ein, wachte aber mitten in der Nacht völlig verschwitzt auf, da ich immer noch alle Kleidung anhatte. Ich warf sie auf den Boden, zog mir mein Nachthemd über und kroch wieder unter die Decke, und als ich am nächsten Morgen aufwachte, hatte ich fast das Gefühl, Fieber zu haben.

Den Morgen ließ ich ruhig angehen, kümmerte mich um die Rosen und bereitete mich mental auf den Tag vor, und als Sven sagte, er wolle hinunterfahren, um das Boot leer zu schöpfen, sah ich das als einen göttlichen Fingerzeig, obwohl ich ja nicht einmal weiß, ob es einen Gott gibt. Kaum hatte er sich auf den Weg gemacht, da kochte ich mir Tee und setzte mich an den Sekretär, immer noch in Nachthemd, Morgenrock und Hausschuhen.

Ich sollte bald siebzehn Jahre alt werden, ich war einsam, und Liebe ekelte mich nur an. Der letzte Akt mit Björn hatte mich aller Illusionen beraubt, dass es in irgendeiner Weise schön sein könnte. Seine Geschlechtsorgane hatten effektiv das Gegenteil bewiesen, und deshalb entwickelte ich eine Verachtung dem Verliebtsein gegenüber, die ich wie einen Panzer um mich herum trug. Alle, die einen Angriff wagten, prallten ab und starben auf der Stelle. Dass ich ab und zu mit zum Tanzen ging, war nur, weil ich so gern tanzte und mich nicht einen Pfifferling darum scherte, wer dabei vor mir stand oder mich im Arm hielt. Die Lust kam durch die Musik, und ich tanzte deshalb gern mit geschlossenen Augen, nicht wissend, dass es viele gab, die das als hoffnungsvolles Zeichen für eine gefühlsmäßige Kapitulation ansahen.

Damals waren wir eine ziemlich große Gruppe, die gemeinsam ausging. Es war ein Freitagabend, und wir waren bis ins Zentrum gefahren, weil wir etwas von Schiffen gehört hatten, die im

Hafen lagen. Der Anblick übertraf alle unsere Erwartungen. Mehrere Militärfahrzeuge waren am Kai vertäut, und einige der Zuschauer flüsterten aufgeregt, sie hätten auch Periskope von U-Booten gesehen. Wir beobachteten das lebhafte Treiben auf den Schiffen und ließen uns dann mit dem Menschenstrom in die Innenstadt treiben, wo wir in einer Bar in Gamla stan landeten. Hier wimmelte es von jungen Männern in Uniform, ich hörte, dass englisch gesprochen wurde, und es wurde gegrölt und gelacht, während sich die Schweden mit den Besuchern vermischten und versuchten, so zu tun, als wäre ein derartiges Volksfest für sie nichts Besonderes.

Es war die britische Flotte, die zu Besuch war, und ich wurde ziemlich schnell in ein Gespräch verwickelt mit einer Gruppe, deren Schiff erst vor wenigen Stunden eingetroffen war. Einer von ihnen, ein blonder, großer Mann mit blauen Augen, begann sofort heftig mit mir zu flirten, und das war ganz in Ordnung für mich, erschien mir sogar angenehm. Er fragte mich, ob ich ein Bier haben wolle, und als ich zustimmte, bahnte er sich den Weg durch die Menschenmenge und kam nach einer Weile strahlend mit zwei vollen Gläsern zurück.

»Ich glaube, er hat mich reingelegt«, sagte er in einem Englisch, das von einem Dialekt eingefärbt war, den ich nur schwer verstand, während er mir das eine Glas reichte.

»Wieso?«, erkundigte ich mich, während ich mich fragte, wie er in so kurzer Zeit überhaupt hätte hereingelegt werden können.

»Ich habe ein Vermögen für das Bier bezahlt«, erklärte er und nahm einen großen Schluck aus dem Glas, das er in der Hand behalten hatte.

Ich versuchte ihm zu erklären, dass er keineswegs reingelegt worden sei, sondern dass Bier nun einmal in Schweden so teuer sei, besonders, wenn man es in der Kneipe trank. Der Engländer, der sich als Andrew vorgestellt hatte, schüttelte nur den Kopf, als er hörte, was ich sagte.

»Poor Sweden«, sagte er, und damit war das Thema erschöpft. Wir unterhielten uns den ganzen Abend über sehr angeregt, aber als meine Freunde weiterziehen wollten, beschloss ich, mit ihnen zu gehen. Andrew fragte mich sofort, ob wir uns nicht am nächsten Tag wiedersehen könnten, am gleichen Ort.

»Ich bezahle für das Bier«, sagte er. Ich lachte, dachte an Kalle und sagte nein.

Draußen war es immer noch hell. Es war Ende Mai, und plötzlich kam mir eine Idee. Ich verabschiedete mich von den anderen und ging lieber allein zum Wasser hinunter, wo die Schiffe vertäut lagen und Slussen einen Anstrich von Internationalität und wichtigem Allianzpartner verliehen. Die Schiffe lagen nachtgrau und mächtig vor dem Himmel, nur wenige Männer liefen auf den Decks herum und schauten zur Stadt hinüber, bevor sie sich wieder ihrer Arbeit widmeten. Eines der Schiffe hatte eine Gangway herabgelassen, und eine plötzliche Eingebung ließ mich hingehen und hinaufklettern. Ich hatte kein Ziel, wollte eigentlich nur frech sein und dem Schicksal zeigen, dass ich mich etwas traute, falls überhaupt irgendjemand mein Eindringen kommentieren würde.

Und das tat jemand. Ich war erst bis zur Hälfte gekommen, als ein Offizier mir entgegeneilte. Dass er Offizier war, wusste ich damals natürlich noch nicht, aber ich sah sofort, dass er einen höheren Dienstgrad als Andrew und seine Kameraden im Pub haben musste, da seine Uniform aufwendiger geschnitten und sein Mützenband anders verziert war.

»Entschuldigen Sie, aber leider haben Sie nicht das Recht, ohne Eskorte hier an Bord zu kommen. Ich muss Sie bitten, wieder hinunterzugehen.«

Er war etwas älter als Andrew und seine Kameraden, aber mein erster Eindruck hatte nichts mit seinem Alter zu tun. Er war groß und dunkelhaarig, trug das Haar kurz geschnitten unter der weißen Mütze und hatte braune Augen mit markanten Augenbrauen. Seine Haut war ungewöhnlich glatt, der Mund mit deutlichem Amorbogen fein gezeichnet, fast wie der einer Frau, und die Lippen zogen sich in beiden Mundwinkeln nach oben, was ihn aussehen ließ, als lächelte er, auch wenn er ernst war. Er hatte schön geformte Ohren, sah stattlich aus in seiner Uniform, und vielleicht zum ersten Mal spürte ich eine Scheu einem Mann gegenüber, eine innere Röte, eine Unsicherheit im Blick. Ich bestrafte meine Schwäche sofort, indem ich ihm direkt in die Augen sah und antwortete, dass es dann ja wohl ein Schild dort unten hätte geben müssen, denn eine Treppe, die hinaufführt, ist verlockend für jemanden, der hoch hinaus möchte. Dann machte ich auf dem Absatz kehrt, ohne mich ein einziges Mal umzuschauen. Ich spürte, wie er mir mit einem Blick hinterhersah, der meinen Rücken bis zum Mark hätte wegätzen können, und ich ging weiter, bis ich eine Bank fand, die ausreichend geschützt zu stehen schien. Dort setzte ich mich und schaute übers Wasser, während ich überlegte, was ich jetzt wohl tun sollte.

Es dauerte nicht lange, doch schien es mir wie eine Ewigkeit, dann erkannte ich einen Schatten vor mir und schaute auf. Er stand vor der Bank und betrachtete mich mit einem Lächeln, das gar kein Lächeln war.

»Möchten Sie eine Tasse Kaffee?«, fragte er, und bereits da wusste ich, dass ich diesen Satz mein ganzes Leben lang nicht vergessen würde, was ja auch stimmt. Möchten Sie eine Tasse Kaffee. Ich erinnere mich an jede Silbe, die Betonung, die Wortwahl, und ich erinnere mich, dass mein Körper antwortete, ohne dass ich überhaupt etwas hätte tun müssen, und dass wir gemeinsam die verbotene Gangway hinaufgingen, die jetzt plötzlich erlaubt war, weil wir zu zweit waren. Oben an Deck drehte er sich zu mir um und streckte die Hand aus.

»Ich heiße John«, sagte er.

»Eva«, antwortete ich und drückte seine Hand etwas fester als nötig.

Und manchmal wünsche ich mir, alles wäre damit beendet gewesen. John und Eva auf einem Schiff an einem warmen Maiabend mit einer Tasse Kaffee vor sich und nicht mit einer einzigen Enttäuschung hinter sich. Dass die Zeit stillgestanden, dass alles ein glückliches Ende gefunden hätte und nichts von dem geschehen wäre, was dann passierte. Doch damals wollte ich auf keinen Fall, dass die Zeit stillsteht. Ich wollte mit John gehen, mit John Kaffee trinken, ihn immer und immer wieder begrüßen, um seine Hand in meiner zu spüren. Ich konnte ja nicht ahnen, welches Hexengebräu die Zukunft zusammengerührt hatte, und dieses Mal, vielleicht zum ersten Mal, seit ich Buster getötet hatte, war ich wehrlos.

John machte für mich eine kurze Führung auf dem Schiff, das Minerva hieß, zeigte mir seine Ausrüstung, die Vorräte und, wenn ich mich recht erinnere, die Torpedos. Ich fragte, welche Waffen sie an Bord hatten und für welche Art von Kämpfen so ein Fahrzeug ausgerüstet war, und er beantwortete alles, als interessierte ihn das tatsächlich. Wir landeten ziemlich schnell in einer Diskussion darüber, welche Staaten als tatsächliche Feinde anzusehen waren, mussten aber abbrechen, als ein Vorgesetzter auf uns zukam. Einen kurzen Moment lang fürchtete ich, dass ich das Schiff wieder verlassen müsste, doch er grüßte nur, zuerst John und dann mich.

»Ich sehe, du amüsierst dich ausgezeichnet, John«, sagte er mit leichter Ironie, ging dann aber weiter. Wir dagegen blieben vor einer geschlossenen Tür stehen, die John öffnete, um mich hineinzulassen. Ein Jubelschrei stieg an die Decke, er seufzte und drehte sich zu mir um.

»Wir sind leider nicht ganz allein«, sagte er und trat dann zur Seite, damit ich besser sehen konnte. Der Raum war voll mit Männern in allen Stadien der Entspannung, und als ich hereinkam, begrüßten sie mich mit tosendem Applaus. Bereitwillig rutschten sie zur Seite, und ich bekam einen Sitzplatz, während John sich vorsichtig den Weg zur Küche bahnte, wo es ihm nach einer Weile gelang, eine Tasse Kaffee zu bekommen, die er mir gab.

Das war nicht die einzige Tasse Kaffee, die wir zusammen trinken sollten. Und es war definitiv nicht die beste. Der Kaffee war ziemlich schwach, nur lauwarm und begleitet von Gegröle, Schreien und fröhlichen Zurufen von einem Haufen aufgekratzter Marinesoldaten. Aber es war der erste gemeinsame Kaffee, und deshalb werde ich ihn nie vergessen. Als ich ihn ausgetrunken hatte, schlug John vor, dass wir noch ein wenig hinausgehen sollten, »wenn ihr euch vorstellen könntet, sie entbehren zu können«, und als wir diese zweite Runde gingen, fragte John mich, ob ich am nächsten Tag, einem Samstag, Zeit hätte.

»Da habe ich nämlich frei«, sagte er und erzählte, dass er gern etwas von Stockholm sehen wolle, am liebsten gemeinsam mit mir, wenn ich mir vorstellen könnte, ihn etwas herumzuführen. Einiges kannte er zwar schon, er war bereits mehrere Male hier gewesen. »Stockholm ist meine Traumstadt«, sagte er, »aber meine Besuche sind immer nur kurz gewesen, und ich bin noch nie von jemandem herumgeführt worden, der von hier ist.«

Ich sagte ja, obwohl mein Bauch sich vor ungewohnter Nervosität zusammenzog, und wir verabredeten, dass ich gegen elf Uhr am nächsten Tag zum Schiff kommen sollte. Als wir uns trennten, reichte John mir wieder seine Hand, und als ich sie ergriff, hielt er meine Hand etwas länger in seiner als beim ersten Mal.

»Wie alt bist du, Eva?«, fragte er.

Ich weiß nicht, warum er das fragte, denke aber heute, dass ich vielleicht Andeutungen dahingehend gemacht habe, dass ich im Juni siebzehn werde und es deshalb nicht so selbstverständlich wäre, dass ich mit einem älteren Offizier des Nachts ausgehen würde. Wo verlief die Grenze seiner Wachsamkeit? Ich sah eigentlich nicht älter aus, als ich war, also war ich gezwungen, meinen Blick zu benutzen. Ich dachte an Mamas Worte, dass ich lernen musste, mich selbst zu schätzen, wenn andere es nicht taten, spürte, wie der Glanz verblasste, und schaute schließlich in Johns Gesicht.

»Ich bin zwanzig.«

»Ich bin vierundzwanzig.«

Und mit diesem sonderbaren Austausch numerischer Informationen trennten wir uns.

An diesem Abend bekamen Busters Ohren wohl zum ersten Mal etwas Positives zu hören, und ich konnte fast fühlen, wie die harten Teile in dem Beutel ein wenig weicher wurden oder vielleicht sogar Risse bekamen. Am nächsten Morgen hatten meine Eltern wieder einmal einen heftigen Streit. Es ging um eine Feier, zu der Mama gehen wollte und Papa nicht, und es erschien so sinnlos, dass ich nicht einmal Lust hatte, mich darüber aufzuregen. Ich legte einen Zettel auf den Küchentisch, auf dem stand, dass ich in die Stadt gehen wolle, es könnte später werden, und dann ging ich hinaus. Es sollte eigentlich sonnig sein, doch stattdessen fiel feiner Regen, alles war nass und der Himmel grau, ohne die geringste Hoffnung auf Änderung. Natürlich wäre es schöner gewesen, Stockholm bei gutem Wetter zu zeigen, und es wäre besser gewesen, sich selbst für wärmeres Wetter anzuziehen, aber ich machte mir darüber keine weiteren Gedanken. Eine kleine Sonne hatte in mir angefangen zu scheinen, und auch wenn ich mich selbst zur Vorsicht mahnte, so war es doch, als verdrängte das innere Licht etwas anderes. Für einen kurzen Moment meinte ich zu sehen, wie Pik König in meinem Kopf saß und seine Augen vor dem Licht zu schützen versuchte.

John wartete bereits auf mich, als ich zur Minerva kam. Er war in Zivil, trug Jeans und ein Sakko und dunkle Schuhe, die schlecht für die Feuchtigkeit gerüstet zu sein schienen. Er empfing mich mit einem weichen, freundschaftlichen Kuss auf die Wange, und wieder spürte ich, wie mir vor Unruhe und Abscheu gegenüber meinen eigenen Gefühlen ganz heiß wurde.

Etwas ziellos spazierten wir durch Slussen, während ich ihn fragte, was er sehen wollte.

»Weißt du, wenn ich eine so hübsche Frau neben mir habe, dann spielt es keine große Rolle, was ich zu sehen bekomme«, sagte er und klang dabei vollkommen ernst.

Ich schlug Gamla stan vor, zu der es nicht weit war, und bald hatten wir uns in den engen Gassen und Winkeln verloren, wo wir Häuser und Märkte besichtigten, bis wir zum Schloss kamen und weiter zum Kungsträdgården gingen. Die ganze Zeit über war ein Gefühl der Zusammengehörigkeit da, das einleitende Höflichkeitsfloskeln gar nicht notwendig machte, so als würden wir uns schon ganz lange kennen.

Wir sprachen über den Krieg in Vietnam. Ich war auf Demonstrationen gegen die amerikanischen Bombardierungen dieses kleinen Landes gewesen, und ich fragte ihn, wieso er beim Militär und bei der Marine gelandet sei. Im Hinblick auf meine eigenen Gefechte konnte ich mich nicht mit reinem Gewissen als eine friedfertige Person bezeichnen, andererseits war der Krieg gegen die eigenen Dämonen eine Sache, ein Krieg gegen Menschen, die man gar nicht kannte, eine ganz andere. Ich hatte zwar beschlossen, meine Mutter zu töten, konnte mir aber schwer vorstellen, jemals einem Fremden, der mich nicht kannte und deshalb gar nichts Böses tun wollte, die Ohren abzuschneiden. John ließ sich nicht provozieren. Er selbst kritisierte, wie sich der Krieg in Vietnam entwickelte, konnte aber gleichzeitig nicht kategorisch dagegen sein, dass sich größere Staaten in die Angelegenheiten kleinerer einmischten.

»Ich glaube, ich bin für diese Arbeit geeignet«, sagte er und erzählte von seinem Interesse für das Meer und diesem gewaltigen Freiheitsgefühl, das er verspürte, wenn er Stadt und Land mit ihren Gerüchen und düsteren Seiten zurückließ.

»Würdest du es nicht zu schätzen wissen, wenn jemand kommt und dich verteidigt, wenn dir die Freiheit geraubt worden ist?«, fuhr er fort. Ich dachte, dass das eine delikate Frage sei, und beschloss deshalb, mit meiner Antwort zu warten.

John erzählte weiter, dass sein Vater Professor der Physik war, während seine Mutter als Kunstlehrerin arbeitete.

»Sie ist immer neidisch auf mich, weil ich die Gelegenheit habe, Städte zu besuchen, in denen sich die berühmtesten Kunstmuseen der Welt befinden. Obwohl ich es nur selten schaffe, sie aufzusuchen. Nicht, weil ich nicht interessiert bin, aber unsere Aufenthaltszeit an Land ist begrenzt.«

John hatte außerdem eine Schwester, Susan, die noch zu Hause wohnte. Im Augenblick hatte er selbst keine Wohnung in England, sondern wohnte während der kurzen Zeit, die er Urlaub hatte, bei seinen Eltern. Die letzten Monate hatte er mit Lernen für ein Examen verbracht, dazu kam die Praxis auf verschiedenen Schiffen, und deshalb hatte er die Wohnung, die er vorher gehabt hatte, aufgegeben, »um Geld zu sparen und Verwaltungsprobleme zu umgehen«, wie er sich ausdrückte.

John unterbrach sich immer wieder, um nach meinem Leben zu fragen, und ich musste so viel wie möglich von unserem Haus erzählen, von meinen Eltern und dem Leben an der schwedischen Westküste. Schließlich schummelte ich ein wenig, fügte ein paar Jahre hinzu, die ich mit Arbeit in einem Modebetrieb füllte und mit Studien der Mathematik. Ich dachte, ich wüsste genug über Mamas Arbeit, um glaubhaft zu wirken. John war beeindruckt und sagte das auch.

»Du hast ein Ziel, und das gefällt mir. Du musst wissen, es ist selten, dass ich so viel mit einem Fremden rede, den ich auf dem Kai getroffen habe. Bei meiner Arbeit ist es leider so organisiert, dass ich die meisten, denen ich dort begegne, schon nach ein paar Stunden oder Tagen oder bestenfalls Wochen nicht mehr wiedersehe. Deshalb muss ich mich schnell entscheiden, wenn es um eine Bekanntschaft oder Freundschaft geht. Ich muss mich immer schnell entscheiden.«

Einen kurzen Moment lang huschte eine Wolke über sein Gesicht, die Haut wurde eine Spur grauer, die Augen trüber. Er schaute mich wieder an.

»Da kann man gar nicht vermeiden, dass man enttäuscht wird«, sagte er, und wieder überlegte ich, ob ich ihn jetzt fragen sollte, entschied mich jedoch, noch zu warten. Eine Zwanzigjährige wäre sicher weniger ungeduldig als ich, und sie hätte gewollt, dass John von allein erzählte.

Wir waren bis zum Nybrokajen gekommen, schauten übers Wasser und auf die Boote. John wunderte sich, wie sauber Stockholm doch war.

»Wir waren vor ein paar Monaten gezwungen, in Liverpool anzulegen, und der Unterschied ist gewaltig. Ich will ja nicht schlecht über die Stadt reden, aber im Vergleich zu Stockholm ist sie dunkel und schmutzig. Und dann gibt es hier all die Hausfassaden, die so faszinierend sind. In vielen Großstädten sehen die Fassaden wie schlecht gepflegte Zahnreihen aus. Ein schönes Haus, ein hässlicher Neubau dort, wo eine Bombe eingeschlagen ist, wieder ein hässliches Haus, ein schönes, ein hässliches, manchmal ist alles neu gebaut. Häuserreihen wie bei euch sind einzigartig in Europa.«

Ich hatte eine Eingebung, und wir gingen ins Museum, in dem das Vasaschiff verwahrt wird. Schweigend standen wir in dem Raum und schauten zu, wie Wasserkaskaden das Schiff von allen Seiten streichelten, um es zu bewahren, ein Prozess, der einmal darin resultieren soll, dass die Vasa auch in trockenem Zustand gezeigt werden kann.

John war fasziniert davon, wie viel von dem Schiff noch erhalten war und dass eine Nation, die sich nicht gern in bewaffnete Konflikte einzumischen schien, sich so viel Mühe machte, ein altes Kriegsschiff zu restaurieren.

»Das liegt vielleicht daran, dass es nie an irgendeinem Krieg teilgenommen hat, sondern vorher schon gesunken ist. So ist es das ultimative Symbol für Neutralität geworden. Ein Kriegsschiff, das nie wirklich benutzt worden ist«, meinte er. Ich konnte nicht anders, ich musste ihm zustimmen, auch wenn ich die Vasa noch nie zuvor so betrachtet hatte.

Unser Gespräch verlief ohne Anstrengungen, als hätte es nie einen Anfang gegeben und als sollte es nie einen Schluss finden. Wir diskutierten über Konflikte in der Welt, den Mord an Präsident Kennedy vor einigen Jahren und die Aufrüstung der Truppen in Ost und West, die oft in dritten Ländern stattzufinden schien. Wir sprachen viel über das Meer. John berichtete, dass das Leben auf See einsam war, er jedoch niemanden kannte, der sich nicht dorthin zurücksehnte, wenn er danach angefangen hatte, an Land zu arbeiten. Er versuchte ein Gedicht zu zitieren über die Gefühle eines Soldaten für England, blieb aber stecken und versprach nachzuschauen, wie es genau ging. Irgendwann stellten wir fest, dass wir hungrig waren, also gingen wir etwas essen, und danach mussten wir einsehen, dass wir nicht wussten, wo wir einen späten Abend gemeinsam verbringen könnten.

Es endete damit, dass ich eine Freundin anrief, die in der Nähe wohnte, und sie fragte, ob ich bei ihr übernachten könne. Ihre Familie hatte für Gäste ein separates Häuschen auf dem Grundstück gebaut, und es war schon vorgekommen, dass ich dort geschlafen hatte, wenn wir bis spätnachts zusammengesessen hatten und ich nicht mehr allein nach Hause gehen wollte. Jetzt deutete ich an, dass ich nicht nach Hause gehen könnte, warf einige kleinere Probleme ein und wurde verstanden, ohne ausführlicher werden zu müssen. John schlug sofort vor, wir könnten doch ein Taxi nehmen, und so waren wir in nicht einmal einer halben Stunde dort. Während er draußen auf der Straße eine Zigarette rauchte, ging ich ins Haus und holte den Schlüssel, und es war noch so früh am Abend, dass es nicht verdächtig wirkte, gleichzeitig aber war es spät genug, dass niemand weitere Fragen stellte. Die Mutter meiner Bekannten steckte mir eine Tüte mit frisch gebackenen Brötchen zu und wies darauf hin, dass es in der kleinen Pantry im Haus Kaffee wie auch Tee gab. Heute denke ich, dass sie vielleicht besser Bescheid wusste, wie es mir ging, als ich es damals ahnte.

Wir gingen in das Häuschen und schalteten einige Lampen ein. Es roch etwas abgestanden, deshalb lüfteten wir und zündeten dann alle Kerzenstummel an, die wir fanden, kochten uns Tee und unterhielten uns weiter. Ich schaltete kurz den Fernseher ein, um die Wetteraussichten zu erfahren, und blieb ganz unromantisch bei einer Nachrichtensendung hängen, die mich interessierte. Später würde John mir berichten, dass er während der ganzen Sendung dagesessen und mich beobachtet habe, ohne dass ich es mitbekam, und dass es genau dieses Bild war, das er in Erinnerung behielt, eine rotblonde »Lady«, die intensiv Fernsehen guckt und sich in keiner Weise darüber bewusst ist, welche Signale sie aussendet.

Erst gegen drei Uhr, als ich die vierte Tasse Tee eingeschenkt hatte und gerade trinken wollte, nahm mir John resolut die Tasse aus der Hand und küsste mich. Ich wünschte, ich könnte von Abgründen berichten, die sich öffneten, oder einem Symphonieorchester, das plötzlich zu spielen begann, von Gänseleber oder Walderdbeeren, aber meine noch heute existente Erinnerung enthält stattdessen nur klare Gedanken. Ich weiß, dass ich die ganze Zeit dachte, wie merkwürdig es doch ist, dass ich genau weiß, wie man das macht und wie man sich fühlt, obwohl ich ja nie hatte üben können oder wollen. Als wir uns auf das Bett legten, wusste ich zunächst nicht, wie die Fortsetzung aussehen sollte, aber es war John, der die Initiative ergriff.

»Ich habe …«, begann er, verstummte aber dann. »Komm, lass uns einfach hier liegen und uns umarmen. Denn genau das vermisse ich am meisten, wenn ich auf See bin. Diese so einzigartige weibliche Nähe, die nichts zu tun hat mit …«, fuhr er fort.

Ich spielte die Naive und Unschuldige, obwohl ich mich nicht so fühlte. Es endete damit, dass wir dicht nebeneinander einschliefen und er mich dann weckte und sagte, er müsse innerhalb der nächsten Stunden zurück zur Minerva. Ich ging zur Mutter meiner Bekannten, durfte dort das Telefon benutzen und rief ein Taxi, während die Mutter taktvoll in ein anderes Zimmer ging. John war bereits raus auf die Straße gegangen, und als das Taxi kam, ließ er mir drei Adressen zurück, zwei von Schiffen, auf denen er in der nächsten Zeit stationiert sein sollte, und die seiner Eltern. Ich gab ihm meine Adresse, er verschwand, und ich dachte, dass dieses Erlebnis gut in wohlbekannte Klischees passte, bei denen ein Seemann das warme Bett seines Mädchens verlässt, um in See zu stechen. Meine schwarze Hälfte lachte die weiße höhnisch aus.

Was nicht verhinderte, dass die weiße Seite nach unruhigem Schlaf zur U-Bahn lief und zurück nach Slussen fuhr. Die Minerva sollte den Hafen um zwölf Uhr verlassen, und als ich ankam, war der Kai voll mit winkenden Menschen. Auf dem obersten Deck stand eine Reihe Männer in Uniform, aber ich konnte John nirgends entdecken. Ein Stück weiter draußen wendete das Schiff, und da sah ich, dass auch auf der anderen Seite eine Reihe von Männern stand, doch auch hier fand ich kein vertrautes Gesicht.

Als ich endlich nach Hause kam, hatte mich niemand vermisst. Mama schlief noch, und Papa war offenbar unterwegs, jedenfalls antwortete er nicht, als ich rief. Ich konnte in aller Ruhe telefonieren und mich nach dem Kurs der Minerva erkundigen. So erfuhr ich, dass die HMS Minerva in Hudiksvall vor Anker gehen würde, und ich bekam eine Postadresse. Die Person, die sie mir gab, fragte scherzend, ob ich eine unvergessliche Nacht erlebt hätte, da ich so darauf erpicht war, von mir hören zu lassen. Ich ignorierte die Andeutungen und schrieb stattdessen einen Brief an John, in dem ich ohne Umschweife zugab, dass ich ständig an ihn denken musste.

Zwei Tage später bekam ich einen Brief aus Hudiksvall. »Dear Eva«, stand ganz oben. Und dann:

> Es war schwer, die richtigen Worte zu finden und dir am Samstag das zu sagen, was ich dir sagen wollte. Ich möchte dir dafür danken,

dass du meinen Besuch in Stockholm so einzigartig hast werden lassen. Ich werde meinen Aufenthalt besser in Erinnerung behalten und mehr schätzen als jeden anderen Besuch in irgendeiner anderen Stadt.

Was die Beziehung betrifft, die zwischen uns zu wachsen scheint, bin ich hinsichtlich deiner Gefühle sehr unsicher, ich jedenfalls fand es wunderschön. Und es gab Anzeichen, dass es etwas ist, was Bestand haben kann.

Was ich eigentlich zu sagen versuche, ist: Wenn du dich dazu entschließen könntest, dich wieder mit mir zu treffen, würdest du mich sehr, sehr glücklich machen.

Witzigerweise glaube ich, dass ich noch nie mit einer jungen Dame über so viele verschiedene Themen geredet habe. Wir haben ja auch die Tatsache besprochen, dass Englisch eine Sprache ist, mit der man Dinge sehr einfach beschreiben kann, aber wie du siehst, habe ich trotzdem so meine Schwierigkeiten.

Ich werde dir wieder schreiben und dir von unserem Aufenthalt in Hudiksvall berichten. Pass auf dich auf und vergiss nicht, mir ab und zu zu schreiben.

Love,
John

Und es gab Anzeichen, dass es etwas ist, was Bestand haben kann. Einem schwachen Menschen, der ich bin, wenn ich allein bin, genügt schon die Erinnerung an diese Worte, dass ich wieder anfange zu frieren. Also werde ich mir ein großes Glas Wein einschenken und denken, dass es für mich auf jeden Fall Bestand hatte. Ich habe es nie vergessen, und von dem Tag an, an dem ich unter der Erde verwittern werde, ist es diese Gewissheit, die die Blumen auf meinem Grab düngen wird.

13. Juli

Das schlechte Wetter hat wieder eingesetzt, mit Regen, Wind und Stürmen. Es scheint, als hätten die sonnigen Tage uns nur ein wenig ärgern wollen, uns sagen, dass es das Paradies sehr wohl gibt, aber nicht für uns. Ich habe sogar eine Art von Infektion bekommen mit Fieber, aber heute Morgen habe ich mich dennoch aufgerafft und bin in die Stadt gegangen. Zu dem Marokkaner an der Ecke, der fast alles an Lebensmitteln verkauft, auf jeden Fall Gemüse und Brot, und wenn man fragt, dann gibt es immer diverse Saucen samt Reis und Pasta und Desserts unter dem Tresen. Er saß vor der Tür und hielt nach Kunden Ausschau, wie er es immer vom frühen Morgen bis zum späten Abend tut, ohne sich um irgendwelche gesetzlichen Öffnungszeiten zu kümmern. Für ihn ist der Kunde es wert, dass man auf ihn wartet, wenn es sein muss, auch drei Stunden. Vielleicht das Erbe einer Kultur, in der Zeit und Eile nicht das Gleiche sind.

Heute ging ich hin, um Brot zu kaufen, und er begrüßte mich so freundlich wie immer.

»Hallo, Eva. Ich habe etwas für dich. Ich weiß, du isst am liebsten deine eigenen Kartoffeln, aber diese hier, die kommen aus meinem Land, aus Marokko. Du musst sie probieren. Du kriegst sie billig, aber du musst sie probieren. Hier.«

Er lobte sie weiter mit seinen langgezogenen, weichen Vokalen, mit denen er sein Schwedisch färbte. Und bevor ich ihn daran hindern konnte, begann er Kartoffeln in eine Tüte zu schaufeln, also ließ ich ihn gewähren und fragte lieber, wie ich es ab und zu tue, ob er denn nicht das Land vermisse, in dem er geboren wurde, besonders, wenn das Wetter in Schweden so ist wie jetzt. Er seufzte leise.

»Warst du mal auf den Champs-Élysées in Paris?«, fragte er. »Da gibt es ein Café neben dem anderen, Seite an Seite. So ist es auch in meinem Land. Nicht wie hier. Und sie schließen nie. Sie haben die ganze Zeit geöffnet, und die Leute sitzen dort, trinken etwas und unterhalten sich.«

Ich schloss die Augen und hörte, wie das weiche Schwedisch des Marokkaners sich in ein Französisch um mich herum verwandelte, während ich in Gedanken über die Champs-Élysées wanderte. Ich sah mich in kleine Seitengassen einbiegen und nach Adressen suchen, die man mir als Tipp genannt hatte, sah mich im Menschengewühle herumspähen und die Farben und den Kaffee genießen und sah mich einen Brief nach Schweden in einen Briefkasten werfen, um damit meinen Mord zu vertuschen. Ich versuchte mir vorzustellen, was ich nach Wunsch des Marokkaners wohl in seinem Heimatland sehen sollte. Vielleicht ein dichtes Menschengewimmel, gelbe, orange und braune Farben, die Vielfalt von Kräutern und Tee mit Minze darin, die Hitze und nackte Füße in Sandalen.

Wie immer dachte ich, dass er und seine Familie sich fühlen müssen, als hätte sie der Wal am Ende der Welt ausgespuckt, aber wenn ich nachfrage, erklären der Marokkaner und seine Frau mir stets, dass es ihnen hier gut gefällt. Ich sage und denke »der Marokkaner«, obwohl ich weiß, dass er einen Namen hat genau wie wir anderen, nur dass seiner sich schwerer merken lässt. Seine Frau ist übrigens ein wenig hellseherisch.

»Du läufst und läufst, aber du kannst so viel laufen, wie du willst, er wird dir immer folgen«, sagte sie einmal, als ich es besonders eilig hatte. Ich sah zu, so schnell wie möglich von dort fortzukommen, auch wenn ich weiß, dass sie es nur gut meinte. Ich denke, dass sie und ihr Mann vielleicht genau wie ich die Düfte in einem eigenen Depot gelagert haben, aber sie haben nicht verstanden, was ich meine, als ich diese Sache einmal zur Sprache gebracht habe. »Düfte kann man nicht lagern, die gibt es nur«, sagen sie und haben natürlich recht. Eigentlich kann man nichts aufbewahren.

Kaum war ich wieder zu Hause, da rief Petra an. Obwohl ich sie nun schon so lange kenne, dauerte es eine Weile, bevor ich begriff, dass sie es war. Zwar flossen die Worte wie frisch geölt aus ihrem Mund, aber sie schrie und weinte, dass ich zuerst nichts verstehen konnte.

»Du musst mir helfen! Du musst herkommen, du musst herkommen!«, brüllte sie immer und immer wieder in den Hörer.

»Wer ist da?«, fragte ich, bis es ihr endlich gelang, hervorzustoßen, dass sie, Petra, am Apparat war.

»Beeil dich!«, schrie sie in Panik.

»Aber ich bitte dich, Petra, was ist denn los? Ist was passiert? Was ist mit dir, sag mir, was passiert ist, ich …«

»Es geht um Hans. Ich habe ihn rausgeworfen«, keuchte sie schließlich.

Ich musste denken, dass die Zeit der Wunder noch nicht vorbei ist.

»Ihn rausgeworfen? Wie meinst du das?«

»Bitte, komm einfach schnell her. Und rede mit niemandem darüber«, jammerte sie. Ich fragte, ob es nicht eine gute Idee wäre, Sven als Experten für die männliche Psyche mitzubringen, doch da schrie sie nur, nein, nein, nein. Schließlich dachte ich, dass ich genauso gut tun könnte, was sie wollte.

Also zog ich mir meine Regenkleidung an, machte einen Abstecher zu den Rosenbüschen und schnitt ein paar schöne Teerosen für sie ab, um sie zu beruhigen. Die Blumen heulten im Wind, sahen jedoch zufrieden aus, und ich dachte, wie einfach es doch ist, seine Energie an Rosenbüsche zu verschwenden. Ihr Wohlwollen steht in direktem Verhältnis dazu, wie man sich um sie kümmert, wenn ich sie also liebe und mit Dünger, Beschneiden und allem, was sie brauchen, hege, erhalte ich Liebe und Schönheit zurück, zufriedene Wesen, die zeigen, dass sie diese Behandlung zu schätzen wissen. Außerdem schweigen sie über das, was sie wissen. Kein Wunder, dass diese Beziehung die beständigste und trostreichste in meinem Leben ist, ich konnte immer die Dornen sehen und ihnen somit auch ausweichen. Zwar haben Probleme mir nie Angst gemacht, aber es ist die unsichtbare Gewalt, die so gefährlich ist, dass sie Ohnmacht schafft.

Sven löste ein Kreuzworträtsel und schaute nur kurz auf, als ich ihm sagte, dass ich hinausgehen wollte.

»Wohin willst du?«, fragte er, und ich platzierte die Lüge nahe an der Wahrheit, als ich sagte, dass ich bei Petra vorbeischauen wollte, die angerufen hätte und deprimiert zu sein schien. Sven fragte, ob wir später nicht zum Griechen fahren wollten, er habe Lust auf Lamm, und ich gab ihm halbherzig meine Zustimmung, während ich überlegte, was Petra damit gemeint hatte, sie habe Hans rausgeworfen, und ob es wirklich so ernst war.

Ich musste mich durch die Regenschauer kämpfen, war aber trotz aller Umsicht klitschnass, als ich Petras und Hans' Haus erreichte. Es ist das hässlichste Haus, das ich kenne. Die Einrichtung ist eine so ausgesuchte Sammlung schlecht gebauter Möbel und hässlicher Stoffe, dass der Effekt, den sie erzielen, fast schon an Kunst grenzt. Kiefernholztische gemischt mit Möchtegern-Antiquitäten, Leinengardinen mit Samtvolants auf den Kissen, gestreift mit kariert, handgewebt mit Kristall, und alles aufbewahrt, hineingestopft und übereinandergeschoben. Petra öffnete mir, bevor ich überhaupt geklopft hatte. Sie musste hinter der Gardine gestanden und mich von dort kommen gesehen haben, und dann riss sie mich fast hinein und schlug die Tür zu. Sie sah wild aus. Ihre Augen waren rot unterlaufen, das graue Haar stand ihr zu Berge, der Busen hing frei auf den Bauch, und sie trug nichts außer einem alten, abgewetzten Morgenrock in Gelb. Ihre Wunden in den Mundwinkeln waren größer als sonst und hektisch rot, was den Mund auf eine groteske, clowneske Art vergrößerte.

»Komm mit in die Küche!«, brüllte sie. Ich musste sie mit sanfter Gewalt beiseiteschieben, um zunächst Regenkleidung und Stiefel auszuziehen, aber Petra entriss sie mir und warf alles auf den Kunststofffußboden. Dann zog sie mich mit in die Küche und drückte mich auf einen Stuhl.

»Du musst etwas tun«, jammerte sie, trat dann zur Seite, damit ich besser sehen konnte.

Petras Küchenfußboden ist seit Jahren von einem Flickenteppich bedeckt, den sie einmal als »das Gesellenstück der Großmutter meiner Tante« bezeichnet hatte. Jetzt hatte er eine harmonische, einheitliche Farbe bekommen, nachdem er seit Generationen in heftigen Nuancen geglänzt hatte. Der Teppich war zweifellos von Blut gefärbt worden, und zum ersten Mal begriff ich, dass Petras Hysterie möglicherweise wohlbegründet war. Meine eigenen Erinnerungen überfielen mich so heftig, dass ich eine Welle der Übelkeit verspürte, während Petra um mich herumflatterte wie ein Nachtfalter um eine Kerze.

»Was soll ich tun, was soll ich tun, ich weiß nicht, was ich tun soll, ich weiß nicht, was passiert ist, was soll ich tun, Eva, du musst mir helfen, du musst, ich muss den Teppich waschen, ich, Eva, du …«

»Halt die Klappe!« Ich spürte, wie die Kontrolle, über die ich immer noch verfügte, dabei war, zu verschwinden, und stand deshalb auf, packte sie bei den Schultern und schüttelte sie.

»Sei still, habe ich gesagt. Beruhige dich und erzähle erst einmal, was passiert ist, sonst gehe ich gleich wieder. Versuch ein einziges Mal nur einen klaren Satz zu sagen und zwischendurch zu atmen. Also. Was hat das hier zu bedeuten?«

Petra verstummte und starrte mich an. Sie schwieg mehrere Sekunden lang, was zeigte, wie stark sie unter Schock stehen musste.

»Willst du einen Kaffee?«, fragte sie schließlich. »Ich glaube, ich kann mich besser konzentrieren, wenn ich eine Tasse Kaffee kriege, das ist ja unsere übliche Zeit zum Kaffeetrinken, und Hans …«

»Tee, bitte«, unterbrach ich sie, und wieder verstummte Petra und setzte Wasser auf. Sie regelte alles für Kaffee und Tee und zündete dann eine Kerze an, setzte sich, stand aber gleich wieder auf und kam mit immer noch warmen süßen Brötchen zurück.

»Ich habe fast vergessen, dass ich die noch habe. Obwohl es doch damit angefangen hat, mit den Brötchen, weil ich …«

Ein Blick von mir genügte. Fast fünf Minuten saßen wir schweigend da und tranken Kaffee und Tee mit frisch gebackenen, noch warmen süßen Brötchen. Ich dachte, dass das die schönste Kaffeestunde war, die ich jemals mit Petra erlebt habe. Als ich sie nach einer Weile anschaute, seufzte sie und biss von ihrem dritten Brötchen ab. Jetzt atmete sie endlich wieder ruhig.

»Typisch, dass das ausgerechnet heute passiert«, sagte sie schließlich. »Ich meine, ich gehe donnerstags doch immer zur Gymnastik zur Kirche, und Hans weiß, wie viel mir das bedeutet, in die Kirche zu gehen, ja, ich meine, zur Gymnastik, nicht in die Kirche, sondern zur Gymnastik in der Kirche, und dann hätte er doch wohl damit warten können, so etwas zu tun. Er weiß, dass ich viel entspannter bin, wenn ich bei der Gymnastik war, aber das sieht ihm ähnlich, er hätte ruhig ein bisschen mehr Rücksicht nehmen können. Morgen hätte ich mehr Zeit gehabt.«

Ich nahm einen großen Schluck Tee und schaute sie an. Es schien nicht so, als fände sie selbst, dass sie etwas Merkwürdiges gesagt hätte, sondern eher, als hätte sie ganz ruhig eine Tatsache festgestellt.

»Petra. Kannst du mir jetzt langsam in klaren Worten sagen, was hier passiert ist?«

Petra seufzte erneut.

»Ja, also, du weißt ja, dass er ausgezogen ist ... das macht eigentlich gar keinen Unterschied. Denn ich habe zumindest das Gefühl, als hätte ich jetzt schon seit vielen Jahren mit einer Walnuss gelebt. Die wenigen Worte, die ich aus ihm herausgequetscht habe, ich glaube, die hätte ich auch aus einer Leiche gequetscht. Ja, ja, ich weiß, dass alle meinen, ich würde die ganze Zeit so viel reden, während Hans der Nette ist, der die ganze Zeit so brav zuhört. Aber was soll ich denn machen, wenn mein Mann nie auch nur ein Wort sagt? Wenn man daheim immer nur Schweigen oder höchstens das Brummen des Kühlschranks hört und dieses Wesen ansieht, das immer nur stumm dasitzt? Ja, ich werde dir sagen, was man tut. Man redet, um das Schweigen fernzuhalten. Man redet die Panik weg und das Schwarze und die Enttäuschung darüber, wie das Leben geworden ist, und die Angst darüber, dass man einen Mann ausgesucht hat oder von ihm ausgesucht wurde, der uninteressanter ist als Radiohören oder Fernsehen. Und jetzt ist er verschwunden, nachdem es ihm gelungen ist, den ganzen Teppich zu versauen. Wäre er ein Stück weiter nach rechts gefallen, dann wäre er auf dem Küchenfußboden gelandet, und ich hätte nur mit dem Wischmopp drüberfahren müssen, und alles wäre wieder sauber. Aber so ist er. Schweigend und rücksichtslos und vollkommen frei von allem, was Einfühlungsvermögen heißt.«

Sie kratzte sich im Mundwinkel, bekam ein Stückchen Schorf zu fassen, der sich unter dem Fingernagel festsetzte, kratzte ihn mit dem Zeigefinger der anderen Hand ab und wischte die Reste fort.

»Petra. Was ... ist ... hier ... passiert?«

Ich legte die Betonung auf jede einzelne Silbe. Petra schaute auf und fuhr sich mit der Hand übers Haar, als würde ihr jetzt zum ersten Mal klar, in welchem Stadium sie sich befand, was das Aussehen betraf.

»Das versuche ich dir ja gerade zu erzählen. Seine Rücksichtslosigkeit, damit hat es angefangen. Ich meine, ich bin zum Konsum gegangen, einkaufen, und da habe ich ein schönes Stück tiefgefrorenes Lamm gefunden, und du weißt, wie selten man da Lammfleisch kriegt, und ich habe es gleich mitgenommen und gleichzeitig alles gekauft für die Hefebrötchen hier, denn ich weiß ja, wie gern Hans frischgebackene Wecken isst, und dann sagt er zumindest etwas, ich meine, dann sagte er zumindest: ›Die sind aber gut‹, und dann haben wir uns fast miteinander unterhalten, wie ich dachte. Also schleppte ich alles nach Hause, und Hans sagte hi, als ich kam, und ich fand, das war doch ein schöner Anfang. Dann stehe ich also hier und räume und mache und backe, und als die Brötchen fast fertig sind, da setzt Hans sich an den Küchentisch. Ich sehe das als ein Zeichen von ein bisschen menschlicher Nähe und erzähle ihm, dass ich mich in der letzten Zeit nicht so wohl gefühlt habe, dass es bei mir in der Brust so zieht, und manchmal habe ich solche Krämpfe im Magen und ... ich weiß nicht, das tue ich ja normalerweise nicht, aber auf jeden Fall habe ich Hans erzählt, dass ich überlege, ob ich nicht einmal zum Arzt gehen und mich untersuchen lassen soll, ob alles in Ordnung ist, und dann habe ich ihm noch erzählt, dass ich manchmal nachts so unruhig bin, Angst habe zu sterben und dass alles einfach zu Ende ist, und zum Schluss habe ich ihn gefragt: ›Hans, was glaubst du, woran das liegt, dass ich so viel Angst habe?‹, und da …«

Petra verstummte und schaute mir direkt in die Augen.

»… und da, ich meine, ich stand ja da und habe die ganze Zeit den Teig geknetet, aber da drehe ich mich um und sehe, wie Hans dasitzt und die Zeitung liest. Und anscheinend merkt er, dass ich ihn anstarre, denn er schaut auf, und als er mich sieht, lächelt er und schaut richtig glücklich drein, und dann sagt er …«

»Was sagt er?«

Eine Träne presste sich aus Petras Augenwinkel hervor und blieb zwischen den Tränensäcken unter den Augen hängen.

»Da sagt er, dass … weißt du, sagt er, wir kriegen einen Sack fürs ganze Jahr.«

»Einen Sack fürs ganze Jahr?«

»Ja, einen Sack fürs ganze Jahr. Du weißt doch, wir wohnen nicht das ganze Jahr hier, und deshalb kommt bei uns nur im Sommerhalbjahr die Müllabfuhr, und wenn wir dann doch im Winter herkommen, ist es immer so ein Problem, den Müll loszuwerden. Wir mussten alles in irgendwelche Tüten stopfen und sind wie die Gauner nachts herumgerannt und haben sie in verschiedene öffentliche Mülltonnen geworfen, manchmal sogar bei den Nachbarn, und das war immer ein Problem, und jetzt hat Hans also, obwohl er mir nichts davon erzählt hat, jetzt hat Hans das in eigener Initiative geändert, jetzt hat er es so geregelt, dass die Müllabfuhr das ganze Jahr über kommt. Und das ist ja nur gut so, aber er saß also da und redete mehr als in den letzten Wochen und sagt, dass er einen Sack fürs ganze Jahr besorgt hat, während ich ihm erzähle, wie schlecht es mir geht und dass ich vielleicht bald sterbe, während ich gleichzeitig Hefebrötchen für ihn backe. Und da …«

»Ja, und da, Petra?«

»Da habe ich die Pfanne genommen, die in der Spüle stand, und dann habe ich mich vor ihn gestellt und gesagt: ›Da hast du deinen Sack fürs ganze Jahr‹, und dann habe ich zugehauen, ich meine, das habe ich natürlich nicht, ich habe die Pfanne hingehalten und Hans hat sich vorgebeugt und ist irgendwie auf sie gefallen, und er muss richtig unglücklich gefallen sein, denn plötzlich ist er zu Boden gestürzt, natürlich auf den Teppich, und dann hat er angefangen, so heftig zu bluten. Und da konnte ich nicht viel tun, und außerdem musste ich ja die Brötchen im Auge behalten, und ich dachte, er wird schon wieder aufstehen, aber das tat er nicht, und als ich dann nach ihm geschaut habe, da schien das Blut geronnen zu sein, und plötzlich kam mir der Gedanke, dass er ja tatsächlich tot sein konnte, und da habe ich doch Angst gekriegt, und dann habe ich festgestellt, dass ich selbst auch ganz blutig war, an den Händen und überall, also habe ich mich unter die Dusche gestellt. Dann bin ich zurück in die Küche gegangen, und da war Hans aufgestanden, er stand schwankend da, und da wurde ich total wütend. ›Mach, dass du wegkommst!‹, habe ich geschrien. ›Raus aus meinem Haus!‹, obwohl das Haus ja auf seinen Namen läuft. Und da ist er aus der Küche getrottet und kurz darauf mit gepackter Tasche zurückgekommen. ›Ich bin bei meiner Schwester‹, hat er gesagt, bevor er durch die Tür ist, und dann war er weg. Und da merkte ich, wie verworren alles war und dass ich nicht mehr klar denken konnte, und da habe ich dich angerufen.«

Ich wagte nicht zu überlegen, was für ein Instinkt sie dazu gebracht hatte, ausgerechnet mich anzurufen. Das Blut auf dem Teppich gab mir nicht nur Assoziationen zu Buster, sondern auch zu dem anderen, und ich wusste eigentlich ziemlich genau, was wir zu tun hatten, meinte aber, ich sollte meine

Erfahrung lieber für mich behalten. Also hole ich tief Luft und ergriff dann Petras frisch geduschte, von den Hefebrötchen klebrigen Hände.

»Ich glaube, wir fangen erst einmal damit an, dass wir hier saubermachen, Petra. Ich habe vor ein paar Tagen meine Wut weggeputzt, und das Gleiche solltest du jetzt tun.«

Petra schaute mich verständnislos an, ich zügelte meine Ungeduld.

»Petra, was auch immer passiert ist, ob Hans auf die Pfanne gefallen ist oder ob du irgendwie zugeschlagen hast … ja, auf jeden Fall glaube ich nicht, dass du an der Tatsache vorbeikommst, dass du diejenige warst, die die Pfanne in der Hand gehalten hat. Und es sieht nie gut aus, wenn ein Mann zum Arzt geht, weil seine Frau unsanft mit der Pfanne herumgefuchtelt hat. Es besteht das Risiko, dass du wegen Körperverletzung angezeigt wirst, und ich denke, du bist ein wenig zu alt, um dich an das Leben hinter Gittern zu gewöhnen. Außerdem glaube ich nicht, dass du im Knast Hefebrötchen kriegst, wann immer du willst. Aber wenn wir alle Beweise wegputzen, dann steht dein Wort gegen das von Hans. Damit steigen deine Chancen ganz deutlich.«

Ich wählte bewusst drastische Worte, damit Petra sich zusammenriss, und das schien sie auch zu tun. Ein paar Minuten lang saß sie schweigend da, und als sie wieder anfing zu reden, waren ihre Sätze ungewöhnlich präzise und bestimmt.

»Dann fangen wir am besten mit dem Staubsaugen an. Und dann putzen wir und wischen feucht auf. Und dann müssen wir noch nachsehen, wo Hans hochgegangen ist, um seine Tasche zu packen, ob er auch keine Blutspuren hinterlassen hat.«

Wir holten Staubsauger, Lappen und Putzmittel heraus, teilten die Arbeit auf und begannen damit, die Küche sauber zu schrubben. Petra warf den Teppich in die Waschmaschine, ohne an die Folgen zu denken, »ich glaube sowieso, dass die Tante meiner Oma auf meiner Seite gewesen wäre«, und dann scheuerte sie den Fußboden und wischte alles ab, was überhaupt einen Spritzer abgekriegt haben könnte. Als wir fertig waren, glänzte die Küche, wie sie es seit Jahren nicht mehr getan hatte, und Petra schaute mich lächelnd an.

»Schön, das geschafft zu haben. Putzen ist gar nicht so schlecht, ich fand es immer praktisch, mit dem Staubsauger überall durchzugehen, der macht jedenfalls Krach, und dann kommen ein paar Geräusche ins Haus, aber gründlich reingemacht, das wird nicht so häufig. Wenn man jedoch erst einmal damit angefangen hat, dann macht es richtig Spaß.«

Ich fürchtete, sie könnte das bisschen Verstand, das sie noch besaß, auch noch verlieren. Aber es schien, als wüsste sie, was ich denke, denn sie sah mich gleich ganz listig an.

»Du wirkst so unberührt, als hättest du so etwas schon mal gemacht. Was bedeutet, dass es das Richtige war, dich als Allererste anzurufen. Irgendwie hatte ich schon immer das Gefühl, du hättest in deinem Leben bereits die eine oder andere Leiche begraben.«

Ihre neue Art, so kurz und direkt zu sprechen, war fast ein wenig erschreckend. Ich antwortete nicht, sondern beendete das, was ich angefangen hatte, und schließlich konnten wir uns erschöpft an den Tisch setzen. Petra schenkte frischen Kaffee und Tee ein, und wir nahmen beide ein Hefebrötchen, ohne weiter darüber nachzudenken. Dann saßen wir schweigend ein paar Minuten da, aßen und tranken. Draußen war es dunkel wie die Nacht, ein Gewitter hatte eingesetzt. Petra seufzte erneut.

»Weißt du, Eva, je mehr ich darüber nachdenke, umso lauter möchte ich schreien: ›Endlich!‹ Ich meine, es gibt einen Unterschied zwischen der Stille, wenn man allein ist, und der Stille, die daraus resultiert, dass jemand anders sich weigert zu reden. Letzteres fühlt sich wie ein Ekzem an, aber es ist irgendwie etwas peinlich, daran zu kratzen, weil man sich ja wohl beherrschen kann, und dann erträgt man das, bis alles platzt und man sich förmlich zu

Tode kratzt. Ich hätte wirklich einige Male ins Badezimmer gehen und schreien können, wenn Hans den ganzen Tag über nicht mehr als drei Sätze von sich gegeben hat. Jetzt brauche ich das nicht mehr. Jetzt kann ich es mir endlich erlauben, still zu sein.«

Ich erwiderte nichts, und Petra redete weiter. Sie schien plötzlich sonderbar guter Laune zu sein. Die hysterische Frau im abgenutzten Morgenmantel war vollkommen verschwunden, und das Haar, das langsam trocken geworden war, kringelte sich aufgeregt um die Ohren.

»Mit dir und Sven ist es sicher anders, wie ich mir denken kann. Ihr scheint ungefähr gleich viel zu reden. Aber andererseits kennt ihr euch ja schon so lange. Manchmal finde ich es schon komisch. Schließlich ist er ja …«

»Das ist er nicht.«

»Nein, ich weiß, das ist er nicht, aber trotzdem. Ich muss manchmal daran denken.«

»Woran?«

»Dass deine Mutter einfach verschwunden ist. Und dass du beschlossen hast, hierzubleiben. Und Sven. Das ist doch was … ja, es ist ja nicht ohne Grund, dass ich darüber nachdenke.«

»Was ist denn daran so merkwürdig?« Ich verschränkte die Hände im Schoß und versuchte meine Stimme ruhig zu halten.

»Dass sie verschwunden ist, während wir alle

glaubten, du wärest diejenige, die nach England zieht. Und dann war sie es plötzlich, die reisen sollte, und verabschiedet hat sie sich auch nicht, und nicht einmal …«

»Aber sie hat geschrieben. Das weißt du.«

Petra nickte.

»Von überall, nicht wahr? Aus Deutschland und Frankreich und England und von allen möglichen Orten, so war es doch, nicht? Bis sie …«

»Ja. Das hat sie gemacht.«

»Sie war nie nett. Und du weißt, dass ich dir das gesagt habe. Das war nicht leicht für dich. Es waren nicht viele, die es wirklich ausgesprochen haben, aber ich habe es.«

Das wusste ich. Und deshalb waren Petra und ich seit so langer Zeit noch Freundinnen, obwohl sie mich oft zum Wahnsinn getrieben hat. Dass Petra sich um Susanne gekümmert hat, wenn ich auf David Jacobis Rechnung in Europa herumreiste, genügte immer noch, um solidarisch mit ihr zu sein. Aber jetzt tat es weh, und ich überlegte, ob ich Petra nicht ihrem Schicksal überlassen sollte, als sie plötzlich das Thema wechselte.

»Glaubst du, dass du lieben kannst? Ich meine, so richtig? So, dass man es tief drinnen spürt?«

»*I wonder if you still look the same, or has the flower whose delicate beauty I once saw and watched now bloomed into perfection?*«

»Denn weißt du, was ich glaube?« Petra hatte meine Antwort gar nicht abgewartet und nicht gehört, was ich in meinem Kopf hörte, diesen Satz, der sich weigert, mich zu verlassen, und der zusticht, wenn ich glaube, ich wäre sicher.

»Ja, ich glaube nämlich, dass ich nicht so gut darin bin, jemanden zu lieben. Ich glaube, ich habe es versucht, aber es ist mir nie so recht geglückt. Ich glaube, ich habe es vielleicht mit der Liebe genauso gemacht wie beim Brötchenbacken. Ich schmeiße alle Zutaten zusammen, ein bisschen Fürsorge, ein bisschen Aufmerksamkeit, ein bisschen Bewunderung und andere gute Eigenschaften, und dann würze ich das Ganze, ja, und dann habe ich einen Teig. Und dann glaube ich, wenn ich nur lange genug knete, dann werden Teig wie auch die Liebe glänzend, geschmeidig und weich, und dann werden es schöne Brötchen. So habe ich es mein ganzes Leben lang gemacht. Geknetet und geknetet. Vielleicht war es ganz logisch, dass es passiert ist, als ich hier stand und Brötchen gebacken habe und er mir nicht zugehört hat, obwohl ich doch so gut geredet und geknetet habe.«

»Du hättest ihm die Ohren abschneiden können.«

Petra schaute mich an. Das Hefebrötchen, von dem sie gerade abbeißen wollte, blieb auf halbem Weg stecken.

»Manchmal machst du mir richtig Angst, Eva.«

»Wer von uns hat denn seinen Mann mit einer Pfanne geschlagen und ihn dann rausgeschmissen? Ich frage ja nur. Wer sollte hier vor wem Angst haben?«

Petra murmelte nur und schaute auf ihr Brötchen, so dass ich fortfahren konnte.

»Ich meine nur, dass du ihm rein hypothetisch die Ohren hättest abschneiden und sie in einen kleinen Beutel legen können. Dann könntest du die Ohren immer hervorholen, wenn du es möchtest, und dann hättest du mit ihnen lange und überzeugend reden können. Er hätte nicht die geringste Chance abzuhauen oder zuzumachen, und du hättest Trost und Nähe gespürt.«

Petra nickte.

»Die Idee ist nicht schlecht, wenn ich länger darüber nachdenke. Aber vielleicht wäre es schwer, Hans davon zu überzeugen. Nicht, dass es bemerkt worden wäre. Die Leute sehen Hans selten länger an. Das ist vermutlich auch der Grund, warum er bei der Bank noch nicht wegrationalisiert worden ist. Er fällt nicht auf. Seine Schönheit ist wirklich von einer Sorte, die ein Verfallsdatum hat. Ich hätte die Packung genauer ansehen sollen, bevor ich zugeschlagen habe. Oder lieber nicht abgepackt kaufen sollen.«

»Der Adler sagt immer, dass lose Ware zu kaufen

das Schlimmste überhaupt ist. Dass wir mit dem Einkaufen loser Teile eine ganze Generation herangezogen haben, die nicht gelernt hat, einen Beschluss zu fassen, und das ist ein Graus.«

Petra seufzte.

»Sicher, damit kannst du recht haben, aber manchmal habe ich das Gefühl, ich selbst hätte gar nicht die Entscheidung getroffen, sondern es waren die Umstände. Etwas anderes. Bevor ich Hans kennen gelernt habe, war ich so deprimiert, dass ich ernsthaft überlegt habe, Selbstmord zu begehen. Aber dann habe ich gedacht, dass das sowieso niemanden interessieren würde, und damit war das auch keine gute Idee mehr. Deshalb habe ich dann überlegt, dass ich den Ersten nehme, der mich haben will, und da kam Hans und wollte mich haben, das hat er jedenfalls gesagt, hat mich gnädig aufgenommen, und ich war dumm genug, mich dankbar zu fühlen. Habe mich selbst abgeschrieben, wenn wir in der Geschäftssprache bleiben wollen, und ich hatte einfach nicht genug Grips zu überlegen, was ich wirklich wollte und was nicht.«

Sie schaute auf den Teller, auf dem jetzt fünf leere Hefebrötchenförmchen lagen

»Und jetzt habe ich fünf Brötchen in mich hineingestopft, weil sie so gut schmecken. Fünf Brötchen, und ich habe kein schlechtes Gewissen gehabt, als ich sie gegessen habe, aber jetzt habe ich ein schlechtes Gewissen.«

»Du redest jetzt von den Brötchen? Nicht von Hans?«

»Ich rede von den Brötchen.«

Ich schaute seufzend auf die Uhr. Es war schon ziemlich spät, und Sven würde sich fragen, wo ich denn bliebe. Es gab keinen Grund, das Risiko einzugehen, dass er plötzlich vor der Tür stünde und mir Gesellschaft leisten wollte. Hier hatte ich getan, was ich tun konnte. Petra schien das Gleiche zu denken, denn auch sie schaute auf die Uhr.

»Vielleicht sollte ich Hans' Schwester anrufen. Hören, ob er plant, mich anzuzeigen. Oder ob er bereit ist zu reden oder zuzuhören, auch wenn seine Ohren nicht in einem Beutel liegen. Vielen Dank, dass du gekommen bist. Ich fühle mich jetzt sehr viel ruhiger. Und der Braten …«

Sie ging zur Anrichte, auf dem der halb aufgetaute Lammbraten auf einem Stück Papier lag.

»Kannst du den nicht mitnehmen? Du kannst damit machen, was du willst, ich habe keine Lust auf Lamm heute Abend. Jetzt haben wir die Brötchen gegessen, und solange ich allein bin, brauche ich mir vielleicht nicht so viel Essen zu kochen. Ich werde stattdessen eine Scheibe Brot essen. Auf jeden Fall ist es Hans, der Lamm so gern mag.«

Ich bekam den Lammbraten in eine Tüte eingewickelt und ging auf den Flur, um mir mein Regenzeug anzuziehen, das fast trocken war. Ich erinnerte Petra daran, dass sie so bald wie möglich den Teppich wieder auf den Boden legen sollte, und dann machte ich noch eine Kontrollrunde. Alles sah sauber und getrocknet aus, und nichts deutete darauf hin, was geschehen war. Wir verabredeten, dass ich Sven gar nicht erst sagte, dass ich hier gewesen war. Ich hätte geklingelt, aber Petra verpasst, und wäre spazieren gegangen. Petra umarmte mich und bedankte sich immer und immer wieder. Ich umarmte sie auch und dachte, dass sie sich wie ein frisch gebackenes Hefebrötchen anfühlte, ein bisschen klebrig und mit Zimt obendrauf.

Dann ging ich durch die Haustür hinaus und wurde von einer regelrechten Sintflut empfangen, die mich möglicherweise zwingen wollte, mich in einen Fisch zu verwandeln, um zu überleben. Ein Blitz durchschnitt plötzlich den Himmel, und ich hatte das Gefühl, als wollte er die Welt in zwei Hälften teilen, während ich von oben Schelte bekam. Ich dachte, wenn Petra froh war, nicht mehr reden zu müssen, dann war Hans vielleicht froh darüber, nicht mehr zuhören zu müssen, und dass sie so einen Konflikt, der schon lange andauerte, innerhalb weniger Sekunden mit Hilfe einer Bratpfanne gelöst hatten. Ich hob die Hand, winkte Petra zu, die am Fenster stand, und kämpfte mich dann zu unserem Haus durch, wo Sven sich wunderte, wo ich so lange blieb und was nun mit dem Griechen war. Ich streckte ihm die Tüte mit Petras geschenktem Braten entgegen.

»Du sollst dein Lamm kriegen. Aber heute Abend brate ich es selbst und werde es dir servieren. Sie hatten nämlich so leckeres Lamm im Konsum. Im Sonderangebot.«

16. Juli

Unser kleiner Bienenkorb summte plötzlich ganz aufgeregt in einer Reaktion auf die weltumstürzenden Ereignisse, die in den letzten Tagen eintrafen. Irénes plötzliche Erkrankung hatte den Tod ein wenig an uns andere heranrücken lassen, denn solange sie noch fit und eklig war, konnte man problemlos an ewige Gesundheit und Unsterblichkeit glauben. Jetzt kann es auch uns treffen. Hinzu kommt Hans' Flucht zu seiner Schwester nach dem Zusammenstoß mit Petra, was zeigt, dass das Zuhause wirklich der gefährlichste Platz ist, an dem ein Mensch sich aufhalten kann. Übrigens würzte ich ihren Lammbraten mit Rosmarin und Tomaten und aß mit einem Appetit, wie ich ihn lange nicht mehr gehabt hatte. Ein schönes Gefühl. Denn bald hat Susanne recht, wenn sie sagt, dass ich mit jedem Tag magerer werde.

Und es war Sven, der mir »berichtete«, was eigentlich bei Petra und Hans Fredriksson passiert war. Er hatte es von dem Adler gehört, der jemanden kannte, der Hans in der Unfallaufnahme versorgt hatte.

»Kannst du dir das vorstellen, Hans Fredriksson ist von Petra misshandelt worden und von zu Hause ausgezogen«, rief er im Flur, einen Tag, nachdem ich bei Petra gewesen war. Ich war gerade dabei, Fenster zu putzen, obwohl es sinnlos erschien, da es die ganze Zeit regnete. Aber Putzen war eine Möglichkeit, mich vor Gefühlen des Verfalls zu schützen. Unsere alten, abgenutzten Möbel schienen plötzlich aus einer Zeit zu stammen, die bald vorbei sein sollte. Die Flickenteppiche waren verblasst, die Farbe der Bettcouch war abgegriffen, und die Kupferkessel an der Wand in der Küche brauchten wie immer dringend eine Putzrunde, ich würde sie aber dennoch nie zur Modernität reiben können. Unser, wie wir immer gedacht hatten, zeitloser Alles-Mögliche-Stil erschien plötzlich überholt und passé.

Sven stellte sich neben mich und verschwendete eine Unmenge an Worten aus dem Tagesvorrat, um zu erklären, wie Hans sein Herz über die Aggressivität seiner Ehefrau beim Notarzt ausgeschüttet hatte. Dann schaute er mich an, als könnte ich ihm erklären, was passiert war. Ich sagte zunächst nichts, rieb stattdessen an einem Klecks Vogelscheiße, der sich weigerte zu verschwinden.

»Hast du gehört, wie es Petra geht?«, fragte er schließlich. Ich selbst hatte Petra seit dem Vorfall mit Hans nicht wieder angerufen, und sie hatte mich auch nicht kontaktiert, was zeigte, dass sie die Situation mit größerer Ruhe hinnahm, als ich vermutet hatte.

»Ich habe Gudrun im Konsum getroffen. Übrigens, wie die wieder aussah, dicker als je zuvor und mit einem großen, knallblauen Mantel aus irgend so einem Wollstoff, den sie bestimmt gebraucht gekauft hat. Sie stand an der Käsetheke und schob sich eine Scheibe Käse nach der anderen rein unter dem Vorwand, dass nichts so schmeckte, wie sie es sich gedacht hatte, aber das war wohl der Nachmittagskaffee, den sie dort zu sich nahm. Auf jeden Fall hat sie mir erzählt, dass sie bei Petra war und dass Petra fast erschreckend ruhig und gefasst gewirkt hat. Gudrun nimmt an, dass es der Schock ist, der sie fast wie ein Roboter agieren lässt, denn sie hat angefangen, das Haus von Hans zu säubern. Sie hat einen großen Container vor der Tür, und in den wirft sie offensichtlich das halbe Haus. Als Gudrun das letzte Mal vorbeikam, war Petra dabei, Hans' Kleider wegzuwerfen, und nur in letzter Sekunde konnte Gudrun ein paar Hemden retten, die sie Sixten mitbringen wollte. Sie, Petra, meine ich, hat sich nicht einmal eine Pause für eine Tasse Kaffee und einen

Plausch genommen. Gudrun ist ziemlich beunruhigt.«

Ich sah Petra geradezu vor mir und dachte daran, wie ich selbst einmal die Spuren eines Menschen beseitigt hatte. Aber während Petra einen lebenden Menschen entfernt hat, war es bei mir ein toter. Sven begann von dem Prostataspringbrunnen vor dem Konsum zu erzählen, der aus reiner Sympathie plötzlich ein wenig mehr Wasser von sich gibt als sonst, jämmerliche Tropfen, aber ich konnte mich nicht konzentrieren. Schließlich wollte er wissen, ob ich mich immer noch fiebrig fühlte.

»Das mit Iréne gefällt mir nicht«, erwiderte ich kurz, und damit schloss sich die Tür zu Svens Wortvorrat. Sven hatte keine Lust, über Iréne zu sprechen, was ich im Voraus wusste. Manchmal kennen wir uns einfach so gut, dass es nicht mehr gesund sein kann.

Zu allem Überfluss haben der Marokkaner und seine Frau auch noch einen Besuch von der Sorte gehabt, von der wir glaubten, hier in Frillesås davon verschont zu bleiben. Als er eines Morgens in seinen Laden kam, waren alle Fenster zerschlagen, und jemand hatte »Kanacke, hau ab« an die Tür geschrieben. Hier wohnte er nun seit vielen Jahren, ohne dass es irgendjemanden gestört zu haben schien, ganz im Gegenteil, wir waren froh, die Möglichkeit zu haben, Gemüse und anderes zu jeder Tageszeit kaufen zu können. Jetzt plötzlich kommt da jemand, der entdeckt hat, welche Haarfarbe er hat oder dass vielleicht die eigene Haarfarbe gar nichts nützt. Die Kinder des Marokkaners waren auch von ein paar größeren Jungen bedroht worden, die sich mit Brettern bewaffnet hatten. Das war äußerst verwunderlich, denn hier an der Westküste ist es ansonsten nur ein weiblicher Pfarrer, der auf Ablehnung stößt, aber natürlich nur in geistigem Sinne, was jedoch letztendlich genauso effektiv ist.

Gestern erhielt ich einen verzweifelten Anruf von Susanne, in dem sie mir berichtete, dass sie im Krankenhaus war, um Iréne zu besuchen, dort aber nur zu hören bekam, dass diese in ein Pflegeheim verlegt worden war. Niemand hatte uns darüber informiert.

»Sie behaupten, sie hätten versucht uns zu erreichen, aber ohne Erfolg. Ich habe natürlich mit ihnen geschimpft, und es war ihnen auch peinlich, aber was nützt das, wenn sie schon weg ist?«

Laut Susanne war der Umzug angeordnet worden, weil das Heim, das vorher wegen Renovierung geschlossen gewesen war, nun wieder geöffnet hatte, und da packte man die Gelegenheit beim Schopf, um ein paar Alte wegzuschaufeln, damit sie das teure Krankenwesen nicht länger belasteten. Susanne war sofort zu dem neuen Heim gefahren, um sich selbst ein Bild zu machen, bevor sie mich anrief. Sie fand den Gebäudekomplex, in dem sich die Gänge wie die Tentakel eines Tintenfisches ausbreiten und wo immer noch gehämmert und genagelt wird. Sie brauchte eine Viertelstunde, bis sie jemanden vom Personal fand, eine zwanzigjährige Urlaubsvertretung, die Susanne schließlich in Irénes Wohnung brachte. Iréne lag auf dem Bett, nur mit dem Krankenhausnachthemd bekleidet, da die Kleidung, die ich mit ins Krankenhaus gebracht hatte, immer noch dort lag. Die Wohnung war groß und besaß eine hübsche Küche, die mit allen Raffinessen ausgestattet war. Aber es gab weder Möbel noch Handtücher oder Kleidung, da die Angehörigen selbst für die Einrichtung sorgen mussten. Susanne war kurz vor den Tränen.

»Iréne sah richtig schlecht aus. Sie hat sich an meine Hand geklammert, sobald ich an ihr Bett getreten bin, und hat immer wieder gesagt: ›Jetzt fahren wir nach Hause, jetzt fahren wir nach Hause.‹ Man konnte sie richtig gut verstehen, aber sie wirkte so verängstigt, Mama. Ich konnte mich kaum von ihr befreien, und ich hatte so ein schlechtes Gewissen, als ich gegangen bin. Und trotzdem war sie so dankbar. Sie sagte, dass ich ein Engel ohne Flügel sei.«

Dankbar. Ich spürte, wie sich meine Stimmung verfinsterte, nahm aber augenblicklich den Wagen, fuhr zum Krankenhaus und holte dort ihre Sachen, während ich mit dem Personal schimpfte, dass sie nichts von sich hatten hören lassen. Sie verteidigten sich damit, dass sie mehrere Male die Tochter angerufen hätten, und die hatte versprochen zu kommen, tat es dann aber doch nicht, und sie hätten nicht länger warten können, und ihnen täte ja alles schrecklich leid. Ich dachte, dass der Hass der Tochter tief sein musste, mit Wurzeln bis weit in den Humus und Dreck, und sagte deshalb nichts. Stattdessen fuhr ich zu Irénes Haus, holte ein paar Bilder und Dekorationsdinge und noch weitere Kleidung.

Als ich bei dem Heim ankam, musste ich genau wie Susanne lange suchen, bis ich Iréne fand. Sie saß in einem Rollstuhl in einer Art Speisesaal, immer noch im Krankenhausnachthemd, in gehörigem Abstand von einem Tisch, auf dem ein Glas mit irgendeiner Flüssigkeit stand, das zu greifen sie mit ihrem gelähmten Arm aber nicht in der Lage war. Sie schlief, der Kopf war ihr schräg auf die Schulter gefallen. Ich schüttelte sie, und schließlich sah sie mich an. Das Haar stand unbändig in alle Richtungen, und im Nacken war es total verfilzt, während ihr über der Oberlippe Haare wuchsen, wie ich es noch nie bei ihr gesehen hatte.

»Jetzt bischt du gekommn, um mich nach Hau sche schu bringn«, sagte sie überraschend klar und deutlich, während sie mit der gesunden Hand an den Haaren über der Oberlippe zupfte. Ich gab ihr etwas zu trinken, und plötzlich kam eine Frau aus der Küche, die sich als »Vorsteherin« vorstellte. Sie mag so in den Fünfzigern gewesen sein, nett gekleidet in schwarzer Hose und weißer Bluse, das Haar in ordentlichem Pagenschnitt. Hinter ihr, an der Wand, hingen Informationen, die verrieten, dass dieser Ort hier Sundgården hieß. Eine gesunde Seele in einem gesunden Körper, vielleicht war es ja so gedacht.

»Ja, das ist alles ein bisschen schnell gegangen«, begrüßte sie mich mit affektiertem Lachen.

»Wir haben gerade erst geöffnet, wissen Sie. Aber wir werden sehen, dass Iréne es so gut wie möglich bei uns hat. Sie wird eine persönliche Assistentin bekommen, aber nicht vor August, weil jetzt ja Ferienzeit ist, nicht wahr? Aber dann kriegt sie eine nette Person, die ganz für sie da ist. Und wir planen so einiges für die Zukunft. Im August wollen wir ein Fest machen mit Surströmming und Krebsen. Das wird bestimmt richtig schön.«

Ich erwiderte ironisch, dass Iréne den gegorenen Hering wie auch Flusskrebse schätzte, »das ist ja so einfach zu essen«. Dann schaute ich mich um und entdeckte drei Alte, die halb auf ihren Stühlen lagen, mit gefüllten Tellern vor sich auf dem Tisch, die aber außerhalb ihrer Reichweite standen.

»Mama, Mama, Mama«, jammerte die eine ununterbrochen. Vielleicht hoffte sie in ihrer Verwirrung, dass ihre Mama sie hören könnte, wenn es das Personal schon nicht tat.

»Mama kommt gleich«, hörte ich eine Stimme im Flur, aber weder Mama noch sonst jemand zeigte sich. Ich floh, setzte mich ins Auto, und als ich losfuhr, zitterten meine Hände unkontrolliert. Ich dachte an Nordstens Klippen, von denen ich in den Tod springen wollte, und dass ich es schaffen muss, dorthin zu kommen, bevor der Sundgården auch mich schluckt.

Es heißt, es soll in der Gedächtniskirche eine Fürbitte für Iréne und den Marokkaner gehalten werden. Ein Name und eine Nationalität brauchen unsere Unterstützung, nicht zuletzt, damit wir auch weiterhin etwas haben, über das wir reden können. Ich frage mich, ob wir morgen vielleicht endlich schönes Wetter bekommen, denn draußen vor den frisch geputzten Fenstern wird es langsam hell, und es sieht so aus, als könnte die Sonne sich zeigen, wenn die Nacht in den Tag übergegangen ist. Die Sonne, die meine Enkelkinder, und ganz besonders Anna-Clara, so gern malen. Sie malt sie immer mit einer Brille. Ich habe sie einmal gefragt, warum.

»Ja, aber das heißt doch Sonnenbrille«, hat sie mir geantwortet, und ich erinnere mich, wie ich ihr in die Augen geschaut habe und zum ersten Mal entdeckte, dass sie später einmal sehr schön werden wird. Heute Nacht habe ich das Radio beim Schreiben im Hintergrund laufen, und jetzt spielen sie Edith Piaf und »Non, je ne regrette rien« mit rollendem r. Edith Piaf, die ihre kleine Tochter und einen Geliebten verlor und so intensiv und kurz gelebt hat. Wie recht sie hatte. Ich bereue auch nichts. Das werde ich Busters Ohren erzählen, bevor ich einschlafe.

18. Juli

Sven ist oben beim Adler. Ich spüre die Wut allein bei dem Gedanken, dass sie wieder über die Wasserleitungen unter den Rosen diskutieren werden. Aber im Augenblick bin ich nicht in der Lage, weiter als bis zum nächsten Wort oder nächsten Satz zu denken. Ich fürchte, dass ich heute gezwungen sein werde, die Worte loszulassen, die Zügel zu lockern, so dass sie freien Lauf bekommen. Die Sonne scheint immer noch, sie scheint nicht stärker dadurch, dass ich es aufschreibe, aber ich tue es dennoch. Vielleicht bekommt das eine Bedeutung dahingehend, welche Worte ich wähle, um die Liebe zu beschreiben.

Es war Mai, als ich John kennen lernte, der Frühsommer war auffallend warm, und die Hitze drang in meinen Körper und fand überall gefrorene Eiskristalle. Ich konnte spüren, wie das Schmelzwasser unter der Haut hinunterlief und wie es sich in Pfützen sammelte, die meinen Körper in unkontrollierten Weinattacken oder heftigen Menstruationen verließen, die immer noch so unregelmäßig kamen, dass ich mich nie auf sie verlassen konnte. Mama hatte sich einen festen Freund zugelegt, den sie notdürftig als einen wichtigen Kollegen und Mitarbeiter tarnte. Papa sagte nichts, kam freitags nach Hause, schwieg und verschwand am Sonntag wieder und nahm das Schweigen mit sich. Mit der gleichen Regelmäßigkeit zog der Liebhaber am Freitagvormittag aus und kehrte irgendwann in der Sonntagnacht zurück.

»Er wohnt in Västerås und hat keine Möglichkeit, in der nächsten Zeit herzuziehen, deshalb ist es ja wohl das Mindeste, dass wir ihm ein Bett zur Verfügung stellen, das sowieso leer steht. Eine Frau sollte nicht ohne Mann im Haus schlafen müssen. Denk dir nur, wenn etwas passiert«, erklärte Mama mir, als ich mich erdreistete nachzufragen, warum er so oft bei uns übernachtete.

Aber jetzt, da eine gewisse Regelmäßigkeit eingekehrt war, nahmen ihre nächtlichen Eskapaden ab. Ich sah nie mehr, wie sich Öl und Essig vermischten, und musste auch nicht mehr mit anhören, welcher Genuss es war, von Krokodilen oder Löwen erlöst zu werden. Ich konnte mich meiner eigenen Rettung widmen. Ich hatte John kennen gelernt.

Unsere ersten Briefe kreuzten sich, was wir später immer wieder feststellten. John bedauerte, dass er mich nicht auf dem Kai gesehen hatte, als die Minerva ablegte, und dass er mir »unruhige Gedanken« bereitete, wie ich ihm geschrieben hatte. »Das hast du auch«, schrieb er und fuhr damit fort, dass es nicht häufig vorkommt, dass man eine schöne Frau trifft, die nicht nur eine charmante Gesellschaft darstellt, sondern auch noch einen phantastischen Gesprächspartner. »Ich fühle mich privilegiert, weil ich dich kennen lernen durfte, und es ehrt mich, dass du mir erlaubst, deine Gefühle zu betrachten«, schrieb er und fügte hinzu, dass er hoffe, dass sein Eindruck von mir der richtige sei, da es dazu kommen könnte, dass er diese Frau Eva, die er an einem kalten, feuchten Wochenende in Stockholm getroffen hatte, lieben würde.

Das Wort »Liebe« traf mich auf sonderbare Art und Weise. Zuerst lachte ich darüber, dann fühlte ich Verachtung. »Erwarte nicht zu viel von mir«, schrieb ich zurück, als wäre ich gezwungen, mich zu verteidigen. »Mache mich nicht zu einem gefühlsmäßigen Hindernis, wenn du andere Frauen triffst«, das schrieb ich auch. Er sollte seine Gefühle nicht entblößen, sonst würde ich seinen Liebeserklärungen gegenüber nur Verachtung spüren. Ich weiß nicht, ob er das verstand, da ich ja selbst kaum verstand, was da in mir tobte. Ich weiß nur, dass er antwortete, er würde natürlich andere Frauen treffen, die aber meistens nach den ersten einleitenden Floskeln nichts Interessantes mehr zu sagen hatten. »Mach dir keine Sorgen darüber, was ich erwarte oder nicht«, schrieb er weiter, »denn ich erwarte nie etwas von jemandem und vermeide so, allzu oft enttäuscht zu werden.« Und dann fragte er mich, ob ich nicht hinunterkommen und ihn im Sommer in England besuchen wolle, dann habe er Urlaub.

Mama entdeckte die Briefe ziemlich bald, und ich machte auch kein Geheimnis daraus, dass ich einen Engländer getroffen hatte, dem ich jetzt regelmäßig schrieb. Eines Tages schlich sie sich hinter mich und schaute mir über die Schulter, als ich mir ein Foto von ihm ansah, das er mir geschickt hatte. Das Foto zeigte John in seiner ganzen uniformierten Pracht. Es war bei einer Hochzeit gemacht worden, und er schaute direkt in die Kamera und lächelte sein Lächeln ohne Lächeln, während seine Augen fast schwarz erschienen. Er stand vor einem rosafarbenen Rosenbusch, und im Hintergrund war die alte Kirche zu erkennen, in der sein Freund soeben geheiratet hatte.

»Ohje, der hat ja einen geraden Rücken«, sagte Mama lachend, stellte aber nach einer Weile fest, »nun ja, er sieht jedenfalls männlich aus.« Ich erzählte ihr, dass ich überlegte, ihn im August für ein paar Wochen zu besuchen, und sie antwortete gleichgültig, das sei doch sicher eine gute Idee.

»Vielleicht wirst du dann etwas fröhlicher, denn manchmal frage ich mich, ob du dich überhaupt über etwas freuen kannst. Und vielleicht lernst du dort auch, dass nicht immer alles so perfekt sein muss, denn wenn du die Küche putzt, frage ich mich manchmal, ob du nicht lieber in einem Krankenhaus wohnen solltest.«

Wie immer gelang es ihr, alles, was vorher so sauber war, zu besudeln, und von da an achtete ich sorgfältig darauf, die Briefe zu verstecken und sie nur zu lesen, wenn sie es nicht sah. Gleichzeitig hatte ich ein einziges Mal Nutzen davon, dass sie so eine unkonventionelle Person war, eine arbeitende Frau, die ab und zu ins Ausland fuhr, sich den schönen Seiten des Lebens widmete, sich treiben ließ und gar nicht darauf reagierte, dass ihre ziemlich junge Tochter allein nach England reisen wollte, um dort einen fremden Mann zu treffen.

England, und in erster Linie London, war etwas, von dem Mama so sehr schwärmte, dass sie vermutlich dachte, es könnte für mich ganz nützlich sein, dorthin zu fahren. »Du brauchst ein bisschen mehr Pep«, sagte sie und erklärte dann: »Paris und die Couture, das ist passé.« Jetzt holte sich ihr Betrieb alle Impulse aus London, und Namen wie Mary Quant, Vidal Sassoon und Carnaby Street zirkulierten daheim, während Mama immer kürzere Röcke trug und sich ihre Augen immer größer schminkte.

Dass ich tatsächlich nach England kam, das habe ich John zu verdanken, nicht Mama und auch nicht mir selbst. Die Schule endete irgendwann im Juni, und ich fuhr in unser Sommerhaus, wo auch Papa eintraf, während Mama es vorzog, in Stockholm zu bleiben und zu arbeiten. Ich wurde ohne großes Aufsehen siebzehn Jahre alt und war die meiste Zeit im Meer oder auf den Inseln, ließ mir die Füße bräunen, genoss einen ungewöhnlich heißen Sommer und wurde von einer Flut von Briefen überschüttet mit den flehentlichen Bitten, doch nach England zu kommen. John hatte sie sowohl nach Stockholm als auch nach Frillesås geschickt und versicherte mir, dass er alles tun werde, um meinen Aufenthalt zu einem denkwürdigen Ereignis werden zu lassen. »Geld ist kein Problem«, schrieb er. »Du brauchst für nichts zu bezahlen, wenn du erst einmal hier bist, und wenn du dir ein Flugticket nicht leisten kannst, dann schicke ich dir auch dafür Geld.«

Seine Briefe gaben mir schließlich das Gefühl, dass es unvermeidlich war, dorthin zu fahren und meine Unschuld zu verlieren. »Deflowered« zu werden, defloriert. Er hatte mir nicht geglaubt, als ich ihm erzählte, dass ich noch unschuldig war, in physischem Sinne, meine ich, und machte deshalb oft Witze, er wolle seine zwanzigjährige Unschuld »very soon« treffen. Ich wusste, was das bedeuten würde, und Papa ahnte es auch. Eines Abends, als wir nach Nordsten hinausgefahren waren und an einem sonderbar lauen Sommerabend auf den Felsen saßen und Krabben aßen, fragte er mich, ob ich zu denen gehörte, die sich für den einzig Richtigen aufsparten.

»Man muss es ja selbst wirklich wollen, so ist es nicht«, sagte er, »aber ich denke nicht, dass du Angst haben musst, ein bisschen auszuprobieren.«

Ich murmelte etwas Unverständliches, und Papa ging dazu über, zu erzählen, wie er seine erste Sexualaufklärung bekommen hatte.

»Das war, als ich konfirmiert werden sollte. Wir waren auf dem Weg zur Kirche, ich saß allein im Auto mit Papa, deinem Opa, und da hat er zu mir gesagt: ›Du weißt wohl, dass es da so was gibt.‹ Und ich erwiderte, dass ich das wisse. Und da erzählte er mir, wie das früher war, als von dem Mann erwartet wurde, dass er sich vorsehe, wenn es so weit war, und die Frauen die Folgen in Form ständiger Schwangerschaften zu tragen hatten. Er war immer empört darüber, denn schließlich gibt es doch ›so was‹, das man benutzen konnte, und er ermahnte mich, das auf jeden Fall zu benutzen. Dass ich bereits eine ganze Menge über ›so was‹ wusste, das kam ihm irgendwie gar nicht in den Sinn, aber das machte auch nichts. Wir hatten ein schönes Gespräch.«

Er verstummte, und ich dachte, dass ich mich wahrscheinlich an dieses Gespräch in gleicher Art und Weise erinnern würde. Eine Antwort schien nicht nötig zu sein, wir schauten nur beide übers Meer, das glänzend und ruhig dalag. Irgendwo schrie ein Vogel, und ich dachte, dass Papa mir eine unterbewusste Zustimmung hatte zuteil werden lassen, mich einem Mann hinzugeben. In der Nacht kam Pik König und küsste mich und verschwand, noch bevor ich ihn fragen konnte, was er wollte, und ich deutete das so, dass auch er mir seine Zustimmung zur Reise gab.

Von der Reise nach London ist mir nur wenig in Erinnerung geblieben, obwohl doch der erste Flug ein Erlebnis sein sollte. Ich erinnere mich an kleine, freundliche Stewardessen, die mit exklusiven Süßigkeiten herumliefen, aber ich weiß nicht mehr, was ich dachte oder ob ich Angst hatte, voller Erwartungen war oder einfach nur entschlossen. Dagegen erinnere ich mich noch sehr gut daran, wie ich in die Ankunftshalle kam und von John empfangen wurde. Wir waren fast im gleichen Stil gekleidet. Ich trug eine weiße Bluse und einen blauen Rock, er eine blaue Hose und ein weißes Hemd. Er lächelte, als er mich erblickte, kam zu mir, gab mir einen Kuss auf die Wange und überreichte mir eine wunderschöne sahnefarbene Rose, die, wie ich später erfuhr, aus dem Garten seiner Familie stammte.

»Ich bin so froh, dass du hier bist, Eva. Und ich bin froh, dass du mir doch noch gesagt hast, mit welchem Flug du kommst. Ich hatte schon Angst, ich müsste hier auf Heathrow herumirren und dich suchen, bis es für dich schon wieder an der Zeit wäre, nach Hause zu fliegen.«

Er klang ein wenig nervös und gab ohne Umschweife zu, dass er das auch war, deshalb diese formelle Wortwahl, und ich erwiderte, dass ich auch nervös sei, was uns beide zum Lachen brachte. Er sah genauso aus, wie ich ihn in Erinnerung gehabt hatte, das gleiche Lächeln ohne Lächeln, die gleichen dunklen Augen und das kurz geschnittene Haar, die gleichen kräftigen Arme, die meine Tasche ohne Kommentar ergriffen. Seine Haut war nicht so sonnengebräunt wie meine, aber schließlich hatte ich auch einen Vorsprung, was die Ferien betraf, was ihm sofort klar wurde, als er meine braungebrannten Füße in den offenen Sandalen sah.

»Diese Füße schaffen mich«, sagte er, und wieder lachten wir und wagten es, uns aneinanderzulehnen als Vorstadium für eine spätere Vertraulichkeit, bevor wir uns zu seinem Auto begaben. John fuhr vom Flughafengelände ab, und nach einer Weile hatten wir London hinter uns gelassen.

Wir waren auf dem Weg nach Reading, wo seine Eltern wohnten und wo er momentan einquartiert war in Erwartung auf eine längere Stationierung an Land, die er zum Anlass nehmen würde, eine Wohnung oder ein Haus zu kaufen, »vielleicht in Portsmouth«. Das Wetter war sonnig und warm, die Straße begrenzt von grünen Hügeln, und John sprach von England als »dem schönsten Land auf der Welt«.

»Erinnerst du dich noch, wie ich in Stockholm versucht habe, ein Gedicht aufzusagen, das ich aber nicht mehr genau im Kopf hatte? Inzwischen weiß ich, wie es geht. Rupert Brooke hat es geschrieben.«

Er begann zu rezitieren:

> »If I should die, think only this of me:
> That there's some corner of a foreign field
> That is forever England.«

»Fühlst du so? Dass du, wenn du in einem fremden Land stirbst, dort ein Stück England hinterlässt, das immer dort bleiben wird?«

»Ich glaube, dass die Freiheit anderer Menschen etwas ist, das zu verteidigen es wert ist. Und ich liebe mein Land.«

Ich bin der Meinung, dass es einfach ist, diese Worte heute in Frage zu stellen, das Gerede von Freiheit und Liebe zum eigenen Heimatland. Schon damals war ich nicht frei von einem Zynismus, der sie gern pulverisiert hätte, doch ich tat es nicht, da ich hören konnte, dass er wirklich meinte, was er sagte. Stattdessen begannen wir eine Diskussion, die wir während der ganzen Woche nicht zu Ende führen würden, eine Diskussion über Krieg und Frieden, die Notwendigkeit von militärischen Operationen, wieder einmal über den Vietnamkrieg und die Entkolonisierung Großbritanniens. Das Gespräch begleitete uns den ganzen Weg bis Reading, einem idyllischen Ort mit kleinen Häusern und zauberhaften Gärten, und mit jeder Meile, die wir hinter uns ließen, verdunstete die Nervosität in der Wärme und wurde von einer Nähe ersetzt, die reif und vollkommen selbstverständlich schmeckte. Wir saßen zusammen in einem Auto, weil wir dort zusammen sitzen mussten. Etwas anderes wäre gar nicht möglich oder vorstellbar gewesen.

Die Nervosität stellte sich erst wieder ein, als wir ins Haus traten, um Johns Eltern und seine kleine Schwester Susan zu begrüßen. Aber sie öffneten mir kollektiv ihre Arme, in die ich mich nur zu schmiegen brauchte, und alle üblichen Sicherheitsvorkehrungen erschienen mir sehr schnell unnötig. Johns Mutter, eine elegante Frau in weinrotem Kostüm, das dunkle Haar fast so kurz geschnitten wie das ihres Sohnes, hatte zu einer phantastischen Mahlzeit gedeckt. Doch bevor das Essen serviert wurde, bekam ich Zeit, mich einzurichten. Sie zeigte mir das Gästezimmer mit rosa Auslegware, geblümten Laken, Rüschenkissen und getrockneten Blumen auf dem Nachttisch.

»Ich hoffe, es gefällt dir hier. Und ich habe John gesagt, dass er sich ordentlich benehmen muss«, sagte sie etwas zweideutig, bevor sie wieder die Treppe hinunterging, um mich in Ruhe auspacken zu lassen.

Die Selbstverständlichkeit ist es, die mir in erster Linie von dem Essen mit Johns Eltern noch in Erinnerung ist. Die Selbstverständlichkeit im Umgang miteinander und mit einem unerwarteten, aber willkommenen Gast, die Selbstverständlichkeit, mit der Johns Vater, ein freundlicher Mann mit grauem Haar, Hornbrille und grauem Anzug, den Braten servierte, während Johns Mutter die Sauce herumreichte, die Selbstverständlichkeit in ihrem ungezwungenen Augenkontakt miteinander und ihrem gutmütigen Geplänkel. Sie waren von meinen Englischkenntnissen beeindruckt, »wenn man bedenkt, wie schlecht die Engländer fremde Sprachen sprechen«, und Johns Mutter schien sich aufrichtig über den Kerzenständer aus Glas zu freuen, den ich ihr als Geschenk mitgebracht hatte. Erst beim Dessert wurde mir klar, dass ihre gepackten Taschen in der Eingangshalle standen und sie mich eigentlich nur hatten willkommen heißen wollen, um sich dann auf eine Urlaubsreise nach Schottland zu begeben.

»Deshalb war es ja so wichtig, dass du rechtzeitig angekommen bist, damit wir noch zu Mittag essen können, denn das ist vielleicht die einzige genießbare Mahlzeit, die du bekommen wirst, solange du hier bist. Den Rest der Woche wirst du dich mit meinen Kochkünsten begnügen müssen. Deshalb musst du mit mir zum Einkaufen kommen, damit ich weiß, was du gern isst«, sagte John und lächelte mich an. Das Lächeln erreichte die Augen, und ich konnte sehen, dass er außergewöhnlich lange Wimpern für einen Mann hatte.

»Ehrlich gesagt kocht er ziemlich gut«, erklärte Susan, die mich während der gesamten Mahlzeit anschaute, ohne ihre Neugier über diese Besucherin aus einem Land namens Schweden überhaupt verbergen zu wollen. Sie war ein sympathisches Mädchen von vierzehn Jahren, das keine Ahnung von dem hatte, was ich wusste, nämlich, dass ich nur drei Jahre älter war als sie und dass wir vielleicht so einiges gemeinsam hatten, auch wenn mein erster Eindruck von ihrer Familie darauf hindeutete, dass ihre Kindheit im Vergleich zu meiner anders verlaufen war.

Direkt nach dem abschließenden Tee standen

sie auf und machten sich fertig zur Abfahrt, und nachdem sie mich umarmt und mir versichert hatten, dass es »very nice« war, mich zu treffen, verschwanden sie mit ihren Taschen durch die Tür, so schnell, dass wir kaum noch winken konnten. Ich drehte mich zu John um, und er umarmte mich.

»Sie mögen dich, genau wie ich es mir gedacht habe«, sagte er. Ich hatte mein Gesicht für einen kurzen Moment an sein weißes Hemd gedrückt und vernahm den schwachen Duft von Waschpulver und etwas anderem, aber die Gefühle konnten sich nicht steigern, denn John schob mich sanft von sich.

»Jetzt gehen wir in den Garten, und da setzt du dich hin und liest etwas, und ich werde mehr Tee für uns holen«, erklärte er und ergriff meine Hand. Gemeinsam gingen wir hinters Haus in den Garten, dessen Pracht unmöglich von der Vorderseite erahnt werden konnte. Dort gab es sicher alle möglichen Blumen, doch was mich am nachhaltigsten beeindruckte, das waren die Rosen, Rosen in Büschen und an Spalieren, Rosen in Weiß, Gelb und Rosa, große Rosen und kleine, aufgeblühte und Knospen. Ich hatte noch nie zuvor so etwas gesehen.

»Mama arbeitet gern im Garten«, sagte John als Antwort auf meine unausgesprochene Frage und zog einen Liegestuhl hervor, der in einer Ecke des

Gartens gestanden hatte. Er ging wieder ins Haus und kam mit einer Decke und einer Zeitschrift zurück, während ich an den Rosen schnupperte, die in Büscheln von einem Geländer herunterhingen.

»Setz dich, ruh dich aus, mach es dir gemütlich«, sagte er, drückte mich mit sanfter Gewalt in den Liegestuhl und gab mir eine Zeitschrift in die Hand. Von dort unten sah ich, wie er mich mit einer Freundlichkeit und einem Wohlwollen anschaute, das mich unsicher machte. Sein Hemd spannte ein wenig über der Brust, und das dunkle Haar war so kurz geschnitten, dass es immer perfekt saß. Als ich ihm nachschaute, wie er zurück zum Haus ging, fiel mir auf, dass ich, seit ich meinen Fuß auf englischen Boden gesetzt hatte, nur Gutes über mich gehört hatte. Ich bekam fast keine Luft mehr und lehnte mich zurück, schloss die Augen, spürte, wie die Sonne auf die Augenlider brannte und wie ich anfing zu schwitzen. Eine Hummel summte in der Nähe, und die Blumen dufteten umwerfend gut. Für einen kurzen Moment ließ ich die Zügel los, und dann war alles vorbei. Als ich aufwachte, stand John neben dem Liegestuhl, ein Tablett in den Händen, auf dem eine Kanne stand, daneben zwei Tassen und ein Teller mit Schokoladenstückchen.

»Ich habe mir gedacht, dass du nach dem Essen wahrscheinlich nicht hungrig bist«, sagte er, als wollte er sich dafür entschuldigen, dass er nicht mehr mitgebracht hatte, und stellte das Tablett ins Gras. Ich stand auf, setzte mich neben ihn und stellte fest, dass ich es in der kurzen Zeit geschafft hatte, die Decke an der Stelle durchzuschwitzen, wo mein Rücken gelegen hatte.

Wir hatten kaum einen Schluck getrunken, da klingelte das Telefon. John ging hinein, um abzuheben, kam aber bald lachend wieder heraus.

»Das war Mama. Sie wollte sich nur noch einmal vergewissern, dass ich mich auch gut um dich kümmere und nicht ... wie heißt es so schön, mich dir aufdränge. Du hast sie wirklich für dich gewonnen. Und das in der kurzen Zeit.«

Ich antwortete, ohne zu heucheln, dass ich sie auch gern mochte, trank einen Schluck Tee und stellte fest, dass er gut schmeckte, trotz der Wärme. John erzählte, dass er gezwungen gewesen war, eine weitere Prüfung zu absolvieren, und dass er aus der britischen Flotte rausgeschmissen worden wäre, wenn er die Prüfung nicht bestanden hätte. Aber alles war gut gegangen, sowohl der administrative als auch der praktische Teil mit dem Schwerpunkt Navigation. Er erklärte mir, dass die Zeit nach dem Urlaub viele verschiedene Stationierungen auf unterschiedlichen Schiffen mit sich bringen würde und dass er dann vermutlich eine Spezialausbildung beginnen würde, damit er auch auf U-Booten Dienst tun könne.

»Ist es nicht schwierig, so lange von der Familie und den Freunden fort zu sein?« Ich erinnerte mich, dass wir schon früher darüber gesprochen hatten, musste aber noch einmal diese Frage stellen. John betrachtete mich eine ganze Weile und ließ dann seinen Blick über den Garten schweifen. Als er mich wieder ansah, schienen seine Augen zu glänzen, aber da kann ich mich auch getäuscht haben.

»Es gab eine Zeit, da fiel es mir schwer. Aber es gab auch eine Zeit, da habe ich es anders empfunden. Inzwischen bin ich ungemein dankbar dafür, dass ich auf dem Meer sein darf und zusehen kann, wie ein Sturm aufzieht oder wie das Wasser sich wieder beruhigt. Genauso sieht es in mir aus. Das Meer kann ein perfekter Ort sein für denjenigen, der etwas vergessen will oder zumindest einen klareren Blick auf etwas kriegen will, was passiert ist.«

Er runzelte die Augenbrauen ein wenig, und ich wollte nicht weiter nachfragen. Schweigend saßen wir im Gras und tranken Tee, bis John fragte, was wir denn am nächsten Tag tun sollten.

»Mama wollte wissen, ob du Lust hast, in die Kirche zu gehen. Ich weiß nicht so recht, wieso, aber vielleicht hat sie geglaubt, dass du gern sehen möchtest, wie ein Gottesdienst in einem anderen Land abläuft. Vielleicht hat sie auch gedacht, da bist du sicher vor meinen ungebührlichen Annäherungen.«

»Das würde ich tatsächlich gern machen. Als ich klein war, bin ich in die Sonntagsschule gegangen und habe dort so einiges über kirchliche Rituale gelernt, auch über die Gepflogenheiten anderer Länder.«

»Und um das zu kompensieren, können wir ja vielleicht abends in ein Pub gehen? Ich habe ein paar gute Freunde, die dich schrecklich gern kennen lernen würden. Ich dachte, wir fahren nach Henley. Das ist ein hübscher Ort, und auf dem Weg dorthin zeige ich dir ein paar sehenswerte Plätze. Zum Beispiel ›Mein Glückliches Tal‹.«

»Dein Glückliches Tal?«

»Ich nenne es so. Es ist eigentlich nur ein wunderschönes Stück englische Landschaft, aber wenn ich nicht auf dem Meer bin, dann fahre ich dorthin, wenn ich allein sein und über etwas nachdenken möchte.«

Wieder verdunkelten sich seine Augen. Ich sagte nichts, und schließlich hob er die Hände und legte sie um mein Gesicht.

»Mir ist noch nie zuvor eine Frau begegnet, mit der ich so inspirierende und intensive Gespräche habe führen können. Eine Frau, die, wie ich spüre, ein richtig guter Freund für mein ganzes Leben sein wird. Was immer auch geschehen mag.«

Ich habe mich unter meine eigenen Rosenbüsche gesetzt, um das hier aufzuschreiben. So kann ich alle meine Sinne aktivieren, damit sie meiner Erinnerung auf die Sprünge helfen. Und es hilft tatsächlich. Der kräftige Duft der Peace-Rose, die Süße der Heckenrose, die Wärme des Grases und der Tee, den ich mir gekocht und mit herausgenommen habe, um mich besser an alles zu erinnern. Schließe ich die Augen, so nehme ich nicht nur die Düfte wahr, sondern kann mich fast von oben herab betrachten, wie ich jetzt allein mit einer Tasse Tee im Gras sitze, und wie ich damals gesessen habe, mit den Händen eines Mannes um mein Gesicht. Ich sehe, wie ich dasitze, der ganze Körper gebräunt, am allermeisten die Füße, rotblondes, nicht zu bändigendes Haar, das mir in diesem Sommer bis zur Taille reichte, verschwitzt und verwirrt, mit kleinen Sommersprossen auf der Nase. Ich sehe John, der vor mir kniet, sein dunkles Haar und das Lächeln, das manchmal die Augen erreichte, manchmal nicht, und ich kann die Angst und Verachtung spüren, die Gefahr lief, von etwas anderem besiegt zu werden. Ich kann sogar spüren, wie die Tränen kommen, wenn ich es mir gestatte, aber das erlaube ich ihnen nicht, so lange nicht, wie sie mir noch gehorchen.

Wir fuhren nach Henley, zu einem Pub mit einem wundervollen Blick über die Themse, und trafen dort einige von Johns Freunden. Ich erinnere mich an eine Gruppe englischer Frauen, von denen einige ihre Füße in hochhackige Schuhe gezwängt hatten, sie waren kräftig geschminkt, hießen Janet, Caroline und Laura und hatten sehr wenig zu tun mit den Bildern von Mary Quants flachbrüstigen, androgynen Modellen. Andere wiederum trugen Jeans und Schlabberpulli, tranken und rauchten und verkündeten lauthals und engagiert ihre Meinung, während sie mit Männern in eng anliegenden Pullovern oder zerknitterten Jacken diskutierten. Fast alle empfingen mich mit einer Wärme und einem Interesse, was mich gleichzeitig gerührt und verlegen werden ließ, und mehrere der Männer beschnupperten mich auf eine Art und Weise, die John dazu brachte, mir den Arm um die Schultern zu legen und zu betonen: »Ich werde Evas Vorliebe für Engländer ganz allein für mich beanspruchen.«

Aus irgendeinem Grund kamen wir auf die Politik zu sprechen und führten bald eine ziemlich hitzige Diskussion über den laufenden Machtkampf zwischen der Sowjetunion und den USA und über die Bewegung, die in Amerika zu wachsen schien und die von Leuten, die sich als »Hippies« bezeichneten, ins Leben gerufen worden war. Ich hatte dieses Wort erst vor kurzem zum ersten Mal gehört und erfuhr nun, dass »Hippie« ein konstruiertes Wort war, das sich aus »hip«, also schick und modern, und »happy«, glücklich, zusammensetzte. John und einige seiner Freunde behaupteten, es handle sich um Haschisch rauchende Schwätzer, ich dagegen und einige der anderen vertraten die Meinung, dass es ihnen nicht nur darum gehen könnte. Das Mädchen mit dem Namen Laura, die ganz verliebt in John zu sein schien, lächelte, als sie gefragt wurde, was sie denn davon halte, und antwortete: »Ich weiß ja so wenig darüber.« Ich verstand nicht, was sie damit sagen wollte.

Das Bier stieg mir nach einer Weile zu Kopf, die Umgebung begann sich um mich zu drehen, und ich ging hinaus auf die Treppe, wo bereits Stephen, einer von Johns Freunden, stand.

»Bist du betrunken?«, fragte er lachend.

»Kann sein. Und vielleicht auch ein bisschen müde«, antwortete ich, während ich dachte, dass ich schließlich mein altes Leben in Schweden erst vor ein paar Stunden hinter mir gelassen hatte und gerade dabei war, dieses alte Leben zu zerreißen, so dass ich bald neugeboren und nackt herauskriechen könnte, genauso wie eine Schlange ihre Haut wechselt.

Eine Weile standen wir schweigend da. Stephen zündete sich eine Zigarette an, nachdem er mir eine angeboten hatte, die ich dankend ablehnte. Dann ergriff er wieder das Wort.

»So glücklich habe ich John seit vielen Jahren nicht mehr gesehen. Du tust ihm gut.«

»Kennst du ihn schon lange?« Mehr wagte ich nicht zu fragen.

»Mein ganzes Leben, jedenfalls habe ich das Gefühl. Wir sind zusammen in die Schule gegangen. Cooler Typ. Aber das Leben ist nicht immer freundlich mit ihm umgegangen.«

»Was meinst du damit?«

Stephen antwortete nicht. Stattdessen drückte er seine Zigarette aus, doch bevor er wieder hineinging, drehte er sich noch einmal zu mir um.

»Er kann gut allein sein. Aber gleichzeitig ist das seine größte Angst. Also, pass auf ihn auf, Eva. Er braucht Liebe.«

Ich lächelte, um meine Unsicherheit zu verbergen.

»Was ist Liebe? Genau betrachtet?«

»Tja. Wer weiß das schon?« Stephen lachte, drehte mir den Rücken zu und ging hinein. Ich folgte ihm und gesellte mich zu John, der sich schon gewundert hatte, wo ich blieb. Als ich ihm erzählte, dass ich draußen mit Stephen gesprochen hatte, lächelte er.

»Stephen. Einen besseren Freund gibt es nicht. Aber ich wünschte, er würde seine Richtung im Leben finden. Er weiß nicht, was er will, und er weiß nicht, was er tun soll. Im Augenblick treibt er wie ein Stück Treibholz herum, das nur darauf wartet, von den Wellen irgendwo an den Strand gespült zu werden. Ganz gleich, wo.«

»Etwas Ähnliches hat er über dich gesagt.«

»Und was?«

»Dass du ... dass du einer seiner ältesten Freunde bist.«

Erst hatte ich ihm berichten wollen, dass Stephen gesagt hatte, was für ein gespaltenes Verhältnis John zur Einsamkeit hatte, aber plötzlich kam mir in den Sinn, dass es vielleicht im Vertrauen gesagt worden war. John erwiderte nichts, legte mir nur den Arm um die Schultern und drückte mich fester an sich. Ich registrierte den Zigarettengeruch und wie sich die Muskeln unter den Hemdärmeln anspannten. Kurz darauf verabschiedeten wir uns von allen, setzten uns ins Auto und fuhren nach Hause. In Schweden wäre es gar nicht in Frage gekommen, mit so viel Bier im Leib noch zu fahren, aber soweit ich verstanden hatte, gab es hier keine Promillebegrenzung, die dem Autofahren nach dem Pubbesuch einen Riegel vorschob. Ich sprach das an, und John lachte kurz auf.

»Sehr richtig und sehr vernünftig. Seid ihr immer so in Schweden?«

»Manchmal. Manchmal auch nicht.«

»Ich verstehe.« John sah mich lächelnd an. Ich dachte an Papa und seine stille Zustimmung und dass ich vielleicht gezwungen sein könnte, mich ohne rettendes Seil oder Kreuz in den Abgrund zu stürzen. Wir saßen schweigend nebeneinander, die Abendluft, die durch das geöffnete Fenster hereindrang, war warm und ein wenig feucht, und ich schaute auf meine braunen Füße und spürte eine gewisse Nervosität gegenüber dem, was noch kommen konnte. Aber das wäre gar nicht nötig gewesen. Kaum waren wir im Haus und die Treppe zu den Schlaf- und Badezimmern hinaufgegangen, da umarmte John mich. Er küsste mich lange, als hätte er alle Zeit der Welt, strich mir mit den Lippen über die Augenbrauen, zupfte an meinen Wangen, wanderte entlang dem Haaransatz und fand schließlich meinen Mund, wieder mit so einer Selbstverständlichkeit, dass sich überhaupt kein Ekel in mir festsetzen konnte. Dann schob er mich zu meinem Zimmer hin und öffnete die Tür.

»Mama hat mir gesagt, ich solle artig sein, und das will ich auch befolgen. Ist es nicht phantastisch, dass ich ihr immer noch gehorche, trotz meiner vierundzwanzig Jahre?«

Und damit schob er mich in mein Zimmer und schloss hinter mir die Tür.

Es dauerte eine Weile, bis ich in dem Blumenzimmer mit seinem Duft nach getrockneten Rosen und frisch polierter Erwartung zur Ruhe kam, aber schließlich schlief ich doch ein, und ich schlief ziemlich gut, abgesehen davon, dass Pik König mich einmal weckte. Er hatte sich auf meine Bettkante gesetzt, und ich wachte davon auf, dass er mein Gesicht in den Händen hielt, ganz genauso wie John vorher.

»Wie war das noch mal, du wolltest dich für den Einzigen, den Richtigen aufsparen?«, fragte er verärgert und ließ einen krächzenden Ton vernehmen, der wie der Schrei einer Krähe klang.

»Lass mich in Ruhe«, antwortete ich und versuchte vergebens, meinen Kopf wegzudrehen.

»Na, na, was willst du dir denn herausnehmen? Du kannst doch gar nicht wissen, wer der einzig Richtige ist. Aber das werde ich dir sagen. Das bin ich, denn ich war der erste Mann in deinem Leben«, antwortete er lachend.

Ich drehte wieder den Kopf weg, und dieses Mal kam ich frei. Mein Gesicht bohrte sich ins Kissen, mein verschwitzter Körper beruhigte sich, und als ich aufschaute, war er verschwunden. Ich schlief wieder ein und wachte davon auf, dass John mit Tee, Broten und einer rosa Rose auf einem Tablett am Bett stand.

»Frühstück ans Bett«, sagte er.

Und ich aß.

19. Juli

Sven ist früher zurückgekommen, als ich gedacht hatte. Er hat beim Fischauto Seehecht gekauft und schwärmte schon im Flur von der Zubereitung mit Butter und Meerrettich. Das gab mir Zeit, die verräterischen Briefe wegzuräumen, die ich, wie ich peinlicherweise zugeben muss, all die Jahre über in einer alten Reisetasche ganz hinten in der Garage aufbewahrt habe, wo ich weiß, dass Sven niemals etwas suchen würde. Aufbewahrte Briefe. Wie pathetisch, wie schmerzlich, als könnten sie etwas verändern oder, in meinem Fall, in irgendeiner Art trösten. Alte Liebeserklärungen zu lesen, die man aus Umschlägen zieht, die mit Spinnenfäden und Fliegenkot bedeckt sind, muss ja sein wie Jahrgangswein zu trinken, der zu lange gelagert wurde. Dann schmeckt alles nur noch nach Essig. Trotzdem habe ich jedes Mal gezögert, wenn ich wieder auf dem Weg in die Garage war, um die Erinnerungen zu liquidieren.

So schaffte ich es zumindest, die Beweise beiseitezuschaffen, obwohl es nichts zu beweisen oder zu leugnen gibt, da Sven sowieso fast alles weiß und auch nicht eifersüchtig reagieren würde, sähe er mich die Briefe lesen. Aber irgendwie hat er doch immer geglaubt, dass er mir genüge, und die bloße Existenz dieser alten Briefe könnte ihn daran zweifeln lassen.

Ich bin wieder des Nachts auf, so dass niemand mich stören kann. Die Dunkelheit behandelt die Erinnerungen trotz allem sanfter, lässt sie weniger abwegig und dafür bedeutungsvoller erscheinen. Die Zeit schrumpft, und meine Zeitachse bekommt ausgefranste Konturen. Vielleicht hilft das. Ich weiß es nicht mehr.

Aber ich weiß, dass die Woche mit John, aus der zwei Wochen und schließlich drei wurden, da ich meinen Rückflug immer wieder aufschob, die glücklichste Zeit in meinem Leben war. Ja, ich wage das so zu schreiben, auch wenn das Wort »glücklich« hier im Tagebuch lächerlich aussieht. Es gab Zeiten, da hätte ich lauthals darüber gelacht, aber hier, in der Dunkelheit und ohne anderen Schutz als einen Morgenmantel und eine Flasche Wein, diesmal war es ein Chardonnay, lächle ich nur, als ich es lese, und schenke dem Rest keine Beachtung.

Das war eine Zeit, in der ich auf Händen getragen wurde und nur ein Wort sagen musste, schon wurde mir jeder Wunsch erfüllt, drei Wochen, in denen wir uns liebten, nicht obwohl ich ich war, sondern weil ich ich war. In denen ich jeden Morgen Tee ans Bett gebracht bekam, und wenn wir nicht auswärts aßen, kochte John das Essen, während ich zwischen den Rosen saß und las. Er war ein begnadeter Koch, obwohl er an meinem Ankunftstag etwas anderes behauptet hatte, und ich aß voller genüsslicher Bewunderung, während John ab und zu Gabel und Messer hinlegte, nur um mich anzusehen. Was er übrigens oft tat. Er saß da und beobachtete mich, während ich las, fernsah oder irgendeine Aussicht bewunderte, und zunächst fand ich das peinlich, nahm es schließlich aber als Kompliment an, was es auch war.

»Ich spüre einen unendlichen Frieden, wenn ich dich sehe, und es ist lange her, dass ich das Gefühl gehabt habe«, verteidigte er sich, als ich ihn für seine ungehörige Spionage kritisierte. Dafür konnte ich ihn bei den langen Autofahrten betrachten, die wir zu verschiedenen Sehenswürdigkeiten im Lande unternahmen. John nahm mich mit nach Oxford und Cambridge, wo wir uns in den gondelartigen Booten, die Punts genannt werden, auf den Fluten versuchten und uns mit Hilfe langer Stangen vorwärtsbewegten. Wir picknickten auf dem Rasen, während ich die Gebäude der alten Universitätsstädte bewunderte und den Wunsch äußerte, irgendwann einmal dort zu studieren, was John sofort begeistert aufgriff. Wir verbrachten einen Tag in Stratford upon Avon, der vermutlichen Geburtsstadt von Shakespeare, sahen uns »Ein Mittsommernachtstraum« im Theater an und wunderten uns über die dicken Schlossmauern in Hampton Court. Dazwischen trafen wir Johns Freunde im Pub oder gingen zu zweit aus. Eines Tages nahm er mich mit auf einen langen Spaziergang in sein »Glückliches Tal« und überraschte mich damit, dass er Wein und Sandwiches unter einem Baum versteckt hatte, an dem wir erst nach einigen Stunden vorbeikamen.

John hatte seine Ansichten über den Zustand der Welt und die Gewalt, die in so vielen Ländern immer weiter um sich zu greifen schien. Er sah sich selbst als Pazifist und Christ, verabscheute jedoch die Demonstrationszüge im Namen des Friedens, auch wenn er zugeben musste, dass es paradox war, auf den Schiffen der Flotte, die bis zum Rand mit Waffen beladen waren, die Tod und Vernichtung bringen konnten, Gottesdienste abzuhalten. Ich glaubte voll und ganz an seine ehrlichen Absichten, hatte aber Probleme zu verstehen, wieso Aufrüstung besser als Abrüstung sein sollte. Wir sprachen viel über Frieden und Eintracht, auch in uns selbst, und schufen eigene Ausdrücke für die Ruhe, die wir spürten, wenn wir zusammen waren.

»Willst du heute mit mir harmonisieren?«, konnte er fragen, wenn er mich morgens mit dem vollbeladenen Tablett weckte.

»Ich will die Ruhe mit dir spüren«, konnte ich antworten, und dann musste er jedes Mal lachen und warf mit Kissen nach mir, bevor er darauf achtete, dass ich alles aufaß, was auf dem Tablett stand. Ich meine mich zu erinnern, dass ich in den drei Wochen zwei Kilo zunahm, da mein Körper die Wärme und das Essen in anderer Art und Weise speicherte als zu Hause. Vielleicht wog auch die Liebe einen Teil.

Einmal stritten wir uns. Die Nachrichten zeigten Bilder von Vietnam, wo amerikanische Bomber die einheimische Bevölkerung in die Flucht trieben. Frauen und Kinder rannten um ihr Leben, und ich wurde wütend, als ich ihre Gesichter sah, und empörte mich darüber, dass sich Großmächte in die Angelegenheiten anderer Länder einmischten. John hielt dagegen, indem er fragte, wie die Welt wohl aussähe, wenn nicht Großbritannien, im Unterschied zu dem vermeintlich neutralen Schweden, eingegriffen hätte, nachdem Deutschland in Polen einmarschiert war, woraus sich dann der Zweite Weltkrieg entwickelte. Plötzlich befand ich mich in einer Situation, in der ich mich gezwungen fühlte, Schweden zu verteidigen, ohne eigentlich zu wissen, ob ich das tatsächlich wollte, und das endete damit, dass ich darauf hinwies, dass die Hippiebewegung vielleicht doch nicht so unrecht damit hatte, wenn sie predigte, dass wir Menschen besser lieben sollten statt Krieg zu führen.

»Deine Arbeit macht mich zynisch«, sagte ich schließlich.

»Neutralität macht mich zynisch«, erwiderte John.

Wir schrien uns eine Weile gegenseitig an, bis John plötzlich anfing zu lachen.

»Du bist so schön, wenn du wütend bist. Du solltest sehen, wie deine Augen leuchten und wie viel Farbe deine Wangen kriegen. Ich sollte mich häufiger mit dir streiten.«

Dem konnte ich nichts mehr entgegensetzen. Es endete damit, dass er mich auf eine Art umarmte, die meinen Widerstand außer Kraft setzte.

Ich weiß, dass ich am Anfang des Tagebuchs geschrieben habe, dass ich mich selbst dazu gezwungen habe zu vergessen, was für ein Gefühl es ist, wenn die Hände eines anderen über meinen Körper gleiten und wie ich auf diese Berührung antworte. Jetzt lese ich diese Zeilen noch einmal und kann nicht anders – ich muss über mich selbst lachen. Natürlich erinnere ich mich. Wie wäre es mir sonst während all dieser Jahre möglich gewesen, einen Fuß vor den anderen zu setzen? Wie hätte ich mich daran erinnern können, dass auf das Einatmen das Ausatmen folgt? Das ist das Einzige, was mich aufrechtgehalten hat, so dass ich nicht, wie die Wale, auf den Grund gesunken bin, um dort ein neues Leben zu finden.

Er kam in der ersten Nacht nicht in mein Zimmer und auch nicht in der zweiten. Aber nach unserem dritten gemeinsamen Tag folgte er mir in das Blumenzimmer und schloss die Tür hinter sich. Vielleicht hatte er selbst gemerkt, dass ich mich zu diesem Schritt entschlossen hatte, denn ohne ein Wort zogen wir uns gegenseitig aus und legten uns gemeinsam ins Bett. Seine braunen Augen und meine grünen, seine kräftigen Arme und meine dünnen, sein dunkles Haar gegen mein rotes, und Beine, die sich ineinander verwoben wie die Fäden einer Qualle im Tang. Seine Lippen, die zu lächeln schienen, obwohl er nicht lächelte, meine, die sich so lange geweigert hatten nachzugeben, seine Tränen über meinem Gesicht und schließlich auch meine über seinem. Unsere Fingerspitzen, seine, die nach rotem Wein schmeckten, und meine, mit Honig und Schokolade in den Windungen der Fingerkuppe, unsere Ohren, die die Geräusche der Nacht einfingen. Der Schmerz unter unserer Haut, der sich langsam durch die Poren nach außen drängte und in der Luft, die durch das offene Fenster hereinströmte, verdunstete. Ich erinnere mich, wie ich damals stürzte und verschwand,

Wasser in die Lunge bekam und nicht daran starb, dass er mich hochzog und mich zurück ans Licht atmete, und ich werde mich daran erinnern, dass das, was geschah, so selbstverständlich war, dass das Laken weiß blieb, ohne von diesem ersten Mal befleckt zu werden. Er musste darüber immer wieder lachen.

»Defloriert ohne Blutverlust«, konnte er sagen und meine Lippen mit seinen berühren.

»Wann ist die beste Zeit, eine Rose zu pflücken – wenn sie noch eine Knospe ist, oder wenn sie in voller Blüte steht?«, habe ich erwidert.

»Das war so schön. Ich bin mir sicher, dass du immer noch blühen wirst, wenn du fünfundsechzig bist«, antwortete er.

Und manchmal habe ich gedacht, dass das der Hauptgrund dafür ist, warum ich noch lebe. Um meinen fünfundsechzigsten Geburtstag zu erleben und zu sehen, was dann noch übrig ist.

Der Nacht sollten weitere folgen. Nächte und Morgenstunden und warme Nachmittage im Garten unter dem Schatten der Rosen. Während der Rasen uns den Rücken zerkratzte, konnten wir nicht nur auf, sondern auch unter der Haut auf Entdeckungsfahrt gehen, die Wünsche des anderen kennen lernen, ohne dass sie durch Worte verroht werden mussten, und schließlich etwas erreichen, von dem ich überzeugt war, dass es die Klimax von allem war, was reine Schönheit bedeuten konnte. Zum Schluss spürte ich keine Verlegenheit mehr für die Wünsche meines Körpers und konnte mich in meiner Nacktheit hinstellen und die Arme der Sonne oder dem Mond entgegenstrecken. Johns Körper war zu einem vertrauten Terrain geworden. Ich berührte seine Haut, die für einen Mann sehr glatt war, die Muskeln an Schenkeln und Armen, die Narbe auf der Brust und die Grube des Nabels, spürte das Salz auf seiner Zunge und dachte, dass ich nie vergessen könnte, was meine Augen, Lippen oder Hände selbst entdeckt hatten. Busters Ohren lagen unten in meiner Reisetasche. Ich hatte nun Ohren gefunden, die mir zuhörten.

Erst an einem der letzten Abende fand ich den, wie ich annahm, letzten verwinkelten Weg in dem Labyrinth, das mich in Johns Innerstes bringen sollte. Während unserer gemeinsamen Zeit hatte er mich immer wieder nach meinem Leben ausgefragt. Ich hatte zunächst nur mit Floskeln geantwortet, aber nach einer Weile traute ich mich doch, von dem schmerzenden Gefühl der Wertlosigkeit und Nichtigkeit zu erzählen, das mich immer wieder einholte und zu Verzweiflungstaten trieb, die ich jedoch nicht näher spezifizierte. Ich hatte ihm von meinen Eltern erzählt, dem lieben, aber schwachen Vater und der Mutter, die der Meinung war, ich müsse mich selbst schätzen, da sie es nun einmal nicht könne. John hatte nur den Kopf geschüttelt.

»Wie ist es möglich, nicht stolz zu sein auf eine Tochter wie dich? Das ist mir ein Rätsel. Da kann es nur einen Grund geben. Dass sie neidisch ist auf dich, auch wenn Neid zwischen Eltern und Kindern nicht existieren sollte.«

»Ich glaube nicht, dass sie neidisch ist. Ich glaube, dass sie einfach ... nicht dafür geeignet ist, Kinder zu haben. Dass sie genauso gut auch ohne Kinder zurechtgekommen wäre. Manchmal habe ich das Gefühl ... dass sie gar nicht meine Mutter ist.«

»Wie sieht sie aus?«

»Sie ist schön.«

»Aber sie kann nicht genauso schön sein wie du.«

Ich antwortete nicht. Konnte es nicht wissen, konnte nur wissen, dass sie Männer wie Perlen auf einer Schnur sammelte, während ich es nie weiter als bis zu einem einzigen Stein um den Hals schaffen würde. Aber ich hatte ein wichtiges Stückchen von mir fortgegeben, das Eis war gebrochen, und jemand hatte einen der Glassplitter aus dem Fuß gezogen. Vielleicht merkte John das auch, denn an einem der folgenden Abende beschloss er, von sich zu erzählen.

Wir saßen in dem Pub in Henley an der Themse, das er »das Pub mit der schönen Aussicht« nannte, wo Johns Freund Stephen mir verraten hatte, dass John sich vor der Einsamkeit fürchtete. Es war so heiß, dass wir draußen am Wasser sitzen konnten. John hatte zwei Bier für uns geholt, ein Helles für mich und ein Dunkles für sich, und jetzt tranken wir, während ich beobachtete, wie bei jedem Schluck die Schaumkrone herumwirbelte. Die Hitzewelle, die den ganzen Sommer bestimmt hatte, hielt noch an, und wir saßen mit bloßen Armen da und lauschten dem Glucksen des Wassers, als John meine Hände in seine nahm und erklärte, dass er mir etwas zu beichten habe. Eine flüchtige Sekunde lang spürte ich die Glasscherbe wieder im Fuß, doch das Gefühl verschwand, als er anfing zu reden.

»Wenn wir … ich meine, ich möchte, dass wir zusammenbleiben. Und wenn wir das wollen, dann muss ich dir alles von mir erzählen. Denn schon in der kurzen Zeit habe ich festgestellt, dass du etwas ganz Besonderes bist, Eva. Eine einzigartige Frau. Du hast deine eigenen Ansichten und Urteile, nicht nur über dich selbst, sondern auch, was die Lage in der Welt betrifft und … ja, das haben vielleicht andere Frauen in deinem Alter auch, aber ich habe noch nie jemanden getroffen, der so bereit war, darüber mit anderen zu diskutieren wie du. Mit dir … kann ich offen sein und Dinge erzählen, die ich im Normalfall nie jemandem sagen würde.

Ich spüre, dass ich mich auf dich verlassen kann. Früher habe ich oft zu hören bekommen, dass es schwer ist, mich kennen zu lernen. Dass ich stets eine Mauer zwischen mir und den anderen errichte, die sie unmöglich überwinden können. Und es stimmt, dass ich nicht gern alles von mir erzähle. Aber so wie mit dir habe ich noch nie gefühlt, und ich hoffe von ganzem Herzen, dass du spürst, dass du genauso offen mir gegenüber sein kannst. Ich habe übrigens nicht einmal versucht, anderen dieses Gefühl zu erklären, deshalb hoffe ich, dass du es nicht missverstehst.«

Er verstummte und schaute mich an, strich mir über die Wange und ließ dann den Zeigefinger der Linie der Oberlippe folgen. Ich bin siebzehn Jahre alt, ich bin am Strand des Daseins ausgespuckt worden, ich habe einen Hund getötet, ich habe eine Lehrerin hinausgeekelt, ich habe den Penis eines Mannes in einer Rattenfalle festgeklemmt, und ich plane, meine Mutter zu töten, antwortete Pik König, der jetzt in meinem Kopf saß und hinter meinen Augenhöhlen schrie. Doch nichts drang nach außen, und John fuhr fort:

»Was ich dir jetzt sagen will ... ja, viele meiner Freunde kennen Teile der Geschichte, aber keiner kennt die ganze. Es ist passiert, als ich zwanzig war. So wie du jetzt. Ich war Schwimmer und eine von Großbritanniens Hoffnungen für die nächste

Olympiade. Ich hatte daheim sämtliche Meisterschaften gewonnen und wurde als sehr talentiert angesehen, und ich trainierte mehrere Stunden jeden Tag, sieben Tage die Woche. Das raubte einen großen Teil meiner Zeit und Kraft, und außerdem führte es dazu, dass ich meine damalige Freundin vernachlässigte. Sie hieß Anne. Wir waren seit ein paar Jahren zusammen. Sie war sehr verliebt in mich und ich auch in sie, aber vielleicht auf eine andere Art. Das mag im Nachhinein zynisch klingen, aber ich glaube, dass ich für sie alles bedeutet habe, während sie nur ein Teil meiner Welt war. Meine Welt bestand auch noch aus anderen Dingen. Nicht zuletzt aus Schwimmen. Sie war notwendig für das Ganze, aber sie war nicht das Ganze, wenn du verstehst, was ich meine. Und ich habe den Verdacht, dass es bei ihr genau umgekehrt war. Ich war alles für sie. Sie war ein sehr sensibles Mädchen.«

Wieder verstummte er und schaute übers Wasser, während sein Griff um meine Hände fester wurde. Kraft mit Geschmeidigkeit kombiniert, und plötzlich verstand ich, dass nicht allein das militärische Training der Grund dafür war oder seine Liebe zum Meer. Ich wartete ab, während meine Atmung flach und dünn wurde.

»Es kam langsam angeschlichen. Sie fing an, Drogen zu nehmen. Zuerst nur, wenn wir ausgehen wollten. Sie war bereits ein wenig high, wenn ich sie abholte, und zunächst merkte ich es nicht, merkte nur, dass sie plötzlich so ganz anders war. Dass sie aus sich herausgehen konnte, wenn wir mit anderen zusammen waren, obwohl sie früher immer gewollt hatte, dass wir nur zu zweit etwas unternahmen, wir allein, in unserem eigenen kleinen Kokon. Sie konnte also mehrere Stunden lang lachen und scherzen, und dann brach sie zusammen, weinte nur noch und zitterte, während sie mich anflehte, ich dürfte sie nicht verlassen. Es dauerte eine Weile, bis ich begriff, was los war. Doch da war sie bereits zu stärkeren Dingen übergegangen.«

Er schaute zu mir auf, als wollte er kontrollieren, ob ich auch verstand. Das tat ich nur zum Teil. Drogen waren für mich etwas Theoretisches, etwas, über das man in der Zeitung liest oder in der Schule hört, Sachen, die auf geheimnisvolle Art und Weise mit der Hippiebewegung in den USA verknüpft waren. Nichts, womit jemand aus dem näheren Umfeld zu tun hatte. Dass Alkohol eine Droge war und dass ich bei dieser Betrachtungsweise mein ganzes Leben lang mit einem abhängigen Menschen verbracht hatte, auf diese Idee kam ich nicht. Erst später sollte ich einsehen, dass Mama vermutlich zumindest zeitweise eine Art »feinere« Alkoholikerin gewesen war. Bis jetzt klang Johns Bericht nur gefährlich und fremd. Er fuhr fort:

»Ich muss gestehen, dass ich versucht habe, dem Ganzen ein wenig den Ernst zu nehmen, indem ich auch davon probiert habe. Also, ich habe ein paar Mal was Leichteres genommen und bin dann mit Anne zur Party gegangen und war spirituell und fröhlich, genau wie sie. Für eine kurze Zeit lebte unsere Beziehung neu auf, ungefähr als hätten wir eine Extradosis Vitamine genommen. Anne war glücklich, und ich dachte, wir hätten die Situation im Griff. Aber wie du dir denken kannst, ging das nicht lange gut.«

Er nahm einen großen Schluck Bier und schaute übers Wasser, wo am Horizont die Dunkelheit aufzog.

»Auf jeden Fall dauerte es nicht lange, dann merkten ich und meine Trainer die Auswirkungen meiner ›unschuldigen‹ Drogeneinnahmen. Mein Ergebnis verschlechterte sich, während ich gleichzeitig spürte, wie meine Konzentration in den entscheidenden Momenten mich im Stich ließ. Ich hörte sofort auf, als mir das klar wurde, und ich hatte mehrere ernsthafte Gespräche mit Anne, dass sie auch aufhören müsste. Aber das war jedes Mal so, als spräche ich gegen einen Wasserhahn oder so. Alles floss nur in den Abfluss und verschwand.«

Ich schaute Johns Gesicht an, das ich auf die gleiche Art und Weise kennen gelernt hatte, wie man wohl auch als Blinder lesen lernt. Seine Haut war weich wie meine, die schmalen Lippen, die Grübchen in den Mundwinkeln, die langen Wimpern, die schön geformten Ohren, das kräftige Haar, die Form der Nase, das Muttermal oben an der rechten Schläfe, vor allen verborgen, es sei denn, man blies die Haare zur Seite. Es genügt heute, ihn zu beschreiben, um sofort zu erkennen, dass all die kleinlichen Worte, die ich benutzt habe, um das zu beschreiben, was ich für ihn empfand, nur der Widerhall eines urzeitlichen Schreis sind, der sich Liebe nennt, ein kleines, nichtssagendes Echo, das immer und immer wieder gegen die Gebirgswände hallt und seine Kraft verliert. So kommt mir die Beschreibung meiner Liebe zu John vor. Wie ein weit entferntes Echo. Es ist vollkommen sinnlos, zu schreiben, dass ich ihn liebte. Aber damals, als wir dort am Wasser saßen, wusste ich plötzlich, dass ich niemals wieder jemanden so würde lieben können wie ihn. Daran musste ich die ganze Zeit denken, während er weitererzählte.

»Zum Schluss musste ich sehr deutlich werden. Ich weiß noch, dass wir in einem Pub saßen, Anne und ich, nicht in so einem gemütlichen wie dem hier, sondern in einem Pub, das aussah wie alle anderen. Sie war auf ihre Art und Weise richtig süß, blond, etwas rundlich und mit blauen Augen, aber die Drogen hatten sie schon kaputtgemacht. Ihre Augen hatten einen Teil ihres unschuldigen Glanzes verloren, das Haar war stumpf geworden und ihre Art zu reden affektiert, geprägt von heftigen Gefühlsschwankungen. Ich erinnere mich, dass ich ihr mehrere Male gesagt habe, dass ich es ernst meine, aber sie hat einfach mittendrin unmotiviert angefangen zu lachen. Schließlich packte ich sie ziemlich heftig und redete auf sie ein. ›Anne‹, sagte ich, ›wenn du nicht aufhörst mit den Drogen, dann werde ich dich verlassen. Ich werde dich verlassen. Ich helfe dir aufzuhören, ich gehe mit dir in irgendeine Klinik, wenn es nötig ist, ich bin bei dir. Aber wenn du so weitermachst, dann werde ich dich verlassen. Und ich meine, was ich sage.‹ Weißt du, was sie geantwortet hat? Sie hat geantwortet: ›Wenn du mich verlässt, dann bringe ich mich um.‹«

Er verstummte und betrachtete mich eingehend, und ich schaute ihn an und fragte mich, ob sie ihn so sehr geliebt hatte, wie ich es jetzt tat. Ob es möglich war, Liebe zu vervielfachen? So wie Jesus Brot und Wein vermehrt hat, so dass alle davon satt wurden? Eine Gruppe von Männern am Tisch neben uns stimmte plötzlich die britische Nationalhymne an, wobei sie ihre Biergläser über die Köpfe hoben. John fuhr fort, und ich sah, dass seine Augen wieder von diesem feuchten Schimmer überzogen waren, den ich schon mehrere Male bemerkt hatte.

»Sie hat nicht aufgehört. Ich weiß nicht, ob sie nicht glaubte, dass ich Ernst machen würde mit dem, was ich gesagt habe, oder ob sie ganz einfach nicht konnte. Auf jeden Fall hörte sie nicht auf. Ihr Konsum wurde auch nicht weniger, sondern eher mehr, und ich konnte sie nicht die ganze Zeit kontrollieren, weil ich wieder intensiv trainierte. Ich habe alles versucht, das habe ich jedenfalls geglaubt, aber zum Schluss … da habe ich mit meiner Drohung Ernst gemacht. Ich habe sie verlassen. Ich habe ihr gesagt: ›Ich verlasse dich‹, und dann habe ich es getan. Es war alles einfach nur noch unerträglich geworden.«

God save our gracious Queen, long live our noble Queen, God save the Queen! Das Gebrüll vom Nachbartisch erfüllte das Schweigen zwischen uns, und es blieb so lange still, dass sie auch noch mit irgendeinem lokalen Trinklied anfangen konnten. John schaute auf die Tischplatte, und als er den Kopf hob, sah ich, dass er weinte.

»Ich habe jedenfalls Ernst gemacht. Und das hat sie auch. Sie hat sich das Leben genommen. Zwei Tage, nachdem wir unsere Aussprache hatten, warf sie sich vor einen Zug. Der Lokführer hatte keine Chance anzuhalten, da sie sich im Gebüsch neben den Schienen versteckt hatte und erst sprang, als er bereits auf ihrer Höhe war. Ich weiß das, weil ich ihn später besucht habe. Er hat seinen Beruf aufgegeben und ist nie wieder Zug gefahren. Und er hat angefangen zu trinken. Der Schock muss schrecklich gewesen sein.«

»Oh, John. Wie schrecklich. Es tut mir so leid … so leid … das muss ja …«

Meine Worte genügten nicht, das kann ich noch heute feststellen. Ich versuchte etwas Liebes zu sagen, aber es klang banal und abgedroschen. Doch jetzt drückte John meine Hände so fest, dass es wehtat, während ihm die Tränen die Wangen hinunterliefen.

»Bei der Beerdigung … ich meine, es gab natürlich eine Beerdigung … war die Kirche voll. Sie hatte eine große Familie, und wir hatten viele gemeinsame Freunde und … die Familie hatte eine schöne, alte Kapelle ausgesucht, und die war bis zum letzten Platz gefüllt. Annes Sarg war weiß und mit Blumen bedeckt, aber an die Begräbniszeremonie kann ich mich kaum noch erinnern, ich weiß nur noch, dass jemand sang und dass eine Rede gehalten wurde, was für ein guter Mensch sie doch gewesen sei und wie sehr sie alle geliebt hatten. Ich weiß noch, dass ich nicht einmal richtig weinen konnte, alles saß im Hals und in den Muskeln fest. Die waren so steif, dass ich mich fast nicht bewegen konnte, und ich war kaum in der Lage, mich von der Bank zu erheben, um meine Blumen hinzulegen. Tulpen in allen Farben. Sie liebte Tulpen, und sie starb im Frühling, wenn die Tulpen blühen.«

Gott sei Dank waren es keine Rosen. Danke, Gott. Das dachte ich, während John weitersprach. Meine Hände taten weh in seinen Handen, aber der Schmerz linderte das, was er zu berichten hatte, genau wie einmal eine Kette meine Handfläche aufgeritzt hatte.

»Auf jeden Fall … ging ich zum Sarg, um meine Blumen niederzulegen, und da begegnete mir der Blick ihres Bruders. Ich schaute mich um und sah, dass der Hass, den er ausdrückte, sich in Hunderten von Augenpaaren widerspiegelte. Die ganze Kirche schien plötzlich nur noch aus Augen zu bestehen, die mich ansahen, schwarze Augen voller Abscheu und Verachtung. Und direkt vor Annes Sarg sagte ihr Bruder, dass ich keine Blumen niederlegen dürfe, weil es nicht üblich sei, dass Mörder um ihre Opfer trauern. Ja, das hat er gesagt. ›Mörder trauern nicht um ihre Opfer.‹ Zunächst sagte er es leise. Dann etwas lauter. Zum Schluss schrie er es heraus. ›Mörder trauern nicht um ihre Opfer, Mörder trauern nicht um ihre Opfer!‹ Ich kann es heute noch hören. Wenn ich die Augen schließe und meine Gedanken nicht unter Kontrolle habe, dann klingelt es mir in den Ohren. Mörder trauern nicht um ihre Opfer.«

»Oh, John. Das war doch nicht deine Schuld. Wieso sollte es deine Schuld sein? Er muss das im Affekt gesagt haben oder in der Verzweiflung, dass er nicht hatte helfen können. Das müssen doch alle verstanden haben, dass es nicht deine Schuld war. Wir sind ja wohl für unser eigenes Leben verantwortlich, oder? Sie war depressiv, das wäre so oder so passiert, du hättest sie nicht das ganze Leben lang beschützen können ...« Ich redete mechanisch, während ich dachte, dass nicht alle einem Hund die Ohren abschneiden können, um sich wieder zurück in den Kreis der Lebenden zu retten. Einige schneiden stattdessen sich selbst ab.

»Depressiv? Ja, vermutlich. Aber weißt du, das Wort sagt mir nichts. Absolut nichts. Denn was war ich denn, wenn sie depressiv war? Ich rannte aus dieser verfluchten Kapelle und warf die Blumen ins Gebüsch. Dann lief ich den ganzen Weg nach Hause. Es erschien mir wie mehrere Meilen, und als ich ankam, packte ich meinen Rucksack und nahm meinen Pass. Ich nahm alles Geld, das ich besaß, und ging fort. Was passiert wäre, wenn meine Eltern oder Susan zu Hause gewesen wären, das weiß ich nicht. So schrieb ich einen Zettel, dass ich auf Reisen gehe, bevor ich zum Bahnhof lief und in den ersten Zug nach London einstieg, dort stieg ich dann um in einen Zug nach Paris.

Paris, mein Gott ... Dort blieb ich eine Weile.

Ich wohnte in einem billigen Hotel. Schrieb meinen Eltern, wo ich mich aufhielt, und bekam nach ungefähr einer Woche einen Brief von ihnen. Und in dem Umschlag steckte auch Annes Abschiedsbrief an mich. Ihr Bruder war so freundlich gewesen, ihn persönlich bei meinen Eltern abzugeben und ihnen zu sagen, dass seine Familie der Meinung war, meine Familie solle wissen, was passiert ist. Niemand hatte den Brief geöffnet. Meine Eltern schrieben ganz lieb, sie hätten nicht gewusst, was sie tun sollten. Dass sie mir jetzt den Brief schickten, ich ihn aber natürlich ungeöffnet wegwerfen könnte. Sie würden immer auf meiner Seite stehen. Doch dort, in einem heruntergekommenen Hotel in Paris, berauscht von billigem Wein, las ich ihn.

Sie schrieb, wie sehr sie mich liebe. Dass ein Leben ohne mich nicht wert sei, es zu leben. Dass ich die Sonne in ihrem Leben gewesen sei und dass sie hoffte, dass diese Ereignisse mich auf jeden Fall dazu brächten, jeden Tag an sie zu denken, wenn ich es schon nicht getan habe, als sie noch lebte. Und das Schlimmste, Eva, das Schlimmste dabei ist, dass sie recht bekommen hat. Wie sollte ich denn nicht an sie denken? Ich habe gedacht, dass das meine Strafe ist. Also legte ich den Brief in einen Beutel, den ich um den Hals trug, so dass er nah bei meinem Herzen war. Niemand soll mich jemals wieder lieben, dachte ich, niemand soll bis dorthin durchdringen. Das ging mehrere Jahre lang ziemlich gut. Ich ließ niemanden an mich heran. Stattdessen war es meine Härte, die mir half zu überleben. Die Götter mögen wissen, dass ich mir selbst und meiner Familie wehtat, indem ich nicht nach Hause kam. Ich arbeitete mich rund um den Globus. Erntete Trauben auf den Weinfeldern in Frankreich. Arbeitete im Hafen in Spanien. Fuhr für eine Weile zur See. Kümmerte mich um Bananen und Küken in einem Kibbuz in Israel. Wohnte dort, wo es ein freies Bett gab, besaß nie mehr, als Platz in meinem Rucksack fand. Trug den Brief wie einen Schild vor dem Herzen und floh, sobald ich merkte, dass ich kurz davor war, mehr zu fühlen als nichts.«

Die Dunkelheit hatte sich über die Themse gelegt, und Johns Gesicht hatte sich auch verdunkelt.

»Aber ... zum Schluss bist du nach Hause gekommen?«

»Ja, zum Schluss bin ich nach Hause gekommen.« John stand plötzlich auf, drehte sich um, verschwand, kam aber gleich wieder mit zwei neuen Bieren zurück. Die Männer am Nebentisch standen auf und gingen unter lautem Geschwätz, und wir blieben allein zurück.

»Mein Vater wurde krank, und ich musste einsehen, dass ich Gefahr lief, noch ein Leben auf dem Gewissen zu haben, wenn ich nichts tat. Also bin ich heimgekehrt, nachdem ich zwei Jahre lang unterwegs gewesen war. Zog zuerst bei meinen Eltern wieder ein, bewarb mich dann bei der Flotte. Das Meer schien der einzige Ort zu sein, an dem ich auch nur irgendeine Form von Ruhe finden konnte, und diese Einstellung gefiel ihnen, deshalb nahmen sie mich. Wer sich nach Hause sehnt, ist nicht gerade geeignet fürs Militär. Papa wurde jedenfalls wieder gesund, und die Familie war überglücklich, dass ich wieder daheim war. Nach außen hin stabilisierte ich mich auch wieder. Ich trug Uniform statt psychedelischer indischer Hemden, hatte die Haare geschnitten, den Bart getrimmt und roch sauber und ordentlich. Aber den Brief trug ich immer noch am Herzen. Ich hatte ihn auch in Stockholm bei mir, als wir uns begegnet sind. Ich hatte ihn die ganze Zeit bei mir, während wir zusammen waren. Bis …«

Bis.

»… bis gestern. Gestern Nacht, Eva, als du eingeschlafen warst, da bin ich heimlich aufgestanden. Ich habe dir einen Kuss auf die Wange gegeben, aber du hast nichts gemerkt, und dann bin ich ins Wohnzimmer gegangen und habe ein Feuer gemacht. Es hat sofort gebrannt, weil das Holz so trocken war, und als es richtig schön auflöderte … da habe ich den Brief reingeworfen. Ich saß vor dem Kamin und habe zugesehen, wie die Flammen ihn gepackt haben. Wie das Feuer die Worte und Anschuldigungen verschlungen hat und in Glut und Asche verwandelte. Ich habe gewartet, bis alles abgekühlt war. Dann habe ich die Asche herausgefegt, bin in den Garten gegangen und habe sie über einen der Rosenbüsche gestreut. Eine Peace. Kennst du die Geschichte der Peace-Rosen? Mama wurde nie müde zu erzählen, wie alle Teilnehmer an der UN-Konferenz 1945 in San Francisco einen schriftlichen Friedensappell und einen großen Strauß Peace-Rosen bekamen. Da war Berlin gerade gefallen. Und gestern Abend habe ich mit mir selbst Frieden geschlossen, Eva. Denn ich weiß, dass ich dich liebe, und wenn ich das nicht sagen kann, dann hat die Welt keinen Sinn mehr für mich. Mit dem Brief vor dem Herzen sind keine Worte durchgekommen. Aber jetzt weißt du es.«

Peace. Frieden. Harmonie. Glaube, Hoffnung und Liebe. Und Wahrheit.

»Ich bin nicht zwanzig, John. Ich bin erst siebzehn Jahre alt.«

23. Juli

Um ehrlich zu sein, bin ich Petra in den letzten Tagen aus dem Weg gegangen, da ihr Graben in der Vergangenheit zum Schluss nur noch unangenehm war. Aber Frillesås ist nicht besonders groß, früher oder später trifft man wieder aufeinander, und das geschah gestern am Strand. Wir wollten beide in der Sonne spazieren gehen.

Petra kam geradewegs auf mich zu, hakte sich bei mir unter und sagte, dass wir so einiges abstimmen müssten. Ihre Wortwahl ärgerte und verunsicherte mich ein wenig, da sie besagte, dass sie mich als Komplizin ansah, und ich bin der Meinung, dass ich genügend damit zu tun habe, meine eigenen Verbrechen zu verbergen. Auf jeden Fall sah sie besser aus als seit langem. Die grauen Zotteln, die ihr sonst vom Kopf abstehen, wirkten plötzlich kraftvoller und heller, und sie flüsterte mir konspirativ zu, dass sie endlich die Möglichkeit gehabt habe, zum Friseur zu gehen, dass sie nicht mehr nur ans Essenkochen und die Kosten habe denken müssen. Die Wunde an den Lippen war nur noch als leichte Rötung in den Mundwinkeln zu erkennen, nachdem sie mehrere Jahre lang chronisch rot geleuchtet hatte, und das Sommerkleid, das sie trug, schien ungewöhnlicherweise ruhig am Körper zu sitzen, ohne den Drang zu haben hochzurutschen.

Ich fragte, was seit unserer letzten Begegnung passiert sei, und sie erklärte, dass ihr alles überraschend gut vorkomme. Sie hatte Hans' Schwester angerufen und zu hören bekommen, dass Hans bei ihr sei und seine Wunde nicht besonders tief war. Worauf sie es hatte beruhen lassen. Mit Hans hatte sie nicht gesprochen, und sie konnte auch nicht sagen, ob sie es überhaupt tun wollte. Aber da sie jetzt über das Haus und ihre Zeit vollkommen frei disponieren konnte, wollte sie gern am Sonntag nach dem Gottesdienst »alle« zu einem kleinen Sommerfest einladen. Nun ja, der Gottesdienst musste natürlich nicht sein, aber sie wollte auch den Pfarrer einladen, und dann musste man wohl Pflicht vor Vergnügen gehen lassen und ein wenig guten Willen zeigen.

»Du und Sven, ihr kommt doch, oder?«, fragte sie unruhig nach, und ich antwortete, dass wir natürlich kämen. Vielleicht wollte Petra ja mit ihrer Einladung zeigen, dass sie nicht so gefährlich war, wie der Tratsch über Hans' Misshandlung besagte. Ich versprach, dass Sven und ich uns als Sekundanten im Duell zwischen ihrem Ruf und der Gemeinschaft zur Verfügung stellen würden.

Die herrliche Stille genießend, gingen wir die Klippen entlang und schauten den Möwen zu, die über das Wasser flogen. Der Schaum auf den Wellenspitzen erinnerte mich an ein Bier vor langer Zeit, und ich weiß, dass ich mir das selbst zuzuschreiben habe. Ich bin diejenige, die all das aufwirbelt, was eigentlich in dem teuersten Sarg des Beerdigungsunternehmens verborgen bleiben sollte.

Viel mehr wurde also nicht gesagt, aber heute saßen wir dann alle in der Kirche, um anschließend weiter zu Petra zu gehen. Gudrun trug dieses Mittelalterliche in Blau, wie Sven es mir vor ein paar Tagen zu beschreiben versuchte. Ihre halblangen Strähnen hatte sie in einem dünnen Pferdeschwanz gesammelt, und in den Sandalen quollen die roten Füße an allen Seiten hervor. Sicher, sie war schon rund gewesen, als wir noch Kinder waren, aber dass der Verfall sich in so einem Takt steigern sollte, hätte ich nie gedacht. Sixten dagegen sah ganz passabel aus in einem hellen Anzug, und mir fiel ein, was er über seine Frau gesagt hatte, dass er sie geheiratet habe, so, wie sie war, und nicht so, wie sie jetzt ist. Nun schaute er überrascht und sehnsuchtsvoll Petra an, die ein neues gelbes Kleid trug, das ihr nicht nur stand, sondern auch ihr frisch geschnittenes Haar zur Geltung brachte.

Sven und ich waren einigermaßen gut angezogen, und der Adler schien zur Abwechslung einmal nüchtern zu sein. Holmlund, der Zahnarzt, der Hans' Kiefer wieder zusammenbekommen hatte, war auch da, und ich sah, wie er Petra mehrere Male tätschelte, während er sie möglicherweise ermahnte, etwas häufiger zum Zahnarzt zu gehen. Sogar Polykarpus, unser einziger Grieche im Ort, schaute mit einem wunderbaren Blumenstrauß herein, komponiert aus Mohnblumen und Kornblumen, den Petra bekommen sollte, wenn wir dann bei ihr waren. Ich weiß nicht, ob Polykarpus auch Besuch gehabt hatte im Zusammenhang mit der Antipathie, die den Marokkaner und seine Familie getroffen hat, aber aus irgendeinem Grund glaube ich es nicht. Selbst die schlimmsten Flegel unserer Gegend schätzen seine Lammkoteletts.

Während des Gottesdienstes musste ich mich einfach fragen, wieso ich eigentlich hier mit allen guten und weniger guten Freunden und Bekannten saß. Um Gottes willen? Wegen dieser Oberhoheit, von deren Existenz ich nicht überzeugt bin und mit dem ich auf jeden Fall noch so einige Hühnchen zu rupfen habe? Damit ich meinen Bekanntenkreis beobachten kann und begreife, dass wir alle nur unsere Rollen spielen und dass unsere ganze kleine Gemeinschaft eigentlich nur eine Theaterbühne ist, auf der sich die wahre Handlung hinter dem Vorhang und nicht davor abspielt? Sollten Gott und ich letztendlich doch mit meiner Vergangenheit ins Reine kommen, obwohl die Klippen für dieses Vorhaben ein besserer Platz wären als die Kirchenbänke?

Der Pfarrer sprach von Trauer und der Unberechenbarkeit des Lebens, und schon bald hörte ich nicht mehr zu. Dann konnten wir uns endlich draußen vor der Kirche sammeln, uns unterhalten und zu Petras und Hans' Haus gehen, das jetzt nur noch Petras Haus war. Zufällig ging ich neben Gudrun, die schwitzte und sich über den Pfarrer beklagte, der ihrer Meinung nach taktlos war.

»Stell dir vor, ich habe ihn gestern in Åsa getroffen. Im Supermarkt. In der Brotabteilung. Ich wollte gerade ein paar Mohnbrötchen in eine Tüte packen, da sagt er doch, ich sehe müde aus. Obwohl ich fand, dass ich einigermaßen gut aussah, schließlich hatte ich mich ein bisschen geschminkt, mein Haar gerichtet und all das Blaue angezogen.«

Ein Pfarrer, der die Wahrheit spricht, dachte ich. Jeder kann irgendwann müde sein, seinen Schutzpanzer in Form von waberndem Fett den ganzen Tag mit sich herumzuschleppen, und ein Pferdeschwanz genügten nicht, um Freude in erloschenen Augen zu entfachen. Aber ich kam gar nicht mehr dazu, etwas Tröstendes zu sagen, da wir bereits bei Petra angekommen waren.

Sie hatte im Garten gedeckt. Mehrere Tische standen da, mit Tischdecken, Tellern, Gläsern und Besteck, alles aus Plastik und in fröhlichen Farben, und kaum hatten wir uns hingesetzt, da kam Petra auch schon mit einer Schüssel nach der anderen angelaufen. Gudrun und ich standen in weiblicher Solidarität auf und folgten ihr in die Küche, wo die Speisen bereits auf dem Tisch standen. Wir mussten beide nach Luft schnappen beim Anblick dieses Überflusses. Es gab selbstgemachten Kartoffelsalat und gegrillte Fischfilets und Graved Lachs und eingelegte Heringe. Auf dem Herd kochten Karotten, Bohnen und frische Kartoffeln, und im Ofen ruhten zwei selbstgebackene Brotlaibe, deren Duft meine Geschmacksnerven dazu brachte, sich in jugendlicher Geschmeidigkeit zusammenzuziehen. Außerdem gab es Hackbällchen, dünne Scheiben Rindfleisch mit einer Teigkruste, geräucherten Schinken und leicht dampfenden Spinat.

Die Butter war in Form von Herzen geschnitten und auf mehreren kleinen Tellern angerichtet. Auf dem Tisch standen drei Torten, eine davon in dunkler Schokolade, und ein Käsekuchen mit Sahne und selbstgemachter Johannisbeermarmelade daneben. Aus dem Kühlschrank holte Petra eine beschlagene Flasche Weißwein nach der anderen und zum Schluss einen spritzigen Champagner, passenderweise eine »Goldene Witwe«, den halbtrockenen Veuve Clicquot. Ich hörte, wie Gudrun kleine Wimmerlaute der Wollust von sich gab, und selbst ich, die kaum noch etwas isst, wurde von einer Lust auf Völlerei überfallen. Aber Petra schienen unsere Reaktionen gar nicht zu berühren, sie sprach mehr zu sich selbst. Ihre Wunde am Mundwinkel schien vollkommen geheilt zu sein.

»Für Hans war es immer die Form, die wichtig war und nicht der Inhalt, und deshalb haben wir immer ziemlich ärmlich aufgetischt, aber bitte schön auf dem feinsten Porzellan. Heute ist es genau umgekehrt. Niemand muss sich Gedanken um den Abwasch hinterher machen, und macht es nicht unglaublich viel Spaß, etwas zu tun, was man nicht tun muss? Wie Essen kochen beispielsweise?«

Gudrun hörte nichts, sie war bereits auf halbem Weg zu der Schüssel mit Schlagsahne. Sie steckte einen Finger tief hinein und schleckte ihn mit ihren dicken Lippen ab, als sie glaubte, niemand würde sie sehen. Ich schaute mich in der Küche um und stellte plötzlich fest, dass die meisten Sachen weg waren. Die Hälfte der Einrichtung war verschwunden, Bilder und Küchengeräte waren von den Wänden heruntergenommen worden, und als ich ins Wohnzimmer schaute, sah ich, dass es hier genauso kahl und nackt aussah wie in der Küche. Offensichtlich war eine ganze Sitzgruppe rausgeworfen worden, der Fußboden glänzte nackt, ohne Teppiche, die Bücherregale waren geleert, und fast der gesamte Nippes war von seinem angestammten Platz entfernt worden. Petra bemerkte meinen Blick und antwortete auf meine stumme Frage.

»Das ist nur der Anfang, Eva. Ich weiß nicht, was aus Hans und mir wird, aber mir ist plötzlich klar geworden, dass ich nur noch ein paar Jahre vor mir habe, um das Leben zu leben, wie ich es schon lange wollte. Deshalb muss ich schneller leben, ich meine, ich habe keine Zeit, um nachzudenken. Wenn ich meine, ich sollte etwas wegwerfen, dann tue ich es, und wenn das falsch ist, dann ist es eben falsch. Es gibt keine Fotokopie meines alten Lebens, und ich kann nichts wieder zurückholen, aber das, was vor mir liegt, das liegt unbeschrieben da, und ich habe keine Lust, die Zeilen mit Hans zu füllen. Und je mehr ich darüber nachdenke, Eva, umso mehr glaube ich, dass alles passiert ist, weil das so sein sollte. Und ich finde, der Anfang meines neuen Lebens war nicht so schlecht. Ich muss lernen, jetzt zu leben, und das ist doch ein guter Start, oder?«

War es so einfach? Ich konnte nicht antworten. Ich, die ich selbst das Leben noch einmal brutal wieder angefangen hatte, konnte nur Gudrun ansehen, die nichts zu hören schien. Sie schluchzte fast vor Genuss, als sie sich ein Stück Rinderfilet in den Mund stopfte, dann ergriff sie zwei Schüsseln und ging hinaus. Ich flüsterte Petra schnell zu, dass sie vielleicht etwas vorsichtiger sein solle, und sie flüsterte mir genauso schnell zurück, dass sie keine Zeit habe, weiterhin vorsichtig zu sein.

»Das nennt man Feng-Shui, wie ich gehört habe. Man schmeißt Sachen weg, und dann wird man glücklich. Und was man mit Dingen machen kann, das muss man doch auch mit Menschen machen können, oder? Versuch gar nicht erst so zu tun, als wüsstest du nicht, was ich meine, Eva, du hast doch auch schon einiges weggeworfen, vielleicht sogar mehr, als du hättest tun sollen. Manchmal frage ich mich, ob du nicht diejenige warst, die mich inspiriert hat, schließlich habe ich ja gesehen, wie du lebst, und das war ziemlich entblättert …«

»Sei still!« Überraschenderweise spürte ich, wie ich fast die Beherrschung verlor, und ich schaute sie wütend an, nahm dann irgendwelche Platten und marschierte hinaus. Die Luft war warm, ein richtig herrlicher schwedischer Sommertag, und es lag eine fast jungfräuliche Erwartung über dem Garten.

Die Stimmung war großartig. Die Männer waren ordentlich in Stimmung gekommen, seit der Wein auf dem Tisch stand, und als Petra schließlich auch erschien und den Champagner öffnete, so dass der Korken über den halben Garten flog, bekam sie von allen Applaus. Die Schüsseln gingen von Hand zu Hand, Wein wurde eingeschenkt, Toasts ausgebracht, und jemand wollte gerade ein Lied anstimmen, als Petra aufstand und darum bat, ein paar Worte sagen zu dürfen. Sie fasste sich vorbildlich kurz und betonte, niemand brauche so zu tun, als wüsste er von nichts, denn sie habe nicht vor zu heucheln.

»Die Sache mit Hans, die ist, wie sie ist, und bis klar ist, was daraus wird, möchte ich, dass wir es nett miteinander haben, essen und trinken und es uns gut gehen lassen, ohne dass es uns peinlich ist«, erklärte sie.

Diese Aufforderung ließ Gudrun glückselig strahlen. Ich weiß, dass ihre freikirchliche Gesinnung es ihr verbietet, selbst Alkohol zu servieren, wenn sie einlädt, dafür ist ihr Gott jedoch so tolerant, dass er es ihr gestattet, die Reserven zu füllen, wenn sie eingeladen ist. Sie war bereits bei ihrem zweiten Glas.

»Wie geht es Iréne?« Es war Sixten, der die Frage quer über den Tisch rief, während er sich nach den Kartoffeln streckte. Ich rief durch das laute Gemurmel zurück, dass die Zustände in dem Pflegeheim namens Sundgården katastrophal waren.

»Jedes Mal, wenn ich dorthin komme, muss ich

nach Personal suchen, und schließlich finde ich dann irgend so ein armes Mädchen, das die Verantwortung für schwerkranke alte Menschen übernehmen soll. Iréne hängt wie ein Wischlappen in ihrem Rollstuhl und jammert, dass sie nach Hause will, sobald sie mich erblickt. Ich habe ein schlechtes Gewissen, aber sie kann doch nicht nach Hause. Das geht einfach nicht. Und wenn ich mit der Leiterin spreche und frage, welche Medikamente Iréne bekommt, warum der Arzt nie dort ist und warum es keine Pediküre oder Haarpflege gibt, dann antwortet sie nur: ›Wir werden ein Fest mit Flusskrebsen und Surströmming machen.‹ Ich weiß ehrlich gesagt nicht, was ich machen soll. Ich weiß nur, dass ich niemals im Sommer alt werden will, sondern in den Monaten, in denen die Leute nicht in Urlaub sind. Vielleicht am besten im Oktober, bevor der Weihnachtsstress einsetzt.«

Sixten schmatzte anteilnehmend mit den Lippen. Ich konnte sehen, dass er wie die meisten anderen reagierte. Wie schrecklich, aber zum Glück betrifft mich das ja nicht. Wenn ich alt werde, falls ich es überhaupt werde, dann wird alles anders sein. Ein Stück entfernt sah ich, wie Sven und der Adler die Köpfe zusammensteckten. Der Adler sah finsterer aus als je zuvor, sein dunkles Haar flatterte auf halb acht, und er schaute immer wieder zu mir herüber, wie um zu kontrollieren, ob ich auch nicht hörte, was sie da besprachen. Petra unterhielt sich mit dem Pfarrer, einem langen, dünnen und blassen Ding, das aussah, als hätten die Krähen sowohl in seinem Kopf als auch obendrauf ihr Nest gebaut.

»Diese drei weisen Männer«, hörte ich sie sagen. »Diese Männer, die kamen und Geschenke für Jesus gebracht haben, von denen du heute geredet hast. Weißt du, was ich mir denke? Ich denke mir, wenn es stattdessen drei Frauen gewesen wären, dann hätten sie jedenfalls nicht so unpraktische Sachen dabeigehabt wie Myrrhe und Weihrauch oder was das nun noch war. Nein, zuerst hätten sie nach dem Weg gefragt und zugesehen, dass sie rechtzeitig dort sind, damit sie bei der Geburt helfen können. Dann hätten sie den Stall erst einmal saubergemacht, und anschließend hätten sie saubere Kleidung, Windeln und was Vernünftiges zu essen hervorgeholt. Und dann ...«

Weiter kam sie nicht, denn der Adler beugte sich über den Tisch.

»Und was wäre dann passiert? Ich werde es dir sagen. Bestimmt hätten sie, kaum wären sie wieder aus dem Stall gewesen, angefangen zu flüstern, dass Marias Sandalen nicht zur Tunika passten und das Baby Josef kein bisschen ähnlich sah und dass ihr Esel ziemlich erschöpft wirkte und dass Josef ja wohl arbeitslos war und sie bestimmt die Schüssel nie wieder zurückkriegen, in der die Fleischklößchen lagen. Und schließlich hätte eine von ihnen gesagt, sie würde sich ja wohl totlachen, wenn es hieß, Maria sei eine Jungfrau, denn schließlich kenne sie Maria schon seit der Schulzeit und wisse ganz genau, was für eine das ist.«

Der Pfarrer sah entsetzt aus über diese Schmähung der Heiligen Schrift, konnte den Adler und Petra aber nicht bremsen, nachdem sie eine hitzige Diskussion über die Rolle der Frauen und Männer in der Bibel begonnen hatten. Der Inhalt der Schüsseln begann zu schrumpfen, aber die Stimmung war gut, und sie wurde noch besser, als Petra mit Kaffee und einer Torte nach der anderen herauskam. Gudrun schrie mir zu, wie schade es doch sei, dass Iréne nicht in dem Heim gelandet war, in dem sie, Gudrun, manchmal arbeitete. Dort funktionierte es auf jeden Fall ein wenig besser, auch wenn sie im Augenblick so voll belegt waren, dass sie fast aus allen Nähten platzten. Keiner hat Zeit, sie mit rauszunehmen, und deshalb verbringen sie den Sommer damit, ihn durchs Fenster zu betrachten und von einem Sprung in den Helsjön zu träumen, schließlich liegt der ja ganz in der Nähe. Mit anderen Worten klang es nicht so, als wäre es bedeutend besser in Gudruns Heim, dessen Namen ich immer vergesse, das Sven aber »Schwanzlos« nennt, weil es dort so wenige Männer gibt. Der

Name lässt mich immer an Rattenfallen und Björn Sundelin denken.

Erst als die Torten fast aufgegessen waren, wurde es richtig heiß. Der Adler ergriff plötzlich das Wort und sagte, er habe gehört, dass der Marokkaner und seine Familie sich entschlossen hätten wegzuziehen. Er sagte das in einem sehr lockeren Ton, der verriet, dass der Wein ihm gut gemundet hatte.

»Und trotzdem finde ich, dass wir hier im Ort doch verdammt tolerant sind. Dabei hat Frillesås eine gewalttätige Geschichte, wusstet ihr das? Eine Geschichte voll mit Schurken und Kämpfen, übrigens hat Olrog ein Lied darüber geschrieben. Dass man sich vor Frillesås in Acht nehmen soll, weil es hier Leute gibt, die sich zu prügeln verstehen. Ich selbst habe ja nichts gegen Ausländer, auch wenn ich nicht immer verstehe, was sie so machen. Und diese hier haben ja nie Probleme bereitet.«

»Wie meinst du das?« Meine Frage kam schärfer, als ich geplant hatte, aber ich spürte, wie meine alte Lust zur Opposition gegenüber Vorurteilen sich wieder bemerkbar machte, und die Worte des Adlers rochen richtig danach, wenn man sie genauer beschnupperte. Jetzt schaute er mich nur listig an und blinzelte mit seinen eklig blauen, wässrigen Augen.

»Was ich meine, Eva? Na, ich meine, dass die

Leute tun und lassen können, was sie wollen, da kümmre ich mich nicht drum, aber ich habe doch wohl auch das Recht, mir meine Freunde auszusuchen, oder? Und ich selbst bin lieber mit Leuten zusammen, die mich verstehen. Leute, die kein Lammhirn essen und nicht anders beten als wir hier. Aber wohlgemerkt, ich sage ihnen das nicht, und ich tue ihnen auch nichts. Ich habe dort genau wie alle anderen eingekauft und mit den Kindern geredet und alles. Aber ich muss sie ja deshalb nicht einladen, oder? Und das darfst du nennen, wie du willst, Eva, aber ich nenne es Toleranz. Und dafür will ich auch Toleranz haben. Dass die Leute akzeptieren, dass der Adler in seiner freien Zeit mit den Leuten verkehrt, die er sich aussucht.«

Ich musste kurz auflachen.

»Dann findest du also, sie sollten dankbar sein? Dankbar dafür, hier sein zu dürfen und ihre eigenen Sitten und Gebräuche ausführen zu dürfen, solange sie niemanden sonst stören? Und wann fangen sie denn an zu stören? Wo ist die Grenze? Wenn sie sich zu fremdartig anziehen? Oder wenn sie das Wort ergreifen, vielleicht bei einer Sitzung der Straßenanlieger oder in der Schule? Ist da deine Toleranz zu Ende?«

Die Augen des Adlers wurden schmal.

»Nun pass aber verdammt gut auf, Eva. Pass auf, wenn du andeuten willst, dass ich nicht tolerant bin. Ist das keine Toleranz, was ich, und was übrigens der ganze Tisch hier, dir und Sven während all dieser Jahre geboten haben? Andere hätten denken können, dass es ziemlich …«

»Ziemlich was?« Sven mischte sich in das Gespräch mit einem Nachdruck und einer Wut ein, die er so selten zeigt, dass seine Umgebung erstarren kann, wenn er sie hervorholt.

»Du weißt, was ich meine. Das wissen übrigens alle hier. Oder was meint ihr? Wisst ihr nicht alle, was ich meine, wenn ich sage, dass wir hier im Ort tolerant sind?«

Eine Sekunde lang war es still. Dann begannen alle durcheinanderzureden. Der Pfarrer, dem es nicht gelungen war, nach der Diskussion über die drei weisen Männer seine Würde wiederzuerlangen, versuchte aufzustehen, während er gleichzeitig etwas von Verzeihen und den Unberechenbarkeiten des Schicksals murmelte. Sixten schrie, dass jemandem im Hafen der Motor gestohlen worden war und ob es nicht an der Zeit wäre, sich endlich eine Hafenwache anzuschaffen, wie sollte es den müden Stadtbewohnern sonst gelingen, die Banditen zu verjagen, die von der Wasserseite her kamen? Gudrun rief Petra zu, dass es bei Frillesberg in ein paar Tagen ein Krabbenbüfett gebe und ob sie nicht zusammen hingehen wollten, damit Petra sich nicht so allein fühlte, während Holmlund vor sich hin murmelnd bemerkte, dass die Camper dieses Jahr ungewöhnlich freudlos erschienen. Sie spielten nicht einmal Volleyball, wie sie es doch sonst immer taten.

Sven und ich sahen einander an, und wie durch ein geheimes Zeichen, ausgelöst durch diesen unausgesprochenen Kontakt, der unsere Seelen verbindet, standen wir beide auf und gingen in die Küche. Petra folgte uns.

»Kümmert euch nicht um den Adler, wer kümmert sich schon um ihn, er ist offenbar nicht mehr ganz nüchtern, und ihr wisst, wie das ist, wenn er nicht mehr nüchtern ist.«

»Auf wessen Seite stehst du, Petra? Ich muss mich schon wundern, wenn ich dich so reden höre.«

»Auf deiner, Eva. Das habe ich schon immer getan. So wie du immer auf meiner Seite gestanden hast.«

Kurz und bündig. Subjekt, Prädikat. Plötzlich wusste ich, dass es stimmte. Eigentlich hatten wir gehen wollen, doch Petra bat uns eindringlich darum, doch zu bleiben, weil sie nicht wollte, dass ihre »Befreiungsfeier« so endete, und weil es einzig dem Adler peinlich sein sollte, und die beste Art, ihm das zu zeigen, war, ihm den Wind aus den Segeln zu nehmen, deshalb sagten wir: »Na gut, dann bleiben wir. Dir zuliebe.« Und dann gingen wir als das

Paar, das wir ja waren, hinaus, nickten, lächelten, setzten uns auf die Stühle und mischten uns in die Unterhaltung ein. Wir tranken unseren Kaffee und sahen, wie der Adler immer kleinlauter wurde und sich schließlich zu Sven beugte und ihm etwas sagte, das ich verstand als: »Du weißt schon, wie ich das meine, Sven. Wo wir uns doch schon so lange kennen.«

»Der Adler war so reuevoll, wie es ein Handwerker nur sein kann«, erklärte Sven, als wir auf dem Heimweg waren, vom vielen Alkohol etwas unsicher auf den Beinen, aber trotz allem zufrieden, dass die Sonne schien. Ich dachte, dass es sich lohnen würde, Petras Entwicklung im Auge zu behalten. Sie hatte sich auf dem Seil ziemlich weit vorgewagt, so viel war klar, und die Frage ist nur, ob sie ihr Gleichgewicht halten konnte.

Sie sollte von Eric lernen, den ich immer als meinen Jüngsten bezeichne. Es ist Nacht, wie immer, aber Eric war nicht wie sonst auf einem seiner üblichen Raubzüge, stattdessen saß er die ganze Zeit auf dem Sofa und beobachtete mich. Lange Zeit hat er dort gesessen und mit grünem, undurchdringlichem Blick geguckt, bis er plötzlich mit einem geschmeidigen Sprung hinuntergesprungen ist, um dann um meine Beine zu streichen. Ich weiß, die Loyalität einer Katze ist eine Chimäre. Der Hund, der in einem Haus eingesperrt ist mit einem toten Frauchen oder Herrchen, wartet, solange es nur geht, bis er die Hand, die ihm einst Futter gab, frisst. Das ist der Unterschied zu Katzen. Sie warten nur.

25. Juli

An dem Tag, als John zu Besuch kam, hatte Mama Geburtstag, und ich zeigte alle Anzeichen, krank zu werden. Der Schock, ihn vor der Tür zu sehen, als ich mit schmerzendem Kopf öffnete, war so überwältigend, dass ich zuerst nicht einmal Anstand genug besaß, ihm zu zeigen, wie sehr ich mich freute. Heute kann ich mir denken, dass meine Unfähigkeit zur Spontaneität mich damals vielleicht alles gekostet hat.

Die Zeit nach dem Urlaub in England war gleichzeitig das Schlimmste und das Beste, was ich bis dahin erlebt hatte. Ich kam nach Hause und hatte das Gefühl, als hätte mir jemand einen Pfahl mit aller Kraft ins Herz gerammt und damit den Vampir in mir getötet. Mein Wunsch, der Welt das Blut auszusaugen, zumindest dem Teil, der bestraft werden musste, war verblasst, die Worte auf dem Bannbrief waren verblichen, und ich war kurz davor, Busters Ohren wegzuwerfen. Jetzt, nachdem ich lebendige Ohren gefunden hatte, die mir zuhörten, brauchte ich sie nicht mehr. Es ging so weit, dass ich vorsichtig meinen Klassenkameraden Kalle fragte, wie es ihm ging, und mich für mein früheres Verhalten entschuldigte. Er konnte mich zwar nicht wieder lieben, aber schließlich wurde er etwas Ähnliches wie ein Freund.

Johns Briefe hielten mich aufrecht, waren meine Rettungsboje und mein Kopfkissen. Unsere Trennung hatte unter dem festen Vorsatz stattgefunden, sich sobald wie möglich wiederzusehen. Ich spürte eine gewisse Furcht davor, ihn bei mir zu Hause zu empfangen und ihn meiner Welt vorzustellen, wusste aber gleichzeitig, dass er jetzt an der Reihe damit war, zu mir zu kommen. Es gab keine Fluchtwege aus der Hölle und keine Abkürzungen zum Paradies. Seine Absichten waren klar und deutlich. »Ich will weiterkommen in meinem Beruf, und ich will Karriere in der Flotte machen und einmal die höchste Verantwortung für eines unserer Fahrzeuge haben. Ich will ein eigenes Haus mit Garten und allem, was dazugehört, Rosen natürlich auch, und ich will an die Orte reisen, die ich während meiner ruhelosen Jahre nicht habe sehen können. Und was die Liebe betrifft, so weiß ich auch, was ich will. Dich häufiger sehen und dich besser kennen lernen.«

So schrieb er in einem seiner Briefe, und ich

konnte nur darauf antworten, dass ich dort zu Hause bin, wo ich meinen Hut ablege. Ich hoffte, dass er verstünde, dass es bei ihm war, wo ich ankommen wollte. Er antwortete, ich solle vorsichtig sein. »Sei nicht zu sorglos damit, wo du deinen Hut hinlegst, es kann sonst schwer werden, ihn wiederzufinden«, schrieb er. »Und vergiss nicht: Jedes Mal, wenn du dir deinen Hut wieder aufsetzt, lässt du ein Stück von dir selbst zurück. Erlaube mir, der ich ein Leben auf der Straße gelebt habe, dich zu warnen. Das kann attraktiv wirken, sicher, aber es ist auch sehr einsam.«

In jedem Brief schrieb er von Liebe, davon, wie sehr er mich liebte, »my beautiful rose«, und wie sehr er es sich wünschte, dass wir uns wiedersehen und noch besser kennen lernen könnten. Ich traute mich nicht, ebenso unbeherrscht zu antworten. Liebe war immer noch mit Angst verknüpft, und ich hatte Angst, mir eine Blöße zu geben und dann hören zu müssen, dass es doch das Sicherste sei, sich selbst zu lieben. Ich fand, ich hätte ihm im Sommer alles gegeben, es gab nichts mehr zu verbergen, aber mit dem Abstand wuchs die Unsicherheit, und mit der Unsicherheit kam die Angst, unsere Liebe könnte aus Spinnenfäden gewebt sein, die bei der geringsten Berührung zerreißen würden. Deshalb hüllte ich meine Gefühle stattdessen in Worte, erinnerte ihn an den Frieden und die

Harmonie, die ich bei ihm gespürt hatte, und dass ich mich bei ihm traute zu zeigen, wer ich war.

»Es gibt eine Gottheit, die schnitzt unser Schicksal, auch wenn wir versuchen, so fest zuzuschlagen, wie wir können«, schrieb ich und zitierte frei aus der englischsprachigen Lyrik, die ich verschlang, um mehr von der Sprache zu lernen. Er konnte nicht wissen, dass das für mich gleichbedeutend war mit den ekstatischsten Liebesbeteuerungen aus dem Hohelied, das war alles, was ich vermochte, und dass es genügte, um das Gefühl zu haben, als wäre das Seil fast durchgenagt. Wenn er das verstanden hätte, wäre es vielleicht anders gekommen. Aber er antwortete, dass es möglicherweise eine Gottheit gibt, die schnitzt, aber was ihn beträfe, so wolle er so lange zuschlagen, bis er ein Schicksal bekäme, wie er es haben wollte.

»Das Leben ist nicht unausweichlich«, schrieb er. »Unausweichlich ist nur der Tod, und den Tod sollten wir eigentlich nicht fürchten, nur darum bitten, dass er schnell und würdig kommen möge, wenn es uns und unsere Nächsten trifft.« Er schrieb nicht, dass er an ein Mädchen dachte, das unter den Rädern eines Zugs zerrissen worden war, aber ich wusste, dass dem so war, dass ihr Schmerz zwischen seinen Zeilen schrie, und dass es mir deshalb nicht zustand, auf meiner Meinung zu beharren. Stattdessen schrieb ich, dass ich Ernst aus meinen Plänen machen wollte, in Oxford oder Cambridge oder sonst irgendwo in England zu studieren, und er antwortete, dass ihn nichts glücklicher machen würde und dass er, sobald er den Befehl über ein Fahrzeug hätte, herkommen und mich höchstpersönlich abholen wollte.

Ich musste lachen, und meine Freude reichte, um den Alltag zu meistern, die Schule und die Tatsache, dass Mama und Papa die Scheidung eingereicht hatten, während ich in England war. Etwas von Papas Seite hatte eine schnelle Reaktion ausgelöst, ich wusste nicht, was, und wollte auch nicht fragen, wusste nur, dass eine Scheidung damals stärkeres Pulver brauchte als heute, damit das Gebäude zerplatzte. Es war angedacht, dass Papa in Göteborg wohnen und ich mit Mama in Stockholm bleiben sollte, bis ich die Schule beendet hätte. Ohne John hätte dieses Arrangement eine Strafe bedeutet, aber jetzt hatte ich das Gefühl, dass sie selbst mit ihrem Leben zurechtkommen müssten.

Mama hatte mich nur in ein paar gehässigen Wutausbrüchen wissen lassen, dass Papa sie auf allen Gebieten enttäuscht hatte. Dass er so geizig gewesen und ihr nie etwas gegönnt hatte, aber das waren Dinge, die ich nicht verstand. Papa hatte während eines Wochenendes versucht mir zu erklären, dass er es nicht mehr schaffte. Dass er wusste, dass es andere gab. Dass er das die ganze

Zeit gewusst hatte. Dass er Mama nicht das geben konnte, was sie brauchte und forderte, und dass seine Gefühle nicht länger ausreichten, um es weiter zu versuchen. Er weinte und bat mich um Entschuldigung, sagte, dass er mehr als alles andere wünschte, dass er die Möglichkeit bekomme, alles wieder gut zu machen, was ich gezwungenermaßen allein hatte bewältigen müssen. Er hoffte, dass wir ein gemeinsames Leben aufbauen könnten, wenn ich fertig war mit der Schule und zu ihm ziehen konnte, und er versprach mir, auch in der nächsten Zeit eine Stütze für mich zu sein, wenn ich das denn wollte. Er grub ein wenig von dem Mist auf, der auf seinem eigenen Feld gelegen hatte, und ich hörte zu, sortierte in Gedanken alles in entsprechende Fächer und sparte mir die Trauer für verregnete Tage auf. Meine Eltern hatten keine Kontrolle mehr über ihr Leben. Ich hatte die Kontrolle über meines. Und ich hatte immer noch John.

Es geschah an einem Freitag im Oktober, einem Freitag, der außerdem noch Mamas Geburtstag war. Sie war seit einer Woche krank gewesen, eine kräftige Erkältung, und hatte schrecklich schlechte Laune. Wir hatten ständig Übernachtungsgäste gehabt, und es waren späte und feuchte Abende geworden, so spät, dass sogar Mamas Immunabwehr nicht mehr funktionierte. Draußen in der Welt schienen Länder wie Frankreich und Westdeutschland zögernde Versuche zu machen, Kontakt mit Ländern hinter dem Eisernen Vorhang zu knüpfen, auch wenn die Lage unter anderem in der Tschechoslowakei angespannt zu sein schien. Niemand wusste, ob die Sowjetunion die Länder bestrafen würde, die sich trauten, sich dem Westen anzunähern. Das Einzige, was Mama interessierte, war, dass derjenige, der sie angesteckt hatte, hoffentlich entsprechend bestraft wurde.

»Wenn du ausrechnen kannst, wie viel Rotz ich in meinem linken Nasenloch habe, dann bist du gut! Dann hätte deine Mathematik, mit der du dich sowieso die ganze Zeit beschäftigst, auch ein bisschen Nutzen!«, schrie sie mir zu, als ich eines Tages von der Schule nach Hause kam. Ihre alte Fähigkeit, ihre Umgebung dazu zu bringen, sie zu umsorgen, entwickelte sich während der Krankheit bis ins Bodenlose, und ich musste mit Essen, Medikamenten und heißen Getränken hin und her laufen. Aber mit John in mir konnte ich das Ganze aus einem anderen, erträglichen Blickwinkel sehen, während ich das Gefühl hatte, dass sich die Gefängnistür einen Spalt weit geöffnet hatte. Wir würden nicht mehr für alle Zeiten aneinandergekettet sein. Ich würde in ein paar Jahren ausziehen können. Ich würde freikommen.

Rechtzeitig zu ihrem Geburtstag wurde sie gesund, ungefähr gleichzeitig spürte ich das erste Kratzen im Hals und wusste, dass sie mich angesteckt hatte. An dem Tag sollte ordentlich gefeiert werden, wie Mama beschlossen hatte. Sie meinte sich das schuldig zu sein, und deshalb hatte sie einen ganzen Schwung an Leuten zu sich nach Hause eingeladen. Papa war in Göteborg, und es war nicht mehr so wichtig, wie der Tisch gedeckt war oder ob Blumen darauf standen. Die Hauptsache war, dass es genügend zu trinken gab, und deshalb hatte Mama nur provisorische Vorbereitungen getroffen, was das Essen betraf. Auf ihr eigenes Äußeres hatte sie dagegen alle Mühe verwandt.

Sie war beim Friseur und im Schönheitssalon gewesen, und als sie nach Hause kam, lag das Haar blond glänzend über den Schultern, während Rouge auf den Wangen die Fieberröte ersetzte, die sie noch vor wenigen Tagen gezeigt hatte. Neue Kleider waren gekauft worden, etwas Modernes, ein graphisch gemusterter Stoff in Grün und Blau mit Lackstiefeln dazu, und als sie fertig war, sah sie so jung aus, dass sie leicht als meine ältere Schwester hätte durchgehen können.

Ich selbst machte mir nicht die Mühe, mich hübsch anzuziehen. Ich sollte bei dem Fest nicht dabei sein, sondern zu einer Freundin gehen, um das Gejohle und Gekreische nicht hören zu müssen und betrunkenem Betatschen zu entgehen. Als es an der Tür klingelte, war ich deshalb vollkommen unvorbereitet, nur darauf eingestellt, es wäre einer der Gäste. Ich öffnete die Tür und sah zunächst nur einen riesigen Strauß roter Rosen, so rot, dass sie fast schwarz waren, und ich wollte Mama gerade zurufen, dass die ersten Besucher gekommen seien, als John den Strauß senkte und ich sein Gesicht sah.

»Ich dachte, du bräuchtest Abwechslung. Ich habe nur ein Wochenende, Eva, aber ich habe dich so vermisst, und du, entschuldige, dass ich nicht vorher angerufen habe, aber ich wollte, ich wollte einfach nur, ich bin zum Flughafen gefahren und habe das erstbeste Flugzeug genommen und ... Mein Gott, bin ich froh, dich zu sehen.«

Er stand einfach da, regungslos, die Blumen immer noch wie einen Schild vor sich, den Rucksack zu seinen Füßen. Er war natürlich ganz der Alte, das gleiche dunkle Haar, der gleiche Mund, und zunächst starrte ich ihm nur in die Augen, um nach einer Erklärung zu suchen. So blieben wir mehrere Sekunden stehen, die Rosen wie eine Mauer zwischen uns, bis mein Körper beschloss, ohne Befehl von oben zu agieren. Ich trat zu ihm und legte ihm die Hände auf das Gesicht, so wie er es einmal bei mir gemacht hatte, und ohne dass ich es verhindern konnte, begannen die Tränen zu fließen, während meine Augen gleichzeitig große Freude ausgestrahlt haben müssen. Etwas anderes wäre nicht möglich gewesen.

Ich kam nicht einmal darauf, ihn hereinzubitten. Es war schließlich Mama, die das tat, als sie angelaufen kam in dem Glauben, es wäre Besuch für sie da. Zuerst sah sie nur die Rosen und schrie vor Begeisterung auf.

»Oh, die sind ja phantastisch. Genau das, was ich brauche. Ich ...«

Erst da merkte sie, dass sie den Besucher gar nicht kannte. Sie schaute mich fragend an, und ich gewann langsam die Fähigkeit zu reden wieder und stellte sie einander vor. Mama war diejenige, die sich zuerst fing.

»Aber hereinspaziert, also so was, dass Eva nicht einmal so weit die Form wahren kann. Sie hätte dich wohl noch den ganzen Abend draußen stehen lassen. Ja, wie du dir vielleicht schon gedacht hast: Ich bin Evas Mutter.«

Sie lächelte ein blendendes, strahlendes, herausforderndes Lächeln, während sie gleichzeitig eine gepflegte Hand mit frisch lackierten Nägeln vorstreckte. John ergriff sie und hob sie nach kurzem Zögern an den Mund und küsste sie, was meine Mutter begeistert glucksen ließ.

»Kein Land hat so wunderbare Männer wie England. So himmlisch. Und du kommst gerade recht.

Du kannst es ja nicht wissen, aber ich habe heute Geburtstag. My birthday.«

Ihr Englisch war nicht perfekt, aber voller Zuversicht und Vertrauen. Außerdem war sie es ja gewohnt, mit ausländischen Kunden zu sprechen, gewohnt, in London zu sein, gewohnt, sich zu präsentieren. John schaute etwas verwirrt erst sie, dann mich an. Dann fasste er sich. Sorgfältig teilte er den Strauß in zwei gleich große Teile und überreichte einen meiner Mutter, den anderen mir.

»Dann ist es ja wohl nur gerecht, wenn ihr euch die Blumen teilt.«

Mama nahm ihre Hälfte und begrub ihr Gesicht in den Blüten, um dann mit einem Lächeln wieder aufzutauchen.

»Ach, die duften herrlich. Wunderbar. Wie konntest du wissen, dass Rosen meine Lieblingsblumen sind?«

John lächelte nur und erklärte, dass er das natürlich nicht wissen könne, es sei nur so, dass er Rosen liebe, genau wie Eva. Er schaute mich an, und ich versuchte etwas zu sagen, um den Strahlenkranz um Mama zu brechen, brachte aber nichts heraus.

»Komm, lass uns in die Küche gehen und sie in eine Vase stellen. Wenn wir warten, bis Eva sich bedankt hat, werden wir noch alt und schrumplig. Komm jedenfalls erst einmal herein und leg ab. Möchtest du etwas zu trinken haben?«

»Gern«, antwortete John, und als Mama verschwand, schaute er mich mit Augen an, die das Lächeln erreicht hatte.

»Sie scheint ja gut gelaunt zu sein. Nach deinen Beschreibungen habe ich gedacht, sie wäre immer eklig und gehässig.«

»Nein, sie ist nicht immer eklig«, erwiderte ich. Nur mir gegenüber, antwortete Pik König, doch das konnte John nicht hören. Er packte mich einfach und umarmte mich, und ich konnte spüren, wie das Herz unter seiner Jacke schlug, wie grob der Stoff sich an meiner Wange anfühlte, und wie sein vertrauter Duft, leicht vermischt mit den mitgebrachten Rosen, mich an den Sommer erinnerte und daran, wie Glück auf der Zunge schmeckt.

»Du bist wie eine Rose, die das ganze Jahr über blüht. Das hast du doch nicht vergessen?«, flüsterte er mir ins Haar, bevor er mich küsste. Seine Lippen waren trocken und warm und ließen mich vergessen, dass Mama in der Nähe war. Erst als ich ihr Lachen hörte, wachte ich wieder auf.

»Na, meinen Teil kriege ich wohl später. Aber jetzt müsst ihr aufhören aneinanderzukleben. Es ist mein Geburtstag, und der soll gefeiert werden, und natürlich müsst ihr dabei sein. Und ich dulde keine Widersprüche, nur dass du das weißt«, sagte sie zu John gewendet. Er machte sich von mir frei und schaute sie an, wie sie mit zwei Vasen in der Hand dort stand, einer schwarzen in der linken Hand, in die sie ihren Teil der Rosen stellte, und eine weiße in der rechten, in die ich meinen stellte.

»Na, das nenne ich doch einen guten Anfang«, rief sie und fing an zu lachen. John erwiderte ihr Lachen, zuerst etwas vorsichtig, dann immer befreiter, und dieser Anblick bot sich den ersten Gästen. Zwei Menschen, die lachen, der eine mit einem Arm voller Rosen, der andere immer noch im Mantel, und ein dritter, der wie eine Salzsäule die Szene betrachtete, ohne die Freude der anderen teilen zu können.

Aber den beiden Lachenden folgten bald weitere. John wurde zusammen mit mir in eine Ecke geschoben, und zum Schluss war der ganze Flur mit Menschen gefüllt, die herumstanden, miteinander scherzten und sich vor Kichern bogen. Mamas Haut war hektisch rot am Hals, während sie einen nach dem anderen umarmte und diejenigen küsste, deren Wangen attraktiv genug waren. Die Rosen hatte sie auf den Boden gestellt, und ich dachte, dass sicher noch mehr hinzukommen würden, sah aber weder Blumen noch Geschenke. Niemand schien etwas bei sich zu haben, und Mama sah auch etwas verwundert aus, verstummte jedoch, als ein frisch eingetroffener Gast das Wort ergriff.

Der Mann schien eine Art Abteilungsleiter in ihrer Firma zu sein und hatte schwarzes, öliges Haar, das in fast weiblichen Locken um seinen Kopf lag, eine Weiblichkeit, die noch von dem schmal geschnittenen Mantel und den schwarzen eleganten Schuhen an seinen Füßen unterstrichen wurde.

»Darf ich um größtmögliche Ruhe in dieser illustren Gesellschaft bitten«, begann er und räusperte sich dann lautstark, so laut, dass die Unterhaltung sich zu einem erwartungsvollen Gemurmel dämpfte, als er sich Mama zuwandte und ihr die Arme entgegenstreckte.

»Was für eine Prachtfrau. Du weißt, was ich von dir halte. Hübsch, elegant und ein Vorbild für die ganze Firma. Tüchtig und fröhlich. Es ist schön, mit dir etwas zu unternehmen, und das war es schon immer. Deshalb haben wir beschlossen, dass wir dieses Mal nicht Blumen und Wein heranschleppen, denn wir finden, dass du endlich erwachsen genug bist, um selbst zu entscheiden, was du willst. Wir haben gesammelt. Eine ansehnliche Summe, wenn ich das so sagen darf. Sicher, ich weiß, dass du dieses Jahr keinen Runden feierst, aber wer weiß, dann leben wir vielleicht gar nicht mehr, und jetzt sind wir hier. Hier, das ist für dich, von uns allen. Und einen dicken Kuss bekommst du auch noch.«

Er ging auf Mama zu, umarmte sie, und sie erwiderte seine Umarmung. »Mmh, nimmst du mich heute von vorn«, sagte sie, worauf beide anfingen zu lachen. Schließlich lösten sie sich voneinander, und Mama bekam einen Umschlag in die Hand gedrückt.

Sie leckte sich die Lippen und riss ihn auf, ohne ein Messer zu Hilfe zu nehmen. Die Papierfetzen flogen zu Boden wie immer, wenn sie Briefe oder Pakete öffnete, und Mama fluchte über den Klebefilm, aber schließlich gelang es ihr doch, den ganzen Packen Geldscheine hervorzuholen. Mit gierigen Fingern begann sie zu zählen, während die Gäste in eitler Freude über das Gesammelte zuschauten. Schließlich hob sie den Blick und zeigte ein strahlendes Lächeln.

»Danke. Danke, alle zusammen. Was für Freunde man hat, ich muss schon sagen. Und diese Freunde verdienen das Beste. Jetzt pfeifen wir auf die abgenagten Knochen hier zu Hause. Ich darf mit dem Geld doch machen, was ich will, oder? Dann fahren wir jetzt nach Hasselbacken und feiern dort. Ich zahle!«

Letzteres schrie sie voller Triumph in der Stimme, und die anschließenden Jubelrufe wollten gar nicht mehr aufhören. »Was für eine Frau, was für eine Frau«, johlte ein blonder Mann etwas weiter hinten, der zwischen zwei ziemlich raffiniert wirkenden Damen stand, die sich eine nach der anderen meiner Mutter an den Hals warfen.

John hatte während der ganzen Zeit aufmerksam das Spektakel beobachtet, jetzt wandte er sich mir zu.

»Was geht hier vor?«, fragte er. Ich erklärte ihm, dass die Gäste Geld gesammelt hatten, statt ein Geschenk zu kaufen, und dass Mama jetzt mit dem Geld die ganze Gesellschaft einlud zu Essen und Tanz in der Stadt. John sperrte Mund und Augen auf.

»Sie scheint wirklich eine ziemlich spezielle Dame zu sein«, sagte er. Ich wollte ihm gerade etwas darauf erwidern, als Mama zu uns kam und John an beiden Händen ergriff.

»Jetzt müsst ihr aber mitkommen, ich dulde keine Widerrede. Eva mag zwar nicht tanzen und sich amüsieren, aber du doch sicher. Auf jeden Fall will ich keine mürrischen Gesichter um mich haben an meinem Geburtstag. Wir nehmen ein Taxi zum Djurgården, und ihr fahrt mit mir, und jetzt tut ihr, was ich sage.«

Der Boden wankte ein wenig unter meinen Füßen. Voller Panik drehte ich mich zu John um, aber ehe ich etwas sagen konnte, hatte er schon geantwortet, dass wir natürlich mitkämen und es ja ungezogen wäre, wenn wir diese Einladung ablehnten. Er sagte das halb mir, halb Mama zugewandt, und während einige Männer Taxis bestellten, sah ich, wie er sie fasziniert betrachtete, wie sie zwischen den Gästen umherlief, ihnen ins Gesicht lachte oder ihnen über die Arme strich.

»John, willst du wirklich … ich fühle mich nicht ganz fit, und ich wäre am liebsten allein mit dir. Können wir nicht …?«

John wandte sich um und schaute mich fragend an, während ich mit platten, vollkommen nichtssagenden Worten versuchte, das zu wiederholen, was ich eben gesagt hatte. Er runzelte die Stirn.

»Ich glaube, es wäre doch ziemlich unhöflich, wenn wir nicht mitkämen. Und ich werde ja trotz allem die ganze Zeit mit dir zusammen sein. Vielleicht ist das einfach eine gute Gelegenheit, deine Mutter ein bisschen besser kennen zu lernen? Das will ich ja sowieso. Wir haben den ganzen Abend für uns, Eva. Und die Nacht auch noch, wie ich hoffe.«

Er sagte das mit einer Überzeugung, gemischt mit einer rührenden Verwunderung, so dass mich eine heiße Woge der Erwartung überrollte, bei dem Gedanken an die Stunden allein, die hoffentlich vor uns lagen. Plötzlich verachtete ich mich selbst wegen meiner Feigheit und der Angst, John mit anderen zu teilen, genau wie seine frühere Freundin Anne, ein Verhalten, das zur Katastrophe beigetragen hatte. Ich beschloss, nicht auf meine schwarze Seite zu hören, ging in mein Zimmer und warf mir in aller Eile etwas über, das eher vorzeigbar war als das, was ich anhatte. Ich bürstete mir das Haar, fluchte, weil es nicht frisch gewaschen war, und kam gerade rechtzeitig zurück, um zu sehen, dass die Haustür offen stand und die Gäste bereits auf dem Weg zu den Taxis waren, die draußen warteten. Mama stand mit John vor einem Auto, und jetzt schubste sie ihn fast hinein, wobei sie sich zu mir umdrehte und brüllte: »Schließ ab, Eva! Ich habe den anderen gesagt, dass sie auf dich warten sollen!«

Sie verschwand hinter John, und das Auto fuhr mit einem Blitzstart davon. Ich beeilte mich, alle Lampen im Haus zu löschen, die Kerzen auszublasen und abzuschließen, und lief dann zur Straße, wo noch ein einsames Taxi stand. Der Mann mit den öligen Wellen im Haar und eine Frau in einem orangefarbenen Kleid saßen bereits auf den Rücksitzen des Wagens, und sobald ich eingestiegen war, fuhr der Fahrer los. Die anderen Autos waren schon seit langem verschwunden, wir konnten sie nicht mehr sehen.

»Wie schön. Hier sitzt man mit zwei eleganten Damen, beide orange, die eine oben, die andere unten«, lachte der Ölige. Er stellte sich als Gunnar vor und legte dann seine Arme um uns beide. Ich registrierte einen kräftigen Geruch nach Rasierwasser gemischt mit dem Parfümduft, den die Frau absonderte, und der Gestank erfüllte meine Nasenflügel und ließ das Pochen im Kopf anschwellen, während ich gleichzeitig spürte, dass mir heiß wurde. Gunnar lachte auf.

»Was für eine Wahnsinnsfrau sie doch ist, deine Mutter. Ich verspreche dir, Eva, das hier werde ich nie vergessen. ›Jetzt nehmen wir das Geld und fahren nach Hasselbacken. Ich zahle.‹ Ich zahle! Ja, sie ist wirklich ein Klasseweib. Kümmert sich nicht die Bohne darum, was die Leute denken. Ich sage nur, Eva, deine Mutter, die ist was ganz Besonderes.«

»Etwas ganz Besonderes«, kam das Echo von der orange gekleideten Frau, während sie ihren Lippenstift nachzog. Ich schaute ihr fasziniert zu, wie sie die Hülse und einen Spiegel hervorholte, den Lippenstift hochdrehte, die Lippen spitzte und immer wieder malte, bis sie zufrieden war.

»Immer gut gelaunt«, fuhr sie fort, während sie den Stift zurücklegte. »Es ist einfach ein Vergnügen, mit ihr zusammen zu sein. Da passiert immer irgendetwas. Du hast Glück, so eine Mutter zu haben. Wenn meine Mutter doch so gewesen wäre. Doch sie hockte zu Hause und ließ das Leben vor dem Küchenfenster Revue passieren, während sie die Blumen goss und sich nicht um Beckenbodenübungen kümmerte, so dass sie da unten herum vermutlich vollkommen ausgeleiert war. Das würde deiner Mutter nie passieren. Von der kannst du noch etwas lernen, du.«

Ich hörte die Stimmen, als würden sie langsam in mein Ohr gegossen, um irgendwo da drinnen zu einer Mischung aus Ideal und Wirklichkeit zu verschmelzen. Es rief Übelkeit in mir hervor, aber schließlich erreichten wir Djurgården und hielten vor Hasselbacken an. Ich kümmerte mich weder um die Garderobe noch um meine Mitreisenden, sondern suchte verzweifelt nach John, während ich mich zwischen festlich Gekleideten, verschwitzten Rücken und frisch gekämmten Frisuren zum Saal vorkämpfte, wo der Tanz bereits begonnen hatte. Auch hier war es voll, und zunächst sah ich nur eine wogende Masse von Körpern, die aneinander zogen und zerrten und sich im Takt der Musik begegneten und wieder trennten. Ich sah elegante Kostüme, bunte Kleider, die herumschwangen, Perlonstrümpfe und Schulterträger, die herunterrutschten. Schließlich sah ich John und Mama.

Sie tanzten Foxtrott in einer Variante, in der John Mama ab und zu losließ, um sie dann wieder einzufangen. Hasselbacken versuchte damals dem Rock mit Jazz und Swing zu begegnen, und da es genug gute Musiker, aber wenig Arbeit gab, traten dort immer erstklassige Bands auf. Aber das spielte für Mama keine Rolle, wenn sie nur tanzen konnte. Jetzt lachte und funkelte sie und ließ ihren Partner keine Sekunde aus den Augen, während John vorsichtig Blicke über die Schulter zur Tür hin warf. Er hatte einen Schlips um den Hals gebunden bekommen, vermutlich ausgeliehen, damit er hineingelassen wurde, und er tanzte gut, hatte Takt und Rhythmus im Blut und eine natürliche Geschmeidigkeit, die vielleicht vom Schwimmtraining herrührte. Ich schaute sie an und konnte das sehen, was so viele andere auch sahen, dass sie nämlich ein schönes Paar waren und gut zueinander passten.

»Wer ist denn ihr Neuer?«, hörte ich plötzlich die orange gekleidete Frau hinter mir fragen. Sie hatte mich eingeholt und fummelte jetzt mit einer Zigarette herum, bis es ihr schließlich gelang, sie anzuzünden.

»Er heißt John und ist mein Freund«, antwortete ich. Die Orangegekleidete sah mich mit unergründlichem Blick an, der vielleicht eine Prise Mitleid enthielt.

»Ja, dann«, antwortete sie vielsagend, und dann glitt sie in die tanzende Masse hinein, die dabei war, den Raum zu sprengen.

Ich kam gar nicht dazu, mich darüber zu beunruhigen, was sie da sagte. Ich konnte es nicht einmal überdenken. Denn im gleichen Moment entdeckte John mich und lächelte mir zu. Er beugte sich zu Mama vor und flüsterte ihr etwas ins Ohr, nahm sie am Arm, führte sie vom Tanzboden und ließ sie bei einigen ihrer Freunde zurück. Dann bahnte er sich seinen Weg durch die sich drehenden Paare, kam zu mir und umarmte mich.

»Endlich kommst du. Ehrlich gesagt bin ich ziemlich verwirrt. Plötzlich saß ich einfach in einem Taxi und war auf dem Weg irgendwohin. Du warst nicht da, und ich habe versucht, nein zu sagen. Aber ich bin nicht gerade dazu erzogen worden, eine Dame unnötig zu brüskieren, und dann wurde ich auf den Tanzboden gezogen und sollte tanzen. Ich meine, eigentlich tanze ich ja gern, aber das doch nur, wenn ich dazu aufgelegt bin. Alles war so … merkwürdig. Gott sei Dank, dass du hier bist. Denn schließlich bin ich ja deinetwegen gekommen.«

Die Nacht ist mein Freund, zum Glück. Bei Tageslicht hätte so ein Kommentar sich ebenso klebrig und süßlich ausgemacht wie der Teig in einer Kuchenform. Aber die Nacht ist barmherzig genug, dem Banalen den Stachel zu nehmen. Ich denke an all die Worte der Liebe, die des Nachts geflüstert werden, alle Zärtlichkeiten, die von der Dämmerung geschützt werden, und die Begegnungen von Körpern, die von dem Schleier der Dunkelheit verborgen alle Ecken und Schimmelflecken aufweichen. Während ich hier sitze und eins mit der Sommerdunkelheit werde, kann ich spüren, dass er das ehrlich meinte, und ich weiß, warum das, was er sagte, mich so erleichterte. Hätte ich die gleichen Zeilen beim Morgentee geschrieben, wäre ihre Bedeutung dagegen wieder verwandelt worden, hätte ihre dritte Dimension verloren und wäre zu einem alten Schwarzweißfoto geworden, das in ein Album geklebt und zur Bedeutungslosigkeit reduziert werden sollte, eine kleine Unterbrechung in der Zeit, nicht mehr wert als der Klecks, den sie verursacht hatte. Aber ich kann immer noch spüren, was ich damals gefühlt habe. Erleichterung. Trost. Schmunzeln über meine eigene Kleinlichkeit. Verwunderung darüber, dass mein Vertrauen in das, was wir in diesen drei Sommerwochen erlebt und geteilt hatten, nicht dazu reichte, mich über die flachste Türschwelle zu tragen.

Wir tanzten den größten Teil des Abends. Ich bewegte mich wie in Fiebernebeln, die vermutlich ganz real waren. Die Hitze, die in mir aufstieg, hatte nicht nur etwas mit John zu tun, sondern auch mit der Infektion, die Oberhand gewann und dazu führte, dass ich manchmal das Gefühl hatte, alles um mich herum würde sich drehen. Dennoch war ich glücklich. Durch die Rauchschleier hindurch sah ich Johns dunkles Haar, sein Lächeln, die braunen Augen und das weiße Hemd, das schnell Schweißflecken unter den Armen und am Rücken bekam.

»Bevor du nach England gekommen bist, habe ich die ganze Zeit davon geträumt, mit dir reden zu können. Und seitdem du da gewesen bist, ist es nur noch schlimmer geworden, denn jetzt träume ich davon, dich im Arm zu halten. Deinen Duft einzusaugen. Ich habe mich so nach dir gesehnt. Jeden Abend. Und es mag ja ganz schön sein zu wissen, dass es jemanden gibt, den man vermisst, aber es nützt nichts, wenn ich nur eins will: dich umarmen. Dir nahe sein. Dich sehen«, flüsterte er und strich mir mit der Hand das Rückgrat hinunter. Ich liebe dich, hoffe ich, habe ich zurückgeflüstert, aber ich glaube, er hat es nicht gehört.

Ab und zu wirbelten Mama oder einer ihrer Freunde an uns vorbei und versuchten uns an den Tisch zu ziehen, den sie besetzt hatten, auf dem Mamas Geburtstagsgeld im Laufe des Abends in Fleisch, Knabbersachen, Salat und natürlich Champagner verwandelt worden war, dazu Wein, Bier und diverse Drinks. Ab und zu gingen wir auch dorthin, aßen ein wenig, tranken einen Schluck und merkten, wie der Rausch mit jeder geschlagenen Stunde zunahm.

Einmal kam Mama mit ihrer Zunge ins Stolpern, als sie ihre Galle über einen Kollegen ausgoss, so dass sie Wein auf der Tischdecke verschüttete. Das geschah in Gegenwart einer Frau, die in Anbetracht von Mamas vertraulicher Stimmlage eine enge Freundin sein musste, die ich aber nie zuvor gesehen hatte. Der schwarzgelockte Mann wollte sich in das Gespräch einmischen, was ihm aber nicht gelang.

»Wann kommen Emil Iwring und Asta Jaeder?«, nuschelte er, schlief aber ein, als ihm klar wurde, dass der Musiker und die Sängerin, die er so bewunderte, an diesem Abend nicht spielen würden. Die orange gekleidete Frau versuchte immer wieder ein Gespräch mit John anzufangen und ihn auszufragen. Als sie hörte, dass er gerade eine Ausbildung begonnen hatte, um auf U-Booten arbeiten zu können, kannte ihre Begeisterung keine Grenzen mehr.

»We all live in a yellow submarine«, summte sie, und das Lied steckte den Rest der Gesellschaft an, bis zum Schluss alle grölten: »We all live in a yellow submarine, yellow submarine, yellow submarine.« Mama sang mit, und plötzlich entfachte sich ein Feuer in ihren Augen, das verkündete, dass sie am Rand des Abgrunds angekommen war, aber nicht im Traum daran dachte, sich zurückzuziehen. Sie stand auf, ein wenig schwankend, und ging zur Bühne, die sie mit einer gewissen Mühe erklomm.

Die routinierten Musiker lächelten sie zunächst nur an und spielten weiter, während Mama neben ihnen stand, tanzte und sang, als wäre sie ein vollwertiges Bandmitglied. Als der letzte Ton verklungen war, trat sie zu dem männlichen Sänger, umarmte ihn und flüsterte ihm etwas ins Ohr. Seine Art, mit ihr zu sprechen, ließ mich vermuten, dass sie einander kannten.

Durch die Musikpause waren die tanzenden Massen stehen geblieben, und erwartungsvolle Blicke richteten sich auf die Bühne. Mama stand im Zentrum von Hunderten von Augenpaaren, und sie fühlte sich sichtlich wohl in dieser Rolle. Plötzlich stand sie vor dem Mikrophon und sagte mit überraschend klarer und deutlicher Stimme, dass sie etwas zu verkünden habe.

»Wir haben einen Repräsentanten der englischen Flotte unter uns. John, hallo. Komm bitte auf die Bühne. Come on up, John.«

John, der neben mir stand, verstand nur seinen Namen und schaute mich fragend an. Ich versuchte ihm zu erklären, was Mama gesagt hatte, aber er konnte den Satz nicht zu Ende hören, da hatten Mamas Freunde ihn schon von beiden Seiten untergehakt und schleppten ihn zur Bühne. Ich sah, wie er nach vorn geschoben wurde, durch die Menschenmasse hindurch, die ihm bereitwillig Platz machte, und dass er schließlich hochgehoben wurde, ohne sich wehren zu können. Dann stand er dort neben Mama, die ihn lachend umarmte und ins Mikrophon rief. »Das hier ist John, begrüßt bitte John. Wir wollen John in Schweden willkommen heißen, und deshalb singen wir alle ›Yellow submarine‹.«

Bevor jemand protestieren konnte, spielte die Band den Auftakt zu dem neuen, bekanntesten Song des Jahres. Er gehörte sicher nicht zu ihrem üblichen Repertoire, aber sie waren professionell genug, um zu improvisieren, und Mama stellte sich mit John ans Mikrofon und fing an zu singen. Die Stimme war ein wenig schrill, sie sang normalerweise ziemlich gut, war jedoch momentan vom Alkohol aufgelockert und traf die Töne nicht immer. Aber sie war fröhlich, schön, enthusiastisch und selbstsicher, und als sie zum Refrain kam, hatte sie den ganzen Saal mitgerissen. »We all live in a yellow submarine, yellow submarine, yellow submarine«, hallte es auf Hasselbacken, und Mama dirigierte die Massen, während sie sich gleichzeitig bei John einhakte und ihn zwang, im Takt mit der Musik mitzuschunkeln. Es sah aus, als wäre es ihm peinlich, doch seine Höflichkeit verbot ihm förmlich, umgehend die Bühne zu verlassen oder auf andere Art zu zeigen, wie unangenehm ihm das war. Stattdessen versuchte er den Takt zu halten und das Ganze als eine neutrale schwedische Huldigung der englischen Flotte zu betrachten.

Ich weiß, dass das Lied ein Ende nahm. Ich weiß, dass Mama rauschenden Beifall bekam. Ich weiß, dass die Jubelrufe gar nicht aufhören wollten. Sie ging erneut ans Mikrofon und schrie: »Jetzt soll Eva singen!« Ich weiß, dass ich dastand und sie ansah und dass sie auf mich zeigte und wiederholte: »Jetzt soll Eva singen.« Ich konnte mich nicht bewegen, alle Farbe verschwand aus meinem Gesicht. Ich wurde unerbittlich zur Bühne hingeschoben und auf sie hinaufgehoben. Plötzlich stand ich da und war gezwungen, auf ein Menschenmeer hinabzuschauen, das zu mir aufschaute, lachte und zeigte, und ich erinnere mich, dass John versuchte, zu mir zu kommen, Mama ihn jedoch zurückhielt und erneut ins Mikrofon schrie, dass ich singen sollte.

»Sie soll für ihren Liebsten singen. Sie soll ›Smoke Gets in Your Eyes‹ singen«, grölte sie und wandte sich auffordernd der Band zu.

In diesem Moment wünschte ich mir, ich würde mich falsch erinnern. Sie wusste, dass mir der Song gut gefiel, aber ich hatte ihn noch nie in irgendeinem Zusammenhang gesungen. Heute kann ich nicht glauben, dass eine professionelle Band auf Befehl einer sicher schönen, aber betrunkenen Frau ein Lied zu spielen beginnt, und dass ein vollkommen zerschmettertes Mädchen, das selbst seine Einwilligung nicht gegeben hat, gezwungen werden sollte zu singen. In der Nacht, wenn die Worte im freien Fall purzeln dürfen, hoffe ich, dass die Erinnerung mich in ein Labyrinth gelockt und hinter meinem Rücken über mich gelacht hat. Aber ich erinnere mich.

Ich erinnere mich, wie das gesamte Publikum mich ansah. Wie John mich ansah. Wie Mama mich ansah und lachte. Wie das Orchester zu spielen begann. Wie ich mich wie eine Marionette vor das Mikrofon stellte und anfing zu singen von dem Rauch, den man so schnell in die Augen bekommt, wenn man verliebt ist. Wie meine Stimme nicht trug, wie sie abbrach, wie sie stolperte und zum Schluss fiel. Wie mir am ganzen Körper kalt wurde. Wie die Schweißtropfen sich in den Achselhöhlen lösten und entlang der nackten Haut unter der Bluse hinunterkullerten. Wie mein Herz immer schneller schlug, bis ich fürchtete, es könnte sich losreißen, zu Boden fallen und zertrampelt werden. Wie die Beine anfingen, unkontrolliert zu zittern. Wie ich den Fokus verlor. Wie ich fiel.

Ich wachte erst lange Zeit später wieder auf. Da lag ich in meinem Bett, und John saß neben mir und hielt meine Hand. Mama war nirgends zu sehen, und ich sah nur ihn, eine schwarze Gestalt im Dunkel, die, als ich mich bewegte, auf die Knie fiel und mir die Wange streichelte.

»Eva, was ist los mit dir? Geht es dir besser? Guter Gott, du hast mir vielleicht Angst gemacht.«

»Was ist passiert?« Ich versuchte mich aufzusetzen, aber John drückte mich vorsichtig zurück in die Kissen und führte ein Glas mit Wasser an meine Lippen. Ich trank ein wenig, während ein Teil des Inhalts übers Kissen lief und in mein Haar.

»Du bist da in dem Tanzlokal ohnmächtig geworden. Hätte der Sänger der Band dich nicht aufgefangen, wärst du direkt ins Publikum gefallen. Ich stand zu weit weg. Aber es ist uns gelungen, dich hinunterzutragen und dich wieder so weit ins Bewusstsein zu holen, dass du zu einem Taxi hinausgehen konntest. Deine Mutter war total beunruhigt. Sie ist mit uns nach Hause gefahren, und dann haben wir gemeinsam versucht, dich zu wecken, aber du hast nur unzusammenhängende Dinge gemurmelt von einem Hund und etwas über Karten spielen.«

»Ist Mama hier?«

»Ich glaube, sie ist jetzt ins Bett gegangen. Wir haben die ganze Zeit gemeinsam bei dir gesessen und auf dich aufgepasst. Sie war ganz außer sich vor Sorge und wollte eigentlich einen Arzt rufen. Aber dann kamen wir doch zu dem Schluss, dass wir damit noch warten könnten.«

»Und Mama hat hier gesessen? Zusammen mit dir?«

»Ja. Aber jetzt nicht mehr. Ich glaube …«

John. Umarme mich. Umarme mich. Beschütze mich.

»John. Kannst du zu mir ins Bett kommen? Bitte, ja? Kannst du mich umarmen? Umarme mich, John. Schiebe alles andere beiseite.«

Er schaute mich mit unendlich lieben Augen an. Dann zog er sich aus und kroch in das Bett, aus dem ich bisher alle Eindringlinge mit Vernunft und Rattenfallen verjagt hatte.

»Ich war nervös, dich wiederzusehen«, sagte er und legte dann seinen Arm um mich. Ich selbst lag zwar angezogen zwischen fieberheißen Laken, hatte aber dennoch nichts zu entblößen außer meinem Innersten, das bereits überwältigt war. John half mir aus den Kleidern, die von Schweiß und Zigarettengestank durchtränkt waren, und legte sie in einer für die Situation ungewöhnlich kontrollierten Bewegung auf den Boden. Dann verbrachten wir die Nacht zusammen, was mich heute noch dazu bringen kann, die Fäuste zu ballen, dass die Knöchel weiß hervortreten, während meine Augen möglichst nicht die Wirklichkeit sehen wollen, wie sie ist, sondern wie sie war. Ich weiß, dass es nach dieser Nacht keine Geheimnisse mehr zwischen uns gab. Wir wanderten mit Händen, Lippen und Zunge einer über den anderen und fanden den Stein der Weisen dort, wo er am wenigsten zu erwarten war, und wir dufteten, schmeckten und fühlten fest und glatt im Augenblick des Taus und Rosenduftes. Mein Körper war heiß, und das, was geschah, wurde von einer Fieberwoge hochgeschleudert, bevor es auf einem Feld, fernab von jeder Zivilisation, landete. John hatte meinen halben Rosenstrauß auf den Boden gestellt, und alles, was geschah, geschah vor dem Hintergrund eines aufgebrochenen, dunklen Rots an der Grenze zum Schwarz. So sah die Liebe aus. So sieht sie immer noch aus. Und ich weiß auch, dass John mir in dieser Nacht etwas gab, was ich heute noch besitze.

Wir schliefen Arm in Arm ein und wachten erst auf, als Mama am nächsten Morgen ins Zimmer kam und sagte, dass das Frühstück fertig sei. Es war noch nicht spät, und während ich mit dem hartnäckigen Schlaf kämpfte, überlegte ich, wie lange es her war, dass sie an einem Samstagmorgen so früh auf war.

»Wenn ihr fertig geschmust habt, könnt ihr in die Küche kommen«, sagte sie gereizt und beugte sich dann über mich, die ich außen im Bett lag.

»Wie geht es dir, Eva? Du fühlst dich immer noch ein bisschen heiß an. Soll ich das Thermometer holen? Oder willst du lieber im Bett frühstücken?«

Sie sah munter aus, war frisch geduscht und trug saubere Kleidung, und ich vernahm den Duft ihres Parfüms, als sie mir die Hand auf die Stirn legte. Die Berührung ließ mich erzittern, und ich setzte mich schnell auf, die Decke um den Leib gewickelt, so schnell, dass John für eine Sekunde entblößt dalag, bevor es ihm gelang, sich mit einem Kissen zu bedecken. Der Beutel mit Busters Ohren kam zum Vorschein, und ich ergriff ihn schnell und stopfte ihn unter die Matratze. Mama hatte ihn nicht gesehen. Sie sah John an und zeigte ein kleines Lächeln.

»Es gibt Grenzen dafür, wie krank man sein kann«, sagte sie mehrdeutig. Dann erklärte sie noch einmal, dass der Frühstückstisch gedeckt war, der Kaffee heiß dampfte und die Kerzen brannten.

John sah verlegen aus und zog sich schnell an. Nachdem er eine Kulturtasche aus seinem Rucksack hervorgeholt hatte, verschwand er im Badezimmer. Ich selbst konnte nicht aufstehen. Die Welt drehte sich immer noch um mich, da die Nacht der Infektion nicht gerade Linderung gebracht hatte. Als John aus dem Badezimmer zurückkam, gelang es mir aber doch, auch dorthin zu gehen. Der Blick in den Spiegel zeigte ein rotgeflammtes, verschwitztes Wesen, und nur mit größter Mühe gelang es mir, mich notdürftig zu waschen, zurückzugehen und Kleidung zu finden, die ich anziehen konnte. Auf dem Weg in die Küche sah ich, dass Mama und John bereits mit dem Frühstück begonnen hatten. Auf dem Tisch standen frisches Brot, leckerer Aufschnitt und eine große Kanne Kaffee, und ich fragte mich, wie Mama es geschafft hatte, all das zu organisieren, während sie dergleichen doch sonst nie machte.

»Und du magst Eva, wie es scheint?«, hörte ich im Flur. John antwortete etwas, das ich verstand als »Ja, sehr«, und Mama lachte laut auf.

»Na, die Hauptsache ist, dass du selbst zufrieden bist«, sagte sie und lachte wieder. Ich ging in die Küche und setzte mich, wurde von innen ganz schwarz. Ich kämpfte damit, meinen elenden Zustand nicht zu zeigen, aber es gelang mir kaum, dem Gespräch zu folgen, das von Johns Arbeit handelte. Mama fragte ihn, wieso er sich für das Militär entschieden habe, und John erklärte, dass er eigentlich ein friedliebender Mensch sei, aber sehr stark daran glaube, dass die Freiheit verteidigt werden müsse, über die sich seiner Meinung nach der westliche Teil der Welt freuen könne.

»Eva hat leider einmal gesagt, dass meine Arbeit sie zynisch werden lässt und dass sie nicht die gleichen Ansichten wie ich vertritt, was die Rechte eines Landes betrifft, sich in die inneren Angelegenheiten eines anderen Landes einzumischen. Aber das sind Dinge, von denen ich hoffe, dass wir die Möglichkeit bekommen werden, sie ausführlicher zu diskutieren, damit wir unsere Widersprüche überbrücken können.«

Mama trank einen großen Schluck Kaffee. Als sie John wieder ansah, hatte sie dieses leicht wahnsinnige Funkeln in den Augen, das sie auch am Abend zuvor auf Hasselbacken gehabt hatte.

»Ja, ein Kind glaubt oft noch an Märchen, und trotz allem ist Eva ja noch ein Kind. Das ist sicher etwas anderes, wenn man einen Krieg selbst miterlebt hat und weiß, worum es geht.«

Und dann erzählte sie von der Zeit, als sie während des Zweiten Weltkriegs in Norrland war und wie die Rationierung das tägliche Leben bestimmt hatte. Als junges Mädchen hatte sie einmal eine Kanne mit Rahm unter ihrem Mantel verstecken müssen, Rahm, den ihr Vater gegen das Anfertigen einiger Möbel eingetauscht hatte. John erzählte, dass er keine konkrete Erinnerung an den Krieg besaß, seine Eltern ihm aber von der Bombardierung Londons erzählt hatten und von den Ängsten, die die Zivilbevölkerung hatte durchmachen müssen. Ich selbst spürte es in meinem Kopf pochen, und schließlich musste ich zurück ins Bett gehen, auf das ich fiel und mich fühlte, als wütete der Zweite Weltkrieg in meinem Körper. Ich holte Busters Ohren hervor und versuchte zu berichten.

Der Samstag verschwand wie im Nebel. Ich schlief, wachte auf und schlief wieder ein, und meistens, aber nicht immer, saß John an meiner Seite und strich mir über die Wange, wenn ich die Augenlider öffnete, die ganz angeschwollen waren. Manchmal kam er mit kleinen Speisen, die ich aber nicht essen konnte, und abends legte er sich auf eine Matratze, die Mama irgendwann herbeigeschleppt und neben mein Bett geworfen hatte. Ich weiß, dass ich mich fast nicht traute einzuschlafen, aus Angst, die Matratze könnte leer sein, wenn ich wieder aufwachte, aber ich meine, seinen Körper die ganze Nacht hindurch neben meinem Bett gesehen zu haben. Am nächsten Morgen weckte er mich aus meinem unruhigen Dämmerschlaf. Er war angezogen und küsste mich auf das ganze Gesicht und flüsterte, dass er zum Flughafen müsse, wie sehr er mich liebe und hoffe, dass wir uns bald wiedersehen könnten, vielleicht bereits in den Weihnachtsferien. Er umarmte mich, und ich weinte an seiner Schulter, während ich ihn um Verzeihung bat, weil ich doch alles kaputtgemacht hatte und es so dumm gelaufen war. Schließlich musste er mich fast von sich losreißen.

»Ich lasse von mir hören, Eva, du hörst von mir, und bitte, schreib mir. Deine Briefe halten mich aufrecht, wenn ein neuer ankommt, verstecke ich ihn meistens in der Uniform und lese ihn erst am Abend. Es sind deine Briefe, die ich jetzt am Herzen trage, Eva, und das ist keine Strafe mehr. Das ist eine Belohnung.«

Das war das Letzte, was er sagte, dann fuhr er sich mit der Hand an den Kopf, fast wie zum militärischen Gruß. Danach drehte er sich um und verschwand. Die Tür war noch nicht richtig ins Schloss gefallen, da spürte ich bereits die Sehnsucht, die in mir zerrte, als hätte mich jemand in zwei Stücke gerissen. Ich stellte mich auf meine schwachen Beine, schlüpfte in eine Hose und warf mir einen Pullover über, lief auf den Flur, schnappte mir irgendeine Jacke, es war eine von Mama, zog sie an, dazu ein Paar Schuhe, und stürzte hinaus. Die Oktoberkälte raubte mir fast den Atem, und ich schaute mich verzweifelt um, bis ich meinte, Johns Gestalt mit dem Rucksack um eine Straßenecke verschwinden zu sehen. An unserem Zaun lehnte mein Fahrrad, unverschlossen wie immer, und ich nahm es und schwang mich darauf. Ein feiner Nieselregen rieb mir über das Gesicht und kühlte meine Wangen, während ich losstrampelte in einem verzweifelten Versuch, die Person noch zu erreichen, von der ich glaubte, es wäre John. Ich bog um die Ecke und schaute mich voller Panik um, konnte aber niemanden sehen, fuhr in alle Richtungen, während ich Johns Namen immer und immer wieder schrie. Schließlich musste ich einsehen, dass es vergebens war, dass er für dieses Mal fort war und der Abstand zwischen uns immer größer wurde.

Erst da spürte ich, dass ich kurz vor dem Umfallen war, ich war gezwungen abzusteigen und mich an den Lenker zu lehnen, um nach Luft zu schnappen. Ein vorbeigehender Mann trat auf mich zu und fragte vorsichtig, was mit mir los sei, aber es gelang mir zu antworten, dass alles in Ordnung wäre, bevor ich das Fahrrad wendete, um vorsichtig und langsam nach Hause zu gehen. Ich war nicht mehr in der Lage zu fahren, halb schob, halb zerrte ich das Fahrrad zurück, und als ich an unserem Haus angekommen war, warf ich es nur noch auf das Gras, bevor ich mich zur Tür schleppte und sie öffnete.

Im Flur stand Mama. Ich schloss die Tür hinter mir und zog die Schuhe aus. Als ich mich wieder erhob, sah ich, dass sie immer noch dastand, die Arme vor der Brust verschränkt. Erst jetzt erkannte ich, dass ihr Gesicht vor Wut verzerrt war, und ich wusste von Anfang an, dass ich verloren hatte. Es gab keine Kraft mehr, um zu parieren.

»Du hast meine Jacke genommen!«, schrie sie.

Ich versuchte zu erklären, dass John fortgegangen sei und dass ich nur schnell hinter ihm hatte herlaufen wollen, um mich richtig von ihm zu verabschieden, und deshalb hatte ich die erstbeste Jacke genommen und …

»Ich wollte mit dem Auto zu Annika fahren, mich mit ihr in der Stadt treffen. Und als ich die Jacke nehmen wollte, habe ich gesehen, dass sie weg war, und der Autoschlüssel war in der Jackentasche. Wer hat dir erlaubt, meine Jacke zu nehmen?

Du weißt, dass ich verlange, dass sie da hängen soll, und jetzt komme ich zu spät, du hast deine eigenen Kleider, wie kannst du es wagen, einfach so meine Jacke zu nehmen, meine Pläne zu durchkreuzen, du schaffst doch sowieso nichts, überhaupt nichts, das machst du nicht mit mir, wie kannst du dich so benehmen? Meine Jacke hängt dort, weil es meine Jacke ist und weil mein Autoschlüssel in meiner Jacke liegt. Jetzt komme ich zu spät. Zu spät! Und du …«

»Entschuldige, Mama. Entschuldige. Ich habe nur versucht ihn einzuholen, ich meine, ich wollte sie ja nur ganz kurz ausleihen, um …«

Da brach meine Stimme ab. Ich war nicht mehr in der Lage, Widerstand zu leisten, mochte nichts mehr von meiner eigenen Erbärmlichkeit hören, war nicht mehr fähig, an Revolution zu denken. Alle Fürsorge war aus ihrem Gesicht verschwunden, das Schöne und Barmherzige war verzerrt und gerissen, die Augen schrien mich mit einem hysterischen Hass an, der keine Grenzen kannte. Sie schimpfte immer noch über die Jacke, bis ich sagte: »Mama, das reicht jetzt.« Dieser Kommentar steigerte ihren Wahnsinn noch weiter. Jetzt brüllte sie so laut, dass ihr Gesicht rote Flecken bekam:

»Du sagst mir nicht, dass es reicht! Hörst du, du sagst mir nicht, was ich zu tun habe, du hörst mir zu, du sollst mich respektieren, du machst mich nicht nieder, du bist so launisch, ich erlaube dir nicht, dass du …!«

Meine Beine knickten fast ohne mein Zutun zusammen, und ich ließ mich vor ihr auf den Boden fallen und schrie: »Hör auf, Mama, hör auf, entschuldige, aber hör endlich auf …!«

»Steh auf! Stell dich hin. Stell dich hin, habe ich gesagt. Wie kannst du es wagen, dich mir gegenüber so aufzuführen?«

Ich schaute ihr direkt ins Gesicht, aus ihren Augen blitzten Ekel und Verachtung, und ich hörte die Stimme und bekam Angst vor dem, was ich vor mir hatte. Ich schaute unter dem gelockten roten Haar, das sich mir über die Augen gelegt hatte, zu der Frau hoch, die nicht meine Mutter sein konnte. Dann verrichtete mein Körper seine Arbeit ohne mich und stand auf, während meine Lippen flüsterten: »Entschuldige, entschuldige, entschuldige, bitte, Mama, entschuldige.« Anschließend drehte ich mich um und ging in mein Zimmer. Als ich die Tür hinter mir schloss, dachte ich, dass ich nie wieder hinausgehen würde, es sei denn, um sie zu töten. Dann zog ich mir Hose und Pullover aus, kroch nackt zwischen die feuchten Laken und zitterte unkontrolliert, bis ich schließlich einschlief. Als Pik König kam, kam er als Befreier, der mich wie John küsste und mich zurechtwies, weil ich untreu gewesen war.

Sven schaute vor kurzem herein. Ich glaube, er musste auf die Toilette und war wohl etwas schockiert, mich hier sitzen und die Dämonen meiner eigenen Geschichte beschwören zu sehen. Ich habe das Glas der Nacht geleert, Gott mag mir verzeihen, dass es dieses Mal Cognac war, und ich sehe meinen Armen an, dass Susanne recht hat, wenn sie behauptet, dass ich zu wenig esse, was gleichzeitig bedeutet, dass ich zu viel trinke. Ich habe im Laufe des Sommers abgenommen. Vielleicht sollte ich doch zu Sven hineingehen, bevor er herauskommt, um mich mit sanfter Gewalt ins Bett zu holen. Er hat mich nie wie John geküsst. Aber das habe ich auch nicht gewollt. Das hat keiner von uns gewollt.

27. Juli

Heute hat die Sonne zugelegt. Darüber waren Sven und ich sehr froh, da Susanne und die Kinder vorbeikommen wollten, um Susannes Geburtstag zu feiern. Sie wird achtunddreißig und hatte eigentlich gar nicht feiern wollen, nur mit viel Mühe war es uns gelungen, sie zu überreden, sich zumindest von uns zu Kaffee und Kuchen einladen zu lassen. Schließlich gab sie nach und schaute mit den Kindern vorbei, Per, Mari und Anna-Clara, die fröhlich und braungebrannt wirkten. Anna-Clara wird mit jedem Tag schöner. Jetzt kann ich sehen, dass meine momentane Einsicht in ihre Schönheit nötig war, um sie kontinuierlich bewundern zu können.

Wie üblich holte sie sich ziemlich schnell einige Bücher und Zeitschriften, setzte sich zu den Rosen und las, aber vorher fragte sie mich, ob ich auch ordentlich in mein Tagebuch geschrieben hatte.

»Ja, weißt du, Anna-Clara, das habe ich tatsächlich. Ich schreibe so viel, dass ich schon aufgezogen werde, ob ich wohl meine Memoiren schreibe«, antwortete ich.

»Aber das tust du doch«, erwiderte sie und zog die Augenbrauen hoch, als wäre meine Behauptung überhaupt nicht von Bedeutung.

»Ja, vielleicht hast du ja recht«, antwortete ich ehrlich und fragte, was sie zu trinken haben wolle. Sie nahm Saft, wie die anderen, und das schaffe ich immer noch, Konzentrat und Wasser zu mischen und mit Eiswürfeln aufzufüllen. Für die Torte war dagegen Åsa Hembageri verantwortlich.

Die Kinder baten bald, vom Tisch aufstehen zu dürfen, so dass nur Susanne, Sven und ich zurückblieben. Wir unterhielten uns über Banalitäten und Allgemeines. Ich erzählte, dass Petra Hans tatsächlich geschlagen hatte, woraufhin er sie verlassen hatte, was sie wiederum mit einer Gartenparty gefeiert hat. Susanne schmatzte fröhlich mit den Lippen, als sie hörte, was wir gegessen und getrunken haben.

»Ich fand schon immer, dass Hans Fredriksson eine traurige Gestalt ist, aber ich dachte, dass Petra vielleicht auch nicht viel unterhaltsamer war. Es ist interessant zu hören, dass sie sich selbst beim Schopfe gepackt hat. Ich sollte vielleicht mal mit ihr reden und hören, was sie so denkt. Sie vielleicht ein wenig aufmuntern. Selbstvertrauen ist trotz allem leicht verderbliche Ware und schimmelt ziemlich schnell.«

Ich schaute meine Tochter an, die ein bisschen mehr Farbe bekommen zu haben und fröhlicher zu sein schien als beim letzten Treffen. Ihr dunkles Haar ringelte sich fast gierig um die Schultern, und die nackten Füße sahen glücklich aus im Gras. Ihr Kleid war blau, und sie trug bunte Reifen um den Arm.

»Du siehst gut aus, Susanne. Richtig gut«, rutschte es mir heraus, mir, die ich doch zu hören bekommen hatte, dass ich sie zu Tode liebe. Doch es schien, als hätte sie mir verziehen.

»Danke. Ja, im Augenblick geht es mir ganz gut. Mari und ich haben viel miteinander geredet, und vielleicht, aber nur vielleicht, geht es ihr ein kleines bisschen besser. Ich will nichts verschreien, du weißt, wie ich bin, Mama, aber ich habe das Gefühl, dass wir das hier schaffen. Ohne Jens. Wer weiß, vielleicht ist es möglich, dass das Unglück auch ihn zu fassen kriegt, gerade wenn wir darüber hinweggekommen sind.«

Sie lächelte kurz, dieses Lächeln, das mir so vertraut ist, und ging dann, um Kuchen zu holen. Ich hatte wie üblich keinen Appetit, dachte aber, ich sollte mich zwingen, etwas zu essen, um zumindest so die Kommentare zu vermeiden. Sven hielt bei Gelegenheit eine Rede darauf, was Susanne uns bedeutete. Dann verkündete er, dass wir uns entschlossen hatten, ihr eine größere Summe Geld zu überweisen, damit sie sich ein neues Auto kaufen könnte. Wir wussten, dass Susanne normalerweise nie finanzielle Unterstützung annehmen würde, hofften aber, dass sie das doch täte, wenn es als Geburtstagsgeschenk getarnt war. Sie war wohlerzogen genug, um nicht sofort zu protestieren, auch wenn sie die Augenbrauen hochzog.

Anna-Clara kam vorbei und erzählte, dass ein blauer Schmetterling auf ihrer Hand gesessen hatte, als sie las, und dass er sie fast eine ganze Stunde nicht wieder verlassen hatte. Er war über ihre Finger gekrabbelt, dann auf das Buch geflogen und hatte sich auf die Seite gesetzt, als wollte er auch lesen. Anschließend war er wieder auf ihre Hand geflogen.

»Ich glaube, das war ein Engel, Oma. Er hatte die gleiche Farbe wie ein Engel, und jetzt hat sich der Engel bestimmt den Körper des Schmetterlings geliehen, um zu uns zu fliegen und bei uns sein zu können«, verkündete sie. Ich lächelte über diesen schönen Gedanken und strich ihr vorsichtig über das Haar, ich weiß, dass es ihr schwerfällt, sich in den Arm nehmen zu lassen. Sie ließ es für eine flüchtige Sekunde zu, um dann wieder in ihre Lesehöhle zu verschwinden.

Schließlich brachen sie auf, Susanne mit dem

Arm voller Rosen. Ich hatte ihr einen dicken Strauß von einer Sorte geschnitten, die von den Engländern als The Sweetheart Rose bezeichnet wird, eine halb gefüllte, hellrosa Teehybride mit goldenen Sonnenflecken, die in dicken Büscheln wächst und die ich im Winter besonders schützen muss. Susanne weiß sicher gar nicht, wie diese Rose heißt und dass ich sie ihr gebe, weil sie mir so viel bedeutet, und sie musste laut lachen, als sie mich aus den Büschen wieder auftauchen sah, von herunterrieselnden Rosenblättern umgeben.

»Dass du diese Rosen so pflegst, Mama, das habe ich nie begriffen. All diese Jahre. Eigentlich sind das doch ziemlich schwer zu pflegende Blumen. Irgendwie mürrische. Unzuverlässige. Ich habe auch schon eine schöne Rose gehabt, die ich nach allen Regeln der Kunst gepflegt habe. Trotzdem ist sie nach einiger Zeit eingegangen, ohne je geblüht zu haben. Und dann kann man ein billiges Ding haben, von dem man glaubt, es wird den nächsten Tag nicht überleben, und das öffnet sich und blüht ganz unglaublich.«

Sie steckte ihre Nase in den Strauß, und ich dachte, dass alles eine Frage des Vergleichs ist und dass die mürrischste Blume berechenbarer sein kann als die nettesten Menschen. Meine Rosen haben mich immer belohnt, auch wenn ich dafür hart arbeiten musste. Dagegen ist mir nie der Gedanke gekommen, sie würden mich zu viel Anstrengung kosten. Die Eintrittskarte in den Himmel kostet sicher auch einiges, während die Hölle gratis ist.

Susanne hatte Probleme, die Kinder von den kleinen Kätzchen wegzubekommen, die Isa endlich zur Welt gebracht hatte. Selbst Anna-Clara riss sich von ihren Büchern los, um die drei Wollknäuel in Grau, Schwarz und Gesprenkelt anzusehen, und ich hoffe und glaube, dass zumindest eines von ihnen bald bei ihnen ein Zuhause finden wird. Eric läuft laut maunzend wie ein stolzer Casanova herum, und ich kann ihn verstehen. Ich bekam nur ein Kind, während es ihm bereits gelungen ist, das Dreifache zu vollbringen.

Ich hatte gedacht, der Tag würde im gleichen ruhigen Rhythmus weitergehen, doch darin hatte ich mich gehörig geirrt. Sobald Susannes Auto um die Ecke gebogen war, setzte ich mich in meines, um zu Iréne zu fahren. Ich war seit einigen Tagen nicht mehr bei ihr gewesen, weiß aber natürlich, dass sie dort in ihrem Rollstuhl sitzt und wie ein abgebrochener Ast über den Armlehnen hängt, und im Hinblick auf die Hitze fühlte ich mich gezwungen nachzusehen, ob sie auch genug zu trinken bekommt. Vielleicht könnte ich sie sogar ein wenig in die Sonne rollen. Sven beschloss, nicht mitzufahren, sich stattdessen um Abwasch und Einkauf zu kümmern, und so trennten wir uns, jeder eilte zu seinen Pflichten.

Im Sundgården war wie üblich kein Mensch zu sehen, und erst als ich an einem Personalzimmer vorbeikam, entdeckte ich vier, fünf Personen, die in abgeschiedener Ruhe mit Kaffeetassen um den Tisch saßen. Ich fand schließlich den Speisesaal, und dort saß sie, Iréne. Sie schlief, als ich kam, und sah magerer und elender aus als je zuvor. Ihre Oberlippe war wieder von groben Haaren bevölkert, sie hatte Essensreste an der Wange und trug eine schmutzige, grüne Bluse, die sauber gewesen war, als ich sie das letzte Mal mitgebracht hatte. Ich schaute mich um, ob jemand in der Nähe war, der für das Essen verantwortlich sein konnte, aber alles war leer. Eine Tür stand zu einem Hinterhof hin offen, und ich sah, wie ein alter Mann vorsichtig mit seinem Rollstuhl kämpfte, um in die Sonne zu kommen. Ich ging zu ihm und bot ihm an zu helfen, erhielt jedoch ein mürrisches Nein als Antwort und kehrte daraufhin zurück zu Iréne. Vielleicht spürte sie meine Nähe, denn sie schaute auf. Ihre Augen suchten meine, doch der Mund kam nicht mit, er blieb unten hängen.

»Bischt du gegommen, um misch nach Hausche schu holn?«, sagte sie, und ich konnte hören, wie belegt die Stimme war, aber die Botschaft war deutlich. Nach Hause. Nach Hause zu dem Gesunden und Vertrauten, aber ich konnte nichts anderes tun, als erneut die Litanei von mir zu geben, dass sie natürlich wieder nach Hause kommen sollte, aber noch nicht heute, »dazu bist du noch zu krank, Iréne«. Sie bat um ein bisschen Wasser, und ich holte es aus dem Kühlschrank, ohne dass es mir auch nur im Geringsten peinlich war, in den Domänen anderer zu wühlen. Ein paar Schlucke trank sie, und ich hielt ihre Hand, die ganz kalt war, und dachte, dass sie hier lebendig begraben war, aber was sollte ich nur tun? Vielleicht fühlte sie das Gleiche, denn plötzlich packte sie mit überraschend festem Griff mit ihrer gesunden Hand meinen Arm.

»Mir geht esch schlecht. Mir geht es scho schrecklich schlecht«, sagte sie, und als ich sie ansah, bemerkte ich, dass sie trotz ihrer kalten Finger schwitzte. Ich rief voller Panik nach jemandem, doch niemand antwortete. Ich rief noch einmal, und schließlich kamen zwei junge Mädchen herein, beide waren mir vollkommen unbekannt.

»Es geht ihr schlecht«, sagte ich, und die Mädchen ergriffen den Rollstuhl, nachdem sie sich mir artig vorgestellt hatten. Die eine hatte einen Ring in der Lippe und zotteliges, schwarzes Haar, die andere war reichlich tätowiert, aber sie halfen Iréne jedenfalls in ihr Zimmer und hoben sie mit sanften, liebevollen Griffen in den Sitz, mit dem sie ins Bett überführt werden konnte. Dann riefen sie nach der Krankenschwester.

Ich setzte mich zu Iréne und hielt ihre Hand.

»Was für ein Glück, dass ich gerade heute gekommen bin«, sagte ich.

»Ja, dasch war wohl rischtisch Glück«, antwortete sie und drückte meine Finger. So saßen wir in stiller Eintracht, bis die Krankenschwester hereinkam und Iréne untersuchte und ihren Blutdruck maß.

»Ich glaube, ich muss den Krankenwagen rufen«, sagte sie schließlich. Ich fragte mich, was wohl passiert wäre, wenn ich nicht gerade da gewesen wäre. Ob Iréne in aller Stille in einem Raum voller Fliegen im Sundgården gestorben wäre, oder ob sie die Kraft gehabt hätte, mit ihren Symptomen bis zum nächsten Besuch zu warten. Es dauerte jedenfalls nicht lange, dann tauchten die Sanitäter auf, zwei ruhige junge Männer, die mich an zwei andere Krankenwagenfahrer vor langer Zeit erinnerten, und sie legten Iréne auf eine Trage und fuhren mit ihr hinaus. Ich erzählte ihnen, wer ich war, und sie erklärten, dass ich gern mit dem Wagen hinter ihnen herfahren könne, wenn ich wollte. Dann gingen wir hinaus in den Sonnenschein, in ein Leben, das mir plötzlich imaginär erschien, zerbrechlich wie eine Seifenblase und vielleicht gar nicht real.

Ich folgte dem Krankenwagen, rief währenddessen Sven an und erzählte ihm, dass ich auf dem Weg ins Krankenhaus war. Dann rief ich die Tochter an, bekam sie sogar an den Apparat und erzählte ihr, was passiert war und dass es möglicherweise ernst war. Sie versprach zu kommen, sobald sie konnte. Dann wurde sie umso wortreicher in ihren Ausführungen hinsichtlich der Ungerechtigkeiten, denen Iréne sie ihr ganzes Leben lang ausgesetzt hatte.

»Sie ist das Böse in Person«, sagte sie schließlich.

Irgendwo in mir klickte es, als wäre eine Schnalle eingeschnappt. Das Böse in Person nannte sie ihre Mama sogar noch, während der Tod schon um die Ecke lauerte. Das war nicht nur schrecklich, das war gleichzeitig auch irgendwie mutig. Sie stand zu ihrem Hass, auch wenn es unwiderruflich sein würde, und ich dachte, dass es viel Stärke brauchte, Schuldgefühle und das schlechte Gewissen so kategorisch herauszufordern. Dennoch nützte es nichts gegen die Wehmut, denn als ich einen Parkplatz gefunden hatte, in die Aufnahme ging und dort Iréne fand, konnte ich es nicht verhindern, dass die Trauer hinter den Augenlidern anklopfte. Sie hatte Schläuche in den Armen und Sauerstoff über der Nase. Kompetentes Personal lief hin und her, und alles sah sauber und hell aus, ganz im Gegensatz zu der Misere im Heim. Schließlich blieb ein Arzt bei mir stehen.

»Wir haben den Verdacht, dass sie einen Herzinfarkt hatte, aber wir können noch nichts sicher sagen. Die Ergebnisse der Untersuchungen bekommen wir erst später, aber erst einmal wollen wir sie zum Röntgen schicken«, sagte er.

»Wird sie eingewiesen?«, fragte ich voller Verzweiflung bei dem Gedanken an einen Rücktransport nach Sundgården.

»Wir behalten sie zumindest über Nacht hier. Momentan sieht es schlecht aus mit Plätzen, und wir haben die ganze Notaufnahme voll mit ausgetrockneten Alten. Aber es ist uns gelungen, ein Bett auf einer Station zu besorgen. Da kann sie vorerst bleiben«, antwortete der Arzt.

Sie rollten sie weg, nachdem ich mich vergewissert hatte, dass ich nichts mehr tun konnte, und als ich das Gebäude verließ, dachte ich, dass diese Pflegerochade doch irgendwann einmal ein Ende haben musste. Es kann nicht sein, dass ein ganzes Leben voller Arbeit im Stall sein Ende findet, nur weil es keinen Platz in der Herberge gibt.

Auf dem Heimweg kam ich an dem Laden des Marokkaners vorbei, aber die Türen waren geschlossen, und niemand war zu sehen. Ein Impuls ließ mich dennoch anhalten und an die Tür klopfen, und nach einer Weile wurde sie einen Spalt weit geöffnet. Einer der Söhne des Marokkaners schob seinen Kopf heraus und begrüßte mich, als er sah, dass ich es war.

»Ist dein Papa da?«, fragte ich.

»Nein, aber Mama«, antwortete er und rief etwas über die Schulter. Kurz darauf kam die Frau des Marokkaners an die Tür. Das dunkle Haar trug sie offen über die Schultern, und die Falten in ihrem Gesicht traten deutlicher hervor als früher. Sie schaute mich fragend an, und ich erklärte, dass ich nur wissen wollte, wie es ihnen gehe und dass es mir leidtue, was passiert sei.

»Willst du nicht auf eine Tasse Tee reinkommen?«, fragte sie, und ich brachte es nicht über mich, nein zu sagen, obwohl ich eigentlich nach Hause wollte. Ich nickte, und sie öffnete die Tür und schloss sie gleich wieder hinter mir, während sie die Unordnung entschuldigte.

Erst da sah ich, dass in dem Laden alles durcheinanderlag. Kisten mit Obst und Gemüse übereinandergestapelt, dazwischen Taschen und Tüten mit Kleidung. Die Frau des Marokkaners verschwand in der Küche und kam mit einem Glas mit dampfendem Tee zurück, in schöner gelbgrüner Farbe und mit einem Minzblatt obendrauf. Ich trank einen Schluck von dem aromatischen Getränk und öffnete den Mund, um zu fragen, was ich da trank, aber sie kam mir zuvor.

»Wir kochen den Tee aus frischer Pfefferminze, über die wir heißes Wasser gießen. Dann rühren wir Zucker hinein. Eigentlich essen wir immer noch Datteln dazu.«

Sie verstummte, fuhr dann aber doch fort:

»Wir ziehen weg. Zu Verwandten nach Stockholm. Die haben einen Laden und brauchen Hilfe.«

Wieder öffnete ich den Mund, um ihr zu sagen, wie verzweifelt ich darüber war, dass es nicht mehr möglich sein sollte, bei ihnen zu unchristlichen Zeiten einzukaufen, aber erneut kam sie mir zuvor. Ihr Schwedisch klang genauso aromatisch wie der Tee, den wir tranken, genauso nah und genauso warm.

»Barmherzigkeit muss nicht erklärt werden. Ich weiß, dass du uns magst, Eva, und das genügt. Mach dir keine Gedanken über uns. Du hast genug mit dir selbst zu tun.«

Sie trank von ihrem Tee und schaute mich erneut an.

»Lass mich in deiner Hand lesen«, sagte sie, und ich reichte sie ihr, ohne an die Konsequenzen zu denken. Sie betrachtete sie, ließ den Zeigefinger den Linien in der Handfläche folgen und sah mir dann in die Augen. Ihre eigene Hand hatte eine sonderbare Farbe, dunkel, aber mit goldenen Flecken im Grund, und jetzt senkte sie sie wieder und studierte meine Hand.

»Du musst irgendwann nach Hause kommen«,

sagte sie schließlich. »Du bist so lange fort gewesen. Jetzt musst du nach Hause kommen. Und er kann mit dir kommen. Oder zu dir.«

»Soll ich das verstehen?« Ich fragte halb scherzhaft, halb im Ernst, aber sie nahm die Frage ernst und antwortete dementsprechend.

»Das sollst du nicht nur, das ist das einzig Wichtige«, erklärte sie. Dann ließ sie meine Hand los und lachte auf.

»Guck mal, jetzt mache ich genau das, was von einer Frau aus Marokko erwartet wird. Ich lese aus der Hand. Wie nennt ihr das? Ein Klischee, nicht wahr?«

Ich schaute sie verwundert an, aber mehr sagte sie nicht, und ich wollte auch nicht nachfragen. Stattdessen tranken wir schweigend unseren Tee. Nach einer Weile bedankte ich mich und fragte mit dem Quasimitgefühl einer Außenstehenden, ob es etwas zu helfen gäbe. Sie schüttelte den Kopf.

»Du hast genug mit dir selbst zu tun«, wiederholte sie und streckte mir die Hand hin. Ich ergriff sie und wünschte ihr viel Glück und bat sie, ihren Mann zu grüßen. Das versprach sie und schenkte mir zum Abschied zwei schöne Melonen.

»Nimm sie. Du warst eine gute Kundin, und wir haben dich immer gemocht. Das weißt du«, sagte sie. Ich nickte und ging, fuhr das letzte Stück nach Hause und ließ eine Familie hinter mir, die ich viele Jahre gekannt hatte, ohne etwas Wesentliches von ihr zu wissen. Der Adler hatte ganz offen gesagt, dass er der Ansicht sei, die Leute könnten sein, wie sie wollten, wenn er nur seinen Bekanntenkreis selbst aussuchen durfte, und jetzt kam mir in den Sinn, dass das, was mich so geärgert hatte, vielleicht auch für mich selbst galt. Mein konkretes Engagement geschah aus den gleichen Gründen wie seines. Es war nur eine Definitionsfrage.

Ich ging mit meinem schmerzenden Rücken mühsam die Treppen hinauf und hoffte, dass Sven so schlau gewesen war, etwas zu essen zu kochen, und wenn es nur ein Omelett war, da ich wirklich Hunger verspürte. Dann ging ich aus alter Gewohnheit zu meinen Rosen, blieb jedoch auf halbem Weg stehen. Etwas ragte zwischen den Rosen hervor, und als ich näher kam, sah ich, dass es ein großer Holzpfahl war, den man in den Boden gerammt hatte. Wut erfüllte meinen Körper, so dass ich schnell in die Küche lief, wo Sven stand und in einem Topf rührte.

»Sven, was hast du getan? Was ragt da zwischen den Rosen hervor? Wie kannst du so etwas tun, wenn ich nicht da bin, ich …«

»Eva, beruhige dich. Ich habe dir doch gesagt, dass der Adler vorbeikommen will, um sich die Wasserleitung anzusehen, und das hat er jetzt getan. Der Pfahl ist nur eine Markierung, damit wir weitergraben können, und, Eva, der Adler hat gesagt, dass …«

Ich hörte nicht länger zu. Ich rannte wieder hinaus zu den Rosen, so schnell ich konnte, zwängte mich durch das dichte Laubwerk, zerkratzte mir die Finger und packte den Pfahl, den ich ohne Erfolg herauszureißen versuchte. Gleichzeitig kamen mir die Tränen, diese Salzspritzer auf der Haut, von denen ich nicht mehr geglaubt hatte, sie mir leisten zu können, und ich zog und zerrte, während eine Flut von Gefühlen den Körper verließ und die Wangen hinunterrann. Du musst irgendwann nach Hause kommen, du musst irgendwann nach Hause kommen. So fand Sven mich, halb hysterisch in den Büschen, an einem Pfahl zerrend und in einer Art weinend, die mit harten Restriktionen belegt sein sollte.

Er bettete mich aufs Sofa. Servierte ein Omelett. Gab mir ein Glas Wein, ohne dass ich darum gebeten hatte. Fragte nach Iréne und ließ mich weinen. Schaute mich liebevoll an. Ließ mich von der Frau des Marokkaners berichten und was sie gesagt hatte, und dass ich das ernst nahm.

»Seit wann hast du gelernt, Menschen zu vertrauen?«, fragte Sven, und ich blieb ihm die Antwort schuldig. Er fuhr fort, indem er erklärte, dass er der Meinung sei, ich solle in der kommenden

Nacht lieber einmal schlafen statt zu schreiben. Sagte, er hoffe, dass er mir genüge. Sowohl jetzt als auch in der Zukunft.

28. Juli

Wenn ich in meinem Tagebuch blättere, sehe ich, dass vieles vollendet ist, aber bei weitem noch nicht alles. Es scheint, als hätte ich alles für den letzten Akt vorbereitet. Denn was habe ich mit meinem Schreiben anderes getan, als die Requisiten auf der Bühne hin und her zu schieben, den Schauspielern die passenden Kostüme anzuziehen und sie auf die entscheidenden Textpassagen vorzubereiten? Es sieht ganz gut aus. Rot und Schwarz für Liebe und Tod, Blau für den Sommer, der den Hintergrund bildet, Gelb für die vermeintliche Leidenschaft und ein grüner Tupfer für Leben. Ein letztes Drehen des Messers, damit die Wunde kreisrund wird.

Es stimmt auch, dass der Vorhang zwischen Juli und August hochgezogen wird, dem Monatswechsel, der vielleicht der traurigste ist, da die Illusion vom Sommer noch vorhanden ist und wir deshalb nicht merken, dass die Falle mit der hellen Zeit darin zugeschnappt ist und nun die Dunkelheit draußen herrscht. Der August mit seinen Samtnächten, ausgekleidet mit Kälte am Grund. Lichter in den Bäumen, um die Geister zu verjagen. Der August, die beste Zeit in Frillesås und vielleicht an der ganzen Westküste, da die meisten der Sommergäste verschwunden sind und das aufgewärmte Wasser zurückgelassen haben, die reifen Farben und die einsamen Felsen. Irgendwann einmal werde ich im Sommer zu den Inseln hinausfahren, das verspreche ich mir selbst in diesem verhexten Augenblick, als die noch vom Juli verbliebenen hellen Nächte die Stirn wie ein Grashalm kitzeln.

Ein Schauspiel? Das Leben wie ein Theaterstück? Nein, eher wie ein Traum. Das Leben ist ein hässlicher Traum. So denke ich des Nachts, wenn ich hinausschaue und sehe, wie sich die Bäume im Wind bewegen. Als ich mich gleichzeitig mit Sven schlafen lege und höre, wie sein Atem in das Schnaufen des Schlafs übergeht, hole ich Busters Ohren hervor. Sie liegen immer noch unter meinem Kopfkissen, und ich betrachte den alten Beutel voller Zärtlichkeit und denke an alles, was diese inzwischen pulverisierten Ohren schon zu hören bekommen haben. Sven hat bereits vor langer Zeit die Erklärung akzeptiert, dass der Beutel meine Version der indianischen Trostpüppchen ist, und war nie daran interessiert, den Inhalt zu kontrollieren. Glaube ich zumindest, und hätte er es doch getan, dann hätte er wohl nur daraus geschlossen, dass ich den Beutel mit ein wenig von meiner geliebten Erde gefüllt habe, aus der meine Rosen ihre Nahrung holen.

Mit Busters Ohren in den Händen erschien es mir plötzlich richtig, darüber nachzudenken, was mit den Schauspielern eigentlich geschehen ist, denen ich Nebenrollen gegeben hatte. Von Busters restlichem Körper weiß ich nichts, vermutlich haben die Nachbarn nie erfahren, was mit ihm geschehen ist. So haben auch sie ein ungelöstes Mysterium in ihrem Leben, genau wie viele andere. Jocke, Olssons Dackel, ist überfahren worden, doch kein neuer Hund hat ihn ersetzt, und ich kann mich daran erinnern, dass ich bei dieser Nachricht eine gewisse Trauer empfand.

Kalle hat seinen Doktor in Mathematik gemacht, geheiratet und mit seiner Frau Kinder bekommen. Wir hatten noch einige Jahre Kontakt, der dann aber verebbte, da ihn seine Wege nie an die Westküste führten und ich, nachdem ich nach Frillesås gezogen war, nur ungern nach Stockholm gefahren bin. Björn Sundelin starb vor vielen Jahren nach längerer Krankheit, wie es hieß, und das Bild in der Zeitung muss alt gewesen sein, denn er sah fast so aus wie beim ersten Mal, als wir uns im Café trafen, um über das Reisen zu sprechen. Ich erinnere mich, dass ich es schade fand, dass sie nicht das

Foto von ihm im Grand Canyon genommen hatten, da er sicher dieses ausgesucht hätte, wenn er es gekonnt hätte.

Karin Thulin, die alte Lehrerin, scheint bekehrt worden zu sein. Es ist reiner Zufall, dass ich das weiß. Die Notiz in der Zeitung war nicht groß, informierte aber über eine Gruppe schwedischer Missionare, die die Botschaft Christi in Afrika verbreiten sollten, und auf dem Foto konnte ich eine zwar gealterte, aber auf jeden Fall glücklich lächelnde Karin Thulin erkennen. Es freute mich wirklich, sie zu sehen, denn so nachtragend bin ich nun auch nicht, und ich hatte mich schließlich auf eine Art und Weise gerächt, dass ich mehr als genug auf meine Rechnung gekommen bin. Wenn sie nun gern vor der Kulisse Afrikas, inmitten wilder Tiere, das Evangelium verkünden wollte, so war ich die Erste, die ihr dazu alles Gute wünschte und hoffte, dass sie ein zusammengerolltes Seil in der Tasche hatte.

Und Britta? Meine erste Liebe? Die in meinem Körper verschwand und in mir die Gewissheit hinterließ, dass alles Gute sich in eine Enttäuschung verwandelte? Viele Jahre schwappte sie nur in meinem Unterbewusstsein wie Treibgut, das nie an Land gespült wird. Ich vermisste sie so sehr, dass es zum Schluss nur noch die Sehnsucht gab, während Britta als physische Person gar nicht mehr existierte. Erst als Susanne ungefähr so alt war wie ich damals, als Britta bei uns arbeitete, sah ich plötzlich ein, dass es Britta nicht nur früher gegeben hatte, sondern dass es sie vielleicht immer noch gab. Aber ich nahm nie Kontakt zu ihr auf. Ich sah ein, dass jedes Gespräch und jedes Treffen das Bild zerstören würde, das ich mir von ihr bewahrt hatte. Das Bild, das ich behalten wollte.

Ich habe einen Strauß frischer Rosen geschnitten und auf den Sekretär gestellt, und der Duft weckt die Erinnerungen an all die wunderschönen Vergleiche mit Rosen, mit denen John mir so oft eine Freude gemacht hat. Nach seinem Besuch in Stockholm schrieb ich ihm mehrere Briefe, gehetzt von der Angst, etwas könnte sich verändert haben. Die Unruhe hatte sich in meinem Bauch festgesetzt, und ich konnte mit schrecklichen Krämpfen aufwachen, die mit Übelkeit und Erbrechen einhergingen. Als ich seine Antwort bekam, die zeigte, dass meine Unruhe vollkommen grundlos gewesen war, war ich so erleichtert, dass ich hätte heulen können. Ich hatte ihm ein paar Fotos vom Sommer geschickt und war besonders stolz auf ein Bild, das John von mir mit meinem Fotoapparat gemacht hatte. Ich war zwischen den Rosen zu sehen, lachend, mit offenem Haar, nackten Füßen, nur in einem dünnen Nachthemd.

»Meine Beschreibung von dir war vollkommen

richtig, erblüht wie die Schönste der englischen Rosen. Du bist nicht nur unglaublich schön, du weckst in mir das Verlangen, dich auf eine Art und Weise zu umarmen, die nicht gut für meine Konzentration ist. Und dennoch habe ich mir das Bild auf den Schreibtisch gestellt, damit es so aussieht, als würdest du mich beobachten, wenn ich im Zimmer bin«, schrieb er zurück und fügte hinzu: »Du weißt, dass ich fest entschlossen bin, dich so bald wie möglich wiederzusehen.«

Er erzählte viel von seiner Arbeit, dass er mit seiner Ausbildung für den U-Boot-Einsatz begonnen hatte, und das bedeutete kräftezehrende Märsche auf unwegsamem Terrain ohne Essen oder Schlaf. Er schrieb, dass er für diese Art von Ausbildung besser gerüstet war als viele seiner Kollegen, teils durch sein Schwimmtraining, teils durch seine Reisen, während der er sich unter anderem damit bestraft hatte, bei extremer Kälte ohne Handschuhe herumzulaufen. Er schrieb von Lektionen in Militärstrategie und Waffenkunde und von Erste-Hilfe-Kursen auf dem Feld, bei denen von ihm und den anderen erwartet wurde, dass sie eine Wunde zunähen, Kugeln herausschneiden und Körperteile an Ort und Stelle amputieren konnten.

»Eine merkwürdige Arbeit, die ich da habe, nicht wahr?«, schrieb er. Ich antwortete, dass mein Misstrauen gegenüber allem, was das Militärische repräsentierte, aufgrund seiner Beschreibungen nur noch anwuchs. Wir führten lange Diskussionen darüber, Disbute, die an der Oberfläche liebevoll klangen, aber doch ernst gemeint waren. Die Frage berührte ihn vermutlich viel mehr, als ich damals ahnte, und er maß ihr wahrscheinlich auch eine größere Bedeutung bei.

Ich musste meine Briefe an immer neue Schiffe oder U-Boote schicken und fragte ihn, ob er sich nicht einsam fühle, wo er doch die ganze Zeit unterwegs war, ohne irgendwo anzukommen. Er antwortete, dass er sich natürlich einsam fühle, aber er habe gelernt, mit der Einsamkeit zu leben, auch wenn er manchmal neidisch war auf Freunde, die an Land arbeiteten. Einmal schrieb er, dass er sich selten so einsam gefühlt hatte wie nach unserem ersten gemeinsamen Wochenende, als sein Schiff den Stockholmer Hafen verließ.

»Da hatte ich eine außerordentlich schöne Frau kennen gelernt, die ich einfach faszinierend fand. Eine Frau, die mir ihre Stadt zeigte, von der ich jedoch nicht so sonderlich viel sah, weil ich die ganze Zeit damit beschäftigt war, mit ihr zu diskutieren. Ich war gezwungen, sie zu verlassen mit einem Gefühl, das ich nie zuvor gehabt hatte. Das Gefühl war schrecklich, aber diese Frau schrieb mir und besuchte mich in dem Land, das ich so sehr liebe. Wieder war ich glücklich darüber, mit ihr zusammen zu sein, und fand, dass unsere unterschiedlichen Ansichten über Dinge und Geschehnisse sie nur noch interessanter machten, auch wenn ihre wachsende Kritik an meinem Beruf mich unsicher machte, ob es sich nicht um Differenzen handelte, die nicht zu überwinden waren. Dann durfte ich sie wiedersehen, und seit diesem Wochenende frage ich mich jeden Tag, wie das enden soll. Das Einzige, was ich weiß, ist, dass ich wieder mit ihr zusammen sein möchte. Damit das, was gekeimt ist, weiter wachsen kann. Und ist das nicht ein schönes Märchen? Das würde für ein Buch oder einen Film genügen, aber ich muss einen Schluss finden, bevor ich diese Geschichte niederschreiben kann.«

Ich erkundigte mich nach den Möglichkeiten, Mathematik an einer Universität in England zu studieren. Die Kosten erschienen unübersehbar, aber ich könnte mich ja um ein Stipendium bewerben. Ich schrieb John und erzählte ihm davon, und er antwortete, dass ihn nichts glücklicher machen würde. Er hatte bereits seinen Vater informiert, und seine Familie, die mich nach seinen Worten sehr schätzte, freute sich, mir mit Informationen helfen zu können. Seine Mutter stellte oft eine Kerze in den Ständer, den sie von mir bekommen hatte, und sie rief John dann an, um ihm davon zu erzählen, meistens am Sonntagnachmittag, denn sie wusste, dass John mich zu der Zeit am meisten vermisste. Wir sprachen über die Möglichkeit, uns über Weihnachten zu sehen, dass ich kommen und ein richtiges britisches Fest mit allem, was dazugehörte, feiern sollte. Dann lud er mich in einem Brief plötzlich zu einem Ball ein.

Nach dem, was ich verstand, handelte es sich um eines der elegantesten Feste der Flotte. Laut John waren alle beeindruckt von »the glory«, die diese Feste umwehte, und es war ihm gelungen, Eintrittskarten zu bekommen. »Du weißt, du bist diejenige, mit der ich dorthin gehen möchte«, schrieb er, und ich spürte, wie sich mein Magen zusammenzog. Ich wusste, dass ich nur mit Mühe das nötige Geld zusammenbekommen würde, abgesehen von der Tatsache, dass es keineswegs selbstverständlich war, dass eine Siebzehnjährige sich mitten im Schuljahr davonmachte, um einen Mann in einem anderen Land zu treffen. Die Beziehung zwischen Mama und mir hatte ein Stadium erreicht, in dem wir kaum noch miteinander sprachen, und ich konnte und wollte sie nicht um Geld bitten, um nach England zu fahren und mich dort auf ihre Kosten zu amüsieren. Papa hätte mir vermutlich geholfen, aber ohne Genaues zu wissen, spürte ich, dass seine finanzielle Situation nicht die beste war und dass die Scheidung ein Loch in die tadellose Fassade von Wohlstand gerissen hatte, die wir immer nach außen gewahrt hatten.

Zudem fiel der Ball noch mit einer äußerst wichtigen Abschlussprüfung in Mathematik zusammen, ein Examen, das außerdem wichtig für meine Pläne hinsichtlich eines Studiums im Ausland war. Schweren Herzens schrieb ich, dass ich nicht kommen könne, aber gern seine Einladung annahm, ihn und seine Familie zu Weihnachten zu besuchen. Ich wusste ja, dass meine beiden Großmütter mir statt Geschenken gern Bargeld schickten, wenn ich sie darum bat. John antwortete, dass er mir verzeihe, so wie er mir immer verziehen habe, und er freue sich, dass wir bald zusammen sein könnten.

Das war Ende November. Anfang Dezember brachte mir ein Blumenbote eine Rose, und auf der Karte von John stand, dass er mich vermisse. Es war eine rote Rose, nicht ganz so dunkel wie die, die er mitgebracht hatte, aber sie war lang und kräftig und stand immer noch in voller Blüte, als ich ein paar Tage später einen Brief bekam, in dem stand, dass wir den Besuch zu Weihnachten verschieben müssten. Er hatte überraschend einen Ausbildungskurs aufgebrummt bekommen und sollte jetzt die Weihnachtsferien auf See statt daheim bei seiner Familie verbringen.

»Hier sagen sie, das Leben trägt eine blaue Uniform, und wenn du keinen Humor besitzt, dann solltest du dir diesen Job nicht aussuchen«, schrieb er. Er gab selbst zu, dass das kein besonders gelungener Scherz war, aber er wurde dafür bezahlt, derartige Dinge zu akzeptieren, und er versicherte, dass er nichts daran ändern könne. Er schrieb, dass es aber nichts an seinem festen Entschluss änderte, mich so bald wie möglich wiederzusehen, vielleicht im Frühling. Am nächsten Tag kamen ein kleines Päckchen und ein Brief, in dem er mir trotz allem ganz besondere Weihnachten wünschte.

»Grüße deine Familie und sag ihnen, dass ich eifersüchtig bin, weil sie deine Gesellschaft zu Weihnachten haben und ich nicht«, schrieb er. »Sie wissen vermutlich gar nicht, wie viel Glück sie haben. Zünde Heiligabend eine Kerze für mich an und denk an mich, so wie ich an dich denke, wahrscheinlich intensiver, als du ahnen kannst.«

Das war einer der wenigen Bezüge auf meine Familie in seinen Briefen, seit wir uns im Oktober gesehen hatten. Mama hatte er nie erwähnt, abgesehen davon, dass er sie grüßen ließ und sich für die Gastfreundschaft bedankte, aber ansonsten hatten wir den Tanzabend oder ihre Freunde nie thematisiert. Die wenigen Male, die Mama und ich uns miteinander unterhielten, fragte sie nur mal nach, ob ich immer noch Kontakt zu John habe, und wenn ich bejahend antwortete, bat sie mich, ihn zu grüßen. Mehr nicht. Ungefähr zu der Zeit, als die Rose von John ankam, teilte sie mir plötzlich mit, dass sie eine Geschäftsreise machen müsse und zwei Wochen fort sei, vielleicht auch länger. Der Betrieb hatte beschlossen, die Möglichkeiten für eine Expansion im Ausland zu untersuchen, und Mama hatte den Auftrag bekommen, die Möglichkeiten in Europa zu erkunden. Nach ihren Worten sollte sie Deutschland, Frankreich, Großbritannien und Italien bereisen, und sie wollte das noch vor Weihnachten erledigen, damit bis zum Frühjahr ein Entschluss getroffen werden konnte. Es sei übrigens gut möglich, dass sie auch noch über Weihnachten fort sei.

Die Nachricht, dass ich über Weihnachten allein sein sollte, störte mich überhaupt nicht, sie kam für mich eher wie eine Erleichterung. Mama hatte fast den ganzen November über Besuch gehabt, und das Wohnzimmer hatte ausgesehen wie ein provisorisches Lager, in dem Matratzen, Decken und die Kleider fremder Menschen in einem einzigen Durcheinander herumlagen. Wenn ich von der Schule nach Hause kam, roch es nach Rauch und Schweiß. Die Nachricht, dass sie wahrscheinlich über Weihnachten fort wäre, war deshalb direkt erfreulich. Die Mitteilung, dass John und ich uns nicht würden sehen können, beeinflusste meine bereits sehr fragile Gesundheit auf das Schlimmste. Mir war ständig übel, und ich musste mich in Krämpfen übergeben. Mein Magen schien ein Eigenleben zu führen. Fast alles Essbare ekelte mich an, und ich hatte sogar Probleme mit Dingen, die ich vorher gern gegessen hatte, was jedoch niemand merkte, da ich meistens allein aß. Als das Päckchen von John kam, war ich nicht in der Lage, erwachsen genug zu reagieren und es bis Heiligabend aufzubewahren. Ich zündete eine Kerze an, wie er mich gebeten hatte, dachte intensiv an ihn und öffnete die kleine Schachtel, die eine Goldkette enthielt, eine einsame Rose hing an einer dünnen Kette.

Ich band sie mir sofort um und versprach mir selbst, sie nicht wieder abzunehmen, bis wir uns wiedersahen, und ich fühlte stärker als je zuvor, dass mein Leben nicht vollendet sein könnte, wenn wir nicht zusammenkamen. Meine Barrieren waren niedergerissen, die weiße Fahne wehte aus dem Fenster, und die Soldaten lagen auf den Knien. Es ging nur noch darum, überzulaufen.

Ich selbst schickte John eine Schallplatte mit schwedischen Jazznummern, eine Schürze als Inspiration für kommende Kochorgien, wenn mein Appetit sich wieder einfinden sollte, und ein rosa Hemd, in dem er meiner Meinung nach mit seinem dunklen Haar unwiderstehlich aussehen würde. Mama fuhr los, nachdem sie definitiv Bescheid gegeben hatte, dass sie über Weihnachten fort sein würde, und Papa und ich hatten deshalb beschlossen, Weihnachten gemeinsam in unserem Haus in

Stockholm zu feiern und nicht in seiner kleinen Wohnung in Göteborg. Ich vermisste Mama nicht. Im Gegenteil, der Druck in meinem Magen und Hals wurde schwächer, aber die Sehnsucht nach John zerrte an mir, und ich wartete gespannt darauf zu hören, was er von meinen Geschenken wohl halte. Die rote Rose, die er mir geschickt hatte, hatte ich getrocknet und gepresst. Sie lag jetzt in dem Fotoalbum, in das ich auch die Bilder aus unserer gemeinsamen Zeit eingeklebt hatte.

Es kam kein Brief. Ein Tag nach dem anderen verging, Weihnachten und die Zeit des Friedens näherten sich unerbittlich, und ich hörte nichts. Wenn ich den Duft von Rosen rieche und an diese Zeit denke, frage ich mich, wieso ich überhaupt wartete. Heute hätte ich den Telefonhörer genommen, ihn angerufen und sofort Klarheit gehabt. Damals war der Respekt vor dem Telefon größer und die Kosten für ein Auslandsgespräch abschreckend hoch. Außerdem zögerte ich, seine Eltern anzurufen, die einzige Telefonnummer, die ich besaß, da ich fürchtete, mich lächerlich zu machen. Dennoch machte ich mir immer mehr Sorgen, es könnte etwas passiert sein. Dieser kurzfristige Beschluss, ihn zu einer Ausbildung zu schicken, und dann das totale Schweigen, alles deutete auf eine Krisensituation hin, und am Tag vor Heiligabend, als ich seit fast drei Wochen nichts von ihm gehört hatte, war ich vollkommen verzweifelt. In diesem Zustand fand Papa mich, als er aus Göteborg kam, nachdem er endlich Urlaub bekommen hatte, und mit diesem Gefühl sollte ich Weihnachten feiern. Es hätte eine friedliche Zeit für Papa und mich werden können, aber in mir wüteten Streit und das Wissen, dass John mich noch nie zuvor so lange auf einen Brief hatte warten lassen.

Am Morgen des Heiligabends erwachte ich davon, dass Papa irgendeine gefällige Weihnachtsmusik angestellt hatte, die unter meiner Zimmertür hindurchsickerte. Wie üblich war mein Magen unruhig, und als ich mich ins Bad schlich und den Duft des Schinkens wahrnahm, den wir am Abend zuvor gegrillt hatten, kamen die Übelkeitskrämpfe mit so einer Heftigkeit, dass ich es nur mit Mühe rechtzeitig bis zur Toilette schaffte. Ich drehte den Wasserhahn auf und ließ das Wasser laufen, während ich mich übergab. Zum ersten Mal begann ich mich zu fragen, ob mir vielleicht etwas Ernsthaftes fehlen könnte. Auf jeden Fall wollte ich uns davon nicht die Weihnachtstage verderben lassen, und deshalb ging ich zurück in mein Zimmer, zog mir den Morgenmantel an und begab mich ins Wohnzimmer. Dort wartete Papa vor einem Kaminfeuer.

Das Zimmer sah etwas mitgenommen, aber liebevoll aus. Mit Mama waren auch die Matratzen und fremden Kleidungsstücke verschwunden, und eine gewisse Weihnachtsstimmung schlich sich langsam in meine aufgewühlten Gedanken, die Gewissheit, dass trotz allem ein Frieden möglich sein konnte. Um den Hals trug ich wie immer Johns Kette. Sie fühlte sich kalt auf der Haut an, als Papa sie anschaute, ohne von seinem Sessel aufzustehen.

»Fröhliche Weihnachten, Eva, komm, setz dich zu mir. Oder geh lieber zuerst in die Küche und hol dir etwas zum Frühstücken. Ich habe auf der Anrichte gedeckt. Das ist vielleicht nicht so schön wie sonst, aber wir sind ja auch nur zu zweit. Ich dachte, dann können wir es etwas einfacher gestalten.«

Ich wusste nicht, ob er traurig war, dass keiner der Großeltern zu uns hatte kommen können, dachte aber, dass er es wahrscheinlich auch ganz schön fand, sich einmal nicht verstellen zu müssen. Ich selbst hätte sie normalerweise gern hier gehabt, aber in meinem momentanen Zustand war die Zweisamkeit mit meinem Vater vorzuziehen. Ich ging in die Küche, wo die Düfte nach einer Weile etwas abflauten, kochte mir Tee, da Kaffee mir nur Übelkeit verursachte, und toastete mir ein wenig Brot.

Als ich zurückkam, schaute Papa mich forschend an.

»Du siehst ein bisschen blass aus. Fühlst du dich schlecht, oder bist du nur müde?«

»Ich bin nur müde. Und habe nicht viel Hunger.

Aber es ist schön, dass wir allein sind, du und ich, Papa. Ich …«

»Ich weiß, Eva. Du hast es nicht so leicht gehabt. Ich habe nicht genug Zeit mit dir verbracht. Aber …«

»Du hast es auch nicht so leicht gehabt, Papa.«

Er schwieg. Wir schauten beide ins Feuer, und ich dachte, dass unser Gespräch wohl erloschen war, als er doch wieder ansetzte.

»Du hast wahrscheinlich recht. Wir haben beide recht. Wir haben es nicht so leicht gehabt, keiner von uns beiden.«

Darauf sagte ich nichts, und wir saßen schweigend da und schauten ins Feuer wie so oft zuvor und beobachteten, wie die Flammen die Holzscheite schwärzten und die Glut ihr Eigenleben dazwischen führte. Ich trank meinen Tee, er tat mir gut, der Magen beruhigte sich, und nach einer Weile begannen wir über alltägliche Dinge zu reden, als wollten wir vermeiden, darüber zu sprechen, wie merkwürdig diese Weihnachten doch waren, obwohl ich wie üblich geschmückt hatte. Papa fragte, wie es in der Schule lief, und ich erzählte ihm von meinen Plänen, im Ausland Mathematik zu studieren, was er begeistert unterstützte, obwohl er mich vermissen würde, wie er sagte. Ich fragte nach seiner Arbeit, und er erzählte, dass es dem Unternehmen ziemlich schlecht gehe und er einige unangenehme Personalangelegenheiten zu regeln hatte. Eine seiner engsten Mitarbeiterinnen war vor einigen Jahren von ihrem Mann verlassen worden und danach vollkommen zusammengebrochen. Sie hatte schließlich einen neuen Lebenspartner gefunden, mit dem sie fortan zusammenlebte, was alle als frisches Glück ansahen. Doch kurz vor Weihnachten hatte sie den gesamten Betrieb geschockt, weil sie ihren Neuen mit ganz genau der gleichen Brutalität verlassen hatte, die sie zuvor am eigenen Leibe erfahren hatte. Papa seufzte.

»Ist schon komisch. Aber die Leute verletzen andere anscheinend oft auf ganz genau die gleiche Art und Weise, die sie selbst erfahren haben. Sie empören sich über ihr eigenes Schicksal, machen dann aber genau die gleichen Fehler, und sie finden immer eine passende Erklärung dafür, warum ihr Verhalten in keiner Weise mit dem anderer zu vergleichen ist. Ich habe das schon mehrere Male mit angesehen. Dass Menschen, die geschlagen wurden, schlagen, dass Menschen, die im Stich gelassen wurden, andere im Stich lassen, und dass Menschen, die der Untreue ausgesetzt waren …«

Er beendete seinen Satz nicht, und ich fragte auch nicht weiter nach. Stattdessen spürte ich, wie sich ein Stück Brot im Hals festsetzte, und ich musste kräftig husten. Meine Unruhe wegen John legte sich plötzlich wie eine weiche Katze um meine Schultern und drückte mich nieder. Johns alte Freundin Anne, die für mich nur ein Name vor einem Zug war, und Johns Schweigen. Aber warum sollte er sich das Leben nehmen? Er wollte mich wiedersehen, und ich erwiderte seine Gefühle. Oder war etwa ein Unglück geschehen? Er sollte doch zu einer Ausbildung auf See, die mit seiner zukünftigen Stationierung auf U-Booten zu tun hatte. Konnte dort etwas passiert sein? Und wussten Johns Eltern, wo sie mich erreichen konnten, wenn wirklich etwas passiert war?

Es war geradezu symptomatisch, dass ausgerechnet in diesem Moment das Telefon klingelte. Einen flüchtigen Moment lang dachte ich, es wäre John, der von sich hören ließ, um mir schöne Weihnachten zu wünschen und alle Befürchtungen auszuräumen, und ich machte Anstalten, ans Telefon zu gehen. Doch Papa kam mir zuvor. Aus seinem Tonfall und seinen Worten verstand ich, dass es nicht John war, der anrief, sondern Mama. Sie war soeben in Paris angekommen, nachdem sie zuvor in London gewesen war, und es ging ihr nach dem, was ich aus Papas Gemurmel entnehmen konnte, offensichtlich gut. Er wünschte ihr von uns beiden frohe Weihnachten, da sie offensichtlich nicht mit mir sprechen wollte, und legte dann auf.

»Das war Mama«, sagte er ganz überflüssigerweise. Ich hatte keine Lust nachzufragen, aber Papa erzählte auch so, dass sie offenbar zufrieden mit ihrem Besuch in London war, dass ihre Geschäftsgespräche gut verlaufen waren und ihr die Atmosphäre der Stadt so sehr gefiel, dass sie sich gut vorstellen könnte, dort zu leben, wenn sie es sich aussuchen könnte. Jetzt wollte sie sich noch mit einigen französischen Kollegen Paris anschauen, und heute Abend wollte sie wohl in irgendeinem Nachtclub feiern. Papa schüttelte den Kopf.

»Manchmal frage ich mich, wie es möglich ist, dass es bei ihr beruflich so gut läuft, wenn sie privat doch nichts in den Griff kriegt. Hast du jemals eine Schreibtischschublade bei ihr aufgezogen und gesehen, wie es da drinnen aussieht? Ich glaube wirklich, dass sie noch nie in ihrem Leben auch nur einmal ein Kleidungsstück ordentlich auf einen Bügel gehängt hat. Und trotzdem sieht sie immer schick aus. Und ist offensichtlich äußerst diszipliniert bei ihrer Arbeit. Wie ist das möglich?«

»Wer weiß, ob sie wirklich so tüchtig ist? Vielleicht sind es die anderen, die die Arbeit für sie machen, genau wie zu Hause?« Ich brauchte meine schwarze Seite nicht zu verbergen. Aber Papa schüttelte nur den Kopf.

»Dann wäre sie nicht so weit gekommen. In dem Job, den sie hat, ist es zu riskant, sich nur auf die anderen zu verlassen. Eher ist es wohl so, dass sie nur in der Lage ist, auf ihre Arbeit und auf ihr Äußeres zu achten. Der Rest ...«

Er beendete den Satz nicht. Ich tat es auch nicht für ihn. Stattdessen ging ich hinaus und holte mir noch mehr Tee, wobei ich wusste, dass alles, was ich unternahm, nur dazu diente, das Unvermeidliche hinauszuschieben, nämlich ein Telefongespräch mit Johns Familie in Reading. Noch eine Woche, dachte ich. Noch eine Woche. Ich werde an Silvester anrufen. Morgens. Wenn ich bis dahin nichts von ihm gehört habe. Und plötzlich sehnte ich mich nicht mehr nach diesem Gespräch. Ich fürchtete mich davor. Ich hing vollkommen schutzlos über dem Abgrund, während die Ratte immer eifriger am Seil nagte, und bald würde ich nicht einmal mehr die Möglichkeit haben, zwischen dem Löwen und dem Krokodil zu wählen. Ich würde fallen und von Kiefern zermalmt werden, die jede Evolution überlebt hatten.

29. Juli, ein Uhr nachts

Wie schmeckt Schock? Wie riecht Angst? Wie fühlt sich ein Fall an, der nie endet? Was geschieht mit den Tränen, die nicht herauskommen? Bedecken sie die Innenseite des Körpers mit Raureif, so dass schließlich alle Organe für die letzte Ruhe heruntergekühlt werden? Wo landen Worte, die nicht laut ausgesprochen, sondern nur gedacht wurden? Gibt es ein Depot für nicht ausgesprochene Wünsche? Kann man einmal zu viel atmen?

Das sind Dinge, die ich mich die Jahre hindurch immer wieder gefragt habe. Da es mir aber immer so schwerfällt, Gefühle aufzuschreiben, blieb es bei der Grübelei. Jetzt schlagen mir die früheren Gedanken mit gewaltiger Kraft entgegen, wie Wellen, wenn der erste Herbststurm im Meer wütet. Ich weiß, dass ich auch die Grundlage für diese Gedanken niederschreiben muss, und ich fühle bereits jetzt, dass ich auf eine Frage eine Antwort bekommen habe. Gefühle verschwinden nicht. Sie können in Flaschen landen, und der Korken kann mit eindeutigen Absichten hineingedrückt worden sein, aber sie überleben. Es ist möglich, ein altes Gefühl wieder hervorzuholen und darüber zu schreiben, als wäre es konserviert gewesen und würde nun zu neuem Leben erwachen in diesem Tagebuch, das laut Anna-Clara mit meinen Memoiren zu vergleichen ist. Sven hat auf seine Art und Weise recht. Die Flasche zu schütteln, damit das Gute und das Böse sich mischt, kann gefährlich sein.

Das Öffnen dieser Flasche der Erinnerungen feiere ich mit einem Kleinod, einem alten, lebendigen, dunkelroten Wein aus Bordeaux, der schmeckt und die Zunge reizt. Sven wird traurig sein darüber, dass wir ihn nicht zusammen trinken, wo er doch schon so lange darauf gewartet hat. Aber er wird es vielleicht verstehen, und auf jeden Fall wird er mir verzeihen. Trotz allem ist er derjenige, der schläft, und ich bin diejenige, die wach ist. Es ist ein Uhr nachts, und die Dunkelheit ist anders als vor ein paar Wochen. Aber das hat mich nie überrascht, sondern erfüllt mich nur mit einer gewissen Trauer.

Ich überstand Weihnachten. Ich lief mit Raureif unter der Haut herum und spürte, wie die Kälte immer weiter zunahm, so dass ich bald kaum noch ein vernünftiges Gespräch führen konnte.

Papa fragte mehrere Male, wie es mir ginge, hörte aber damit auf, als ich ihn darum bat. Schließlich musste er zurück nach Göteborg fahren, und ich war so erleichtert, als ich seinen Rücken durch die Tür verschwinden sah, dass es mir peinlich war, und ich kompensierte diese Gefühle der Peinlichkeit dadurch, dass ich versprach, alles zu erzählen, wenn ich bereit dazu war. Es war der Tag vor Silvester. Papa war zu einer Revue in Göteborg eingeladen, und ich hatte ihn ermuntert hinzugehen und ein wenig Spaß zu haben. Ich versicherte ihm, dass ich selbst auf mehrere Feste eingeladen war, und dass Mama sicher in der ersten Januarwoche wieder nach Hause kommen würde. Die wenigen Male, die wir miteinander telefoniert hatten, hatte sie zwar keinen genauen Termin genannt, doch das verschwieg ich. Insgeheim dankte ich Gott, sofern es ihn gab, dass er es ermöglicht hatte, dass ich das Gespräch ohne schadenfrohe Ohren in der Nähe würde führen können.

Der Silvestermorgen war gekommen, und da ich zwischen den Jahren nichts von John gehört hatte, riss ich mich an diesem Tag zusammen und rief bei Johns Eltern an. Ich kann mich immer noch an den schwarzen Telefonhörer erinnern, den ich mit schweißnasser Hand umklammerte, obwohl ich fror, und dass es mir schwerfiel, die Stimme beim Reden ruhig zu halten. Es war Johns Mutter.

»Guten Tag, Frau Longley. Wie geht es Ihnen? Fröhliche Weihnachten wünsche ich. Oder besser, ich hoffe, Sie hatten schöne Weihnachten. Und wünsche Ihnen ein gutes neues Jahr.«

Ich stotterte meinen Text, manövrierte zwischen den englischen Floskeln hindurch, als wären es Minen auf einem Feld, und hörte, wie die Stimme sich zerfranste. Johns Mama hörte es sicher auch, ignorierte es aber. Sie klang überaus erfreut, mich zu hören, fragte mich, wie es mit meinen Studien lief und wie es der Familie ging, und redete genauso lange, dass es mir möglich war, so weit die Fassung wiederzuerlangen, dass ich sie fragen konnte, wo John war.

Ich hatte alles erwartet. Einen Unfall, einen Aufenthalt ohne Möglichkeit, von sich hören zu lassen, was auch immer. Doch nicht das, was sie verkündete.

»John ist dieses Wochenende sogar hier. Er liegt noch oben und schläft. Aber ich werde dafür sorgen, dass er ans Telefon kommt.«

Ich werde dafür sorgen. Der Ton war schärfer geworden, die Stimme gehörte nun einer strengen und verantwortungsbewussten Mutter, die ihren Sohn an seinen Platz zu verweisen wusste, eine, deren Liebe auch Raum für Erziehung ließ. Und ich wusste damit, dass etwas vorgefallen sein musste.

Seine Stimme klang normal, wenn auch etwas

angespannt. Aber natürlich war es seine Stimme, diese leicht dunkle Stimme mit weicher Schwärze am Grund und mit der gleichen sorgfältigen Aussprache wie üblich.

»Hallo, Eva. Ich bin es, John. Wie geht es dir?«

»Oh, danke, gut. Ich habe ziemlich viel gearbeitet, hatte aber auch schöne Weihnachten. Und du?«

»Mir geht es auch gut. Aber, Eva, ich muss dir etwas sagen. Ich habe mich verlobt und werde heiraten.«

»Du hast dich verlobt und wirst heiraten?«, war das Einzige, was ich herausbrachte, als könnte eine Wiederholung das Unverständliche verständlich machen.

»Ja. Es tut mir leid. Ich hätte etwas sagen sollen.«

»Und warum hast du es dann nicht?«

»Alles ist so schnell gegangen, und ich habe einfach nicht den richtigen Weg gefunden, es zu sagen.«

»Jeder Weg wäre der richtige gewesen.«

»Es tut mir leid. Ich habe versucht, einen Brief zu schreiben, aber ich habe nicht die richtigen Worte gefunden, und je länger ich gewartet habe, umso schwieriger wurde es …«

»Wie lange … wie lange wolltest du denn noch warten?«

»Ich weiß es nicht. Vielleicht bis nächste Woche. Ich dachte, wenn ich lange genug warte, dann findest du vielleicht einen anderen Mann, und unsere Beziehung würde sozusagen im Sande verlaufen …«

Wieso erinnere ich mich an dieses Gespräch fast wortwörtlich, als wäre es ein einstudierter Dialog in einem Klassiker, wert, für die Nachwelt aufbewahrt zu werden? Weil ich ihn aufgeschrieben habe, nachdem wir unser Gespräch beendet hatten, immer und immer wieder, bis ich der Meinung war, jede Wendung, jedes einzelne Wort, jedes Zögern mitbekommen zu haben. Die Götter, wenn es sie denn gibt, sie mögen wissen, dass ich nach dem Kleingedruckten gesucht habe. Verborgene Trauer, versteckter Edelmut oder Schmerz, eins dieser schönen Dinge, die in Kriegsschilderungen benutzt werden, um dem Sinnlosen eine gewisse Würde zu geben. Dennoch gelang es mir, unsere Konversation in einer Art betäubtem Schockzustand zu führen. Johns Worte, dass ich jemand anderes finden könnte, wenn er nichts mehr von sich hören ließ, waren wie ein Nagel, der sich durch die Hand bohrte und mich an mein ganz persönliches Kreuz der Ohnmacht festnagelte. Doch während des Gesprächs war ich mir bei weitem nicht über das Ausmaß des Schmerzes bewusst. Das würde ich erst später begreifen.

»Weißt du, was du da gerade tust? Du zeigst mir, dass ich ein viel schlechterer Menschenkenner bin, als ich jemals gedacht habe. Ich habe mir alles Mögliche vorgestellt. Ich habe angerufen, weil ich mir Sorgen gemacht habe! Weil ich geglaubt habe, dass du entweder irgendwo auf dem Meer festsitzt oder im Krankenhaus liegst.«

»Eva, es tut mir leid. Du klingst so verletzt.«

»Und weißt du, was mir am meisten wehtut? Nicht, dass du eine andere Frau gefunden hast. Ich meine, so etwas kommt vor. Du hast mir nie etwas versprochen, und ich habe dir auch nie etwas versprochen. Aber kannst du begreifen, wie weh es tut, dass du nie etwas gesagt hast?«

»Das ist alles so schnell passiert, das musst du verstehen.«

»Und Weihnachten? War das auch alles gelogen? Dass dir der Urlaub gestrichen wurde?«

»Nein, das stimmte. Die Pläne wurden geändert. Als ich das erfahren habe, war ich schon so weit, meinen Abschied einzureichen. Und dann bekam ich auch noch eine Depression. Du weißt schon. Ja, und dann sind wir einmal ausgegangen, und sie hat mir erzählt, dass sie mich liebt, seit sie mich das erste Mal gesehen hat, und das war ein so … ein so schönes Gefühl. Aber wir werden erst in ein paar Jahren oder so heiraten. Es gab da Krach mit ihren Eltern. Die waren der Meinung, dass wir noch warten könnten.«

Hochzeitspläne, Krach mit den Eltern, sie hat

mich immer schon geliebt, und das war so ein schönes Gefühl. Gibt es einen Unterschied, jemanden zu lieben oder verliebt zu sein? Darüber zu reden oder es zu zeigen? Der schwarze Telefonhörer, mit einer eingedrehten Schnur an dem Apparat befestigt. Eine Ratte, die beißt. Keine Möglichkeit zu verschwinden. Und etwas, das im Kopf widerhallt. Ich musste mich schnell entscheiden, als es um Bekanntschaft oder Freundschaft ging. Ich musste mich immer schnell entscheiden.

»Warum hast du nichts gesagt? Bevor ich dich kennen gelernt habe, wusste ich, dass die Welt nicht so war, wie ich sie gern gehabt hätte. Mit dir gab es plötzlich die Möglichkeit, dass ich mich geirrt haben könnte. Und jetzt? Ideal und Wirklichkeit, unsere alte Diskussion.«

Johns Lachen. Vorsichtig, zögernd.

»Ja, darüber haben wir viel geredet, nicht wahr?«

»Und jetzt redest du weiter darüber?«

»Nein, sie ist nicht so interessiert an Diskussionen. Auch wenn sie in vielen anderen Bereichen eine sehr nette Person ist.«

Er hatte einmal behauptet, ich wäre so schön, wenn ich wütend war. Meine Augen funkelten, ich bekam Farbe auf den Wangen. Was ist Liebe?

»Du benutzt das Wort Liebe so oft. Du hast es geschrieben, du hast es gesagt, du hast gesagt, dass du mich liebst. Du hast von Rosen gesprochen. Ich habe mich nicht getraut. Ich habe gehofft, dass du es dennoch weißt und fühlst, bis ich ... das sind so große Worte. Und jetzt?«

»Das ist nicht richtig so. Ich halte immer noch sehr viel von dir, und in gewisser Weise liebe ich dich immer noch. Wenn wir uns häufiger hätten sehen können, dann wärst du vermutlich diejenige gewesen.«

Und das entscheidest du? Dass ich es vielleicht gewesen wäre, wenn ich da gewesen wäre? Das hätte ich heute sagen können. Damals habe ich es nur gedacht. Dann habe ich mich an dem festgeklammert, was nie wieder zurückkommen würde. Zeigte Großmut. Was dem Sinnlosen Würde verleiht.

»Es war eine schöne Geschichte. Ich werde mich an sie erinnern, solange ich lebe.«

»Ich auch. Wir hatten doch eine schöne Zeit zusammen, oder? Und wenn du jemals nach England kommen solltest, dann lass es mich wissen. Ich würde dich gern wiedersehen ... du weißt. Aber jetzt muss ich gehen. Ich werde dir einen Brief schreiben und dir alles erklären.«

»Nein. Warte!«

»Ja?«

»Wer ist sie? Kenne ich sie? Weiß ich, wer sie ist?«

»Ja. Du weißt, wer sie ist.«

Und dann sagte er es.

Mein Bordeaux, oder eher unser, meiner und Svens, ist phantastisch. Er rinnt leicht über die Zunge, hinterlässt einen Geschmack, der mich an Rosen denken lässt in einer Farbe, die ans Schwarze grenzt. Ich bin bereits bei meinem zweiten Glas und weiß, dass ich all die verwirrten Notizen einer Siebzehnjährigen herausholen könnte, die zusammen mit den alten Briefen in einem Stapel liegen. Ich könnte kontrollieren, ob ich wirklich alles noch so in Erinnerung habe, wie es war. Doch welchen Sinn hätte das? Das Gefühl kann ich mit Hilfe des Fernglases der Jahre beschreiben. Ich stelle es scharf auf die Jugend, drehe an der Linse und sehe mich selbst, die Hände auf den Bauch gepresst, ins Bett kriechend. Ich meine mich zu erinnern, dass ich tatsächlich überlegte, wen ich anrufen, mit wem ich reden könnte, aber ich musste einsehen, dass es niemanden gab, dass es wieder einmal nur Busters Ohren waren, die bereit waren, mir zuzuhören. Ich war allein, wie ich es immer gewesen war. Die einzige Möglichkeit war, den Schmerz zu konservieren, anstatt ihn zu verbrauchen. Der Magen nahm die Katastrophe auf, aber die Augen blieben trocken, so trocken, dass sie zuletzt in ihren Höhlen scheuerten.

Ich weiß, dass ich in den folgenden Tagen den größten Teil meiner Zeit im Bett verbrachte und dass ich von dem lebte, was im Kühlschrank war.

Mein Magen weigerte sich sowieso, viel aufzunehmen, aber mit Tee und Brot hielt ich mich am Leben, während die Gedanken durch meinen Kopf rasten. Wie war es möglich, jemand bis zum Wahnsinn zu lieben und dann dieses Gefühl im Laufe von nur wenigen Wochen auf jemand anderen zu übertragen? Was waren die schönen Worte von Rosen und Liebe wert, und wie hatte ich mich mit meinem Panzer so in die Irre führen lassen können? Oder gerade deshalb? War meine Abwehr veraltet, sollte ich mein Schiff mit neuen Waffen ausrüsten? Was wäre passiert, wenn ich zu diesem Ball gegangen wäre? Wozu waren Schutzmechanismen gut, wenn sie nicht ausreichen? Warum hatte ich vergessen, was Britta mich gelehrt hatte, nämlich, dass derjenige, der liebt, immer auch der ist, der verliert?

Eines Abends ging ich hinaus in den Garten in der verzweifelten Suche nach einer Spinne oder Schnecke. Die Bäume standen schweigend da und streckten ihre nackten Zweige gen Himmel, aber es war nichts Lebendiges zu finden. Das einzig Lebende waren Schnee und Eis, und ich legte mich der Länge nach in eine Schneewehe, ohne die Kälte zu spüren, und schaute zum Himmel hinauf. Die Sterne mussten die gleichen sein, nach denen John übers Meer navigierte. Gab es die geringste Möglichkeit, dass unsere Gedanken sich irgendwo dort draußen trafen und er etwas von der Verzweiflung spürte, die ich in mir fühlte?

Der Schnee betäubte mich, und ich zitterte, blieb aber so lange liegen, bis ich das Gefühl in Armen und Beinen verlor. Einen Moment lang kam mir der Gedanke, ich könnte ja einfach hier draußen bleiben. Niemand würde mich vermissen, und die Kälte würde mir in die Poren kriechen und sich mit der bereits existierenden Kälte in mir vereinen. Zum Schluss würden auch die Gefühle erfrieren, so wie Brittas Beine unter den Nylonstrümpfen, und ich wäre endlich frei. Wie Anne, aber sie hatte sich für den Zug entschieden. Aber Freiheit ist ein so durchscheinendes Wort. Eine Freiheit, die auf Flucht basiert, würde mich nie frei machen, und ich wusste es damals, dort draußen in Schnee, Eis und Kälte, dass ich nie frei sein könnte, weder in diesem Leben noch in einem anderen, solange ich nicht das getan hatte, was ich mir selbst geschworen hatte, als ich sieben Jahre alt war.

Während der Tage, die ich damals im Bett lag, hatte ich viel Zeit, die kleine Welt zu studieren, in der ich bisher gelebt hatte. Mein Zimmer, mein Bett, Schreibtisch und Bücherregal aus Holz, Kissen, Decken und Kerzen in roten Farbabstufungen, um Wärme zu schaffen, sie würden mir niemals das zurückgeben können, was ich verloren hatte. Maria, die mit sanften Marmoraugen auf mich herabschaute, war voller Mitleid, aber stumm. Und als der Tag des Schulanfangs näher kam, sah ich ein, dass das, was passiert war, einen Punkt hinter alle Normalität in meinem alten Leben gesetzt hatte. Ich würde nie wieder in eine Schule zurückgehen und lernen können, als wäre das, was uns dort beigebracht wurde, wichtig. Dieses Wissen würde mir nichts nützen. Wichtig war einzig und allein, dass ich meine Verteidigungsstrategie, die es mir seit siebzehn Jahren ermöglicht hatte, zu überleben, ausbaute, eine Verteidigungsstrategie, die darauf basierte, die Angst zu bezwingen, indem man sich ihr aussetzte. Ich hatte mir gestattet, das zu vergessen, und war jetzt für meinen Leichtsinn bestraft worden. Aber ich würde es nicht wieder vergessen. Nie wieder würde ich mich hingeben, nie wieder Leidenschaft fühlen, nie wieder lieben. Ich konnte nur ohne Angst überleben, und ich wusste auch, wo.

An dem Tag, als die Schule wieder anfangen sollte, packte ich alles, was eine Bedeutung für mich hatte, in zwei große Reisetaschen und einen Rucksack. Ich warf Kleidung, Bücher, Schallplatten, Schmuck, Busters Ohren und etwas zu essen in chaotischem Durcheinander hinein, während ich gleichzeitig das Haus nach Bargeld durchsuchte und das Wenige, was ich fand, mitnahm. Johns Kette hatte ich mir gleich nach dem Telefongespräch mit so einer Kraft vom Hals gerissen, dass der Verschluss kaputtgegangen war, aber ich hatte nicht die Kraft, sie wegzuwerfen. Jetzt wickelte ich die Kette um meine Marienstatue und legte beides zuoberst in die Tasche. Am nächsten Tag verließ ich unser Haus, ohne auch nur einen Blick zurückzuwerfen, mit der festen Überzeugung, dass ich nie wieder zurückkommen würde. Den Schlüssel legte ich wie üblich unter den Stein am Briefkasten, und dann ging ich zur Bank, wo ich mein Konto leerte, machte mich daraufhin auf den Weg zum Bahnhof und kaufte eine Fahrkarte nach Frillesås.

Damals, in den altmodischen Sechzigern, war es noch möglich, mit dem Zug dorthin zu fahren. Heute hätte ich nach Göteborg fahren müssen und von dort weiter mit Bus und Pendelzügen, und ich kann diese unökonomische Entscheidung einfach nicht verstehen. Aber damals konnte ich das natürlich nicht ahnen, und es hätte mich vermutlich auch nicht interessiert. Die Zukunft handelte davon, einen Tag zu überstehen, dann den nächsten und wieder den nächsten. Ich dachte nicht in Jahren, an Jugend, Erwachsenenzeit, Alter und Sinnlosigkeit. Ob es nun ein Zug oder ein Wal war, der mich an meinem neuen Aufenthaltsort ausspuckte, das machte keinen Unterschied.

Der Abend, an dem ich in Frillesås ankam, war nicht besonders kalt. Der Wind war zwar feucht, aber die Westküste war in dem Jahr von Schnee und Eis verschont geblieben, wofür ich in den kommenden Wochen sehr dankbar sein sollte. Niemand erwartete mich, weder am Bahnhof noch im Haus, wohin ich mit Mühe mein Gepäck schleppte. Das Haus war eiskalt und ich durchnässt, doch sobald ich in der Tür stand, wusste ich instinktiv, dass ich die richtige Entscheidung getroffen hatte. Die Flickenteppiche auf dem Boden, unsere Möbel aus allen Stilrichtungen, die Petroleumlampen und der Holzfußboden gaben mir einen Hauch von Frieden in all meinem Elend, und mein Körper übernahm sehr schnell das Kommando und erklärte mir, was ich zu tun hatte. Nach wenigen Stunden hatte ich Wasser aufgesetzt, alles zugängliche Holz aus dem Schuppen hereingeholt, die Heizkörper eingeschaltet und ein Feuer angezündet. Spät in der Nacht saß ich vor dem Kaminfeuer, im Sofa zusammengekauert, mit einer Tasse Tee in der Hand, und wusste, dass ich dieses Haus nie wieder verlassen würde. Die Jungfrau Maria hatte ich auf den Kaminsims gestellt, und als sie mich ansah, fühlte ich mich nicht mehr so einsam.

Meine Umgebung brauchte mehrere Tage, um zu reagieren, und als sie es tat, hatte ich mich bereits fest eingerichtet, und mein Entschluss war endgültig. Am Tag nach meiner Ankunft in Frillesås ging ich zu Berit Anell in die Bäckerei und fragte sie, ob ich dort arbeiten könne. Berit war eine hochgewachsene, elegante Frau mit einer gewissen Schärfe im Blick, der Respekt einflößte, aber sie stellte mich sofort ein, ohne zu viel oder zu wenig zu fragen. Bereits am nächsten Tag könne ich anfangen, sagte sie. Um fünf Uhr sollte ich an Ort und Stelle sein, und sie war genau mit der Uhrzeit, und zehn Kronen die Stunde sollte ich bekommen, wenn ich mich recht erinnere. Das war mir ganz gleich. Es würde reichen, um zu überleben, und es reichte, um Papa anzurufen und ihm mitzuteilen, wo ich war und wozu ich mich entschlossen hatte.

Er bekam einen Riesenschreck und kam noch am selben Abend nach Frillesås, klopfte an die Tür, gerade als ich mir einen Brei gekocht hatte, und trat ins Haus, ohne darauf zu warten, dass ich ihm öffnete. Er stand im Flur, in warmem Wintermantel und dicken Stiefeln, und schrie schon von dort: »Das ist doch Wahnsinn, Eva, was machst du nur? Du wirfst ja dein Leben weg, was ist denn nur passiert?« Diese Frage wiederholte er wie manisch den ganzen Abend. Doch erst als wir vor dem Feuer saßen und die Uhr auf Mitternacht zuging, erzählte ich ihm, was geschehen war. Dass es zwischen John und mir aus war. Dass ich nie wieder mit Mama zusammenleben könnte und auch nicht bei ihm in Göteborg leben wollte. Dass ich allein sein musste. Dass ich für die nächste Zeit hier sein wollte und, wie ich dachte, wohl für immer. Dass ich allein überleben musste.

Papa hatte dem nichts entgegenzusetzen bis auf die üblichen elterlichen Einwände, dass ich eine Ausbildung brauche und dass ich nicht allein an der Westküste leben könne, dass das Haus zu spartanisch eingerichtet sei und dass ich hier vollkommen isoliert war. Ich antwortete, dass ich bereits isoliert sei, in mir selbst, und dass ich diese Zeit hier sehr wohl als einen wichtigen Schritt zum Erwachsenwerden sähe.

Erwachsen werden. Ich hätte laut lachen können, aber er schien einzusehen, dass es da nicht viel zu tun gab. Wir saßen beieinander, schauten das Feuer an, wie schon so oft zuvor, als läge die Antwort in den Flammen, bis er das Schweigen brach und mir erzählte, dass Mama ins Ausland ziehen wollte.

»Sie hat mich vor ein paar Tagen angerufen und erzählt, dass ihre Firma beschlossen hat, sie solle den Betrieb in Europa aufbauen, und dafür müsse sie nach London ziehen. Für uns macht das keinen großen Unterschied, wir leben ja bereits getrennt. Und mit deiner Entscheidung jetzt ... ja, Eva, ich muss zugeben, dass ich mir über deine Situation in den letzten Tagen nicht sicher war. Du solltest ja bald Abitur machen, so war es zumindest geplant, und es wäre ziemlich rücksichtslos, dir vorzuschlagen, du solltest die Schule wechseln und zu mir nach Göteborg kommen. Andererseits gibt es für mich im Augenblick in Stockholm keine Stelle und ... ja ...«

»Dann hätte ich also so oder so allein gelebt?«
Papa breitete die Arme aus.

»Ja, das wäre vielleicht die einzige Lösung gewesen. Ich gebe ja zu, dass ich deine Entscheidung, allein zu leben, gar nicht anfechten will, nur den Ort finde ich nicht passend. Willst du nicht doch vorher dein Abitur machen und nicht deine ganze Ausbildung wegwerfen? Die Verantwortung ...«

»Die Verantwortung muss ich ja wohl für mich selbst übernehmen, wenn ihr nur die Verantwortung für euer eigenes Leben tragen könnt, oder?« Eine Siebzehnjährige kann bitter klingen, wenn sie will, und ich habe den Verdacht, dass ich meine Verbitterung deutlich genug gezeigt habe, um meinen Vater zum Schweigen zu bringen. Ansonsten hatte er nie Probleme damit gehabt, sich zu entschuldigen, wenn er dazu gedrängt wurde oder wusste, dass er sich geirrt hatte.

»Ich weiß, Eva. Ich weiß. Du hast es nicht leicht gehabt, und du hast nicht die Unterstützung bekommen, die du hättest haben sollen. Ich hätte mehr für dich tun müssen, das hätte ich wirklich, aber ich kann nur hoffen, dass ich einmal ...«

Da unterbrach ich ihn. Du hast es nicht leicht

gehabt, du hast es nicht leicht gehabt. Wie oft hatte er das im Laufe der Jahre schon gesagt? Und als ich zu ihm hochschaute, sah ich, dass er weinte. Es war ein resigniertes Weinen voller Hoffnungslosigkeit und Ohnmacht, und mit vernarbter Zärtlichkeit sah ich ihn an und wusste, dass die Waagschale zur Seite gekippt war. Er war das Kind, und ich war erwachsen geworden.

Darüber will ich nachdenken, während ich mich anziehe, um einen Spaziergang zum Wasser zu machen. Ich weiß, es ist mitten in der Nacht, aber ich habe einen Hasen gesehen, der draußen herumhüpfte, und denke, wenn ein Hase sich das traut, dann kann ich es ja wohl auch wagen. Beim Spaziergang will ich an meine ersten einsamen Wochen in Frillesås denken. Wie ich mich langsam an ein Leben auf dem Lande gewöhnte, mit Stille, Ofenfeuer, einfacher Küche und Einsamkeit, ohne einsam zu sein. Wie Berit Anell ziemlich streng mir und den anderen in der Bäckerei gegenüber war, dass sie aber nie mit Sahne oder Butter für ihre Backwaren geizte. Wie sie mir beibrachte, um halb fünf Uhr aufzustehen und um fünf Uhr anzufangen zu backen, statt mit Koordinatensystemen und Gleichungen zu arbeiten. Wie sehr ich mich freute, als ich entdeckte, dass Gudrun, meine alte Freundin aus Kindertagen, auch in der Bäckerei arbeitete und mir half, ohne viel zu fragen, während sie gleichzeitig in der seligen Backwelt, in der wir lebten, die Grundlage für das Fett legte, das sie heute noch mit sich herumschleppt.

Ich will auch daran denken, dass meine Stimme scharf klang, als ich dem Leiter meiner Schule am Telefon erklärte, dass ich nicht plante, in die Schule zurückzukommen, nicht jetzt und vermutlich nie wieder. Aber vielleicht sollte ich mich nicht so genau daran erinnern, dass ich jeden Tag zum Briefkasten ging, nur um festzustellen, dass der Nachsendeauftrag funktionierte, aber dennoch kein Brief von John dabei war. Ich möchte mich nicht daran erinnern, dass ich hoffte, aber eigentlich keine Erlösung erwartete. Dagegen will ich mich daran erinnern, wie meine Übelkeit sich steigerte und ich langsam ahnte, wo das Problem wohl lag. Und wie ich schließlich mit Mama konfrontiert wurde. Zum letzten Mal.

29. Juli, um vier Uhr nachts

Das Meer war so still heute Nacht. Ich bin hinunter zur Landzunge gegangen, über die Felsen geklettert, habe übers Wasser geschaut und die Inseln wie schwarze Silhouetten vor der Unendlichkeit gesehen. Kidholmen und Nordsten und die anderen Inseln lagen beisammen in der Gemeinschaft, die sie seit Jahrhunderten bilden und noch bilden werden, wenn ich nur noch Staub unter den Sternen sein werde. Die Vögel schweigen, und das Einzige, was zu hören war, war das sanfte Plätschern der Wellen, die gegen die Steine stießen. Unter der Wasseroberfläche konnte ich Algen erkennen, die sich wiegten, während sich eine Feuerqualle langsam nach oben treiben ließ. Ich bin vielleicht nur eine einfache Person, aber dieser Anblick ist für mich die Inkarnation von Schönheit und Frieden. Ein einfacher Frieden, wenn es denn so etwas gibt.

Ich wohnte bereits ein paar Wochen in Frillesås, als ich in der Bäckerei fast in Ohnmacht fiel und daraufhin nach Hause geschickt wurde. Berit Anell hatte mich gebeten, die Zutaten für den leckeren Nusskuchen zusammenzurühren, der Verkaufsschlager der Bäckerei, und ich rührte den Teig zusammen, als mir plötzlich schwarz vor Augen wurde. Die Schüssel glitt mir aus den Händen, ich konnte mich aber noch am Tisch abstützen, bevor ich hinfiel, und ich wurde von Berit aufgefangen, die gesehen hatte, was da vor sich ging. Als ich das Bewusstsein wiedererlangte, saß ich auf dem Fußboden, gegen einen Stuhl gelehnt, während Berit Anell mein Gesicht mit kaltem Wasser abtupfte.

»Was ist los, Eva?«, fragte sie mich mit einer Stimme, die ahnen ließ, dass es mehr für sie gab als den täglichen Kampf um den Broterwerb.

»Nichts, es geht schon, danke«, antwortete ich und versuchte aufzustehen, wurde aber von so einer heftigen Woge der Übelkeit überrollt, dass ich mich wieder hinsetzen und die Augen schließen musste. Als ich wieder aufschaute, sah ich, wie Berit schnell ihren Kopf drehte, um zu sehen, ob sich sonst jemand in der Nähe befand. Sie stellte zufrieden fest, dass die anderen mit ihrer Arbeit beschäftigt waren, und beugte sich näher zu mir hinunter.

»Ich weiß, dass es mich nichts angeht. Aber ich frage dich trotzdem; Eva, wann hattest du deine letzte Menstruation?«

Ihre Worte drehten sich in einem leisen Tanz

zwischen uns, bevor sie verschwanden und von meiner Vernunft und meiner nüchtern kalkulierenden Seite aufgefangen wurden, die mechanisch begann, die Tage zu zählen. Die Wochen. Meine Menstruation, die kam und ging, wie sie wollte, und über die ich keine Kontrolle gehabt hatte, weil sie sich in kein Schema pressen ließ. Ich schüttelte den Kopf, zuerst langsam, dann immer heftiger.

»Meine Menstruation? Ich weiß nicht ... ich habe nie, ich meine, sie ist so unregelmäßig, dass ich nie richtig weiß ...«

»Eva, hast du deine Menstruation gehabt, seit du hier in Frillesås bist? Und Eva ... ja, ich weiß, dass die Frage vielleicht etwas aufdringlich klingt, aber hast du mit einem Mann geschlafen und hast du danach noch mal eine Blutung gehabt?«

Berit Anell war direkt und sachlich und half mir damit mehr, als wenn sie sich auf eine andere Art und Weise ausgedrückt hätte. Ich saß stumm da, und mein Schweigen genügte, denn Berit Anell half mir aufzustehen. Dann füllte sie ohne viel Aufhebens eine Tüte mit frischem Brot und süßen Brötchen.

»Du bekommst für den Rest des Tages frei, und ich ziehe es dir nicht von deinem Lohn ab. Dann hast du Zeit, über das nachzudenken, was ich gesagt habe. Ich glaube, du weißt, was ich meine. Und, Eva, wenn du darüber reden möchtest, dann höre ich dir gern zu oder gehe zusammen mit dir zum Arzt oder so. Es ist mir schon klar, dass du für dich selbst verantwortlich bist.«

Noch heute erinnere ich mich an Berit Anells Worte und spüre Dankbarkeit für das, was sie für mich getan hat, allein dadurch, dass sie mir zu verstehen gab, dass sie da war. Ich nahm die Tüte, bedankte mich bei ihr und versicherte ihr, dass ich am nächsten Tag wieder zur Arbeit erscheinen würde. Keiner von den anderen hatte etwas gemerkt, nicht einmal Gudrun, und ich war Berit dankbar für ihre Diskretion, als ich nach Hause ging, die Luft in gierigen Atemzügen einsog und spürte, wie der Druck auf den Magen nachließ. Ich wusste, dass Berits Worte eine Bedeutung für das Undenkbare haben konnten, beschloss aber, die Suche nach der Wahrheit noch für ein paar Tage aufzuschieben. Den Nachmittag würde ich damit verbringen, in mich hineinzuhorchen und Klarheit auf meine Art und Weise zu suchen, und wenn ich sie fände, dann könnte ich auch reagieren.

Ich wollte das frisch gebackene, noch warme Brot mit Käse essen. Wollte mich mit den Broten und einer Kanne Tee in den Garten setzen, eingehüllt in eine Wolldecke gegen die Kälte. Einer blassen Sonne gelang es, sich durch den Winterschleier hindurchzukämpfen, und wenn ich Glück hatte, würde ich einen Flecken im Garten finden, wo es warm genug war. Deshalb ging ich zum Konsum und kaufte Aufschnitt und erblickte dort außerdem einen Strauß Rosen. Sie sahen mitgenommen und winterlich aus, und es war nicht sicher, dass diese blassen Knospen sich überhaupt öffneten, aber ich kaufte sie trotzdem, aus Nostalgie und Sehnsucht nach Schönheit. Der Gedanke an Brot und süße Brötchen rief keine Übelkeit hervor, und ich fühlte einen Riss in meiner inneren eisigen Fassade, als ich nach dem Heimweg, der mir gutgetan hatte, die Tür aufschloss. Aber im Flur blieb ich stehen, die Veränderung mechanisch registrierend.

Auf dem Boden stand eine Tasche. Ein Mantel war über einen der Stühle geworfen worden, ein Paar schöne Winterstiefel lagen auf dem Boden, und aus dem Schlafzimmer war zu hören, wie Schubladen herausgezogen und wieder zugeschoben wurden. Ich kannte die Kleidung und Taschen so gut, dass der Gedanke an einen Einbrecher mir gar nicht erst kam. Die Person, die sich im Haus befand, hatte gehört, dass die Haustür geöffnet worden war, denn sie kam aus dem Schlafzimmer und stellte sich in die Tür, mich mit nachsichtiger Überraschung betrachtend. Es war meine Mutter.

Sie sah müde aus. Zwar lag das blonde Haar frisch gewaschen und schön auf den Schultern, aber die Augen waren schwarz, vielleicht weil die Ringe darunter so dunkel waren. Vielleicht schuf der Abstand zwischen uns Linien, die es gar nicht gab, aber zum ersten Mal fielen mir kleine Falten um die Lippen herum auf und ein Bruch in der Glätte der Stirn. Dennoch war der Mund immer noch der gleiche, die Lippen, die sich zu einem perlenden oder vulgären Lachen öffnen konnten, je nach Gemütslage, Lippen, die sich trennten, um so viel herauszulassen, was mich zu dem gemacht hatte, was ich war. Ich starrte wie hypnotisiert auf diese Lippen, an diesem Tag rot angemalt, und als sie zu reden begann, war das nicht sie, es war nur ein Mund.

»Eva. Ich habe gar nicht mit dir gerechnet. Arbeitest du nicht um diese Zeit?«

Sie trat auf mich zu, und ich sah, dass ich mich nicht geirrt hatte. Sie sah müde aus, winterblass und älter, und die alte, abgetragene Strickjacke, die sie trug, betonte nicht gerade ihre Farben. Sie umarmte mich nicht, was ich auch gar nicht erwartet hatte, blieb nur vor mir stehen und musterte mich. Ich zog mir den Mantel aus, um ihren Mund nicht weiter ansehen zu müssen, und ging dann in die Küche hinaus, wo ich Wasser aufsetzte. Sie folgte mir, und ich drehte mich zu ihr um.

»Mir ging es heute nicht so gut, deshalb hat Berit Anell mich nach Hause geschickt. Ich will ein bisschen Tee trinken und etwas essen. Möchtest du auch?«

Das war eine merkwürdige Frage, ich weiß. Ich hätte fragen sollen, was sie hier wollte, warum sie versucht hatte, ein Treffen mit mir zu vermeiden, warum sie überhaupt nichts von sich hatte hören lassen. Aber der Gedanke an das frische Gebäck und das warme Getränk schob alles andere beiseite, und ich wusste, dass ich erst einmal etwas essen musste, um das durchzustehen, was dann kommen würde.

»Ja, wenn du mich einlädst«, antwortete Mama, und als ich sie ansah, zeigte sie eine Mimik, wie sie es immer tat, wenn sie etwas unsicher war, aber dennoch die Kontrolle über die Situation hatte. Seite an Seite machten wir uns unsere Brote und unseren Tee zurecht und trugen alles ins Wohnzimmer. Ich gab die Rosen in eine alte weiße Vase und stellte diese auf den Tisch. Mama durchfuhr ein Schauer.

»Kannst du nicht ein Feuer machen, Eva? Man friert sich ja hier zu Tode! Ich verstehe sowieso nicht, wie du überhaupt hier wohnen kannst. Aber das hast du ja selbst so entschieden.«

Ich erwiderte nichts, machte aber sogleich ein Feuer, das bald warm und knisternd brannte. Während ich das Holz anzündete, kam mir in den Sinn, dass eigentlich bereits alles zwischen uns gesagt war, nicht mit Worten, sondern gerade in Ermangelung von Worten. Sie war auf dem Weg, aus meinem Leben zu verschwinden, aber das war nichts, was sie mit mir diskutieren wollte, weil es für sie selbstverständlich war. Sie traf ihre Entscheidung, wie sie leben wollte, und andere konnten davon halten, was sie wollten. Ich war nur eine von den zahllosen Bekannten, Kollegen und Freunden, die sich ihr zu fügen hatten, und in dieser Schar gab es keine Abstufungen hinsichtlich der Rücksichtslosigkeit. Es gab nur SIE und den REST.

Diese Gedanken kamen mir, während ich zum Sofa zurückging und mich fragte, wieso mir diese Einsicht erst so spät kam. Mama hatte die Unterbrechung dazu genützt, eine Flasche Wein zu holen, und jetzt kam sie mit der Flasche und zwei Gläsern zu dem Couchtisch. Sie öffnete die Flasche mit sicherer Hand und goss ein Glas voll.

»Man muss sich ja ein bisschen aufwärmen. Ich nehme an, dass du nichts willst, aber ich habe mir wirklich ein Glas verdient …«

»… wenn du eingeladen wirst, ja, ich weiß. Was willst du hier?«

Plötzlich wollte ich es nur noch hinter mir haben. Sie vom Sofa verschwinden sehen, aus dem Haus, aus meinem Leben. Sie dazu bringen zu erzählen, wer sie eigentlich war. Wer ich war.

»Papa hat dir wohl schon erzählt, dass ich nach London ziehen werde. In Stockholm habe ich das meiste schon gepackt, aber ich hatte noch einiges hier, das ich mitnehmen wollte. Den Rest werde ich wohl später holen. Wir wollen ...«

»Wir?«

Mama nahm einen großen Schluck Wein.

»Ja, ich werde in London mit einem Mann zusammenziehen. Aber das überrascht dich sicher nicht wirklich?«

»Nein, Mama, das überrascht mich nicht. Ich frage mich nur, wann du mir das sagen wolltest. Wann du überhaupt mit mir reden wolltest. Mit deiner geliebten Tochter.«

Mama sah mich mit wütendem Blick an.

»Geliebt, hm – sind solche Worte nötig? Natürlich wollte ich irgendwann mit dir reden, aber andererseits bist du groß genug ...«

»... mich um mich selbst zu kümmern. Ja, Mama, das weiß ich auch.«

Ich fiel ihr die ganze Zeit ins Wort. Vielleicht war das reiner Selbsterhaltungstrieb, damit nichts über ihre Lippen kommen konnte, was mir neue Wunden zufügen könnte. Ich schaute sie an und sah wieder nur einen Mund, einen roten Mund, der sich wie in einer Reklame für Kaugummi bewegte, als sie ihr Brot in großen Happen verschlang. Krümel fielen auf den Teppich, doch das kümmerte sie nicht, das hatte sie noch nie gekümmert. Jetzt lehnte sie sich auf dem Sofa zurück. Das Glas war wieder voll, und sie hatte bereits so viel getrunken, dass es für einen Angriff genügte.

»Ich habe mal gelernt, dass es keine Taschen im Leichenhemd gibt, und so sehe ich die Dinge. Man hat nur ein Leben, und ausruhen kann man sich noch lange genug, wenn man unter der Erde liegt und von den Würmern gefressen wird. Aber du hast immer auf mich herabgesehen, oder etwa nicht? Du hast mich doch schon dein ganzes Leben lang verachtet. Manchmal habe ich mich gefragt, was du eigentlich von mir hältst. Du warst immer so widerspenstig. Immer auf Gegenwehr aus und abweisend. Nie hast du verstanden, wie schwer ich es gehabt habe. Obwohl du das eigentlich hättest verstehen müssen. Immer hast du Papas Partei ergriffen. Papa, Papa und Eva, Eva. Immer ihr gegen mich.«

Ich hätte sie als gefasst beschrieben, wenn ich ihre Aggressivität nicht so genau gekannt hätte. Ich hätte einen Ausbruch haben können, doch der Raureif in mir ließ mich erstarren.

»Abweisend? Ich? Die ich doch alles getan hätte, um deine Wertschätzung zu erlangen! Aber du hast dich konsequent geweigert, das zu sehen. Hast alles in den Dreck gezogen, was ich getan habe. Andere konntest du loben, aber meine Fortschritte waren nichts wert. Oder waren selbstverständlich. Dabei habe ich deine Bewunderung mehr gesucht als die von irgendeinem anderen Menschen, und dann soll ich abweisend gewesen sein?«

Meine Stimme wurde mit jedem Wort schriller. Die Ungerechtigkeit in ihren Worten machte mich unvorsichtig, aber Mama fuhr nur mit der gleichen aggressiven Stimme fort, die nach einer Weile jaulend wurde wie die eines Kindes.

»Eine kurze Zeit lang hast du mich tatsächlich gewollt, das stimmt. Das hast du sicher vergessen, du warst ja noch so klein. Das war, als du ein Baby warst, ganz zu Anfang, du hast geschrien und geschrien und warst nur zufrieden, wenn ich dich hochgenommen habe. Aber ich konnte nicht. Ich habe nur Ekel gespürt. Du hast dafür gesorgt, dass es eine ganz schreckliche Geburt wurde, ich hatte am ganzen Körper Schmerzen, und ich habe mich vor mir selbst und meinem schwabbeligen Körper geekelt und vor der Wunde, die da unten geblutet hat. Und du hast nur geschrien, und dann wolltest du an meiner Brust saugen. Das tat so weh, und es war so eklig, dass ich hätte laut schreien können. Ich war gezwungen, dich ins Badezimmer zu legen und die Tür zuzumachen, um das nicht mehr hören zu müssen.«

Ich biss von dem wunderbaren Brötchen ab, spürte Roggen, Gewürze und Fürsorge auf der Zunge und spülte es mit Tee nach, der so heiß war, dass er die ganze Speiseröhre hinunterbrannte.

»Du hast mir doch erzählt, dass ich deine Brust gar nicht haben wollte, obwohl du alles versucht hast. Dass du Milchstau hattest, weil ich nicht getrunken habe.«

»Ja, was hätte ich denn sagen sollen?« Mamas Stimme klang noch jämmerlicher. »Ich habe doch gesehen, dass du nur an der einen Brust getrunken hast, und dachte, dass ich bald wie eine Missgeburt aussehen werde. Du hast dich wie ein Affe festgeklammert und dich geweigert, mich loszulassen. Du warst wie ein Blutegel, du wurdest ganz blau im Gesicht und hast fast keine Luft mehr gekriegt. Okay, ich gebe ja zu, dass ich nicht genug Geduld gehabt habe. Aber was kann man denn erwarten? Und mit der Flasche ging es so prima. Papa hat es geliebt, sie dir zu geben, und zum Schluss mochtest du sie auch. Aber du hast dich trotzdem gerächt. Anschließend hast du mich die ganze Zeit abgewiesen, und das machst du immer noch. Und bist launisch gewesen.«

Die Logik in dem, was sie sagte, war so verdreht, dass sie es selbst hätte merken müssen, aber ich wusste, dass es wie üblich sinnlos gewesen wäre, mit Logik zu argumentieren. Dennoch machte ich einen Versuch.

»Wenn es wirklich so war, dass ich versucht habe, mich dir zu nähern und du mich von dir weggestoßen hast, glaubst du nicht, dass meine Abweisung oder meinetwegen meine Launen ein verzweifelter Versuch gewesen sein kann, irgendeine Form von Aufmerksamkeit von dir zu bekommen? Glaubst du nicht, dass es der Versuch eines Kindes gewesen sein kann, zumindest irgendwelche Gefühle bei seiner Mutter zu wecken, auch wenn es keine Liebe ist?«

Meine Stimme zitterte jetzt, und ich wusste, dass ich mich auf gefährliches Terrain begab, auf dem mein Panzer nicht dick genug war und ein Giftpfeil mich würde treffen können. Mama lachte. Ihre Gesichtsfarbe war dunkler geworden, sie war um Nase und Wangen rot.

»Ich habe es doch versucht. Ich war so lieb, oh ja. Aber da zählte immer nur der Papa. Papa, der die ganze Zeit deine Partei ergriff und sich immer nur um dich gekümmert hat und nicht um mich. Er hat doch immer dich vorgezogen.«

»Das kann doch nicht dein Ernst sein! So, wie er es immer wieder versucht hat! Meinst du wirklich …«

»Davon hast du doch keine Ahnung, Eva, aber ich werde dir etwas sagen. Er hat mich nie befriedigt. In keiner Weise. Du kannst ihn gerne haben. Jetzt, wo er wieder frei ist.«

Ich schaute die Frau auf dem Sofa an und sah wieder nur einen Mund, einen Mund, der zu wachsen schien und sich ausbreitete, bis er den ganzen

Raum ausfüllte, als hätte jemand die Lippen zu gigantischer Größe aufgepumpt. Die Worte, die herauskamen, klangen in meinen Ohren, als hätte jemand ein Tonbandgerät vorgespult, so dass das Gesagte nörgelig, schrill und unverständlich klang. Mama trank einen Schluck Wein und kümmerte sich nicht darum, dass das Glas hässliche Kreise auf dem Holztisch hinterließ. Plötzlich konnte ich nicht mehr an mich halten.

»Manchmal glaube ich, dass du nicht meine Mutter bist.«

Der Effekt war nicht der gewünschte. Mama sah mich an, verwundert und nach einer Weile fast verblüfft. Ich hätte die Gefahr ahnen müssen, doch es war zu spät.

»Nicht deine Mutter? Das könnte dir so passen, nicht wahr? Aber ich kann dir versichern, ich bin es. Dafür kannst du Beweise kriegen, wenn du willst. Dein Papa dagegen, der ist nicht dein Vater. Womit wir das auch endlich aufgeklärt hätten. Ich wollte eigentlich nie etwas sagen, aber jetzt, wo du so hartnäckig bohrst, will ich doch ehrlich sein.«

Wieder der Mund. Groß, widerlich, aufgepumpt. Rote Farbe, die schuppt. Wein in den Mundwinkeln.

»Du lügst.«

Mama schaute mich an. Sie wurde langsam

ein wenig betrunken, aber ich sah, dass sie genau wusste, dass sie die Situation im Griff hatte.

»Soll ich dir eine Geschichte erzählen? Eine Liebesgeschichte? Von der du noch nichts weißt. Ich dachte einmal, mir wäre die große Liebe begegnet, Eva. Sicher, ich war jung und unwissend, nicht viel älter als du jetzt übrigens, ich war zwanzig. Aber bevor ich Simon traf, hätte ich nie gedacht, dass ich einmal so viel von jemandem halten könnte. Mein Gott, du hättest ihn sehen sollen. Wie hübsch er war. Schwarzes Haar, gut gebaut und selbstständig. Kümmerte sich nicht darum, was andere meinten. Wir lernten uns in meinem Lieblingstanzcafé kennen. Er forderte mich zum Tanz auf, und ich glaube, dass wir uns bereits beim ersten Tanz ineinander verliebten. Ein paar Wochen später war ich schwanger, wir verlobten uns am gleichen Tag, an dem ich die Nachricht bekam, im September war es, warm und herrlich, und eine Woche später war ich zu ihm in seine Einzimmerwohnung gezogen. Alles war sehr bescheiden, aber wir lebten in den Tag hinein. Man musste halt in dem Moment etwas aus seinem Leben machen. Simon arbeitete als Aushilfe im Hafen und träumte eigentlich davon, zur See zu fahren, auch wenn er die Pläne beiseitegeschoben hatte, als wir ein Paar wurden. Ich stand bei Åhléns und verkaufte Kosmetik, und wir hatten nicht viel Geld, aber mein Gott, wir waren glücklich. Wenn ich an diese Zeit zurückdenke, glaube ich tatsächlich, dass es die schönste meines Lebens war.«

Ihre Stimme zitterte ein wenig, klang plötzlich weinerlich, während sie den Wein in ihrem Glas kreisen ließ. Ich sah ihren Mund, wie er sich bewegte, wie die Zunge ihr Eigenleben da drinnen führte, wie sie über die Zähne fuhr, und ich erkannte, dass meine gesamte Existenz von diesen Körperteilen beeinflusst worden war, von Fleisch, Blut, Sehnen, Knochen und Haut.

»Ich weiß, dass ich wie in einem Rausch gelebt habe. Aber Simon wusste auch, wie er eine Frau glücklich machen konnte. Was für ein Mann! Als ich im Oktober einundzwanzig wurde, weckte er mich, indem er über das ganze Bett Blütenblätter streute. Wir verließen das Bett den ganzen Tag nicht mehr. Er sagte immer, dass wir König und Königin des Lebens seien. Dass wir das Leben regierten. Wir lebten nur füreinander und brauchten sonst niemanden, und eigentlich hätte ich schon damals wissen müssen, dass es so nicht weitergehen konnte. Doch dass es so schnell zu Ende sein könnte, ahnte ich nicht. Mein Bauch wuchs, aber es ging mir gut, und Simon liebte meinen Körper, der immer runder wurde. Wir konnten stundenlang im Bett liegen, und er redete in einem fort mit dem Bauch und erzählte ihm Märchen vom Meer und den Fischen, und wie sie lebten und alles Mögliche. Er streichelte meinen Bauch und kitzelte ihn und malte kleine Männchen drauf, und er war so verliebt in ihn, dass ich nie auf die Idee gekommen bin, es könnte nicht gut gehen. Er würde ein phantastischer Vater werden. Mein Gott, wie dumm ich war.

Ich wachte erst auf, als ich schon richtig dick war. Ich dachte, dass wir ein Fest veranstalten sollten, um das Kind zu feiern, das bald kommen sollte. Ich lud eine Menge Freunde ein und besorgte etwas zu essen, und ich dachte, dass Simon ganz meiner Meinung sein würde, doch als der Abend kam, stellte sich heraus, dass er die Idee überhaupt nicht gut fand. Er saß am Tisch und sprach mit meinen Freunden nicht ein Wort und zeigte ganz deutlich, dass er nichts von ihnen hielt. Das merkten sie natürlich, also brachen meine Gäste ziemlich bald auf, und eines der Mädchen nahm mich zur Seite und fragte mich, was für einen merkwürdigen Typen ich mir denn da geangelt habe. ›Wenn das so einer ist, der dich nur für sich haben will, dann pass bloß auf‹, sagte sie. Da wurden mir plötzlich die Augen geöffnet, und ich sah, wie wir lebten, Simon und ich. Wie schlicht unsere Wohnung war und wie unmöglich es sein würde, darin zu leben, wenn wir ein Kind hatten. An dem Abend hatten wir unseren ersten Streit. Ich war sauer, weil er meinen Freunden gegenüber so abweisend gewesen war, und sagte ihm, er müsse sich eine vernünftige Arbeit suchen. Simon hat nichts kapiert. Er hat mich und die anderen als kleinbürgerlich bezeichnet. Plötzlich wollte ich ihn nur noch loswerden.«

Der Mund. Die Lippen, die sich bewegten, die Zunge, die gegen den Gaumen stieß. Das Feuer, das mehr Holz forderte. Ich legte ein paar Scheite nach. Mama fuhr fort:

»Ja, das war wohl der Anfang vom Ende, wie man so sagt. Danach haben wir immer häufiger gestritten. Er bekam immer seltener einen Job, und wir lebten von meinem Geld, während er auf mich einredete, ich solle doch froh sein, dass er nicht so viel zu tun habe. Dann könne er sich um das Kind kümmern. Es mit aufs Meer nehmen und so. Er hatte ein altes, armseliges Segelboot, und er redete immer wieder davon, dass er hinaussegeln und seinem Kind die große weite Welt und alle Fische zeigen wolle. Mein Gott, wie lächerlich das klang. Plötzlich fiel es mir wie Schuppen von den Augen, und ich konnte nicht begreifen, was ich einmal in diesem Mann gesehen hatte. Ich erfuhr von einer freien Stelle in einer anderen Stadt und versuchte ihn zu überreden, doch umzuziehen, aber er lehnte ab. Weigerte sich. Und da fasste ich meinen Entschluss. Mit diesem Mann würde ich nie zusammenleben können, schon gar nicht mit einem Kind.«

Mama benetzte die Lippen. Sie schenkte sich ein, und ich zwang mich, mein Brot aufzuessen, während ich zuhörte. Mund öffnen, abbeißen, kauen und schlucken. Nahrung. Und gleichzeitig ihre Worte. Schwarz. Mein Gott, was für ein Mann. Der König des Lebens. Erzählte von den Fischen im Meer.

»Das Ganze endete dramatisch, das kann man wohl sagen. Wir wollten an einem Tag im Mai, als die Sonne schien, hinaussegeln. Es war warm, und wir hatten Proviant dabei, weil wir den ganzen Tag draußen bleiben wollten. Ich war bereits schwer und dick, aber ich hatte das Gefühl, es könnte schön sein, mal rauszukommen, auch wenn ich schon damals nicht so gern segelte. Auf jeden Fall waren wir ein gutes Stück zwischen den Schären hinausgekommen. Da hatten wir Pause gemacht, etwas gegessen und getrunken, und es war richtig gemütlich, bis plötzlich der Wind aufkam. Wir mussten in rasender Eile die Segel hissen und zurückfahren, aber wir kamen nicht weit, da war der Sturm schon über uns, und wir schaukelten auf dem Wasser wie eine Nussschale hin und her. Wir waren ganz allein, die anderen Boote hatten offensichtlich rechtzeitig mitbekommen, dass ein Sturm aufzog, nur wir nicht, und bald waren wir vollkommen durchnässt.

Der Regen prasselte nieder, die Wellen schlugen übers Deck, und Simon schrie mir zu, ich solle ihm mit dem Segel helfen. Ich schrie zurück, dass alles nur sein Fehler sei, er hätte doch etwas merken müssen, schließlich war er der Seemann und nicht ich. In diesem Moment hasste ich ihn. Ich dachte wirklich, wir würden da draußen sterben, alle beide. Nicht ein Boot schien in der Nähe zu sein, und plötzlich, mitten in dem Chaos, begann Simon zu singen. Kannst du dir so etwas vorstellen? Das Leben deiner Mutter ist in Gefahr, und dein Vater stellt sich hin und singt?«

Mama schaute mich an, ich erwiderte ihren Blick. Mein Vater, hatte sie gesagt, als handelte es sich um ein Arbeitsprojekt. Wir beide waren in Gefahr. Nicht wir drei.

»Dann fing er plötzlich an zu schreien und laut zu lachen. ›Okay, lieber Gott‹, rief er, ›du hast mich erwischt, dann kann ich mich ja gleich über Bord werfen, damit das Meer sich beruhigt.‹ Ehrlich gesagt, dachte ich, er wäre wahnsinnig geworden, und ich schrie ihm nur noch zu, dass Schluss wäre, wenn wir das hier lebendig überständen. Schluss für alle Zeiten. ›Ich will dich nie wieder sehen‹, schrie ich, ›verschwinde aus meinem Leben, verschwinde, du ekelst mich an!‹ Ja, dir ist wohl klar, dass ich Angst hatte? Das verstehst du doch, nicht wahr? Okay, ich hätte vielleicht andere Worte wählen sollen, aber es ist nicht so einfach, nachzudenken, wenn man auf einem wackligen Deck steht, bis auf die Haut durchnässt, und fürchtet, dass die letzte Stunde geschlagen hat. Auf jeden Fall gelang es mir, laut genug zu schreien, denn Simon sah mich nur an und brullte zurück, er habe schon verstanden. Er stand am Ruder, ich half mit dem Segel und versuchte, Wasser zu schöpfen, und plötzlich ließ einer von uns das Segel los. Es schoss von einer Seite zur anderen. Ich konnte mich rechtzeitig auf den Boden werfen. Und als ich wieder hochschaute, war Simon weg.«

Bis dahin hatte ich schweigend dagesessen. Es gab nichts zu denken, nichts zu fühlen, und erst jetzt spürte ich, dass ich Angst bekam.

»Weg?«

»Ja, weg. Eine Sekunde vorher stand er noch am Ruder, und in der nächsten war er verschwunden. Er trug eine Schwimmweste, und er war ein guter Schwimmer, deshalb machte ich mir eigentlich seinetwegen keine großen Sorgen, aber ich wusste, dass ich keine Chance hatte, das Boot allein zu lenken. Das Segel schlug hin und her, aber ich legte mich nur hin, beugte mich über die Reling und schrie: ›Simon! Simon!‹ Und ich habe ihn tatsächlich gesehen. Für einen kurzen Moment habe ich ihn gesehen. Und auch gehört. Er schwamm ein Stück vom Boot entfernt und schrie irgendetwas von Gott. Dann kam etwas Großes, Schwarzes und überrollte ihn geradezu, und anschließend war er weg. Ich habe immer weiter gerufen, aber ich habe nichts mehr von ihm gehört oder gesehen, und schließlich habe ich aufgegeben. Ich lag im Boot und glaubte ernsthaft, dass ich sterben würde. So viel Angst habe ich mein ganzes Leben nicht gehabt.«

Sie klang wieder jämmerlich, und mir war klar, dass die Angst, die sie gefühlt hatte, nur ihr selbst gegolten hatte, nicht dem Bauch und nicht dem Mann, der mein Vater gewesen sein sollte und der in den Wellen verschwunden war. Ich öffnete den Mund, um etwas zu sagen, aber meine Mutter fuhr von allein fort mit ihrem Bericht.

»Witzigerweise dauerte es nicht lange, dann legte sich der Sturm. Plötzlich, von einer Minute zur anderen. In dem einen Moment waren die Wellen haushoch, im nächsten lag das Meer vollkommen ruhig da. Ich glaube, sogar die Sonne kam durch. Ich stand auf. Schöpfte Wasser aus dem Boot und ließ mich treiben, ich wusste nicht so recht, was ich tun sollte. Aber da kam plötzlich ein großes Motorboot, und ich rief und winkte, und glücklicherweise sah mich der Mann auf dem Boot. Ein hübsches Boot war das, und der Kapitän war auch hübsch. Ich habe ihm erzählt, was passiert war, und er half mir. Zuerst holte er mich auf sein Boot, und ich war wirklich froh, von diesem Wrack herunterzukommen. Das Segelboot banden wir hinten fest. Dann fuhren wir eine Weile herum und suchten, konnten Simon aber nirgends finden. Aber es gab ja Inseln in der Nähe, und wie gesagt war er ein guter Schwimmer, deshalb war ich ziemlich sicher, dass er irgendwo an Land gegangen war und dort hockte und schmollte. Das habe ich übrigens auch der Polizei gesagt.«

»Der Polizei?«

»Ja, der Polizei. Der Skipper fuhr mich zurück an den Kai, hat dann ein Taxi für mich organisiert und gesagt, er werde sich um alles kümmern, ich solle ihm nur meine Telefonnummer geben. Und das habe ich dann getan und bin anschließend nach Hause gefahren. Später rief die Polizei an, hat sich nach unserem Ausflug erkundigt, und ich habe ihnen berichtet, was ich wusste. Ich meine, so genau wusste ich nicht, wo wir gewesen sind, aber das wusste der Mann vom Motorboot. Ich glaube, sie haben dann noch nach Simon gesucht, aber sie haben ihn nicht gefunden. Und viel mehr ist nicht passiert.«

Der Mund. Rot. Die Lippen. Dünne Haut, gespannt über was? Über Fleisch? Und dann diese Worte, die dieser Mund produzierte. Diese schrecklichen Worte.

»Du meinst, dass Simon ... dieser Mann, von

dem du behauptest, er wäre mein Vater ... dass er einfach verschwunden ist und du dir deshalb keine Sorgen gemacht hast? Dass du nichts gemacht hast? Keine Verwandten oder Freunde angerufen hast oder dafür gesorgt hast, dass Taucher dort getaucht sind, wo er verschwunden ist? Warst du denn nicht traurig? Es klingt, als wärst du nicht einmal traurig gewesen!«

Mama schaute mich an. Sie war jetzt deutlich betrunken, und sie lachte, während sie langsam den Kopf schüttelte, so dass ihr Haar über die Schultern wogte.

»Was hätte ich denn deiner Meinung nach tun sollen? Dieser Mann im Motorboot hat schließlich alles angegeben, was passiert war, und ich habe erzählt, was ich wusste, dann war es doch wohl Sache der Polizei zu entscheiden, wie weit sie den Vorfall untersuchen? Und verdammt noch mal, ich kannte doch keinen einzigen von Simons Verwandten oder Freunden. Wir haben ziemlich isoliert gelebt, das habe ich ja schon gesagt. Und da keiner von sich hören ließ, bin ich davon ausgegangen, dass er irgendwo wieder aufgetaucht ist, an irgendeinem Strand ans Ufer gespült wurde und weiterhin der König des Lebens war, aber eben ohne mich. Und ohne dich übrigens auch. Wie üblich meckerst du nur an mir herum. Und er? Er hat mich mit einem Kind im Stich gelassen, und seine Verantwortung war ihm scheißegal, aber ihn verteidigst du natürlich. Verteidigst ihn in einem fort, obwohl du nicht einmal weißt, wer er war.«

Sie nuschelte jetzt ein wenig und prostete mir zu, bevor sie einen Schluck trank. Ich konnte nur noch flüstern.

»Wie konnte er dich denn im Stich lassen, wenn er tot war?«

»Er war nicht tot!« Mama klang plötzlich aggressiver. »Er war nicht tot, aber ich hatte nicht vor, nach ihm zu suchen. Das fehlte noch, dass man seine Zeit an einen Kerl vergeudet, der abgehauen ist. Oh nein, ich habe ihn nicht gesucht. Ich habe etwas viel Besseres gefunden. Glaubte ich damals jedenfalls. Ich habe einen neuen Papa für dich gefunden.«

»Wie meinst du das?«

»Ich meine, dass ich einen neuen Papa für dich gesucht habe. Papa. Deinen Papa. Ich hockte in Simons Loch und habe mir gedacht, dass ich da nicht sitzen bleiben und alt werden kann und dass ich mich ganz allein um das Kind kümmern muss. Also bin ich einige Kandidaten durchgegangen, die in Frage kamen, so kann man es wohl sagen. Ich habe mich sogar mit dem Mann vom Motorboot ein paar Mal getroffen, aber ihm hätte ich ja nie unterschieben können, dass er dein Vater wäre. Schade, denn er sah gut aus und hatte Geld. Schließlich kam ich zu dem Schluss, dass dein Papa der Beste wäre. Er war zwar blond, aber zumindest gut gebaut, und er war Simon nun doch nicht so unähnlich, mit dem Aussehen müsste das also funktionieren, dachte ich. Außerdem wusste ich, dass er keinen Verdacht hegen würde. Er war so ein sklavischer Bewunderer, der mir eine Weile hinterhergelaufen war, und wir waren auch ein paar Mal zusammen gewesen, meistens, weil ich nichts Besseres vorgehabt hatte. Das letzte Mal nur ein paar Wochen, bevor ich Simon kennen lernte.

Ich rief ihn an und fragte, ob wir uns nicht in einem Restaurant treffen wollten, und er war überglücklich. Ich hatte ein schönes Lokal ausgesucht, denn ich wusste, dass er gut verdiente, und ich fühlte mich hübsch, als ich mit meinem dicken Bauch dort eintrat. Wirklich. Und er … ja, er war natürlich ziemlich verwundert. Aber ich fing da am Tisch an zu weinen, und dann erzählte ich, dass ich schwanger geworden war, nachdem wir das letzte Mal zusammen gewesen waren, und dass ich aber nichts hatte sagen wollen. Ich glaube, er war damals mit irgendeiner langweiligen Frau so halb liiert, also schluchzte ich ein wenig, dass ich mich nicht zwischen sie hatte drängen wollen und so weiter. Aber dass ich mich entschieden hätte, das Kind zu behalten, ich meine, so einfach war es damals mit der Abtreibung noch nicht. Und er, in erster Linie freute er sich. So ist er nun einmal. Er hegte keinerlei Verdacht, genau wie ich es vermutet hatte. Ein paar Mal legte ich seine Hand auf meinen Bauch und sagte: ›Fühl mal‹, und du hast mitgespielt und im richtigen Moment getreten. Da war er verraten und verkauft.«

Ich schaute Mama an. Die Aggressivität war verschwunden, und jetzt lehnte sie sich auf dem Sofa zurück und sah wieder ganz besänftigt aus. Jetzt war sie glücklich und zufrieden, wie eine Katze, die den letzten Sahnetropfen aufgeschlabbert hat.

»Nein, wie gesagt, er hat nie irgendeinen Verdacht gehegt. Für ihn war es selbstverständlich, dass er sich für uns beide entscheiden würde, denn ›man muss Verantwortung übernehmen‹, wie er sagte. Also bin ich in seine Wohnung gezogen, die viel größer und schöner war als die von Simon. Dann bekam ich das Kind, und von da an war die Falle zugeschnappt. Ich meine, wenn er jemals misstrauisch gewesen sein sollte, dann war das verschwunden, als er dich sah, denn er hatte dich so oft wie möglich auf dem Arm und redete mit dir. Ein paar Wochen später haben wir geheiratet. Ja, und jetzt lassen wir uns scheiden.«

Die Kälte, die ich in mir fühlte, war verwandt mit der, die ich während des Gesprächs mit John gespürt hatte. Es fiel mir schwer zu atmen. Das Schreckliche, das Wahnsinnige tanzte vor meinen Augen in funkelnden Sternen, nach denen ich nicht navigieren konnte. Ich wäre am liebsten aufgestanden und hätte losgeschrien, hätte meinen Mund geöffnet, um die Dämonen herauszulassen, aber ich konnte mich nicht bewegen. Meine Stimme klang, als sie schließlich ertönte, merkwürdig metallisch.

»Und du findest nicht … ich meine, du hattest kein Problem damit, dass du Papa und mich belogen hast? Wieso hast du nicht die Wahrheit gesagt? Damit ich die Möglichkeit gehabt hätte, etwas über meinen Vater zu erfahren?«

»Ich habe ja wohl genug für dich getan. Du hast einen neuen Papa gekriegt. Einen besseren. Und ich habe nie gehört, dass du dich über deinen Papa beschwert hast. Nur an mir hast du immer etwas auszusetzen.«

Es stimmt etwas nicht mit dir. Wie oft hat sie das zu mir im Laufe der Jahre gesagt? Du bist nicht normal, du bist merkwürdig, du bist anders, es stimmt etwas nicht mit ihr, seht ihr das nicht? Sie ist launisch, farblos und plump, sie ist mir überhaupt nicht ähnlich. Ich schaute sie wieder an, eine schöne, aber leicht verblühte und leicht beschwipste Frau, und dachte, dass sie diejenige ist, die nicht normal ist. Sie musste krank sein. Ihr absoluter Mangel an Mitgefühl, Rücksicht und Moral, das musste krankhaft sein. Das war das Einzige, was ich denken konnte, während ihr Mund weitersprach.

»Aber dennoch habe ich alles nur Mögliche getan. Anfangs fand ich es sehr anstrengend. Du warst ein schwieriges Baby. Aber dennoch habe ich alles gemacht. Aber du hast mich nur abgewiesen, warst verstockt und wolltest immer deinen Papa. Und dass er so ein Langweiler sein würde, das konnte ich ja nun nicht ahnen. Ich dachte, es würde anders werden. Es ist ja fast ein Wunder, dass ich ihn so lange ausgehalten habe. Deinetwegen, Eva, vergiss das nicht, du. Wenn ich nur an mich hätte denken müssen, dann wäre ich schon vor langer Zeit abgehauen. Aber jetzt muss ich endlich an mich selbst denken. Endlich. Jetzt haue ich ab. Jetzt bist du groß genug und kannst dich um dich selbst kümmern. Ich habe so viel für dich getan. Bis zuletzt.«

Sie stand auf und ging zum Fenster, um hinauszugucken. Es war dunkel geworden, aber die Sterne leuchteten, und es war Vollmond. Das bemerkte ich erst jetzt. Der Mond war rund, und die Gestalten der Finsternis, reale oder imaginäre, standen bereit zum Angriff.

»Du meinst also, ich sollte dir dankbar sein?« Ich konnte nicht an mich halten. Ich stand auf und stellte mich vors Feuer. Auf dem Kaminsims stand die Jungfrau Maria, und der weiße Marmor wurde vom Schein der Flammen gestreichelt, so dass sie noch lebendiger aussah als sonst. Sie lächelte. Maria, Gottes Mutter, konnte nicht anders als lächeln. Mama drehte sich zu mir um. Auch sie lächelte.

»Natürlich solltest du mir dankbar sein. Sogar jetzt noch. Dass es nichts mit diesem John geworden ist.«

Johns Namen von diesen Lippen gesprochen zu hören bereitete mir Übelkeit. Ein plötzlicher Schmerz durchfuhr meinen Bauch, und ich spürte, wie etwas Warmes mir die Beine hinunterkroch.

»Wie meinst du das?«

Mamas Lippen lächelten.

»Ich meine, dass es doch kein Leben für dich gewesen wäre, am Kai zu stehen und ihm als Seemannsbraut hinterherzuwinken. Das hätte ich werden sollen, und es ist zum Teufel gegangen, noch bevor es überhaupt angefangen hatte. An Land zu hocken und sich um eine Schar von Kindern ganz allein zu kümmern, und einen Kerl zu haben, der jeden dritten Monat nach Hause kommt und dich dann wieder schwängert, wenn du Pech hast. Dabei bist du doch so interessiert an Mathematik. Du hättest doch nichts anderes mehr tun können als jede Öre umzudrehen. Das habe ich ihm auch gesagt, und offensichtlich war er klug genug, zu begreifen, dass ich recht hatte. Mit solchen Männern kann man für eine Zeitlang Spaß haben, aber das ist nichts, um sein Leben darauf aufzubauen. Glaube mir.«

Ich starrte sie an. An dem Abend liefen draußen ziemlich viele Hasen herum, einer von ihnen hockte jetzt auf dem Rasen und schaute zu dem hell erleuchteten Fenster. Seine Schnauze zitterte, vielleicht weil es angefangen hatte zu wehen. Die Bäume da draußen raschelten resigniert, und dunkle, sonderbar geformte Wolken peitschten einander den Rücken.

»Wann hast du mit ihm gesprochen?«

»Ich war doch vor Weihnachten in London. Und ich hatte ja seine Telefonnummer, also habe ich auf gut Glück bei ihm angerufen und ihn auch erwischt, denn er war gerade nicht auf dem Meer. Ich habe ihm gesagt, dass das kein Leben für dich sei, mit einem Matrosen. Habe ihm erklärt, dass du selbst auch schon so denkst, aber nichts hast sagen wollen, um ihn nicht zu kränken. Und ich habe ihm gesagt, dass er doch überlegen sollte, was für dich am besten ist, wenn er dich so sehr schätzt. Ich glaube, er hat verstanden. Ja, das muss er eigentlich.«

Ich konnte nur nach dem Einfachsten fragen. Dem Greifbaren.

»Wie hast du seine Telefonnummer herausgekriegt?«

Mama lächelte. Und so erinnere ich mich an sie.

Ja, sie war schön. Blondes Haar bis auf die Schultern, rote Lippen, aufreizende Augen. Die Falten und die hässliche Jacke wurden gnädig von der Dunkelheit und dem roten Licht des Feuers kaschiert und störten nicht mehr.

»Wie naiv bist du eigentlich, Eva? Wie kriegt eine Frau die Telefonnummer eines Mannes heraus? Ich sagte dir doch, dass man ihm keine Tränen nachweinen sollte! Ich habe nie längere Zeit nach einem Mann geschmachtet. Und so gut war er ja wohl nicht im Bett, oder? Was hätte in England denn aus dir werden sollen? Du begreifst doch wohl, dass ich nur dein Bestes wollte? Ich bin doch deine Mutter. Ich meine, ich wäre damit schon klargekommen. Ich habe es immer gewagt, etwas zu riskieren. Neue Sachen auszuprobieren. Habe mich nicht ins Bockshorn jagen lassen. Aber du? Du bist ja so eine ängstliche Person.«

Ich sah diesen Mund. Ich sah, wie er sich öffnete, um mehr herauszulassen, und ich fühlte, dass die Stunde gekommen war. Jetzt musste es vollbracht werden. Jetzt musste ich ihn zum Schweigen bringen. Für immer. Hilf mir, Jungfrau Maria. Denn ich bin eine ängstliche Person. Und ich ergriff die Marmorfigur und schlug damit auf diesen Mund, mit einer Kraft, von der ich nie gedacht hätte, dass ich sie besitze. Ich hörte, wie irgendwo eine Tür klapperte, und die Figur flog in einem schnellen Bogen, bevor sie ihr Ziel traf, und Mama hatte nicht einmal die Zeit, sich zu wundern. Jungfrau Maria verfehlte den Mund, landete stattdessen auf der Stirn, und meine Mutter begann zu taumeln. Ohne ein Wort kippte sie gegen das Fenster und fiel dann zu Boden.

Ich schaute sie an. Mehrere Minuten lang stand ich da und schaute sie an. Sie lag auf dem Rücken, die Augen halb geöffnet. Die Schläfe war eingedrückt wie bei einem Ei, das zu Boden gefallen war, und die Wunde war rot, blutete aber nicht stark. Ich fiel neben ihr auf die Knie und merkte, dass sie schwach atmete, sie schien aber bewusstlos zu sein. Ihr Mund war halb geöffnet, und jetzt hatte ich die Gelegenheit, das zu Ende zu führen, auf das ich schon so lange gewartet hatte. Ich hörte den Wind heulen, er brauste draußen ums Haus, und ich sah, dass der Hase weggehoppelt war. Mama würde mich nie lieben. Aber ich würde sie auf meine Art lieben, jetzt, wo sie still war und ihre Worte mich nicht mehr verletzen konnten.

Mit den blassen Rosen war wirklich nicht viel zu machen, aber die Blütenblätter waren immer noch frisch, und es gab ausreichend davon. Ich schaute zum Mond hinauf, und ich riss die Blätter ab, eines nach dem anderen, und stopfte sie in Mamas Mund. Sie machte keinerlei Anstalten, sich zu bewegen, und es war leicht, die Lippen weiter zu öffnen und den Hohlraum da drinnen zu füllen. Ich stopfte die weichen, kühlen Rosenblütenblätter hinein, bis ihr Mund so voll war, dass ich sie hineindrücken musste. Die letzten Blätter hingen ihr zwischen den Lippen, bis auf die Wangen. Mamas Gesicht sah überrascht aus, und ich meinte einen gedämpften Laut von ihr zu hören, doch er wurde von einem entfernten Knacken und dem Schrei eines Vogels übertönt. Ich holte mir eine neue Tasse Tee und eines von Berit Anells Brötchen. Dann saß ich neben Mutter, eine Ewigkeit lang. Eine Stunde? Eine Nacht? Ich schaute sie an und sah, wie schön sie war, wie ihr Lächeln voll war mit Blütenblättern, und wie diese Rosenblätter jetzt jede Mulde in ihr ausfüllen könnten, jeden Hohlraum ihres Körpers, wie sie Rosenblüten aß und Rosenblüten atmete, so dass Lunge und Magen sich verklebten. Wie sie von dem Weichen, Kühlen, Frischen und Schönen ausgefüllt wurde. Wie es mit dem anderen ausgetauscht wurde. Ich saß bei ihr. Bis ihr Brustkorb sich nicht mehr bewegte. Bis ihr Herz, als ich meine Hand darauflegte, nicht länger mit leichten Stößen antwortete.

Ich saß dort, bis das Feuer zusammengefallen war und nur noch Glut übrig blieb und nichts mehr zu hören war, weder im Haus noch draußen. Ich schaute sie an und dachte daran, wie sie gewesen war. Dass sie nach außen die Fröhliche, Nette, Tüchtige und Ungezwungene gewesen war, stets diese phantastische, spektakuläre, reich verzierte Fassade gezeigt hatte. Die Fäule zeigte sie im Haus, wo nur Papa und ich sie sehen konnten, wir, die wir wussten, dass sie log und betrog. Dort, im Haus, wussten nur wir, dass sie möglicherweise depressiv und voller Ängste war, dass sie nie ein ernsthaftes Gespräch führen konnte, nicht zuhören oder verzeihen. Dort, im Haus, wusste ich, dass das Einzige, was sie an mir schätzte, das war, was ich tat, und nicht, wer ich war.

Ich dachte an alles, was ich immer zu hören bekommen hatte, wozu ich nicht gut genug gewesen war, was ich nicht konnte, was ich nicht war. Ich dachte daran, dass sie aber nicht nachgedacht hatte, als sie mir den Namen Eva gab, der Leben bedeutet. Ich dachte an Britta und John. Ich wusste, das war das Ende. Ich konnte nun endlich Frieden fühlen. Ich konnte das Schweigen fühlen.

Nach einer Weile zog ich mir warme Kleidung an und ging hinaus in die Garage, wo ich eine Axt, einen Spaten und ein Brecheisen holte. Der Wind nahm mir für einen Moment den Atem, aber ich wusste genau, was ich zu tun hatte und was meine Zukunft entscheiden würde. Busters Gespenst war in der Nähe, und ich entschied mich für die Ecke im Garten, in der am wenigsten Steine in der Erde waren. Dann fing ich an zu graben. Wie lange ich gegraben habe, weiß ich nicht mehr, doch ich denke, das müssen mehrere Stunden gewesen sein, aber ich habe die Kälte überhaupt nicht gespürt, sondern eher Wärme, die sich in mir ausbreitete, so dass der innere Raureif langsam auftaute. Ich dankte einem möglicherweise existierenden Gott für den milden Winter, und als das Loch schließlich lang und breit genug war, ging ich zurück ins Haus, wo Mama immer noch lag. Sie sah blass aus. Das Blut um die Wunde war geronnen und hatte sich zu einer Rosette auf der Stirn ausgebreitet, und als ich sie hochhob, fühlten ihre Arme sich kühl an. Buster hatte seine letzte Reise in einem alten Sack angetreten, für Mama fand ich einen genähten Kleiderbeutel. Er war ausreichend lang, er war rot und hatte extra Taschen, und ich wusste, das hätte ihr gefallen. Es gab sie also doch, die Taschen im Leichenhemd.

Ich packte sie in den Stoffbeutel und schob und zerrte sie zu der Grube. Woher ich die Kräfte nahm, das weiß ich nicht, aber ich habe den Verdacht, dass der Mond mir geholfen hat. Und ich spürte Dankbarkeit, als es mir schließlich gelang, sie in die Grube zu rollen, die ich gegraben hatte. Anschließend füllte ich die Grube mit Erde, und es gab so gut wie nichts, das verriet, was passiert war. Die Erde sah zwar frisch umgegraben aus, aber das würde ich gleich am nächsten Tag tarnen.

Ich ging zurück ins Haus, wischte das wenige Blut, das auf dem Fußboden war, auf, rieb die Maria sauber, war froh, dass sie keinen Schaden erlitten hatte, und stellte sie zurück an ihren Platz. Wie eine gute Mutter war sie zur Stelle gewesen, als ich sie brauchte. Dann nahm ich mir Mamas Tasche vor. Ich öffnete sie und sah, dass sie alles nur hineingeworfen hatte, aber sie war nur halb voll, und ich konnte problemlos noch ihren Mantel und ihre Stiefel mit hineinlegen. Die Tasche schleppte ich hinaus in die Garage und versteckte sie unter altem Gerümpel. Im Sommer sollte sie ihre eigene Beerdigung draußen auf dem Meer bekommen. Im selben Meer, in dem mein Vater, Simon, vielleicht ruhte. In dem Meer, auf dem John fuhr. In dem Meer, das trotz allem vielleicht bodenlos ist, aber in dem die Wale zu neuem Leben erwachen können, wenn sie untergehen. Und ich musste mir eingestehen, dass Menschen oft nur deshalb Schuld empfinden, weil sie angeklagt werden. Nicht, weil sie gesündigt haben.

30. Juli

Eine Weile fürchtete ich, dass mich meine Kräfte verlassen würden und ich nicht weiterschreiben könnte. Ich hatte meine Mutter getötet, und ich dachte, dass ich vielleicht auch sterben würde. Als ich gestern Nacht das Ganze noch einmal durchlebte, dieses Mal in Worten und nicht mit Taten, dachte ich wieder, dass es jetzt so weit ist. Jetzt sterbe ich auch. Aber diese Rationierung der Gefühle, die mir damals half, den Tag zu überstehen, rettete mich auch dieses Mal. Ich konnte das Tagebuch zuklappen, es beiseitelegen und ins Bett kriechen, und ich schlief tatsächlich ein paar Stunden, wurde von niemandem gestört, nicht einmal von Pik König. Ich nenne ihn weiterhin so, habe ihn all die Jahre hindurch so genannt, bis zum heutigen Tag. Pik König, obwohl ich den Namen in König Simon ändern sollte. König Papa. Der König des Lebens. Ich konnte nicht wissen, wer er war, aber an dem Tag damals erfuhr ich zumindest, um wen es sich handelte.

Ich stellte sogar einige Nachforschungen auf eigene Faust an, ein paar Jahre nachdem Mama aus meinem Leben verschwunden war und die Rosen auf ihrem Grab zu wachsen begannen. Ich fragte bei der Polizei in Stockholm nach, hatte aber so wenige Anhaltspunkte, dass sie nicht viel für mich tun konnten. Ein Vorname, ein Monat und eine Jahreszahl, das genügte nicht, um herauszubekommen, was damals draußen auf den Wellen vor sich gegangen war. Ich rief sogar einige der Freunde an, von denen ich annahm, dass Mama mit ihnen bereits Kontakt gehabt hatte, als sie noch jung war, fand aber niemanden, der sie so lange kannte, dass er sich noch an einen Simon erinnern konnte. Schließlich musste ich kapitulieren. Die Zeit würde mir eine Antwort geben, wenn sie wollte. Oder Pik König selbst. Das glaubte ich zumindest damals. Heute weiß ich, dass er mir überhaupt keine Antwort geben wollte. Sicher, es gab ihn für mich. Während all dieser Jahre ist er durch meine Träume und Phantasien geschlichen, aber auf seine ganz spezielle Art und Weise. Er hat mich gestreichelt und mit mir geschimpft wie ein Vater und war mein Geliebter, wenn ich Liebe brauchte, aber er hat nie seine Identität preisgegeben. Wenn ich ihn zwingen wollte, hat er sich lieber dafür entschieden unterzutauchen, genau wie die Wale, von denen er mir erzählt hat, als ich noch in der Gebärmutter lag und zuhörte.

Heute Morgen, ein wirklich wunderschöner Morgen, hatte ich mich gerade mit Kaffee und Broten in den Garten gesetzt, als Gudrun und Petra atemlos angelaufen kamen. Wobei übrigens Gudrun diejenige war, die am meisten keuchte, und der Pullover, den sie trug, war bereits unter den Armen durchgeschwitzt. Ihr langes, graues Haar stand ihr zu Berge, und mit ihren weichen, leicht schwabbeligen Wangen sah sie aus wie der Hamster, den ich nie bekommen hatte. Sie trug Shorts, die ihre hässlichen, blauadrigen Beine entblößten, und einen gelb gepunkteten Pullover, der über dem Bauch spannte. Petra dagegen sah munter und frisch aus in einem neuen Sommerkleid aus weichem lila Stoff. Ihr Haar war immer noch blond und die Wunde am Mund vollkommen verschwunden.

Ich schaute sie an, meine alten Freundinnen seit so langer Zeit, und spürte einen Hauch von Wehmut bei dem Gedanken, was aus uns geworden war. Die Träume, die wir hatten, waren zwischen die Seiten des Lebens gepresst worden, so dass das Dreidimensionale plattgedrückt wurde und seinen Duft verlor. Sven war in den Ort gegangen, um mit dem Adler zu sprechen, wobei ich ihm das Versprechen abgerungen hatte, ohne mein Beisein nichts an meinen Rosen zu machen. Der verfluchte Pfahl steckt immer noch zwischen den Rosenbüschen, und jedes Mal, wenn ich dorthin gucke, muss ich an Vampire denken, die unschädlich gemacht werden, indem ihr Herz mit einem Holzpfahl durchbohrt wird. Ich habe heute Morgen einen Strauß Heckenrosen geschnitten, bei denen die Blüten erst noch aufspringen, und habe den Strauß auf meinen Frühstückstisch im Garten gestellt. Als Gudrun sich hinsetzte, konnte sie der Versuchung nicht widerstehen und tauchte ihr ganzes Gesicht in die Blumen, um den Duft einzusaugen.

»Wie du das mit deinen Rosen schaffst, ist mir ein Rätsel, Eva. Meine verwelken, oder sie kriegen Läuse, egal wie viel Mühe ich mir auch gebe. Ich zerdrücke die Läuse mit den Fingern oder besprühe die Pflanzen mit Seifenlauge, aber die Viecher scheinen das nur lustig zu finden. Wahrscheinlich liegt es daran, dass ich es einfach nicht schaffe, mit ihnen zu reden, und das tust du sicher die ganze Zeit. – Hast du eine Tasse Kaffee für uns, auch wenn wir dich hier so überfallen?«

»Aber natürlich, geht in die Küche und schmiert euch ein paar Brote«, antwortete ich. Gudrun verschwand mit gierigen Schritten Richtung Küche, während Petra zunächst einen Abstecher zu den Rosen machte, um Gudruns Worte bestätigt zu bekommen und zu sehen, wie tüchtig ich doch bin

Ich kann ihnen ja nicht erzählen, wie unkompliziert es mit den Rosen ist. Es ist so viel einfacher, einen Rosenbusch zu lieben als eine Mutter. Und wer sich anstrengt, der wird belohnt. Pflege und dauerhafte Liebe bringen Resultate. Und wenn die Erinnerungen anklopfen, denke ich an einen Mund voller Rosenblütenblätter und wie das Eklige dadurch gefiltert wird. Alles, was sie einmal war, ist jetzt von Rosen durchtränkt. Ich kann alles wie durch ein Raster sehen. Sie wollte mich nicht haben, aber jetzt ist sie immer bei mir. Wenn der Wind die Düfte herbeiweht, diese schweren, honigsatten, kann ich trotz allem glauben, dass ich geliebt werde. Dass ich den Lohn für meine Mühen bekommen habe. Auch wenn ich auf gewisse Art und Weise mit meinem Leben dafür bezahlt habe.

Gudrun kam mit einem großen Becher Kaffee und mehreren Broten auf einem Teller heraus. Sie kaute kräftig, was zeigte, dass sie die ersten Happen schon bei der Vorbereitung zu sich genommen hatte, wie immer. Berit Anells Brot ist nur noch eine Erinnerung, aber das hier, das Sven bei der Åsa Hembageri geholt hatte, ist auch nicht schlecht. Gudrun ließ sich mit einem leisen Seufzer auf den Stuhl plumpsen.

»Ich verstehe gar nicht, wieso ich so hungrig bin, aber mein Frühstück muss einfach durchgerutscht sein. Sixten musste irgendwohin, und da bin ich allein sitzen geblieben und habe plötzlich keinen

Appetit mehr gehabt. Es ist doch immer schöner, in Gesellschaft zu essen.«

Sie biss ab und trank einen Schluck Kaffee, lehnte sich dann auf dem Stuhl zurück und streckte das Gesicht in die Sonne.

»Man sollte so ein altes, faltiges Gesicht eigentlich nicht so viel sonnen, aber das ist mir auch egal. Ihr habt es herrlich hier. Bei uns ist es im Augenblick so unordentlich. Ich habe versucht, drinnen und draußen ein bisschen Ordnung zu schaffen, aber ich habe das Gefühl, dass ich die Sachen nur von einer Ecke in die andere geschaufelt habe.«

»Hattest du Gelegenheit, Iréne zu besuchen?« Sich anhören zu müssen, wie Gudrun versucht sauberzumachen, ist wie das Märchen vom süßen Brei. Wenn man nicht die richtige Zauberformel findet, quillt der Brei immer weiter aus dem Topf und wird zu einem nicht versiegenden Strom, der zum Schluss die gesamte Umgebung ertränkt. Aber »Iréne« schien momentan das richtige magische Wort zu sein, das dem Redefluss ein Ende setzte. Vor wenigen Tagen ist Iréne nämlich in ein anderes Heim verlegt worden. In das von Gudrun genauer gesagt, das Sven immer »Das Schwanzlose« nennt. Ich nenne es Gudruns Heim, obwohl sie natürlich keinen Anteil daran besitzt, sondern nur dort arbeitet und das tut, was ich auf Sundgården vermisst habe. Sie füttert die Alten, duscht sie ab und fährt sie hinaus in die Sonne, wenn sie Zeit dazu hat. Bisher konnte sie noch nicht so viel mit Iréne unternehmen, weil der Beschluss so überraschend kam. Wieder einmal.

Gudrun seufzte. »Wir haben jetzt im Sommer so wenig Personal, dass wir jeden nehmen würden, der vorbeikäme und einen Job haben will. Was sie bei der Arbeitsvermittlung machen, weiß ich nicht, wir haben jedenfalls dauernd Anzeigen laufen, aber es meldet sich nie jemand bei uns. Vor ein paar Wochen haben wir zumindest einen Mann aus Algerien gekriegt, ja, er hat vorher sein ganzes Leben lang in Frankreich gelebt. Deshalb spricht er in erster Linie Französisch und nur wenig Schwedisch und ist auch nicht mehr ganz jung. Wir waren anfangs sehr skeptisch. Er hatte so merkwürdige Sandalen an den Füßen und dazu Wollsocken. Aber ich muss sagen, wir haben unsere Meinung ändern müssen. Er hat eine Art, mit den alten Damen umzugehen, die ist einfach toll. Gestern habe ich gesehen, wie er mit Iréne am Tisch saß. Sie hatte nicht viel gegessen, war müde und wollte sich lieber hinlegen. Da ist er zu ihr gegangen, hat sie in den Arm genommen und gesagt: ›Iréne, willst du einen Café au lait haben? Bitte, mir zuliebe, ja, Iréne?‹ Allein wie er das gesagt hat, mit einem französischen Akzent, machte einen einfachen Milchkaffee richtig attraktiv. Also nickte Iréne und schlürfte sogar zwei Tassen in sich hinein. Die ganze Zeit hat er bei ihr gesessen und mit ihr geredet. Iréne hat ihn dazu gebracht, ihr zu versprechen, dass sie an dem Tag, wenn es mit ihr zu Ende geht, zusammen einen Café au lait trinken werden und er sie dann hinaus in die Helsjön rollt. Denn sie hat keine Lust dahinzuwelken, wo sie es doch so schön in ihrem Leben gehabt hat. Das konnte ich deutlich verstehen, obwohl sie doch so nuschelt. Und dabei sah Iréne direkt zufrieden aus. Sonst isst sie nicht besonders viel.«

Ich seufzte.

»Was glaubst du, wie lange macht sie es noch?«

Gudrun biss von ihrem Brot ab und musste den Kopf über den Teller halten, da eines der Käsestücke Gefahr lief, ihr aus dem Mund zu kullern.

»Weißt du, das ist schwer zu sagen. Einige geben auf, sobald sie zu uns kommen. Beschließen, dass sie sterben wollen, und dann sterben sie. Andere klammern sich ans Leben. Und Iréne scheint keine Probleme zu haben, sich anzupassen, ganz im Gegensatz zu dem, was wir bisher von ihr kannten. Die Mädchen, die zusätzlich arbeiten, mögen sie. Sie sagen, sie sei so dankbar.«

Dankbar. Manchmal ist das Leben wirklich ironisch. Petra gesellte sich zu uns, nachdem sie die Rosen bewundert und sich eine Tasse Kaffee geholt hatte. Wir sprachen noch eine Weile über Iréne, wie sie gelebt hatte und wie anders sie jetzt war, und Petra seufzte.

»Ja, ein lieber Mensch ist sie nie gewesen, das wissen wir wohl alle. Aber trotzdem darf man nicht vergessen, was sie getan, gesagt und gemeint hat. Vielleicht darf man gar nicht lieb sein, wenn man in Erinnerung bleiben will. Aber vielleicht kann man ja auch gar nicht anders, wenn man zu lieb ist.«

»Mutter Teresa konnte es.« Gudrun schlug mit dem ersten Argument zurück, das ihr einfiel. Petra lachte leise.

»Mutter Teresa, ja. Und wie viele gab es, die wie Mutter Teresa gewesen sind? Über die stand nie etwas in der Zeitung, und das hat nie Geld gebracht. Was mich betrifft, so frage ich mich, ob man sich nicht lieber Iréne statt Mutter Teresa zum Vorbild nehmen sollte. Jedenfalls ist in meiner Ehe mit Hans erst etwas passiert, als ich aufgehört habe, Mutter Teresa zu spielen.«

Nachdem sie es selbst zur Sprache gebracht hatte, hatten Gudrun und ich freie Hand nachzuhaken, und das taten wir dann auch. Petra hob abwehrend beide Hände.

»Ich weiß nicht so recht, wie es werden soll, das kann ich euch sagen. Er hat bisher zweimal von sich hören lassen, und am Telefon kann er ja nicht schweigen wie früher zu Hause. Dazu ist er zu geizig. Um fürs Schweigen zu bezahlen, meine ich. Also haben wir tatsächlich eine Art Gespräch gehabt, und er hat gesagt, dass er bereit ist, es noch einmal zu versuchen, wenn ich es auch versuchen will. Als ich ihn gefragt habe, was ich denn versuchen soll, hat er gesagt, dass er auch seine Bedürfnisse hat. Mehr hat er nicht gesagt. Nur dass er seine Bedürfnisse hat. Und ich weiß ehrlich gesagt nicht, ob das reicht. Denn das sage ich euch, so gut, wie es mir jetzt geht, so gut ging es mir seit langem nicht. Wenn ich zurückkomme, sieht das Haus genauso aus, wie ich es verlassen habe. Und all das Gerümpel, das ich weggeschmissen habe … ja, ich habe das Gefühl, als hätte ich mein halbes Leben weggeschmissen. Die schlechtere Hälfte, meine ich, und es hilft ja nichts, aber in dieser Hälfte befindet sich ziemlich viel von Hans.«

»Weiß er, dass du so viel weggeschmissen hast?«, fragte Gudrun mit Neugier in der Stimme. Ich weiß, dass sie eine ganze Menge von Petras weggeworfenen Dingen bekommen hat, obwohl ihr eigenes Heim bereits ziemlich vollgestopft ist.

»Er weiß, dass ich saubergemacht und aufgeräumt habe. Aber das kann ja alles oder nichts bedeuten, und er wird sicher wahnsinnig, wenn er sieht, dass ich sein altes Aquarium weggeworfen habe, das seit bestimmt zwanzig Jahren im Keller gestanden hat. Keines der Kinder hat es jemals haben wollen, schon zwei Tage, nachdem wir ihnen Fische gekauft hatten, taten ihnen die Tiere leid, und dann war ich es wieder, die sich darum kümmern musste. Heute kann ich mich nur fragen, wieso ich das getan habe. Ich meine, wir haben mindestens zweimal in der Woche Fisch gegessen, wieso habe ich mich dann moralisch gezwungen gefühlt, die armen kleinen bunten Kreaturen, die da in ihrem Glaskäfig herumschwammen, am Leben zu halten? Ich wollte sie doch nicht einmal haben. Ich hätte sie genauso gut ignorieren können, wie die anderen es taten, und dann wären sie gestorben, und das wäre dann unser aller Problem gewesen. Aber so wurden die Fische schon nach wenigen Wochen zu meinem Problem und zu meiner Verantwortung, weil sich sonst niemand darum gekümmert hat und ich keine Lust hatte zu meckern. Denkt doch nur, wie viele Frauen sich um Hamster und Meerschweinchen kümmern, obwohl die doch so etwas Ähnliches wie Ratten sind?«

Petra war dabei, sich ernsthaft aufzuregen. Ihre Wangen waren gerötet, der Mund leicht geöffnet und die Haare, die so brav gelegen hatten, begannen wieder im Wind zu flattern. Gudrun seufzte.

»Ja, ich bewundere dich, das muss ich schon sagen. Sich zu trauen, seinen Alten einfach so rauszuschmeißen. Und sich dann in Schale zu werfen.

Ich dagegen renne nur planlos rum, tröste mich mit Essen und schaffe es nicht, irgendetwas anzupacken. Ich müsste aufräumen, ich müsste Sport treiben, ich müsste mich mehr bewegen, ich müsste all das machen, was ich hasse. Aber ich tue es nicht. Gestern waren wir bei Bekannten eingeladen, und sie haben so wunderbare Schokolade aus der Schweiz zum Kaffee serviert, ja, ich war wie verhext. Als niemand was gesehen hat, habe ich ein paar Stück genommen und sie in meine Tasche gesteckt. Aber ich frage mich, ob die Gastgeberin es nicht doch gemerkt hat, denn als wir gingen, hat sie mich so angeguckt, voller Mitleid und Verachtung gleichzeitig. Und Sixten ... na ja, ihr braucht gar nicht so zu tun, als wüsstet ihr es nicht, denn wir wissen doch alle, was er treibt. Ich habe versucht, so zu tun, als wenn nichts wäre, aber ich weiß Bescheid. Wie er alle Frauen betatscht, die ihm begegnen. Natürlich tut das weh, auch wenn mir klar ist, dass ich nicht mehr so appetitlich bin wie früher. Aber dass ich schlechter sein soll als alle anderen ... ja, denn es ist ja nicht so, dass ich nicht will. Ich will oft. Und ich habe immer gewollt. Aber er will nicht. Aber trotzdem die anderen angrabschen, das kann er.«

»Gudrun, wer weiß, vielleicht ist das das Einzige, was er kann?« Ich konnte mich nicht zurückhalten, weil sie mir so leidtat. Sie tat mir so leid mit ihrer

Lust, die in all das glänzende, ausufernde Fett eingebettet ist.

»Natürlich, das habe ich mir auch schon gedacht. Ich habe auch versucht, mit ihm drüber zu reden. Versucht zu verstehen, warum wir nie ... aber dann reagiert Sixten wie Hans. Presst die Lippen zusammen und sagt nichts mehr. Doch, er sagt, dass er kann, wenn er will. Genau wie die meisten Männer hört er nur, was er hören will.«

Gudrun klang verbittert. Petra stand auf, holte die Kaffeekanne und schenkte uns allen dreien nach. Dann ging sie in die Küche und kam mit warmer aufgeschlagener Milch zurück, die sie uns in die Tassen goss, wahrscheinlich inspiriert von Gudruns Geschichte über Café au lait. Gudrun trank einen Schluck, dabei blieb ein bisschen Schaum an ihrer Oberlippe kleben. Dann wandte sie sich Petra zu.

»Und du? Du und Hans? Wie habt ihr das geschafft?«

Petra seufzte.

»Geschafft. Ja, das ist wohl das richtige Wort. Ich habe es genauso gemacht wie mit dem Aquarium, wenn ich es gereinigt habe. Ich habe einen Lappen genommen und hinterher trocken gewischt.«

Wir mussten beide laut auflachen, Gudrun und ich, und schließlich war auch Petra gezwungen einzustimmen. Wir lachten plötzlich so sehr, dass wir im ganzen Gesicht Falten bekamen, und so erblickte Sven uns, als er um die Ecke bog.

»Hallo, Mädels«, rief er und verschwand im Haus. Petra wischte sich Tränen aus den Augen und schaute mich an. Und plötzlich wusste ich, dass die Frage über uns schwebte, auch wenn weder Petra noch Gudrun sie stellen wollten. Und wie geht es euch? Wie habt ihr es gemacht?

»Wir haben es auch geschafft. Auf unsere Art«, sagte ich, und als treue Freundinnen, die sie sind, begnügten sie sich mit meiner Antwort und fragten stattdessen nach Susanne.

»Ich glaube, es geht ihr besser. Die Scheidung war natürlich ein schwerer Schlag, und sie war geschockt, dass ihr so etwas passieren konnte. Ja, dass Jens, ihr eigener Mann, eine andere finden konnte. Sie hat immer geglaubt, dass derjenige, der hart genug arbeitet, das Risiko minimiert, und es hat auch nichts genützt, dass ich ihr immer wieder gesagt habe, dass man sich nicht schützen kann. Dass das Leben immer noch ein Ass im Ärmel hat. Ich glaube, am schlimmsten trifft sie seine Unehrlichkeit. Nicht, dass er eine andere getroffen hat, sondern dass er es so lange verheimlicht hat. Susanne verabscheut Lügen, und dabei war nichts von dem, was ich ihr über die Verlogenheit der Welt erzählt habe, eine Hilfe.«

Petra lächelte.

»Ich erinnere mich noch gut daran, als sie klein war. Als du den Job im Reisebüro gekriegt hast und pendeln musstest. Was für ein wunderbares Kind sie war. Dunkel, rund und warm, sie fühlte sich irgendwie an wie ein frisch gekneteter Brotteig. Ich erinnere mich auch, dass ich nicht widerstehen konnte, sie in den Bauch zu piksen, weil der so herrlich weich und glatt war, und dass sie sich jedes Mal wie ein Wurm wand, wenn ich versucht habe, sie in den Arm zu nehmen. ›Nicht, nicht!‹, hat sie geschrien. Und sie hat sich immer vollgekleckert. Was man ihr auch anzog, sie hat sich immer schmutzig gemacht. Und wie gern sie gebadet hat. Es spielte keine Rolle, wie kalt das Wasser war. Sie ist einfach reingelaufen, und dann hat sie den Kopf wie eine Ente unter Wasser getaucht, als suchte sie nach etwas, und schließlich ist sie wieder aufgetaucht und hat mich nass gespritzt. Keines meiner Kinder mochte baden, obwohl ich immer versucht habe, sie zu locken.«

Petra. Die alte, treue Petra, die damals arbeitslos war, aber nicht die Absicht hatte zu studieren und sich deshalb gern um Susanne kümmerte, wenn ich fort war. Gudrun. Die sah, wie mein Bauch wuchs und ohne ein Wort alle anstrengenden Arbeiten in Berit Anells Bäckerei übernahm, als ich es nicht mehr schaffte. Ein Leben in gemeinsamer Freundschaft. Ein Leben, von dem die beiden fast alles wissen, aber doch bei weitem nicht alles. So viel haben wir gemeinsam durchgemacht. Und dennoch musste jede auf ihre Art damit umgehen.

Meine ersten Rosen pflanzte ich ein paar Tage, nachdem ich Mama eingegraben hatte. Eine Peace-Rose. John hatte die Asche des Briefes seiner toten Freundin über eine Peace gestreut, und jetzt war ich an der Reihe, die Rose des Friedens über der Tat wachsen zu lassen, die mir den Weg im Kampf um mein Leben gebahnt hatte. Ein paar Kilometer außerhalb des Dorfes gab es zu der Zeit ein schönes großes Gewächshaus, und einer der Gärtnermeister half mir nicht nur, eine schöne Peace auszusuchen, er brachte mir außerdem fast alles darüber bei, wie man Rosen züchtet. Ich kaufte verschiedene Arten, um sie nach seinen Anweisungen zu kombinieren, und ich pflegte meine Blumen vom ersten Moment an. Die ersten Blüten konnte ich bereits genießen, als ich Susanne im Sommer gebar. Sie waren groß, voll und gelb mit einem rosa Farbton, der außen am Blütenblatt begann und sich dann bis ins Zentrum ausbreitete. Ich war zufrieden, dass es mir gelungen war. Wenn ich die Rosen pflegte, sprach ich mit Mama über alles, über das wir nie hatten sprechen können, und sie antwortete mit der Schönheit der Rosen und dem Streicheln des Windes. Alles, was sie sagte, war in den Duft der Blumen gehüllt. Und sie konnte nichts dagegen machen, wie sehr sie auch versuchte, sich dagegen zu wehren. Ich spürte es, und ich konnte darüber lachen. Sie war ihrem eigenen Hinterhalt zum Opfer gefallen. Wie das Biest von der Schönheit besiegt worden war.

Papa kam schon wenige Tage später zu mir. Ich erzählte ihm alles, bis auf den Schluss. In der Version für Papa verschwand sie aus der Tür, stieg in ein Taxi, das sie zum Flughafen bringen sollte, von wo aus sie nach London fliegen wollte. Ich glaube nicht, dass es ihn sonderlich interessierte. Die Tatsache, dass er gar nicht mein biologischer Vater war, überschattete alles andere, und er begann sofort damit, alles in die Wege zu leiten, um die Wahrheit herauszufinden. Ich denke, heute hätte ein DNA-Test die Frage schnell beantwortet, aber damals war es nicht so einfach.

Papa und ich mussten uns in ein Krankenhaus in Göteborg begeben und dort einige Untersuchungen über uns ergehen lassen, aber das Resultat war letztendlich eindeutig. Unsere Blutgruppen zeigten, dass Papa nicht mein Vater sein konnte, und Mamas Bekenntnis war tatsächlich mehr als nur ein aggressiver Racheakt gewesen. Es war die Wahrheit. Papa konnte außerdem bestätigen, dass es genauso abgelaufen war, wie sie gesagt hatte. Die beiden waren für eine kurze Zeit zusammen gewesen, dann hatte sie ihn wie eine heiße Kartoffel fallen lassen, während er erfolglos versucht hatte, sich mit einer Frau zu trösten, mit der er schon seit langem locker liiert gewesen war.

»Als sie damals das Restaurant betrat, wusste ich, dass ich bereit war, alles zu tun, nur um sie zurückzuerobern«, sagte er verbittert, als er mir erzählte, was damals passiert war.

»Und als sie mir erklärte, dass ich der Vater ihres Kindes sei und dass sie mit mir zusammen sein wollte, war ich überglücklich. Misstrauen passte überhaupt nicht ins Bild. Natürlich war ich naiv, und natürlich war ich während all der Jahre naiv, Eva. Ich habe ja gesehen, wie sie gelebt hat. Da hätte mir der Gedanke schon mal kommen können, dass es nicht mein Kind war, das in ihrem Bauch war, den sie so stolz im Restaurant präsentierte. Aber wir Menschen glauben das, was wir glauben wollen. Ich war verliebt. Verliebt bis zum Wahnsinn. Und als du kamst, ließ mich nichts daran zweifeln, dass du meine Tochter bist. Du bist es ja immer gewesen.«

Er streichelte mir die Wange, während er das sagte, die erste Berührung, seit wir wussten, dass wir gar nicht Vater und Tochter waren, sondern nur Mann und Frau. Ich kann mich daran erinnern, dass ich überlegte, ob es sich dadurch anders anfühlte, aber ich konnte keinen Unterschied spüren, nur diese warme Unvollkommenheit, die schon immer mein Papa gewesen war. Und er war es dann, der mir in seiner Unvollkommenheit zur Seite stand, als ich bestätigt bekam, dass ich schwanger war. Ich wusste es ja bereits. Mein Körper hatte es mir gesagt, und Berit Anell hatte dieses innere Wissen bestätigt, aber nachdem ein Arzt es ausgesprochen hatte, wurde es Wirklichkeit. Mama hatte mir erzählt, dass es damals, als sie schwanger war, gar nicht so einfach gewesen war, eine Abtreibung vorzunehmen, und vielleicht wäre es auch für mich nicht leicht gewesen. Aber das war gar nicht die Frage.

Ich wusste, dass mir nach dem Verlust von John die Möglichkeit genommen worden war, mich jemals wieder einem anderen zu öffnen. Aber ich trug sein Kind im Bauch, und ich wollte es haben. Allein die Tatsache, dass ich ein Stück von ihm bei mir hatte, ohne dass er es wusste, genügte, um über den Schmerz, den er mir zugefügt hatte, hinwegzukommen. Es musste eine Strafe sein, ein Kind zu haben, ohne davon zu wissen, und es musste eine Hilfe sein, ein Kind zu lieben, wenn ich schon nicht mehr den Vater des Kindes lieben durfte. Ja, ich wusste die ganze Zeit, dass ich mein Kind lieben würde.

Das klingt so einfach, wenn man es aufschreibt, einfach und banal, doch ich kann mir denken, dass es für viele genau andersherum ist, dass es für eine Frau schwerer ist, ein Kind zu lieben, wenn der Kindsvater sie im Stich gelassen hat. Aber ich weiß es nicht. Ich hatte trotz allem nur meine eigenen Entscheidungen, meine eigenen Gefühle und meine eigenen Erfahrungen. Ich hatte Mama eliminiert. Aber die Tatsache, dass ich ein neues Leben in mir trug, gab mir das Gefühl, dass mir verziehen worden war. Und ich war ja erst siebzehn Jahre alt, als ich den Entschluss fasste, und achtzehn, als ich mein Kind gebar.

Mein Vater, den ich weiterhin Papa nannte, akzeptierte meinen Entschluss. Vielleicht meinte er auch, dass das Kind meine Rettung werden könnte, und er unterstützte mich von ganzem Herzen. Nur wenige Wochen nach der Konfrontation zwischen Mama und mir zog er zu mir nach Frillesås mit dem festen Vorsatz zu bleiben und mir zu helfen. Anfangs wusste ich nicht, ob ich das gut finden sollte, aber schnell wurde ich davon überzeugt. Er pendelte zu seiner Arbeit, und ich arbeitete weiter in der Bäckerei.

Ich bat um ein Gespräch unter vier Augen mit Berit Anell, und da erzählte ich ihr von meiner Schwangerschaft und dass mein Papa zu mir gezogen sei, um sich um mich zu kümmern, obwohl wir erfahren hatten, dass er gar nicht mein leiblicher Vater war. Ich wusste, dass sie zu den Personen gehörte, die so etwas für sich behalten würden, und deshalb war ich gezwungen, es mehreren Leuten zu erzählen, bevor ich sicher sein konnte, dass alle im Ort wussten, dass Papa nicht mein Vater war. Der Welt zu erzählen, dass wir nicht biologisch verwandt waren, war keine schwere Entscheidung gewesen, das war im Gegenteil genau das Richtige gewesen. Mit John war meine Liebe zu einem Partner verschwunden. Mit Papa hatte ich einen Freund in meiner Nähe. Liebe auf eine andere Art und Weise. Absolute Ehrlichkeit, Verlässlichkeit und Unterstützung, wann immer ich sie brauchte. Eigenschaften, die für das ganze Leben reichen, wenn man sparsam mit ihnen umgeht. Und ich öffnete ihnen die Tür und haushaltete gut mit ihnen.

Von Mama hörten wir nichts. Ich wusste natürlich, dass wir nichts hören würden. An dem Tag, als ich die Peace-Rose pflanzte, schrieb ich einen Brief mit Mamas Handschrift, die ja auch meine eigene war, und kündigte in ihrem Namen umgehend in ihrer Firma. »Ich werde zwar nach London ziehen«, schrieb ich, »aber ich habe eine sehr interessante Stelle in einem anderen Betrieb gefunden.« Dann bedankte ich mich für die gemeinsame Zeit und bat, dass mögliche Briefe an die alte Adresse in Stockholm geschickt werden sollten, von wo aus sie weitergeleitet würden, da ich noch keinen neuen Wohnsitz hatte.

Eingedenk Mamas Persönlichkeit würde sich

niemand darüber wundern, dass sie sich anders entschieden hatte, und da sie ja selbst alles für einen Umzug vorbereitet hatte, ging ich davon aus, dass Briefe an sie an irgendeine Adresse in London nachgesandt würden. Würde der Brief dann nach Stockholm zurückkommen, würde er vermutlich früher oder später bei uns landen, da Papa dabei war, das Haus zu verkaufen und einen Nachsendeantrag nach Frillesås gestellt hatte. Oder er würde zurück an Mamas Betrieb gehen, aber auch von dort würde alles, was wichtig erschien, an uns weitergeleitet. Es schien zu klappen. Einige Wochen später kam ein Brief von Mamas altem Betrieb, in dem sie sich für die gemeinsame Zeit bedankten und dass es ja schon seit längerer Zeit bekannt gewesen war, dass sie sich verändern wollte, und dass sie ihr auf jeden Fall viel Glück wünschten. Der Brief hatte tatsächlich seinen Weg zu einem Hotel in London gemacht, war dann aber zurück nach Stockholm und weiter an uns geschickt worden.

Ansonsten schrieb ich keine Briefe, ich wollte nur reagieren, wenn es etwas gab, worauf ich reagieren musste. Mama war, wie alle wussten, nach London gezogen, und dass niemand genau wusste, wo sie wohnte, konnte mit ihrer Schlampigkeit und ihrer Kunst, im Hier und Jetzt zu leben, erklärt werden. Falls jemand einen Brief mit »Adresse unbekannt« zurückgeschickt bekam, so würde er sicher davon ausgehen, dass sie wieder umgezogen war, ohne es mitzuteilen.

Es kam ein Brief für Mama aus London. Er war nach Stockholm und dann an uns weitergeleitet worden, und Papa überreichte ihn mir wortlos, als interessierte es ihn überhaupt nicht, was damit geschehen sollte, als wäre das etwas, worum ich mich zu kümmern hätte. Ich brauchte nur einen Blick auf den Absender zu werfen, und mir war klar, dass er von dem Mann stammte, mit dem sie zusammenziehen wollte. Ich legte den Brief ungeöffnet in einen Umschlag, zusammen mit einem Zettel, auf dem nur lakonisch stand: »It's over.« Das war das Ende. Den Umschlag schickte ich mit einer gewissen Befriedigung an die Adresse des Mannes, mir dessen bewusst, welchen Schmerz er verursachen würde, aber unfähig, Mitgefühl zu empfinden.

Es kamen keine weiteren Briefe aus London. Es kamen lange Zeit auch keine anderen Briefe für Mama, weder vom Betrieb noch von irgendwelchen Ämtern oder Freunden. Dass Papa kein Lebenszeichen von ihr bekam, bekümmerte ihn nicht. Es wäre ihm nicht im Traum eingefallen zu versuchen, Kontakt mit ihr aufzunehmen oder nach ihr zu suchen. Sie war für ihn genauso gestorben wie für mich. Er hatte dieses Kapitel seines Lebens beendet, hatte die Erinnerungen in eine Flasche gesperrt und mit einem Korken verschlossen, und er hatte nicht die Absicht, sie wieder zu öffnen oder zu schütteln. Sie hatte ihn reingelegt, ausgenutzt und enttäuscht, und das in so vielerlei Hinsicht, dass er für sich selbst beschloss, sie auf seine Art und Weise zu töten. So verschwand Mama nicht nur aus der realen Welt, sondern auch aus der imaginären.

Kurz vor Susannes Geburt verschwanden außerdem die letzten Spuren. Eines Abends, als Papa noch spät arbeitete, fuhr ich mit unserem Boot hinaus, das wir ein paar Tage vorher zu Wasser gelassen hatten. Ich war rund und unbeholfen, und Mamas Tasche war schwer, aber ich schob sie auf den Gepäckträger meines Fahrrads und deckte sie mit einer Decke zu, und allen, die mir begegneten, verkündete ich, dass ich auf Nordsten übernachten wollte. Was nicht einmal gelogen war, da ich nach vollbrachter Tat wirklich die Nacht auf einer der Inseln verbringen wollte. Ich fuhr an Nordsten vorbei, und als sich das offene Meer vor mir zeigte, warf ich meine Last über Bord. Die Sonne wollte untergehen, und die Tasche schwamm für einen Moment auf dem Wasser, sank dann jedoch mit einem blubbernden Geräusch in die roten Sonnenstreifen, die sich bis zum Horizont erstreckten.

Ich stellte den Motor ab, ließ das Boot treiben und dachte an John. Ich erinnerte mich daran, dass er in einem seiner Briefe beschrieben hatte, wie er nach einem Fest in den frühen Morgenstunden nach Hause gewandert war und sich für eine Weile im Hafen hingesetzt und die Idylle genossen hatte. »Einige Orte können frühmorgens so schön sein«, schrieb er. »Sie haben eine verlassene Schönheit, die man tagsüber nicht entdecken kann, wenn alle Menschen herumrennen und Autos und Busse lärmen. Aber trotz dieser Schönheit spürte ich eine so starke Sehnsucht, mich wieder auf das Meer hinauszubegeben, dass ich mich kaum beherrschen konnte.«

Ich musste hinaus auf das Meer. Das galt für ihn, das galt für mich, und so wird es immer sein. Das dachte ich, als ich eine Weile im Boot gesessen und zugesehen hatte, wie die Tasche verschwand und die Wellen sich über ihrem Inhalt schlossen. So dachte ich auch, als ich das Boot auf Nordsten zu lenkte, mein provisorisches Nachtlager bereitete, Feuer machte, Kaffee aufwärmte und meine mitgebrachten Brote aß. So dachte ich, als ich in meinen Schlafsack schlüpfte, um zu schlafen. Ich wusste, dass Papa wahnsinnig werden würde, wenn er nach Hause kam und feststellte, dass ich hinaus auf die Inseln gefahren war, aber er würde nicht nachkommen, um mich zu holen. Ich hatte das Boot, ich hatte die Freiheit, und ich hatte das Meer. Ich würde am nächsten Morgen nach Hause fahren, aber ich würde immer das Meer in mir haben. Dorthin würde ich immer wieder zurückkehren können.

Die Dunkelheit hüllte mich ein, als ich mich auf das Gras legte. In dieser Nacht waren die Sterne zu sehen, und ich erinnere mich, wie der Wind sich legte, und das Einzige, was noch zu hören war, war ein leises Glucksen, das mich in den Schlaf wiegte. Am nächsten Morgen kitzelte der Duft des Grases meine Nasenflügel, und ich nahm ein Morgenbad, während die Vögel schrien und neben mir ins Wasser tauchten. Die Strandnelken leuchteten rosa auf den grauen Klippen, und ich fand ein paar schöne Büschel mit Meereskohl, ließ sie aber in Ruhe, da sie unter Naturschutz stehen. Das Meer war kalt, noch nicht sommerwarm, aber ich legte mich in die Sonne und ließ meinen Bauch wärmen und fühlte, wie es sich da drinnen regte. Ich fühlte, dass es nicht mehr lange dauern würde, bis es Zeit für die Geburt war, und ich spürte, dass John in mir war, auch wenn er sich weit weg befand. Die Tatsache, dass er sich entschieden hatte, ein anderes Leben mit einer anderen Frau zu leben, erschien mir plötzlich fast erträglich. Unsere Liebe hatte es gegeben. Ich hatte geliebt und war geliebt worden, und wenn auch nur für einen Augenblick in der Ewigkeit.

Mit diesem Gefühl fuhr ich zurück, und ich hatte recht. Die Wehen setzten schon ein paar Tage später ein, und es war Papa, der mit mir ins Krankenhaus fuhr, wo ich Susanne zur Welt brachte, die ihren Namen nach Johns Schwester bekam, die ich einmal zusammen mit seinen Eltern getroffen hatte. Susanne. Fröhlich, bereits als ich sie gebar. Eine Geburt, bei der die Engel gesungen haben müssen, da der ganze Kreißsaal mit Lachen erfüllt war, das schließlich meine Schmerzensschreie übertönte. Und Papa war es, der mich in dem Auto nach Hause fuhr, das vor dem Krankenhaus auf und ab gefahren war, damit es an diesem kalten, regnerischen Tag im Juli warm genug war. Und Papa war es, der mir mit Susanne half, da ich erkältet war. Und Papa war es, der sie mir an die Brust legte, wenn ich sie stillte. Ich tat es voller Freude. Oft dachte ich an die Blutung, die ich in der Nacht gehabt hatte, als Mama mich für alle Zeiten verließ, und daran, dass ich nie über den Verlust dieses Kindes hinweggekommen wäre, das mir das Leben so großzügig geschenkt hatte. Ich blutete noch mehrere Tage lang, aber Susanne hielt sich tapfer fest. Schließlich wusste ich, dass ich es geschafft hatte. Wir hatten es geschafft.

Wir richteten uns in unserer Gemeinschaft ein, wir drei. Wurden trotz allem bald als eine Familie betrachtet, ich, mein Papa und meine Tochter. Nur wenige Monate nach Susannes Geburt hörte ich auf, ihn Papa zu nennen, und begann seinen richtigen Namen zu benutzen, Sven. Und da wir jetzt ein kleines Mädchen im Haus hatten und da mein Blick alt genug geworden war, um einer erwachsenen Frau zu gehören, sahen die Leute im Ort mich bald als Eva an. Nicht mehr als die Tochter.

All das geht mir durch den Kopf, wenn ich sehe, wie Sven aus dem Haus kommt und sich dem Tisch nähert, an dem ich, Petra und Gudrun sitzen. Wie er sich wie selbstverständlich zu uns setzt. Ich kann verstehen, dass sie sich fragen, wie wir »es geschafft haben«. Wie wir wie ein verheiratetes Paar haben leben können, ohne jemals verheiratet gewesen zu sein. Und es ist für andere schwer zu verstehen, dass er sich um seine Dinge gekümmert hat und ich mich um meine. In jeder Hinsicht. Dass ich mich nicht darum gekümmert habe, wie er mit den Bedürfnissen seines Körpers zurechtgekommen ist, während ich meine eigenen Bedürfnisse befriedigt habe. Mit kurzen, anonymen und effektiven Begegnungen. Es genügte, um die Lust schrumpfen zu lassen, die John ausgelöst hatte.

Und was gibt es noch nach all diesen Jahren? Wo andere den jämmerlichen Überresten nachtrauern, haben wir immer noch unsere Kameradschaft. Die unbeugsame Loyalität. Die Gewissheit, dass es heißt: wir gegen den Rest der Welt. Deshalb war es für mich selbstverständlich, Sven in diesem Tagebuch so lange als Papa zu bezeichnen, solange er mein Vater war, und ihn Sven zu nennen, als er aufhörte, mein Papa zu sein. Sven kümmert sich um das Gemüse, ich kümmere mich um die Rosen. Das ist die so einfache Wahrheit.

AUGUST

2. August

Wie schnell die Zeit vergeht, der August hat bereits begonnen. Das Wetter war in den letzten Tagen so herrlich, dass niemand auf mich hören wollte, als ich sagte, dass die Dunkelheit uns wieder eingeholt hat.

»Die Dunkelheit«, sagt Sven, »du Dummerchen, du hast immer schon etwas gegen den August gehabt. Freu dich doch lieber, dass die Urlauber verschwinden und endlich wieder Ruhe und Frieden einkehrt. Du mochtest doch noch nie auf den Felsen sitzen, wenn andere in der Nähe waren. Du wolltest doch schon immer das Meer für dich allein haben.«

Er streichelte mir die Wange und lächelte, als er das sagte. Ich denke daran, dass er nie wieder von meiner Seite gewichen ist, seit ich Susanne bekam, und nicht einmal mit der Idee gespielt hat, ein anderes Leben zu führen. Irgendwann begriff ich, dass er glücklich mit uns und glücklich mit sich selbst war. Glücklich, weil er endlich das Richtige getan hatte. Weil er sie nicht mehr verteidigen musste. Weil er das an mir wiedergutmachen konnte, was er versäumt hatte, als ich klein gewesen war. Trotzdem sagte ich ihm oft im Laufe der Jahre, dass er genug gesühnt hatte für etwas, wofür er vielleicht gar nicht sühnen müsste. Ich war ja trotz allem nicht sein richtiges Kind. »Was ist ein richtiges Kind?«, erwiderte er dann, und darauf wusste ich keine gute Antwort.

Nur wir wussten, wie es uns ging, und nur wir verstanden einander. Daran denke ich, während ich wieder am Sekretär sitze, obwohl es erst Abend ist. Sven klappert in der Küche, vielleicht bereitet er für uns einen Nachthappen vor. Wie üblich habe ich keinen Appetit, aber wenn er mir etwas serviert, werde ich es versuchen. Ich sehe ein, dass mein Körper bald meine Art, ihn zu behandeln, nicht mehr tolerieren wird. Die Schmerzen im Rücken habe ich akzeptiert, aber ich fühle, dass mein Magen anfängt, sich auf eine neue Art und Weise zu melden, die unangenehm zieht und zwickt. Natürlich weiß ich, dass ich zu ungesund lebe. Aber lohnt es, dieses jämmerliche Leben um ein paar Jahre zu verlängern, um dann zu enden wie Iréne? Die Antwort lautet natürlich nein. Die Felsklippe auf Nordsten erscheint mir immer noch als die bessere Alternative, und wenn ich meine Aufzeichnungen betrachte, muss ich einsehen, dass ich trotz allem mehr bekommen habe als viele andere. Wenn man nur an all die Armen denkt, die nie lieben durften oder konnten.

Die Sommerdüfte sind intensiv, genauso intensiv wie damals, als Susanne geboren wurde. Auch jetzt duftet es nach Gras, Blumen und reifen Beeren, und ich kann immer noch Susanne vor mir sehen, wie sie in einer Tragetasche unter den ersten Rosenbüschen lag und so gut schlief, dass nicht einmal die Hummeln sie störten. Ich konnte stundenlang neben ihr sitzen und sie einfach nur anschauen, ihre weiche Haut, das dunkle Haar und um den Mund ein Lächeln, ohne wirklich zu lächeln, genau wie bei John. Es war einfach mit ihr, so anders, als es offenbar mit mir gewesen war. Aber dort, unter den Rosenbüschen, konnte ich mich auch mit der mir unterstellten Starrköpfigkeit aussöhnen. Sven pendelte immer noch, und ich wurde von Berit Anell freigestellt mit dem Versprechen, dass ich in die Bäckerei zurückkommen konnte, sobald ich wollte. Aber daraus wurde nichts. Ein Brief Anfang Herbst veränderte die Situation und ließ mich eine andere berufliche Laufbahn einschlagen.

Der Brief war von einer von Mamas alten Freundinnen an unsere Adresse geschickt worden. Ich war allein mit Susanne zu Hause und öffnete ihn deshalb, ohne mich vor Sven verstecken zu müssen. Darin stand, dass die Freundin sich Sorgen machte, da sie schon so lange nichts von ihr gehört hatte und dass sie sich fragte, ob Mama immer noch in London lebte oder ob sie woandershin gezogen war. Sie wollte Sven und Eva nicht anrufen, konnte nur hoffen, dass sie den Brief weiterleiten würden.

Nach einigem Zögern schrieb ich eine Antwort in Mamas Handschrift und erklärte, dass ich dabei sei, in London umzuziehen, und ihr deshalb keine feste Adresse geben könne, aber glücklicherweise gerade zufällig daheim in Frillesås zu Besuch sei. Ich versuchte mich in Mamas Welt hineinzuversetzen, wusste, dass sie sich nie besonders viel Mühe mit ihren Briefen gegeben hatte, und erzählte deshalb mit Mamas Worten von verschiedenen Männern und teuren Festen im »swinging« London, das viel aufregender war als das alte Stockholm. Dann schickte ich den Brief los und hörte die folgenden Wochen nichts mehr, was mich beruhigte. Aber ich ahnte, dass ich mir nur eine Zeitspanne und keine endgültige Sicherheit erkauft hatte. Früher oder später würden weitere Briefe kommen, Briefe, die Antworten forderten, damit sich niemand zu wundern begann, und das war ein Grund, der mich zwang, etwas zu unternehmen.

Als Sven nach Hause kam, sagte ich ihm, dass

ich nach Göteborg fahren wolle, und bat ihn, sich um Susanne zu kümmern. Eine Erklärung war nicht nötig. Er hatte vollstes Verständnis dafür, dass eine Jugendliche mal ein wenig Abwechslung brauchte, und nahm sich sofort frei, um sich um meine Tochter zu kümmern, was für ihn gar keine Herausforderung war.

Am nächsten Tag fuhr ich mit einem Bekannten, der auch pendelte, nach Göteborg, und dort angekommen, klapperte ich systematisch alle Reisebüros ab, die ich kannte. Ich weiß nicht, ob so etwas heutzutage noch möglich wäre, aber damals marschierte ich einfach in den Laden, fragte nach dem Chef und erklärte ihm, dass ich eine Anstellung suche. Ich erinnere mich, dass ich im Allgemeinen freundlich empfangen wurde. Meistens wurde ich in das Büro des Chefs gebeten. Dort musste ich von meinen Vorzügen erzählen, meiner Ausbildung und warum ich ausgerechnet in die Reisebranche wollte. Oft wurden die Gespräche ziemlich schnell beendet, wenn herauskam, dass ich nicht einmal das Abitur hatte und momentan in einer Bäckerei arbeitete. Dass ich alleinerziehende Mutter war, erwähnte ich nicht, da es sicher meine Chancen nicht erhöht hatte. Nachdem ich es an fünf verschiedenen Orten versucht hatte, war ich ziemlich erschöpft, und so ging ich in ein kleines Café, das zentral lag, ohne allzu teuer zu wirken.

Ich bestellte eine Kanne Tee und ein süßes Brötchen und versuchte die Zeit totzuschlagen, indem ich aus dem Fenster schaute und überlegte, wie ich weiter vorgehen sollte.

Da entdeckte ich es. Ein Schild, das an einer Straßenecke hing, vor etwas, das ich vorher für einen kleinen Laden gehalten hatte. »Jacobis Reisen« stand darauf, und als ich genauer hinsah, konnte ich sehen, dass in dem Fenster Bilder mit Motiven aus Österreich, Frankreich und Italien hingen. Ich beeilte mich, den Tee auszutrinken, bezahlte, ging hinaus und überquerte die Straße. »Jacobis Reisen« schien ganz richtig ein kleines Reisebüro zu sein, so klein, dass ich es mir vermutlich gar nicht notiert hatte. Ich öffnete die Tür, eine Glocke verkündete meine Ankunft, während gleichzeitig ein Mann aus dem Hinterzimmer kam und sich dem Tresen näherte.

Er war klein und dunkel, trug einen schlecht sitzenden Anzug und abgetretene Schuhe. Er hatte braune, fast schwarze Pfefferkuchenaugen und lange Wimpern, das Haar klebte ihm am Schädel, und er musterte mich von oben bis unten, ohne Wohlwollen, aber auch ohne abweisend zu erscheinen. Er sagte nichts, wartete ab, und ich konnte mich kurz umschauen, sah die Prospekte, Broschüren und Plakate und beschloss, dass das Reisebüro den Versuch wert war, es zu erobern.

Ich kann mich heute noch an seinen durchdringenden Blick erinnern, während ich ihm erklärte, wer ich war und was ich wollte. Ich hatte das Gefühl, als musterte er nicht nur mein Äußeres, sondern auch mein Inneres. Heute weiß ich, dass es seine Art ist, sich einer Person zu nähern, die er akzeptieren kann, doch damals machte es mich so unsicher, dass ich unter den Achseln zu schwitzen begann.

»Kommen Sie in mein Büro, dann können wir uns unterhalten«, sagte er schließlich, und ich folgte ihm in ein schlichtes Büro, in dem zwar abgenutzte Möbel standen, aber musterhafte Ordnung herrschte, alles schien seinen Platz zu haben, von den Stiften im Köcher bis zum rechten Winkel des Terminkalenders am Schreibtischrand. Er bot mir ein Glas Wasser an, was ich dankend annahm, und dann fragte er noch einmal, wieso ich ausgerechnet zu ihm komme. Ich erzählte ihm wahrheitsgetreu, dass ich Arbeit in einem Reisebüro suchte, dass ich erst achtzehn Jahre alt sei und dass ich mein Abitur nicht gemacht hatte, aber sehr interessiert an Sprachen war und gut in Mathematik. Er betrachtete mich eingehend.

»Warum haben Sie das Abitur nicht gemacht? Sie müssen den Schulbesuch ja unmittelbar vor den Prüfungen abgebrochen haben?«

Diese Frage, wie mir später klar wurde, war typisch für David Jacobi. Es war ihm wichtig zu wissen, wer ich war, bevor überhaupt über die Arbeit gesprochen wurde, und dazu gehörte zweifellos, warum ich die Schule abgebrochen hatte. Ich überlegte einen Moment lang, fasste dann einen Beschluss, der sich als richtig herausstellen sollte.

»Ich wurde schwanger und beschloss, das Kind zu behalten.«

»Das hätte Sie doch nicht daran hindern müssen, die Schullaufbahn zu beenden.«

»Die Umstände waren so, dass ... dass es mir nicht mehr wichtig erschien, Abitur zu machen.«

»Welche Umstände könnten denn so wichtig sein, einen Menschen daran zu hindern, sich zu vervollkommnen?«

Ich schluckte und beschloss erneut, ehrlich zu sein.

»Der Vater meines Kindes hat mich verlassen. Ohne zu wissen, dass ich schwanger war, muss ich wohl hinzufügen. Aber danach hatte ich das Gefühl, dass das Wissen, das mir die Schule vermitteln kann, nicht mehr relevant für mein Leben ist.«

»Und was ist dann relevant für Ihr Leben?«

»Meine Tochter. Sie ist erst ein paar Monate alt.«

David Jacobi saß eine Weile schweigend da und schaute mich erneut an. Ich erwiderte seinen Blick, während sich in mir meine Hände dem Kreuz entgegenstreckten und ich betete, dass meine Worte ihn berührt haben mochten. Das hatten sie, aber vielleicht in der falschen Art und Weise, was ich begriff, als er wieder sprach.

»Viele meiner Bekannten haben einen oder mehrere Menschen verloren, die sie lieben. Das hat sie nicht daran gehindert, sich weiterzuentwickeln, da das die einzige Möglichkeit ist zu überleben. Wenn Sie hier arbeiten wollen, müssen Sie mir zwei Dinge versprechen. Das Abitur zu machen und dem Mann, der Sie verlassen hat, zu sagen, dass Sie gemeinsam ein Kind haben.«

Ich stand auf und ging zur Tür. Kurz vor der Tür drehte ich mich in verzweifelter Entschlossenheit um.

»Ich kann es ihm nicht sagen. Das geht nicht. Aber ich verspreche, das Abitur zu machen. Ich werde abends lernen, wenn ich nur tagsüber hier arbeiten darf.«

David Jacobi stand auf und kam zu mir. Er musterte mich erneut, und dann ging er zu einem kleinen Schrank und holte einen Eimer und einen Wischmopp heraus.

»Dann fangen Sie gleich damit an, den Boden zu wischen. Das dient nicht dazu, Sie zu erniedrigen. Ich würde niemals einen Menschen erniedrigen. Aber der Boden muss gewischt werden, und da ich mir selbst auch nicht zu schade bin, es zu tun, wenn es nötig ist, erwarte ich von Ihnen die gleiche Einstellung.«

Die Geschichte, wie ich meine Stelle bei David Jacobi bekam, berührt mich heute noch so sehr, dass mir die Tränen in die Augen steigen, während ich sie niederschreibe. Ich erinnere mich, dass er, nachdem wir fünfundzwanzig Jahre zusammengearbeitet haben und er in Pension ging, um mir das Geschäft zu überlassen, auch feuchte Augen bekam, als ich die Geschichte vor Gästen erzählte, die gekommen waren, um seinen Abschied zu feiern. Ich glaube, es war das erste und einzige Mal, dass ich diesen Ausdruck an ihm sah, und ich empfand es als Ehre, dass er, der doch so viele Tränen hätte vergießen können, nun meinetwegen weinte. Ich könnte ein Tagebuch nach dem anderen über unsere gemeinsame Zeit schreiben und wie sehr er mir half. Die Tatsache, dass er mich einstellte, obwohl er kaum einen Lohn zahlen konnte. Den Blumenstrauß aus rosa und gelben Rosen, gemischt mit Gänseblümchen, den er mir überreichte, als ich ein Jahr später das Abitur machte.

Ich könnte erzählen, wie wir gemeinsam die Bahnunternehmen bearbeiteten, die Reedereien und die Fluggesellschaften, um die besten Angebote und die besten Preise herauszuschlagen, und wie wir gemeinsam den technologischen Fortschritt meisterten, von Brief, Telefon und Fax zum

Computer. Und letztendlich war er es, der mir half, die Illusion aufrechtzuerhalten, dass meine Mama in Europa herumreiste, indem er mich auf Reisen nach Paris, Salzburg, Rom und London schickte. Ich nahm Briefe, in ihrer Handschrift geschrieben, in all diese Städte mit, um sie von dort an Freunde und Bekannte zu schicken, sogar an Sven und mich.

Dank David Jacobi habe ich die Welt sehen können. Und dank David Jacobi konnte die Illusion von Mamas Eskapaden in Europa aufrechterhalten werden. Ich lernte alle diese Städte in- und auswendig kennen und konnte Cafés in Österreich beschreiben, versteckte Küstenorte in Frankreich, Promenaden in italienischen Städten, wo sich kleine, knatternde Autos drängten, und Restaurants, die südländische Gerichte servierten. Ich konnte mir sogar eine Straße aussuchen, die mir gefiel, eine Adresse, die ich als Absender auf die Briefe setzte, und somit Mama das kosmopolitische Leben führen lassen, das sie so gern gelebt hätte. Sie badete im Mittelmeer, stellte ihr Weinglas auf rotkarierte Tischdecken und kaufte Kleider in trendigen Shops in London, meistens gemeinsam mit dem Mann, dessen ständige Reisen dazu führten, dass sie nie für längere Zeit einen festen Wohnsitz hatte. Deshalb war es logisch, dass sie manchmal nur eine Hoteladresse angab, wenn sie schrieb, und deshalb schickten die Freunde ihre Briefe an die Hotels, von denen ich in Mamas Namen berichtet hatte. Von mir und David Jacobi ausgesuchte Hotels im Moseltal, in den Alpen oder auf Rhodos. Wo ich das Personal kannte und Mamas Briefe in Empfang nehmen und sie sogar an Ort und Stelle beantworten konnte.

Eine perfekte Illusion. Bis ich wegen meines Rückens im Reisebüro aufhörte. Und die Briefe als logische Folge ausblieben.

4. August

Wieder einmal habe ich zurückgeblättert, um zu sehen, was ich geschrieben habe, und wieder einmal wundere ich mich darüber, wie verdreht die Perspektive für jemanden aussehen muss, der nicht eingeweiht ist. Augenblicke sind Satz für Satz beschrieben worden, während Jahre mit wenigen Zeilen auskommen mussten, wenn überhaupt. Düfte haben eine größere Bedeutung als Menschen erhalten, ein Rosenbusch ist detaillierter beschrieben worden als mein gesamtes Berufsleben. Vielleicht liegt es daran, dass die Erinnerung uns einen Streich spielt. Und vielleicht ist es gar nicht verwunderlich, dass die Gewichte so unterschiedlich auf den Waagschalen verteilt sind.

Ich dachte daran, was Anna-Clara gesagt hatte, dass ich wohl meine Memoiren schreibe. Und mir wird klar, dass diese Memoiren irgendwie mit Susannes Geburt enden und damit, dass ich anfange zu arbeiten. Auf diese Art wird mein Schreiben zu einem Märchen. Ein Märchen handelt auch davon, wie die Protagonisten zusammenkommen können, »und sie lebten glücklich bis ans Ende ihrer Tage«. Vielleicht gilt das genauso für Schneewittchen und Aschenputtel wie auch für mich, dass alles sich um »früher« dreht. Sie lebten einige Jahre intensiv, wähnten sich in einer Art Sicherheit, die vielleicht angenehm war, aber nicht mehr viel mit der Zeit zu tun hatte, in der die Gefühle freies Spiel hatten.

Wer weiß, vielleicht vermisste Schneewittchen in ihrem Schloss manchmal sogar ihre Zwerge. Vielleicht fand sie auch nach dem Tode in irgendeiner Form einen Weg zu ihrer Stiefmutter, die sie so gehasst hatte. Übrigens, was widerwärtige Stiefmütter betrifft: Ich glaube nicht mehr an sie. Dieses »Stief« ist nur eine Art, das Schreckliche weniger schrecklich erscheinen zu lassen. Es handelt sich gar nicht um Stiefmütter. Es handelt sich um Mütter wie meine. Denn was tat Schneewittchens »Stiefmama«, als sie entdeckte, dass ihre Tochter schöner war als sie selbst? Sie versuchte deren Gefühle, Gedanken und die Fähigkeit zu lieben zu zerbrechen. Oder, in der Märchensprache, sie wollte Schneewittchens herausgeschnittenes Herz in eine kleine Schachtel legen, um so die Kontrolle über sie zu haben. Aber Schneewittchen wurde von ihren Zwergen gerettet. Vielleicht haben mich Busters Ohren gerettet.

Ich hatte Angst, auch zu sterben, als ich meine Mama aus meinem Leben gestrichen hatte. Aber ich starb nicht. Ich fand eine Arbeit, die mir sehr gefiel, ich lebte in Eintracht mit einem lieben Kameraden an meiner Seite, und ich hatte eine Tochter, die mich jeden Tag Glück und Stolz empfinden ließ. Ich starb nicht, oh nein, aber ich führte ein Leben neben dem Leben, beobachtete, wie es an mir vorbeirauschte, ohne jemals einzutauchen. Ich blieb eine Betrachterin. Oft löste ich mich von mir selbst und beobachtete das, was um mich herum geschah, und analysierte, welche Gefühle es auslöste. Eigentlich war ich nie unbeherrscht, weder beim Lachen noch während der seltenen Momente, in denen ich traurig war.

Ich fühlte mich schuldlos, was vielleicht das Merkwürdigste war. Ein Muttermord sollte doch etwas so Schreckliches sein, dass der Täter nach seiner Tat in sich zusammenschrumpelt, verwittert oder verrottet. Ich stand neben dem Leben, aber ich verrottete nicht, und ich habe mich oft gefragt, warum. Die einzige Erklärung, die ich mir denken kann, ist, dass ich gezwungen war, mich zwischen ihr und mir zu entscheiden. Und dass ich dadurch einen besseren Draht zu ihr hatte als zu ihren Lebzeiten. Sie starb, um in meiner eigenen, eingebildeten Welt wieder aufzuerstehen, und in dieser Welt konnten wir uns begegnen. Das ist eine Rechtfertigung, über die viele lachen mögen, aber sie ist die einzige, die ich vorbringen kann.

Ich schaffte es. Das war eine Einsicht, die mir mit der Zeit kam. Ich schaffte es, und ich überlebte. Die Umstände brachten es mit sich, dass mein Verbrechen unentdeckt blieb. Die Briefe, die ich abschickte, konstruierten die perfekte Wirklichkeit. Die herumflatternde Existenz, die ich schuf, erklärte offenbar alle Unregelmäßigkeiten in der Korrespondenz mit Mama, machten sie glaubwürdig. Als Sven und ich einen Brief erhielten, den ich zuvor eigenhändig abgeschickt hatte, öffnete ich den Umschlag und las den Brief, als handelte es sich dabei nicht um eine Illusion, die ich selbst produziert hatte. Ich las, dass sie sich sonnte und auf Feste ging, Ski fuhr oder eine kurzfristige Arbeit angenommen hatte, und ich konnte mich sogar in ihrem Namen freuen, dass ich ihr ein so schönes Leben geschaffen hatte. In den Briefen war sie glücklich, und ich gönnte es ihr. Ich konnte mich darüber freuen und war selbst zufrieden. Susanne entwickelte sich zu einem gesunden, harmonischen Mädchen, Sven und ich konnten uns aufeinander verlassen, und ich konnte so oft allein sein, wie ich es wollte. Viel mehr durfte ich nicht begehren.

Trotzdem sollte ich mich selbst nicht belügen. Eine gewisse Verlogenheit gibt es in meinen letzten Überlegungen, und diese Verlogenheit betrifft John. Ich habe auf diesen Seiten gewagt, die Gefühle zu berühren, die meine Gedanken an ihn geweckt haben, damals wie heute. Der Raureif unter der Haut ist eine Sache, aber ständig entzündete, zum Schluss chronische Wunden sind eine andere. Deshalb muss ich zum vorletzten Kapitel kommen und zu dem Brief, der mehr Platz einnimmt als viele Jahre meines Lebens. Wieder siegt der Augenblick über das Jahr. Vielleicht steht auch einfach nur die Zeit still.

Susanne war fast ein Jahr alt. Ich erinnere mich, dass sie wacklige Versuche machte, den ersten Schritt zu tun, aber immer wieder auf ihrem Po landete und schimpfte, weil ihr nicht gelang, was sie sich vorgenommen hatte. Ich hatte nicht lange gebraucht, um zu erkennen, dass sie eine Person war, für die ein Misserfolg keine Tatsache war, sondern ein Zustand, den man ändern musste. Ihre Entschlossenheit, wenn es darum ging, etwas zu erreichen, war bewundernswert, und Petra wurde es nie müde, mir zu erzählen, was Susanne in den Stunden, in denen ich arbeitete und sie sich um sie kümmerte, gelernt hatte.

Jetzt versuchte sie jedenfalls laufen zu lernen. Wir waren draußen im Garten, ich war dabei, einen neuen Busch mit kleinen Teerosen zu pflanzen, der möglicherweise nicht das Klima der schwedischen Westküste vertragen würde, in den ich mich jedoch verliebt hatte und dem ich eine Chance geben wollte. Wenn er überlebte, würde er kleine, zähe, stark duftende und samtweiche weiße, dichte Blüten haben, und der Gedanke daran ließ mich noch sorgfältiger arbeiten. David Jacobi hatte mir frei gegeben, da ich mehrere Tage hintereinander Überstunden gemacht hatte, und deshalb war ich an diesem Freitag zu Hause und genoss es, so gut wie keine Verpflichtungen zu haben. Als ich den Briefkasten klappern hörte und daraufhin die Steintreppen hinunterlief, um die Post zu holen, kam mir gar nicht in den Sinn, dass mich gleich etwas aus dem Gleichgewicht bringen könnte. Im Briefkasten lagen einige Zeitungen, ein bisschen Reklame und ein Brief, und ich reagierte zunächst nicht auf die ausländische Briefmarke, bis ich die Handschrift erkannte. Es war die von John. Zweifellos war es die von John. Ich hatte einen Brief von John bekommen.

Die Welt verwandelte sich für eine kurze Sekunde in ein schönes Foto. Ich schaute auf und sah plötzlich, dass alle Konturen schärfer geworden waren, die Farben etwas klarer, die Luft aber vor meinen Augen zu vibrieren schien. Auf leicht unsicheren Beinen ging ich hinauf, holte ein Messer aus einer Schublade in der Küche und schlitzte vorsichtig den Brief auf, als hätte ich Angst, ihm weh zu tun. Ich zog den Bogen heraus und begann zu lesen, aber erst nachdem ich Susanne ein buntes Spielzeug gegeben hatte, das sie diese lebenswichtigen Minuten beschäftigen würde. »Dear Eva«, stand da.

Ich hoffe, dass du nichts dagegen hast, dass ich dir wieder schreibe. Aber das, was gewesen ist, tut mir so leid, und ich habe volles Verständnis dafür, wenn du den Brief sofort zerreißt, ohne überhaupt weiterzulesen. So viel ist geschehen, seit wir uns das letzte Mal gesehen haben. Wie du weißt, war ich verlobt und wollte heiraten. Die Hochzeit sollte ungefähr jetzt zu dieser Zeit stattfinden. Aber aufgrund diverser Umstände ist es nicht zur Heirat gekommen, und ich werde Laura vermutlich nie wieder treffen, das Mädchen, das meine Frau werden sollte. Jetzt versuche ich das zusammenzukratzen, was noch von meinem Leben übrig ist. Natürlich bin ich deprimiert und einsam, aber ich darf mich eigentlich nicht beklagen. Ich habe immer noch meine Arbeit, ich habe Geld, und ich bin gesund. Das ist zumindest ein Anfang.

Ich habe lange überlegt, ob ich dir schreiben soll. Dabei fiel mir ein, wie schön es mit uns beiden war und wie interessant ich dich fand, und ich erinnere mich, dass ich immer dachte, dass du die einzige Frau bist, mit der ich befreundet bleiben könnte, auch wenn es nichts mit uns beiden werden würde. Aber dann dachte ich daran, wie ich dich behandelt habe und dass ich vermutlich die letzte Person auf der Welt bin, mit der du etwas zu tun haben willst. Meine Gefühle haben mir gesagt, dass ich dir schreiben soll, aber mein Stolz oder das Gefühl für richtig und falsch oder wie immer ich es nennen soll, sagte mir, ich solle es lieber sein lassen. Schließlich habe ich alle deine Briefe hervorgeholt und gelesen, immer und immer wieder, und ich fühlte mich schrecklich einsam. Da habe ich beschlossen, dass ich nichts zu verlieren habe, wenn ich dir schreibe. Vielleicht besteht ja die Hoffnung, dass du genauso denkst wie ich und mir als gute Freundin antwortest.

Es tut mir leid, wenn dieser Brief dich verletzen sollte, aber ich habe mich so oft gefragt, was wohl aus der schönen Rose geworden ist, der ich so weh getan habe, und ich möchte wirklich wissen, wie es ihr geht. Ich würde mich sehr freuen, wenn ich von dir höre.

John

Der schönen Rose, der ich so weh getan habe.

Als ich von dem Brief aufsah, war es Susanne gelungen, sich mit Hilfe eines Stuhls wieder auf die Beine zu ziehen, und sie näherte sich mir mit wackligen Schritten. Ich streckte ihr die Arme entgegen und konnte sie gerade noch auffangen, bevor sie hinfiel, und sie ließ ein gurgelndes Lachen vernehmen, als sie in meinem Schoß landete. Ich drückte mein Gesicht in ihr dunkles Haar, sog den Duft nach Kind, Sommer, Gewinn und Verlust ein und fragte mich, wie ich die nächsten Stunden oder Tage überstehen sollte. Nichts hatte mich auf das hier vorbereitet, nicht einmal ich selbst.

Ich glaube, ich saß zwischen den Büschen und las immer und immer wieder den Brief, so oft, dass er schließlich von meinen erdigen Fingern ganz schwarze Ränder bekam. Nach einer Weile konnte ich ihn fast auswendig, die Worte waren in mein Inneres eingeritzt, aber ich suchte immer noch nach einer versteckten Bedeutung und nach meiner eigenen Reaktion.

Plötzlich wurde mir klar, wie viel dieser Brief früher einmal für mich bedeutet hätte und wie wenig er mir jetzt bedeutete. Als wir zusammen gewesen waren und auch in den Wochen, nachdem er mir mitgeteilt hatte, dass es aus war, hielt ich jeden Tag Ausschau nach Post wie eine Ertrinkende in verzweifelter Hoffnung nach einem rettenden Holzstück. Dass kein Brief kam, hatte mich schließlich dazu gezwungen, meine Gefühle einzufrieren, und sie einfach aufzutauen, das würde nichts nützen. Wie sollte ich etwas für einen Brief empfinden, der so viele Monate zu spät kam?

Seine missglückten Ehepläne bereiteten mir zwar eine große Befriedigung. Dass er sich entschieden hatte, sein Leben mit Laura zu teilen, diesem Mädchen aus seinem Freundeskreis, das ich die ganze Zeit als die Uninteressanteste und Albernste angesehen hatte, war ein ziemlicher Schock gewesen, als er das während unseres Telefongesprächs erzählt hatte. Dass ein Mann, der die schlimmen Seiten des Lebens und die unergründlichen Tiefen kennen gelernt hatte und der mehr empfand und dachte als alle, die ich kannte, sich zu diesem Schritt entscheiden konnte, war fast unerträglich gewesen. Aber jetzt hatte es also nicht geklappt. Eine Art göttlicher Urteilsspruch war verkündet worden. Ich konnte nicht umhin, ich hatte das Gefühl, dass auch mir damit eine Absolution erteilt worden war für das, was ich getan hatte.

Außerdem registrierte ich sofort, dass er nichts über meine Mutter schrieb. Was vieles bedeuten konnte. Es konnte bedeuten, dass er etwas mit ihr hinter meinem Rücken gehabt und deshalb ein schlechtes Gewissen hatte. Es konnte auch bedeuten, dass nichts zwischen ihnen passiert war, abgesehen von dem Gespräch, von dem Mama mir erzählt hatte, und dass er sich schämte, ihr geglaubt zu haben, ohne mit mir darüber zu reden. Aber dass er sie nicht erwähnte, konnte auch daran liegen, dass die beiden vielleicht gar keinen Kontakt miteinander gehabt hatten, dass sie sich nur bei seinem Besuch in Stockholm gesehen hatten. Das Gespräch, von dem Mama erzählt hatte, konnte die letzte Möglichkeit für sie gewesen sein, mir mit der Peitsche eins überzuziehen, bevor sie mich für London verließ. Es würde gut zu ihrer Art passen, alles kaputtzumachen, so wie sie früher meine Beziehung zu Britta, zu Sven und zu meinem Vater, Simon, versucht hatte kaputtzumachen. Außerdem konnte es ihre Rache an uns gewesen sein, weil ihr Versuch, John zu verführen, ohne Resonanz geblieben war.

Mein Instinkt sagte mir, dass es so gewesen sein musste. Sie hatte verführen und zerstören wollen, und Letzteres war ihr geglückt – vielleicht auch Ersteres. Aber ich würde nie die Wahrheit erfahren. Ich konnte mich zu den Rosenbüschen setzen und mit ihr reden und lauschen, was der Wind verriet, aber ich würde es nie mit absoluter Sicherheit wissen. Ich hätte natürlich John fragen können, aber ich wusste nicht einmal, ob ich das wollte. Ich hatte mich mit der Tatsache abgefunden, dass beide mich im Stich gelassen hatten, und ich wusste nicht, ob es in meinem Leben Platz für eine Korrektur gab.

Mehrere Tage lang hatte ich den Brief immer griffbereit in der Jackentasche oder in einer Handtasche, in alberner Nachahmung von John, der den Brief seiner Freundin am Herzen getragen hatte. Ich konnte nichts daran ändern, dass sogar die bis dahin so schönen Sätze jetzt von Verlogenheit verdorben worden waren. Wie konnte ich wissen, ob er wirklich meinte, was er von Rosen und ihrem Schicksal schrieb? Wie konnte ich ihm jemals wieder vertrauen? Hatte er auf Mama gehört und mich im Stich gelassen, ohne sich überhaupt zu trauen, mich zu fragen, dann war er es jedenfalls nicht wert, dass ich ihm vergab. Hatte das Gespräch gar nicht stattgefunden, dann hatte ich ihn falsch eingeschätzt. Falsch eingeschätzt, dieses Wort hatte in mir genagt, seit er mich auf den Abfallhaufen geworfen hatte. Dass ich jemanden so falsch einschätzen konnte. Dass ich vertrauen konnte, ich, die ich doch so lange mit Britta in mir gelebt hatte. Wollte er überhaupt, dass es mit uns etwas wurde? Er sprach davon, dass ich so interessant war, nicht davon, wie sehr er mich liebte. Aber er hatte meine Briefe aufbewahrt. Obwohl er eine andere heiraten wollte, hatte er meine Briefe aufbewahrt.

Das wurde irgendwie das Entscheidende. Ich konnte die Möglichkeit nicht ungenutzt lassen, mit ihm darüber zu sprechen, was er mir angetan hatte. Gleichzeitig wollte ich Susanne für mich selbst behalten. Wie üblich hatte er Adressen aufgeschrieben, wo er in der nächsten Zeit zu erreichen sein würde, und nach einer Weile beantwortete ich seinen Brief. Ich schrieb, dass ich den Glauben an die Menschheit verloren hätte und die Fähigkeit, einem anderen Menschen zu vertrauen. Ich schrieb, dass er feige gewesen sei, so jämmerlich, so unendlich feige, überzeugt davon, dass dieses Adjektiv ihn mehr treffen würde als jedes andere. Ich schrieb nichts von Mama, konnte und wollte nicht. Aber ich erinnerte ihn an das, was ich früher geschrieben hatte, dass es eine Gottheit gebe, die unser Schicksal zurechtschnitzt, auch wenn wir versuchen, dagegen anzukämpfen, wohl wissend, dass er mir früher darauf übermütig geantwortet hatte, dass er plante, selbst zuzuschlagen, wenn eine Gottheit in sein Schicksal einzugreifen gedachte. Jetzt hatte auch er erleben müssen, dass sich das Leben nicht lenken lässt, und ich hoffte, dass er verstand, was ich meinte.

Seine Antwort ließ nicht lange auf sich warten. In dieser Zeit verbot ich mir selbst, zum Briefkasten zu laufen, und zwang mich, keine Erwartungen aufzubauen. Irgendwie genügte es, ihm gesagt zu haben, was ich von ihm hielt, in einer Sprache, von der ich nie geglaubt hätte, dass wir sie einmal gegeneinander benutzen würden. Vielleicht spürte er meine fehlende Erwartung, denn er antwortete sofort. Er schrieb, dass er ganz überwältigt davon war, dass ich geantwortet hatte. Dass er das nie zu hoffen gewagt hätte. Dass er sich freute, an das Zitat erinnert worden zu sein, und dass er jetzt demütig akzeptierte, dass diese Gottheit, die er herausgefordert hatte, zu mächtig für ihn war. Er schrieb, dass er wisse, dass er sich mir und auch seiner Familie und seinen Freunden gegenüber feige verhalten hätte, aber dass es das Schlimmste sei, dass er sich selbst gegenüber feige gewesen war.

»Ich glaube, ich wusste, dass ich auf dem Weg war, die Kontrolle zu verlieren, und ich hatte Angst vor dem, was ich eigentlich tat. Ich habe es dir nie erzählt, weil ich es irgendwie wusste, dass das, was ich tat, falsch war, und dass Laura und ich nie eine gute Ehe geführt hätten. Ich war außerdem gezwungen, mir selbst gegenüber zuzugeben, dass ich große Angst hatte, allein zu sein, und das kann mich dazu gebracht haben, überstürzt zu reagieren«, schrieb er und fügte hinzu, dass er wünschte, er hätte etwas daraus gelernt, auf dem er aufbauen könnte. Er hoffte, es würde ihn zu einem besseren Menschen machen.

»Laura wollte mich ganz für sich allein haben«, schrieb er. »Genau wie Anne. Sie forderte, dass ich die ganze Zeit mit ihr zusammen sein sollte, was dazu führte, dass ich viele meiner Freunde verletzte. Sie wollte sogar, dass ich bei der Marine aufhöre, und ich war kurz davor, meinen Abschied einzureichen, ohne die geringste Ahnung, was ich stattdessen hätte tun sollen.«

Er hoffte, dass alle, denen er wehgetan hatte, ihm verzeihen möchten, und dass wir darüber vielleicht einmal sprechen könnten, wenn wir uns wiedersähen. Vielleicht am Meer in Frillesås, das er bis jetzt nur aus meinen Beschreibungen kannte. Er fragte sich außerdem, was ich davon hielt, wenn ein Mann weinte, da er in den letzten Monaten viel geweint hatte und es sicher wieder tun würde.

Wenn ich das heute aufschreibe, mit dem Wissen, das mir die Jahre trotz allem gegeben haben, muss ich einsehen, wie deprimiert er damals gewesen sein muss. Wie die Depression, an der er gelitten hatte, kurz bevor er mit Laura zusammenkam, an ihm genagt haben muss, und wie er über dem Felsrand hing, nicht von Ratten, Löwen oder Krokodilen gejagt, sondern von der Erinnerung an ein Mädchen, das ihn beschuldigt hatte, sie in den Selbstmord getrieben zu haben. Plötzlich fiel mir ein, was Johns Freund Stephen mir an jenem Abend im Pub gesagt hatte. Dass John gut allein sein konnte, aber dass die Einsamkeit gleichzeitig seine größte Angst war und dass er Liebe brauchte. Und dass ich als Antwort nur gelacht und gefragt hatte, was Liebe denn eigentlich sei. Heute sehe ich, dass er, so wie die Umstände damals waren, die sichere Liebe der unsicheren vorzog. Heute kann ich auch verstehen, dass er vielleicht, entgegen allem Anschein, gar nicht sicher war, ob ich ihn auch liebte.

Der Brief von John, den ich seit vielen Jahren nicht mehr gelesen habe, den ich jetzt aber wieder hervorgeholt habe, besagt, dass es tatsächlich so gewesen sein kann. Vielleicht waren seine Liebeserklärungen und seine schönen Gleichnisse mit den Rosen selbst eine Art Beschwörung, um mich dazu zu bringen, ihm direkt zu sagen, dass ich ihn haben wollte, ihn und keinen anderen. Aber es hat keinen Sinn, darüber zu spekulieren. Vielleicht verliebte er sich auch ganz einfach nur in eine andere. Busters Ohren würden es verstehen, aber sie sind auch die einzigen.

Ich antwortete ihm. Zögernd. Ich schrieb von meiner Arbeit und dass ich nach Frillesås gezogen war, erwähnte aber weder Susanne noch Sven. Das war eigentlich keine bewusste Entscheidung, nur ein Gefühl, das darauf hindeutete, dass ich noch lange brauchen würde, um wieder Vertrauen aufzubauen, wenn das überhaupt irgendwann gelingen sollte. Die Antwort kam umgehend. John beschrieb sein Leben, wie er all sein Hab und Gut in seinem Auto verstaut hatte und von einem Freund zum anderen fuhr, wenn er frei hatte und nicht auf dem Meer war. Er fragte mich, was aus meinen Plänen geworden sei, in England zu studieren, und ich antwortete ihm, dass ich sie beiseitegelegt hätte, ohne aber das Thema weiter zu vertiefen.

Im Reisebüro schwärmte ich unseren Kunden von Reisen nach London oder anderen Orten in Großbritannien vor, die wir ihnen anbieten konnten, und eines Tages fragte David Jacobi lachend, was denn plötzlich meine Begeisterung für diese Insel entfacht habe. Er fragte sich, ob das meine Art war, ihn zu zwingen, mich für eine längere Reise dorthin zu schicken. Der Gedanke ließ mich den ganzen Tag nicht mehr los, und zum ersten Mal begann ich darüber nachzudenken, ob ich John wirklich wiedersehen wollte. Immer noch war ich voller Misstrauen. Diese Falschheit, der er mich ausgesetzt hatte, war immer noch ganz frisch, aber ich begann darüber nachzudenken, wie eine Begegnung wohl organisiert werden könnte und wozu sie dienen sollte. Aber John kam mir zuvor. In einem weiteren Brief, der nur wenige Tage nach dem vorhergehenden kam, schrieb er, dass er auf dem Weg an die norwegische Küste war, nachdem er mehrere Wochen mit einem U-Boot auf hoher See verbracht hatte.

Das war ein merkwürdiger Brief, wie aus einer anderen Zeit, als wäre Krieg. John schrieb, dass es drei Uhr nachts sei und dass er sich schrecklich schmutzig fühle, da er seit drei Wochen nicht mehr richtig duschen oder sich hatte rasieren können. Es handelte sich um einen Auftrag, wie ihn U-Boote überall auf der ganzen Welt durchführen müssen, und er wollte mich nicht mit Details ermüden. Dagegen schrieb er, dass der Vorrat an Eiern, Käse und Butter schon vor einer Woche zu Ende gegangen und der größte Teil des Brots schimmlig und das Fleisch verdorben war. Dennoch, wie er schrieb, sei er glücklicher als seit langem. Warum, das konnte er nicht sagen. Er konnte es sich nur damit erklären, dass er auf gewisse Weise Frieden mit sich selbst geschlossen hatte.

»Das letzte Mal, als ich so fühlte, war vermutlich, als ich auf dem Weg zur Minerva war, an einem frühen, grauen Morgen, nachdem ich einen Tag und eine Nacht mit dir in Stockholm verbracht hatte. Erinnerst du dich an das Schiff, mit dem ich nach Stockholm kam, die Minerva? In diesem Gartenhaus, in dem wir übernachteten, hast du damals gesessen und dir eine Nachrichtensendung im Fernsehen angesehen. Ich saß dabei und habe dich angeschaut, und ich glaube, auch wenn ich dich nie wieder gesehen hätte, so hätte ich mich immer daran erinnern und über dieses Erlebnis freuen können«, das schrieb er und fuhr damit fort, dass er die lange Zeit auf See zu schätzen wisse, weil sie ihm Zeit gegeben habe nachzudenken. Weil alles so schnell passiert sei. Dass er nicht länger die Kontrolle über sein Leben und seine Gefühle hatte. Ihm war, als hätte ihn die Strömung in eine Richtung gezogen, in die er gar nicht gewollt hatte, als würde er ertrinken.

Er schrieb, dass er sein Schicksal jetzt, nachdem er so lange dagegen angekämpft habe, akzeptieren könne, wie immer es sich auch gestalten werde.

»Eigentlich kann keiner wissen, wie wir in einer Krisensituation reagieren. Ich habe einst den Glauben an das Gute verloren. Aber jetzt weiß ich, dass das Leben wie das Meer ist, manchmal ruhig und still und manchmal heftig und unberechenbar.« Gegen Ende des Briefes schrieb er, dass das U-Boot auf dem Weg nach Norwegen sei, und er fragte vorsichtig nach, ob es mir möglich war, dorthin zu kommen, da er sich nichts mehr wünschte, als mich zu sehen. Schließlich wollte er wissen, ob ich immer noch so aussähe wie damals oder ob die Blume, deren zerbrechliche Schönheit er einst betrachtet hatte, jetzt zur Vollendung erblüht sei.

»I wonder if you still look the same, or has the flower whose delicate beauty I once saw and watched now bloomed into perfection?«

Dieser Satz hat mich mein Leben lang verfolgt. Dieser Satz, der mich mit ganzer Kraft umwerfen kann, wenn ich mich am sichersten wähne.

»Das möchte ich so gern wissen«, schrieb er. »Bitte, schreibe mir wieder. John.«

Meine schwarze Seite schrieb ihm einen nichtssagenden Brief, den ich abschickte, als ich wusste, dass er Norwegen bereits wieder verlassen hatte. Ich war noch nicht bereit, seinetwegen in meinem Leben herumzustochern, und noch weniger wollte ich ihm von Susanne berichten. Der gefrorene Klumpen von Gefühlen hatte vielleicht langsam angefangen, an den Rändern zu tropfen, aber er war noch lange nicht geschmolzen. Ich brauchte Zeit. Zeit, die ich nie bekam. Denn es kamen nie wieder Briefe von John. Deshalb schrieb ich auch keine Briefe mehr. Bis zum heutigen Tag weiß ich nicht, was aus ihm geworden ist. Und jetzt, wo ich diesen Satz aufschreibe, spüre ich, dass ich mich nicht länger zurückhalten kann. Ich glaube, ich muss den Stift hinlegen, weil meine Hand so heftig zittert, dass ich keine Kontrolle mehr über sie habe.

8. August, acht Uhr abends

Bald ist der Namenstag von Klara. An diesem Tag habe ich für Anna-Clara immer ein kleines Geschenk parat, und so ist es auch dieses Jahr. Ich habe ihr ein kleines Schmuckstück geschickt und dazu eine Karte geschrieben, auf der ich ihr erzähle, dass ich bald ihr Tagebuch vollgeschrieben habe und dass es eines der schönsten und besten Geschenke war, die ich jemals bekommen habe.

Iréne Sörenson ist immer noch nicht gefunden worden. Sie ist aus Schwanzlos verschwunden und nicht wieder zurückgekommen. Die Polizei hat überall gesucht und ein großes Gebiet um das Pflegeheim herum zusammen mit einer Hundertschaft Freiwilliger durchkämmt, aber sie haben nichts gefunden. Sie ist weg, ohne eine Spur zu hinterlassen, und ich kann wohl ohne zu zögern behaupten, dass alle in Frillesås betroffen sind und sich fragen, was mit ihr geschehen sein kann.

Laut Gudrun hatte Iréne während der letzten

Tage große Angst, und mal lag sie im Bett und starrte apathisch zur Decke, mal redete sie davon, dass sie sich im Helsjön ertränken wolle, schließlich liegt der nicht weit entfernt. Spät am Abend, kurz vor ihrem Verschwinden, hat sie die Pfleger gerufen und darum gebeten, in den Rollstuhl gesetzt zu werden, damit sie aus dem Fenster sehen könne, und das hat sie dann offensichtlich getan. Es war der nette Mann aus Algerien, der Iréne einmal mit einem Café au lait gelockt hatte, er war so barmherzig, sie in den Rollstuhl zu heben. Er hatte sie ans Fenster geschoben, das in diesem Fall eine Glastür ist, da ihr Zimmer im Erdgeschoss liegt. Dann hatte er die Tür einen Spalt geöffnet, um ein wenig Nachtluft hereinzulassen. Anschließend hatte er sie noch gefragt, ob sie nicht einen Café au lait zusammen trinken wollten. Iréne hatte genickt, und der Mann war in die Küche gegangen, um ihn vorzubereiten. Als er mit zwei Café au lait zurückkam, war sie fort.

Dass sie sich aus eigenen Kräften hätte wegbewegen können, wirkt unwahrscheinlich. Sie war halbseitig gelähmt und hat sich bis dahin nicht einen Millimeter im Rollstuhl fortbewegen können. Dagegen konnte sich das Personal jedoch im Nachhinein erinnern, dass sie plötzlich überraschende Kräfte zeigen konnte, wenn sie sie beim Heben baten, ein wenig mitzuhelfen, oder wenn sie ihre

Übungen machen sollte, um eine bessere Kondition zu bekommen.

»Sie hatte einen Willen aus Stahl, wenn sie sich etwas in den Kopf gesetzt hatte«, seufzte Gudrun, als sie mich besuchte, um von den neuesten Ereignissen zu berichten. Ich hatte zum ersten Mal seit bestimmt zehn Jahren Nusskuchen gebacken, und Gudrun aß den größten Teil davon auf, um sich zu trösten.

Der Mann aus Algerien ist übrigens auch verschwunden. Gudrun erzählte, dass sie mit niemandem außer Petra und mir über das Gespräch zwischen ihm und Iréne geredet hatte, das sie zufällig mitangehört hatte. Die beiden sprachen darüber, dass sie einen Café au lait trinken wollten, bevor er sie in den Helsjön schieben sollte.

»Er hat mit der Polizei gesprochen, und sie haben ihn nicht dabehalten, also war er nicht verdächtig oder so. Aber jetzt ist er ebenfalls verschwunden, und wir haben keine Ahnung, wo er sich befinden könnte. Wir haben bei ihm zu Hause angerufen und mit seinen Freunden gesprochen, aber niemand weiß, wo er ist. Er wirkt wie ... wie vom Erdboden verschluckt.«

Die Wale erwachen zu neuem Leben, indem sie untergehen. Simon. War er es, der auftauchte, um sie zu holen? Hat sie sich selbst in den Helsjön gerollt? Das wird für immer ein Geheimnis bleiben.

Ich sah Gudrun an, und sie sah mich an. Aber sie konnte nicht wissen, was ich dachte. Es gibt Wahrheiten, die sollten mit dem schwersten Ballast um die Beine auf den Grund des Meeres versenkt werden, damit die traurigen Überreste nie nach oben steigen können.

Dass eine Alte aus dem Heim verschwunden ist, ist natürlich ein gefundenes Fressen für die Presse, die in der Nachrichtenflaute des Augusts darum kämpft, etwas Sensationelles zu finden. Sie haben spaltenweise darüber geschrieben, und viele Zeitungen haben es geschafft, das Ganze mit kritischen Artikeln über die Versorgung der Alten in Schweden im Allgemeinen zu ergänzen. Auch der Tochter ist viel Platz gewährt worden. Sie hat ihre Meinung gesagt und gefordert, dass das Verschwinden so schnell wie möglich aufgeklärt werden müsse. Unter anderem fordert sie, dass der Helsjön nach Iréne abgesucht werden muss und dass Taucher kommen sollen, was wahrscheinlich auch passieren wird. Gleichzeitig hat die Tochter diese Farce an Fürsorge, der Iréne in den letzten Monaten ausgesetzt war, mit scharfen Worten verurteilt.

Natürlich kann ich leicht sagen, dass es ja nur typisch ist, dass sie erst jetzt hervortritt, wo sie sich in dem öffentlichen Glanz sonnen kann, ohne einen einzigen Handgriff machen zu müssen, und natürlich verstehe ich, dass es netter ist, im Fernsehen zu erscheinen und ein eventuelles Erbe anzutreten, als ein Haus zu putzen. Was sie über die Angehörigen sagt, die sich aufopfern, ist außerdem lächerlich bei dem Gedanken an all das, was sie nicht getan hat. Aber sie hat dennoch recht mit dem, was sie sagt, und es ist auch gut, dass sie diejenige ist, die es sagt. Denn trotz allem ist sie schließlich Iréne Sörensons Tochter und muss sich darüber aufregen, was passiert ist. Und nicht ich.

8. August, drei Uhr nachts

Ich befinde mich auf den Klippen von Nordsten. Dieses Mal habe ich mich dafür entschieden, außen herumzugehen, so dass ich jetzt auf einer hochgelegenen Felspartie sitze und über das Meer schauen kann. Die Schönheit ist die Schmerzen wert, und deshalb weigere ich mich, an die Rückenwirbel zu denken, die bei der Klettertour sich aneinander reibend protestierten. Die Südseite der Insel hat die schönsten Sitzplätze zur Sonne, während die Nordseite Sprungfelsen hat, die sich steil in das Unbekannte, Glänzende hinabstürzen. Herrliche Plätze für den, der davon etwas versteht, aber heute Nacht bin ich allein auf der Insel. Fast wie ein König. Ich kann Kidholmen sehen, Brattö und Almö, eigentlich den ganzen Archipel, und noch weiter in der Ferne ist festes Land zu erahnen, Frillesås mit seinen Häusern und seiner Normalität. Vor mir erahne ich Nidingarna und einige weiter entfernte Inselformationen, aber ansonsten gibt es nichts, was die freie Sicht und das Gefühl der Unendlichkeit aller Dinge behindert. Das Meer ist ruhig heute Abend, und der Mond neckt mich, er wirft sein Licht, als wollte er mit der Sonne konkurrieren und zeigen, dass er das genauso gut kann.

Ich bin auf jeden Fall hinausgekommen. Ich bin ohne zu stolpern zum Boot gelangt, und der Motor startete gleich beim ersten Versuch. Dann habe ich ohne zu zögern die Inseln angesteuert, getan, was zu tun ist, und schließlich den Anker geworfen und bin an Land gesprungen, fast wie damals, als ich noch jung war. Sicher, ich bin ein wenig auf den feuchten Felsen ausgerutscht, aber ich habe es geschafft. Wenn ich den Kopf drehe, kann ich das Boot sicher vertäut liegen sehen, wie damals, als ich noch zwanzig Jahre jünger war. Es ging besser, als ich dachte, sich auf seine Erfahrungen zu verlassen.

Ich sitze hier mit angezogenen Knien, habe eine Thermoskanne mit Kaffee und leckere Brote mit Käse dabei. Ich habe mir frische Brötchen gegönnt, da das hier trotz allem ein Leichenschmaus ist. Mama wäre zufrieden gewesen. Stets war nur das Beste gut genug, und das hier ist das Beste. Es duftet intensiv um mich herum, und dafür danke ich wieder einmal, ich weiß nicht, zum wievielten Male, dass der Geruchssinn zum Schluss auf jeden Fall noch bleibt. Jetzt kann ich salziges Meer und

Algen riechen, dazu den leicht säuerlichen Geruch von Gras, das zwischen einigen Felsklippen wächst, und den satten Duft von starkem Kaffee. Und zwischen diese sehr eindringlichen Düfte schleichen sich die Gerüche meiner Erinnerung. Essensgerüche aus Brittas Schürze, wenn ich den Kopf in ihrem Schoß versteckt hatte. Susannes Haut, als sie noch ein Baby war. Johns Haar. Busters Fell, kurz bevor er im Sack verschwand. Mamas Parfüm, das noch im Flur hing, nachdem sie die Haustür hinter sich zugezogen hatte, weil sie auf dem Weg zu irgendeiner Party war, oder sie mit wütendem Knall zuschlug in der Absicht, »nie wieder zurückzukommen«. Jetzt kommt sie nie wieder zurück. Jetzt ist unwiederbringlich Schluss.

Heute Nachmittag, als ich nach Hause kam, nachdem ich in der alten Fischerhütte gewesen war, die wir für unsere Utensilien in Torstensvik gemietet haben, geschah das, was irgendwann geschehen musste. In meinem Rosenbeet stand der Adler und schien mit seinem Zollstock etwas auszumessen, während seine wuchtigen Gummistiefel bereits einige der untersten Zweige des Peace-Busches heruntergetreten hatten. Ich schaute Sven an, der zunächst versuchte, ganz gleichgültig zu tun, aber dann verlegen in die Sonne guckte.

»Ich wollte nicht hinter deinem Rücken handeln, Eva. Das verstehst du doch? Aber ich habe den Adler gebeten, heute zu kommen, damit wir alle zusammen reden können. Es soll dieses Jahr einen kalten Winter geben, und jetzt muss etwas getan werden. Aber du sollst von ihm selbst hören, dass alles so gut gemacht wird, wie es nur geht. Du wirst zufrieden sein. Ich verspreche es dir.«

Ich antwortete nicht, ging nur geradewegs zu dem Adler, der herangestapft kam, um mich zu begrüßen, ohne sich darum zu kümmern, wohin er trat, was dazu führte, dass die eine oder andere Rose unter seinen geriffelten Sohlen zermalmt wurde. Gelb, Rosa und Cremeweiß wurde in die Erde gerieben, und ich spürte, wie sich mein Magen zusammenzog. Aber es gelang mir, mich zu beherrschen und den Adler zu begrüßen, der meine Hand ergriff, nachdem er seine eigene an seiner Arbeitshose saubergewischt hatte. Seine Augen waren so wässrig blau wie immer, während die rotgesprenkelte, grobporige Haut davon zeugte, dass er seinen Alkoholkonsum nicht reduziert hatte. Die verschwitzten Haarsträhnen sahen klebrig aus.

»Wir wollen morgen anfangen«, sagte er und zeigte mit dem Daumen nach hinten.

»Redest du von der Wasserleitung?«

Der Adler sah mich verwundert an.

»Wovon soll ich denn sonst reden? Natürlich rede ich von der Wasserleitung. Wenn wir sichergehen wollen, dass ihr im Winter nicht ohne Wasser dasteht, dann ist es höchste Zeit, sie auszutauschen. Das hättet ihr schon lange tun sollen. Aber jetzt machen wir es ganz vorsichtig. Zwar muss einiges aufgegraben werden, aber ...«

»Wo werdet ihr graben? Und wie tief?«

Der Adler drehte sich um und ging zurück zu den Rosen. Ich stellte mich neben ihn.

»Sven hat mir gesagt, dass du dir wegen der Rosen Sorgen machst, Eva. Wir werden dort einen Kanal von ungefähr zwei Meter Tiefe ausheben. Nicht besonders breit, nur so weit, dass es uns möglich ist, neue Rohre zu verlegen. Und die Strecke verläuft ungefähr hier.«

Er zeichnete mit der Hand eine Linie, wo der gegrabene Kanal direkt unter den Rosen hindurchführen sollte, um dann zur Grundstücksgrenze hin zu verschwinden. Er sprach davon, wie vorsichtig er »operieren« werde, dass er wusste, wie die Wurzeln von Rosen aussehen, da er im Laufe seines Berufslebens bereits in diversen Gärten gearbeitet habe und dass er meine wie eine launische Jungfrau behandeln werde. Er lachte verschmitzt, als er das sagte, und schaute zu mir auf, um zu sehen, ob sein Scherz mich so weit versöhnt hätte, dass ich ihm eine Tasse Kaffee anbieten würde. Aber ich drehte ihm nur den Rücken zu und ging ins Haus. Sven war derjenige, der Höflichkeit zeigen und den Kaffee kochen musste, und während die Männer wieder hinaus in den Garten gingen, trank ich auch eine Tasse und setzte mich an den Sekretär. Nicht um zu schreiben, sondern um zu planen.

Gab es in meinen Gedanken noch einen Duft, als ich dort saß? Als ich das Tagebuch herausholte, es streichelte und sah, dass nicht mehr viele Seiten übrig waren? Da fühlte ich jedenfalls nichts anderes, als dass ein Leben mit dem anderen verwoben ist, ein Gedanke mit dem anderen, und dass sich das Unwiderrufliche um den Körper wie eine sich windende Schlange schlingt. Ein Tagebuch mit Rosen darauf. Wie konnte Anna-Clara das wissen? Die Antwort war natürlich, dass sie es nicht wissen kann, aber dass sie beobachtet hat, welchen Dingen ich meine Liebe schenke, und nun meine verwundbare Stelle kennt. Jetzt war ich an der Reihe. Jetzt musste ich mich selbst fragen, was zu tun war. Was vorausbestimmt war und was ich tun konnte, damit das Vorausgesagte auch eintraf. Obwohl ich es doch bereits wusste.

In dieser Nacht schlief ich gar nicht, stattdessen beriet ich mich mit Busters Ohren, die mir ihre schweigende Zustimmung gaben. Als ich hörte, dass Svens Schlaf tief und unerschütterlich war, sicherheitshalber war er mit zwei Schlaftabletten gewürzt worden, die ich in seinen Abendwein geschmuggelt hatte, schlich ich mich hinaus ins Wohnzimmer. Dort lag bereits die Kleidung, die ich für mein Unternehmen brauchte, warme Pullover und Regenzeug. Der Mond schien hell, und ich fühlte seine kühle Unterstützung und dachte, dass es so sein sollte. Dann ging ich in die Garage, holte Spaten und Hacke und begab mich zu Mamas Grab, wie ich es schon einmal getan hatte. Jeder Spatenstich würde flüchtige Kommentare in sich bergen, Worte, die sich festgehängt hatten, Erinnerungen in Weihnachtsgrün und Osterstraußen, aber vielleicht konnte ich sie beruhigen, so wie man einen alten Hund zur Ruhe mahnt. Vielleicht gelingt es mir, die ich doch noch nie einen Hund erzogen habe.

Mit dicken Arbeitshandschuhen begann ich die Rosen auseinanderzubiegen, um an die Erde zu gelangen. Sie protestierten. Ich spürte die Wut der Dornen und wie die kräftigsten Zweige kämpften, um sogar mich auszuschließen, aber ich hatte dennoch Erfolg. Als ich schließlich den Spaten in die Erde stecken und graben konnte, führte jede Schaufel Erde ein unbedachtes Wort mit sich, ein verlogenes Lachen, eine verschimmelte Erinnerung, genau wie ich es erwartet hatte. Die Erde tat sich auf. Zumindest ist niemand da, der dir zuschaut. Ein tiefer Spatenstich. Ich war in Schwung. Eine mich neckende Wurzel. Ich hatte gelernt, mich selbst zu schätzen, und das wirst du auch. Eine Kelle voller Steine. Ich kann mich ja gleich umbringen, dann erbst du alles auf einmal. Ein Regenwurm, der aus der Tiefe hervorkriecht. Jetzt gehen wir nach Hasselbacken und verfeiern das Geld. Eine Kelle Erde. Es hat keinen Sinn, Eva zu fragen, sie hat sowieso von nichts eine Ahnung. Mehr Erde, mehr Steine. Du bist ein ängstlicher Mensch. Wurzeln. Geliebt, geliebt, müssen das so gewichtige Worte sein? Schlamm. Jetzt soll Eva singen. Etwas Hartes. Du hast immer auf mich herabgesehen. Ich grub, hörte das Echo, grub tiefer, schwitzte, schnappte nach Luft, spürte einen Druck auf der Brust, auf Magen und Rücken. Schließlich verlor ich jedes Gefühl, ob es nun Erde war, in der ich grub, oder ob es meine Erinnerungen waren.

Als ich schließlich das entdeckte, was einmal ein roter Kleidersack gewesen war, hielt ich für einen kurzen Moment inne. Vor mir lag ein offenes Grab, und jetzt musste ich vorsichtig sein, damit nichts wieder zum Leben erwachte und anfing zu bluten. Ich grub Spaten um Spaten und holte ein Stück Stoff heraus, das mit den sterblichen Überresten einer einst schönen Frau gefüllt war. Ich grub vorsichtig, ganz vorsichtig, als würde ich etwas Zerbrechliches, Zartes bergen, und ich wickelte die traurigen Reste in eine alte Decke. Die Schönheit währt nur kurz, das Verweste ewig, aber die Rosen haben überlebt. Ich sah Knochen, alten Stoff, der nicht länger das Grinsen verbergen konnte, das Grinsen über das Leben, das verschwunden ist, Knochenstücke, die einmal Füße waren, die tanzten, klauenähnliche Überbleibsel von Händen, die sich für eine kurze Ewigkeit alles gegriffen haben und sich weigerten, es wieder loszulassen. Jetzt fand alles Platz in einer alten Decke, und ich band sie an den Enden zusammen und trug meine Last, als wäre es ein Kind, das ich in meinen Armen hielt. So ging ich hinunter zum Auto, öffnete den Kofferraum und schloss ihn wieder. Ich kehrte zu meiner geschändeten Erinnerung zurück, wo ich die Erde zurückschaufelte auf die Blumenwurzeln, die freigelegt worden waren. Das Ausgraben hatte mehrere Stunden gedauert. Alles wieder in Ordnung zu bringen würde Jahre dauern, aber was machte das schon? Gib den Rosen deine Liebe, und du bekommst Liebe zurück. Dann holte ich den schweren Stuhl, der als Gewicht dienen sollte, verfrachtete ihn ins Auto und fuhr davon.

Unten am Hafen war die Luft klar, die Nacht august-melancholisch und die Hafenwache vermutlich in den Räumen des Segelclubs hinten bei Torstensvik, um sich zwischen den Runden eine Stärkung zu holen. Ungestört konnte ich mein Bündel zum Boot bringen, legte es auf den Kai, holte den Stuhl, sprang ins Boot und verfrachtete alles an Bord. Für einen Moment glaubte ich, es würde mich jemand verfolgen, aber dann entdeckte ich, dass es meine eigene Jacke war, die im Wind flatterte, dass ich es also selbst gewesen war, die mich verfolgt hatte. Der Motor startete beim ersten Versuch, und damit hatte ich meinen Segen bekommen. Der Mond war rund und leuchtete mit intensivem Schein, den das Wasser dankbar entgegennahm. Als ich das sah, begriff ich, dass ich doch nur begrenzte Möglichkeiten gehabt hatte, mein eigenes Schicksal zu lenken. So viel war geschehen, weil es so hatte sein sollen, und mit diesem Gedanken tuckerte ich auf den Horizont zu, im Mondschein, und spürte, wie der Magnet mich zu seinem Zentrum hinzog.

Als ich ein gutes Stück zurückgelegt hatte, schaltete ich den Motor aus. Hätte ich navigieren können, wie John es sicher konnte, hätte ich meine genaue Position ausrechnen und den Platz wiederfinden können, wo ich einmal Mamas Reisetasche mit ihren Kleidern hineingeworfen hatte. Jetzt musste mich mein Instinkt leiten, und der Instinkt sagte mir, dass es hier sein sollte. Ein Stück von dem Sprungfelsen entfernt, denn ich nehme Rücksicht auf badende Jugendliche. Dieser Beerdigungsplatz ist der schönste auf der Welt. Den kriegst du von mir, Mama. Und es zeigt sich, dass du recht hattest. Geliebt, welch großes Wort. Das ist gar nicht nötig. Und der, der liebt, ist nicht immer der, der verliert. Verlieren, das tut derjenige, der nicht einmal in der Lage ist zu lieben.

Eine Weile ließ ich mich von den Wellen schaukeln. Hörte sie gegen das Boot schlagen. Spürte die Zärtlichkeit des Mondes. Schaute das reglose Bündel auf den Bootsplanken an und den Stuhl daneben. Schaute auf meine Hände, die im Mondschein blutrot leuchteten. Erschauerte. Dachte, wie alles zusammenhing. Dachte an mein Leben. Spürte den faulen Geruch von etwas, das vorüber ist. Dachte an Busters Ohren und alles, was sie zu hören bekommen hatten. Daran, wie Pik König immer auf meiner Seite gestanden hatte und da gewesen war, wenn ich ihn brauchte, auch wenn ich es manchmal nicht verstanden hatte. Wie mein Kampf mit Mama geendet hatte. Endet. Wie mein Leben begann und aufhörte, als ich sie tötete. Aber dass das, was ich damals tat, aus Hass geschah, während das, was ich jetzt tue, aus Liebe passiert. Hier wirst du es besser haben. Und ich sah sie vor mir. Hell, glänzendes Haar. Große Augen. Schöne Kleider. Fröhliche Farben. Der Mund, dieser Mund, aber jetzt nicht verzerrt, sondern in sinnloser Freude lachend in einem Tanz und einer Umarmung. Das Echo einer weiteren Erinnerung. Deine Mama ist etwas ganz Besonderes.

Johns letzter Brief. Der Brief, der nach Krieg roch, aber in dem er schrieb, dass er mit sich selbst

Frieden geschlossen hatte. Genauso fühlte ich mich, während das Boot im Meer trieb, als hätte es ein Eigenleben. Ich kann endlich Frieden mit mir selbst schließen. John schrieb einmal, dass das Meer uns immer zusammenhalten werde. Ich hatte geschrieben, dass ich hoffte, er würde bald den Atlantik überqueren, um zu mir zu kommen. Er hatte geantwortet, dass Schweden und England nicht vom Atlantik getrennt werden, sondern von der Nordsee, aber nicht einmal der Atlantik würde ihn daran hindern, wieder zu mir zu kommen. Er hatte recht. Da draußen konnte ich spüren, dass wir tatsächlich immer zusammen sein würden, was auch immer geschah. Dass die stärksten Gefühle manchmal eine Ruhe schaffen, und dass diese Ruhe eine Wiedergeburt mit sich bringen kann.

Ich bekam keine weiteren Briefe mehr von ihm. Ich schrieb auch keine. Der letzte Brief war durchtränkt von Resignation, Unterwerfung, vielleicht Tod, und als nichts mehr kam, war es so. Für mich war er tot. Aber da draußen, kurz bevor ich Mama dem Meer übergeben wollte, dachte ich, dass ich eine Verantwortung und eine Wahl habe. Ich konnte es klären. Vielleicht war ich geradezu gezwungen, es zu klären. Ich konnte damals nicht verzeihen, aber alles, was ich in dieser Nacht tat, handelte von Verzeihung. Vielleicht ist auch für mich die Zeit der Ernte gekommen.

Auf der Fahrt nach Nordsten habe ich vor Almös Küste Robben gesehen. Robben gebären ein einziges Junges, das bei der Geburt weiß ist und diesen weißen Pelz drei Wochen lang behält, bevor er abfällt. Aber sind wir nicht alle bei der Geburt weiß, bis die Unschuld von uns abfällt und von dem Grau der Erfahrung ersetzt wird? Meine Tochter hat das Recht, die Wahrheit zu wissen. Genau wie ich selbst die Wahrheit erfahren habe.

Ich habe Susanne nie angelogen. Sven war Sven. Aber wenn sie mich nach ihrem Papa fragte, bekam sie einen Vornamen, einen Monat und eine Jahreszahl. Genau das, was auch Mama mir hinterließ. Ich erzählte von einer kurzen Bekanntschaft. Einer Begegnung in Stockholm. Einem Schiff, das Minerva hieß. Einer Ansichtskarte ohne Nachnamen. Anschließend eine Welle, die ihn schluckte. Ein Todesfall durch Ertrinken. Wie bei meinem eigenen Papa. Aber als sie noch klein war, machte ich es wie die gute Fee und entschärfte den Fluch. Erzählte, dass er von einem Wal geschluckt worden war, wie Jonas, und dass er sicher an einem Strand, weit, weit entfernt, wieder ausgespuckt worden war, um dort gute Taten zu vollbringen. Dass der Wal mit seinem Mageninhalt manchmal untertauchen muss, um zu neuem Leben zu erwachen. Bis Susanne alt genug war, um zu verstehen, dass derjenige, der ertrinkt, für immer fort ist.

Ich sah es nie als Verrat an. Ich hatte mir selbst eingeredet, dass es so war. Dass ich die Wahrheit berichtete, ohne sie durch die Wirklichkeit zu irritieren. Und ich erzählte auch von unserem Wochenende in Stockholm, so oft, dass meine Geschichte schließlich an den Rändern ganz ausgefranst war. Aber irgendwann hörten die Fragen auf, zumindest die an mich. Vielleicht machte sie das Gleiche wie ich. Suchte mit einem Vornamen, einem Monat und einer Jahreszahl, ohne etwas zu finden. Sah ein, dass sie gezwungen war, das zu akzeptieren, was nicht zu verändern war. Und dort draußen auf dem Meer wusste ich plötzlich, dass ich sie verraten hatte. Dass sich ein Verrat nicht in Liebe ertränken lässt, sondern dass sich die Liebe über den Verrat legt, der Verrat aber immer darunter existent bleibt. Dort draußen begriff ich, dass ich es ihr schuldig war, mehr zu geben. Begriff, dass ich nicht Mamas Verbrechen wiederholen durfte. Weil Susanne sonst von ihrem eigenen Pik König gejagt würde. Bis sie ihre weiße Farbe für alle Zeiten verloren hatte.

Pik König. Ich schaute über das Wasser. Für einen Moment hatte ich das Gefühl, als könnte ich den Schatten einer Reinkarnation sehen. Die schwarze Rückseite einer Idee. Dann nahm ich das Bündel hoch. Ich legte es auf den Stuhl, band es mit einem alten Ankerseil fest, schaffte es, alles über die Reling zu hieven, und schubste es, ohne zu zögern, über Bord. Als die Wellen die Beute schluckten, gurgelte es, und Kreise breiteten sich von dem Punkt her aus, wo Mamas Körper der Tasche folgte, die dort einmal zum Meeresgrund gesunken war. Einen Augenblick lang war das Meer um mich herum unruhig, dann wurde es wieder still. Simon, John, Mama. Und als ich aufschaute und die dunkle Gestalt sah, die mir von der Spitze der Felsen auf Nordsten zuwinkte, konnte ich lachen. Eigentlich wusste ich ja, dass er hier sein würde. Er schien zu warten. Ich winkte zurück. Dann lenkte ich das Boot auf die Insel zu, ankerte, holte meinen Proviant heraus und kletterte hinauf auf die Spitze. Jetzt sitze ich hier. Der Rest ist, wie man so sagt, Schweigen.

Soeben habe ich den Flachmann herausgeholt und mir dunklen Rotwein in ein Glas eingeschenkt, das ich vorsichtig oben in den Rucksack gepackt hatte. Ich hielt das Glas dem Mond hin und ließ das Rote die Strahlen absorbieren. Dann prostete ich meinem dunklen Begleiter zu, nahm einen Schluck und spürte den Geschmack von kakaogesättigter Schokolade. Es gibt eine Gottheit, die unser Schicksal bestimmt, auch wenn wir versuchen, dagegen anzukämpfen, so gut wir können. Meine eigene, hausgemachte Übersetzung einer Lebensphilosophie. Wieder spürte ich, dass ich Frieden gefunden hatte. Dass mir vergeben worden war. Dass ich Buster das Leben geraubt, ihn aber dafür zu meinem engsten Vertrauten gemacht hatte. Dass ich Kalle im Stich gelassen hatte, er aber eine andere gefunden und die mathematische Karriere gemacht hatte, die ich nie machen konnte. Dass ich Björn geschadet hatte, aber vielleicht nur so viel, dass er trotz allem die Überreste zusammensammeln und sich mit sich selbst und dem Älterwerden versöhnen konnte. Dass ich Karin Thulin gestürzt hatte, die dadurch aber die Freiheit bekommen hatte, den für sie richtigen Weg im Leben zu finden. Dass ich meine Mutter getötet hatte und sie dadurch zu einem neuen Leben erweckte, einer neuen Existenz.

Und plötzlich tanzten sie vor mir in einem ausgelassenen, verrückten Kreistanz. An erster Stelle bellte der Dackel Jocke, und ganz hinten hüpfte Buster, die Ohren am rechten Platz. Ich konnte Kalle, Björn und Karin Thulin sehen, Sven, Susanne und Anna-Clara. Ich sah Britta, mit offenem Haar, die lauthals lachte, während der Schnee wie ein Heiligenschein um sie herumwirbelte, und hinter ihr sah ich John. Er lächelte sein Lächeln, ohne zu lachen, die Freude hatte seine Augen erreicht, und er drückte ihre Hand und schaute mich an. Und ich sah Mama.

Sie tanzte ausgelassen in einem roten Kleid. Ihre

langen Beine waren nackt, die Füße ohne Schuhe, und sie warf den Kopf nach hinten, so dass ihr Haar im Wind flatterte. Dann lachte sie, und ihr Lachen wurde zu dem Schrei einer einsamen Möwe, die hinten am Horizont über das Wasser flog.

10. August

Der Mann am anderen Ende der Leitung bemühte sich, deutlich Englisch zu sprechen, während er mir alles erklärte.

»Er ist inzwischen natürlich im Ruhestand. Aber wenn er bei der Marine geblieben ist, dann bekommt er eine Pension von uns, und dann haben wir auch seine Adresse. Ich würde Ihnen vorschlagen, dass Sie uns einen Brief schreiben, in dem Sie alle Informationen auflisten, die Sie über ihn haben. So detailliert wie möglich. Wir werden unser Bestes tun, um Ihren Brief an die richtige Stelle weiterzuleiten. Sie schreiben an ASPAA (C), Management Services Case Work, Centurion Building, Grange Road, Gosport, Hampshire. Und dann eine Nummer, PO13 9XA. Soll ich es wiederholen? Wie gesagt, wir werden unser Bestes tun, um ihn zu finden. Wenn Sie uns schreiben.«

Das Tagebuch ist vollgeschrieben. Die Deckel umhüllen den Inhalt. Vor mir liegt ein leerer Bogen Papier und der Rest eines Lebens. Wenn ich den Stift in die Hand nehme, fühle ich mich genauso unsicher wie damals, als ich den ersten Brief an einen Mann schrieb, mit dem ich ein verregnetes Wochenende in Stockholm verbracht hatte. Mein Herz schlägt heftiger, und ich fange an zu schwitzen, als wäre das, was ich tue, unwiderruflich, obwohl der Brief, den ich möglicherweise schreiben werde, noch nicht einmal angefangen ist. Ich weiß nicht, ob ich es soll, weiß nicht, ob ich es kann, weiß nicht einmal, ob ich mich traue. Aber die Worte übernehmen das Kommando, wie sie es damals in jenem Sommer auch taten. Die Hand schreibt, und der Wille folgt ihr. »Dear John.« Und dann:

»*Es gibt eine Gottheit, die unser Schicksal schnitzt, auch wenn wir versuchen, es zu beeinflussen, so gut wir können. Erinnert dich dieses Zitat ... an etwas ... an jemanden?*«

Nachwort

Ich habe mein ganzes Leben lang die Sommermonate in Frillesås verbracht, der Ort bedeutet mehr für mich, als ich in Worte fassen kann. Die Sprungfelsen auf Nordsten sind äußerst real, wie auch die Gedächtniskirche und vieles andere, aber das Buch ist eine fiktive Erzählung. Deshalb habe ich mir alle Freiheiten genommen, was Institutionen, Geschäfte, Restaurants und vieles mehr betrifft, und mir erlaubt, Themen unserer Gesellschaft aufzugreifen und sie nach Frillesås zu verlegen. So soll beispielsweise kein böser Schatten auf die Betreuung der Alten in Frillesås fallen, dagegen aber schon auf die schwedische Fürsorge im Allgemeinen.

Alle Personen im Roman sind der Phantasie der Autorin entsprungen, eventuelle Ähnlichkeiten mit wirklichen Personen sind reiner Zufall.

Der Paarungsakt der Wale kann nicht im Meer an der schwedischen Westküste beobachtet werden, dafür aber in Christof Stählins Lied »Die Liebe der Wale im Eismeer«.

Die Liebe der Wale

Die Menschen, wenn sie sich fortbewegen,
so setzen sie aufrecht Fuß vor Fuß.
Die Wale droben im Eismeer dagegen,
die fächeln die Fluten mit Flossenschlägen
und liegen, wenn sie gehen,
und liegen, wenn sie gehen.

Die Menschen lieben sich im Liegen
und es ist ihnen wohl dabei.
Aber die Wale im Eismeer drüben,
die spritzen das Wasser aus den Bartensieben
und lieben sich im Stehn,
und lieben sich im Stehn.

Die Köpfe aus den Fluten gehoben
der Wal bei der Liebe feierlich schnauft
die Walkörper dicht aneinander geschoben,
Fontänen aus den Nasen schnoben
man kann's von weitem sehn,
man kann's von weitem sehn.

Die Augen in den triefend nassen
Köpfen seitlich nach hinten gestellt,
so können sich diese unsäglichen Massen
weder mit Augen noch Armen erfassen,
doch in den Himmel sehn,
doch in den Himmel sehn.

Hundert und aberhundert Tonnen
bebendes Fleisch in Liebe verzückt,
ach Menschlein, du kannst dir solche Wonnen
du wiegst ja nicht einmal eine Tonnen
nicht denken noch verstehn,
nicht denken noch verstehn.

Und wenn sie am Schluss auseinanderstreben
so stehn sie nicht auf wie die Menschen tun,
sie sinken zurück in die Fluten ergeben,
ja die Wale erwachen zu neuem Leben,
indem sie untergehn,
indem sie untergehn.

Christof Stählin, 1976

Verlagsgruppe Random House FSC-DEU-0100
Das für dieses Buch verwendete FSC®-zertifizierte Papier
Lux Cream liefert Stora Enso, Finnland.

1. Auflage
Einmalige Sonderausgabe Februar 2013,
btb Verlag in der Verlagsgruppe
Random House GmbH, München
Die Originalausgabe erschien 2006 unter dem Titel
»Busters öron« bei Forum, Stockholm.
Copyright © der Originalausgabe 2006 by Maria Ernestam
Copyright © der deutschsprachigen Ausgabe 2008
by btb Verlag in der Verlagsgruppe
Random House GmbH, München
Umschlaggestaltung: semper smile, München
Umschlagmotiv: Getty Images / Fiona McLeod
Satz: IBV Satz- u. Datentechnik GmbH, Berlin
Druck und Einband: Kösel, Krugzell
SL · Herstellung: hag
Printed in Germany
ISBN 978-3-442- 74487-9

www.btb-verlag.de

Lust auf mehr?
Das besondere Taschenbuch von btb

Christoph Schlingensief
So schön wie hier kanns
im Himmel gar nicht sein!
Roman
ISBN 978-3-442-74506-7

Haruki Murakami
Naokos Lächeln
Roman
ISBN 978-3-442-74494-7

Kazuo Ishiguro
Was vom Tage übrigblieb
Roman
ISBN 978-3-442-74430-5